ro
ro
ro

ro
ro
ro

«Sehr lesenswert!» (Margarete von Schwarzkopf, NDR Fernsehen)

Kathrin Lange wurde 1969 in Goslar geboren und ist gelernte Verlagsbuchhändlerin. Sie lebt mit ihrem Mann und ihren zwei Kindern bei Hildesheim und arbeitet als Mediendesignerin. «Jägerin der Zeit» ist ihr erster Roman. Im Kindler Verlag erschien 2006 ihr zweiter Roman «Das achte Astrolabium».

Mehr über die Autorin erfahren Sie auf www.kathrin-lange.de.

Kathrin Lange

JÄGERIN DER ZEIT

Historischer Roman

Rowohlt Taschenbuch Verlag

Für Petra E.

Einmalige Sonderausgabe
Juni 2007

Veröffentlicht im Rowohlt Taschenbuch Verlag,
Reinbek bei Hamburg, Juni 2006

Umschlaggestaltung Doris Grahl
(Foto: Gallo Images/Corbis)
Druck und Bindung Clausen & Bosse, Leck
Printed in Germany
ISBN 978 3 499 24576 3

«Denn falls es Zukünftiges und Vergangenes gibt, will ich wissen, wo sie sind ... Wo immer sie also sind, was sie auch sind: Sie sind nur, wenn sie gegenwärtig sind. Wenn man Wahres erzählt, holt man Vergangenes aus dem Gedächtnis hervor.»

Augustinus, Confessiones XI, 23

DRAMATIS PERSONAE

Theophanu*
Kaiserin des Weströmischen Reiches
Rainald von Gerresheim
ihr Getreuer
Alexandra von Apamea
Äbtissin des Klosters von St. Kyrillos
Sophia
ein Findelkind
Gero von Verla
Sophias Jugendfreund
Ludger von Verla
sein Vater, sächsischer Adliger,
Alexandras Gefolgsmann
Hermann
einer der Gefolgsleute Ludgers
Gerbert von Aurillac*
Leiter der Domschule von Reims, Gelehrter
Judith
Gerberts Haushälterin
Michael von Tours
ein gelehrter Astronom aus Byzanz
Marinos
der Byzantiner

Adam von Trier
Gefolgsmann des Marinos
Sigbert von Wenkheim
sächsischer Krieger
Theodor von Sesto
sächsischer Krieger, Gefährte Sigberts
Adalbert Vojtěch*
ehemaliger Bischof von Prag
Carolus
Abt des Klosters von St. Otmar
Alban
der Graf von Spoleto
Christophoros von Laodicea
sein Kastellan
Otto III.*
Kaiserin Theophanus Sohn
Christophoros, der Mönch
Enkel des Christophoros
von Laodicea

Die historischen Personen sind
mit einem * gekennzeichnet.

Teil 1

PROLOG

7. Jahr der Königskrönung Ottos III.: April

Die Kaiserin sah bleich aus.

Der schlanke, hoch gewachsene Mann, der ihr jetzt gegenübertrat, nahm die Schultern zurück, legte die Rechte an den Schwertknauf und deutete eine leichte Verbeugung an. Er war wie ein Krieger gekleidet, trug einen ledernen Harnisch, der von einer weiten, ärmellosen Tunika aus heller Wolle beinahe vollständig verdeckt wurde. In seinem breiten Gürtel steckten außer dem Schwert – einer mehr als armlangen, schmalen Sachsenklinge – ein zweischneidiger Scheibendolch und ein handlicher Streitkolben. Seine Züge verrieten eine hohe Geburt: die breite, energische Stirn unter dunklen, glänzenden Haaren, die schmale Nase, helle Augen, das feste Kinn. Die Lippen waren zu blutleeren Strichen zusammengepresst, und der Blick, mit dem der Mann seine Kaiserin musterte, verriet die Sorge, die er um sie empfand.

Sein Name war Rainald von Gerresheim, und er war der engste Vertraute der Kaiserin.

Seine Herrin sah sich unruhig um, doch die weiten, säulenbestandenen Gänge des merseburgischen Palastes schienen leer und still. Da zog sie ein Schriftstück aus den Tiefen ihres Gewandes, sorgfältig aufgerollt und mit einer geflochtenen Kordel verschnürt, jedoch ohne Siegel oder Kennzeichnung. «Bringt dies zu jener Frau, die ich Euch genannt habe.»

Rainald nahm das Schreiben und warf einen zögerlichen Blick darauf.

«Ihr müsst Euch beeilen», fuhr die Kaiserin fort. «Die letzte Nachricht an Carolus konnte ich noch unbemerkt aus dem Palast schaffen, aber inzwischen wurde bemerkt, dass ich Vorkehrungen treffe.»

Rainald steckte das Schreiben in seinen Gürtel. «Was wollt Ihr jetzt tun?» Die Augen hielt er unverwandt auf das Gesicht der Kaiserin gerichtet. Sichtbar zeichneten sich die Adern unter ihrer zarten Haut ab. Dunkle Ringe lagen unter ihren braunen Augen, deren Lider jetzt flatterten. Sie schwankte ein wenig, und Rainald griff nach ihrem Ellenbogen.

«Der Hof wird morgen oder übermorgen nach Nimwegen weiterreisen. Ich werde mitziehen.»

«Ihr müsst Euch ihrem Zugriff entziehen!»

«Ich kann nicht.» Sanft entwand die Kaiserin Rainald ihren Arm.

«Warum nicht? Ihr habt gehört, dass König Hugo Laon errungen hat. Die Herrschaft Eures Sohnes in Lotharingien ist damit gesichert. Ihr solltet jetzt an Euch denken.»

Die Kaiserin schüttelte den Kopf. Die dunklen Locken, die sie zu einer kunstvollen Frisur aufgesteckt hatte, wippten sachte. «Ich kann Otto nicht alleine lassen.»

«Dann werden sie Euch töten!»

Jetzt schloss die Kaiserin die Augen. «Möglicherweise.»

Rainalds Hand fuhr zum Schwertknauf. «Das kann ich nicht zulassen!»

«Rainald, Ihr seid in den letzten Jahren mein einziger Vertrauter gewesen. Glaubt mir, ich würde Euch bedingungslos mein Leben anvertrauen.» Sie streckte die Hand aus, als wollte sie ihm über die Wange streichen, berührte ihn jedoch nicht. «Doch Ihr könnt mir hier nicht helfen. Was wir wissen, darf nicht in Vergessenheit geraten. Aus unerfindlichem Grund bin ich mir dessen ganz sicher. Vielleicht gibt Gott mir diese Überzeugung ein, genauso, wie er mir damals diese Handschrift zeigte.» Sie unterbrach sich. «Es ist wichtig, dass Ihr …»

«Wichtiger, als meiner Kaiserin das Leben zu retten?»

«Ich bin nicht mehr die Kaiserin, sobald mein Sohn mündig wird, denkt daran.»

«Für mich werdet Ihr immer die Kaiserin sein.»

Sie lächelte. «Ich weiß. Geht jetzt. Bringt dieses Schreiben zu … Handelt in allem so, wie wir es besprochen haben. Carolus weiß Bescheid.» Sie unterbrach sich erneut und warf einen ängstlichen Blick über die Schulter. Der Säulengang hinter ihr war leer.

Rainald zögerte noch immer. Er trat einen Schritt zurück und ließ den Schwertknauf los. Endlich nickte er. «Wenn Ihr es so wollt.»

Ein Schatten flog über das Gesicht der Kaiserin. «Was ich will, Rainald, spielt keine Rolle.» Sie reichte dem Krieger beide Hände. Er ergriff sie, straffte die Schultern.

«Lebt wohl, Rainald. Ihr müsst gut auf Euch achten.»

Er versuchte etwas zu sagen, bekam aber keinen Ton heraus. So deutete er bloß eine Verbeugung an, drehte sich dann rasch um und eilte davon. Die Schritte seiner Stiefel hallten noch eine ganze Weile in den Gängen wider.

Die Kaiserin blieb allein zurück.

Ein kühler Windstoß fuhr durch die scheibenlosen Fensterlaibungen und hob einen der zum Schutz aufgehängten Vorhänge an. Die Kaiserin schauderte; es sah aus, als duckte sie sich vor einem unsichtbaren Schlag. Sie warf sich auf dem Absatz herum und eilte davon.

Den Mann mit dem kurz geschorenen, hellbraunen Haar und der spitzen Nase, der sie aus dem Schatten einer verzierten Säule heraus beobachtet hatte und sich jetzt lautlos zurückzog, bemerkte sie nicht.

1. Kapitel

Zwei Wochen später

Das Kloster von St. Kyrillos lag eine knappe Tagesreise vor den Stadttoren von Reims mitten im Fôret de la Montagne auf einem Hügel, dessen Hänge man gerodet hatte. Feste, steinerne Mauern umfriedeten das Gelände und boten Schutz vor den wilden Kreaturen des Waldes, vor Wölfen und Bären, vor den herumziehenden Vaganten und Wikingern, die in den letzten Jahren immer weiter nach Süden vorgedrungen waren.

Im Inneren der Mauern lag eine Hand voll Gebäude verstreut, gute, solide Häuser mit Wänden aus festem Holz und mit Stroh und Schindeln gedeckt. Es gab ein Küchenhaus, ein Refektorium, ein Dormitorium, in dem die zwei Dutzend Nonnen schliefen, sowie einige kleinere Gästehäuser. Die Kirche auf dem Platz in der Mitte war ebenfalls aus Holz errichtet, aber sie besaß eine eiserne Tür, und ein wertvolles Altarkreuz aus Gold mit einem Reliquiensplitter des heiligen Kyrillos wurde dort aufbewahrt. Beide Gegenstände waren Geschenke eines reichen Grafen, der vor Jahren fast im Wald erfroren wäre, als ihm die Vorsehung den Weg in die rettende Wärme des Klosters gewiesen hatte. Die Kirche besaß keinen Kreuzgang, und so waren die Nonnen, deren Leben nach den Vorgaben des heiligen Benedikt geregelt war, gezwungen, die Stunden des Studiums entweder im Freien zu verbringen oder Refektorium und Dormitorium dafür zu nutzen.

«Es hat aufgehört zu regnen. Wollen wir uns ein wenig die Beine vertreten, was meinst du?» Eine Frau von ungefähr vierzig Jahren steckte den Kopf aus der Kirchentür und warf einen Blick in den Aprilhimmel, an dem Wolkenfetzen von einem scharfen Wind dahingetrieben wurden. Sie war in Gewänder gehüllt, die sie als Äbtissin des Klosters auswiesen, und ihre Haare lagen in weichen, braunen Wellen auf ihren Schultern. Früher hatte sie sich Alexandra von Apamea genannt, doch diesen Namen trug sie seit Jahren nicht mehr. Sie machte einen Schritt aus der Kirche und drehte sich zu ihrer Begleiterin um. Sophia mochte etwa neunzehn Jahre zählen, doch aus ihrem hübschen Gesicht mit der etwas zu spitzen Nase blickten zwei dunkle, verständige Augen.

«Gerne», entgegnete sie. «Wenn ich noch länger hier eingesperrt bleiben muss, fange ich an zu schreien.»

Es regnete seit Tagen in Strömen, und im Kloster waren alle aufs äußerste gereizt, denn das Wetter zwang die Nonnen, auf engstem Raum miteinander auszukommen.

Die Äbtissin überquerte den mit Feldsteinen gepflasterten Hof vor dem Kirchenportal und blieb an dessen Rand stehen. Ihr Blick fiel auf das nasse, niedergedrückte Gras und den aufgeweichten Weg. «Ist es so schlimm?»

«Johanna tut alles, um mir das Leben so unerträglich wie möglich zu machen.»

«Du übertreibst.» Vorsichtig setzte Alexandra einen Fuß auf das Gras und befand es für fest genug, um darüber zu gehen.

«Das stimmt nicht. Sie kann mich nicht leiden. Ich glaube, sie stört sich an meiner ungeklärten Stellung hier im Kloster.»

Sie erreichten die Hauptpforte, die um diese Tageszeit weit offen stand. Einer der Bauern aus dem nahe gelegenen Dorf, das dem Kloster gehörte, nutzte die Regenpause ebenfalls. Er trieb zwei Ziegen durch das Tor, die für das Küchenhaus bestimmt waren. Als er Alexandra erblickte, beugte er ehrfürchtig den Kopf. «Guten Tag, Mutter.»

«Hristof.» Alexandra lächelte ihn an. «Gute Ziegen hast du da. Mathilde wird sich freuen.»

Sophia sah Hristof an, dass er sich über das Kompliment freute. «Der Segen des Herrn liegt auf diesem Kloster, seit Ihr hier seid, Mutter.»

Mit einer Handbewegung entließ Alexandra ihn und durchschritt das Tor. «Was meintest du damit, als du eben von deiner ungeklärten Stellung im Kloster sprachst?», wandte sie sich wieder an Sophia.

Das Mädchen kaute auf ihrer Unterlippe herum. «Ich bin keine Nonne, aber ich gehöre auch nicht ins Dorf. Ich bin wie ein ständiger Gast hier.» Sie sah Alexandra von unten an und drehte eine ihrer Locken um den Zeigefinger. «Und Ihr wisst selbst, dass Gäste unbequem werden, wenn sie zu lange bleiben.»

«Du bist kein unbequemer Gast, du bist …»

«Ein Geschenk Gottes, ich weiß. Als meine Mutter mich damals auf den Stufen der Kirche aussetzte, muss sie gewusst haben, dass Ihr mich in Eurem Kloster aufnehmen würdet. Ich möchte auch nicht undankbar sein, ich habe ein Dach über dem Kopf, genug zu essen, und ich darf mit Euch Studien betreiben.»

«Immerhin habe ich dir alles beigebracht, was ich selbst weiß.»

Die Frauen stiegen Seite an Seite vorsichtig den gerodeten Hang zum Waldrand hinab.

«Ja. Ich weiß.»

«Was willst du dann noch?»

Sophia blieb stehen und musterte die Äbtissin. Für einen kurzen Augenblick konnte sie nicht entscheiden, ob es klug wäre weiterzusprechen. Alexandra hatte sie im Kloster aufgenommen, obwohl niemand wusste, woher sie kam oder wer ihre Eltern waren. Sie hatte einfach eines Tages auf den Stufen der Klosterkirche gelegen, ein Säugling noch, kaum drei oder vier Wochen alt. Alexandra hatte dafür gesorgt, dass sie gut gekleidet und ernährt wurde – und sie unterwiesen, kaum dass sie sieben Jahre gezählt hatte. Sophia hatte Latein gelernt und einige Brocken Griechisch, die Muttersprache der Äbtissin. Sie konnte nicht nur lesen, sondern auch schreiben, und mit Hilfe der Finger konnte sie sogar rechnen. Was also wollte sie noch?

Gero!, schoss es ihr durch den Kopf, aber sie zwang sich, den Gedanken nicht weiterzuverfolgen, weil er zu schmerzhaft war. Stattdessen gestand sie Alexandra, was ihr oft keine Ruhe ließ. «Ich möchte wissen, wer meine Eltern sind», sagte sie leise. «Und ich möchte mich an eine Mutter erinnern können, die mich in den Armen gehalten hat, als ich noch klein war. Die mir Schlaflieder sang …» Sie stockte, denn sie spürte plötzlich einen Kloß in ihrer Kehle. Hastig schluckte sie ihn hinunter. «Ich erinnere mich nur an die alte Irmina. Und sie konnte überhaupt nicht singen.»

Über Alexandras Gesicht war Düsternis gefallen, als hätten sich die Wolken am Himmel wieder zugezogen. Sophia sah, dass auch sie schlucken musste. Sie spürte, dass die Äbtissin um eine Antwort rang.

Sophia blinzelte. «Ach», sagte sie leichthin, «ich glaube, ich bin von diesem elenden Wetter angesteckt worden. Verzeiht mir. Ich bin Euch natürlich dankbar für alles, was Ihr getan habt.» Ein wenig ließ ihre Traurigkeit tatsächlich nach.

Inzwischen hatten sie den Waldrand erreicht. Der Weg verschwand unter den ausladenden, aber noch völlig kahlen Kronen der Bäume. Sie schlugen ihn nicht ein, sondern wandten sich nach links und gingen am Rande des Unterholzes weiter. Sophias Füße wurden langsam nass, aber sie achtete nicht darauf.

«Was hat Johanna denn schon wieder gesagt, das dich so

unruhig macht?» Alexandra hielt den Blick auf das Gelände vor ihnen gerichtet.

«Nichts Besonderes. Sie spottet ein wenig, das ist alles.»

Jetzt musterte Alexandra Sophia eindringlich, und Sophia kam es vor, als dringe ihr Blick bis auf den tiefsten Grund ihrer Seele. Sie weiß, dass du nicht die Wahrheit sagst, schoss es ihr durch den Kopf. Doch Alexandra nickte.

«Ich werde mit ihr reden.»

«Sie kann es nicht verwinden, dass Ihr mich Euer Wissen gelehrt habt. Sie hält mich für einen unehelichen Bauernbastard, und dass ich besser schreibe als sie, macht sie fuchsteufelswild.»

«Es ist ihre eigene Schuld. Sie arbeitet schließlich nicht sorgfältig genug, du hingegen schon. Sie sollte lieber versuchen, sich zu verbessern, statt dich durch ihre scharfe Zunge zu verletzen.»

Als sie den Hügel etwa zur Hälfte umrundet hatten, wurde der Pfad am Waldrand so schlammig, dass sie lieber wieder umkehrten. Sie erreichten den Hauptweg genau in dem Moment, als Hufschläge laut wurden.

Ein einzelner Reiter kam in raschem Trab aus dem Wald, ritt an ihnen vorbei, ohne sie zu beachten, und verschwand durch das Tor ins Innere des Klosters.

«Ein Bote.» Alexandra blickte ihm hinterher. «Lass uns nachsehen, was er bringt.»

Als sie den Klosterhof betraten, war der Bote gerade dabei, sein Pferd an einem der in die Mauer eingelassenen Eisenringe festzumachen. Er hörte ihre Schritte und drehte sich um.

Sophia registrierte mit einem einzigen Blick seine kostbare Kleidung, die wertvollen Waffen und auch die edlen Gesichtszüge. Eine kaum wahrnehmbare Aura von Anspannung und Trauer umgab ihn, die Sophia frösteln ließ. Instinktiv spürte sie, dass der Mann mit schlechten Nachrichten kam.

Der Bote hatte Alexandra offensichtlich als die Äbtissin des Klosters erkannt. «Seid Ihr Alexandra von St. Kyrillos?» Seine Stimme war tief und ruhig. Sophia spähte unter ihren dunklen Locken hervor in sein Gesicht.

«Ja.» Alexandra trat auf den Mann zu. «Und wer seid Ihr?»

«Rainald von Gerresheim. Ich komme im Auftrag ...» Sein Blick fiel auf Sophia. «Ich habe eine wichtige Nachricht für Euch. Können wir irgendwo ungestört reden?»

«Sophia ist meine engste Vertraute.»

«Dennoch muss ich Euch um eine Unterredung unter vier Augen bitten.» Rainalds Stimme duldete keinen Widerspruch. Überhaupt benahm er sich ausgesprochen selbstbewusst, wunderte sich Sophia. Der letzte Bote, den sie gesehen hatte, ein noch recht junger Mönch aus dem Reimser Domkapitel, der dem Kloster ein Schreiben des Erzbischofs überbracht hatte, war nervös und unterwürfig gewesen. Alexandra bewirkte dies bei den meisten Menschen, die sie nicht näher kannten. Ihr Auftreten war von großer Würde und Distanz gekennzeichnet. Dieser Bote hier jedoch sprach, als stünde er mit der Äbtissin auf einer Stufe. Sein Auftraggeber musste eine hoch gestellte Persönlichkeit sein.

«Gut. Folgt mir.» Alexandra wies Rainald den Weg zum Refektorium. Doch anstatt die Halle zu betreten, gingen sie weiter zu dem Haus, in dem Alexandras Kammer lag.

Nachdenklich sah Sophia ihnen nach. Ein ungutes Gefühl breitete sich in ihr aus. Ein Bote, der offensichtlich aus hohem Hause kam und den Alexandra sogar mit in ihre Kammer nahm? Hatte Sophia sich getäuscht, oder war Alexandra blass geworden, als er sich kurz vor der Nennung seines Auftraggebers unterbrochen hatte?

Sophia setzte sich auf die oberste der beiden Stufen, die zum Kirchenportal hinaufführten, und wartete.

Alexandra hatte mit einem Blick in die Augen des Boten verstanden. Sie kannte diesen Ausdruck, der gleichzeitig von Rastlosigkeit und Trauer sprach. Er verriet das Wissen um eine Situation, die nicht zu ändern war und die direkt in die Katastrophe führen würde.

Es fiel ihr schwer zu warten, bis sich die Tür zu ihrer Kammer hinter ihr geschlossen hatte. Kaum verriet das leise Klicken des Riegels, dass sie unter sich waren, fragte Alexandra: «Ihr kommt von der Kaiserin, nicht wahr?»

Rainald blieb für einen Moment reglos mitten im Raum stehen, der nichts enthielt außer einem Lager, einer eisenbeschlagenen Truhe, einem Hausaltar und einem Kreuz aus Buchenholz. Dann drehte er sich zu Alexandra um und nickte.

«Was ist mit ihr?» Alexandras Herz schlug dumpf in ihrer Brust. «Ist sie gestorben?»

«Noch nicht.»

Die zwei Worte reichten aus, um Alexandra eine Gänsehaut zu verursachen. «Was meint Ihr damit?»

«Die Kaiserin befindet sich in großer Gefahr, und darum hat sie mich zu Euch geschickt. Ich soll Euch dies hier übergeben.» Rainald holte ein Schriftstück aus dem Beutel, den er um die Schulter hängen hatte, ein Stück Pergament, auf dem weder Absender noch Siegel, noch ein Adressat auszumachen waren.

Mit zitternden Fingern nahm Alexandra das Schreiben entgegen, zögerte jedoch, den formlosen Wachsklumpen zu zerbrechen, der das Dokument vor unbefugten Augen schützen sollte.

Rainald stand aufrecht und völlig ruhig vor ihr und wartete, bis sie sich einen Ruck gab. Sie löste das Wachs vom Pergament, wo es einen dunklen, fast kreisrunden Fleck hinterließ, schob die Kordel ab und entrollte das Schreiben. Rasch überflog sie es.

Liebste Gefährtin! Ich schreibe Euch in höchster Bedrängnis und ohne Zeit für Erklärungen. Rainald von Gerresheim, der Euch dieses Schreiben überbringt, wird Euch alles Nötige berichten.

Nur so viel: Ich befinde mich in großer Gefahr, und es steht zu befürchten, dass ich nicht mehr lange leben werde. Höhere Mächte, die ihren Ursprung in Byzanz nehmen, haben meinen Tod beschlossen. Vor einigen Monaten erfuhr ich etwas, das ich nicht erfahren durfte. Stunden und Wochen haderte ich mit Gott ob dieser Bürde, die meine Seele zutiefst erschüttert hat. Nun jedoch, da ich an der Schwelle des Todes stehe, sehe ich deutlich vor mir, dass mein Wissen eine Bestimmung hat. Ich habe begriffen, dass vieles, was ich getan habe, auch wenn ich manches davon inbrünstig bereue, einem höheren Ziel dient. Was ich erfahren habe, darf nicht verloren gehen. Gott verlangt von mir, dass ich Euch mein Geheimnis aufbürde.

Mein Herz ist schwer, indem ich Euch dies schreibe, denn Eure Schwester Maria ist tot. Sie war es, die mich auf das Geheimnis stieß. Sie wurde von Romanos' Schergen getötet, jenen Männern, die nun auch meinen Tod planen.

Erinnert Euch an die Gespräche, die wir in Ingelheim führten, als ich Euch von der Kalenderreform des Kaisers Konstantin berichtete. Sie ist von großer Bedeutung für das Verständnis meines finsteren Geheimnisses.

Rainald wird es Euch enthüllen. Gott sei mit Euch und halte seine Hand schützend über Euch. Theophanu, Kaiserin und Freundin.

Romanos' Schergen!

Alexandra sah auf, ihre Finger bebten. «Die *silentiarii* sind hier?»

Rainald war die Überraschung anzusehen. «Ihr habt von ihnen gehört?»

«Als junges Mädchen wurde ich einmal durch Zufall Zeugin, wie zwei Schreiber aus einem öffentlichen Scriptorium abtransportiert wurden. Das Tuch, mit dem der eine von beiden zugedeckt worden war, verrutschte, als sie ihn auf den Karren legten, und ich konnte einen Blick auf den Toten werfen.» Die Erinnerung drängte sich mit Macht in Alexandras Bewusstsein, das Summen der fettglänzenden Fliegen über der Leiche, der süßliche Geruch des Todes. Bilder fielen über sie her, gegen die sie sich nicht wehren konnte. Schneeweiße Haut voll Blut und dann, in der Menschenmenge, dieses stechend schwarze Augenpaar … Sie schüttelte sich. «Sie hatten ihm die Kehle von einem Ohr bis zum anderen aufgeschlitzt. Als ich fragte, wer das getan hatte, sagte man mir, es müsse sich wohl um Tagediebe handeln, aber hinter vorgehaltener Hand machte rasch ein anderes Wort die Runde.»

«Die *silentiarii*.»

«Ja. Romanos' Mörderbande. Man munkelte, sie hätten die beiden Schreiber zum Schweigen gebracht, weil sie sich geweigert hatten, ihren Teil der Reform durchzuführen, wie man es ihnen aufgetragen hatte.»

«Und?» Rainald lehnte sich gegen die Wand.

«Ich forschte nach, aber jeder, den ich darauf ansprach, erzählte mir, die *silentiarii* seien eine wahnwitzige Erfindung. Niemals, versicherte mir mein Vater, würde der Hof zu solch unchristlichen Mitteln greifen und zwei Schreiber auf diese Weise beseitigen.» Alexandra schwieg, von ihren Erinnerungen überwältigt.

Rainald wartete geduldig, bis sie weitersprach.

«Eines Tages jedoch kam mein Vater nach Hause, bleich wie der Tod. Er teilte uns mit, unter dem Siegel der Verschwiegenheit, dass es kein Gerücht war – dass die *silentiarii* tatsächlich existierten. Romanos hatte …» Ihre Stimme versagte. «Mein Vater starb auf ähnliche Weise wie die beiden Schreiber.» Sie selbst hatte ihn gefunden, und noch heute träumte sie manchmal von dem vielen Blut. Überall war es gewesen – auf seiner Kleidung, auf dem Fußboden, den Wänden, sogar an der Decke.

«Euer Vater war Quaestor?»

«Ja. Er hatte den Auftrag, Urkundenfälschungen aufzudecken und zu verfolgen.» Alexandra lachte bitter auf. «Das klingt wie Hohn, nicht wahr?»

Rainald nickte, und ein Zittern ergriff Alexandra. «Warum jagen sie die Kaiserin?»

«Weil sie etwas weiß, das sie eigentlich nicht wissen dürfte.»

«So viel habe ich begriffen.» Alexandra hob das Schreiben leicht an. Sie sah Rainalds Blick auf sich ruhen und Bedauern darin.

«Euch ist klar, was die Kaiserin von Euch verlangt, nicht wahr?»

«Wenn die *silentiarii* herausfinden, dass sie das Wissen an mich weitergegeben hat, werden sie auch mich jagen.»

Wieder nickte er nur.

«Warum zögert Ihr?», fragte Alexandra. «Die Kaiserin hat Euch den Befehl erteilt, es mir zu sagen. Warum tut Ihr es nicht?»

Schweigen trat zwischen sie, das Alexandra schließlich brach. «Ich trat in Theophanus Dienste, als ich noch ein kleines Mädchen war. Am Anfang bestand meine Aufgabe einzig darin, ihr die Haare zu flechten. Sie sagte immer, ich könne Zöpfe machen so fein wie ein kostbares Geschmeide. Wir waren ungefähr gleich alt, und es dauerte nicht lange, da wurden wir Freundinnen. Wir teilten viele Geheimnisse. Als sie mich fragte, ob ich mit ihr nach Westen reisen wolle, habe ich nicht einen Augenblick lang nachgedacht, und dennoch ...» Das Bild ihres Vaters kehrte zurück, seine leeren, offenen Augen. Sie reichte Rainald das Schreiben. «Geht», verlangte sie tonlos. «Geht, und lasst mich in Frieden!»

Rainald sah auf das Schreiben, nahm es jedoch nicht an. Er biss die Zähne so fest zusammen, dass die Muskeln an seinen Schläfen hervortraten.

Alexandra ließ die Hand nicht sinken. Sie sah zu ihm auf. «Bitte geht. Ich kann es nicht.»

Der Bote blieb nur kurz.

Sophia sah ihn und Alexandra wieder aus dem Haus kommen. Sie gingen zu seinem Pferd, wechselten noch ein paar Worte. Alexandra sah auf ein locker aufgerolltes Stück Pergament und hielt es Rainald dann hin.

«Es tut mir Leid», sagte sie. «Bittet die Kaiserin um Vergebung.»

In Rainalds Gesicht zeigten sich widerstreitende Gefühle, dann nahm er den Brief an sich. Er steckte ihn fort, schwang sich in den Sattel, wendete und ritt ebenso rasch davon, wie er gekommen war. Für einen kurzen Moment hallten die Hufschläge seines Pferdes in dem Winkel von Refektorium und Kirche seltsam verstärkt wider, bis sie leiser wurden und schließlich in der Ferne verklangen.

Alexandra blieb nachdenklich mitten im Hof stehen. Sie erwachte erst aus ihrer Erstarrung, als Johanna, die Schreiberin, aus dem Scriptorium kam und das Wort an sie richtete: «Mutter? Was habt Ihr?»

Alexandra schüttelte nur den Kopf. Sophia sah den Zug von Ärger im Gesicht der Schreiberin, wunderte sich aber nicht darüber. Johanna war oft missgelaunt.

Sophia kaute auf ihrer Lippe herum. Ihr blieb nichts anderes übrig, als zuzusehen, wie Alexandra mit gesenktem Kopf zur Kirche hinüberging, schwer die zwei Stufen erklomm und dann im Inneren des Altarraumes verschwand.

Ein leichter Nebel war von der Saale her aufgezogen und hatte Merseburg mitsamt seinen beiden Pfalzanlagen und der mächtigen Königsmühle unten am Fluss in einen Schleier gehüllt, der von den umliegenden Hügeln aus undurchdringlich schien.

Michael von Tours hielt sein Pferd an einer Stelle an, die ihm einen guten Überblick über das umliegende Land gewährte. Ein einsamer Kirchturm ragte aus dem Nebel und wies ihm den Weg, den er nur ungern zu Ende brachte. Ein starkes Gefühl von Widerwillen griff nach ihm und ließ seinen Körper starr werden, so als wehrte sich jede einzelne seiner Fasern dagegen, in diese Stadt zu reiten.

Es war nicht die Stadt, die er fürchtete. Es war einer ihrer Bewohner.

Michael rieb sich über Hals und Nacken, wo die Haut bereits faltig wurde, obwohl er noch kein alter Mann war. Er war von kleiner, hagerer Gestalt und trug nachlässige Gewänder, denen anzusehen war, dass er auf sein Äußeres wenig Wert legte. Sein Untergewand schaute aus dem weiten Ausschnitt einer schmuddeligen Tunika hervor. Sie bestand aus dicker Wolle, die für die Jahreszeit viel zu warm schien. Schweiß stand ihm auf der Stirn und rieselte ihm ins Genick.

Er dachte an das erste Mal, als er von dem Mann gehört hatte, den er bald aufsuchen würde. Damals, kam es ihm in den Sinn, damals hatte er auch geschwitzt in der sengenden Sonne. Er hatte die Hitze für die Übelkeit verantwortlich gemacht, die ihn bei Gregors Anblick plötzlich ergriffen hatte. Doch natürlich hatte ihn nicht die Sonne gezwungen, in die Büsche zu stürzen und den Inhalt seines Magens über die Erde zu verteilen. Es waren Gregors zu knotigen Stümpfen verdrehte Hände gewesen, die hellen Knochen der Finger, die durch die Haut stachen, das blutüberströmte Gesicht, in dem eines der Augen erblindet war ... Michael kämpfte gegen die Erinnerung an, aber sie war stärker als er. Plötzlich befand er sich wieder in Byzanz, plötzlich war es wieder jener Tag, an dem sein bester Freund beinahe gestorben wäre.

«Bei allen Heiligen!» Er stützte sich an einem Baumstamm

ab und hielt sich den Magen. Langsam klang das Brennen in seiner Kehle zu einem unangenehm sauren Geschmack ab. «Was ist mit dir passiert?» Nur widerwillig drehte er sich zu Gregor um.

Der stand schwankend vor ihm, eine Hand vorgereckt, als müsste er um Halt flehen, und obwohl Michael vor seinen grauenhaft verdrehten Fingern zurückschreckte, kam er dem Freund doch zu Hilfe. Er stützte ihn, führte ihn sachte zu einem großen Stein. Gregor stöhnte auf, als er sich vorsichtig darauf niederließ, und seine Lider flatterten bedrohlich.

«Was ist passiert?», fragte Michael erneut, drängend jetzt, voller Entsetzen und Sorge.

«Marinos», hauchte Gregor. «Marinos hat mich erwischt.»

«Aber warum?»

«Er glaubte, ich wüsste …» Eine Schmerzwelle packte Gregor und ließ ihn vornüberkippen. Nur mit Mühe gelang es Michael, ihn vor einem Sturz zu bewahren. Er half ihm, sich wieder aufzurichten. «Ich hole einen Heiler!»

Doch Gregor hob eine Hand und hielt ihn mit dieser Geste zurück. Für einen Augenblick starrte er auf seine grässlich zugerichteten Finger, und dann, als schämte er sich ihrer, ließ er den Arm hastig sinken. «Ich habe ihm nichts verraten, Michael, das musst du mir glauben!»

Michael hatte die Augen so weit aufgerissen, dass er seine eigenen Wimpern spüren konnte. Er hatte keine Ahnung, wovon Gregor sprach.

«Was meinst …»

«Ich habe ihm nichts verraten, diesem …», Gregor schwankte, «… diesem Bastard von einem *sil…*» Bevor er das Wort zu Ende gesprochen hatte, verlor er das Bewusstsein. Er sackte in sich zusammen. Michael fing ihn auf und ließ ihn behutsam zu Boden gleiten. Einen Augenblick lang wagte er es nicht, Gregor allein zu lassen aus Angst, er könnte sterben, bevor er mit Hilfe zurück wäre. Aber dann rannte er doch los, durch die Gassen von Byzanz, und er schrie so laut um Hilfe wie niemals zuvor in seinem Leben …

Ein einzelner Sonnenstrahl durchdrang die Wolkendecke über Merseburg und brachte Bewegung in den Nebel, der über der Stadt lag. Unter großer Anstrengung gelang es Michael, sich aus dem Bann der eigenen Erinnerungen zu befreien. Immerhin lag das alles jetzt einige Jahre zurück. Gregor war nicht gestorben, auch wenn es eine Zeit lang so ausgesehen hatte. Doch seit diesem Tag war sein bester Freund nicht nur auf einem Auge blind, sondern auch so verkrüppelt, dass er nicht mehr in der Lage war, selbst zu schreiben. Er, der begabte Schreiber und Forscher.

Was es war, das er auch unter der Folter nicht verraten hatte, hatte er Michael zu dessen Schutz niemals gesagt.

Michael stieß einen so tiefen Seufzer aus, dass sein Pferd beunruhigt den Kopf hob. Es hatte keinen Zweck, hier noch länger herumzustehen. Mit einem Schnalzen trieb er das Tier an und lenkte es den Hügel hinunter.

Marinos befand sich in Merseburg.

Und Michael musste ihm gegenübertreten, egal, wie sehr sich alles in ihm auch dagegen sträubte.

✵

Am nächsten Tag hatte die Frühlingssonne sich endlich gegen den Regen durchgesetzt. Wald und Wiesen begannen zu dampfen, und gegen Mittag war es so warm, dass Sophia froh war, in der kühlen Schreibstube zu sitzen. Vor ein paar Tagen hatte Frida, die seit dem Tod einer älteren Mitschwester das Amt der Kellermeisterin übernommen hatte, unten im Dorf ein paar Aussaatlisten erstellt. Sie wollte sie ins Mutterkloster schicken, damit man dort die Höhe der fällig werdenden Abgaben einplanen konnte. Aus diesem Grund hatte Alexandra Sophia gebeten, beim Kopieren der Listen behilflich zu sein.

Es fiel Sophia jedoch schwer, sich zu konzentrieren. Seit der Ankunft des Boten am Vortag hatte sie keine Gelegenheit gehabt, mit Alexandra zu sprechen, und so brannte die Neugier noch immer auf ihrer Seele. Beinahe genoss sie das Gefühl, denn es lenkte sie von ihrem eigentlichen Kummer ab.

Die Sonne fiel in langen, schrägen Bahnen durch die Fenster des Scriptoriums. Sophia hatte das Kinn in eine Hand gestützt und verfolgte den Flug eines Spatzenpaares, deren Körper huschende Schatten auf den Fußboden malten. So zu zweit durchs Leben zu fliegen!

«Die Äbtissin braucht die Liste noch heute Abend!» Johannas Stimme war spitz, beinahe ein wenig gehässig, und sie riss Sophia aus ihren Tagträumen. Missmutig warf Sophia der Schreiberin einen Blick zu. Johanna war, wenngleich schon deutlich über dreißig Jahre alt, fast einen halben Kopf kleiner als Sophia. Zwischen ihren Augenbrauen stand ein spitzes, zorniges V, das ihr ein düsteres, unzufriedenes Aussehen gab.

«Ja, ja.»

«Ihr braucht nicht so aufsässig zu sein», zischte die Schreiberin. «Jede andere hätte Alexandra schon bestraft.»

So ein Unsinn, dachte Sophia. Jetzt fängt sie wieder mit ihrer unseligen Litanei an!

«Ich frage mich ohnehin, warum die Äbtissin Euch hier im Kloster bleiben lässt», murmelte Johanna, den Kopf über eine Urkunde gebeugt, die sie schreiben sollte. «Ihr hättet schon längst verheiratet werden müssen, dann würdet Ihr Eurem Mann und nicht uns auf der Tasche liegen. Gero von Verla wäre der einzige Kandidat weit und breit, fürchte ich. Aber ich kann verstehen, dass Ludger sich dagegen sträubt, seinen Sohn mit einem elternlosen …» Sie brach ab, als Sophia ihr einen finsteren Blick zuschoss.

Bauernbalg, das war das Wort, das sich die Schreiberin gerade noch verkniffen hatte. Sophia unterdrückte ihre Wut auf die Nonne, die mit ihren unbedachten und gehässigen Worten all ihren Kummer auf einen Schlag zurückgeholt hatte. Natürlich würde Gero sie nicht wollen. Brütend betrachtete sie ihre schmalen Hände mit den länglichen, hellen Nägeln. Waren das Bauernhände? Sie schluckte den Zorn hinunter, dafür legte sich die Traurigkeit umso schwerer auf sie. Mit zusammengebissenen Zähnen füllte sie die letzten beiden Zeilen ihrer Liste sorgfältig mit Zahlen, beugte sich über die Wachstafel, auf der Frida ihre Angaben vorgeschrieben hatte, und strich die beiden untersten mit so viel Druck durch, dass der Griffel laut über das Holz unter der Wachsschicht schrammte. Sophia war fertig, und sie würde Johanna ihre Unverschämtheit zurückzahlen. Sie nahm das Pergament hoch und schwenkte es sachte hin und her. «Wisst Ihr, was der Bote gestern wollte?»

Johanna sah von ihrer Arbeit auf. Ihre blauen Augen blickten sie eisig an, dann beugte sie den Kopf wieder über ihre Arbeit. «Nein.»

Sophia unterdrückte ein Lächeln. In Johannas Blick hatte sie lesen können, dass die Schreiberin ebenso neugierig war wie sie selbst. Außerdem war darin eine erschrockene Vermutung zu erkennen gewesen. Die Vermutung, dass sie, Sophia, Bescheid wusste. Befriedigt ließ Sophia die Schreiberin in dem Glauben. Sie beobachtete sie eine Weile, wie sie Buchstabe um Buchstabe malte und dabei die Zunge immer wieder zwischen die Zähne klemmte. Dann konnte sie sich einfach nicht mehr beherrschen und setzte nach: «Er hatte schlechte Nachrichten.»

«Möglich.» Johanna betrachtete ihre Federspitze und wechselte den Kiel gegen einen anderen aus.

Gerade, als Sophia erneut etwas sagen wollte, öffnete sich die Tür des Scriptoriums, und Alexandra trat ein. Sie sah müde und blass aus, gerade so, als habe sie in der Nacht kein Auge zugetan. Und irgendetwas an ihr hatte sich verändert. Es dauerte eine Weile, bis Sophia erkannte, was es war: Die Ruhe und Gelassenheit, die ihre Äbtissin üblicherweise ausströmte, waren verschwunden. Sie schien angespannt und ängstlich.

Alexandra warf einen Blick über Johannas Schulter auf die Urkunde. Dann jedoch wandte sie sich an Sophia: «Ich habe nach dir gesucht.»

«Ich war die ganze Zeit hier.»

Die Äbtissin nickte. «Wir müssen etwas Dringendes besprechen. Komm heute Abend nach der Komplet in meine Kammer.» Sie sah zu Johanna, die sich demonstrativ tiefer über ihre Arbeit beugte und so tat, als habe sie nichts gehört.

«Gut. Hier ist die Liste, die Ihr haben wolltet.» Sophia reichte der Äbtissin ihr Pergament. Die warf einen schnellen Blick darauf.

«Die Liste? Ach ja, danke.» Sie nahm sie, machte auf dem Absatz kehrt und war bereits in der Tür, als sie sich noch einmal besann. «Ach, Johanna, wie lange, glaubt Ihr, braucht Ihr noch für die Urkunde über Ludgers Lehen?»

Die Schreiberin zuckte hoch. «Es dauert noch eine Weile.»

Alexandra überwand mit einigen raschen Schritten die Entfernung zwischen der Tür und Johannas Pult und sah auf das Pergament der Schreiberin. «Ihr habt nur noch wenig Platz, ist Euch das bewusst?»

«Ich werde schon alles darauf unterbekommen.»

Sophia hielt den Atem an, weil sie erwartete, dass Alexandra Johanna sogleich wegen ihres respektlosen Tones zurechtweisen würde. Sie tat es jedoch nicht.

«Denkt auch an die Datumszeile», sagte sie.

«Aber die Urkunde ist zu Euren Lebzeiten ausgestellt, das sieht doch jeder. Reicht das nicht?»

Dunkle Flecken erschienen auf Alexandras Gesicht. «Es reicht nicht! Auch, wenn es Euch nicht passt, ich möchte auf diesem Schreiben ein Datum. Und wenn Ihr keinen Platz mehr dafür habt, dann werdet Ihr es noch einmal abschreiben müssen. Es wird Euch eine Lehre sein, in Zukunft nicht so großzügig mit dem Platz umzugehen.»

Sie war schon wieder an der Tür, als Johanna knurrte: «Und welches Datum soll ich nehmen?»

«Wie datieren wir hier im Kloster unsere Urkunden?»

«Nach unserem Gründungsjahr.»

«Na also.» Der ruhige Klang ihrer Stimme schwang noch nach, als die Äbtissin schon lange fort war.

Nachdenklich starrte Sophia ihr hinterher. Es war noch nie vorgekommen, dass Alexandra nicht mehr wusste, was sie in Auftrag gegeben hatte. Und noch nie war sie so fahrig und ungeduldig gewesen, nicht einmal mit Johanna.

Sophia schickte sich an, das Scriptorium ebenfalls zu verlassen.

«Wo wollt Ihr hin?», rief Johanna hinter ihr her.

«Ich bin mit meiner Arbeit fertig.» Im Gegensatz zu Euch. Sophia konnte sich nicht beherrschen. Sie schlug einen Bogen, der sie um Johannas Stehpult herumführte, und warf einen Blick über die Schultern der um einiges kleineren Schreiberin. Auf Anhieb fand sie zwei falsche Deklinationen in dem lateinischen Text.

Sie unterließ es, Johanna darauf hinzuweisen.

«He, träumst du?»

Ein Schatten fiel über sie.

«Gero!» Sophia fuhr hoch und merkte jetzt erst, dass sie unter den wärmenden Strahlen der Frühlingssonne eingedöst war. «Hast du mich erschreckt!» Sie zwang sich zu einer gelassenen Miene und ließ den Blick an seiner schlaksigen Gestalt bis zu den Stiefeln hinunterwandern. Wie immer, wenn sie ihn sah, konnte sie sich nicht vom Anblick seiner Hände und Unterarme losreißen. Gleichzeitig kräftig und langgliedrig waren seine Finger, und unter seiner Haut waren die Sehnen deutlich zu erkennen.

Gero war der Sohn von Ludger von Verla, dem sächsischen Adligen, der in der Nähe des Klosters von Alexandra einen Hof als Lehen erhalten hatte. Die Urkunde, die Johanna soeben ausstellte, diente dazu, dieses Lehen noch zu erweitern. Alexandra hatte die Entscheidung dazu vor wenigen Wochen getroffen. Damit wollte sie Ludger für die Treue belohnen, die er ihr jetzt schon jahrzehntelang hielt. Soweit Sophia wusste, war Ludger vor etlichen Jahren zusammen mit Alexandra aus Griechenland nach Reims gekommen.

«Warum schläfst du auf der Kirchentreppe?»

Sophia setzte sich aufrecht hin. «Ich habe den ganzen Vormittag im Scriptorium für Alexandra Saatlisten geschrieben und wollte mich ein bisschen ausruhen.»

«Ich glaube, du hast das Mittagsmahl verpasst.»

Sophia zuckte verlegen die Achseln und zupfte an ihrem Gewand. In diesem Augenblick war sie froh, dass Alexandra sie wie eine Adlige in edles Leinen kleidete.

Gero sah auf sie nieder und pustete von unten gegen die blonden Haare, die ihm wie immer viel zu lang ins Gesicht hingen. «Hast du dich wieder mit Johanna gestritten?»

Sophia rutschte ein wenig zur Seite, und Gero nahm es als Aufforderung, sich zu setzen. Ein Kribbeln erfasste Sophias Haut am Arm, dort, wo er sie beinahe berührte.

«Möglich.»

«Tu nicht so kühl», schalt er. «Man kann dir ansehen, dass sie dich wieder einmal getroffen hat.» Die Iris seiner hellen Augen wurde von einem schmalen, dunkelblauen Rand umschlossen und sah dadurch immer ein wenig strahlend aus.

Sophia rupfte einen Grashalm aus einem Büschel an der Kirchenmauer ab. Sie musste sich dafür weit vorbeugen, und auf diese Weise konnte sie dem Blick seiner klugen Augen ausweichen.

«Johanna ist eine dumme Gans! Sie weiß genau, dass du ihr um Längen voraus bist, und das ärgert sie.»

«Ich glaube, am meisten ärgert sie, dass Alexandra mich ihr vorzieht.»

Gero lachte leise, und das Kribbeln rann Sophias Nacken hinauf. «Natürlich. Weil du die bessere Schreiberin bist. Das ist ja auch kein Wunder, bei dem Ehrgeiz, den du an den Tag legst. Latein, Griechisch, ich wünschte, ich hätte dein kluges Köpfchen.» Er machte Anstalten, ihr mit dem Fingerknöchel gegen die Stirn zu klopfen, tat es dann aber doch nicht, sondern ließ den Arm wieder sinken. Sophia sah, dass eine leichte Röte seine Wangen überzog.

«Du kannst auch Latein. Alexandra hat uns beide zusammen unterrichtet.»

«Ja, aber mir musste sie geduldig alles dreimal erklären, was du glcich beim ersten Mal begriffen hast.»

Sophia dachte nach. «Meinst du, dass die Tochter eines Bauern so schnell lernen könnte wie ich?»

«Natürlich, warum nicht? Mein Vater hat eine Menge Bauern in seinem Gefolge, die verständiger sind als ich.» Gero grinste. «Aber wenn du jemandem erzählst, dass ich das zugegeben habe, bekommen wir Ärger!»

Über Sophias Gemüt senkte sich ein Schatten. Gero beugte sich vor. «Oh, war das die falsche Antwort?» Er zögerte, doch dann legte er vorsichtig eine Hand auf die Finger, die Sophia auf ihren Knien ineinander verschränkt hatte. Sophias Herzschlag beschleunigte sich. «Wenn ich eines ganz fest glaube, Sophia», sagte er, «dann ist es, dass du niemals die Tochter eines einfachen Bauern sein kannst.»

Sophia wagte nicht, ihren Blick zu heben. «Danke.» Wenn sie nur nicht das Gefühl gehabt hätte, dass er das gesagt hatte, um ihr eine Freude zu machen.

«Gero. Hier seid Ihr.» Die feste Stimme ließ Gero herumfahren, als fühlte er sich bei etwas Verbotenem ertappt. Alexandra war um die Ecke der Kirche gebogen. «Euer Vater bittet mich, Euch auszurichten, dass Ihr auf dem Heimweg nach der alten Gundis sehen sollt. Es ging ihr gestern nicht gut. Und bringt ihm einen Beutel mit ihrem getrockneten *marrubium* mit. Ich glaube, Relindis quält wieder ihr altes Leiden.» Alexandra lächelte schwach. «Wenn Ihr Eure Unterredung beendet habt, sucht bitte nach Hristof und sagt ihm, dass seine Dienste gebraucht werden. Eines der Mutterschafe hat sich ein Bein gebrochen. Ach, und sagt Eurem Vater, er soll endlich einmal dafür sorgen, dass Ihr einen vernünftigen Haarschnitt erhaltet!»

Gero senkte den Kopf und nickte knapp. Alexandra wollte schon gehen, doch sie besann sich eines Besseren. Ihr Blick wanderte über die beiden jungen Leute. Plötzlich konnte Sophia spüren, dass die Äbtissin nur mit Mühe ihre Gefühle unterdrückte. Von ihr strömten Trauer und Angst aus wie ein durchdringender Geruch.

«Geht es Euch nicht gut?», fragte Sophia.

Alexandra warf einen raschen Blick über die Schulter. «Wir sprechen später darüber. Komm heute nicht nach der Komplet in meine Kammer, sondern während der Messe ins Scriptorium.» Mit diesen Worten ging sie endgültig, und Sophia schaute ihr nachdenklich nach.

«Irgendetwas stimmt mit ihr nicht.»

«Wie kommst du darauf?» Gero setzte sich wieder, und sie tat es ihm nach.

«Ich weiß nicht. Gestern Abend ist ein Bote gekommen, und seitdem ist sie so abwesend.»

«Wahrscheinlich hat er schlechte Nachrichten gebracht.»

«Ja, aber es ist mehr als Traurigkeit, findest du nicht?»

Gero dachte darüber nach und zuckte die Achseln. «Keine Ahnung.»

Eine Weile saßen sie schweigend nebeneinander. Sophia konnte spüren, wie ihr Kopf wieder anfangen wollte zu grübeln, aber irgendwie ließ Geros Gegenwart es nicht zu, dass sie erneut von Traurigkeit eingehüllt wurde.

«Wie stellst du dir dein Leben vor?», fragte sie Gero unvermittelt.

«Wie meinst du das?»

«Na ja, wie soll dein Leben weitergehen?»

Gero stülpte die Unterlippe vor. «Hm. Erst mal will ich meine Studien fortsetzen. Und meine Schwertübungen vorantreiben. Dann, denke ich, werde ich irgendwann den Hof meines Vaters übernehmen.»

Er hatte nicht davon gesprochen, sich eine Frau nehmen zu wollen. «Warum bleibst du hier?»

«Du meinst, warum ich nicht zu einem Freund meines Vaters gehe und mich zum Krieger ausbilden lasse?» Gero sah Sophia in die Augen und ihr wurde warm. Sie senkte die Lider.

«Vielleicht, weil ich nicht will.»

«Dein Vater hat schon immer viel zu viel darauf gegeben, was du willst.»

Gero grinste. «Ich bin sein einziger Sohn.»

«Ja. Aber warum willst du nicht von hier weg?»

Er zuckte erneut die Achseln und sprang auf die Füße. «Ich sollte jetzt gehen. Mein Vater erwartet mich, und ich muss vorher noch Hristof Bescheid sagen.»

«Sehen wir uns morgen?»

«Natürlich.» Gero machte auf dem Absatz kehrt und lief davon.

Sophia sah ihm nach und gab sich dem Bedauern hin, dass er fort war. Wieder hatte sie es nicht geschafft, ein offenes Gespräch mit ihm zu führen. Gero würde irgendwann in der nächsten Zeit mit einer reichen Sächsin verheiratet werden, und dann wäre es vorbei mit den Treffen im Schatten der

Klostermauer oder auf der Kirchentreppe. Sophia erschauerte. Es kam ihr vor, als sei etwas von Alexandras neuer Unruhe auf sie übergegangen. Vielleicht sollte sie doch den Schleier nehmen …

Das Kloster besaß keine Glocke, und so benutzte man eine Art eisernen Gong, um die Nonnen zur Messe zu rufen. Kurz nach Einbruch der Dunkelheit rief dieser Gong zur Komplet. Sein Klang wehte weithin über das Land. Sophia wusste, dass man ihn, wenn der Wind günstig stand, bis zu Ludgers Herrenhaus hören konnte.

Sie stand im Schatten des Scriptoriums und sah zu, wie die Nonnen eine nach der anderen in der Kirche verschwanden. Als Letzte gingen Frida und Johanna hinein, die den anderen am Portal mit brennenden Fackeln geleuchtet hatten. Die Tür fiel ins Schloss, und kurze Zeit später hörte man die Nonnen den ersten Hymnus anstimmen.

Alexandra erschien nur wenige Augenblicke später, als habe auch sie in der Dunkelheit gewartet.

«Sophia. Komm mit.»

Sophia fuhr erschrocken herum. Alexandra griff nach ihrer Hand und zog sie ins Innere des Scriptoriums.

Drinnen war es stockfinster, nur die Fenster zeichneten sich als hellere Vierecke gegen die Schwärze der Nacht ab. Sophia sah, wie der Mond von einer rasch dahineilenden Wolke verdeckt wurde.

Alexandra entzündete eine der Fackeln, die in eisernen Wandhaltern steckten, und das spärliche Licht riss ihre angespannten Züge aus der Finsternis. Tiefe Falten hatten sich in ihre Haut gegraben, die jetzt in dem flackernden Licht noch deutlicher ins Auge fielen.

«Was ist passiert?» Sophia trat neben die Äbtissin.

«Der Bote, der gestern gekommen ist, er hatte sehr schlechte Nachrichten.»

«Welche denn?»

Alexandra fuhr sich mit der Hand über die Stirn. Ihre Haare hatten im Licht der Fackel einen stumpfen Glanz. «Meine Schwester ist gestorben.»

«Das tut mir Leid.»

«Ich habe sie seit vielen Jahren nicht mehr gesehen, und ihr Tod liegt auch schon länger zurück. Ich habe nur jetzt erst davon erfahren. Die Nachricht von größerer Bedeutung aber ist: Es kann sein, dass auch Kaiserin Theophanu bald stirbt.»

«Die Kaiserin?» Sophia fühlte, wie ihr Herz aussetzte. Nie im Leben hätte sie vermutet, dass der Bote von der Kaiserin gekommen war. Sicher, sie wusste, dass Alexandra früher einmal zum Hofstaat gehört hatte. Sie war damals mit Theophanu aus Byzanz gekommen, als die Kaiserin mit Otto II. verheiratet werden sollte. Doch solange Sophia sich zurückerinnern konnte, hatte die Äbtissin niemals Kontakt mit dem Hof gehabt. Was hatte dies nur zu bedeuten?

«Es ist besser, wenn du so wenig wie möglich weißt. Nur so viel: Es kann sein, dass ich das Kloster demnächst verlassen muss. Und ich muss wissen, was in diesem Fall mit dir geschehen soll.»

«Das Kloster verlassen?», wiederholte Sophia wie eine Närrin.

«Was soll ich mit dir machen, wenn ich fortmuss, Sophia? Das Beste für dich wäre wohl, wenn du hier bliebest.»

Sophia nickte, ohne darüber nachzudenken. Zu nahe waren noch ihre Überlegungen vom Nachmittag: den Schleier nehmen und im Kloster bleiben. Doch diesen Gedanken hatte sie gehegt, als sie noch angenommen hatte, Alexandra würde bis zu ihrem Tod Äbtissin bleiben. Sollte sie nun fortgehen, sah die Sache für Sophia plötzlich ganz anders aus. «Nein!», erwiderte sie, und das eine Wort überschnitt sich mit ihrem letzten Nicken.

Alexandra zog eine Braue in die Höhe.

In Sophias Kopf rasten die Gedanken. Die Nonnen würden eine neue Vorsteherin wählen, und sie würden sich dabei zwischen wenigen Frauen entscheiden, die bereits jetzt herausragende Stellungen im Kloster innehatten: Frida, zum Beispiel, die Kellermeisterin, oder Gertrud, die zuständig war für alles, was durch Schenkung, Zins oder Kauf an das Kloster geriet.

Und auch Johanna war eine durchaus denkbare Anwärterin auf das Amt, denn Alexandra hatte ihr vor etwas mehr als einem Jahr die Verantwortung für die Sakristei übergeben, um ihre ständige Eifersucht auf Sophia zu besänftigen. Genutzt hatte es nicht viel, es hatte im Gegenteil nur dazu geführt, dass Johanna sofort versucht hatte, einen Großteil der Nonnen auf ihre Seite zu ziehen und gegen Sophia aufzuwiegeln.

Es war durchaus möglich, dass Johanna die neue Äbtissin des Klosters werden würde, und abgesehen davon: Würde Sophia es ertragen können, in Geros Nähe zu sein, sobald er einmal verheiratet war?

«Nein», sagte sie noch einmal.

Alexandra nickte. «Gut.»

«Aber wohin soll ich dann?»

«Ich werde darüber nachdenken. Heute habe ich dich hierher gebeten, weil ich zuerst eine Entscheidung von dir brauchte. Da du nicht hier bleiben willst, sorge dafür, dass du von heute an zu jedem Augenblick abreisebereit bist. Du besitzt nicht viel; halte alles zusammen, sodass du schnell ein einfaches Bündel schnüren kannst.» Alexandra nahm Sophia bei den Armen und bohrte ihren Blick in sie. Sophia glaubte, in dem Flackern, das die Äbtissin zu erfüllen schien, versinken zu müssen. «Und nun höre gut zu. Du darfst niemandem, ich wiederhole, Sophia, niemandem von diesem Gespräch erzählen. Hast du mich verstanden?»

«Ich …»

«Niemandem! Auch nicht Gero. Versprich es mir, Sophia!»

Sophia nickte verwirrt. «Gut.»

«Versprich es!»

«Ich verspreche es.»

Endlich ließ Alexandra ihre Oberarme wieder los. Sophia unterdrückte den Impuls, sich die schmerzenden Stellen zu reiben. In dem Moment, als Alexandras Gesicht in die Schatten zurückwich, erlosch auch das Flackern in ihren Augen. Wahrscheinlich war es nur der Widerschein der Fackel gewesen, dachte Sophia.

Trotzdem war in ihr das Unbehagen zu einem nagenden Angstgefühl geworden.

2. Kapitel

Was ist? Man sollte meinen, die lange Reise hätte Euren verweichlichten Schreiberleib genügend gestärkt, um Schritt halten zu können.» Einer der beiden Sachsen, die Michael durch Zufall in einem Gasthaus in Merseburg getroffen hatte, verlangsamte den Schritt und drehte sich zu ihm um.

Michael verzog das Gesicht zu einer Grimasse, die der eines verspotteten Kindes nicht unähnlich war. «Ich halte Euch zugute, Sigbert von Wenkheim, dass Ihr den Mann nicht kennt, zu dem Ihr mit diesem Eifer unterwegs seid.»

Der Sachse lachte. «Schon gut. Ihr habt mehr als einmal erwähnt, dass es klug ist, vorsichtig zu sein! Dennoch könntet Ihr Euren Schritt ein klein wenig beschleunigen, sonst sind wir heute Abend noch nicht da.» Er sah aus wie ein Krieger, hatte blonde, weiche Haare, eine hoch gewachsene, kräftige Gestalt mit hängenden Schultern und riesigen, wie Schaufeln aussehenden Händen. Michael hatte in dem Wirtshaus, in dem er sich nach der langen Reise eine Mahlzeit gegönnt hatte, mit angehört, wie Sigbert sich mit seinem Begleiter über Marinos unterhielt. Einem Impuls folgend, hatte er die beiden angesprochen. Er hatte herausgefunden, dass auch sie auf dem Weg zu dem Byzantiner waren, und sie waren schnell übereingekommen, ihn gemeinsam aufzusuchen.

Nun aber, da er hinter den beiden her durch die Stadt eilte und kaum Schritt halten konnte, war sich Michael nicht mehr so sicher, ob das eine gute Idee gewesen war. Er hatte nicht die Absicht, völlig durchgeschwitzt und außer Atem vor Marinos zu treten, und er konnte die beiden Sachsen einfach nicht dazu bringen, ihre langen Schritte den seinen anzupassen.

Er biss die Zähne zusammen. «Schon gut!»

Sigbert lachte noch lauter. Dir wird das Spotten schon noch vergehen, dachte Michael säuerlich. Spätestens, wenn du Marinos gegenüberstehst und feststellst, dass er dich mit einer Hand zerquetschen kann.

Wieder wollten ihn die Erinnerungen an Gregor einholen, doch diesmal drängte er sie erfolgreich zurück, indem er sich in Erinnerung rief, was er von Marinos wusste. ‹Der Byzantiner› wurde er von vielen genannt, als sei es gefährlich, seinen richtigen Namen auszusprechen, und vielleicht war es das auch. Das Auffallendste an ihm, so sagte man, seien seine seltsamen Augen; schwarz sollten sie sein, und von so undurchdringlicher Tiefe, dass man nicht erkennen konnte, wo seine Pupille aufhörte und wo die Iris begann. Es hieß, Marinos anzusehen bedeute, in ein abgrundtiefes, finsteres Loch zu blicken. Michael kannte den Grund für die merkwürdigen Augen des Byzantiners. Wie ein gutes Dutzend anderer Männer war er ein direkter Nachkomme von Romanos Lakapenos, bei dem diese auffällige Augenfarbe zum ersten Mal aufgetreten sein sollte. Durchaus gelehrte Männer hatten Michael gegenüber behauptet, sie sei eine Strafe Gottes für die Brutalität gewesen, mit der Romanos damals … Schnell schüttelte Michael diesen Gedanken wieder ab. Es war wohl besser, sich nicht ausgerechnet jetzt mit Marinos' Verbindung zu dem seit vielen Jahren verstorbenen Admiral zu belasten.

Mit langen Schritten eilte er den Sachsen nach, vorbei am Laurentiusstift und dessen Kathedrale, quer über den Platz vor der kaiserlichen Pfalz und hinein in das Händlerviertel, das von der Burgmauer in zwei Teile geteilt wurde. Das Haus, auf das sie jetzt zusteuerten, lag im Inneren der Burganlage.

Sigbert hielt einen vorbeigehenden Händler an. «He, guter Mann, könnt Ihr mir sagen, ob in diesem Haus ein gewisser Marinos Phokainos wohnt?»

«Ihr meint den Byzantiner? Ja.»

Sigbert deutete eine Verbeugung an. «Ich danke Euch!» Der Händler ging seiner Wege, und Sigbert trat vor die Tür des Hauses. Das Geräusch seiner Faust auf dem Holz hallte dumpf durch das Gebäude, und mit einem Mal schlug Michael das Herz bis zum Hals.

«Marinos ist auch aus Byzanz?» Sigberts Begleiter, Theodor von Sesto, sah Michael fragend an. Die Sachsen waren, wie Michael ebenfalls, aus dem Oströmischen Reich nach Merseburg gekommen. Es irritierte Michael, wie ähnlich sich die beiden sahen, obwohl sie keine Brüder waren. Zumindest hatten sie das behauptet.

«Marinos Phokainos ist ein Nachfolger von Romanos Lakapenos.» Michael starrte auf die Tür, während er das sagte, und bemühte sich, nicht atemlos zu klingen vor Nervosität. Mit einem raschen Seitenblick nahm er Theodors arglose Miene zu Kenntnis. Er stöhnte innerlich auf und fragte sich, ob es ein Zeichen innerer Schwäche war, dass die neuen Krieger, die Byzanz in den Westen schickte, nicht einmal mehr über den Ursprung ihrer Bewegung informiert waren. Michael überlegte, ob er Theodor erklären sollte, wer Romanos Lakapenos und die *silentiarii* waren, entschied dann aber, dass es besser sein würde, den Mund zu halten. Ohnehin wurde in diesem Moment die Tür geöffnet, und ein junger Diener streckte den Kopf heraus. Sigbert stellte sich und seine beiden Begleiter vor. «Dein Herr erwartet uns.»

«Kommt herein.» Der Diener führte sie durch eine Art Vorraum und brachte sie in einen großen Saal, der fast das gesamte Erdgeschoss des Gebäudes einzunehmen schien. Michael bekam keine Gelegenheit, sich ausgiebig umzusehen, denn sein Blick wurde sofort von einem Mann auf sich gezogen, der mit dem Rücken gegen einen der hölzernen Deckenpfeiler gelehnt stand. Wie ein sprungbereites Raubtier wirkte er. Seine extreme Magerkeit, die Sehnen, die sich unter seiner hellen Haut wie Seile abzeichneten, und die langen schwarzen Haare verstärkten diesen Eindruck noch. Nur wenige graue Strähnen zogen sich an Marinos' Schläfen entlang, und sie waren neben den eingefallenen Wangen das einzige Anzeichen dafür, dass der Byzantiner bereits über fünfzig Jahre zählte. Michael drohte sofort in den Sog seiner tiefen, schwarzen Augen zu geraten, und so sah er rasch zur Seite. Ihm war klar, dass ihm dies womöglich als Schwäche ausgelegt würde, aber er konnte nicht anders. Er schluckte hart und entschied, dass ihm nichts anderes übrig blieb, als den Stier bei den Hörnern zu packen. Mit zitternden Knien schob er sich an Sigbert vorbei und trat vor Marinos hin. Als er zu sprechen begann, hoffte er inständig, dass seine Stimme nicht bebte. «Ich grüße Euch.»

Weiter hinten im Saal hielten sich zwei weitere Männer auf. Sie waren in Schatten gehüllt und nur undeutlich zu erkennen: Alles, was Michael wahrnahm, war die weibisch wirkende Gestalt des einen. Da beide jedoch keine Anstalten machten, vorzutreten, vermutete Michael, es müsse sich um Diener handeln, und ignorierte sie. «Byzanz schickt Euch diese beiden Sachsen zur Verstärkung. Wir trafen uns in einem der Gasthäuser an der Stadtmauer, das die Leute hier weit gereisten Fremden empfehlen. Und so schloss ich mich ihnen an, als ich hörte, dass sie sich zu ihrem Dienstantritt bei Euch melden wollten.»

«Dann wart Ihr ebenfalls auf dem Weg zu mir?» Marinos hatte eine tiefe, sogar angenehme Stimme. Michael versuchte, dem Blick der schwarzen Augen standzuhalten, scheiterte jedoch zum zweiten Mal.

Rasch schüttelte er den Kopf. «Nein. Oder ja. Wie man es nimmt.»

«Ihr steht auch in Diensten der Kalenderreform, nicht wahr?»

«Ja, als Schreiber.» Michael betonte das Wort Schreiber, und Marinos nickte lächelnd.

«Natürlich. Man sieht deutlich, dass Ihr nicht zu Romanos' Männern gehört.»

Zu deinen Männern, meinst du doch, schoss es Michael durch den Kopf. «Ich komme mit dem Auftrag eines Gelehrten in den Westen.»

«Und was wollt Ihr dann von mir?»

Michael zwang sich, seine Worte sorgfältig abzuwägen. Es schien ihm ratsam, den Byzantiner nicht zu reizen. Noch war er unverbindlich, ja sogar freundlich, und Michael beschloss, das auszunutzen. «Ich hoffe, dass Ihr mir bei meiner Suche behilflich sein könnt. In Byzanz sagte man mir, Ihr hättet engen Kontakt zum Kaiserhof?»

«Das könnte man sagen, ja.»

«Dann kennt Ihr wahrscheinlich die meisten hoch gestellten und gelehrten Männer. Ich bin auf der Suche nach einem Astronomen. Byzanz braucht den Rat eines Außenstehenden, und ich wurde beauftragt, jemanden zu finden, der uns helfen kann.»

«Einen Mann – sollte er hoch gestellt sein?»

«Ja, unbedingt. Und wenn er einen gewissen Einfluss hätte, wäre das von großem Vorteil.»

«Gut. Setzt Euch doch.» Marinos wies auf einige im Raum verstreute Stühle.

Michael wartete, bis Sigbert und Theodor sich gesetzt hatten, dann zog er sich einen Hocker heran und ließ sich vorsichtig auf dessen Kante nieder. Gespannt wartete er darauf, wessen Namen Marinos ihm nennen würde, aber er wurde enttäuscht. Entweder musste der Byzantiner erst über seine Frage nachdenken, oder er hatte einfach vor, Michael ein wenig zappeln zu lassen, jedenfalls richtete er das Wort jetzt an die beiden Sachsen. «Hat man Euch den Eid abgenommen?»

Sigbert nickte. Da der Byzantiner noch stand, musste er zu ihm aufschauen, und Michael konnte spüren, dass er zwischen Ärger und Unsicherheit schwankte.

«Wiederholt ihn mir gegenüber.»

Die beiden Sachsen schienen das erwartet zu haben, denn ohne die Mienen zu verziehen, erhoben sie sich von ihren Sitzen, knieten sich vor dem Byzantiner nieder, senkten die Köpfe und rezitierten einstimmig: «Ich schwöre, meine gesamte Kraft, mein Wissen und mein Können in den Dienst der Reform zu stellen. Mein Dienst soll zum Sieg oder meinem Tod führen. Ich werde bis zum letzten Atemzug den Befehlen jener gehorchen, die für die Reform streiten. Von nun an bin ich mit Leib und Seele ein *silentiarius*.»

Fasziniert betrachtete Michael, wie diese beiden hünenhaften Männer willig einen Eid schworen, dessen Inhalt und Tragweite sie nicht einmal im Ansatz erfassen konnten. Er kannte die Kunstfertigkeit, mit der Männer wie sie rekrutiert wurden, Männer, die meist durch eigenes Verschulden in der Gosse gelandet waren. Wahrscheinlich hatte ein wohlhabender Mann – ein Mann mit selbst für einen Byzantiner ungewöhnlich tiefschwarzen Augen, dachte Michael schaudernd – sie unter seine Fittiche genommen. Er hatte sich so lange um sie gekümmert, sie freundlich und mit Respekt behandelt, bis sie am Ende vertrauensselig jeden Eid für ihn geschworen hätten. O ja, Michael kannte die Methode, mit der Romanos' – oder vielmehr Marinos' – Männer neue *silentiarii* schufen, nur zu genau!

Sigbert und Theodor erhoben sich und kehrten zu ihren Stühlen zurück.

Marinos' Stimme klang verträumt, als er in Michaels Richtung sagte: «Da sind sie nun *silentiarii*, und mir scheint, sie wissen gar nicht, was das bedeutet.»

«Es hieß, Ihr würdet es uns erklären», entgegnete Sigbert.

«Das werde ich. Vielleicht kann es aber unser Schreiber hier viel besser, was meint Ihr, Michael? Erklärt unseren beiden Sachsen, was ein *silentiarius* ist.»

Michaels Kehle war so trocken, dass sie beinahe schmerzte. Er sah Marinos an, konnte aber dem Blick dieser eindringlichen Augen nicht lange standhalten. Er kam sich vor wie eine Maus, mit der die Katze spielt. «*Silentiarii*», begann er und musste sich räuspern, um fortzufahren, «*silentiarii* sind jene Männer, die bei Hofe dafür zuständig sind, die Menge zur Ruhe zu bringen, wenn der Kaiser den Saal betritt. Eine Art Zeremonienmeister. Bis sich einst einer von ihnen der Reform verpflichtete.»

«Das stimmt. Noch etwas?» Marinos' Blick bohrte sich in Michaels Gesicht.

Michael spürte, wie seine Wangen zu brennen begannen. «Mehr ist mir nicht bekannt.»

«Diese Reform», mischte sich Sigbert ein, «auch von ihr erzählte man uns in Byzanz sehr wenig. Wir wissen nur, dass wir ihr dienen sollen. Was hat es damit auf sich?»

«Michael?» Marinos gab die Frage mit einer Handbewegung weiter.

Der Schreiber spürte seine Sicherheit ein wenig zurückkehren. Hier bewegte er sich auf vertrautem Boden. «Die Reform ist eine Kalenderreform. Um es kurz zu machen: Kaiser Konstantin hat knapp dreihundert Jahre in den Kalender eingefügt, die es niemals gegeben hat.» Er wusste genau, welche Frage nun folgen würde, und darum fuhr er rasch fort: «Der Grund dafür liegt in einem komplizierten theologischen Problem. Es gibt zwei verschiedene Versionen der Heiligen Schrift, und die Zeitangaben darin differieren um die genannten dreihundert Jahre. Gott hat Konstantin ein Zeichen dafür gegeben, dass es seine Aufgabe sei, durch die Kalenderreform diesen Widerspruch aus der Welt zu räumen.» Kurz überlegte Michael, ob er mehr Einzelheiten preisgeben sollte, aber in den Blicken der Sachsen stand bereits jetzt gelindes Unverständnis.

«Ihr sagtet, Ihr dient der Reform ebenfalls», sagte Theodor. «Was ist Eure Aufgabe dabei?»

Michael beglückwünschte sich dazu, dass der Sachse keine andere, viel näher liegende Frage gestellt hatte, nämlich die, warum für eine Kalenderreform Krieger wie er und Sigbert gebraucht wurden. «Es gibt Hunderte von Schreibern und Gelehrten, die damit beschäftigt sind, die alten Urkunden mit neuen Daten zu versehen. Oder kleinere rechnerische Probleme zu beseitigen, die bei einem solchen Vorhaben immer auftreten.»

Und, fügte er im Stillen hinzu, die dreihundert Jahre, die es nie gegeben hat, mit falschen Ereignissen aufzufüllen, Könige und Kaiser zu erfinden, die niemals gelebt, Schenkungen, die nie stattgefunden haben … Eine ganze Reihe von Männern, aber auch Klöster oder Städte hatten ordentlich profitiert von den Umständen, die ein solch gigantisches Vorhaben wie die Reform mit sich brachte. Eine Menge Leute waren daran interessiert zu verhindern, dass das Wissen um die Reform große Kreise zog.

Was das Entstehen einer Gruppe wie der *silentiarii* fast unausweichlich gemacht hatte. Mörder waren sie. Heimtückische, brutale Mörder, deren einzige Daseinsberechtigung darin bestand, dass sie all jene aus dem Weg räumten, die das Falsche wussten. Romanos oder Marinos waren wie geschaffen für diese Aufgabe.

Michael fuhr sich mit der Zunge über die Lippen, die ganz trocken und spröde waren. Schon häufig hatte er darüber nachgegrübelt, ob die Gier einiger weniger wirklich alles war, was die *silentiarii* antrieb. Mit seinen Gelehrten-Kollegen in Byzanz hatte er manchmal darüber disputiert, dass es noch einen anderen, gewichtigeren Grund geben musste, aus dem Romanos Lakapenos damals das Heft in die Hand genommen hatte …

Marinos senkte bestätigend das Kinn. «Wir danken Euch für die Ausführungen. Sigbert und Theodor würden nun wahrscheinlich noch gerne wissen, welchen Dienst sie der Reform erbringen können, nicht wahr?»

Die beiden nickten.

Marinos sah Michael auffordernd an.

«Ich bedaure», log der. «In dieser Hinsicht kann ich keine Auskunft geben. Das weiß ich nicht.»

Mit wenigen raschen Schritten war Marinos bei der Tür und riss sie auf. «Ich glaube, Ihr wolltet gehen?»

Michael kam auf die Füße. «Äh, der Name, ich meine …»

«Ach ja! Euer Gelehrten-Auftrag. Nun, mir fällt nur ein Mann ein, der Euren mathematischen Ansprüchen genügen dürfte. Er ist Leiter der Domschule in Reims. Ich gebe zu, nicht so einflussreich, wie Ihr Euch vielleicht erhofft hattet, aber er ist ehrgeizig. Ich glaube, er wird es noch sehr weit bringen.»

Mit der rechten Hand hielt Marinos noch immer die Tür, jetzt hob er den linken Arm, wie um Michael nach draußen zu geleiten. Gespannt wartete Michael auf den Namen.

«Er heißt Gerbert von Aurillac.» Marinos legte Michael den Arm um die Schultern und schob ihn durch die Tür. «Fragt im Domkloster nach ihm.»

Mit einem Schlag fiel die Tür hinter Michael ins Schloss und schnitt das letzte Wort ab.

Der Diener stand vor ihm, bevor Michael Gelegenheit hatte, seiner Erleichterung nachzugeben. Er geleitete ihn aus dem Haus bis auf die Straße, und erst, als auch die zweite Tür zwischen ihm und dem Byzantiner zugefallen war, erlaubte sich Michael, sich den Schweiß vom Gesicht zu wischen.

Seltsamerweise war er gleichzeitig erschrocken und fasziniert von der Situation, in der er sich soeben befunden hatte. Ob es ein Spiel gewesen war, das Marinos mit ihm gespielt hatte? Michael konnte keine andere Erklärung dafür finden, dass der Byzantiner ausgerechnet ihn dazu aufgefordert hatte, den beiden Sachsen die Ursprünge der *silentiarii* zu erklären. Hatte er sich durch irgendetwas verraten? Er ging in Gedanken noch einmal jede seiner Äußerungen durch. Mit keinem Wort hatte er zu erkennen gegeben, dass er in Wahrheit sehr genau wusste, welcher Aufgabe die neuen *silentiarii*, die Nachfolger der Zeremonienmeister, nachgingen.

Schließlich war er selbst einer von ihnen. Auch er hatte einmal diesen Eid geleistet. Für eine kurze Zeit war er von dem ihm vorgezeichneten Weg, dem des Gelehrten, abgewichen und zu einem *silentiarius* geworden. Doch als er begriffen hatte, dass der Schwur ihn zu einem Mörder machen würde, hatte er sich wieder losgesagt. Ein Schwur, der einen Menschen zum Bruch des wichtigsten der Zehn Gebote zwang, war hinfällig, das hatten ihm unabhängig voneinander ein halbes Dutzend Theologen versichert. Und so hatte Michael seinen Eid mit einem leidlich schlechten Gewissen gebrochen und sich wieder seinen gelehrten Studien zugewandt, mit denen er der Reform ohnehin viel besser dienen konnte als mit dem Schwert.

Manchmal jedoch stand er wieder unter dem Bann dieses Eides, so wie heute. Michael wusste, wie knapp die *silentiarii* an Männern waren. Die Gefahr, wieder als Kämpfer rekrutiert zu werden, war ihm zu groß erschienen, als dass er es gewagt hätte, sich Marinos gegenüber zu erkennen zu geben. Niemals, das war ihm von Anfang an klar gewesen, hätte er sich gegen Marinos' Willen zur Wehr setzen können.

Michael wartete, bis seine Knie aufgehört hatten zu zittern, bevor er sich auf den Rückweg zu seinem Gasthaus machte.

Das war gerade noch einmal gut gegangen!

Nachdem Michael den Saal verlassen hatte, nahm Marinos amüsiert die Befangenheit zur Kenntnis, die die beiden Sachsen befallen hatte. Er ließ sich in einen Sessel gleiten und ein Bein über die Lehne baumeln.

Einer der Männer im Hintergrund des Saales räusperte sich leise und trat aus dem Schatten. Marinos sah zu ihm auf. Adam von Trier war ein Mann ganz nach seinem Geschmack. Er teilte seine eigene Vorliebe für leise Worte, für die geflüsterte Drohung, für einen beinahe unhörbaren Schritt in der Dunkelheit einer Gasse. Auch teilten sie das Hochgefühl, das aus der Macht über Leben und Tod erwuchs. Obwohl er nicht zum innersten Zirkel derer gehörte, die Romanos' Blut in den Adern hatten, wusste Adam über den wahren Grund für die Reform Bescheid und kannte damit das Geheimnis, das zu hüten ihre vordringlichste Aufgabe war. Das gemeinsame Wissen und die Ähnlichkeit ihrer Wesen führte dazu, dass Marinos sich Adam verbunden fühlte. Er hätte ihn gerne als seinen Nachfolger ins Auge gefasst, wäre da nicht Adams schmale Statur gewesen, diese verweichlichte, schlaffe Gesichtshaut, die sein Aussehen so weibisch machte und von mangelnder Disziplin sprach.

«Wollt Ihr, dass ich ihm folge?», fragte Adam und wies mit dem Kinn zur Tür, durch die Michael eben verschwunden war.

«Warum?»

«Er weiß Bescheid.»

Marinos kicherte lautlos. «Das ist wahr. Er dachte, er hätte es vor uns verborgen, aber es war offensichtlich, nicht?» Er wandte sich an Sigbert und Theodor. «Niemand, der nicht selbst ein *silentiarius* ist, darf von ihrer Existenz und Aufgabe wissen», erklärte er.

Adam zog seinen Dolch halb aus dem Gürtel. «Dann lasst mich ihm folgen.»

«Nicht nötig.»

Adam runzelte die Stirn. «Warum nicht?»

«Weil er uns noch nützlich sein kann.»

«Wie das? Er weiß …»

Marinos fuhr auf: «Natürlich weiß er von den *silentiarii*! Er ist ja selbst einer.» Der Ausdruck der Verblüffung auf Adams Gesicht bereitete Marinos ein Gefühl tiefer Befriedigung. «Er kannte den Wortlaut des Eides, das hättet Ihr beobachten können, wenn Ihr Euch entschlossen hättet, Euren Winkel früher zu verlassen.»

«Ich konnte von dort, wo ich stand, ausgezeichnet sehen.»

Marinos' Laune war zu gut, um Adam für den gekränkten Tonfall büßen zu lassen. «Natürlich, natürlich. Ich gestehe, dass es für mich einfacher zu erkennen war, weil ich es schon vorher wusste.»

«Wie das?»

Marinos zeigte die Zähne. «Ich kenne seinen Namen. Seine Geschichte ist übrigens in Byzanz recht bekannt. Es heißt, er sei aus enttäuschter Liebe zu uns gekommen. Seine Frau war Aurelia, die Weise.»

Dieser Name war auch Adam bekannt, das sah Marinos an dessen breitem Grinsen. Aurelia hatte ihren Beinamen zu Recht getragen. Als Tochter eines hochrangigen byzantinischen Beamten hatte sie eine Ausbildung genossen, die selbst wenigen Männern zuteil wurde. Sie beherrschte nicht nur das Griechische, ihre Muttersprache, sondern neben dem Lateinischen auch noch Arabisch, Sächsisch und Fränkisch. Sie konnte lesen und kannte die gesamte philosophische und theologische Literatur der byzantinischen Bibliothek. Es hieß, sie sei ihrem Gatten stets eine anregende, kluge Gefährtin und Gesprächspartnerin gewesen. Sie habe ihm ohne Schwierigkeiten noch bei den kompliziertesten Problemen, die die Kalenderreform aufwarf, zur Seite stehen können. Bis sie sich eines Tages einem anderen Mann hingegeben hatte, der das genaue Gegenteil ihres gelehrten, ein wenig schüchternen Gatten war.

Adam lachte auf. «Dieser Michael von Tours war der Gatte der weisen Aurelia? Kein Wunder, dass sie feurigeres Blut gesucht hat!»

«Ja. Traurig, nicht? Dem armen Michael brach es das Herz. Er war stets ein treuer Diener der Reform gewesen. Mit ein paar guten Worten war es ein Leichtes, den guten Michael dazu zu bringen, unseren Eid zu schwören.»

«Hat er sich aber nicht kurze Zeit später wieder losgesagt?»

Marinos nickte. «Hat er.»

«Warum habt Ihr ihn eben nicht in unsere Dienste genommen? Ich dachte, wir seien knapp an Männern?»

«Ihr habt ihn doch gesehen. Er ist ein Weichling. Ein Schreiber, mehr nicht. Er kann mit der Feder umgehen, nicht mit Schwert und Dolch. Bevor wir uns auf solche Schwächlinge verlegen, müssen wir noch sehr viel mehr in Bedrängnis geraten. Abgesehen davon ist er unserer Sache wahrscheinlich nützlicher, wenn er seinen gelehrten Auftrag erfüllt.» Marinos fasste die beiden Sachsen ins Auge. «Doch nun wollen wir unsere beiden Neuankömmlinge nicht länger unbeachtet lassen.»

Sigbert hielt seinem forschenden Blick ruhig und selbstsicher stand, Theodor jedoch war sichtlich nervös. Er wich Marinos aus und knetete in einem fort die Hände im Schoß.

Wenigstens *ein* guter Mann, dachte Marinos mit einem Anflug von Resignation. Er konnte froh sein, dass man ihm die Sachsen überhaupt geschickt hatte. In absehbarer Zeit würde er nicht mehr viel Verstärkung bekommen, denn die Arbeiten an der Reform waren so gut wie abgeschlossen. Die Schreiber waren fast fertig mit allen Umschreibungen und nötigen Fälschungen, sodass über kurz oder lang eine Gruppe wie die *silentiarii* nicht mehr gebraucht werden würde. Marinos konnte es förmlich vor seinem inneren Auge sehen, wie sich in Byzanz die Ersten bereitmachten, sich von den *silentiarii* zu distanzieren. Wenn die Drecksarbeit erst getan war, würde man sie fallen lassen wie ein glühendes Stück Eisen. Marinos unterdrückte ein Seufzen. Es war eben alles nicht mehr so einfach wie damals, als Romanos selbst noch gelebt hatte.

Marinos erhob sich, ging zu Theodor hinüber und beugte sich über ihn. Der Mann wich ein Stück zurück. Marinos konnte seine Angst riechen. Mit einem Ruck zog er den Dolch des Sachsen aus dessen Gürtel und hielt ihn ihm vor die Nase. «Könnt Ihr damit umgehen?»

Theodor nickte hastig.

«Wir wissen bereits, dass wir den Dolch häufiger brauchen werden als das hier.» Sigbert schlug mit der flachen Hand gegen den Knauf seines Schwertes.

Marinos veränderte seine Position um keinen Fingerbreit. «Gut. Habt Ihr auch verstanden, was das heißt?», fragte er Theodor.

Der nickte rasch.

In diesem Moment betrat der Diener die Halle. «Thorvald ist zurückgekehrt, Herr. Soll ich ihn hereinbringen?»

«Ja.» Marinos richtete sich auf, den Dolch noch immer in der Hand. Er gab vor, nicht zu sehen, wie Theodor unbehaglich auf seinem Sitz herumrutschte.

Der Mann, der jetzt die Halle betrat, hatte ein totenblasses Mausgesicht, aus dem die Nase hervorragte wie eine Pfeilspitze. Er trug seine hellbraunen Haare kurz geschnitten, und aus seinen wasserblauen Augen sprach die blanke Angst.

«Thorvald!», grüßte Marinos den Neuankömmling und wartete, bis der Diener die Tür wieder geschlossen hatte, bevor er weitersprach. Er wusste, was Thorvalds Blässe und sein unsteter Blick zu bedeuten hatten, und Zorn kochte heiß in ihm hoch. «Mir will scheinen», sagte er betont freundlich, «Ihr wart nicht erfolgreich?»

Thorvald wischte sich mit einer fahrigen Bewegung den Schweiß vom Gesicht. «Nun, ich …», stammelte er.

Marinos schnitt ihm das Wort ab. «Lasst mich diesen beiden Männern erst eine Erklärung geben, damit sie auch begreifen, was Ihr uns sogleich berichten werdet … Also Folgendes: Der Grund, den Michael Euch für die Durchführung der Reform nannte, ist nicht der wahre. In Wirklichkeit geht es um ein bisschen mehr als um diese beiden Bibelversionen.»

«Aha», machte Sigbert nur.

«Das wissen auch unter den *silentiarii* nur wenige Ausgewählte, und das hat seine Gründe. Ihr müsst lediglich begreifen, dass es unsere vordringlichste Aufgabe ist zu verhindern, dass irgendjemand diesen wahren Grund herausfindet. Leider kommt es immer wieder vor, dass Menschen in den Besitz dieses Geheimnisses kommen. Und genau darum sind wir hier. Vor ungefähr zwanzig Jahren kam eine Frau aus Byzanz hier in den Westen, die sich nun im Besitz des Geheimnisses befindet.» Marinos machte eine Pause, um die Wirkung seiner nun folgenden Worte zu erhöhen. «Bei dieser Frau handelte es sich um eine Angehörige des Purpurpalastes. Es war Kaiserin Theophanu persönlich.»

Sigbert zog hörbar Luft durch die Zähne, und Theodor stieß einen Laut aus, der wie eine Mischung aus Ächzen und Wimmern klang.

Marinos grinste. «Theophanu, die Kaiserin des Weströmischen Reiches. Gattin und Witwe von Kaiser Otto II. und Mutter von Otto III. Sie kam einst hierher, um verheiratet zu werden. Vor einigen Jahren dann tauchte ein Krieger in Byzanz auf, der eindeutig auf der Suche nach Informationen über das Geheimnis war. Durch ihn wurden wir darauf aufmerksam, dass es eine weitere Person geben musste, die es kannte. Wir begannen nachzuforschen, und unsere Nachforschungen führten uns zu einer weiteren Frau. Ihr Name war Maria von Apamea. Wir haben uns natürlich um dieses Problem gekümmert, aber es war zu spät. Wir fanden heraus, dass Maria ihr Wissen vor ihrem Tod längst nach Westen geschickt hatte – zu Kaiserin Theophanu, deren enge Vertraute sie früher einmal gewesen war. Und Theophanu hatte wiederum ihren engsten Vertrauten damit beauftragt, nach Byzanz zu reisen und herauszufinden, ob an der Sache etwas Wahres war.»

«Und dieser Vertraute war jener Krieger, von dem Ihr spracht», warf Sigbert ein.

«Ja. Sein Name ist Rainald von Gerresheim. Dieser Kerl erwies sich als zäh und geschickt.» Marinos biss die Zähne zusammen. Rainald war ihnen entkommen! Und er war nach Hause zurückgekehrt – mit der Bestätigung, dass es das Geheimnis hinter der Reform wirklich gab. «Von da an war klar, was wir tun mussten. Rainald war aus dem Weg zu räumen. Und die Kaiserin ebenfalls.» Er beobachtete Sigbert bei diesen Worten, um herauszufinden, was er bei dem Gedanken empfand, die Kaiserin zu ermorden. Er entdeckte keinerlei Regung. In ihm wuchs die Zufriedenheit über diesen Mann. «Es hat Monate gedauert, nur in ihre Nähe zu kommen. Ich musste mir ihr Vertrauen erschleichen, was mir auch gelang. Ich fand heraus, dass Theophanu ihr Geheimnis offenbar mit noch jemandem geteilt hatte.»

«Jemandem außer Rainald?»

«Ja. Ich durfte sie also nicht sofort töten. Ich musste zuerst herausfinden, wer noch Bescheid wusste. Doch obwohl sie mir vertraute, gelang es mir nicht. Sie schwieg eisern, und ich konnte nur sehr vorsichtig vorgehen, weil ich mich nicht verraten durfte.» Marinos bewegte den Unterkiefer seitlich hin und her, um die Verkrampfung zu lösen.

«Warum habt Ihr es nicht einfach aus ihr herausgeholt?», fragte Theodor.

Sigbert warf ihm einen missbilligenden Blick zu.

Marinos jedoch antwortete ihm freundlich. «Weil sie eine Kaiserin ist. Wenn ich das Wissen mit Gewalt aus ihr herausgeholt hätte, wäre das mit Sicherheit nicht unbemerkt geblieben. Wir dürfen uns aber nicht der Gefahr aussetzen, entdeckt zu werden. Alle unsere Operationen müssen so unauffällig wie möglich durchgeführt werden. Habt Ihr das verstanden?»

Theodor nickte.

«Gut. Aus diesem Grund können wir Theophanu im Übrigen auch nicht einfach so umbringen. Wir nutzen ein hübsches kleines Gift, das bald seine Wirkung zeigen wird. Und was den Namen dieser anderen Person angeht, die Theophanu in das Geheimnis eingeweiht hat: Dabei hat uns der Zufall geholfen. Thorvald hier hat vor kurzem ein Gespräch belauschen können.» Auch Adam wusste noch nicht Bescheid über das, was seitdem geschehen war. «Vielleicht ist es besser, wenn Ihr selbst weitererzählt.»

Thorvald nickte. Seine Stimme klang schrill, als er anfing zu sprechen. «Vor einigen Wochen kam ich zufällig dazu, wie die Kaiserin sich heimlich mit Rainald traf. Sie gab ihm ein Pergament und den Befehl, es einer Frau zu überbringen. Leider war sie klug genug, deren Namen nicht zu erwähnen. Doch es war eindeutig, dass es um das Geheimnis ging, also schickte ich meinen Diener, um Marinos zu benachrichtigen, und folgte Rainald.» Thorvalds Blick zuckte unruhig über Marinos' Gesicht. Als er dort nur ein aufmunterndes Lächeln fand, gewann er ein wenig an Sicherheit. «Rainald machte sich auf den Weg nach Westen. Kurz vor Reims habe ich ihn verloren, aber Gott war unserer Sache gewogen. Ich fand ihn wieder und konnte ihn stellen.» Er wollte offenbar eine Pause machen, wagte es jedoch nicht und sprach hastig weiter. «Es ist mir gelungen, ihn zu töten!»

Einen Augenblick lang war es totenstill. Marinos zwang sich, dem Triumph zu widerstehen, der ihn bei diesen Worten durchfluten wollte. Etwas an Thorvalds Worten hatte ihn aufhorchen lassen. «Wann habt Ihr ihn gestellt und getötet?», fragte er kühl.

Thorvald schluckte heftig. «Zwischen Reims und ...»

«Er war auf dem Rückweg, nicht wahr?»

Thorvald atmete zitternd erst ein, dann wieder aus. «Ja.»

Adam schlug mit der Faust gegen eine Säule. «Herrgott im Himmel!», fluchte er. «Wir haben das Problem nicht gelöst. Wir haben es verschlimmert. Wir haben zwar einen Mitwisser beseitigt, aber dafür haben wir einen neuen, den wir nicht einmal kennen.»

«Doch, wir kennen ihn.» Jetzt sah Thorvald erleichtert aus. «Aus irgendeinem Grund hatte Rainald das Schreiben der Kaiserin noch bei sich. Ich konnte ihn zwingen, es mir auszuhändigen und einen Blick hineinzuwerfen. Leider nutzte er die Gelegenheit, mich anzugreifen, und er konnte es mir wieder entreißen.»

«Was ist damit geschehen? Ich denke, Ihr sagtet, Ihr hättet ihn getötet. Wo ist das Schreiben?» Adam schoss die Fragen ab wie Pfeile.

Thorvald schüttelte den Kopf. «Ich habe ihm die Kehle durchgeschnitten. Wir standen auf einem Steilufer, und dummerweise ist er abgestürzt. Mit dem Schreiben in der Hand. Aber ich hatte ja gelesen, was darin stand.» Er sprach jetzt noch schneller, als könnte er es nicht erwarten, sein Wissen preiszugeben und sich von dem Verdacht, versagt zu haben, reinzuwaschen. «Es war die Rede von Maria aus Byzanz, von der Ihr eben spracht. Die Kaiserin nannte sie die Schwester der Adressatin. Das war mir Hinweis genug. Ich habe mich umgehört, Marinos, und ich kenne den Namen der Frau.»

«Wie lautet er?» Marinos wurde ungeduldig. Thorvald schaute in Adams Richtung. «Es wird Euch Freude bereiten, zu hören, wer sie ist. Ihr Name ist Alexandra von Apamea.»

Adam zuckte unter der Nennung des Namens zusammen, als habe Thorvald ihm die Peitsche quer über den Rücken gezogen. Es war Jahre her, dass er diesen Namen zum letzten

Mal gehört hatte, und dennoch loderte sofort der alte Hass wieder in ihm auf.

Der Hass auf einen Mann, der einmal sein Freund gewesen war und der nun auf Alexandras Seite stand.

Ludger von Verla.

Marinos gab ein galliges Lachen von sich. «Man begegnet sich immer zweimal im Leben», orakelte er und sah Adam ins Gesicht.

Dieser nickte, schwindelig vor Hass.

«Was haltet Ihr davon, Adam, wenn ich Euch die Aufgabe übertrage, diese Alexandra aus dem Weg zu räumen?»

Adam schaute auf. Ganz langsam bahnte sich der Sinn von Marinos' Worten einen Weg in sein Bewusstsein und erfüllte es mit süßem Triumph.

«Viel!», antwortete er und trat weiter vor.

«Gut.» Marinos nickte und sah zu Sigbert und Theodor hinüber. Sigbert saß noch immer aufmerksam in seinem Sessel. Theodor hingegen wirkte ein wenig verwirrt.

Thorvald stand inmitten der Halle und trat von einem Bein auf das andere. Marinos lächelte ihn ausdruckslos an. «Ihr könnt froh sein, dass ich zurzeit nicht auf genug Verstärkung aus Byzanz zurückgreifen kann.»

Thorvalds Anspannung ließ nicht nach.

«Und darüber hinaus habt Ihr ja auch Euren Fehler wieder gutgemacht.»

Jetzt sackte Thorvald ein wenig in sich zusammen vor Erleichterung.

«Ich werde mit Adam nachher besprechen, wie wir in Bezug auf Alexandra vorgehen …»

Adam konnte sich nur halb auf das Gespräch konzentrieren, das die anderen jetzt begannen. Er fühlte sich, als habe er zu viel schweren Wein getrunken.

Die Zeit seiner Rache war endlich gekommen.

Als Marinos die beiden Sachsen schließlich entließ, trat endlich der zweite Mann aus dem Schatten. Bislang hatte er es vorgezogen, im hinteren Teil des Saales verborgen zu bleiben. Genau, wie das seine Art war, dachte Marinos mit einer Mischung aus Bewunderung und Ärger.

Der Mann war weder besonders groß, noch besonders klein, weder dick noch dünn. Seine Haare wurden bereits schütter, und seine Blicke irrten in einem fort von einem Punkt zum anderen, als könnten seine Augen es nicht ertragen, länger als einen Moment auf einem Ort zu ruhen. Bei ihm sprach diese Angewohnheit jedoch nicht von Unsicherheit, sondern von einer getriebenen Rastlosigkeit, die ihn noch gefährlicher wirken ließ, als er ohnehin schon war. Er hatte kurz vor Michael den Raum betreten.

Sein Name war Adalbert Vojtěch.

«Das Ganze hier macht Euch offenbar mächtig Spaß, Marinos!», sagte er und reichte dem Byzantiner eine Hand. Er trug einfache Gewänder, aber an seiner Rechten prangte ein Ring mit einem dicken, blauen Stein, wie er eines Bischofs würdig gewesen wäre. Und gerade so, als sei Adalbert Bischof, beugte Marinos jetzt ein Knie vor ihm, küsste den Ring und wartete, bis er geheißen wurde, wieder aufzustehen. «Verzeiht, Exzellenz, dass ich Euch nicht früher begrüßen konnte.»

«Exzellenz? Ihr wisst ebenso gut wie ich, dass ich diesen Titel zurzeit nicht trage», sagte der Mann. «Ich bin nichts als ein einfacher Mönch.»

Marinos nickte, aber er konnte sich eines feinen Lächelns nicht erwehren. «Ich weiß, Exzellenz.»

Adalbert lachte. Seine Stimme klang ein wenig rau, als habe er in seinem Leben zu viel geschrien. Bis vor einigen Jahren war er Bischof von Prag gewesen, hatte aber auf die Ausübung seines Amtes verzichtet und war mit Zustimmung des Papstes in die Gemeinschaft der Mönche von San Bonifazio und Alessio auf dem Aventin eingetreten. Durch seine

Tätigkeit am kaiserlichen Hof hatte Marinos jedoch in Erfahrung gebracht, dass es sowohl aus Mainz als auch aus Prag Bestrebungen gab, Adalbert wieder in sein Amt einzusetzen. Es schien nur noch eine Frage der Zeit, bis der Mann sich dazu bereit erklären würde. Adalbert war nicht geeignet, lange ohne ein Amt und Macht zu leben.

«Nun, Ihr habt meine Frage nicht beantwortet. Es macht Euch Spaß, Ränkespielchen anzuzetteln, scheint mir.»

«Spielt Ihr auf Gerbert von Aurillac an?»

«Natürlich. Ihr nennt diesem Michael ausgerechnet den Namen meines größten Feindes, und wie ich diesen verdammten schwarzen Löchern, die Ihr Eure Augen nennt, ansehen kann, bereitet Euch das auch noch Freude.»

Marinos nickte gelassen, beobachtete den Mann dabei aber genau. Bei Adalbert war es besser, sich zu vergewissern, in welcher Laune er sich befand. Der Mann war einfach durch und durch rätselhaft. Er war bei Hofe aufgetaucht, kurz nachdem die *silentiarii* erfahren hatten, dass Theophanu im Besitz des Geheimnisses war.

Marinos erinnerte sich noch genau an den Tag. Adalbert hatte eine Mönchskutte getragen und sich vorgestellt. «Ich benötige sofort eine Audienz bei der Kaiserin!», hatte er gefordert.

Marinos hatte gelacht. «Wie stellt Ihr Euch das vor?»

«Es ist wichtig! Ich muss Dinge von äußerster Dringlichkeit mit ihr besprechen.»

«Das könnt Ihr auch mit mir, ich bin ihr engster Vertrauter.» Marinos schob sich ein Stück zur Seite, weil er fürchtete, Adalbert könnte sich einfach an ihm vorbeidrängen.

Adalbert starrte fast sehnsüchtig auf die Tür zu Theophanus Gemächern. «Das geht nicht. Es handelt sich um ein Geheimnis.»

Das Wort ließ Marinos aufhorchen. «Welches Geheimnis?»

Adalbert wurde schlagartig so bleich, dass Marinos einen Schreck bekam. Konnte dieser Mann *das* Geheimnis meinen?

«Das geht Euch nichts an!» Adalbert versuchte hochmütig zu klingen, aber es gelang ihm nicht. In seinem Blick lag solche Panik, dass Marinos sich sicher war: Dieser Mann wusste, dass er ein *silentiarius* war.

Er zwang sich zur Ruhe. «Folgt mir», bat er. «Ich will sehen, was ich für Euch tun kann.»

Adalbert schüttelte den Kopf, wich ein Stück zurück.

Marinos zeigte ihm beide Hände, wie zum Beweis, dass er keine Boshaftigkeit im Schilde führte. Sein offenes, freundliches Lächeln vertrieb einen Teil von Adalberts Bedenken, und so folgte er Marinos in dessen Kammer.

Doch sobald der *silentiarius* die Tür hinter sich verriegelt hatte, zog er seinen Dolch.

«Was soll …» Adalbert kam nicht dazu, den Satz zu beenden. Sein Kopf krachte hart gegen die Wand, als Marinos ihm den Unterarm quer über die Kehle legte und ihn gegen die Mauer drängte.

«Was wisst Ihr?», zischte er.

Adalbert sah in seine Augen. Er blinzelte nicht, obwohl sie sich beinahe endlos lange anstarrten. Schließlich hob Marinos den Dolch und legte seine Spitze dicht neben Adalberts linken Augenwinkel. «Redet schon!»

Da erzählte Adalbert ihm vom Geheimnis der Kaiserin. Er kannte jedes Detail. Er hörte erst auf zu reden, als Marinos in seinem Entsetzen zu fest gegen seine Kehle drückte. Mit neu erwachter Kraft stieß Adalbert Marinos' Arm zur Seite und bohrte seinen Blick nun seinerseits in dessen schwarze Augen.

«Ihr seid ein *silentiarius*!», sagte er. «Darüber weiß ich ebenso Bescheid wie darüber, dass es Eure Aufgabe ist, dieses Geheimnis zu schützen.»

«Woher habt Ihr es?»

«Das geht Euch nichts an!»

«Woher …»

«Schweigt endlich!» So herrisch klang Adalberts donnernde Stimme, dass Marinos erstaunt verstummte. Der Mönch trat einen Schritt zur Seite. «Eure einzige Sorge muss sein, ob außer mir noch jemand das Geheimnis kennt. Seid beruhigt, das ist nicht der Fall.»

«Wie …»

«Glaubt mir einfach. Es ist in meinem Interesse, dass Ihr Eure Arbeit gut macht.»

Marinos hatte versucht, in Adalberts Blick zu lesen, was ihn antrieb. Aber es war ihm nicht gelungen. In dem Moment, als sich ihre Augen begegnet waren, hatte er begriffen, dass es keine körperliche Bedrohung war, die von dem Mann ausging, sondern vielmehr die reine Kraft geistiger Einschüchterung. In Adalbert, das hatte Marinos damals gespürt und seitdem ungezählte Male, hatte er seinen Meister gefunden.

«Marinos?» Die Stimme riss Marinos aus seinen Erinnerungen. Adalberts Miene verfinsterte sich für einen Moment, klärte sich jedoch sofort wieder auf. Er setzte sich. «Ich konnte von dort hinten Euren Gesprächen sehr gut folgen.»

«Seid Ihr sicher, dass Ihr die Angelegenheit im Griff habt?»

Marinos suchte Adalberts Blick. «Natürlich.»

«Gut. Ich vertraue auf Eure Fähigkeit.»

Er spricht mit mir, als sei er der Initiator der Reform, dachte Marinos mit einem Anflug von Ärger.

«Was gedenkt Ihr mit diesem Thorvald zu tun?», fragte Adalbert.

«Wir haben nicht genug Leute», warf Marinos ein. «Ich werde …»

«Eben. Darum zählt jeder Idiot doppelt.» Adalberts Stimme klang jetzt kühl. «Kümmert Euch darum!»

Marinos biss wütend die Zähne zusammen, aber er stand auf. «Ihr behauptet, auf unserer Seite zu stehen», sagte er heiser. «Warum nutzt Ihr Euren Einfluss dann nicht dazu, neue Leute anzuwerben? Dann hätten wir vielleicht genügend Männer.»

Adalbert wedelte Marinos aus dem Saal. «Kümmert – Euch – darum.»

Draußen auf der Straße hätte Thorvald vor Erleichterung darüber, dass er Marinos' Fängen lebendig entkommen war, beinahe die Kontrolle über seinen Leib verloren. So schnell wie möglich entfernte er sich aus der Sichtweite des Hauses. Dann drückte er sich in eine Ecke und erleichterte seine Blase. Ein hysterisches Kichern wollte in seiner Kehle nach oben steigen, aber er zwang sich, es hinunterzuschlucken. Es war gut, dass Marinos ihn nicht getötet hatte; nicht nur gut für Thorvald selbst, sondern auch gut für die Sache.

Auf der Reise nach Merseburg, erfüllt von dem Rausch, den der Sieg über Rainald in ihm hinterlassen hatte, war Thorvald etwas eingefallen, dem er bisher keine Aufmerksamkeit geschenkt hatte. Theophanu hatte diesem Rainald in dem belauschten Gespräch einen Namen genannt. Thorvald hatte nicht weiter darüber nachgedacht, da er sich ganz auf seine Jagd konzentriert hatte, aber jetzt kam es ihm erneut in den Sinn.

Es gab einen weiteren Mann, den die Kaiserin zum Hüter des Geheimnisses vorgesehen hatte! Und nur er allein, er, Thorvald, kannte den Namen dieses Mannes. Ein Lächeln glitt über sein Gesicht.

«Thorvald!»

Der Klang der Stimme ließ jegliches Gefühl von Kontrolle ersterben. Hastig drehte er sich um und zog die Hose hoch. Nicht genug, dass Marinos ihm gefolgt war, er musste ihn ausgerechnet in dieser Seitengasse finden!

Unsicher suchte Thorvald in Marinos' Augen nach Hinweisen darauf, warum der *silentiarius* ihm gefolgt war. Doch da war nur ein freundliches Lächeln, und so entspannte er sich ein wenig.

«Ich muss Euch etw…»

Eine rasche Handbewegung des Byzantiners brachte Thorvald zum Schweigen. Ein sengender Schmerz fuhr durch seinen Unterleib. Für einen kurzen, grausigen Moment sah er ganz klar.

In Marinos' Hand befand sich ein Dolch.

«Was soll …» Eine zweite Handbewegung des Byzantiners, ein neuer Schmerz, diesmal ein Stück weiter oben, und Thorvald spürte, wie seine Lunge sich mit Flüssigkeit füllte. Er wollte etwas sagen, doch über seine Lippen kam nur ein Gurgeln.

Marinos lächelte noch immer. «Ihr kennt meine Angewohnheit, nicht wahr? Fehler sind unverzeihlich und gefährden unsere gesamte Mission. Eigentlich wollte ich Euch schonen, denn wir haben nicht genug Männer. Aber dann ist mir klar geworden, dass gerade deshalb jeder Idiot doppelt zählt.»

Thorvald hatte beide Hände auf die Unterleibswunde gepresst. Wie Wasser aus einem angestochenen Schlauch rann das Leben durch seine Finger. Er taumelte, dann brach er in die Knie.

«Car…» Es war der letzte Laut, den er hervorbrachte. Er kippte vornüber und landete mit dem Gesicht auf der feuchten Erde. Der Geruch seines eigenen Urins drang ihm in die Nase. Nun würde Marinos niemals von diesem Carolus erfahren, den Theophanu in das Geheimnis eingeweiht hatte.

Heiterkeit erfüllte Thorvald, als er das dachte.

Und dann war da nur noch Dunkelheit.

Adalbert saß nach wie vor mit erhobenem Kinn auf seinem Stuhl. Er blickte Marinos entgegen und forschte in dessen Gesicht nach Anzeichen dafür, ob er seinen Auftrag erledigt hatte. Adam hatte sich in eigene Gedanken versunken in die Schatten zurückgezogen.

Marinos ließ sich in seinen Sessel fallen und rieb sich mit dem Ärmel über das Gesicht. Obwohl ihn Thorvalds Blut nicht getroffen hatte, kam er sich besudelt vor. Er wusste, dass das Gefühl vergehen würde.

Adalbert nickte zufrieden. Dann quälte er sich von seinem Sitz hoch, stemmte die Rechte kurz ins Kreuz und kam zu Marinos herüber.

Marinos ahnte, was jetzt kam. Er hätte es nicht gebraucht, aber er wusste um Adams Anwesenheit. Aus den Augenwinkeln versuchte er ihn zu beobachten, als Adalbert ihm jetzt die Hand auf die Stirn legte.

«In nomine patris et filii et Spiritus Sancti absolvo te a peccatis tuis», murmelte Adalbert. «Und vergesst nicht, dass Ihr auf keinen Fall in Euren Bemühungen nachlassen dürft. Diese Alexandra muss sterben.»

3. Kapitel

Trotz aller beunruhigenden Ereignisse ging das Leben im Kloster zunächst wie gewohnt weiter.

Mehr als acht Wochen verstrichen, und mit der Zeit ließ Sophias Anspannung wieder nach. Alexandra benahm sich den Nonnen gegenüber genauso wie immer. Nur in wenigen Augenblicken, wenn die Äbtissin sich unbeobachtet glaubte, schien etwas von der immensen Sorge durch, die der Bote auf ihre Schultern gelegt hatte.

Es gab eine Menge zu tun im Kloster, und so schob Sophia die Grübelei von sich fort. Alexandra hatte die Verleihung des neuen Lehens an Ludger von Verla mit Eile vorangetrieben, und Anfang Juli war es so weit. Die ranghöchsten Nonnen zogen in einer feierlichen Prozession aus, um die Urkunde zu überreichen und an dem Festmahl teilzunehmen, das Ludger eigens zu diesem Anlass hatte bereiten lassen.

Alexandra führte den Zug an, auf dem einzigen Pferd, das das Kloster besaß, einer grobknochigen weißen Stute, deren Zaumzeug zwei der Novizinnen mit Blumen geschmückt hatten. Der Rest der Prozession ging zu Fuß. Es war Fridas Aufgabe, die Überlassungsurkunde zu tragen, und sie tat es mit großer Würde und Freude.

Sophia durfte die Nonnen begleiten, was ihr wieder einmal zornige Blicke von Johanna einbrachte. Die Schreiberin ging einige Schritte hinter ihr und versuchte, Gertrud in ein missgelauntes Gespräch über Findelkinder und ähnliche Ärgernisse zu verwickeln. Endlich fuhr Gertrud ihr über den

Mund. «Es ist ein festlicher Tag, den wir begehen wollen, und Ihr solltet ihn nicht mit Eurem Neid und Eurer Missgunst entweihen.»

Sophia unterdrückte ein Schmunzeln.

Das Wetter schien sich dem feierlichen Anlass anpassen zu wollen: Die Sonne strahlte vom Himmel, sodass ihnen in ihren eigens angelegten kostbaren Gewändern rasch warm wurde.

Ludger kam ihnen mit einer kleinen Abordnung seiner Getreuen entgegen. Auch er hatte sich zur Feier des Tages in seine besten Gewänder gezwängt, und Gero, der an seiner Seite ritt, sah in dem dunkel gefärbten Leinen würdevoll und ernst aus. Nur seine blonden Haare hingen ihm wie immer in die Augen. Er lächelte Sophia zu, als er zur Seite trat und den Zug der Nonnen vorbeiließ.

Wegen der brennenden Sonne brachten sie die Übergabezeremonie möglichst rasch hinter sich und waren alle froh, als sie sich im Schatten der Bäume an Ludgers Festtafel setzen konnten. Die Diener füllten die bereitstehenden Becher der Gäste mit kühlem, verdünntem Wein, der herrlich frisch durch Sophias Kehle rann. Während sie trank, ließ sie ihre Blicke über die versammelte Menge wandern. Ludger hatte die Bewohner des nahe liegenden Dorfes zu dem Fest gebeten, ebenso wie eine Hand voll Köhler, die auf jenem Stück Land lebten, das er ab dem heutigen Tag zu seinem Besitz rechnen durfte. Die Menschen waren fröhlich und ausgelassen, und sie ließen sich die üppig bereitstehenden Köstlichkeiten, das gebratene Fleisch, die mit Kräutern gewürzten Suppen und das eigens für dieses Fest gebackene helle Brot, mit sichtlichem Appetit schmecken.

Neben Sophia saß ein Mann, den sie nicht kannte und der sich ihr auch nicht vorgestellt hatte, bevor er sich neben ihr niedergelassen hatte. Er beugte sich über seinen voll beladenen Teller und schaufelte sich abwechselnd Hasenbraten und ganze Stücke gekochter Zwiebeln in den Mund. Sophia nippte an ihrem Wein und betrachtete ihn amüsiert.

Als sie den Blick von dem Fremden abwandte, bemerkte sie, dass Gero sie beobachtete. Er saß ein ganzes Stück von ihr entfernt, an seines Vaters Seite und Alexandra gegenüber an einem etwas höher gestellten Tisch. Er sah, dass sie seinen Blick bemerkt hatte, und hob seinen Becher, um ihr zuzuprosten.

In Sophias Augen zog sich das Mahl viel zu lange hin. Es fiel ihr schwer, so lange stillzusitzen, und sie war froh, als Ludger nach schier endlosen Stunden endlich die Tafel aufhob.

Die Gesellschaft zerstreute sich zu kleinen Gruppen, die sich entweder im Schatten der Bäume niederließen, um in Reichweite der Diener und ihrer Getränkekrüge zu bleiben, oder sich für ein wenig Bewegung entschieden und einen Spaziergang in die nahen Wälder unternahmen.

Sophia entschloss sich, einen kleinen Rundgang über die Verteidigungsanlage zu machen, die Ludgers Hof auf drei Seiten einfasste. Es war ein künstlich aufgeschütteter Wall, dessen zur Innenseite hin flach abfallende Hänge mit kurz geschnittenem Gras bewachsen waren. An der Außenseite grenzte der Wall an eine Palisade aus oberschenkeldicken Baumstämmen mit angespitzten Enden, in die in regelmäßigen Abständen kleine Löcher als Schießscharten eingelassen worden waren. Sophia machte sich einen Spaß daraus, bei der einen oder anderen stehen zu bleiben und hindurchzuspähen, um zu sehen, wie sich der Blickwinkel auf die Landschaft veränderte. Sie konnte über die Aisne hinwegsehen, über den Wald und die Straße von Châlons nach Reims, die jenseits des Flüsschens verlief. In einiger Entfernung an der Furt, die den Übergang von der Straße zum Hof ermöglichte und die, wie Sophia wusste, der Grund dafür gewesen war, dass man sich ausgerechnet hier niedergelassen hatte, sahen die hellen und mit Borten benähten Gewänder der adligen Gäste und die dunkleren der Nonnen aus wie Farbkleckse. Fröhliches Gelächter wehte mit dem Wind heran.

«Was gibt es da zu sehen? Greifen die Wikinger an?»

Sophia war nicht erschrocken über die plötzliche Anrede, denn sie hatte Gero bereits kommen gehört. Sie hatte sich jedoch mit Absicht nicht nach ihm umgesehen, denn sie wollte testen, ob er ihretwegen kam. Jetzt versuchte sie, die Freude über seine Gegenwart hinter einer freundlichen, aber unverbindlichen Miene zu verbergen.

«Zum Glück nicht. Nur dein Vater und ein paar der Gäste. Sie sind unten an der Furt.»

«Vater plant, eine Brücke zu bauen, damit die Reisenden nicht den Umweg um das Wäldchen machen müssen.» Gero stellte sich auf die Zehenspitzen und spähte über die Palisade hinweg. Er ist groß, schoss es Sophia durch den Kopf. Eigentlich war die Palisade so gebaut, dass sie aufrecht stehenden Männern oben auf dem Wall als Deckung dienen sollte, aber Geros Haarschopf ragte darüber hinaus.

«Dein helles Haar wäre ein gutes Ziel», sagte sie, halb spöttisch, halb fröhlich.

Gero duckte sich ein wenig, richtete sich aber gleich wieder entspannt und selbstsicher vor ihr auf. «Stimmt. Vater muss die Palisade höher machen lassen.»

«Eine Brücke und eine neue Palisade? Ganz schön viel auf einmal, nicht?»

«Warum? Mit dem neuen Land, das uns die Äbtissin gegeben hat, können wir beides ohne Probleme finanzieren. Und auch einen neuen Zaun um das Dorf, um die Wölfe abzuhalten. Weißt du, was ich mich schon oft gefragt habe?»

«Was denn?» Sophia setzte ihren Rundgang gemessenen Schrittes fort, damit es nicht so aussah, als wollte sie Gero entkommen. Er schloss sich ihr ganz selbstverständlich an, und das ließ in ihrer Brust gleichzeitig ein Gefühl von Wärme und eine Empfindung von Trauer entstehen. Sie hatten schon als Kinder zusammen gespielt, und die Tatsache, dass Gero dieses ungezwungene Zusammensein mit ihr so selbstverständlich weiterbetrieb, ohne sich auch nur einen Gedanken darüber zu machen, zeigte Sophia, dass er in ihr noch immer die kindliche Gefährtin sah und nicht die erwachsene Frau, wie sie es sich so sehr wünschte.

«Warum hat Alexandra meinem Vater das Land gegeben?»

«Er ist ihr treuester Gefolgsmann und, soweit ich weiß, von allen am längsten in ihren Diensten.»

«Hm.»

«Weißt du, wie dein Vater und Alexandra sich kennen gelernt haben?»

Sie hatten das Ende des Walls erreicht. An der Rückseite stieß das Gelände an ein Steilufer, das zur Aisne hin abfiel und als natürliche Befestigung diente. Ein hüfthoher Zaun, einem Schafspferch nicht unähnlich, sorgte dafür, dass niemand in den Fluss stürzen konnte. An diesem Zaun blieben sie stehen. Gero beugte sich ein wenig vor und legte die Unterarme auf den obersten Holm. «Das war in Byzanz. Es ist eine ganz hübsche Geschichte, finde ich. Mein Vater hat vor vielen Jahren an dem Pilgerzug eines Herzogs nach Jerusalem teilgenommen. Auf dem Rückweg sind sie nicht über das Meer gereist, sondern haben den Landweg genommen, und mein Vater und ein paar andere der Krieger sind in Byzanz gestrandet. Es muss ganz schön wild zugegangen sein damals.»

«Wie meinst du das?»

«Na ja, Vater erwähnte nur eine ganze Kette von Saufgelagen und Hur…» Gero unterbrach sich rasch. Seine Ohren wurden ein wenig rot. «Und Unzüchtigkeiten. Sie müssen es reichlich derb getrieben haben.»

«Auf einem Pilgerzug?»

«Sie waren nur zum Schutz des Herzogs dabei, und in

Byzanz landeten sie schnell in der Gosse. Aber Gott hatte andere Pläne mit meinem Vater. Er wollte ihn nicht in einer schmutzigen Gasse verenden lassen, sondern führte ihm Alexandra über den Weg. Sie kam mit ihrem Gefolge vorbei, als mein Vater in einer Seitengasse in eine Schlägerei verwickelt war. Gegen den Rat ihrer Zofen befahl Alexandra ihren Wachen, die Schlägerei zu beenden. Das bewahrte meinen Vater wahrscheinlich vor einer aufgeschlitzten Kehle, und er bedankte sich bei Alexandra. Sie muss gesehen haben, dass mehr in ihm steckte als der Tagedieb und Säufer, der vor ihr stand, denn sie befahl ihm, am nächsten Tag in einem der Häuser im äußeren Palastbezirk vorzusprechen. Sie gab ihm anfangs nur kleine Aufträge, einen Botendienst oder eine kleine Besorgung, doch bald ließ sie ihn in ihre Leibwache aufnehmen, und so kam er in ihr Gefolge.»

«War Alexandra damals eine reiche Frau?»

«Sie gehörte zu einer recht einflussreichen Familie, ja. Ich glaube, einer ihrer Vorfahren war Präfekt. Das ist eine Art Stadtverwalter, der einzig und allein dem Kaiser untersteht. Wenn der Kaiser nicht in der Stadt ist, gilt der Präfekt als Regent auf Zeit. Alexandras Vater war Quaestor, ein Assistent des Präfekten, und sie hatte schon als Kind Kontakt zum Kaiserhof. Theophanu muss fast so etwas wie eine Freundin für sie gewesen sein.»

«Lebte Theophanu immer am kaiserlichem Hof?»

«Ich nehme es an. Sie war eine Nichte von Kaiser Johannes, und, ich glaube, weitläufig war sie auch mit Kaiser Nikephoros verwandt. Sein Bruder muss ihr Großvater gewesen sein. Aber sicher bin ich nicht.»

«Trotzdem redest du darüber, als wüsstest du genau Bescheid!», murmelte Sophia. «Ich kenne mich nicht mal mit der Dynastie unserer eigenen Kaiser aus.»

Gero grinste, aber an dem Funkeln in seinen hellen Augen sah Sophia, dass er sich über ihr Kompliment freute. «Ich weiß das nur, weil mein Vater mit diesen Leuten zu tun hatte. Als Alexandra erfuhr, dass er ursprünglich selbst aus hohem Hause stammte, dass er hier Land erben würde, machte sie ihn zum Anführer ihrer Leibwache. Aber warum kennst du dich mit unserem eigenen Kaiserhaus nicht aus? Du bist doch sonst so gebildet!» Seine Stimme war ohne Vorwurf oder Spott. «Du kennst dich ja sogar mit den Sternen aus!»

«Unsinn. Ich kenne ein paar Namen, das ist alles.» Und doch hatte er Recht, sie interessierte sich für Mathematik, Geometrie und sogar Astronomie weitaus mehr als für die verwickelten Verwandtschaftsbeziehungen des Kaiserhauses.

«Dynastien bestehen auch nur aus Namen.» Gero drehte sich um und lehnte sich mit dem Rücken gegen den Zaun. «Pass auf, es ist ganz einfach. Der jetzige Kaiser heißt Otto III.»

Sophia war versucht, ihm einen Klaps zu versetzen; so viel wusste sie immerhin selbst. Aber er hatte den Blick so konzentriert in die Ferne gerichtet, dass sie erkannte, er wollte sie nicht aufziehen, sondern nur den Faden von Anfang an aufrollen.

«Er ist übrigens erst elf Jahre alt. Da er noch nicht mündig ist, regiert zurzeit seine Mutter für ihn, und das ist Theophanu, über die wir uns unterhalten haben.»

Sie hatten sich über Alexandra unterhalten, aber Sophia verzichtete darauf, Gero darauf hinzuweisen.

«Theophanu wurde von ihrem Onkel Johannes, der damals Kaiser in Byzanz war, vor inzwischen fast zwanzig Jahren zu uns nach Westen geschickt, um die Frau Kaiser Ottos II. zu werden. Otto II. starb, als Otto III. gerade drei Jahre alt war.»

«Warum heiratete Otto II. keine Frau aus seinem eigenen Reich?»

«Weil das Kaisertum zu seiner Zeit noch nicht ausreichend gefestigt war. Eine Heirat mit einer Prinzessin aus Byzanz, die also auf der gleichen Stufe stand wie er, bot die Möglichkeit, den eigenen Anspruch auf die Kaiserkrone zu untermauern. Keine Frau aus dem Westen wäre Otto vom Stand her ebenbürtig gewesen.»

Sophia blies die Backen auf. «Dynastischer Kram, das sage ich ja.»

Gero zog die Augenbrauen in die Höhe. «Nicht komplizierter als deine Rechnerei!»

«Doch.»

«Nein!»

«Doch!»

Sie mussten beide lachen. Nachdem sie eine Weile schweigend nebeneinander gestanden und über den Fluss geschaut hatten, fragte Sophia: «Und was weißt du von Alexandras Reise nach Reims?»

«Sie kam mit Theophanus Hochzeitszug. Eine Prinzessin setzt sich ja nicht einfach auf ein Pferd und reitet nach Rom zu ihrer Hochzeit. Du glaubst gar nicht, wie viele Leute mit ihr kamen. Alexandra muss Theophanu auf der Reise als eine Art Zofe gedient haben.»

«Aber sie ist nicht bei Hofe geblieben.» Heute war sie Äbtissin eines sehr kleinen und äußerst unbedeutenden Klosters, dachte Sophia. Aus welchem Grund?

«Nein. Ich weiß aber nicht, warum.»

«Ich habe mich auch nie getraut, sie das zu fragen.»

Die Spaziergänger kamen von ihrem Ausflug zurück. Sophia hörte ihr Plaudern und Lachen, vermischt mit den Geräuschen der Bediensteten, die soeben ein zweites Festmahl auftischten.

Sie verzog das Gesicht bei dem Gedanken, schon wieder essen zu müssen.

Gero stieß sich vom Zaun ab und schaute über ihre Schulter in den Hof hinunter. «Lass uns zurückgehen», schlug er vor.

Als Sophia an die Tafel zurückkehrte, saß ihr Banknachbar bereits wieder an seinem Platz.

«Falls Euch niemand vorgestellt hat», sagte Gero mit einem höflichen, aber distanzierten Nicken in Richtung des Unbekannten, «das ist Adam von Trier, ein Gast unseres Hauses. Er kam gestern Abend hier an und ist übrigens ein alter Bekannter meines Vaters. Adam, das ist Sophia von St. Kyrillos, eine Angehörige des Klosters, das meinem Vater das Land übereignet hat.»

«Sophia?» Adams Stimme klang ölig, unangenehm, aber Sophia redete sich ein, ihre Wahrnehmung müsse durch Geros seltsames Verhalten beeinflusst sein. Sie fragte sich, warum ihm der Mann so offensichtlich gegen den Strich ging.

«Ein griechischer Name, nicht wahr? Genau wie der Eurer Äbtissin.»

«Ja. Sie war es, die mir diesen Namen gegeben hat.» Die Worte waren heraus, bevor Sophia sich auf die Zunge beißen konnte. Was für ein Schaf sie war! Sie hoffte, dass Adam genug Anstand besitzen würde, es auf sich beruhen zu lassen, aber sie hoffte vergebens.

«Dann war Eure Mutter nicht in der Lage, einen Namen für Euch zu wählen?»

«Nein.» Dankbar griff Sophia nach dem Weinbecher, den ein Diener ihr hinhielt, und trank einen großen Schluck. Der Wein wurde jetzt nicht mehr verdünnt, denn es war inzwischen Abend geworden. Sie spürte ihn schwer und brennend in der Kehle.

«Wie bedauerlich!»

Sophia wusste, was Adam dachte, aber sie war selbst daran schuld. Dass ihre Mutter bei ihrer Geburt gestorben war und ihr darum keinen Namen hatte geben können, war noch lange kein ausreichender Grund dafür, dass sie ihren Namen von einer Nonne erhalten hatte. Sie hatte Adam durch ihre Geschwätzigkeit mit der Nase darauf gestoßen, dass zum Zeitpunkt ihrer Geburt kein Vater in Sicht gewesen war. Ohne es zu wollen, hatte sie mit einem einzigen Satz ihre unbekannte Mutter zur Hure gestempelt. Sie biss sich auf die Lippen, aber ihr fiel beim besten Willen nichts ein, womit sie den Schaden hätte wieder gutmachen können. Dankbar registrierte sie, dass sich Gero ein Stück nach vorn geschoben hatte, als wollte er sie vor Adam abschirmen.

«Warum setzt Ihr Euch nicht?», fragte er den Mann, und seine Stimme klang dabei ungewöhnlich kühl. Sophia versuchte, seinen Blick zu erhaschen, aber er wich ihr aus. Er hatte die Zähne so fest aufeinander gepresst, dass die Muskeln an seinen Schläfen hervortraten.

Adam fixierte ihn, dann lächelte er. «Eine gute Idee.» Er ließ sich auf die Bank sinken und bat Sophia mit einer Geste neben sich.

Gero musterte Sophia stumm, und in seinen Augen las sie etwas, das sie nicht zu deuten wusste. War es Besorgnis? Sie lächelte ihm beruhigend zu, und er nickte. Auf dem Weg zurück zu seinem Platz drehte er sich noch einmal zu ihr um.

Adam schwieg eine ganze Weile. Die Stille zwischen ihnen wurde schließlich so unangenehm, dass die Gespräche der anderen Menschen in Sophias Ohren beinahe dröhnten. Der Wein tat das Seine dazu, und schließlich hielt sie es nicht mehr aus.

«Gero erzählte, Ihr kennt Ludger von früher?», fragte sie, nur um endlich irgendetwas zu sagen.

Adam wischte sich über das Kinn, an dem nicht ein einziges Barthaar zu entdecken war. «Wir waren Kampfgefährten.»

«Was führt Euch nach Reims?»

«Ein Auftrag.»

«Und woher kommt Ihr?»

Ein Diener legte Adam einen aus Haferflocken gebackenen Fladen auf einen Teller. «Aus Merseburg. Ich hielt mich eine Zeit lang am Hof des Kaisers auf.»

Der Kaiserin, hätte Sophia fast verbessert, doch sie konnte sich gerade noch beherrschen.

Adam nahm den Fladen und biss die Hälfte davon ab. Das Essen schien ihn gesprächiger zu machen. Ein paar Krümel fielen aus seinem Mund, als er sagte: «Ich bin schon vor Wochen aufgebrochen, aber ich hatte einen dummen Reitunfall, und darum bin ich, fürchte ich, ein bisschen spät dran.»

Er klopfte sich auf das linke Bein, das er unter dem Tisch ausgestreckt hatte. Unter den Beinlingen, die aus seiner Tunika hervorschauten, war die Schwellung eines Knieverbandes zu sehen.

Die Gesellschaft fiel auseinander, nachdem auch das zweite Festmahl beendet war. Einige der Nonnen machten sich auf den Heimweg, um wenigstens die letzte Messe des Tages nicht zu verpassen. Alexandra fragte Sophia, ob sie mitkäme.

«Ich würde gerne noch ein bisschen bleiben», sagte Sophia. Sie befand sich erneut mit Gero auf der Wallanlage. Diesmal saßen sie mit dem Rücken gegen die Palisade gelehnt und schauten in den inzwischen stockfinsteren Himmel. Eine einzelne Fackel brannte an einer Halterung über Geros Schulter, und in ihrem Schein verblassten die Sterne zu kaum sichtbaren Punkten.

«Gut. Gero, Ihr seid mir für ihre Sicherheit verantwortlich.» Über Alexandras Gesicht glitt ein leises Lächeln. «Erweist Euch als Ehrenmann. Und bringt sie mir sicher nach Hause.»

Gero versprach es in feierlichem Ton, aber Sophia war sich sicher, dass auch er das belustigte Funkeln in Alexandras Augen gesehen hatte.

«Sie ist recht nachlässig bei deiner Erziehung», bemerkte er, als Alexandra außer Hörweite war.

Sophia beugte sich vor, um ihm ins Gesicht zu sehen. Der Schein der Fackel beleuchtete nur die eine Hälfte, aber sie erkannte trotzdem, dass er sie aufzog. Der Schmerz in ihrem Herzen, der durch seine pure Gegenwart gelindert worden war, wurde wieder stärker. «Was immer du darunter verstehst!»

«Na ja, eigentlich sollte es nicht üblich sein, eine junge Frau deines Alters allein mit einem …»

«Spielt es denn eine Rolle?», fuhr Sophia ihn an. Sie lehnte sich wieder zurück, und jetzt war es Gero, der sich vorbeugte und in ihr Gesicht spähte.

«Was hast du?» Übergangslos war aller Spott aus seiner Stimme gewichen. Sophia unterdrückte den Impuls, nach seiner Hand zu greifen.

«Nichts!»

«Lüg mich doch nicht an.»

Sophia schwieg. Ein paar Tränen rannen ihr über das Gesicht, und sie musste all ihre Willenskraft aufbieten, um lautlos zu weinen. Natürlich bemerkte Gero es trotzdem.

«Sophia!» Er klang erschrocken, ein bisschen hilflos. Zögernd hob er eine Hand, und dann, als müsste er einen Widerstand überwinden, strich er ihr unbeholfen eine ihrer Locken aus dem feuchten Gesicht. Er fragte nicht, was sie hatte, sondern saß lange Zeit einfach nur neben ihr und schwieg, und sie war ihm dankbar dafür.

Irgendwann versiegten die Tränen.

«Besser?»

Die Tränen hatten die Traurigkeit fortgespült und durch eine ergebene Ruhe ersetzt. Sophia nickte, hatte aber das Gefühl, Gero eine Erklärung schuldig zu sein. Sie wollte ihm sagen, was in ihr vorging, doch es war unmöglich. Sie konnte froh sein, wenn er noch nicht von selbst auf die Idee gekommen war, was der wirkliche Grund dafür war, dass Alexandra sie mit ihm allein ließ: Sie war keine Frau von hoher Geburt, sondern die Tochter einer dahergelaufenen Weibsperson, die wahrscheinlich nicht einmal den Namen des Mannes kannte, der ihr Vater war. Die selbst nicht genug zu beißen gehabt und sich deswegen dazu entschlossen hatte, ihr Kind einfach auf den Stufen der Klosterkirche abzulegen wie ein ausgetretenes Paar Stiefel.

O nein, eine Person wie Sophia musste nicht vor dem Verlust ihrer Ehre bewahrt werden. Und weil sie eine solche Person war, war ihr auch jede Aussicht auf ein ehrenhaftes Leben an Geros Seite verwehrt.

«Sophia!» Zaghaft legte Gero ihr den Arm um die Schultern. Doch obwohl Sophia sich nach nichts mehr sehnte als nach einer Umarmung von ihm, konnte sie seine Berührung jetzt nicht ertragen. Sie machte sich los.

Hatte sie noch eben nach jedem Augenblick in seiner Gegenwart gelechzt, wollte sie plötzlich nur noch fortlaufen.

«Bitte bring mich nach Hause», flüsterte sie und stemmte sich hoch.

Gero sah von unten zu ihr hinauf, in seinem Gesicht spiegelten sich Verwirrung und Verletzung. «Wenn es das ist, was du willst», sagte er ruhig.

Von Ludgers Hof bis zum Kloster war es eine knappe Stunde Weg, und sie gingen ihn schweigend und jeder in die eigenen Gedanken vertieft.

Plötzlich erklang hinter ihnen eiliges Hufgeklapper.

«Hörst du das?» Gero blieb stehen.

«Natürlich.»

«Los, in die Büsche.»

«Warum? Ich …»

«Komm schon. Es ist mitten in der Nacht, und sicher ist sicher.» Er packte sie am Arm und zog sie in das Gebüsch, das sich rechts und links am Weg entlangzog.

«Wer das wohl ist?» Sophia flüsterte jetzt.

«Wahrscheinlich ein Bote, der zum Kloster will. Dieser Weg hier führt schließlich nur zum Kloster.»

«Ob er von deinem Vater kommt?»

«Das glaube ich nicht. Er hat Alexandra doch den ganzen Tag über gesehen.»

Sophia sagte nichts darauf. Gemeinsam hockten sie in ihrer Deckung und sahen zu, wie ein einzelner Reiter auf einem großen Pferd vorbeistob. Die Beine des Tieres waren kräftig und an den Fesseln mit langem Behang bewachsen. Ein Streitross, ein wertvolles Tier.

Als es vorbei war, sprang Gero aus dem Gebüsch. «Beeil dich!», drängte er. «Der Kerl war von hohem Rang. Ich bin gespannt, was er im Kloster will.»

Während sie dem Reiter hinterhereilten, ging zwischen den Bäumen der Mond auf und tauchte mit seinen durch die Äste fallenden Strahlen den Weg in ein unruhiges, flirrendes Licht. Einmal stolperte Sophia und wäre beinahe der Länge nach hingeschlagen, doch Gero griff gerade noch rechtzeitig nach ihrem Arm. Sie lächelte ihm dankbar zu, aber er hatte den Blick bereits wieder in die Ferne gerichtet, wo jetzt zwischen den Bäumen dunkel die Klostermauern auftauchten.

Das letzte Stück des Weges rannten sie. Das Tor in der Außenmauer war bereits verschlossen, aber die kleine Pforte, die in seinem rechten Flügel angebracht war, stand noch offen. Schließlich waren nicht alle Bewohner von dem Fest schon wieder zurückgekehrt.

Leise schlichen Gero und Sophia ins Innere des Klosters. Sicherheitshalber duckten sie sich in die Schatten der Mauer. Gero drängte Sophia hinter sich, und sie bemerkte, dass sich seine Hand um das Schwert an seinem Gürtel schloss. Es war diese Geste von ihm, die ihr die Haare im Nacken zu Berge stehen ließ.

Der Reiter war abgesessen, und an der Art, wie er dastand und wartete, erkannte Sophia, dass er bereits mit jemandem gesprochen haben musste. Wahrscheinlich Frida, dachte sie.

Sie wird Alexandra holen gegangen sein. Sowohl der Mann als auch das Pferd wandten ihnen den Rücken zu, aber irgendwie kam Sophia die Gestalt des Boten bekannt vor. Der Mond versteckte sich kurz hinter einem Wolkenschleier, kam dann wieder hervor und übergoss den Klosterhof mit seinem fahlen Licht. Während des kurzen Moments der Finsternis hatte der Mann sich zur Seite gewandt, sodass Sophia nun die eine Hälfte seines Gesichts sehen konnte.

Fast hätte sie aufgeschrien. Sie konnte gerade noch die Hand vor den Mund schlagen.

Über die linke Gesichtshälfte des Mannes und quer über seine Kehle zog sich eine hässliche, tiefe und noch kaum verheilte Narbe und entstellte ihn fast bis zur Unkenntlichkeit. Dennoch wusste Sophia, wen sie vor sich hatte.

Rainald von Gerresheim!

«Das ist der Bote, der vor acht Wochen schon mal hier war!»

Nachdem Sophia sie durch den unterdrückten Aufschrei beinahe verraten hätte, zog Gero sie hinter das Scriptorium in Deckung und danach am Fuß der Mauer entlang zu den Gästequartieren, wo sie ihre Kammer hatte. Vor der Tür blieben sie stehen. Es war eine Sache, nachts zu zweit durch den Wald zu wandern; Sophias Privatgemach durfte Gero auf keinen Fall betreten.

«Es muss einen guten Grund dafür geben, dass er Alexandra mitten in der Nacht in solcher Eile aufsucht.» Gero schaute sich kurz über die Schulter, aber sie waren allein. Vom Kirchplatz her waren leise Stimmen zu hören. Gero ging ein paar Schritte rückwärts und lugte vorsichtig um die Hausecke. «Mist!»

Sophia drängte sich an ihn, um auch einen Blick erhaschen zu können. «Was ist?»

«Alexandra. Sie bringt den Mann zur Pforte und lässt ihn raus. Und jetzt macht sie die Pforte zu.»

Gero hatte nach Einbruch der Dunkelheit im Kloster nichts mehr zu suchen. Seine Aufgabe war es gewesen, Sophia sicher bis zum Tor zu bringen, aber jetzt befand er sich im Inneren der heiligen Anlage. Er war nicht gefangen, es wäre nicht das erste Mal, dass er über die Mauer kletterte. Doch die Tatsache, dass die Pforte verschlossen, dass das Kloster nun offiziell von allen Außenstehenden abgeschirmt war, machte ihn sichtlich nervös.

«Ich muss gehen», flüsterte er und zog sich von der Hausecke zurück. «Sehen wir uns morgen?»

«Natürlich!»

«Lass uns dann sprechen, in Ordnung? Ich glaube, es gibt einiges klarzustellen.»

Sie nickte, wenngleich sie sich nicht sicher war, was er meinte. «Gute Nacht.»

«Gute Nacht.» Gero zögerte, sah Sophia ins Gesicht und gab ihr dann einen hastigen Kuss. Keinen Lidschlag später war er wie ein Phantom plötzlich verschwunden.

Sophia starrte für einige Augenblicke in die Finsternis, die ihn verschluckt hatte. Mit den Fingern berührte sie ihre Lippen dort, wo sie die seinen noch spüren konnte. Dann ging sie in das Gästehaus und schloss die Tür hinter sich.

Nachdem Alexandra Rainald aus dem Kloster gelassen hatte, eilte sie in ihre Zelle, verriegelte die Tür und kniete vor dem schlichten Holzkreuz nieder, um zu beten. Seit jenem Tag vor acht Wochen, an dem Rainald fortgeritten war, hatte sie sich hundertfach gewünscht, sie hätte ihm nicht das Reden verboten. Sie fragte sich, welcher Teufel sie geritten hatte, das Wissen, das die Kaiserin ihr weitergeben wollte, von sich zu weisen. Dann wieder war ihr völlig klar, dass es Angst gewesen war, die reine, panische Angst davor, selbst umgebracht zu werden, getötet zu werden wie Maria, ihre Schwester. Und wie ihr Vater.

Es fiel ihr schwer, sich auf ihre Gebete zu konzentrieren, sie war zu aufgewühlt – von Rainalds schrecklicher Verletzung und von den Nachrichten, die er ihr gebracht hatte.

«Bei Gott!», hatte sie ausgerufen, als sie ihm gegenübergestanden hatte. «Was ist mit Euch geschehen?»

Rainald hatte abwehrend die Hand gehoben, die noch in seinen Reithandschuhen steckte. «Dafür ist jetzt keine Zeit», sagte er rasch. «Die Kaiserin wurde ermordet!»

Er machte Anstalten, nach Alexandras Ellenbogen zu greifen, aber sie schwankte nicht. Langsam hob sie die Arme, fuhr sich mit beiden Händen über das Gesicht und seufzte leise. Sie hatte keine Worte.

«Ihr müsst sofort weg von hier.» Rainald zog etwas aus seinem Gürtel, und Alexandra erkannte das Schreiben, das sie ihm vor acht Wochen wieder in die Hand gedrückt hatte. Allerdings wirkte es jetzt formlos und aufgequollen, als sei es nass geworden.

«Ich weiß nicht …»

«Alexandra! Die Kaiserin hatte Recht. Es sind Männer aus Byzanz gekommen, die den Auftrag hatten, sie zu töten! Vielleicht befanden sie sich schon lange in ihrer Nähe, jedenfalls waren sie nun erfolgreich. Es war der letzte Wunsch der Kaiserin, dass Ihr diejenige sein solltet, die das Geheimnis weiterträgt. Ich bin gekommen, um Euch mitzunehmen, genau, wie sie es befohlen hat.»

Alexandra hatte ein Gefühl, als würde der Boden unter ihr schwanken. Wenn es wirklich stimmte, wenn diese byzantinischen Mörder die Kaiserin getötet hatten, weil sie im Besitz eines Geheimnisses war, dann würde sie selbst in Gefahr geraten, sobald sie mit Rainald ging.

Rainald nahm die Zügel seines Pferdes und griff nach dem Sattel. Es war diese Geste, die Alexandra die Dringlichkeit deutlich machte, die er empfinden musste. Alles an ihm wirkte alarmbereit, wie bei einem wilden Tier. Rainald war eindeutig ein Gejagter, das begriff sie jetzt, und schlagartig wurde ihr die eigene Lage klar. Konnte es sein, dass man bereits auf der Suche nach ihr war? Sie musste ihm diese Frage einfach stellen.

«Ich weiß es nicht. Die Wahrheit ist, dass ich erfolglos war. Ich konnte keinen Kontakt mit diesem anderen Mann aufnehmen, von dem die Kaiserin in ihrem Schreiben spricht.» Er deutete auf die Narbe in seinem Gesicht. «Doch für Misserfolge ist jetzt keine Zeit. Kommt mit, dann werde ich Euch alles der Reihe nach erzählen.»

Angst griff mit klammen Fingern nach Alexandra. Sie nickte. «Gut. Lasst mich meine Sachen packen. Reitet voraus, wir treffen uns bei der Wegkreuzung jenseits der Furt, an dem alten Steinkreuz.»

Rainald senkte seinen Blick in ihre Augen, wie um nachzuprüfen, ob sie auch wirklich kommen würde. Was er sah, schien ihn zu befriedigen, denn er nickte und schwang sich in den Sattel.

Im Tor drehte er sich jedoch noch einmal zu Alexandra um. «Beeilt Euch!» Dann verschwand er in raschem Trab in die Finsternis. Die Hufschläge seines Pferdes verhallten, als er den Waldrand erreicht hatte.

«Sophia?»

Sophia hörte ein leises Kratzen an ihrer Kammertür und setzte sich auf. Sie hatte angezogen auf dem Bett gelegen. Ihre Gedanken waren um die unvermittelte Wiederkehr Rainalds gekreist, und ihr Gefühl sagte ihr, dass etwas Schlimmes geschehen war.

«Ja. Kommt herein.»

Die Tür wurde einen Spalt weit aufgeschoben und Alexandra trat ein. Soweit das in dem trüben Licht, das eine einzelne Binsenlampe abgab, zu erkennen war, wirkte sie bleich und fahrig.

«Mutter? Was ist passiert?» Sophia erhob sich von ihrem Lager.

«Ich muss fort. Willst du mitkommen oder nicht?»

Für einen kurzen Moment durchfuhr Sophia ein eisiger Schreck. Sie wollte nicht fort von hier, nicht fort von Gero. Noch immer schien sein Kuss auf ihren Lippen zu brennen. Doch gleichzeitig war die Erinnerung an ihre Tränen frisch und schmerzhaft. Vielleicht wäre es ohnehin das Beste, Abstand zu gewinnen.

«Ich komme mit», sagte sie.

«Gut, dann nimm deine Sachen und komm. Wir müssen vorsichtig sein und uns beeilen.»

Jetzt erwies es sich als vorteilhaft, dass Alexandra Sophia bereits vorgewarnt hatte. Sophia hatte ihre gesamten Habseligkeiten in ein großes Tuch eingeschlagen und musste sie nur aus der Truhe nehmen. Sie griff sich ihren Mantel, schlang ihn um die Schultern und war fertig.

Alexandra führte Sophia aus dem Gästehaus, quer über den Hof und zu den Ställen, in denen die weiße Stute stand. Die Stalltür quietschte leise, als sie geöffnet wurde.

Im Stall war es stockfinster und warm. Der anheimelnde Geruch der Tiere umfing Sophia. «Hilf mir!» Alexandra nahm einen Sattel vom Haken und begann, die Stute zu satteln. Sophia hatte Gero einige Male dabei beobachtet, wie er ein Pferd zum Ausreiten fertig gemacht hatte, aber es selbst zu tun war viel schwieriger, als es den Anschein gehabt hatte. Die Stute schien nicht einzusehen, warum sie mitten in der Nacht aus dem Schlaf gerissen wurde, und als Sophia ihr die Trense anlegen wollte, hob sie einfach den Kopf so hoch, dass Sophia sie nicht mehr erreichte. Alexandra half ihr schließlich, und mit vereinten Kräften schafften sie es, das Tier aufzuzäumen.

«Beeil dich!» Sie zogen das Pferd ins Freie. Alexandra trieb Sophia und die Stute durch die Pforte und schob diese von außen so weit wie möglich wieder zu. «Das muss reichen.» Sie schwang sich in den Sattel. «Steig auf!»

Sophia gehorchte. Rasch knotete sie ihr Bündel am Gürtel fest, um es nicht zu verlieren, dann stieg sie hinter Alexandra auf das Pferd. Ihr Magen hatte zu kribbeln begonnen vor Aufregung und schierer Angst. Alexandra trieb die Stute auf den Weg, der den Hügel hinabführte, und ritt in den Wald hinein.

Es war schwierig, sich hinter ihr auf dem Pferd zu halten. Sophia hatte ein- oder zweimal auf einem von Ludgers Ponys gesessen, aber das war Jahre her. Damals war sie noch ein kleines Kind gewesen, und Ludger hatte ihr eine Freude machen wollen. Sie erinnerte sich daran, dass sie es nicht besonders genossen hatte, weil die Schaukelei und die Kraft, die sie brauchte, um sich mit den Schenkeln festzuhalten, sie auf eine unangenehme Weise ermüdet hatten. Jetzt erging es ihr ähnlich. Sophia musste sich so anstrengen, nicht vom Pferd zu fallen, dass sie keine Möglichkeit hatte, Alexandra nach dem Grund für ihre Flucht zu fragen.

Sie ritten an Ludgers Burg vorbei, was in Sophias Brust einen kaum erträglichen Schmerz verursachte, durchquerten an der Furt die Aisne und kamen schließlich zu einer Kreuzung, an der im Licht des inzwischen tief stehenden Mondes ein altes, schiefes Wegkreuz stand.

«Rainald?» Alexandras Stimme war leise, aber dennoch trug die kühle Nachtluft sie weit.

«Hier.» Eine Gestalt trat aus den Schatten der Bäume. Rainald zog sein Schlachtross und ein zweites Pferd hinter sich her und blieb vor ihnen stehen. Sophia spürte seinen forschenden Blick auf ihrem Gesicht.

«Wer ist das?» Seine Stimme klang ungehalten.

«Sophia. Sie ist mein Mündel. Wir müssen sie mitnehmen. Sie kann nicht allein im Kloster bleiben.»

Halb erwartete Sophia, dass Rainald gleich zornig ablehnen würde, aber er tat es nicht. Stattdessen atmete er einmal tief durch. «Wohin wollt Ihr sie bringen?»

«Nach Reims.»

Rainald überlegte einen Moment. «Wie gut könnt Ihr reiten?», fragte er Sophia.

Sie kam sich klein und überflüssig vor. «Nicht besonders gut.»

«Hier.» Er drückte ihr die Zügel des großen Rosses in die Hand. Es war mit einem guten Sattel versehen, der sogar Steigbügel hatte. «Nehmt dieses Pferd. Es hat einen ruhigen Gang. Das andere habe ich heute Nachmittag einem reichen Bauern abgekauft. Es sollte uns als Packtier dienen, aber ich hatte noch keine Zeit, Reiseproviant zu besorgen, also kann ich genauso gut bis Reims darauf reiten.»

Sophia wusste nicht besonders viel über Pferde, aber sie sah auf den ersten Blick, dass Rainalds Schlachtross zehnmal so viel wert war wie die Mähre, die er jetzt bestieg. Ohne auch nur ein einziges Wort darüber zu verlieren, erniedrigte er sich für sie.

«Danke», murmelte sie.

«Dankt mir, wenn ich Euch sicher ans Ziel gebracht habe», brummte er.

Der Weg nach Reims war so breit, dass man bequem nebeneinander herreiten konnte. Die Bäume standen rechts und links fast militärisch Spalier, tief gestaffelt, sodass man auch bei Tage nicht mehr als wenige Schritte weit in den Wald sehen konnte. Jetzt in der Nacht sah es aus, als ritten sie durch einen schmalen, hohen Gewölbegang, dessen Kuppel aus wogenden Zweigen und leise rauschendem Laub bestand. Als der Mond hinter die Bäume sank, wurde es so finster, dass es Sophia beinahe wie ein schlechtes Omen für ihre Zukunft vorkam. Ihr Herz sank beträchtlich, denn ihr wurde klar, dass sie keine Ahnung hatte, wie es mit ihr weitergehen würde.

«Warum reiten wir nach Reims?», wagte sie schließlich zu fragen. Sie ritt neben Alexandra her, Rainald hatte sich an die Spitze ihres kleinen Zuges gesetzt.

«Wir bringen dich dorthin.» Alexandras Stimme klang ein wenig belegt, doch obwohl Sophia ihr immer wieder neugierige Blicke zuwarf, konnte sie nicht erkennen, ob sie weinte. Weil die Äbtissin so einsilbig war, brauchte Sophia eine Weile, bis sie es wagte, eine neue Frage zu stellen.

«Weiß sie Bescheid?», fragte Rainald mitten in ihre Gedanken hinein und ohne sich umzudrehen.

«Nein», antwortete Alexandra, «sie weiß gar nichts. Wir werden sie nach Reims bringen und dann weiterreiten.»

Sophias Verstand hatte wieder angefangen zu arbeiten, und sie begriff, dass sie spätestens in Reims ohnehin erfahren würde, was Alexandra mit ihr vorhatte. Aber bis dorthin waren es nur wenige Wegstunden, und vielleicht bot sich ihr hier die letzte Gelegenheit zu erfahren, was Alexandra aus dem Kloster forttrieb.

«Warum müsst Ihr fliehen?», fragte sie.

Rainald drehte sich im Sattel um und starrte ihr mitten ins Gesicht. «Hattet Ihr nicht gesagt, sie wüsste von nichts?»

«Sie weiß von nichts.»

«Warum spricht sie dann von Flucht?» Rainalds Blick bohrte sich noch immer in Sophias Gesicht. Sophia spürte, wie Ärger sie überkam. Konnte er sie nicht direkt ansprechen? Schließlich war sie nicht aus Luft.

Sie schnaubte. «Wir verlassen das Kloster mitten in der Nacht. Weder Hristof noch Ludger begleiten uns, die sonst immer mitkommen, wenn wir eine Reise unternehmen. Da Ihr mich mitnehmt, kann es sich wohl kaum um eine heimliche Li…» Sie unterbrach sich gerade noch rechtzeitig. Ihre Ohren fühlten sich flammend heiß an.

Rainald lachte leise. «Nein, keine heimliche Liebschaft, da habt Ihr wohl Recht. Ihr besitzt einen schlauen Kopf.»

«Vielen Dank!» Sophia biss die Zähne zusammen.

«Das alles hat nichts mit dir zu tun, Sophia.» Alexandras Stimme klang noch immer flach, beinahe verzagt.

«Ach nein?»

«Ich muss das Kloster aus Gründen verlassen, die für dich völlig unerheblich sind. Dich nehmen wir nur mit, weil du selbst gesagt hast, dass du ohne mich nicht im Kloster bleiben möchtest.»

Sophia dachte über eine passende Antwort nach, aber ihr fiel keine ein. Ihre aufsteigende Wut fiel in sich zusammen wie ein angestochener Weinschlauch. Zaghaft warf sie Alexandra einen Seitenblick zu. Die Äbtissin saß nach vorne gekrümmt im Sattel und wirkte völlig verloren.

Plötzlich begriff Sophia, dass Alexandra sie verlassen würde. «Zu wem bringt Ihr mich?»

Sie erhielt keine Antwort.

«Warum sagt Ihr es ihr nicht?», fragte Rainald.

«Weil wir seine Zustimmung noch nicht haben. Es war keine Zeit, ihn zu benachrichtigen.»

«Wer ist ‹er›?»

Alexandra stieß einen kaum hörbaren Seufzer aus. «Ein Mann, den ich von früher her kenne. Sein Name ist Gerbert von Aurillac.»

4. Kapitel

Gerbert von Aurillac, der Leiter der Domschule von Reims, lag in dieser Nacht auf seinem Lager im Dormitorium und lauschte dem gleichmäßigen Atmen der anderen Männer. Bei irgendjemandem gurgelte es im Leib, so laut, dass Gerbert es sogar unter der Decke hören konnte, die er sich über die Ohren gezogen hatte. Mehrstimmiges Schnarchen mischte sich mit dem Schmatzen, mit dem sein Nachbar sich auf die andere Seite drehte.

Es kam Gerbert vor, als habe er selbst in dieser Nacht noch kein Auge zugetan, aber er wusste, dass er sich täuschte. Er war immer wieder in einen unruhigen Halbschlaf geglitten, in dem ihn wirre Träume heimsuchten und ihn mit einer unerklärlichen Unruhe erfüllten, die sich im Dunkel der Nacht wie Angst anfühlte. Er hatte die letzten Tage vor seinem inneren Auge vorbeiziehen lassen und daraufhin abgeklopft, ob er vielleicht etwas Wichtiges vergessen hatte. Vergebens. Er konnte keinen Grund für das Unbehagen finden, das ihn ergriffen hatte. Seine Domschule florierte, sie hatten eine Hand voll *confratres*, junge Männer, die hier waren, um später einmal Domherren zu werden, und genug zahlende Schüler, so genannte *hospites*, hauptsächlich Söhne von reichen Adligen oder Kaufleuten, mit denen sich die Schule finanzierte. Die Domschule war weit über die Grenzen von Reims hinaus bekannt und berühmt für ihren Erfolg darin, die Schüler in die *artes liberales* einzuweisen.

Gerbert drehte sich auf die andere Seite. Vielleicht fiel es ihm schwer, sich daran zu gewöhnen, mit so vielen erwachsenen Männern in einem Saal zu schlafen. Vor kurzem hatte der Erzbischof von Reims seinem Domkapitel eine fast mönchisch anmutende Regel gegeben und sie dazu gezwungen, in Zukunft wie in klösterlicher Gemeinschaft zu leben. Das bedeutete, dass auch diejenigen, die bisher in ihren eigenen, oftmals herrschaftlichen Häusern gewohnt hatten, plötzlich wie eine Schafherde mit den anderen zusammengepfercht leben mussten. In manchen Nächten waren die Geräusche und Gerüche der alten Männer nahezu unerträglich geworden. Heute jedoch störte Gerbert etwas anderes. Wenn er nur darauf gekommen wäre, was es war.

Seine Gedanken wanderten zu einem Manuskript, das am Boden seiner Truhe schlummerte. Er lächelte. Das Manuskript war sein süßes Geheimnis. Es war die arabische Übersetzung einer Schrift aus der Feder eines Gelehrten namens Ptolemaios. Gerbert hatte sie bei seinem Abschied aus Barcelona von einem seiner Mentoren geschenkt bekommen, einem maurischen Gelehrten, der ursprünglich aus Tarsos stammte. Er hatte keine Vorstellung von seinem Inhalt, wusste nicht einmal, von welchem Thema es handelte, aber es war wertvoll, und er hatte sich vorgenommen, den Text irgendwann einmal ins Lateinische zu übersetzen. Bisher hatte er leider zu wenig Zeit gehabt, sich damit zu beschäftigen, und mittlerweile war sein Arabisch eingerostet. War es das, was ihm heute Nacht auf der Seele lag?

Es fiel ihm schwer, das zu glauben. Jemand murmelte etwas Unverständliches, und die Magengeräusche steigerten sich, bis sie in einem lauten Abwind endeten. Gerberts Gedanken wanderten zu seinen Schülern zurück.

Der Einzige von ihnen, der zuzeit Quadriviumsstudien betrieb, war ein junger Mann namens Richer, und der schien sein Interesse hauptsächlich auf Medizin und Geschichtsschreibung zu richten, was Gerbert mehr als bedauerte. Er fand die langatmigen Chroniken, die von Geburt und Sterben der Könige und Herrscher erzählten, zum Gähnen langweilig, und die Tatsache, dass Richer sich in den Kopf gesetzt hatte, eine Chronik von seinem eigenen, Gerberts, Leben zu schreiben, war ihm fast peinlich.

Über diesen Gedanken schlief er wieder ein, nur um einen Augenblick später, so jedenfalls kam es ihm vor, von der Morgenglocke geweckt zu werden. Die Domherren quälten sich murrend und schnaufend von ihren Lagern hoch. Staub wirbelte auf, als einer von ihnen seine Decke ausschüttelte und zusammenfaltete. Gerbert war froh, den Ausdünstungen der anderen zu entkommen.

Nach der Morgenmesse im Dom trat Gerbert auf den Domplatz hinaus und blinzelte, weil ihm die schräg stehende Morgensonne genau in die Augen schien. Sein Kopf war, wie immer nach einem Besuch in der Kirche, vom Weihrauch ein wenig vernebelt, und so atmete er ein paarmal tief durch. Es war bereits recht warm, und der strahlend blaue Himmel verriet, dass es in wenigen Stunden unerträglich heiß werden würde. Genau der richtige Tag, dachte Gerbert, um sich im Scriptorium zu vergraben und lange Listen anzufertigen.

«Gerbert von Aurillac?»

Die Stimme ließ Gerbert herumfahren. Vor ihm stand ein Mann von mittlerer Größe, in weit fallende Gewänder gekleidet, die ihm ein wenig zu groß waren. Aus dem losen, schmutzigen Kragen ragte ein dünner Hals, dessen Haut faltig aussah wie bei einem Greis. Dennoch schien dieser Mann, genau wie Gerbert, nur wenig mehr als vierzig Jahre zu zählen.

«Der bin ich.» Gerbert musterte den Fremden abwartend. Die Augen des Mannes hatten eine kaum zu definierende Farbe irgendwo zwischen Braun und Grün, aber seine Wimpern waren lang und dunkel wie bei einer Frau.

«Mein Name ist Michael von Tours. Ich komme aus Byzanz, um Euch zu sprechen.»

«Ihr kommt aus Byzanz, um mich zu sprechen?»

«Ihr wurdet mir als Mann von hoher Gelehrsamkeit empfohlen.»

Gerbert unterdrückte ein zufriedenes Lächeln. Als Kleriker, der er war, hatte er eigentlich die Pflicht, bescheiden zu sein, aber gerade in Bezug auf seine geistigen Fähigkeiten fiel ihm das äußerst schwer. Er wusste, dass er mehr Talent und Wissen besaß, als man üblicherweise von Gelehrten sagen konnte. «Womit kann ich Euch dienen?»

«Ich fürchte, das lässt sich nicht in zwei Sätzen erklären. Habt Ihr ein oder zwei Stunden Zeit für mich?»

«Nein, das tut mir Leid. Der Erzbischof erwartet mich.»

«Es ist eine Angelegenheit von äußerster Dringlichkeit.»

«Nun, wenn Ihr deswegen die lange Reise aus Byzanz angetreten habt, wird sie noch ein paar Stunden mehr warten können, nicht wahr?»

Michael lächelte schwach. «Ihr habt natürlich Recht. Ich fürchte nur, ich habe schon eine Menge Zeit verloren. Allein für den letzten Teil meiner Reise von Merseburg hierher habe ich fast sechs Wochen gebraucht. Da kommt es auf einige Stunden wirklich nicht mehr an.»

«Um die Mittagsstunde kann ich mir für Euch Zeit nehmen. Treffen wir uns hier wieder?» Gerbert spürte, wie ihn eine kribbelige Erregung erfasste. Dieser Mann war eindeutig ein Gelehrter, und Gerbert brannte darauf zu erfahren, warum er ausgerechnet zu ihm gekommen war. «Könnt Ihr mir einen kurzen Anhaltspunkt geben, worum es geht?»

Michael sah sich über die Schulter, eine Geste, die eigenartig verschwörerisch aussah und Gerbert fast noch neugieriger machte. «Es geht um die Kalenderreform des Konstantin.»

Gerbert zwinkerte. «Aha.»

«Ich erkläre Euch alles, sobald wir die Zeit dazu haben.»

«Gut. Ich muss aufbrechen. Was werdet Ihr unterdessen tun?»

«Habe ich Eure Erlaubnis, die Dombibliothek zu nutzen? Ich würde gern meine Studien weiter betreiben.»

Gerbert nickte. «Selbstverständlich. Sagt Horatius, dem *librarius*, ich hätte Euch geschickt.»

Die Mittagsstunde war schwer festzustellen, denn obwohl der Tag so viel versprechend begonnen hatte, war der Himmel um die fünfte Stunde zugezogen und die Sonne nicht mehr zu sehen. Irgendwann jedoch entschied einer der Mönche, es müsse jetzt so weit sein, und läutete die Glocke.

Gerbert legte die Feder aus der Hand. Er hatte zwei Stunden damit verbracht, einige Urkunden für den Erzbischof aufzusetzen, die zu wichtig waren, um sie einem Schreiber zu überlassen. Als er aufsah, fiel sein Blick durch das Fenster der Bibliothek. An dem kleinen Ausschnitt des Himmels, der dort zu sehen war, türmten sich düster aussehende Wolken, und ein frischer Wind zauste die Baumkronen.

Draußen erwartete ihn Michael bereits. Der Wind wehte ihm seine Tunika gegen die dünnen Beine und ließ ihn aussehen wie eine große, helle Krähe.

«Michael», sagte Gerbert. «Ich habe Euch vorhin in der Bibliothek nicht gesehen. Wo habt Ihr Euch aufgehalten?» Gerbert deutete mit ausgestrecktem Arm auf das Seitenschiff des Domes, wo sie ein wenig geschützt wären. «Lasst uns hinübergehen.»

«Horatius hat mir Eure Sonnenaufgangslisten gezeigt.»

Sie setzten sich auf eine Bank, die unter einer Reihe hoch gewachsener Kastanienbäume stand. Ein paar Mönche eilten an ihnen vorbei, der Erzbischof, ein untersetzter, kleiner Mann mit flinken Augen und freundlichem Gesichtsausdruck ebenfalls. Er schien in Eile zu sein, nickte ihnen nur knapp zu und war gleich wieder verschwunden.

«Was bezweckt Ihr damit? Ich meine, wozu braucht man solche Listen?»

Gerbert sah einer Frau nach, die mit einem Korb voller Eier durch das Tor der Domburg kam. Es war die Haushälterin des Erzbischofs, und er grüßte sie freundlich. Dann wandte er seine ganze Aufmerksamkeit Michael zu. «Kennt Ihr Euch mit der Einteilung des Tages aus und mit den unterschiedlichen Arten, die Stunden zu zählen?»

«Ein wenig. Ich weiß, dass es zwei Möglichkeiten gibt.»

«Ja. Bei der einen nutzt man die von Gott vorgegebenen Rhythmen, Sonnenaufgang und Sonnenuntergang, um Tag und Nacht zu unterscheiden. Die Zeit von Sonnenaufgang bis Sonnenuntergang wird dabei in zwölf gleichmäßige Teile geteilt, und die Zeit von Sonnenuntergang bis Sonnenaufgang auch. Diese Methode hat zur Folge, dass die Stunden tags und nachts unterschiedlich lang sind, und nicht nur das, ihre Länge verändert sich auch von Tag zu Tag. Nur einmal im Herbst und im Frühjahr sind sie in beiden Abschnitten genau gleich lang, sonst sind die Stunden im Sommer am Tag länger als in der Nacht und im Winter genau umgekehrt. Das ist für einige Belange recht hinderlich.»

«Zum Beispiel?»

«Zum Beispiel für alle Klöster, deren Gemeinschaften nach den Regeln des heiligen Benedikt leben. Benedikt legt genau fest, welche Psalmen und Hymnen die Mönche zu singen haben, und so kommt es schon vor, dass mitten im Winter die Zeit einfach nicht reicht, um alle notwendigen Texte zu beten. Oder, um Euch ein weniger religiöses Beispiel zu nennen: Diese Art der Stundeneinteilung ist stark davon abhängig, wie weit nördlich oder südlich sich der eigene Standort befindet. Nehmen wir als Beispiel den 25. Dezember, damit Euch klar ist, was ich meine. Die Sonne geht an diesem Tag in Reims zu einem ganz anderen Zeitpunkt auf als zum Beispiel in Rom oder in Byzanz. Wenn an dem einen Ort die erste Stunde des Tages bereits läuft, kann sie an einem anderen erst beginnen. Und das gilt natürlich nicht nur für den 25. Dezember, sondern für jeden anderen Tag des Jahres. Wenn ich also aufgrund von Beobachtungen, die ich, sagen wir, in Rom angestellt habe, hier in Reims eine Berechnung durchführen will, muss ich wissen, wie ich die Stundenangaben umrechne. Das ist äußerst hinderlich und ein weiterer Grund, warum es sinnvoll ist, eine andere Stundenzählung zu verwenden, nämlich die so genannten geraden Stunden. Hierbei teilt man den gesamten Tag, also die Zeitspanne von Mitternacht bis Mitternacht, in vierundzwanzig genau gleich lange Stunden ein. Damit sind viele unserer Probleme mit den alten, ungeraden Stunden gelöst. Aber begreift Ihr, was das außerdem zur Folge hat?»

«Man kann anhand des Sonnenstandes nicht mehr direkt ablesen, wie spät es gerade ist. Und am Stand der Sterne auch nicht.»

Gerbert nickte. Die Haushälterin des Erzbischofs kam zurück und verschwand wieder durch das Tor. «Nun sind die Sterne für die allermeisten Menschen als Zeitmesser sowieso völlig ungeeignet, weil es viel zu kompliziert ist, sie zu lesen. Aber dass man die Sonne nicht mehr benutzen kann, ist natürlich bedauerlich. Aus diesem Grund ist ein neues Instrument nötig, mit dem die Menschen die Zeit messen können.»

«Die *clepsydra*!», entfuhr es Michael.

Gerbert sah ihn an. «Genau. Ihr kennt sie also schon?»

«Ein Mönch namens Paulus trat hinzu, als Horatius mir Eure Listen zeigte. Er hat mir gestattet, sie anzusehen.» Michael nickte eifrig.

«Mit Hilfe dieser Wasseruhr kann die Länge einer Stunde genau gemessen werden, und damit haben wir unser Instrument. Aber ebenso wie die Sonne hat die *clepsydra* einen Nachteil.» Gerbert sah sich rasch um, ob jemand in der Nähe war und sie belauschte. Es wäre nicht das erste Mal gewesen, dass er Ärger bekam, weil er behauptete, ein von Gott geschaffenes Ding, nämlich die Sonne, habe Mängel. Manchen Domherren behagte diese in ihren Augen blasphemische Sichtweise überhaupt nicht, und Gerbert war es leid, sie darauf hinzuweisen, dass er nicht die Sonne für mängelbehaftet hielt, sondern einzig und allein die Fähigkeit des Menschen, sie als Zeitmesser zu nutzen. Was, wenn der Himmel mit Wolken verhangen war, so wie heute? Er seufzte resigniert auf in Anbetracht der Engstirnigkeit seiner Mitmenschen, doch dann konzentrierte er sich wieder auf Michael. «Eine Wasseruhr kann im Winter einfrieren. Das ist der unseren schon einige Male geschehen. Dann ist es natürlich nicht möglich, die Zeit abzulesen, und man muss warten, bis es Mittag ist, um die Uhr nachzustellen. Was aber, wenn auch die Sonne nicht scheint, Ihr also nicht feststellen könnt, ob es Mittag ist? Dann müsst Ihr warten. Bis zum nächsten Tag. Und was ist, wenn Ihr Euch in einer Regenperiode befindet? Ärgerlich. Also habe ich darüber nachgedacht, wie man die Zeitpunkte, an denen die Uhr nachgestellt werden kann, vermehren kann. Aus diesem Grund schreibe ich die Sonnenaufgangstabellen und später irgendwann einmal auch die Sonnenuntergangstabellen. Damit kann ein *horologicus* dann schon an drei Tageszeiten Nachstellungen vornehmen: bei Sonnenaufgang, mittags und bei Sonnenuntergang.»

«Aber das Problem mit den Regentagen habt Ihr damit eigentlich nicht gelöst.»

Gerbert zuckte die Achseln. «Nein. Nur die Wahrscheinlichkeit erhöht, einen Zeitpunkt zu finden, an dem der Himmel klar ist.»

Michaels Blick huschte zu dem Beutel, der an Gerberts Gürtel hing. «Paulus erzählte mir, dass Ihr ein Astrolabium besitzt.»

Unwillkürlich tastete Gerbert nach dem Gerät, das sich, wie Michael richtig vermutet hatte, in dem Beutel befand. Schlagartig kroch Misstrauen in ihm hoch. Michael war ein wenig zu gut über ihn informiert. Er schloss die Hand schützend um den Beutel.

«Um mit einem Astrolabium anhand des Sonnenstands die Zeit zu messen, braucht Ihr ebenfalls einen klaren Himmel. Und was ist nachts? Nur ausgebildete Männer können in der Nacht anhand der Sternkonstellationen Zeitmessungen durchführen. Das ist nichts für Männer wie Paulus. Er kann mit diesem Werkzeug nicht umgehen.» Gerberts Blick wanderte zu Michaels Fingern, die begonnen hatten, am Saum seines Obergewandes herumzuspielen.

«Wisst Ihr, was ich mich frage?», meinte Michael versonnen.

«Was denn?»

«Gott hat den Menschen Zeichen an den Himmel gesetzt, mit denen sie ihre Zeit einteilen können: die Sonne für den Tag, den Mond für den Monat.»

«Und noch einmal die Sonne für das Jahr, ja.»

«Glaubt Ihr, dass es auch Zeichen gibt, mit denen er uns zeigt, wie lange die Schöpfung her ist? Oder, sagen wir, die Geburt unseres Herrn Jesus Christus?»

Gerbert öffnete die Augen ein Stück weiter. Näherten sie sich jetzt endlich dem wahren Grund für Michaels Hiersein? «Es gibt eine ganze Reihe gelehrter Männer, die sich die Köpfe darüber zerbrechen, wie viel Zeit seit der Schöpfung vergangen ist. Werden in Byzanz Urkunden nicht mit einer Jahreszahl nach der Schöpfung datiert? Neuerdings jedenfalls, wie ich gehört habe. Ich glaube, wenn es eine Möglichkeit gäbe, das Schöpfungsdatum mit unseren Mitteln am Himmel abzulesen, hätten diese Gelehrten sie längst gefunden.»

«Und die Geburt des Herrn?»

«Die wurde natürlich durch ein Zeichen am Himmel angekündigt.»

«Ja, durch den Stern von Bethlehem, ich weiß. Ich meine aber …»

«Ich weiß, was Ihr meint. Gibt es heute ein Zeichen am Himmel, das uns anzeigt, wie viel Zeit seitdem vergangen ist?»

«Und?» Michael beugte sich vor und heftete den Blick mit solcher Intensität auf Gerberts Gesicht, dass der sich fragte, was die Antwort auf diese Frage so wichtig machte. Er kam sich vor wie unter einer hochnotpeinlichen Befragung.

«Nicht, dass ich wüsste», sagte er. «Aber Ihr solltet mir wirklich erzählen, warum Euch das interessiert.»

Michael holte tief Luft.

«Es wäre mir lieber», sagte er und schaute auf die vielen Menschen, die inzwischen den Domhof bevölkerten, «wenn wir das an einem ruhigeren Ort besprechen könnten.»

Gerbert blickte in den jetzt fast schwarzen Himmel. Ein paar vereinzelte Regentropfen fielen aus den tief hängenden Wolken. Mit einem Anflug von Bedauern dachte er an seine wartende Arbeit.

«Morgen hätte ich mehr Zeit für Euch. Wollen wir das Gespräch verschieben?»

✵

Sie ritten schweigend die halbe Nacht hindurch. Sophia lauschte auf den gleichmäßigen Atem der Pferde und ihren Tritt, der vom Vorjahreslaub zu einem kaum hörbaren Pochen gedämpft wurde. Ab und zu schrie ein Nachtvogel, und einmal hörte sie das Gekläff eines Fuchses. Zum Glück schienen Wölfe oder noch wildere Geschöpfe des Waldes nicht in ihre Nähe zu kommen. Sophia musterte von hinten das lange Schwert, das Rainald am Gürtel trug. Ob er in der Lage wäre, sie zu verteidigen, falls sie von Vaganten angegriffen würden? Er war hoch gewachsen und schlank, aber sein Oberkörper wirkte kräftig, und die Arme waren muskulös. Die Waffen, die er mit sich führte, trug er mit solcher Selbstverständlichkeit, dass Sophia sich sicher war, er wusste sie zu benutzen. Woher wohl die schreckliche Narbe an seinem Kopf kam? Als er vor acht Wochen zum ersten Mal nach St. Kyrillos gekommen war, hatte er sie noch nicht gehabt. Sie verlief von dem Knochen unter seinem linken Auge hinab bis zum Kiefer, von dort aus nach vorne und quer über die Kehle. Es war ein Wunder, dass er eine solche Verletzung überlebt hatte. Offenbar hatte jemand die Wunde zusammengenäht; die einzelnen Knoten waren hervorstehende, rote Wülste. Sophia hatte davon gehört, dass kundige Ärzte zu so etwas fähig waren – aber hier in den Wäldern?

Sophias Blick wanderte zu Alexandra. Die Äbtissin war neben Gero der einzige Mensch in ihrem Leben, der ihr wirklich wichtig war. Und sie war im Begriff, nicht nur ihn, sondern auch sie zu verlieren. Das Bedürfnis, den Grund dafür zu erfahren, wurde übermächtig, und so unternahm sie einen neuen Versuch. Sie gab ihrer Stimme einen flehentlichen Klang. «Alexandra, warum müsst Ihr fliehen? Bitte, ich muss es wissen!»

Alexandra hielt ihr Pferd an und betrachtete Sophia eindringlich. Rainald kam an ihre Seite. «Ihr dürft ihr nichts erzählen!»

«Ich weiß, ich weiß.»

Sophia sah Rainald an. «Warum seid Ihr zurückgekommen? Was verbindet Euch mit Alexandra?»

«Es ist etwas Schlimmes passiert, Sophia.» Alexandras Blick huschte kurz in Rainalds Richtung. «Die Kaiserin ist tot.»

«Oh.» Der Schmerz in Alexandras Worten erfüllte Sophia mit Bedauern, sie selbst jedoch fühlte sich nicht betroffen durch Theophanus Tod. Frauen, Männer und Kinder – sie alle starben, die einen früher, die anderen später, und es machte keinen Unterschied, ob sie arme Tagelöhner waren oder Kaiserinnen. Das Sterben gehörte zum Leben wie die

Geburt. «Warum wurde sie ermordet?» Sie hatte die Frage gestellt, ohne darüber nachzudenken.

Rainald stieß einen leisen Fluch aus.

Alexandra starrte Sophia erschrocken an. «Du hast gelauscht, nicht wahr? Was hast du gehört?»

«Ich habe nicht gelauscht. Ich habe es mir gedacht. Warum sonst solltet Ihr fliehen müssen, wenn nicht irgendetwas Gefährliches vor sich geht?» Sie begegnete Rainalds Blick und mühte sich, eine entschlossene Miene zu machen. Es begann sie zu ärgern, dass er sie für eine dumme Gans hielt, die man besser in Unwissenheit ließ. «Warum wurde sie ermordet?»

Alexandra überlegte, bevor sie sagte: «Sie wusste etwas, das sie besser nicht gewusst hätte.»

«Und Ihr auch, nicht wahr? Ist das der Grund, warum Ihr fliehen müsst?»

«Alexandra!», warnte Rainald.

Alexandra ignorierte ihn. «Ja.»

«Was ist es?»

«Alexandra, Ihr solltet …», setzte Rainald an.

Alexandra drehte sich zu ihm um. «Sie wird nicht lockerlassen, wenn wir es ihr nicht wenigstens in groben Zügen erzählen! Glaubt mir, ich werde sie nicht mit hineinziehen.»

Rainald warf ihr einen düsteren Blick zu, schien jedoch zu begreifen, dass er sie an nichts hindern konnte. Also trieb er sein Pferd wieder zu einem ruhigen Schritt an und hörte zu.

Alexandra ließ die Zügel der Stute los und machte sich daran, an ihrer Gürteltasche herumzunesteln. Sie zog ein Stück Pergament hervor, das offensichtlich sehr alt war, und reichte es Sophia. Als diese es berührte, merkte sie, dass es nicht alt, sondern nass geworden war. Die Schrift darauf war verwaschen und nur noch schwer zu lesen.

«Dies ist ein Schreiben, das Rainald mir vor acht Wochen brachte. Lies es.»

Sophia kniff die Augen zusammen. In der herrschenden Finsternis konnte sie kaum etwas erkennen, aber Rainald machte sich an seinen Satteltaschen zu schaffen und förderte schließlich eine kurze Pechfackel ans Licht, die er anzündete und so weit herüberreichte, dass ihr Schein auf das Schreiben fiel. Sophia wollte ihm danken, aber das Licht enthüllte so viel von seinem missmutigen Gesicht, dass sie es lieber bleiben ließ.

«Liebste Gefährtin!», las sie. «Ich schreibe Euch in höchster Bedrängnis ...»

Als sie fertig war, sah Sophia auf. «Was bedeutet das?»

«Ich werde dir nicht mehr verraten, Sophia.» Alexandras Stimme war fest. «Du kannst ebenso gut aufhören nachzubohren.»

Sophia überlegte. «Das muss die Kaiserin kurz vor ihrem Tod geschrieben haben.»

«Ja.» Offenbar hatte Rainald beschlossen, das Antworten zu übernehmen. Er schoss einen finsteren Blick auf Alexandra ab, der die Äbtissin endlich zum Schweigen bringen sollte.

«Also besteht die Gefahr, dass man Euch ebenfalls ermordet?» So laut war Sophia die Frage herausgerutscht, dass das letzte Wort zwischen den Baumstämmen widerhallte.

Diesmal antwortete keiner von beiden. Sophia biss sich auf die Lippe. «Alexandra, bitte», flehte sie. «Es betrifft mich ebenso wie Euch!»

«Nein!» Jetzt war Rainalds Stimme von eisiger Schärfe. «Ihr dürft uns begleiten, weil Alexandra Euch nicht allein im Kloster zurücklassen wollte. Ihr solltet das zu schätzen wissen und endlich aufhören, uns mit Fragen zu löchern, die wir Euch um Eurer eigenen Sicherheit willen nicht beantworten können!»

Alexandra lehnte sich zu Sophia hinüber: «Du musst mir glauben, Sophia, es ist besser, wenn du nichts weißt. Es hat nichts mit dir zu tun, und wenn du erst in Reims angekommen bist, musst du dir um mich keine Gedanken mehr machen. Du wirst lernen können, Sophia, viel mehr als bisher.»

Ein wenig ärgerte Sophia sich darüber, dass die Äbtissin sie für so kindisch hielt, sich auf ihr Ablenkungsmanöver einzulassen. Sie spürte aber auch, dass sie nicht mehr aus den beiden herausbekommen würde. Vielleicht war es wirklich besser, wenn sie nichts wusste. «Wer ist dieser Gerbert, von dem Ihr gesprochen habt?»

«Er ist Leiter der Domschule.»

«Woher kennt Ihr ihn?»

Alexandra legte den Kopf zur Seite, als müsste sie erst erwägen, ob sie Sophia davon erzählen konnte. «Ich habe ihn vor vielen Jahren in Ingelheim kennen gelernt.» Es waren die letzten Worte, die Alexandra vor Sonnenaufgang sprach.

Gerbert und Michael betraten den Kreuzgang des Domes, in dem sich um diese Zeit keine Menschenseele aufhielt. Der Regen fiel heute in einem dünnen, aber stetigen Strom, der sich anhörte wie ein leiser, ferner Wasserfall. Nur ab und zu, wenn ein dickerer Wassertropfen von einem der Blätter der Bäume fiel, die den Kreuzgang beschatteten, mischte sich ein dunkleres Plätschern in das Rauschen.

«Ihr macht es ja ganz schön spannend.»

«Das geschieht ohne Absicht.»

«Ich bin ganz Ohr. Was ist also der Grund dafür, dass Ihr gekommen seid?»

«Es geht um die Konstantinische Kalenderreform. Manche bezeichnen sie auch als eine Fälschung, aber es fällt mir schwer, so davon zu sprechen. Ich gehöre zu einer Gruppe von Gelehrten, die mit dieser Reform beauftragt wurden, und aus diesem Grund bin ich hier. Denn ich muss Euch um Eure Hilfe in dieser Sache bitten.»

«Meine Hilfe?»

«Ja. Ihr habt ein größeres Wissen über die Vorgänge am Himmel als jeder andere, dem ich bisher begegnet bin.»

«Dann dienten Euer eifriges Studium meiner Tabellen und Eure gestrige Fragestunde dazu, das herauszufinden?» Gerbert begriff plötzlich, dass Michael ebenso viel von Astronomie verstand wie er selbst. Er war geprüft worden! Aus irgendeinem Grund amüsierte ihn dieser Gedanke. Und noch mehr amüsierte es ihn, dass er die Prüfung offensichtlich bestanden hatte.

«Auch. Ich hoffe, das kränkt Euch nicht. Ich habe auch vieles gelernt, was ich noch nicht wusste.»

Gerberts Neugier wuchs. Eine Kalenderreform! Das klang interessant. Er suchte in seinem Gedächtnis nach dem Namen Konstantin, wurde aber nicht fündig. «Ihr habt mir jetzt genug Honig um den Bart geschmiert. Kommt zur Sache.»

«Gut. Kurz zusammengefasst handelt es sich bei der Kalenderreform um die Beseitigung eines theologischen Problems. Euch ist sicher bekannt, dass in den beiden existierenden Übersetzungen der Bibel die Zeit, die seit der Schöpfung vergangen ist, unterschiedlich lang beziffert wird.»

Gerbert verdrehte die Augen zur Gewölbedecke des Kreuzgangs. Die Theologie war ein Gebiet, auf dem er nicht besonders sicher war, obwohl er die Weihen eines Priesters erhalten hatte.

«Die unterschiedlichen Zeiten differieren um neun Menschenalter.»

«270 Jahre?»

«Sofern man für ein Menschenalter dreißig Jahre annimmt, ja. Aber unsere Gelehrten haben eine andere Zahl herausgefunden. Sie konnten berechnen, dass Jesus Christus dreiunddreißig Jahre auf der Erde weilte, und somit kommen sie auf 297 Jahre, um die sich beide Bibelübersetzungen unterscheiden. Neun mal dreiunddreißig.»

«Und? Das ist ein theologisches Problem. Was hat das mit unserer Astronomie zu tun?»

«Kaiser Konstantin hat von Gott ein Zeichen erhalten, dass es seine Aufgabe ist, diesen Widerspruch zu lösen. Immerhin handelt es sich bei der Bibel um das Wort Gottes, und es kann eigentlich nicht sein, dass es in zwei verschiedenen Versionen existiert.»

«Soweit ich mich erinnere, ist eine Übersetzung aus dem Hebräischen direkt ins Lateinische und eine aus dem Hebräischen ins Griechische gemacht worden, nicht wahr?»

«Zuerst ins Griechische, ja.»

Gerbert zuckte die Achseln. «Ich würde sagen, da hat sich jemand verrechnet.»

«Und ebendas konnten die Theologen nicht bestätigen. Wäre es nicht denkbar, dass nach Gottes Willen zwei verschiedene Zeiten geschrieben stehen, damit Konstantin seine Reform durchführen kann? Wissen wir, was Gott mit seinen Taten bezweckt?»

Gerbert bemühte sich, nicht ungeduldig zu werden. Er hasste es, wenn Schludrigkeiten der Menschen mit dem Willen Gottes begründet wurden, aber Michael schien derartig entflammt von seinen eigenen Worten, dass Gerbert sich seine spitze Bemerkung verkniff. «Ich verstehe, worauf Ihr hinauswollt», murmelte er.

«Konstantin sah es also als seine Aufgabe an, diesen Widerspruch aus der Welt zu räumen», fuhr Michael fort. «Ich will Euch im Moment nicht mit Einzelheiten darüber langweilen, nur so viel: Es wurden Jahre in den Kalender eingefügt, die es eigentlich gar nicht gegeben hat.»

«Unmöglich!»

«Nicht unmöglich. Aber lasst uns über die genaue Durchführung der Reform später reden. Ihr wollt doch zuerst erfahren, was ich von Euch will.»

Das stimmte, und so unterdrückte Gerbert seine Skepsis.

«Wie gesagt», fuhr Michael fort, «differieren die beiden Bibelübersetzungen um 297 Jahre. Nun macht eine kleine Besonderheit der Byzantinischen Zeitrechnung es einfach, sagen wir, ein wenig zu schummeln. Man nutzt zwei verschiedene Möglichkeiten, ein Datum zu schreiben. Beide leiten sich von Alexander dem Großen ab, und beide liegen 294 Jahre auseinander. Es war also ein Einfaches, diese beiden Schreibweisen zu vertauschen und auf diese Weise den Kalender anzupassen.»

«294.»

Michael nickte. «Ja. Es passt nicht ganz. Aber es passt an mehreren Stellen nicht, und das ist der Grund, warum ich hier bin. An der Gelehrsamkeit wurden in Byzanz in den letzten Jahrhunderten unsägliche Verbrechen begangen. Es wurde kaum Wert darauf gelegt, jene Schriften der alten Griechen zu erhalten, die sich mit Mathematik oder Astronomie beschäftigen. Sehr vieles, von dem wir wissen, dass es einmal existiert hat, wurde einfach nicht bewahrt, und das rächt sich jetzt. Ich bin Mitglied eines Zirkels von Männern, denen der Kaiserhof den Auftrag erteilt hat, die Feinabstimmung der Reform durchzuführen. Eigentlich dürfte das kein Problem sein. Jedenfalls keines, das sich nicht lösen ließe, aber durch eine kaiserliche Anordnung ist es jetzt zu einem massiven Problem geworden. Es geht um die Ostertabellen ...»

Gerbert runzelte die Stirn. «Ostertabellen?»

«Man ist zu dem Entschluss gekommen, dass es sinnvoll wäre, die Ostertermine im Voraus zu berechnen.»

Bisher, das wusste Gerbert natürlich, waren die Ostertermine – einer jüdischen Tradition folgend – in jedem Jahr nach Himmelsbeobachtungen verkündet worden. Als er sich diesen Umstand ins Gedächtnis rief, wusste Gerbert plötzlich, was Michaels Problem war. «Bei den ersten Berechnungen habt Ihr festgestellt, dass seit Eurer Reform der Mond falsch geht, nicht wahr?»

Michael nickte. Sie hatten den Kreuzgang zum vierten Mal umrundet, und jetzt blieb er stehen. «Genau.»

Sie mussten sich darüber nicht austauschen, denn beide wussten, was das bedeutete. Gerbert sah Hoffnung in Michaels Blick aufflammen. Er glaubt, weil ich so rasch begriffen habe, muss ich auch die Lösung kennen, dachte er.

Und prickelnde Befriedigung durchrann ihn.

Er kannte sie tatsächlich.

Jedenfalls ansatzweise.

Er lächelte. «Es gibt einen Zyklus, der beschreibt, wann Mond- und Sonnenjahr zusammenfallen, und der sich alle paar Jahre wiederholt. Ich erinnere mich an ein Gespräch mit einem maurischen Gelehrten, in dem er Derartiges erwähnte.»

Die Länge eines Mondjahres, also die Abfolge von zwölf Monaten, entsprach nicht der Länge eines Sonnenjahres, das mit 365 Tagen um einiges länger war. Dementsprechend musste der Beginn des Mondjahres durch das Sonnenjahr wandern, das war beiden ebenso klar wie das Mondproblem, das durch die Reform entstanden war.

Michael riss die Hände wie zu einer Lobpreisung in die Höhe. «Das ist der Grund, warum ich herkam. Weil ich hoffte, dass jemand, der gelehrter ist als ich, mir sagen kann, wo ich weiterforschen kann. Manchmal verfluche ich die byzantinische Überheblichkeit, die sämtliche Schriften der antiken Astronomen für minderwertig hielt. Theologie, Rhetorik, pah! Man sieht ja, wie weit man damit kommt!»

Gerbert brachte ihn zum Schweigen, indem er ihm eine Hand auf den Unterarm legte. «Ich sagte, ich erinnere mich, dass es einen solchen Zyklus gibt. Ich weiß jedoch keine Einzelheiten.»

«Euer maurischer Gelehrter … lebt er noch? Glaubt Ihr, dass es möglich ist, Informationen über diesen Zyklus von ihm zu bekommen?»

«Wir könnten es versuchen.»

Michael sah auf Gerberts Hand, die noch immer auf seinem Arm ruhte. «Wir? Heißt das, Ihr wollt mir helfen?»

Über Gerberts Gesicht glitt ein Lächeln. «Was habt Ihr denn geglaubt?»

5. Kapitel

Nachdem die letzten Gäste fort waren, ließ sich Ludger auf eine der noch nicht von den Dienern weggeräumten Bänke fallen und starrte blicklos vor sich hin. Es war anstrengend gewesen, den anderen gegenüber die Fassung zu bewahren, so zu tun, als sei das einzige Gefühl, das ihn an diesem Tag ausfüllte, die Freude über das neu verliehene Land. Dem war ganz und gar nicht so. Natürlich freute er sich, aber da war noch etwas anderes. Tief in ihm war ein Gefühl erwacht, das er seit zwanzig Jahren verdrängt hatte. Scham.

Als Adam von Trier am Vortag völlig unvermittelt auf dem Hof aufgetaucht war, hatte Gero ihn empfangen. Er hatte sich Adams Bitte um ein Nachtlager und etwas zu essen angehört und dann seinen Vater geholt. Und in dem Augenblick, als Ludger Adam gegenübergestanden hatte, war es gewesen, als hätte ihn die Vergangenheit mit einem Schlag eingeholt.

Adam hatte ihn freundlich angelächelt. «Ludger! Ich grüße dich.»

Ludger war blass geworden. «Sei gegrüßt, Adam», erwiderte er, dann musste er sich räuspern. «Wir haben uns lange nicht gesehen.»

«Ja», nickte Adam. «Das kannst du so sagen. Wie viele Jahre ist das jetzt her? Zwanzig? Mehr? Es ist dir gut ergangen seitdem, sehe ich.»

Ludger ließ seinen Blick an dem kostbaren Stoff von Adams Kleidung hinunterwandern. «Dir offenbar auch.»

«Vielleicht nicht so gut wie dir.»

«Hast du mich gesucht? Was willst du?»

Sanft hatte Adam den Kopf geschüttelt. «Alles der Reihe nach. Du solltest dich zuerst um das Fest kümmern.»

Bis jetzt hatte sich keine Gelegenheit ergeben, mit Adam zu sprechen, und das lag nicht zuletzt daran, dass Ludger sich bemüht hatte, eine Begegnung zu vermeiden. Er hatte gesehen, wie Adam sich mit Sophia unterhielt, und am liebsten wäre er dazwischengegangen. Plötzlich standen wieder die alten Bilder vor seinem inneren Auge: wie Adam damals die jungen Huren geprügelt hatte, wenn sie seinen ausgefallenen Wünschen nicht nachkommen wollten …

«Ein wirklich schönes Fest!»

Ludger fuhr hoch und wäre beinahe nach hinten von der Bank gestürzt. «Adam!»

Adam lächelte ihn an, und erneut blieb Ludgers Befürchtung, Hass in seiner Miene zu lesen, unbegründet. «Wir wollten uns doch noch ein wenig unterhalten, nicht wahr?»

Gero lief mit schnellen Schritten über den Platz, beachtete sie jedoch nicht.

«Einen wohlgeratenen Sohn hast du», sagte Adam. «Er sieht seiner Mutter gar nicht ähnlich.»

«Woher willst du das wissen? Du kennst seine Mutter überhaupt nicht. Sie starb bei seiner Geburt.»

Adam riss die Augen auf. «Dann ist Alexandra gar nicht … und ich hatte mich schon … das Kloster … verzeih!» Er verstummte.

Ludger zwang sich zur Ruhe. «Was willst du hier?»

«Plaudern, Ludger. Über die alten Zeiten. Hast du nicht auch manchmal das Bedürfnis danach?»

«Nicht, wenn es um Byzanz geht.»

Adam hielt inne, schien für einen Augenblick zur reglosen Statue erstarrt, aber dann erwachte seine Gestalt wieder zum Leben. «Nein. Das verstehe ich.»

Ludger begriff, dass Adam ihn nicht davonkommen lassen würde, ohne dass sie über alte Zeiten gesprochen hatten, und so fügte er sich in das Unvermeidliche. Er deutete auf die Bank.

Adam verstand die Aufforderung. Er setzte sich und seufzte dann, als sei er in düstere Gedanken versunken. «Nein. Wir hatten keine glorreiche Zeit in Byzanz, wahrlich.»

«Aber du hast es geschafft, alldem zu entkommen.»

Adam nahm den kostbaren Stoff seines Ärmels zwischen die Finger. «Es sieht so aus. Genau wie du.»

Eine Weile sagte keiner von ihnen ein Wort.

«Erzähl mir, wie es dir ergangen ist, nachdem du Byzanz verlassen hast», begann Adam erneut. «Da du Alexandra nicht zur Frau genommen hast … dienst du ihr noch immer?»

«Ja.»

«Und jetzt ist sie Äbtissin dieses kleinen Klosters in der Nähe?»

«Ja.»

«Sei doch nicht so wortkarg!» Adam stieß ein leises Lachen aus und hob die Hand, wie um Ludger damit auf die Schulter zu schlagen. Er tat es jedoch nicht. Rasch senkte er den Blick, als spüre auch er die Befangenheit, welche die unzähligen Jahre zwischen sie gelegt hatten. Ludger entspannte sich ein wenig.

Es war viel Zeit vergangen.

«Warum hat sie nicht geheiratet?», fragte Adam.

«Ich weiß es …» Ludger führte den Satz nicht zu Ende. Er wäre eine Lüge gewesen. «Sie hatte sich in einen Mann verliebt, der sie abwies.» Er musste an sich halten, um seine Ausdruckslosigkeit zu bewahren.

Diesmal klang Adams Lachen wie das Schnurren einer Katze. «Das uralte Motiv! Manchmal würde ich gerne wissen, wie viele gebrochene Herzen unter den Kutten der Nonnen schlagen.»

«Und unter denen der Mönche.»

Adam fixierte Ludger. «Du bist nicht ins Kloster eingetreten», stellte er fest.

«Nein. Aber jetzt bist du an der Reihe! Erzähl, wie bist du aus Byzanz fortgekommen?»

«Eigentlich ganz ähnlich wie du. Ich schloss mich einem Herrn an, allerdings war meiner nicht so hübsch wie deiner. Es war ein fetter, alter Händler, der eine Leibwache brauchte für eine Reise nach Köln. Ich begleitete ihn, und weil er mit mir zufrieden war und mich recht gut bezahlte, blieb ich in seinen Diensten. Ich bin übrigens im Auftrag seines Sohnes hier.»

«Warum?»

«Es gibt Streitigkeiten um ein Stück Land, das meinem Herrn gehört. Einer seiner Nachbarn behauptet, die Urkunde, mit der er seinen Anspruch nachweisen kann, sei gefälscht. Mein Herr möchte die Kaiserin um einen Schiedsspruch bitten, aber wir haben keinerlei Beziehungen zum Hof.»

«Dein Herr scheint ein selbstbewusster Mann zu sein», meinte Ludger.

Adam grinste. «Das ist er. Aufgeblasen bis zum Bersten. Mir ist natürlich klar, dass selbst Männer von viel höherem Rang Jahre brauchen, um die Aufmerksamkeit der Kaiserin zu erlangen. Er jedoch glaubt, mit dem nötigen Empfehlungsschreiben sei das ganz einfach. Und deshalb bin ich hier.»

«Die Kaiserin weilt, glaube ich, zurzeit in Merseburg.»

«Das weiß ich. Ich hatte nur gehofft, dass Alexandra mir eine Empfehlung geben kann.»

«Du hättest sie bei dem Fest darum bitten können.» Ludger fuhr sich mit dem Handrücken über die Lippen.

«Sie kennt mich doch gar nicht. Ich wäre dir sehr dankbar, wenn du mich ihr ankündigen könntest.» Adam lächelte Ludger an.

Der überlegte kurz. «Ich fürchte», sagte er, «mein Verhältnis zu Alexandra ist nicht so gut, wie du glaubst.»

Adams Kopf schmerzte, als er und Ludger sich endlich getrennt hatten. Er erklomm die Wallanlage, und sobald er außer Sichtweite war, lehnte er sich gegen die Palisade und schloss die Augen.

Es hatte ihn weitaus mehr Kraft gekostet, sein Lügengebäude zu errichten und mit seinem Hass hinter dem Berg zu halten, als er jemals für möglich erachtet hätte. Am schwierigsten jedoch war es gewesen, auch noch freundlich zu Ludger zu sein, ihn die Scham, die er ganz ohne Zweifel über seinen lange zurückliegenden Verrat empfand, vergessen zu machen.

Adam knirschte mit den Zähnen. Er hatte sich stets für kaltblütig gehalten, für jemanden, der es genoss, sein Wild langsam einzukreisen, in Sicherheit zu wiegen, um sich dann umso mehr an dem verwunderten Gesicht seines Opfers zu weiden, wenn er schließlich völlig unerwartet zustieß. Heute jedoch hatte er sich nur mit Mühe davon abhalten können, den Dolch zu ziehen und ihn Ludger mitten ins Gesicht zu rammen.

«Du Hurensohn», flüsterte er atemlos.

Seine Gedanken wanderten zu jener Zeit in Byzanz zurück. Freunde waren sie gewesen, nein, mehr als das. Wie Brüder hatten sie zueinander gehalten und sich dieser Treue durch einen kurzen, aber sehr ernst gemeinten Schwur gegenseitig versichert. Adam hatte sich wohl gefühlt in Ludgers Gegenwart. Mit ihm konnte er ihren niederen Stand und ihr Elend wenigstens ab und zu vergessen. Bis an einem einzigen Tag alles anders geworden war.

Am Tag von Ludgers Beichte.

«Ich bin in den Dienst einer edlen Dame getreten», das waren Ludgers Worte gewesen, und Adam erinnerte sich noch genau an die kleinen Gesten, die dabei sein schlechtes Gewissen verraten hatten – der ausweichende Blick, der immer wieder über seine Schulter davonirren wollte, und die fahrigen Hände, die sich in einem fort die Finger kneteten.

«Was meinst du damit?», flüsterte Adam. Sie saßen in einem der niederen Wirtshäuser bei einem Krug verdünntem Wein. Der Lärm ringsumher war ohrenbetäubend. Lachende und brüllende Männer waren vom nahen Hafen heraufgekommen, und bunt aufgeputzte Huren drängten sich um sie, sodass Adam immer wieder den Oberkörper zur Seite beugen musste, wenn jemand an seinem Stuhl vorbeiwollte.

«Diese Alexandra», erklärte Ludger, und Adam konnte ihn kaum verstehen, «sie wird Byzanz verlassen, und ich werde mit ihr gehen.»

«Das kannst du nicht machen!»

«Warum nicht?»

«Was ist mit unserem Schwur? Wir wollten einander nie im Stich lassen!»

Ludger leckte sich über die Oberlippe. «Alexandra hat mir ebenfalls einen Treueschwur abgenommen.»

«Und der wiegt mehr als der unsere?» Nur ganz langsam drang die Erkenntnis zu Adam durch, dass Ludger es ernst meinte. Dass er nicht hier war, um über seine Entscheidung zu sprechen, sondern dass er längst entschieden hatte.

«Es ist eine Möglichkeit zu überleben, Adam.»

«Ja, für dich! Und was ist mit mir?»

«Ich habe versucht, dir ebenfalls einen Posten zu beschaffen, aber …»

«Einen Posten!» Adam sprang auf und stieß dabei seinen Weinbecher um. Hellrot ergoss sich das Getränk über die Tischplatte und tropfte dicht neben seinem Oberschenkel zu Boden. Sein Ausbruch hatte die Menschen ringsherum in neugieriger Stille erstarren lassen, sodass für einen Augenblick nur das leise Tröpfeln zu hören war. Rasch jedoch setzte das Reden und Lachen wieder ein. «Ich dachte, wir seien Freunde, Ludger! Erinnerst du dich an Julia?» An Ludgers Augen konnte Adam ablesen, dass er es tat. «Als sie mich im letzten Jahr bat, mit ihr fortzugehen, habe ich es nicht getan. Wegen dir! Und jetzt? Kann ich nicht erwarten, dass du für mich das gleiche Opfer bringst?»

Ludgers Miene verschloss sich. «Du kannst mich nicht mehr umstimmen, Adam», sagte er. «Ich habe meine Entscheidung längst gefällt.»

Dann war er schwerfällig aufgestanden. Einen Augenblick lang hatte er den Freund noch angesehen. Adam hatte sich wieder auf den Stuhl fallen lassen. Ein wenig Wein war auf der Sitzfläche gelandet und hatte sein Gewand durchnässt, aber er hatte es kaum wahrgenommen. Er hatte zugesehen, wie Ludger kehrtgemacht und das Wirtshaus mit langen, schnellen Schritten verlassen hatte.

Danach waren nur wenige Tage vergangen, bis Adam selbst von diesem kleinen, dicken und sehr reich wirkenden Mann mit den ungewöhnlich schwarzen Augen auf der Straße angesprochen worden war. Er sei doch Krieger, oder etwa nicht? Ob er nicht aus Sachsen komme, wie es den Anschein habe. Adam stammte eigentlich aus dem Herzogtum Oberlothringen, hatte es aber nicht gewagt, den Dicken über den Unterschied aufzuklären.

Der Mann hatte Adam angeboten, für ihn zu arbeiten. Er hatte eingewilligt, und nach einigen Wochen, als Adam Vertrauen zu ihm gefasst hatte, hatte er ihm einen Eid abgenommen.

Ich schwöre, meine gesamte Kraft … Mit beiden Händen griff sich Adam in die Haare und riss an ihnen, als wollte er sich die Erinnerung an diese Worte aus dem Kopf zerren.

Es gelang ihm jedoch nicht, und so sah er sich in eine Zeit zurückversetzt, die grausam für ihn gewesen war. Es hatte nicht lange gedauert, bis Adam begriffen hatte, dass er sich keineswegs aus der Gosse befreit hatte, sondern im Gegenteil von einem Herumtreiber und Habenichts noch ein ganzes Stück herabgesunken war. Auf die Stufe eines gemeinen Mörders, dem in dunklen Gassen Namen genannt wurden. Namen von Menschen, die er umzubringen gezwungen wurde. Er war ein *silentiarius* geworden.

Zunächst kam er damit zurecht, denn er hatte an Kriegen teilgenommen, und er kannte das schmutzige Geschäft des Tötens. Doch dann, an einem Tag im Dezember, der von schweren, dunklen Regenwolken verhangen gewesen war, hatte auf dem Zettel des Dicken ein Name gestanden, den er kannte.

Julia.

Bei der Erinnerung daran krümmte sich Adam. Er hatte keine Wahl gehabt. Er hatte die Frau ermordet, die er liebte.

Und dafür würde Ludger bitter bezahlen müssen.

Irgendwann im Laufe der Nacht machten sie Rast, und als schließlich die Sonne aufging, ließen sie den Wald hinter sich und ritten durch die wellige Hügellandschaft südlich von Reims. Sie durchquerten zwei kleine Dörfer, deren dicht gedrängte Häuser aus Lehm und geflochtenen Ästen erbaut und zum Schutz gegen die Witterung halb in den Boden eingelassen waren. Die meisten Häuser schienen verlassen. Es war ein sonniger Sommertag, und die Menschen hatten eine Menge Arbeit auf ihren Feldern.

Auf einem Acker am Wegrand schnitten Männer mit kurzen Sicheln Korn, und die Frauen banden hinter ihnen die Halme zu großen Garben zusammen und stellten sie auf. Als Alexandra, Sophia und Rainald an den Menschen vorbeiritten, hielten die in ihrer Arbeit inne und nutzten die Gelegenheit, die schmerzenden Rücken zu strecken. Dann arbeiteten sie schweigend weiter.

Kurz vor Reims durchquerten sie Weinberge, von deren Höhen aus sie einen guten Blick auf die Stadt hatten. Es war kurz vor Mittag. Ein leichter Wind war aufgekommen. Die Sonne hatte sich in einen diesigen Schleier gehüllt, der das Licht in diffuses Hellgrau verwandelte. Dennoch konnte Sophia die gesamte Stadt überblicken: zahlreiche antike Gebäude aus der Römerzeit, viele Baustellen und unzählige Wohnhäuser. Ein massives, steinernes Tor mit drei Bögen war auf der gegenüberliegenden Seite der Stadt gerade noch zu erkennen.

Rainald hielt sein Pferd an und starrte hinunter.

«Was habt Ihr?» Alexandra wischte sich eine Haarsträhne aus den Augen und folgte seinem Blick.

«Ein ungutes Gefühl. Wir sollten nicht bei Tag in die Stadt reiten, unsere Pferde sind ziemlich auffällig.»

Sophia hörte zu, wie Rainald und Alexandra eine Weile diskutierten, dann hatte der Krieger sich durchgesetzt.

Sie verbrachten den Rest des Tages unter einem Baum abseits des Weges und warteten auf die Dunkelheit. Kurz nach Sonnenuntergang ließ Rainald aufbrechen.

Beim Näherreiten bemerkte Sophia die massive Mauer, die die Ansiedlung umgab. Es sah nicht so aus, als würden die Tore nach Sonnenuntergang geöffnet bleiben, dachte sie, und sie täuschte sich nicht. Dennoch bereitete ihnen das keine Schwierigkeiten, denn Gerberts Haus befand sich in einer außerhalb gelegenen Siedlung, die in einiger Entfernung auf einem Hügel zu sehen war. Auch hier, das erkannte Sophia im Licht des Mondes, gab es eine Stadtmauer, aber sie war offensichtlich noch im Bau.

«Das ist St. Rémi», erklärte Alexandra. «Gerbert hat dort vor einigen Jahren von einem reichen Schüler ein Haus geschenkt bekommen.»

Als sie St. Rémi betraten, kam ihnen aus einer der Gassen ein Mann entgegen. Er war offensichtlich betrunken und beachtete sie nicht weiter. Sophia sah jedoch, dass Rainald ihn misstrauisch beobachtete, bis er um eine Hausecke verschwunden war.

Gerberts Haus stand inmitten eines unbefestigten Platzes, überragte die anderen Gebäude um ein Stockwerk und hatte im Gegensatz zu ihnen ein steinernes Fundament. Eine Treppe führte zum Eingang hinauf, und als Alexandra die Stufen erklomm und an die Tür klopfte, dauerte es nur wenige Augenblicke, bis ihnen geöffnet wurde.

Eine Frau undefinierbaren Alters steckte den Kopf heraus. Sogar in der Dunkelheit war ihr Misstrauen offensichtlich, doch als ihr Blick auf Alexandra fiel, glitt ein ungläubiges Staunen über ihr Gesicht.

«Alexandra!», entfuhr es ihr. «Ihr hier?»

«Judith.» Alexandra legte eine Hand gegen die Tür und machte Anstalten, sie aufzuschieben. Es war nicht nötig. Hastig öffnete Judith ihr und trat auf die oberste Stufe hinaus. Sie musterte Sophia, blinzelte und fixierte dann Rainald. Sophia war sich sicher, dass sie dessen Waffen sehr genau registrierte.

«Wir müssen zu Gerbert, Judith», sagte Alexandra.

«Er ist nicht da. Seit der Erzbischof die Domherren dazu verpflichtet, in Gemeinschaft zu leben, verbringt er immer wieder die Nächte im Dormitorium.»

Rainald sprang aus dem Sattel. Seine Stiefel prallten dumpf auf den unbefestigten Boden. «Ist das Dormitorium in der Nähe des Domes?»

Judith sah noch immer nicht besonders freundlich auf ihn herab. Sie nickte.

«Gut. Ich werde Euren Herrn holen gehen. Kümmert Ihr Euch um Alexandra und Sophia.»

Sophia unterdrückte ein Lächeln, als sie sah, wie sich Judiths Miene aufhellte. Es war beinahe hörbar, wie sie ihre Meinung über diesen Unbekannten revidierte. Jemand, der sie mit «Ihr» anredete, konnte kein schlechter Mensch sein. Sie deutete zur Tür. «Kommt herein. Ich rufe den Pferdeknecht.»

«Nein», sagte Rainald. «Ich binde die Tiere hier an. Wir bleiben nicht lange.» Judith nickte.

Sie traten in eine Art Halle, deren Wände mit Teppichen bedeckt waren. Leider war es zu dunkel, um die Muster erkennen zu können: Nur eine einzelne Fackel brannte in einem Halter an der Wand, und das Kaminfeuer glomm düster vor sich hin. Ein paar Sitzgelegenheiten standen herum, ein langer Tisch und zwei oder drei Truhen. Eine schmale Holztreppe führte an der linken Seite des Raumes auf einen Zwischenboden, wie er in den meisten größeren Häusern üblich war.

«Setzt Euch, ich bringe Euch gleich etwas zu trinken.» Judith nahm die Fackel und entzündete mit dem Feuer drei weitere, sodass die Halle sich deutlich erhellte. Jetzt erkannte Sophia auch die Muster auf den Teppichen. Sie wirkten fremdartig und verschlungen. Die Farben waren so satt, wie sie es nie zuvor gesehen hatte.

Judith verschwand durch eine Tür neben dem Kamin, die der Eingangstür genau gegenüber lag.

«Woher kennt Ihr sie?», fragte Sophia Alexandra.

«Von früher», war die knappe Antwort. Schon kam Judith wieder herein und stellte zwei Becher mit einer dampfenden Flüssigkeit vor sie hin. Es war heißer Wein. Vorsichtig nippte Sophia daran und entschied, dass es besser sein würde, nicht zu viel davon zu trinken.

Judith schien ebenso wie sie selbst vor Neugier zu brennen, aber sie wagte es nicht, das Wort an Alexandra zu richten. Bald verschwand sie wieder durch ihre Tür. Die Äbtissin saß schweigend in ihrem Sessel und starrte so finster vor sich hin, dass Sophia beschloss, lieber zu warten, bis Rainald mit Gerbert wiederkam.

Sie mussten lange warten.

Sophia knüpfte ihr Bündel vom Gürtel los und legte es auf einer Bank ab. Dann vertrieb sie sich die Zeit, indem sie hin und her wanderte und die Teppiche betrachtete.

Endlich öffnete sich die Tür.

Herein kam Rainald, und hinter ihm ein hoch gewachsener Mann, dem man ansah, dass er einmal sehr schlank gewesen sein musste, auch wenn Hals und Gesicht jetzt ein wenig dicklich waren. Sein Leib steckte in einem weiten leinenen Obergewand. Seine Haare waren kurz geschnitten und braun, und die Augen sahen Sophia so durchdringend an, dass sie beinahe einen Schritt zurückgewichen wäre.

«Sophia», hörte sie Alexandras Stimme hinter sich, «das ist Gerbert von Aurillac.»

Sophia neigte den Kopf zu einer höflichen Begrüßung.

«Ich sehe, Ihr habt Euch mit ihrer Erziehung Mühe gegeben.» Gerberts Stimme war dunkel, ein wenig heiser, aber angenehm. Rasch drehte sich Sophia zu der Äbtissin um, und so sah sie noch den Anflug von Missmut, der über Alexandras Gesicht huschte.

«Gott mit Euch, Gerbert», sagte sie spitz.

Über das Gesicht des Mannes glitt ein feines Lächeln. Ebenso wie seine Augen wirkte es beunruhigend, taxierend. «Verzeiht, meine Liebe. Wie unhöflich von mir. Gott mit Euch.» Er reichte Alexandra beide Hände, und fast sah es so aus, als erwarte er, dass sie den schweren Ring küsste, den er am rechten Mittelfinger trug. Doch sie tat es nicht. Sie griff nach den Händen und hielt sie einfach fest.

«Die Zeit hat Euch gnädig behandelt.»

Sophia biss sich auf die Zunge, um nicht unangemessen aufzulachen.

«Euch nicht minder.» Alexandra ließ Gerberts Hände los und wies auf Sophia. «Ich bringe Euch das Kind.»

Erneut richtete Gerbert den Blick auf Sophia. Er zog eine Bank heran, und als sie sich gesetzt hatten, Sophia und Alexandra auf der einen Seite des Tisches, Gerbert auf der anderen, legte er die Unterarme auf die raue, von vielen Jahren dunkel gefärbte Platte und verschränkte die Finger ineinander. Rainald blieb neben der Tür mit vor der Brust verschränkten Armen stehen.

«Sophia.» Gerbert fuhr sich mit der Zunge über die obere Zahnreihe. Dann schien er die Kiefer zusammenzubeißen, denn an seinen Schläfen traten die Muskeln sichtbar hervor.

Sophia schluckte.

«Nun ja.» Gerbert suchte in Alexandras Gesicht nach einem Halt.

«Ihr müsst sie von nun an hier bei Euch aufnehmen», sagte sie.

«Wie bitte?»

«Ihr müsst …»

«Ich habe verstanden, was ich muss!», polterte er ohne Vorwarnung.

Alexandra schien unbeeindruckt. Sie schwieg, legte alle zehn Fingerspitzen auf die Tischplatte und kratzte mit einem Fingernagel über eine kleine Vertiefung.

«Warum?»

Alexandra warf einen Blick auf Sophia. «Das erkläre ich Euch nachher.»

«Es geht nicht.»

«Warum nicht?»

Gerbert stützte die Ellenbogen auf der Tischplatte ab und bettete das Kinn auf seine zusammengelegten Fingerspitzen. «Weil der Erzbischof, während ich in Bobbio gewesen bin, dem Domkapitel eine Regel gegeben hat. Die Chorherren müssen seitdem in Gemeinschaft leben.»

«Ihr seid kein Chorherr.»

«Nein. Aber man hat bei mir keine Ausnahme gemacht.»

«Ihr besitzt ein eigenes Haus, Sophia könnte bei Judith …»

«Sophia kann nicht hier bleiben.» Gerberts Stimme klang jetzt sachlich und unglaublich bestimmt.

«Gerbert!» Alexandra schien nicht die Absicht zu haben, sich geschlagen zu geben. «Johanna von St. Maurice hat ihr Lesen und Schreiben beigebracht, ich selbst habe sie in Triviumsstudien unterwiesen. Sie kann Latein und ein bisschen Griechisch.»

Gerbert schnaubte. «Was soll das heißen? Soll ich sie etwa an der Domschule aufnehmen? Sie ist ein Mädchen!» Er sah Sophia an. «Eine Frau.»

«Ich könnte mich als Mann verkleiden!» Vor lauter Anspannung fühlte Sophia sich wie eine Holzpuppe.

Gerberts Reaktion auf ihre Worte erschreckte sie so, dass sie zusammenzuckte. Er lachte. Er lachte so laut und erheitert, dass Sophia das Blut ins Gesicht schoss.

«Hört, hört, sie will sich verkleiden! Nun, junge Dame, Euch ist offenbar nicht klar, dass das nur in Vagantenliedern von Erfolg gekrönt ist? Ihr würdet sofort – sofort erkannt werden!»

«Wenn Ihr sie dabei unterstützt …» Alexandra hatte sich ein wenig vorgelehnt.

«Das werde ich mit Sicherheit nicht tun!»

Langsam, als laufe etwas aus ihr heraus, wich die Farbe aus Alexandras Gesicht. Sie presste die Lippen zusammen, öffnete sie wieder, befeuchtete sie mit der Zungenspitze. «Gerbert – bitte …» Sie drehte sich um und sah erst Sophia und dann Rainald an. «Es wird besser sein, wenn ihr draußen wartet.»

Sophia wollte protestieren, aber in Alexandras Augen war ein so warnender Ausdruck getreten, dass sie sich wortlos erhob. Beinahe wäre sie gestolpert, als sie über die lange Bank kletterte, doch es gelang ihr, die vor Wut und Enttäuschung zitternden Knie unter Kontrolle zu behalten.

Rainald trat gemeinsam mit ihr hinaus in die Nacht. Die Haustür fiel mit einem schweren Schlag hinter ihnen ins Schloss und schnitt Alexandras nächsten Satz mitten im Wort ab.

«Ich muss …»

Ich muss das Kloster verlassen … hatte Alexandra gesagt, und danach war es fast unerträglich lange still zwischen ihnen. Gerbert konnte nichts hören außer dem Schlag seines Herzens und dem Rauschen des Blutes in seinen Ohren.

Das Kind – Sophia!, verbesserte er sich in Gedanken – war ohne ein Wort des Protestes gegangen, obwohl er den Widerspruch in ihren Augen gelesen hatte. Er hielt die Luft an und verdrängte ihren Anblick. Sie sah so unglaublich zierlich aus! Und doch war etwas an ihr, in ihren braunen Augen und in der Art, wie sie die langen, unbändigen Locken über die Schulter zurückgeworfen hatte – etwas, das Gerbert sofort hatte spüren lassen, dass sich ein heller Geist hinter ihrer Stirn verbarg.

«Hast du gehört, was ich gesagt habe?», fragte Alexandra mit leiser Stimme und riss ihn damit aus seinen Gedanken.

«Was? – Ich – natürlich.»

«Gerbert, ich weiß, dass das etwas plötzlich für dich kommt. Immerhin hatten wir vereinbart, dass ich mich um sie kümmere, bis sie … aber …»

«… ich verstehe – Ihr … du befindest dich in einer Notlage.» Im Gegensatz zu Alexandra fiel es Gerbert schwer, vom offiziellen ‹Ihr› zum vertrauten ‹Du› überzugehen, das sie vor Dritten immer geheim gehalten hatten.

Alexandra stand von ihrer Bank auf, zögerte kurz und begann dann, im Saal auf und ab zu wandern. Gerbert konnte ihren Bewegungen ansehen, unter welcher Anspannung sie stand. Die Linie ihres Kinns wirkte hart, ihr Nacken verspannt. Gerbert musste sich beherrschen, um nicht aufzustehen und sie in den Arm zu nehmen. Etwas tief in ihm begann zu schmerzen, und er zwang sich, es zu ignorieren. Stattdessen richtete er seine Gedanken auf ihr Gespräch. «Warum?», fragte er.

«Gerbert, du ahnst nicht, wie gerne ich das Ganze mit dir besprechen würde, schon um es selbst besser zu verstehen. Aber es ist sicherer, wenn du nichts weißt.»

«Alexandra.» Gerbert stand auf, näherte sich ihr jedoch nicht. «Wenn du willst, dass ich dir helfe, musst du mir schon ein bisschen mehr sagen als das.»

«Ich brauche keine Hilfe von dir. Ich komme zurecht. Alles, was ich von dir erbitte, ist, dich um Sophia zu kümmern.»

«Warum nimmst du sie nicht mit, wo immer du auch hingehen willst?»

«Weil ich nicht will, dass sie doch noch in all das verstrickt wird. Sie weiß so wenig wie du, und das soll auch so bleiben. Dann ist sie nicht in Gefahr.»

«Was für eine Gefahr?» Gerbert fühlte, wie er die Geduld verlor.

Alexandra schüttelte nur den Kopf. Plötzlich sah er die Angst, die sie bisher verborgen gehalten hatte. Sein Herz begann zu stechen.

«Wenn Sophia hier bei dir bleibt, ist jede Verbindung zwischen ihr und mir unterbrochen. Sie wäre hier in Sicherheit, Gerbert! Bitte!»

Sie sprach es nicht aus, aber Gerbert wusste, was sie damit meinte. Sie spielte auf die Tatsache an, dass er niemals auch nur einem Menschen von seiner Beziehung zu ihr erzählt hatte. Wenn er Sophia jetzt hier aufnahm, konnte er ohne weiteres behaupten, sie sei die Tochter eines Bekannten. Niemand würde jemals erfahren, dass sie etwas mit Alexandra zu tun hatte. Er ertappte sich dabei, dass er schon darüber nachdachte, wie es sein mochte, Sophia um sich zu haben. «Es geht nicht, Alexandra.»

«Ich habe dich niemals mehr um etwas gebeten, seit du sie damals auf der Kirchentreppe ablegen musstest! Du wirst es nicht bereuen. Sophia ist klug. Sie könnte dir die Gefährtin sein, die ich niemals sein durfte. Sie würde dir nicht zur Last fallen. Nimm sie in deinem Haus auf, wenn du sie nicht in der Schule unterbringen kannst.»

Gerbert fuhr sich mit beiden Händen durch die Haare und versuchte, standhaft zu bleiben. Er fühlte sich, als müssten seine Glieder vor Anspannung zerspringen.

Schier unendlich lange rang er um seine Fassung und die passenden Worte. In seinem Kopf jagte ein Gedanke den anderen, und endlich riss er sich zusammen. «Gut.» Er zwang sich, seine Stimme ruhig klingen zu lassen. «Lass sie hier.»

Alexandra schien überrascht von dem plötzlichen Meinungswechsel, aber sie war klug genug, ihn schweigend hinzunehmen.

«Ich kann sie natürlich nicht als Schülerin aufnehmen», sprach er schnell weiter, «das versteht sich. Aber ich werde zusehen, was ich machen kann. Wenn du Recht hast und sie wirklich so klug ist, werde ich versuchen, sie selbst ein wenig zu unterrichten.»

«So wie du es damals bei mir getan hast.»

«Ja. Judith wird sich um sie kümmern.» Gerbert ging zur Haustür und öffnete sie mit einem Ruck. Sophia lehnte mit verschränkten Armen draußen an der Wand und blickte ihm aus großen Augen ins Gesicht. Rainald stand etwas abseits, sodass sein Gesicht nicht zu erkennen war.

Gerbert erwiderte Sophias Blick, für einen Moment unsicher, was er sagen sollte. Schließlich räusperte er sich. «Ihr könnt wieder hereinkommen.»

Sie kam seiner Aufforderung nach, Rainald aber blieb, wo er war.

Als Gerbert die Halle wieder betrat, konnte er beobachten, wie Alexandra sich hastig von Sophias Bündel zurückzog. Er sah, dass sie irgendetwas in ihrer Tasche verbarg, und blickte sich rasch zu Sophia um.

Sie schien nichts bemerkt zu haben.

Damit Alexandra und Sophia sich voneinander verabschieden konnten, ging Gerbert nach draußen vor die Tür, wo ihm Rainald den Weg vertrat.

«Hat sie Euch erzählt, warum sie fliehen muss?», fragte er mit leiser Stimme.

«Nein.» Gerbert spürte noch immer den Nachhall des Ärgers, den er darüber empfunden hatte.

«Gut. Es ist besser so, glaubt mir.»

«Wo werdet Ihr sie hinbringen?»

Statt ihm darauf zu antworten, sah Rainald Gerbert offen und furchtlos ins Gesicht. Gerbert begriff, dass dieser Mann ihm ebenbürtig war. Er würde sich nicht durch Drohungen einschüchtern lassen, und darum versuchte er es damit erst gar nicht.

«Ich muss Euch um etwas bitten», sagte Rainald.

«Und das wäre?»

«Ihr solltet dafür sorgen, dass Sophia in den nächsten Tagen, vielleicht sogar in den nächsten zwei, drei Wochen das Haus nicht verlässt. Erzählt niemandem davon, dass sie jetzt bei Euch lebt. Und wenn Ihr sie später wieder aus dem Haus lasst, dann behauptet einfach, sie sei Euer Mündel. Erfindet einen verstorbenen Verwandten, bei dem sie bisher gelebt hat.»

«Warum dieser ganze Aufwand?»

«Ihr seid nicht in Gefahr, solange Ihr nichts wisst. Wir können uns nicht gewiss sein, wer von den Menschen in Alexandras unmittelbarer Nähe vielleicht zu einer Gruppe von Männern gehört, die ihren Tod planen. Es ist besser, wenn jede Verbindung zwischen ihr, Sophia und dem Kloster unterbrochen wird.»

«Was macht Euch so sicher, dass ich nicht ins Kloster reiten werde, um herauszufinden, was das alles soll?»

Rainald senkte den Blick in Gerberts Augen. «Ihr seid ein zu kluger Mann dafür. Wir können gemeinsam erreichen, dass niemand nach Sophia Ausschau hält. Ich werde dafür sorgen, dass niemand mehr nach Alexandra sucht.»

«Wie?»

«Ich werde ihren Tod vortäuschen. Den Tod von beiden. Ihr würdet Sophia nur in Gefahr bringen, wenn Ihr nach St. Kyrillos reitet.»

Gerbert presste den Knöchel des Zeigefingers gegen seine Stirn. «Ihr wisst, in welchem Verhältnis ich zu Sophia stehe, nicht?»

Rainald nickte. «Darum glaube ich, dass Ihr sie nicht erneut in Gefahr bringen wollt.»

«Damit habt Ihr wohl Recht.»

In der Halle legte Alexandra Sophia die Hände auf die Schultern. «Leb wohl.» Sophia sah, wie ihr Kehlkopf sich ruckartig auf und ab bewegte.

«Wir sehen uns doch irgendwann wieder, oder?» Plötzlich fühlte Sophia sich elend. Für einen kurzen, absurden Moment lang wünschte sie sich, Alexandra würde alles zu einem Scherz erklären und sie wieder mit zurück ins Kloster nehmen.

«Die Wahrheit ist: Ich weiß es nicht, Sophia.»

Sophia warf einen Blick über die Schulter und versicherte sich damit, dass Gerbert noch nicht zurück war. «Ich …»

«Scht!» Zum ersten Mal, seit Sophia sich erinnern konnte, umfing Alexandra sie mit einer Umarmung. Es war eine hastige Geste. Sophia spürte, wie sie sich verkrampfte.

«Glaub mir, Sophia, bald fühlst du dich hier wie zu Hause.» Alexandra trat einen Schritt zurück. Sie lächelte schwach und strich Sophia über die Wange, gerade so, wie sie es früher manchmal getan hatte, als Sophia noch ein Kind gewesen war. «Mach dir keine Sorgen. Gerbert ist ein guter Mann.»

Und mit diesen Worten machte sie auf dem Absatz kehrt und stürzte aus der Halle. Das Geräusch ihrer Absätze klang laut nach. Sophia wollte ihr folgen, aber sie konnte sich nicht rühren. Eine grenzenlose, unerträgliche Leere breitete sich in ihr aus.

6. Kapitel

Judith richtete im Zwischengeschoss ein Lager für Sophia her, auf dem sie den Rest der Nacht verbrachte. Richtig schlafen konnte sie nicht, denn zu viele Gedanken gingen ihr durch den Kopf. Sie fühlte sich entwurzelt, unsicher, fragte sich, was sie in diesem Haus erwartete. Wenn sie ehrlich mit sich selbst war, dann flößte ihr Gerbert mit seinen durchdringenden Augen Unbehagen ein. Sie entschloss sich jedoch, ihn das auf keinen Fall merken zu lassen. Sie würde schon irgendwie mit ihm auskommen. Es blieb ihr schließlich nichts anderes übrig.

Ihr letzter Gedanke, bevor sie endlich doch einschlief, galt Gero.

Am nächsten Morgen wurde sie davon wach, dass ein Sonnenstrahl durch ein Loch im Dach fiel und ihr genau ins Gesicht leuchtete. Sie setzte sich auf. Sie musste sich nicht ins Gedächtnis rufen, wo sie war. Ihr Blick wanderte durch das Zwischengeschoss, in das keine Wände eingezogen waren, wodurch es genauso groß war wie die Halle darunter. Einige unbenutzte Möbel standen herum, und an den Dachsparren hingen Kräuterbündel, die wohl Judith gehörten. Sie verbreiteten einen intensiven Duft nach *salvia*, der in Sophia sofort Heimweh wachrief.

Rasch erhob sie sich und stieg die Treppe hinunter in die Halle. Hier herrschte noch Dämmerlicht, denn die Fensterläden waren geschlossen. Sophia blinzelte. Dicht beim Kamin glaubte sie eine Gestalt liegen zu sehen, aber sie war sich nicht sicher. Bevor sie entscheiden konnte, was sie tun sollte, wurde die Tür neben dem Kamin geöffnet, und Judith streckte den Kopf herein. «Ich bin hier.»

Im Schein des Tageslichts, das durch die Tür hereinfiel, sah Sophia, dass tatsächlich ein Mann vor dem Kamin schlief. Sie hatte ihn noch nie zuvor gesehen.

Sophia folgte Judith, und als sie die Tür durchschritt, fand sie sich in einer Küche mit Herdstein, einem grob gezimmerten Tisch und einer ganzen Reihe von tönernem und metallenem Geschirr wieder.

An einem Dreifuß über dem Herd hing ein kleiner Kessel, in dem eine köstlich duftende Suppe vor sich hinkochte. Vor dem Herd saß ein schwarz-weißer Kater, hatte den Schwanz um die Vorderfüße gewickelt und starrte unverwandt auf den Dampf, der aus dem Kessel aufstieg. Judith füllte einen Teller mit der Suppe und gab dem Kater einen Stups mit dem Fuß, sodass er zwei gezierte Schritte zur Seite wich und sich sofort wieder hinsetzte.

«Das ist Silandro», lächelte sie. «Er ist schon seit vielen Jahren Gerberts Begleiter.» Sie stellte die Suppe auf den Tisch.

Sophia bedankte und setzte sich. Gerade, als sie den ersten Löffel an den Mund führen wollte, kam der Mann aus der Halle herein.

Er war nicht besonders groß, und seine Gestalt wurde von lose fallender Kleidung aus Wolle eingehüllt, sodass Sophia nicht zu sagen vermochte, ob er dick oder dünn war. Aus seinem Kragen jedoch ragte ein ziemlich hagerer Hals auf. «Guten Morgen.» Seine Augen, die von unglaublich langen Wimpern beschattet wurden, wieselten flink durch die gesamte Küche, und er hob schnüffelnd den Kopf. «Frisch gekocht, meine Gute?» Er trat hinter Judith und beugte sich über ihre Schulter.

Sie nahm den Suppenkessel vom Feuer und drängte sich damit an ihm vorbei. «Natürlich.»

«Sehr gut. Ich sterbe vor Hunger.» Er drehte sich um und musterte Sophia. In seinen Augen stand ein freundliches Lächeln. «Wer seid Ihr denn?»

«Sophia. Ich bin …»

«Sie ist ein Waisenkind, das der Herr aufgenommen hat», wurde Sophia von Judith unterbrochen. Sie blinzelte irritiert, schwieg jedoch, als sie Judiths warnenden Blick auffing. «Sophia wird in Zukunft hier wohnen.» Judith nahm einen zweiten, kleineren Kessel und hängte ihn über das Feuer. «Wollt Ihr eine Tasse Kräutertee?»

Der Mann reagierte nicht auf ihre Frage. Er trat vor Sophia hin und reichte ihr eine faltig aussehende Hand. «Ich bin Michael. Euer Herr hat mir vor kurzem angeboten, bei ihm zu wohnen. Wenn Ihr so wollt, bin ich hier also genauso neu wie Ihr.» Seine Worte machten ihn ihr sofort sympathisch.

Sie lächelte ihn freundlich an. «Was tut Ihr hier in Reims?»

«Ich will im Scriptorium des Doms Studien betreiben.»

Sophia beschloss, dass sie die Gelegenheit, sich ein wenig von ihrem Kummer abzulenken, nicht ungenutzt verstreichen lassen würde. «Womit beschäftigt Ihr Euch?»

Michael schien nicht wenig erstaunt über diese Frage. «Gestern habe ich ein bisschen in der Schrift des Isidor von Sevilla gelesen. Aber das wird Euch nichts sagen, fürchte ich.»

Das Lächeln auf Sophias Zügen erstarrte. Es war nicht das erste Mal, dass ein Mann sie für ungebildet hielt, und wer konnte es ihm schon verübeln? Gebildete Frauen waren schließlich nicht gerade zahlreich. Sie ließ eine Hand herunterhängen, und Silandro kam, um daran zu schnuppern. «Dann seid Ihr also in den astronomischen Schriften bewandert? Wie, glaubt Ihr, müssen wir uns die letzte der Sphären vorstellen, die Isidor beschrieben hat? Das habe ich mich immer gefragt. Die Planeten bewegen sich doch in Sphären aus Luft, nicht wahr? Wie kann darüber noch eine mit Wasser sein?»

Ihr Herz machte einen triumphierenden Hüpfer, als sie sah, wie Michaels Augen sich weiteten. Sie hatte ihn verblüfft. Die Schrift, von der sie gesprochen hatte, «De natura rerum» von Isidor von Sevilla, galt als eines der wenigen Werke, welches astronomisches Wissen der alten Griechen in lateinischer Sprache überlieferte. Sophia unterdrückte ein Grinsen. Wenn sie ehrlich war, wusste sie über die Schrift nur das wenige, was Alexandra ihr einmal erzählt hatte. Es war noch gar nicht lange her, dass die Äbtissin ihr von dem Exemplar der Handschrift berichtet hatte, das sich in Kaiserin Theophanus Besitz befand. Weil Sophia nicht lockerließ, hatte Alexandra ihr alles geschildert, was sie von ihrer eigenen Lektüre des Werkes noch wusste. Außer der Vorstellung, die Erde sei eine Kugel und um sie herum verschiedene Sphären geschichtet, in denen sich Sonne, Mond, die Planeten und Sterne bewegten, war bei Sophia nicht viel hängen geblieben. Abgesehen von der Beschreibung der obersten Sphäre, die angeblich die biblischen «Wasser über dem Himmel» enthalten sollte. Alexandra und Sophia hatten eine Zeit lang darüber gesprochen, wie das zu verstehen war – natürlich ohne zu einem Ergebnis zu kommen. Gero hatte sich darüber amüsiert, dass sie solche schwerwiegenden Probleme wälzte …

Michael ließ sich mit einem schweren Plumpsen auf die Bank neben Sophia fallen. Er öffnete den Mund, schloss ihn wieder, öffnete ihn erneut.

«Ihr seht aus wie ein Fisch auf dem Trockenen!», spottete Judith.

«Erstaunlich! Wahrlich erstaunlich, dass Ihr dieses Werk kennt. Ihr müsst Euch glücklich schätzen, dass Ihr ausgerechnet in Gerberts Obhut gekommen seid! Vielleicht wird er Euch eines Tages Eure Frage beantworten.» Er schwieg einen Moment. «Und mir die meine», fügte er versonnen hinzu.

Rainald brachte Alexandra zu einem Wirtshaus, in dem sie ungefährdet die Nacht verbringen konnte, und ließ sie dort zurück. Als sie sich, wie besprochen, am nächsten Morgen mit ihm an einem der Stadttore traf, hatte er alle drei Pferde mit prall gefüllten Taschen beladen, die es Alexandra schwer machten, in den Sattel zu kommen. Ihr Blick fiel auf zwei dicke Weinschläuche, und sie wunderte sich, warum er es für nötig hielt, sie mitzunehmen.

Rainald prüfte Sattel und Zaumzeug von Alexandras Tier, schien zufrieden und lenkte sein Pferd dann auf den Weg, der von der Stadt fortführte. Alexandra folgte ihm, den Sinn voll schwerer, trauriger Gedanken, die ihr die Kehle eng machten und Tränen in die Augen drängten. Die Gelegenheit, nach den Weinschläuchen zu fragen, war vorüber, und Alexandra dachte nicht mehr über sie nach. Sie war Rainald umgekehrt ja auch dankbar dafür, dass er keine Fragen stellte. Während Alexandra den Blick auf die breiten Schultern des Mannes gerichtet hielt, überlegte sie, wie sein Verhältnis zu Theophanu gewesen sein mochte. Vielleicht hatte er sich nur als ihr Leibwächter gesehen, aber im Grunde glaubte Alexandra das nicht. Der Schmerz, den sie in ihm gespürt hatte, als er ihr zum ersten Mal gegenübergetreten war, schien dem ihren zu ähneln. Möglicherweise empfand er das gleiche Maß an Verlust wie sie. Ob sie Sophia jemals wiedersehen würde?

Alexandra erinnerte sich daran, wie Sophia damals auf der Klostertreppe gelegen hatte, nur eine winzige rote Nase hatte aus den weißen Tüchern hervorgesehen. Als Alexandra den

Zipfel fortgezogen hatte, der den Rest des kleinen Gesichtchens bedeckt hatte, war es ihr vorgekommen, als habe sich der Blick des Kindes direkt in ihr Herz gebrannt. Frida hatte ihr das Mädchen abgenommen und leise tadelnd gesagt: «Ihr lasst es noch fallen! Was habt Ihr nur? Ihr weint ja!»

«Wir müssen uns jetzt darüber unterhalten, wohin ich Euch bringen soll.»

Rainalds Worte rissen Alexandra mitten aus einer Erinnerung, die ihr Herz mit Wehmut erfüllte. Sie wischte sich über die Nase und riss sich zusammen. Ihr war bewusst, dass er ihr einen großen Gefallen getan hatte damit, dass er Sophia zunächst nach Reims gebracht hatte. Wortlos und ohne sich darüber zu beklagen, hatte er es einfach getan, doch jetzt drängte es ihn, seinen eigentlichen Auftrag zu erfüllen und sie endlich in Sicherheit zu bringen. «Habt Ihr daran gedacht, worum ich Euch gebeten hatte?»

«Natürlich.» Alexandra holte jenes etwa doppelt handtellergroße Stück weißen Stoffes aus der Tasche, das sie in Gerberts Halle Sophias Beutel entnommen hatte.

Rainald lenkte sein Pferd neben Alexandras. Er nahm ihr den Stofffetzen ab, zog seinen Dolch und machte vier dicht nebeneinander liegende Schnitte hinein. Dann steckte er die Klinge wieder fort, stopfte den Fetzen hinter seinen Gürtel und ritt weiter, ohne Alexandra eine Erklärung für sein Tun zu geben.

Es wurde schon dunkel, als er plötzlich anhielt. Sein Gesicht wirkte verschlossen. Er stieg aus dem Sattel, trat neben den Kopf von Alexandras Stute und griff nach den Zügeln.

«Steigt bitte ab.»

Sie gehorchte verwundert.

«Was ich jetzt tun muss, tue ich nicht gerne, aber es muss sein», sagte er. Er griff zum Schwertknauf. «Seid nicht allzu entsetzt!» Mit einem singenden Geräusch fuhr die Klinge aus seiner Scheide. Rainald wich ein Stück zurück und stieß zu.

Alexandra schrie auf.

Und mit ihr die weiße Stute.

Rainalds Schwert hatte sie in die Halsschlagader getroffen. Blut schoss hervor, verfehlte ihn nur knapp, und mit einem gurgelnden Kiekser brach die Stute zusammen.

«Was …?» Alexandra drehte sich der Magen um. Rainald zog das Schwert noch einmal quer über die Kehle der Stute. Ihr Kopf fiel zur Seite und ihre Augen wurden blind. Nur ein Hinterhuf zuckte noch, und Alexandra konnte den Blick nicht davon abwenden.

Rainald säuberte sein Schwert im Gras, dann band er einen der beiden Weinschläuche vom Sattel los. Er zückte seinen Dolch und stach ein Loch in den Schlauch. Statt hellem Wein quoll eine dickliche, dunkelrote Flüssigkeit hervor, die die Luft sofort mit einem schweren, metallischen Geruch erfüllte.

«Blut!», entfuhr es Alexandra.

Rainald nickte. Sein Blick war auf den Schlauch gerichtet. Einige Tropfen von dem Blut waren über seine Hand gespritzt, und als er jetzt den Dolch zwischen die Zähne klemmte, um beide Hände frei zu haben, berührten seine Finger seine Wange und zeichneten einen grausigen Streifen auf die Haut. Ohne eine Regung wischte Rainald ihn sich einfach an der Schulter ab und begann, das Blut rings um die tote Stute zu verteilen. «Schweineblut», erklärte er. «Im Viertel hinter dem Dom haben sie gerade geschlachtet, und als ich den Bottich mit dem Blut sah, kam mir eine Idee.»

«Ihr wollt meinen Tod vortäuschen!»

«Genau.» Der erste Schlauch war leer. Rainald band ihn sorgfältig an seinem eigenen Pferd fest und nahm den zweiten. Ihn leerte er auf die gleiche Weise. Inzwischen war der Blutgeruch so intensiv, dass er auf Alexandras Zunge kribbelte. Rainald wies auf ein paar Spuren, die sich neben dem Weg in die weiche Erde gegraben hatten. Sie sahen aus wie von großen Hunden.

Alexandra begriff. «Wölfe!»

«Sie sind hier in der Nähe. Sie werden das Blut riechen und kommen.» Rainald schnallte eines der großen Bündel von seinem eigenen Pferd los und schleifte es rückwärts durch ein Gebüsch, sodass eine breite Schneise entstand. Schwer atmend kam er zurück. «Sie werden das Pferd anfressen, und mit ein bisschen Glück sieht es so aus, als hätten sie Euch davongeschleift.»

Hinter dem Gebüsch, das konnte Alexandra nun sehen, befand sich ein steiler Abhang aus schroffen Felsen. Sie lächelte. Rainald hatte den Platz für seine Täuschung gut gewählt. Er nahm den Stofffetzen, den sie ihm gegeben hatte, und warf ihn in eine der Blutlachen.

«Glaubt Ihr, dass sie darauf hereinfallen?» Alexandra wagte nicht, die Frage zu stellen, die ihr in Wirklichkeit viel drängender schien. Konnte es sein, dass die Häscher ihnen bereits auf den Fersen waren? Alles an Rainalds Verhalten deutete darauf hin.

Er kam zu Alexandra, riss ihr in Kniehöhe ein großes Stück aus dem Obergewand und legte es mitten in die größte der Blutpfützen. Mit einer Mischung aus Faszination und Ekel sah Alexandra zu, wie sich die Wolle voll sog.

«Ich brauche auch noch Euer Kreuz», sagte Rainald.

Alexandra gab es nur widerwillig her. Sie hatte es einmal von Gerbert geschenkt bekommen, doch das war in einem anderen Leben gewesen, lange vor jenem, das durch Rainalds Auftauchen so jäh beendet worden war. Rainald zerriss die Kette und warf das Kreuz auf den Boden. «Es kann sein, dass es trotzdem nicht klappt. Wenn man nicht so genau hinsieht, sieht es aus, als hätten Wölfe Euch angegriffen, getötet und weggeschleift. Wir können nur hoffen, dass es keine genauere Untersuchung geben wird, denn dann werden sie merken, dass jenseits des Abhangs die Schleifspuren plötzlich aufhören. Und dass es keine Leichen gibt.»

«Und was jetzt?»

«Jetzt reiten wir weiter, und zwar dorthin.» Rainald deutete in Richtung Südosten, fort von Reims, am Kloster vorbei. Er gab Alexandra die Zügel des Packpferdes und stieg wieder in den Sattel. «Und dann müssen wir reden.»

Trotzdem ritten sie bis weit nach Mitternacht, ohne noch ein Wort zu wechseln.

In Alexandras Kopf kreiste ein leichter Schwindel, verursacht durch den durchdringenden Blutgeruch, die Aufregung und die Tatsache, dass sie seit gestern Abend nichts mehr gegessen hatte. Schließlich hielt sie das Schweigen nicht mehr aus. «Woher stammt Eure schreckliche Verletzung?», fragte sie.

Rainald musterte sie von der Seite und deutete mit einem kaum merklichen Nicken an, dass er froh war über ihren ersten Schritt. «Nachdem ich von Euch fortgeritten bin, damals, vor acht Wochen, geriet ich in einen Hinterhalt. Zum Glück war es nur ein einziger Mann, aber er war ein guter Kämpfer.»

«Dennoch habt Ihr ihn besiegt.»

«Nein, das kann man nicht sagen. Ich hatte das Glück, dass der Angriff an einem Fluss mit starker Strömung erfolgte. Ich konnte mich eine Zeit lang recht gut gegen den Angreifer zur Wehr setzen, aber er war offensichtlich kriegserfahren. Und er hatte einen seltsamen Kampfstil, auf eine schreckliche Art tückisch, ich kann es nicht besser erklären. Auf jeden Fall gelang es ihm, mich zu entwaffnen. Er zwang mich, ihm das Schreiben auszuhändigen. Als er es las, konnte ich ihn überraschen und es ihm wieder abnehmen, aber leider war er schneller. Er brachte mir diese Verletzung bei.» Rainald fasste sich an die Wange und zuckte zurück. Kein Wunder, dachte Alexandra, die Wunde musste noch immer schmerzen. «Ich verlor fast das Bewusstsein, aber irgendwie gelang es mir, bis zum Steilufer zu torkeln. Als ich fiel, stürzte ich in den Fluss.»

«Absichtlich?»

Ein Lächeln glitt über Rainalds Züge, das seinem entstellten Gesicht etwas Teuflisches gab. «Ein guter Trick, wenn man seinem Gegner vorgaukeln will, dass man tot ist. Das Wasser war eisig, sodass ich für einen Augenblick wieder voll zu Bewusstsein kam. Aber es riss mich auf der Stelle mit sich. So erfahren der Angreifer auch war, er machte den Fehler, nicht nach meiner Leiche zu suchen. Wahrscheinlich war er überzeugt, mir die Kehle durchtrennt zu haben.»

«Und wie habt Ihr überlebt? Die Wunde hätte Euch doch leicht töten können, oder nicht?»

«Ich habe seitdem oft darüber nachgedacht, ob Gott vielleicht noch eine Aufgabe für mich hatte. Er sandte mir eine Frau, die sich auf die Kunst des Wundennähens verstand. Sie fand mich ohnmächtig weiter unten am Flussufer, und sie flickte mich wieder zusammen.»

«Aber Ihr habt Euch keine Zeit gelassen, Euch auszukurieren.»

«Nein. Mein voller Auftrag lautete, Euch das Schreiben zu bringen und das Geheimnis anzuvertrauen, danach in die Alpen zu reisen und mit einem Mann Kontakt aufzunehmen, dem ich das Geheimnis ebenfalls verraten sollte. Aber dazu war ich natürlich viel zu schwach.»

Alexandra unterdrückte die aufkeimende Scham darüber, dass sie sich geweigert hatte, das Geheimnis der Kaiserin anzunehmen. «Was ist das für ein Mann?»

«Ich weiß es nicht. Alles, was ich weiß, ist, dass er Carolus heißt und Abt eines Klosters ist. Die Kaiserin muss einmal längere Zeit bei ihm gewesen sein, denn sie schien ihm ebenso zu vertrauen wie Euch. Sie glaubte offenbar, dass es sicherer wäre, wenn außer Euch noch jemand eingeweiht wird. Es gelang ihr, eine Nachricht an diesen Carolus aus dem Palast zu schmuggeln, bevor man darauf aufmerksam wurde, dass sie Vorkehrungen traf, das Geheimnis weiterzutragen. Darin kündigte sie Carolus mein Kommen an.» Rainald verzog das Gesicht zu einer Grimasse. «Wahrscheinlich wartet er noch immer auf mich.»

«Was habt Ihr stattdessen gemacht?»

«Ich bin zurück zum Hof geritten. Ich hoffte noch immer, die Kaiserin retten zu können.» Es war deutlich zu sehen, dass er sich Vorwürfe machte, weil es ihm nicht gelungen war. «Ich wusste von ihr, dass der Hof sich nach Nimwegen aufgemacht hatte, und so beeilte ich mich, dorthin zu kommen, kaum dass ich wieder aufrecht stehen konnte. Ich kam zu spät.» Er atmete zitternd ein. «Wisst Ihr, sie war noch nicht bereit zum Sterben.» Die Trauer übermannte ihn, und er konnte nicht weitersprechen.

✵

Kurz nach Sonnenaufgang kam einer der Männer mit der Nachricht, dass eines von Ludgers wertvollen Streitrössern in der Nacht seinen Pferch zertrümmert hatte und auf und davon war. Adam beteiligte sich an der Suche nach dem kostbaren Pferd, und das hatte zur Folge, dass sie erst am späten Nachmittag in St. Kyrillos anlangten, um Alexandra um die Empfehlung für Adams Herrn zu bitten.

Frida öffnete ihnen die kleine Pforte.

«Warum verschließt Ihr das Tor?», fragte Ludger, während er sich unter der niedrigen Pforte hindurchbückte.

«Weil Alexandra in der Nacht verschwunden ist.» Frida wartete, bis auch Adam den Klosterhof betreten hatte, und legte den schweren Riegel sorgfältig wieder vor. Ludger runzelte die Stirn. «Was soll das heißen, verschwunden?»

Frida drehte sich zu ihm um. In ihren Zügen arbeitete die Sorge. «Verschwunden eben. Sie haben die Stute mitgenommen.»

Ludger stieg ab und band sein eigenes Pferd an einem eisernen Ring fest. «Wen meint Ihr mit ‹sie›? Ist denn noch jemand fort?»

«Ja. Sophia. Aber gestern Abend war ein Mann hier. Ein Bote, er wollte zu …»

«Was für ein Bote?» Adams Frage kam scharf und schnell. Auch er war jetzt aus dem Sattel gesprungen

Frida ließ sich nicht einschüchtern. Sie richtete einen festen Blick auf sein Gesicht. «Er war schon einmal hier. Vor einigen Wochen. Aber gestern war er …» Sie verstummte, schien nach Worten zu suchen.

«Was, Frida?» Ludger machte einen Schritt nach vorne.

«Nun, er hatte eine fürchterliche Narbe im Gesicht.» Die Nonne zeigte mit der Handkante den Verlauf dieser Narbe an.

Ludger hörte, wie Adam die Luft scharf durch die Zähne zog. «Kennst du diesen Mann?», fragte er.

«Er ist ein Vasall des Gegners meines Herrn. Sein Name ist Rainald.»

«Was will er hier?»

«Ich habe keine Ahnung, aber ich bin mir sicher, dass er nichts Gutes im Schilde führt.»

«Warum ist Alexandra mit ihm fortgegangen?»

Bevor Adam eine Antwort auf diese Frage geben konnte, kam Johanna durch die Klosterpforte gestürzt. Sie wedelte mit den Armen und schluchzte laut. Ludger verstellte ihr den Weg. «Johanna, was ist passiert?»

Die Nonne blieb stehen und sah zu ihm auf. Sie reichte ihm kaum bis ans Kinn. Sie war vollkommen außer sich. «Die Äbtissin», schluchzte sie auf.

Ludgers Herz setzte einen Schlag aus. «Was ist mit ihr?»

«Sie ist tot!» Der Aufschrei gellte in Ludgers Ohren, und er spürte, wie etwas in ihm zerbarst.

«Tot?» Er hauchte es.

Adam stand bewegungslos neben ihm.

Johanna wischte sich mit dem Handrücken über die Nase. Sie nickte heftig und hielt ein paar Fetzen Stoff in die Höhe, helles Leinen mit bestickten Borten und dunkle Wolle, wie von einer Nonnentracht. Sie waren blutgetränkt. «Das hat eben ein Kaufmann vorbeigebracht. Er hat es im Wald gefunden.»

Ludger biss die Zähne zusammen und streckte die Hände aus. Johanna gab ihm die Fetzen. «Das stammt von einem von Sophias Kleidern. Und dies hier hat auch dabeigelegen.» Sie reichte Ludger ein kleines, schmuckloses Kreuz an einer goldenen Kette. Er kannte es nur zu genau.

«Wölfe», murmelte er.

Hinter ihm begann der Gong zu läuten, um die traurige Nachricht in die Welt hinauszutragen. Mehrere Nonnen kamen aus der Kirche und dem Küchenhaus gelaufen.

«Wir fragen uns schon den ganzen Morgen, warum sie einfach fortgegangen ist, ohne jemandem Bescheid zu sagen», jammerte Johanna.

«Was ist mit dem Pferd?»

«Der Kaufmann sagt, es liegt noch da.»

Ludger nickte. Er fuhr sich mit den Fingerspitzen durch die Haare, seine Haut war taub. Er suchte Adams Blick.

«Du solltest die Stelle des Überfalls untersuchen», riet der.

Ludger wandte sich an Frida. «Werdet Ihr sofort eine Messe für sie halten?»

«Selbstverständlich.» Frida legte Ludger eine Hand auf den Arm. Sie schaute ihm aus sorgenvollen Augen ins Gesicht. «Geht es Euch gut?»

Er nickte erneut. Dann riss er sich zusammen und straffte die Schultern. «Ja. Ich kümmere mich um alles Wichtige.»

«Ich werde dir helfen, so gut ich kann», sagte Adam. «Willst du zuerst ein Gebet für sie sprechen?»

«Natürlich.»

Die Kirche umfing ihn mit ihrem Halbdunkel. Der hallende Klang des Gongs ließ die Luft im Inneren des Gebäudes vibrieren. In Ludger vibrierte auch etwas, und mit bebenden Gliedmaßen ließ er sich in die Bank fallen.

Er legte den Kopf auf die gefalteten Hände und weinte.

Sie verbrachten die Nacht im Kloster.

Am nächsten Tag machten sie sich gleich nach Sonnenaufgang gemeinsam auf den Weg, um die Stelle des Überfalls in Augenschein zu nehmen. Es war noch mehr Blut auf dem Boden und auf den Blättern der umliegenden Büsche, als Ludger befürchtet hatte. Der Anblick verursachte ihm ein Würgen hinten im Hals. Er war froh, als Adam seine genaue Betrachtung jeder Einzelheit endlich abschloss. Schweigsam und in tiefes Nachdenken versunken ritt er mit ihm zum Hof zurück.

Gero war vor den Pferdeställen damit beschäftigt, das Streitross zu versorgen, das am Tag zuvor ausgerissen war. Als er seinen Vater und Adam kommen sah, ging er ihnen entgegen.

Ein Blick in Ludgers Gesicht reichte aus. «Vater? Was ist passiert?»

Ludger konnte ihm nicht sofort antworten.

«Ist jemand gestorben?» Geros Stimme bebte jetzt.

Ludger öffnete den Mund, um etwas zu sagen, brachte aber außer einem heiseren Krächzen nichts hervor. Er versuchte es noch einmal. «Alexandra. Und Sophia.»

Gero wurde leichenblass. «Sophia?»

Er ließ es zu, dass Adam ihn und Ludger in die Halle führte und sie auf eine Bank schob. Adam befahl einer der Frauen, starken Wein zu holen, und erst, nachdem Gero einen Becher hinuntergestürzt hatte, gelang es ihm, wieder zu sprechen. «Wie ist das passiert?»

Ludger holte die Stofffetzen hervor. Geros Hände zitterten, als er danach griff. Er war jedoch nicht schnell genug. Adam schnappte sie ihm weg.

«Es wird besser sein, wenn Ihr Euch jetzt entfernt», sagte er sehr ruhig.

Gero wollte etwas erwidern, doch dann nickte er einfach, stand auf und ging aus der Halle.

«Ich bin nicht sicher, ob es klug ist, dir das zu sagen», begann Adam sanft. «Ich möchte vermeiden, dass du dir falsche Hoffnungen machst, Ludger, aber ich glaube, dass Alexandra noch lebt.»

Ludgers Kinn ruckte hoch.

«Diese Fetzen», fuhr Adam fort, «sehen nicht besonders echt aus, findest du nicht? Kann es sein, dass Alexandra ihren Tod durch die Wölfe vortäuschen wollte?»

Wilde, übersteigerte Hoffnung durchrann Ludger. «Warum sollte sie das tun?»

«Ich weiß es nicht. Aber die Schleifspur hört nach kurzer Zeit auf, und ich habe keine Leichen gefunden. Das Ganze ist eine Täuschung, Ludger, glaub mir. Ihr alle solltet denken, dass Alexandra tot ist. Und wahrscheinlich wärt ihr auch auf diese List hereingefallen, wenn ich nicht hier gewesen wäre.»

«Und jetzt?»

«Diese Frage solltest du beantworten.»

«Ich weiß nicht.»

«Willst du sie suchen gehen?»

Ludger überlegte und nickte schließlich zögerlich. «Aber wie wollen wir das anstellen?», fragte er.

«Welche Farbe hatte das Pferd dieses Boten?»

«Keine Ahnung.»

«Egal. Frida hat Rainald kommen sehen. Sie wird wissen, was für ein Tier er geritten hat. Gehen wir sie fragen.»

Beim Verlassen der Halle achtete Adam sorgfältig darauf, dass er hinter Ludger ging, damit dieser das zufriedene Lächeln auf seinem Gesicht nicht sehen konnte. Die Sache fing an, ihm Spaß zu machen.

Sophia war tot. Das war alles, was er erfahren hatte, bevor man ihn aus der Halle gescheucht hatte, als sei er nur ein Knecht. Gero stand mit geballten Fäusten inmitten des umfriedeten Hofes und spürte, wie ihn die Trauer zu einem winzigen Punkt zusammenpresste.

Er fühlte sich schwach, all seiner Kraft beraubt, und schlagartig wurde ihm klar, wie viel Mut und Zuversicht Sophia ihm für sein Leben gegeben hatte. Dass er sie liebte, hatte er sich bereits vor langer Zeit eingestanden, dass er sie zur Frau nehmen wollte, hatte er am Abend nach dem Fest beschlossen, bei ihrem flüchtigen ersten Kuss. Aber dass er sie auch brauchte wie die Luft zum Atmen, oder wie die Wärme der Sonne auf seiner Haut, das begriff er erst in diesem Moment, als die Erkenntnis, dass er sie für immer verloren hatte, sich wie ein Dolchstoß in sein Herz fraß. Er schwankte und konnte sich nur mit Mühe aufrecht halten.

Was war geschehen?

Er musste all seine Kraft aufwenden, um sich in Bewegung zu setzen. Gero holte eines der Pferde aus dem Stall und schwang sich auf dessen ungesattelten Rücken.

Im Kloster herrschte eine Art benommener Ruhe, die jeden Gast sofort spüren ließ, dass hier vor kurzem der Tod Ernte gehalten hatte. Eine der Nonnen eilte mit gesenktem Kopf an Gero vorbei, ohne ihn zu beachten. Er wollte sie ansprechen, überlegte es sich dann jedoch anders.

Er ging zum Kräutergarten, wo Frida gerade dabei war, einen *salvia*-Busch zu beschneiden. Um sie nicht zu erschrecken, räusperte er sich leise. Sie wandte sich zu ihm um, und er sah, dass sie geweint hatte.

«Wie ist es passiert?» Seine Stimme hatte keinen Klang mehr.

Sie erzählte ihm von einer nächtlichen Flucht, von Wölfen und blutigen Kleidern. Er konnte kaum zuhören. Sein Blick fiel auf die fiedrigen Zweige einer *abrotanum*-Pflanze. Tief sog er den frischen Geruch dieses Krauts ein. Alexandra hatte Sophia und ihm einmal gesagt, dass er dem Geruch einer Frucht ähnelte, die man in ihrer Heimat kannte. «*Febribus obstat enim, telum fugat, adjuvat artus*», murmelte er eine Zeile aus dem Gartengedicht, das Frida geschrieben und mit dessen Hilfe Alexandra Sophia und ihm Latein beigebracht hatte.

Plötzlich merkte er, dass Frida aufgehört hatte zu reden. Sie stand vor ihm und sah aus dunklen Augen zu ihm auf. Als sie die Hand auf seinen Unterarm legte, machte er sich los und ging davon. Er bog um die Ecke des Refektoriums, überquerte den freien Platz vor der Kirche und blieb vor seinem Pferd stehen. Als er eine Hand hob, um sich in den Sattel zu ziehen, kam sie ihm so schwer vor wie aus Eisen. Er griff nach den Zügeln und verfehlte sie. Jetzt erst merkte er, dass er weinte.

7. Kapitel

Die Nächte waren am schwierigsten durchzustehen, denn in ihnen quälten das Heimweh und die Sehnsucht nach Gero Sophia so sehr, dass sie nicht einmal in der Lage war zu weinen. In der zweiten Nacht in Reims lag sie stundenlang mit hinter dem Kopf verschränkten Armen auf ihrem Lager und starrte in die Dunkelheit. Sie fragte sich, was Gero wohl gedacht hatte, als er feststellen musste, dass sie einfach fortgegangen war, ohne sich von ihm zu verabschieden. Der Gedanke, dass er wütend auf sie war oder enttäuscht, ließ sie mit den Zähnen knirschen, doch dann redete sie sich ein, dass es möglicherweise so am besten war: Er würde sich über kurz oder lang verheiraten, und sie, Sophia, würde hier in Reims irgendwann über den Schmerz der Trennung hinwegkommen. Kurz spielte sie mit dem Gedanken, an Gero zu schreiben und ihm alles zu erklären, aber dann entschied sie sich dagegen. Für ihn war es wohl besser, gar nichts mehr von ihr zu hören. So würde er nicht mehr ständig hin- und hergerissen sein zwischen seinem Mitleid für sie und der Verachtung, die er angesichts ihrer ungeklärten Herkunft empfinden musste. Sie dachte an seinen Kuss – so flüchtig, so zart –, der nur aus Mitleid gegeben worden sein konnte. Bei diesem Gedanken traten Sophia doch wieder Tränen in die Augen. Entschlossen wischte sie sie fort.

Sie würde hier und jetzt einen Schnitt machen und versuchen, Gero zu vergessen. Sie musste sich nur etwas suchen, das sie ablenken konnte.

Zwei Tage nach ihrer Ankunft in Reims saß sie gegen Abend gemeinsam mit Judith an dem gemauerten Herd in der Küche des Hauses und half bei der Zubereitung des Essens für die Männer der *familia*. Üblicherweise war auch eine Dienerin bei ihnen, aber an diesem Tag war sie mit einer Botschaft für Gerbert weggeschickt worden, und so leistete ihnen allein Silandro Gesellschaft.

«Warum durfte sie gehen und nicht ich?» Sophia war dabei, eines von zwei Hühnern zu rupfen, die Judith günstig auf dem Markt erstanden hatte.

«Sie kennt sich in Reims besser aus als Ihr.»

«Ich habe mir den Weg vom Domhof hierher gemerkt.»

Judith sah nicht von ihrem eigenen Huhn auf. «Hmhm.»

Sophia schüttelte eine Hand voll Federn in die Holzschale, die zwischen ihren Füßen stand. Dann legte sie das Huhn auf ihren Knien ab und streifte sich den Flaum von den Fingern. «Was meint Ihr, wann wird Gerbert wiederkommen?»

Seit der Nacht, in der sie hier angekommen war, hatte sie Gerbert nicht wiedergesehen. Judith behauptete, sein Ausbleiben sei nichts Ungewöhnliches, aber dennoch machte es sie unruhig.

«Bald, da bin ich ganz sicher.» Judith wich Sophias Blick aus, und Sophia fragte sich, warum. Überhaupt benahm sich die Haushälterin in vielerlei Hinsicht rätselhaft. Sie behandelte sie freundlich, ein wenig mütterlich, und war dennoch oft seltsam kurz angebunden; wenn Sophia anfing, ihr Fragen zu stellen zum Beispiel.

«Warum hat er mich gebeten, nicht aus dem Haus zu gehen, solange er fort ist?»

Judith schob ihre eigene Schale mit Federn ein Stück zur Seite. «Er wird seine Gründe haben.»

«Hm. Wahrscheinlich. Aber er könnte trotzdem langsam mal wieder hier auftauchen.»

«Er hat ziemlich viel zu tun, und jetzt, da die Kaiserin tot ist, muss er den Erzbischof bei einer Menge diplomatischer Unternehmungen unterstützen.»

Die Nachricht vom Tod der Kaiserin war am Vortag in der Stadt eingetroffen und auf allen Plätzen verkündet worden. Die Menschen der Stadt hatten mit Trauer und Bestürzung darauf reagiert, und an ihrem Verhalten war deutlich abzulesen, wie beliebt die Kaiserin gewesen war. Viele Menschen machten sich Gedanken darum, wie es jetzt mit dem jungen König Otto weitergehen sollte. Niemand hatte ein Interesse daran, dass es zu einem Thronstreit kam, wie damals, als Theophanus Gatte gestorben war und verschiedene Männer, allen voran Heinrich von Bayern, versucht hatten, nach der Kaiserkrone zu greifen. Die Botschaft, dass vorerst Ottos Großmutter Adelheid die Regierungsgeschäfte für den noch nicht mündigen König übernehmen würde, hatte für wenigstens ein bisschen Erleichterung gesorgt. Sophia konnte sich vorstellen, wie wichtig es für den Erzbischof war, sich das Wohlwollen der Kaiserinwitwe Adelheid zu erhalten. Dass er Gerbert dafür beinahe rund um die Uhr benötigte, leuchtete ihr jedoch nicht ein.

«Erzählt mir doch ein bisschen über ihn», bat sie. «Ich lebe in seinem Haus, aber ich weiß gar nichts über ihn.»

Seufzend fügte Judith sich, aber ihr Unbehagen war ihr deutlich anzusehen. «Ich habe ihn zum ersten Mal gesehen, als er in das Haus des Erzbischofs zum Essen eingeladen war. Wie lange ist das jetzt her? Zwanzig Jahre, du liebe Güte, wie die Zeit vergeht! Meine Aufgabe war es an diesem Abend, die Männer zu bedienen. So hörte ich, wie der Erzbischof ihn bat, zu bleiben und ihm beim Aufbau einer Schule zu helfen.»

Sophia war bei den Flügeln des Huhns angekommen, und sie mühte sich, die langen Schwungfedern aus dem Fleisch zu lösen. Die Fahnen der Federn glitten ihr immer wieder durch die Finger. «Vorher gab es keine?»

Judith schaute sie fragend an.

«Schule, meine ich.»

«Oh. Nein. Der Erzbischof plante schon länger, eine einzurichten. Ich erinnere mich daran, dass er sich des Öfteren darüber beklagte, wie ungebildet die Männer des Domkapitels seien. Na ja, und als dann die Nachricht kam, dass ein junger Mann aus Rom angekommen sei, der sogar den Kaiser mit seiner Klugheit beeindruckt hatte, lud er ihn ein.»

«Und danach begann Gerbert, hier zu unterrichten. Aber wie war sein Leben davor?»

«Er war eine Zeit lang in Rom – beim Kaiser, wie gesagt. Und als junger Mensch lebte er in der spanischen Mark, wo er allerlei wichtiges und unwichtiges Zeug gelernt haben muss. Er hat mir einmal gesagt, dass er heute noch von dem profitiert, was ihm seine Lehrer dort beigebracht haben.» Judith zuckte die Achseln, als könnte sie das kaum glauben. Die spanische Mark stand unter der Regierung von Heiden, und es fiel der alten Frau sichtlich schwer zu akzeptieren, dass es möglich war, von ihnen zu lernen. «Na ja. Irgendwann war er auch einmal in Tarsos, im Auftrag des Kaisers, glaube ich, also muss das wohl nach der spanischen Mark gewesen sein. Keine Ahnung!» Judith pustete sich selbst ins Gesicht. Sie machte einen angestrengten Eindruck.

«Und wo kommt er ursprünglich her?»

«Aus Aurillac, das ist ein kleiner Ort in Burgund. Er lebte dort in einem unbedeutenden Kloster, und der Abt muss ihn sehr geliebt haben. Gerbert den Abt übrigens auch. Er spricht heute noch voller Hochachtung von ihm. Es war wohl dieser Abt, der ihm genug beigebracht hat, dass er dem Grafen Borell auffallen konnte, als der das Kloster besuchte. Graf Borell war es, der Gerbert schließlich mit in die Mark genommen hat.»

Sophia brauchte einen Augenblick, um die Erzählung chronologisch zu ordnen. «Und woher kennt er Alexandra?» Sie sah zu, wie Judith den Mund öffnete und wieder schloss, offensichtlich auf der Suche nach einer passenden Antwort, als genau in diesem Moment Michael in die Küche platzte. Sophia unterdrückte einen Fluch.

«Ah, Michael», rief Judith. «Schön, dass Ihr kommt. Wollt Ihr uns ein bisschen Gesellschaft leisten? Wir sprachen gerade über die Zeit von Herrn Gerbert in der spanischen Mark.»

Michael zog sich einen Hocker heran und ließ sich darauf nieder. Silandro, der um seine Füße strich, ignorierte er. «Habt Ihr etwas zu trinken für mich?»

Judith stand auf und gab ihm einen Becher Milch, den er in einem Zug hinunterstürzte. «Die Mark? Habt Ihr über Gerberts Geräte gesprochen?»

«Was für Geräte?»

«Ein Astrolabium und einen Abakus. Er hat sie aus Barcelona mitgebracht.»

«Ein Abakus?» Sophia spürte, wie Aufregung sie durchflutete. Sie dachte an eine flüchtige Zeichnung, die sie in einem der Bücher in St. Kyrillos gesehen hatte. Sie war nur ein kaum noch zu erkennender Schatten unter den Buchstaben gewesen, die jemand später darüber geschrieben hatte. Ein Bild, das niemals zu Ende gezeichnet worden war, und dennoch hatte es ausgereicht, um Sophia neugierig zu machen. Sie hatte das Rechnen mit den Fingern gelernt und beherrschte die Zahlen bis fünfzig einigermaßen ohne Probleme. Die Vorstellung, dass es Hilfsmittel gab, mit denen man ebenso mühelos viel, viel weiter rechnen konnte, faszinierte sie. Sie hatte keinerlei Vorstellung, wie ein solcher Abakus funktionieren könnte, aber allein die vage Möglichkeit, dass Gerbert ihn ihr zeigen könnte, ließ das Blut in ihre Wangen schießen. «Von einem Abakus habe ich gehört, aber was ist ein Astrolabium?»

«Das hier!»

Sie fuhren herum. In der Tür stand Gerbert und klopfte auf einen Beutel an seinem Gürtel, in dem sich irgendetwas

Flaches befinden musste. Er kam herein, winkte Judith zurück auf ihren Platz, als sie eilfertig aufsprang, und trat neben Sophia.

«Ihr müsst verzeihen, dass ich bislang keine Zeit hatte, mich um Euch zu kümmern. Die Lage ist sehr angespannt im Moment, und ich habe furchtbar viel zu tun. Doch heute Abend hat der Erzbischof ein Einsehen gehabt und mich für ein paar Stunden gehen lassen.» Er schaute sich suchend um, es war jedoch kein Hocker mehr frei. Als auch Michael und Sophia aufstehen wollten, um ihm ihren Platz anzubieten, winkte er lächelnd ab, stützte sich mit beiden Händen auf der groben Tischplatte ab und hüpfte kurzerhand darauf. Sophia staunte. Alexandra hatte sich niemals so ungezwungen bewegt. Judith machte ein missmutiges Gesicht, und Gerbert lachte sie aus. «Nicht so grämlich! Ich habe den ganzen Tag lang würdevoll und steif sein müssen, jetzt möchte ich für ein paar Stunden ich selbst sein.» Er richtete seinen Blick wieder auf Sophia. «Wo waren wir stehen geblieben?»

«Bei Eurem Astrolabium.»

«Richtig.» Er knüpfte den Beutel vom Gürtel, zog ihn auf und schüttelte den Gegenstand heraus, der sich darin befand. Es war eine flache Scheibe aus hellem Messing, übersät mit Zeichen und Gravuren. «Dies ist ein Gerät, mit dem man Sternenkonstellationen ausrechnen kann.» Er sah in Michaels Richtung. «Und man kann es auch zur Zeitmessung benutzen, allerdings nur, um die Stunden des Tages zu zählen, nicht die Jahre, fürchte ich.»

Michael hatte sich vorgebeugt. «Das ist es also!», hauchte er. Sein Gesicht leuchtete. Schräg hereinfallendes Sonnenlicht spiegelte sich auf der wie Gold glänzenden Oberfläche des Gerätes und ließ kleine Reflexe über die Zimmerdecke tanzen.

Ganz kurz durchzuckte Sophia der Gedanke, dass Gero bei diesem Anblick vielleicht begriffen hätte, wie faszinierend die Beschäftigung mit dem Sternenhimmel sein konnte. Rasch zwang sie ihre Gedanken in eine andere Richtung. «Wie funktioniert es?»

Gerbert lachte. «Nun hört Euch dieses Weib an, Michael! Die gelehrtesten Männer haben ihre Schwierigkeiten, dieses kleine Teufelsding zu begreifen, und sie glaubt, dass ich es ihr an einem einzigen Abend in der Küche beibringen kann.»

«Oh», wandte Michael ein, «unterschätzt sie nicht. Den Fehler habe ich nämlich gemacht, bis sie mich über Isidor von Sevilla ausfragte.»

«Ihr kennt Isidor von Sevilla?» Gerberts Blick bohrte sich in Sophia.

Sie schüttelte rasch den Kopf.

«Natürlich kennt Ihr seine Schrift!», rief Michael.

«Kaum! Ich weiß nur ein bisschen über den Aufbau des Himmels Bescheid, über die verschiedenen Sphären.» Sie deutete mit dem Zeigefinger auf das Astrolabium. «Es ist ein Abbild der Fixsterne, nicht?»

Jetzt zog Gerbert hörbar die Luft ein. «Alexandra hat mir prophezeit, dass Ihr über einen hellen Kopf verfügt, aber ich muss gestehen, ich bin doch etwas verblüfft. Ja, diese Scheibe hier stellt die Sphäre der Fixsterne dar.» Er zog einen kleinen Splint heraus, der das Astrolabium, das offenbar aus mehreren dünnen Scheiben bestand, zusammenhielt. Das Gerät zerfiel in drei Teile. Er hielt den dicksten in die Höhe, einen massiven Kreis aus Messing mit einem erhöhten Rand. Sowohl in der flachen Vertiefung als auch auf dem Rand waren Linien eingraviert. Der zweite Teil war ebenfalls eine Art Kreis, aber nicht massiv, sondern durchbrochen wie ein Stück grobe Spitze. Sophia sah Bezeichnungen von Sternzeichen und eine Menge winzige Dornen.

«Diese kleinen Zacken», sagte Gerbert und tippte mit dem Finger gegen einen von ihnen, «sind die wichtigsten Sterne. Wie Ihr seht, sind sie drehbar angebracht.» Er legte die durchbrochene Scheibe wieder in die dickere und obenauf das dritte Teil, einen länglichen Zeiger, der aus der Mitte bis an den Rand der dicken Scheibe ragte. «Und dieser Zeiger hier, mit seiner Hilfe misst man die Tageszeit.» Er schob den Splint wieder an seine Stelle und gab das Astrolabium Sophia, die es fasziniert und voller Ehrfurcht in Empfang nahm.

«Nun, Michael», sagte er, «habt Ihr in Isidors Schrift irgendwelche Hinweise gefunden, die uns weiterhelfen?»

«Nichts. Hier kommen wir nicht weiter. Konntet Ihr das Schreiben an Euren Mauren schon aufsetzen?»

«Was für ein Maure? Was für ein Schreiben?» Sophia sah von dem Astrolabium auf.

«Ein Gelehrter aus Barcelona. Er hat Informationen über ein astronomisches Problem, das wir lösen möchten, und wir hoffen, dass er uns weiterhelfen kann.» Gerbert lächelte Sophia an.

«Ein Problem? Worum geht es dabei?»

Kurz schienen beide Männer zu überlegen, ob sie in der Lage wäre zu verstehen, womit sie sich befassten. Doch offensichtlich war Gerbert gewillt, es herauszufinden. Er berichtete ihr von einer Reform des Kalenders, von 294 Jahren, die man einfach eingefügt hatte, indem man zwei verschiedene Zeitrechnungen absichtlich miteinander verwechselte, von zwei Bibelübersetzungen, die um 297 Jahre differierten. Und er erwähnte kurz, dass diese Reform den Gelehrten einige Probleme bereitete.

«Ich habe», beantwortete er dann Michaels Frage, «das Schreiben gestern abgeschickt. Wollen wir hoffen, dass mein Bekannter noch bei Graf Borell weilt und uns weiterhelfen kann. Ich fürchte aber, das dauert. In der Zwischenzeit können wir wohl nichts anderes tun, als zu warten.»

«Nun ja», begann Michael zögernd. «Vielleicht gibt es da doch noch etwas.»

Gerbert runzelte fragend die Stirn.

«Als ich Euch im Kreuzgang erzählte, dass ich in eigener Mission hier bin, war ich nicht ganz ehrlich», eröffnete ihm Michael. «Die Wahrheit ist, dass ich mit einem offiziellen Auftrag hierher geschickt wurde. Ich habe meine eigenen Pläne nur, sagen wir, ein wenig in den Vordergrund geschoben.»

«Und was ist Euer eigentlicher Auftrag?»

«Wir hoffen, in Euch jemanden zu finden, der in der Lage ist, unsere Reform abzusichern.»

«Was meint Ihr damit?», mischte sich Sophia ein.

«Ich glaube, ich weiß es», sagte Gerbert. «Sobald jemand Daten aus den beiden Reichen miteinander abgleicht, würde er Beweise für die Manipulation in Byzanz finden.» Er sah Michael streng an. «Und jetzt wollt Ihr von mir, dass ich dafür sorge, dass Eure Reform hier übernommen wird?»

Michael wand sich. «Tja. Um ehrlich zu sein …»

«Ich bin dafür doch gar nicht einflussreich genug!» Gerbert waren seine gemischten Gefühle anzusehen. In erster Linie jedoch, das erkannte Sophia, fühlte er sich geschmeichelt. Sie unterdrückte ein Lächeln.

Michael schien das nicht zu bemerken und glaubte offenbar, einen ungünstigen Zeitpunkt für sein Geständnis erwischt zu haben. Er sah unbehaglich aus, und Sophia beschloss, ihn aus seiner unangenehmen Lage zu befreien. «Wahrscheinlich haltet Ihr mich für eine ungebildete kleine Gans, und das bin ich ja wohl auch. Aber es würde mich wirklich interessieren, was genau es mit diesen Problemen auf sich hat, die Ihr lösen wollt.»

Gerbert sah sie mit gerunzelter Stirn an.

«Ich meine», fuhr sie fort, «warum ist es problematisch, Jahre in einen Kalender einzufügen? Wenn ein Kaiser anordnet, dass ein neues Jahr nicht das hundertste sein soll, sondern das hundertzehnte, was hält ihn davon ab, das zu tun?»

«Der Himmel.»

Sophia schoss einen missmutigen Blick auf Michael ab, um

ihn für seine knappe Antwort zu strafen. Er wich ihr aus, und Gerbert lachte leise. «Es ist so: Ihr wisst, woraus sich Jahre und Monate berechnen, nicht?»

«Ein Jahr ist die Zeit von einer Frühjahrsgleiche bis zur nächsten. Und ein Monat? Das muss irgendwie mit dem Mond zusammenhängen.»

«Es gibt Kalender, in denen hängt der Monat ganz konkret vom Mond ab, ja. Dort bezeichnet er die Zeit, die von einem Neumond zum nächsten vergeht. Oder sagen wir genauer, der erste Tag eines Monats ist der erste Tag des neuen Lichtes, also der erste Tag, an dem man nach dem Neumond die schmale Sichel wiedererkennen kann. Ein Monat dauert etwas mehr als 29 Tage. In der westlichen Zeitrechnung hat man die Dauer eines Monats jedoch schon vor vielen Jahren von diesem Himmelsereignis abgetrennt. Und das hat einen einfachen Grund: Hier ist die wichtigste Berechnungseinheit das Sonnenjahr, das ungefähr 365 Tage dauert. Ihr könnt selbst ganz einfach nachrechnen, dass sich 365 nicht durch 29 teilen lässt.»

Sophia verzog das Gesicht bei dieser Behauptung, wandte aber nichts ein, und so sprach Gerbert weiter: «Mit anderen Worten, ein Sonnenjahr besteht nicht aus einer vollen Zahl von Monaten. Julius Cäsar, ein römischer Kaiser, hat irgendwann einmal festgelegt, dass ein Jahr aus zwölf Monaten bestehen soll, die abwechselnd jeweils dreißig und einunddreißig Tage lang sind. Der letzte Monat des römischen Kalenders hatte dann allerdings nur neunundzwanzig Tage, damit man auf die 365 Tage kam.»

«Der Februar?», fragte Sophia. «Aber der hat doch achtundzwanzig Tage.»

Michael lächelte. «Darum gibt es eine hübsche kleine Legende. Augustus, Cäsars Nachfolger, wollte, ebenso wie sein Vorgänger, einen Monat nach sich benennen. So wie Cäsar seinen Monat Juli genannt hat, nach Julius, so nahm er einfach den darauf folgenden und nannte ihn Augustus. Und weil der Juli 31 Tage hatte, konnte Augustus' Monat natürlich nicht weniger Tage haben, also entschied der Mann, dass auch der August einen Tag länger sein muss.»

Jetzt lächelte auch Sophia. «Und dieser Tag wurde vom Februar abgezogen?»

«So geht die Legende, ja. Ob es wirklich so war, weiß man nicht genau, aber fest steht, dass das Jahr aus sieben Monaten mit einunddreißig Tagen, fünf Monaten mit dreißig Tagen und einem Monat mit achtundzwanzig Tagen besteht. So weit verstanden?», fragte Gerbert.

Sophia nickte.

«Gut. Also ist Euch auch klar, dass wir in unserem Kalender den Stand des Mondes von der Zeitrechnung abgetrennt haben. Das heißt, nicht jeder 25. Dezember ist gleichzeitig Neulicht. Man könnte sagen, der Mond wandert durch das Kalenderjahr. Auch verstanden?»

Diesmal musste Sophia ein wenig nachdenken, bevor sie nickte. Sie wusste, dass im Reich das neue Jahr am ersten Weihnachtstag begann, also am 25. Dezember. Sie versuchte sich vorzustellen, dass in irgendeinem Jahr an diesem Tag Neulicht gewesen war, und rechnete dann das gesamte Jahr nach Mondphasen, also 29 Tagen, durch. Um es sich selbst einfacher zu machen, malte sie die Abschnitte mit dem Fingernagel auf die Tischplatte. «Im nächsten Jahr hat der Mond dann am 25. eine andere Form», murmelte sie. «Ja, verstanden.»

Gerbert lächelte sie an. «Wenn wir jetzt per kaiserlichen Befehl Jahre in den Kalender einfügen, müssen wir beim Umschreiben bereits vorhandener Dokumente also auf zwei Dinge achten, nicht wahr?»

«Die Daten müssen verändert werden», murmelte Sophia und zerbrach sich den Kopf, was Gerbert noch gemeint haben könnte. Um nicht preiszugeben, dass sie nicht sofort darauf kam, sprach sie ihre Gedankengänge laut aus: « Alle alten Schriften müssen mit dem neuen Datum versehen werden. Wie viele Jahre hat man eingefügt? 294? Was also vorher die Jahreszahl eins besaß, müsste beim Abschreiben mit 295 datiert werden.» Und dann hatte sie es. «Und die erwähnten Mondstellungen müssen gelöscht werden!»

«Sagte ich nicht, Ihr dürft sie nicht unterschätzen?» Michael schmunzelte, und Sophia konnte ihm ansehen, welchen Spaß ihm dieses Gespräch machte. Sie fasste sich an die Wangen, auf denen die Haut jetzt heiß glühte.

Es war ganz klar. In jedem umdatierten Dokument musste darauf geachtet werden, dass die Nennung der Mondstellung, die sich auf einen konkreten Tag bezog, getilgt wurde, denn sonst hätte man durch Nachrechnen die erfundenen Jahre nachweisen können.

«Mit dieser Arbeit hat man ein ganzes Heer von Schreibern beauftragt», sagte Michael. «Seit vielen Jahren sind sie dabei, diese langwierige Arbeit durchzuführen, und sie haben sie fast abgeschlossen. Da kommt auf einmal unser guter Kaiser auf die kluge Idee, dass es von Vorteil wäre, das Osterfest nicht mehr ausrufen zu lassen, sondern auf Jahre im Voraus zu berechnen!»

Sophia setzte sich bequemer hin. Überrascht stellte sie fest, dass es draußen inzwischen völlig finster geworden war. Judith war fort, aber sie hatte eine Reihe Binsenlichter aufgestellt, die die Küche in ein gemütliches, warmes Licht tauchten. Silandro lag auf dem Fußboden vor dem Herd und schlief. «Und? Den Zusammenhang verstehe ich jetzt nicht.»

«Ihr wisst aber, wann das Osterfest gefeiert wird, nicht wahr?»

«Ja, jeweils an dem ersten Sonntag, der dem ersten Vollmond im Frühling folgt.»

«Genau. Und der Frühling beginnt am Tag der Frühlings-Tagundnachtgleiche. Die lässt sich durch Himmelsbeobachtungen herausfinden, sodass man an diesem Tag ausrufen lassen kann, wann das Osterfest zu feiern ist. Unser Kaiser nun hielt es für unklug, weiter auf diese Art und Weise zu verfahren.»

«Warum?»

«Ich denke, er wollte sichergehen, dass auch in den entlegensten Gebieten seines Reiches die Menschen im Voraus wissen, wann sie das Osterfest feiern sollen. Es ist schließlich schwierig, die Ausrufer rechtzeitig bis in die hintersten Winkel des Reiches zu schicken. Manchmal liegen zwischen der Tagundnachtgleiche und dem nächsten Vollmond ja nur wenige Tage. Dann reicht die Zeit nicht, um alle Menschen zu benachrichtigen. Durch Tabellen, in denen die Osterdaten für mehrere Jahre im Voraus berechnet wurden, wäre dieses Problem gelöst.»

«Stimmt.»

«Eine gute Idee also», fuhr Gerbert an Michaels Stelle fort. «Und eigentlich sollte das für die Kalenderreform auch gar kein Problem darstellen, wenn man sich nur darauf verlegt hätte, von jenem Jahr an Listen zu erstellen, in dem die Reform stattgefunden hat.»

Michael biss sich auf die Lippen. «Leider war der Kaiser der Ansicht, dass man auch Tabellen für schon vergangene Jahre niederschreiben sollte. Für Zeiträume vor der Reform und solche, die über das Jahr der Reform hinausreichen sollten.»

«Und da begannen die Probleme.» Gerbert sprang von seinem Sitz und tauschte eines der heruntergebrannten Binsenlichter gegen ein neues aus. Die Flamme zeichnete scharf umrissene Schatten auf seine Züge, als er sie auf die Kante des Herdes stellte und sich dann wieder setzte. «Durch solche Listen hatte man plötzlich Sonnen- und Mondjahr zueinander in Beziehung gesetzt – und wollte dies auch noch aufschreiben. Jedem Gelehrten musste klar sein, dass hiermit eine Möglichkeit geschaffen wurde, die Reform nachweisbar zu machen, weil es zu einem Bruch in der Berechnung des Ostertermins kommen musste.»

«Was wir suchen», sagte Michael, «ist eine Art Zyklus, in dem sich Sonne und Mond wieder aneinander angleichen. Dann könnte man die Reform verwischen.»

«Das verstehe ich wieder nicht.»

«Nehmt irgendein beliebiges Jahr, in dem der Vollmond genau auf den Tag der Frühlings-Tagundnachtgleiche fällt, und berechnet dann den Ostertermin. In den folgenden Jahren wandert dann der Tag des Vollmonds von der Tagundnachtgleiche weg. Logischerweise muss irgendwann wieder ein Jahr kommen, in dem beides genau auf einen Tag fällt, nicht wahr? In dem also Sonne und Mond sich treffen. Und diesen Zyklus versuchen die Gelehrten in Byzanz gerade herauszufinden, indem sie Himmelsbeobachtungen anstellen.»

«Können sie es nicht ausrechnen?»

«Nein.»

«Warum nicht?»

«Weil ihnen dazu ein Wert fehlt. Sonnen- und Mondjahr sind nicht gleich lang, wie wir schon festgestellt haben. Aber dummerweise ist auch ein Sonnenjahr nicht genau eine volle Anzahl von Tagen lang. Eigentlich ist es länger als 365 Tage.»

«Weshalb es ja auch Schaltjahre gibt, nicht wahr?»

«Ja. Für uns heißt das nun: Es bleibt nur die Beobachtung des Himmels, um unser Problem zu lösen.»

«Das dauert Jahre!», entfuhr es Sophia.

Gerbert grinste. «Und darum ist Michael zu mir gekommen. Er hoffte, dass ich Informationen darüber habe, ob einer der antiken Schriftsteller, deren mathematische und astronomische Schriften in Byzanz leider größtenteils vernichtet wurden, diesen Zyklus schon einmal beschrieben hat.»

«Und das habt Ihr.»

«Sagen wir lieber: Ich kenne jemanden, der diese Informationen hat.»

«Euer Maure.» Sophia starrte in die flackernde Düsternis, die jetzt die Küche erfüllte. Ihre Gedanken kreisten. «Was», fragte sie, «wenn sich herausstellt, dass dieser Zyklus nicht in die 294 Jahre hineinpasst?»

Statt einer Antwort schüttelte Michael den Kopf. «Und Ihr behauptet, in der Mathematik nicht bewandert zu sein! Ihr könnt sogar dividieren.»

Sophia unterdrückte einen Anflug von Stolz. «Kann ich nicht, aber ich weiß genug, um mir klar darüber zu sein, dass ich neun Äpfel nicht auf vier Kinder verteilen kann, ohne dass einer übrig bleibt.»

«Auf jeden Fall habt Ihr die Idee dahinter verstanden.»

«Was also, wenn der Zyklus nicht passt?»

«Dann müssen wir die Reform nachjustieren.»

«Die gesamten Umschreibungen von vorne?» Sophia starrte ihn entgeistert an. Michael nickte.

Gerbert sprang vom Tisch. «Nun, wir werden sehen, ob wir überhaupt Erfolg haben.» Er schaute auf das Astrolabium, das noch immer auf dem Tisch lag, nahm es und hielt es in die Höhe. «Neulich habe ich eine interessante Diskussion unter meinen Schülern mit angehört. Sie sprachen über Isidor von Sevilla und seine Darstellung der verschiedenen Sphären des Himmels und davon, dass die Bibel von Wassern über dem Himmel berichtet. Sie fragten sich, wie es sein kann, dass über den Sphären, die ja Luft enthalten, noch eine sein kann, in der sich Wasser befinden soll.»

Er unterbrach sich, weil Sophia und Michael gleichzeitig angefangen hatten zu lachen. Er sah sie fragend an, aber sie blinzelten sich nur verschwörerisch zu, und so fuhr Gerbert schließlich achselzuckend fort: «Warum, fragte einer, fällt es nicht auf die Erde nieder? Wisst Ihr, was ich glaube, Michael?» Er deutete zur Decke. «Vielleicht hat Gott dort oben eine *clepsydra* aufgestellt, mit deren Hilfe Menschen in ferner Zukunft unsere kleinen Fälschungen sowieso nachweisen können.»

8. Kapitel

Ludger war schwindelig.

Er krallte beide Hände in die Mähne seines Pferdes, um nicht aus dem Sattel zu fallen. Sein Oberkörper schwankte bedrohlich hin, und her, und sein Herz schlug auf eine beängstigend unregelmäßige Weise, die ihm Atemnot und Beklemmungen verursachte. Immer wieder schluckte er und atmete tief ein, aber es wurde nicht besser.

«Wann hast du zum letzten Mal etwas gegessen?» Adam lenkte sein Reittier neben das von Ludger und sah ihm aufmerksam ins Gesicht. Die Zügel lagen locker in seiner Rechten, die Linke hatte er auf den Oberschenkel gelegt.

Ludger zuckte die Achseln.

«Du bist ja am Rande eines Schwächeanfalls!» Mit einem scharfen Ruck, der sein Pferd völlig überraschte, blieb Adam stehen. Das Tier schüttelte unwillig den Kopf und kaute auf seiner Trense, um wieder freizukommen. Ohne auf Ludgers halbherzig vorgebrachte Proteste zu achten, sprang Adam aus dem Sattel, wühlte in seinen Taschen herum und brachte ein in ein Tuch eingeschlagenes Brot zum Vorschein.

«Steig ab!», befahl er.

«Ich muss nicht …»

«Doch, du musst. Du hast ein paar anstrengende Tage hinter dir und bist verwirrt und in Sorge um Alexandra. Kein Wunder, dass du keinen Appetit verspürst, aber wenn du nichts isst, wirst du nicht mehr lange durchhalten.»

Ludger ergab sich Adams starkem Willen, und gemeinsam

setzten sie sich unter eine Linde, die am Wegrand stand und ihre Äste Schatten spendend über den Weg ausbreitete. Adam faltete das Tuch auseinander. Außer dem Brot befanden sich noch ein Stück Wurst und ein Kanten Käse darin, und dessen Geruch machte Ludger klar, wie hungrig er tatsächlich war. Er ließ sich von allem eine Scheibe geben und biss hinein.

«Du hattest Recht», nuschelte er mit vollem Mund.

Adam lächelte nur. «Ich habe dich beobachtet. Du hast weder in dem Gasthaus in Châlons viel gegessen, noch bei der Bäuerin heute Morgen. Dabei war die Milch wirklich gut. Du hast etwas verpasst.»

«Möglich.» Ludger dachte an die anderthalb Tage, die sie jetzt unterwegs waren und nach einer Spur von Alexandra suchten. In Châlons hatten sie die zwei großen Gasthäuser besucht, die an beiden Enden der durch die Stadt führenden Straße lagen. Sie hatten wenig Hoffnung gehabt, dort wirklich erfolgreich zu sein, denn Adam schien diesen Rainald zu kennen, mit dem Alexandra fortgegangen war. Er vermutete, dass der Mann die Städte meiden würde, und offenbar hatte er damit Recht. Obwohl Rainald relativ auffällig war mit seinem riesigen, schwarzen Streitross, hatte ihn in Châlons niemand gesehen. Nachdem dieser Versuch also erfolglos gewesen war, hatte Adam eine andere Strategie gewählt. Rings um St. Kyrillos gab es eine Hand voll Dörfer, jedes nicht weiter als eine Tagesreise von dem Kloster entfernt. In ihnen wollte er nach Alexandra und ihrem Begleiter fragen, und jetzt waren sie auf dem Weg zum ersten von ihnen.

«Als du damals mit Alexandra aus Byzanz fortgegangen bist, habe ich geglaubt, du würdest sie zur Frau nehmen», machte Adam den Versuch, ein Gespräch in Gang zu bringen.

Ludgers Miene verhärtete sich. Eine Weile schwieg er, aber dann räusperte er die Beklemmung in seiner Kehle fort. «Sie hat mich abgewiesen.»

«Hm.»

«Sie liebte einen Mann, der sie nicht wollte.» Er produzierte ein Geräusch hinten in seiner Kehle, das wie ein Schnalzen klang. «Vor kurzem erst habe ich sie um eine Unterredung gebeten. Ich habe ihr gesagt, dass es an der Zeit sein dürfte, diesen Gerbert zu vergessen. Ich habe sie zum zweiten Mal gefragt, ob sie meine Frau werden will. Weißt du, was sie getan hat? Statt mir eine Antwort zu geben, hat sie mir ein Stück Land verliehen!»

«Nein!», murmelte Adam.

Danach schwiegen sie lange Zeit.

Das Dorf war nichts weiter als eine Ansammlung von Grubenhäusern, halb in die Erde eingelassene, nur wenige Schritte lange Hütten, deren Wände aus armdicken Ästen bestanden und deren Dächer mit Gras bewachsen waren. Sie alle lagen kreisförmig um den Platz in der Mitte, auf dem man einen Brunnen gegraben und mit dicken Bohlen verkleidet hatte. An dem Brunnen standen zwei Frauen und unterhielten sich. Als Adam und Ludger auf den Platz ritten, unterbrachen sie ihr Gespräch und schauten den beiden mit einer Mischung aus Misstrauen und Neugier entgegen.

«Giseler!», rief eine der beiden, und sofort kam ein hoch gewachsener und kräftig aussehender Mann aus einer der Hütten.

Adam zügelte sein Pferd und grüßte zuerst den Mann und dann die beiden Frauen freundlich. «Wir sind auf der Durchreise», erklärte er und sprang aus dem Sattel. «Und wir würden gern unsere Pferde an deinem Brunnen tränken. Du erlaubst doch?»

Ludger stieg ebenfalls ab. Die beiden Frauen lächelten schüchtern, und auf den Zügen des Mannes wich das Misstrauen, wenn auch zögerlich, einem freundlicheren Ausdruck. Der Mann trug Beinkleider aus grob und kratzig aussehendem grauem Stoff und kein Hemd oder Wams. In seine

Haut hatte sich Schmutz tief eingefressen, sodass er beinahe schwarz aussah. Immerhin besaß er eine Art von Schuhen: aus Leder zurechtgeschnittene Lappen, die er sich mit bis hinauf zu den Knien kreuzweise übereinander geschlagenen Riemen festgebunden hatte. Die Frauen waren beide in lange, lose fallende Kleider aus dem gleichen grauen Stoff gewandet, und nur eine von ihnen hatte einen Gürtel, der offensichtlich von dem Leder desselben Rindes stammte wie die Schuhe des Mannes. Beide waren sie barfuß.

«Bitte!» Giseler wies auf den hölzernen Brunnen, und als die Frauen nicht reagierten, scheuchte er sie mit einem gezischten Laut und einer unwilligen Handbewegung fort. Hastig wichen sie zur Seite, sodass Adam und Ludger ihre Pferde an die Tränke führen konnten.

«Wir sind arm», sagte Giseler zögerlich, «wir haben nichts, das wir Euch als Mahl anbieten könnten.»

Adam ließ die Hand sinken, die er zu einer Schale geformt an die Lippen hatte führen wollen, und schüttelte die Tropfen von den Fingern. «Sorge dich nicht. Wir benötigen keine Gastfreundschaft.» Er lächelte. «Nur eine Auskunft.»

«Eine Auskunft?»

«Sind hier in den letzten Tagen Reiter durchgekommen? Ein Mann auf einem großen, schwarzen Streitross und eine Frau?»

Giseler schien ernsthaft darüber nachdenken zu müssen, was Ludger ein wenig verwunderte. Dann jedoch ging ihm auf, dass der Mann aus Höflichkeit einige Augenblicke schwieg, bevor er den Kopf schüttelte. Ein rasches Nein, das wusste Giseler ebenso gut wie Ludger, hätte schnell als Beleidigung, als Abfuhr, aufgefasst werden können.

«Bist du die letzten Tage ununterbrochen im Dorf gewesen?»

Giseler nickte, diesmal rasch. «Ja. Die Meiler sind vor kurzem erst befüllt worden, und ich muss jetzt warten. Wenn ich denn für kurze Zeit das Dorf verlassen habe, war immer mein Weib hier. Basina.» Er deutete auf die Frau mit dem Gürtel. «Sie hätte mir erzählt, wenn Reiter durchgekommen wären.»

Zur Bekräftigung nickte Basina eifrig.

«Gut.» Adam zog seinen Geldbeutel unter dem Umhang hervor und entnahm ihm ein Stück Hacksilber. Er reichte es Giseler. «Für deine Auskunft. Und das Wasser.»

Giseler schnappte nach dem Silber wie ein Hund nach einem Stück Fleisch. «Ich danke Euch, Herr.» Er verbeugte sich, aber es sah linkisch aus.

«Giseler!» Basinas Ruf kam völlig unerwartet, scharf und laut, sodass Ludger zusammenzuckte, und das Pferd neben ihm ebenfalls. Es dauerte einen Moment, bis er begriff, dass die Frau nicht ihren Mann gemeint hatte, sondern einen kleinen Jungen, der sich an die Pferde angeschlichen hatte und jetzt an Adams Sattel herumnestelte.

Der Junge war vielleicht sechs oder sieben Jahre alt und ebenso schmutzig wie sein Vater. Jetzt fuhr er wie ein ertappter Sünder zurück und schüttelte die Hand, als habe er sich verbrannt. Seine Ohren begannen zu leuchten.

«Du nichtsnutziger Strauchdieb!» Basina eilte zu ihm und verpasste ihm einen Klaps auf den Hinterkopf. «Sieh zu, dass du davonkommst, bevor ich die Rute hole!»

Der Junge schob die Unterlippe vor, sah zu Adam auf und grinste ihn an. Ihm fehlten alle Schneidezähne, und das gab seinem Gesicht ein seltsam greises Aussehen. «Ein Mann auf einem riesigen –», er hielt beide Hände hoch über dem Kopf, um zu zeigen, wie riesig, «einem riesigen schwarzen Pferd, und eine Frau, hä?»

«Ja?» Ludger wollte sich zu dem Jungen herabbeugen, doch Adam hielt ihn auf. Er sah Basina forschend ins Gesicht, und die hatte die Lippen zu einem schmalen Strich zusammengepresst.

«Hört nicht auf ihn, Herr. Er hat gesehen, wie Ihr seinem Vater das Silber gegeben habt, und jetzt hofft er, dass Ihr Euch erneut großzügig zeigen werdet, wenn er Euch erzählt, was Ihr hören wollt.»

Adam nickte, als habe sich seine Vermutung bestätigt. «Er hat uns belauscht.»

«Nein, Herr! Nein!» Der Junge schüttelte so heftig den Kopf, dass sein gesamter, magerer Leib mitschwang. «Großes, schwarzes Pferd mit langer Mähne, nicht? Und ein Mann mit gutem Schwert, ein reicher Mann.» Über sein Gesicht glitt ein Ausdruck des Verzückens. «Ein besonderer Mann, nicht?» Der Junge hob eine Hand vor das Gesicht und zeichnete mit dem Fingernagel eine Linie über seine Wange und den Hals.

Adams Brauen schnellten zusammen. «Wo hast du sie gesehen?», schnappte er.

«Hinter dem Dorf, wo der Bach langfließt.»

«Und in welche Richtung waren sie unterwegs?»

Zur Antwort wedelte der Junge in Richtung Süden. «Am Bach entlang.»

«Hast du mit ihnen geredet?»

«Nur kurz. Mit der Frau. Der Mann wollte schnell weiter.»

«Und?»

«Sie war sehr nett, die Frau.»

Ludger nickte vor sich hin. «Wirkte sie traurig?»

«Traurig?» Der Junge machte ein verwirrtes Gesicht, und Ludger konnte ihm ansehen, dass er es nicht gewohnt war, über Gefühlszustände nachzudenken. Seine Eltern lebten das Leben, in das Gott sie gestellt hatte, und für sie grenzte es an Sünde, sich darüber beklagen zu wollen.

Adam winkte ab. «Schon gut. Wie lange ist es her, dass du sie gesehen hast?»

«Es war heute Morgen, ganz früh. Ich war angeln.»

Adam holte ein weiteres Stück Hacksilber aus seinem Beutel. Auf den Zügen des Jungen ging die Sonne auf, und alles an ihm fing an zu beben, als er die Hand ausstreckte und die Kostbarkeit hineinfiel. Zusammen mit dem, was Adam zuvor schon seinem Vater gegeben hatte, war es mehr, als die Familie in einem Jahr würde verdienen können.

«Sehen wir zu, dass wir sie einholen.»

Unschlüssig sah Ludger Adam sein Pferd besteigen und nach Süden lenken. Schließlich gewann er seine Entschlusskraft zurück und stieg ebenfalls auf.

Als sie den Fluss entlangritten, wirkte Adam zu Ludgers Erstaunen sichtbar nervös und ungeduldig.

«Sie ist wirklich am Leben!» Ludger selbst genoss vor allem die Freude über die gute Nachricht. «Wir werden sie finden.»

Adam hatte den Blick zwischen den Ohren seines Pferdes hindurch starr nach vorne gerichtet. «Ja», murmelte er wie in Gedanken, «ja, das werden wir.»

Weil sie die Wege und Straßen mieden, kamen sie nur langsam voran. Am Morgen nach ihrem blutigen Täuschungsmanöver lenkte Rainald sein Pferd durch so dichtes Unterholz, dass sie nur hintereinander herreiten konnten. Alexandra fragte sich, ob er das vielleicht auch tat, um dem Gespräch mit ihr auszuweichen. Der Tod seiner Kaiserin hatte ihn sichtbar mitgenommen. In ihrer ersten Nacht allein an Rainalds Seite hatte Alexandra immer wieder verstohlene Blicke in sein Gesicht geworfen und dort nur stille Wut und Trauer gefunden.

So verging ein Tag nach ihrer Abreise aus Reims in bedrücktem Schweigen, und auch der zweite verstrich. Erst am dritten Tag wagte es Alexandra, wieder das Wort an Rainald zu richten. Sie waren seit dem Morgen an einem kleinen Bach entlanggeritten, dessen klares Wasser die Luft frisch und sauber machte. Hier war zum ersten Mal wieder so viel Platz zwischen den Bäumen, dass Alexandra ihr Pferd neben Rainald lenken konnte, und sie nutzte die Gelegenheit.

«Wisst Ihr, wohin dieser Bach führt?»

«Er mündet ungefähr einen halben Tagesritt weiter in einen Fluss.»

«In welchen?»

«Das weiß ich nicht.»

Alexandra beschloss, Rainalds Kurzangebundenheit zu akzeptieren, und schwieg wieder. Ihre Gedanken hatten begonnen, um die eigene Zukunft zu kreisen. Sie wusste immer noch nicht, wohin Rainald sie brachte, aber jedes Mal, wenn sie ihn danach fragen wollte, hielt der Schmerz in seinen Augen sie davon ab.

Wie angekündigt, mündete der Bach in einen Fluss, ungefähr so breit wie die Aisne, dessen Bett voller Steine und Felsbrocken war. Zuerst unmerklich, dann immer deutlicher stieg das Gelände vor ihnen an, sodass sie zunächst am Rande eines dicht bewachsenen Steilufers dahinritten, bis sie schließlich auf einer Art Klippe ankamen. Der Fluss brauste tief unter ihnen durch eine schmale Schlucht, und sein Tosen umgab Alexandra so laut, dass sie glaubte, taub zu sein.

Als Rainald zum ersten Mal seit Tagen von sich aus das Wort ergriff, hätte sie ihn beinahe überhört.

«Ihr müsst müde sein. Wir sollten hier eine Rast einlegen und versuchen, ein bisschen zu schlafen.» Er deutete auf eine Gruppe junger Eichen, die in einigem Abstand von dem Pfad am Fuße des Abhangs zum Wald hin standen.

Alexandra fühlte sich nicht müde, aber das ungewohnte tagelange Reiten hatte sie eine Menge Kraft gekostet, sodass ihr jeder Knochen im Leib schmerzte. Darum nickte sie dankbar.

Sie entfernten sich vom Rand der Steilklippe, ritten den Abhang hinunter und stiegen aus den Sätteln. Rainald machte sich daran, aus Zweigen und Laub ein behelfsmäßiges Dach zu errichten, das ihnen Schutz gegen den Wind bieten würde. Als sie sich darunter gekauert hatten, nahm Rainald einen Laib Brot und etwas getrocknetes Fleisch aus seiner Satteltasche, schnitt von beidem ein Stück ab und reichte es Alexandra. Er selbst aß nur wenig, und auch Alexandra bekam nicht besonders viel herunter, sodass Rainald das Essen schließlich wieder in das Tuch einschlug und in der Tasche verstaute.

«Wollt Ihr davon erzählen?», fragte die Äbtissin.

Es war, als hätten sie nicht tagelang geschwiegen; sie musste nicht erklären, wovon sie sprach, und entgegen ihren Erwartungen begann Rainald tatsächlich zu reden.

«Als ich bei Hofe anlangte, kam mir ihr Kammerdiener entgegen und behauptete, die Kaiserin läge im Sterben. Sie hätte sich ein Büßergewand angezogen und wollte sich unbehelligt von der Außenwelt auf den Übergang ins Jenseits vorbereiten. Ich dürfe nicht zu ihr.» Rainald knirschte hörbar mit den Zähnen. «Ich bin sicher, dass es dieser Kerl war, der sie umgebracht hat! Zum Glück kannte ich die Pfalz in Nimwegen von früheren Besuchen recht gut. Ich wusste, dass Theophanu sich in ihrem Gemach in einem der Türme aufhielt. Sie hat es immer gemocht, weit in die Ferne sehen zu können ... Der Turm der Pfalz war äußerlich in schlechtem Zustand, und so konnte ich in den Mauerritzen genügend Halt finden, um daran hochzuklettern. Sie war tatsächlich dort. Und sie sah furchtbar aus.»

Inzwischen hatte sich die Nacht über das Land gesenkt und alles in absolute Finsternis gehüllt, sodass Alexandra Rainalds Gesicht nicht mehr sehen konnte. Sie hörte jedoch, wie seine Stimme bebte, und als sie nach seinen Fingern griff, um sie festzuhalten, zitterten auch sie.

«Sie war noch blasser als beim letzten Mal, da ich sie gesehen hatte. Ihr Gesicht bestand nur noch aus Haut und Knochen, und in ihren Augen brannte ein unheimliches Feuer. Sie kam mir entgegen, aber sie konnte sich kaum noch auf den Beinen halten, ich musste sie auffangen. Man hatte ihr das Haar ganz kurz geschoren und sie in eine Benediktinerinnenkutte gesteckt. Ich war darauf vorbereitet, denn man hatte es mir ja vorher gesagt. Aber als ich sie dann vor mir sah, begriff ich, dass sie es nicht freiwillig getan hatte. Sie wollte noch nicht sterben, Alexandra, aber sie konnte nichts dagegen tun. Und ich auch nicht. Ihr blieb nicht viel Zeit, und das Erste, was sie mich fragte, nachdem sie über meine Verletzung geweint hatte, war, ob ich Euch das Geheimnis verraten hätte.»

«Was habt Ihr geantwortet?»

«Ich habe es nicht übers Herz gebracht, ihr diesen letzten Trost zu nehmen. Ich habe sie angelogen und gesagt, Ihr wüsstet Bescheid.»

Alexandra wurde von ihrer Scham beinahe überwältigt. Aus Angst um ihr eigenes Leben hatte sie verweigert, ihrer Kaiserin zu Hilfe zu kommen. «Das war barmherzig von Euch.»

«Ja. Doch sie reagierte plötzlich panisch. Sie wollte mich sofort losschicken, Euch in Sicherheit zu bringen. ‹Ihr müsst zu ihr!›, rief sie immer wieder. ‹Sie werden auch sie töten!› Sie war sich sicher, dass ihre Mörder auch Euch ausfindig machen würden.»

«Und Ihr glaubt, dass sie Recht hat, nicht?»

«Es ist immer besser, vorsichtig zu sein. Ich musste der Kaiserin versprechen, Euch in ein Versteck zu bringen. Und auf dem Weg dorthin muss ich endlich Kontakt mit diesem Carolus aufnehmen.»

«Ein Kloster in den Alpen», sann Alexandra. Ihr Blick wanderte zum Himmel, wo gerade zwischen den Baumwipfeln der Mond in die Höhe stieg und wie ein zersplitterter

Spiegel durch das Laub leuchtete. Es war angenehm, nicht mehr im Finsteren zu sitzen. «Das bedeutet, dass dieses Versteck, in das Ihr mich bringt, in Italien liegt?»

Statt zu antworten, spannte sich Rainald plötzlich an und lauschte. Als Alexandra fragen wollte, was er hatte, hob er nur die Hand und brachte sie so zum Schweigen. Schließlich jedoch sank er wieder zusammen. «Ich habe mich wohl getäuscht. Ich dachte, ich hätte jemanden gehört, aber es scheint ein Reh gewesen zu sein.» Er wandte sein Gesicht ins Mondlicht und blinzelte.

«Wo wollt Ihr mich verstecken?»

«In einem Kloster. Ganz in der Nähe von Siena.»

Alexandra verstand. Sie kannte dieses Kloster, Theophanu hatte ihr einmal erzählt, dass sie es selbst gegründet hatte, um Frauen in Bedrängnis eine Zuflucht zu schaffen. Bei dieser Erinnerung musste Alexandra lächeln, aber es kam ihr falsch vor, also unterdrückte sie es, und prompt schossen ihr Tränen in die Augen.

«Ich habe den Befehl, Euch das Geheimnis zu verraten», sagte Rainald vorsichtig. «Ich muss …» Er verstummte, und Alexandra konnte im Licht des Mondes sehen, dass er ihren Blick suchte.

Sie nickte beklommen. «Sprecht.»

Statt ihrer Aufforderung nachzukommen, lauschte er abermals und stemmte sich diesmal dafür ein Stück in die Höhe. Dann jedoch ließ er sich erneut ins Laub zurücksinken. «Es geht um …»

«Ich glaube, das solltet Ihr lieber bleiben lassen!»

Eine kalte, schneidende Stimme unterbrach Rainald, und mit einem Satz stand er auf den Beinen – noch während Alexandra versuchte zu begreifen, was geschah. Sie sah Rainald taumeln.

«Lauft!», keuchte er. Seine Worte klangen eigenartig feucht. «Lauft um Euer Leben!»

Jemand trat aus dem Gebüsch, doch der Mond befand sich in seinem Rücken, sodass Alexandra sein Gesicht nicht erkennen konnte. Und als jetzt eine zweite Gestalt auf die kleine Lichtung trat, reagierte sie instinktiv.

Sie warf sich auf dem Absatz herum und floh.

Die Schritte wurden immer lauter. Schwere Stiefel, ein keuchender Atem, das Bersten und Brechen von Ästen.

«Alexandra!»

Sie hörte ihren Namen, und für einen Lidschlag glaubte sie, eine vertraute Stimme zu hören. Doch das konnte nicht sein.

Sie rannte um ihr Leben. Ihr Herz trommelte gegen die Rippen, ihre Lunge barst beinahe, aber sie ignorierte den Schmerz. Sie sprang über einen umgestürzten Baumstamm, landete in einer Senke dahinter. Mit einem Schrei knickte sie um und strauchelte, stürzte. Der Verfolger war stehen geblieben und schien zu lauschen. Alexandra duckte sich hinter den Stamm. Aus der Ferne war das Klirren von Waffen zu vernehmen.

Endlich, wie um sein Antlitz von dem Geschehen abzuwenden, hüllte sich der Mond in eine Wolke. Es wurde finster. So finster, dass Alexandra meinte, den keuchenden Atem ihres Verfolgers doppelt so laut zu hören.

Etwas an seiner Gestalt kam ihr seltsam vertraut vor.

Sie hielt den Atem an, als er noch einen Schritt in ihre Richtung tat. Beim nächsten hielt sie es nicht mehr aus: Sie sprang auf und hetzte weiter.

Und plötzlich war die Welt zu Ende.

Gerade noch kam sie auf dem steil abfallenden Ufer des Flusses zum Stehen.

Langsam wandte sie sich um.

«Wer seid Ihr?», rief sie. «Was wollt Ihr von mir?»

Ihr Verfolger gab keine Antwort. Er kam einen Schritt auf

sie zu, und genau in diesem Moment tauchte der Mond wieder auf.

Sein Licht beschien den Mann jetzt von schräg hinten und zeichnete tiefe Schatten auf dessen vertraute Züge.

«Ludger!» Vor Erleichterung gaben Alexandras Beine nach. Sie taumelte einen Schritt rückwärts – es war ein Schritt zu viel. Unter ihr gab der Rand der Klippe nach, und dann fiel sie ins Bodenlose.

Es fühlte sich an, als sei die Welt aus den Angeln gekippt. Für einen endlos erscheinenden Augenblick kam es Alexandra so vor, als schwebe sie, aber da war Ludger auch schon heran.

Er prallte mit seinem gesamten Gewicht auf den Boden, der sich jetzt über Alexandra befand, Staub und losgetretene Steinchen rieselten ihr ins Gesicht.

Sie fiel nicht.

Wie eine eiserne Klammer hatten sich Ludgers Finger um ihr Handgelenk geschlossen, und mit einem brutalen Ruck, der sie vor Schmerz aufschreien ließ, stürzte sie in seinen Halt.

«Ich habe Euch!» Ludgers Stimme klang gleichzeitig schrill vor Angst und flach von der Anstrengung, sie zu halten. «Bewegt Euch nicht, ich ziehe Euch hoch.»

Mit eigentümlicher Klarheit drängten sich Einzelheiten in Alexandras aufgewühltes Gemüt: der Mond, der sich für einen kurzen Moment erneut hinter den Wolken versteckte und wieder hervorkam, das Glitzern seines Lichtes weit unter ihr auf dem Wasser, das Weiße in Ludgers Augen und sein Zahnfleisch, das hinter den vor Anstrengung verzerrten Lippen deutlich zu sehen war.

«Das wirst du nicht tun!»

Hinter Ludger war plötzlich noch jemand.

«Adam!» Ludger keuchte. «Hilf mir, um Gottes willen!»

«Nein.»

Mit eisiger Klarheit fraß sich das eine Wort in Alexandras Bewusstsein, begleitet von dem Gefühl, aus Ludgers Fingern zu rutschen.

«Warum, verdammt!», brüllte Ludger, und sein Speichel sprühte über Alexandras Gesicht. Sie war nicht in der Lage, es abzuwenden oder auch nur die Augen zu schließen. Mit morbider Faszination sah sie zu, wie der andere Mann neben Ludger trat und auf sie hinabschaute.

«Weil du sie fallen lassen wirst, Ludger.»

«Aber du brauchst die …»

«Ich brauche keine Empfehlung. Mein Auftrag lautet, Alexandra zu töten.» Adams Lächeln sah im Licht des Mondes aus wie ein Loch in seinem Gesicht. «Und das wirst du jetzt für mich erledigen.»

«Nein!»

Alexandra rutschte ein Stück tiefer. Verzweifelt suchten ihre Füße nach einem Halt, nach einer winzigen Spalte im Fels, in der sie sich hochstemmen konnte, aber erfolglos. Sie baumelte zwischen Himmel und Erde, und die einzige Verbindung zum Leben war Ludgers Griff.

Jener Griff, der jetzt immer rutschiger wurde.

Ludger lag nun so dicht an der Kante, dass auch er abzustürzen drohte. Wie um ihm Halt zu verschaffen, stellte Adam einen Stiefel zwischen seine Schulterblätter.

«Lass sie los!»

«Nein!» Ludgers Stimme versagte.

«Lass – sie – los!»

Und da verließ Ludger der letzte Rest von Kraft. Seine Finger glitten an Alexandras Handgelenk nach oben. Er packte noch einmal ihre Hand, aber es nützte nichts mehr. Ihre Finger wurden zusammengequetscht, rutschten tiefer, krallten sich ein letztes Mal in sein Fleisch, und dann verlor sie den Halt und stürzte in die Tiefe.

Zwei harte Hände packten Ludger bei den Schultern und rissen ihn zurück, bevor auch er das Gleichgewicht verlor. Keuchend und würgend kam er am Rand der Klippe zu liegen.

Adam zerrte ihn auf die Füße. Dabei warf er einen langen Blick in den Abgrund. Dann legte er Ludger den Arm um die Schultern und zog ihn von der Klippe fort.

Wie er den Abhang zum Waldrand hinuntergekommen war, wusste Ludger nicht mehr. Er kam erst wieder zu sich, als er unter dem Laubdach saß, unter dem sie Rainald und Alexandra aufgespürt hatten. Er wollte auf die Füße springen, doch Adam hielt ihn zurück.

«Wir müssen sie suchen!»

«Sie ist tot.»

Ludgers Blick fiel auf ein Paar Stiefel, die aus einem Gebüsch ragten. Er machte sich von Adam los und stemmte sich hoch. Es kam ihm vor, als balancierte er auf runden Kieselsteinen, so unsicher war sein Gang, als er zu dem toten Mann hinübertaumelte.

Es war Rainald. In seiner Brust steckte der kurze, kräftige Pfeil, den Adam aus dem Unterholz heraus abgeschossen hatte, bevor Ludger ihn daran hatte hindern können. Der Pfeil, der alles mit rasender Schnelligkeit in Gang gesetzt hatte. Adam war aus ihrem Versteck gestürmt und hatte Ludger den Befehl zugeschrien, Alexandra nicht entkommen zu lassen. Und es war wie früher gewesen, als sie noch Seite an Seite gekämpft hatten: Ludger hatte Adams Entscheidungen nicht in Frage gestellt, sondern gehandelt. Er war hinter Alexandra hergestürmt. Wenn sie ihn doch nur früher erkannt hätte!

Rainald war nicht an dem Pfeil gestorben. Ein Schwertstreich hatte ihm den Kopf beinahe vom Körper abgetrennt. Ludger stöhnte auf.

Unendlich mühsam drehte er sich zu Adam um und ging auf ihn zu. Endlich begann sein Kopf das Geschehene zu verarbeiten.

«Was hat das alles zu bedeuten?», krächzte er.

Und zu seinem Entsetzen glitt über Adams Züge ein Lächeln.

Als Adam sprach, klang seine Stimme kalt und hart wie die Klinge eines Dolches. «Endlich habe ich dich doch noch zu einem *silentiarius* gemacht.» Er lachte, und Ludger rann ein Schauer über den Rücken. «Weißt du, was das bedeutet? Ein *silentiarius*, Ludger, tötet. Er tötet jeden, den ihm sein Auftraggeber nennt. Und wenn es das Liebste ist, das er auf Erden besitzt …» Das Lachen kippte, schwang sich in schrille Höhen und endete in einem Laut, der wie ein Schluchzen klang.

«Was …?» Es kam Ludger vor, als würde er niemals wieder genügend Kraft haben, um auch nur zu sprechen.

«Weil du mich in der Gosse hast liegen lassen, war ich angewiesen auf die Wohltaten eines dicken Mannes und schwor diesen unseligen Schwur.» Adams Stimme war jetzt wieder sehr beherrscht, wieder kalt. «Ich musste tun, was sie verlangten, sonst hätte ich mein Seelenheil verwirkt. Und am Ende verlangten sie von mir, Julia zu töten.»

Ludgers Kehle entwich ein entsetztes Keuchen.

«O ja, mein Freund! Julia, die auch du kennst, die Einzige, die mich wieder zu einem edlen Mann hätte machen können, so wie Alexandra dich zu einem machte. Und du erinnerst dich sicher noch, dass ich ihr Angebot ausgeschlagen habe, um unseren Treueschwur nicht zu brechen, ja? Ich wollte dich nicht allein zurücklassen, wie du es getan hast, wenig später. Glaubst du allen Ernstes, dass ich dir das jemals verziehen habe? Jahrelang betete ich, irgendwann die Gelegenheit zu bekommen, mich an dir zu rächen. Und dann bekam ich den Auftrag, Alexandra zu töten. Das war mein Augenblick der Rache. Deswegen habe ich meinem Auftraggeber nicht Bescheid gegeben, als ich vor ein paar Wochen mit einem kaputten Bein auf dem Lager eines stinkenden

Bauern darniederlag. Man hätte einen anderen geschickt, und dieser andere hätte von dir nur Alexandras Aufenthalt in Erfahrung gebracht und es selbst getan. Ich aber wollte, dass du für die zwanzig Jahre Frieden, die du erleben durftest, bitter bezahlst!» Die Worte brandeten zusammen mit einem Sprühregen von Speichel gegen Ludgers Gesicht. Unterdessen hatte Adam seinen Dolch gezogen und zwischen ihnen in die Höhe gereckt.

Jetzt jedoch stieß er ihn mit einem brutalen Ruck in die Scheide zurück. «Zuerst dachte ich daran, dir die Kehle aufzuschlitzen, aber das war mir nicht genug. Ich wollte, dass *du* Alexandra tötest, so wie ich Julia töten musste.»

«Ich habe sie nicht ...»

«Du hast sie fallen lassen!», schrie Adam. «Sicher, es wäre mir lieber gewesen, du hättest ihr gegenübergestanden und ihr den Dolch in die Kehle gerammt, wie ich es bei Julia tat. Aber ich kann mit dem zufrieden sein, was geschehen ist. Bist du dir ganz sicher, dass du es nicht mit Absicht getan hast, weil sie dich abwies?» Übergangslos wurde seine Miene wieder sanft und freundlich. «Die arme Alexandra!» Er band Rainalds und Alexandras Pferde los und scheuchte sie davon. Geräuschvoll verschwanden sie im Unterholz. Adam wartete, bis das Krachen und Schnauben verklungen war, warf einen letzten Blick zu der Klippe hinüber und legte Ludger den Arm um die Schultern. «Lass uns nach Hause gehen.»

Das eisige Wasser schlug über Alexandra zusammen, raubte ihr den Atem, riss sie mit sich. Sie wirbelte um ihre eigene Achse, prallte gegen im Flussbett liegende Felsbrocken. Ihre Kleidung zog sie mit unnachgiebiger Schwere in die Tiefe, und sooft sie sich auch an die Oberfläche kämpfte, schließlich verließen sie ihre Kräfte.

Die schäumenden Wogen schlugen endgültig über ihr zusammen. Wasser drang ihr in Mund und Nase. Sie griff nach dem silbrigen Licht, das der Mond durch die Oberfläche in die Tiefe schickte. Ein überirdisches Flirren umgab sie.

Und dann wurde es schwarz.

9. Kapitel

«Gero!»

Hermann, einer von Ludgers Gefolgsmännern, kam um die Hausecke. Die Hälfte aller Männer des Hofes war damit beschäftigt, die Palisade zu erhöhen, auf der sich Gero und Sophia noch vor kurzem unterhalten hatten. Gero stand wie ein einfacher Knecht unter den Männern seines Vaters, mit nacktem Oberkörper, auf dem der Schweiß glänzte.

Die Schatten wurden schon lang, aber es war noch immer warm, und die Sonne tauchte alles in goldenes Licht.

«Ja?» Gero sah sich nicht um, sondern konzentrierte sich auf die wuchtigen Hammerschläge, mit denen sein Gegenüber den Pfahl in die Erde trieb, den er festhielt.

«Euer Vater und Adam sind zurück.»

«Ich komme.» Gero wartete, bis der Pfahl so tief in der Erde steckte, dass er nicht mehr umfallen konnte. Dann ließ er ihn los, griff nach dem Tuch an seinem Gürtel und wischte sich den Schweiß von Gesicht und Unterarmen.

Als er den Platz vor dem Herrenhaus betrat, waren Ludger und Adam bereits abgestiegen. Adam kümmerte sich um sein Pferd, während Ludger neben seinem eigenen Tier stand und blicklos vor sich hin starrte.

«Vater?» Gero trat zu ihm. «Ist dir nicht gut?»

Ludger reagierte nicht sofort. In seinem Gesicht arbeitete es so intensiv, dass es aussah, als hätten seine Muskeln ein Eigenleben entwickelt. Immer wieder öffnete und schloss er den Mund, sog die Lippen zwischen die Zähne, ließ sie wieder los, biss die Kiefer so fest zusammen, dass seine Schläfen wie eingefallen wirkten. Endlich schien er sich Geros Gegenwart bewusst zu werden. Er richtete den Blick auf seinen Sohn. «Hm?», murmelte er. Seine Stimme klang, als sei seine Zunge plötzlich zu groß für seinen Mund.

«Was hast du?» Gero wollte nach Ludgers Arm fassen, doch sein Vater entzog sich ihm und wich einen Schritt zurück. Seine Schultern waren nach vorne gesunken, und er kam Gero um zwanzig Jahre gealtert vor.

«Nichts.» Ohne auf das bestürzte Gesicht seines Sohnes zu achten, machte Ludger auf dem Absatz kehrt. Er ließ sein Pferd einfach stehen, den Sattel noch auf dem Rücken, die Zügel bis zu den Ohren hochgerutscht, und ging mit unsicheren Schritten die Treppe zur Halle hinauf.

Gero wandte sich an Adam. «Was ist mit ihm passiert?»

Adam zuckte die Achseln und reichte seinen Sattel einem der herbeigeeilten Männer. «Ich muss gleich wieder fort, seht zu, dass ich ein neues Pferd bekomme», wies er den Mann an. Dann erst widmete er sich Gero. «Ich weiß es nicht. Vielleicht hat er seinen Verlust jetzt erst wirklich begriffen.» Er drehte die Handflächen bedauernd nach oben, um seinen Worten die Schärfe zu nehmen.

Gero spürte, wie sein Herz sank. Die Trauer seines Vaters verstärkte für einen Moment seine eigene und machte sie fast unerträglich.

Adam legte eine Hand auf seinen Arm. «Es tut mir Leid für Euch.»

Gero nickte. Mit reiner Willensanstrengung wahrte er den Anschein der Gefasstheit. «Ich danke Euch. Es wird bald dunkel. Seid Ihr sicher, dass Ihr sofort wegmüsst?»

Adams Blick flog über den Himmel, dessen Blau sich im Osten bereits dunkel färbte. «Ja», sagte er. «Es ist wichtig, dass ich sofort aufbreche.»

Den Grund für seinen überhasteten Aufbruch nannte Adam nicht. Zwar hatte er von der Klippe aus gesehen, dass Alexandras Körper wie der einer großen Puppe zwischen zwei Felsbrocken verkeilt in der Strömung gelegen hatte, aber je länger er darüber nachgedacht hatte und je häufiger er sich Thorvalds Schicksal ins Gedächtnis gerufen hatte, umso dringlicher war sein Bedürfnis geworden, sich mit eigenen Augen und vor allem mit eigenen Händen davon zu überzeugen, dass Alexandra wirklich tot war.

Für den Rückweg zur Klippe brauchte er nur knapp die Hälfte der Zeit, die er mit Ludger für den Heimweg benötigt hatte. Er fand die Stelle beim Eichenwäldchen sofort wieder, obwohl es inzwischen stockfinster geworden war. Er benutzte die Äste und Zweige des Unterstandes, um sich ein Feuer anzuzünden, und als es hell brannte, bemerkte er, dass in der Zwischenzeit jemand hier gewesen sein musste.

Rainalds Leiche war fort.

Den Rest der Nacht verbrachte er damit, wie ein gefangenes Tier auf und ab zu laufen und auf das Tageslicht zu warten. Und als es endlich hell genug war, machte er sich daran, nach Alexandras Körper zu suchen.

Zunächst stellte er sich auf die Klippe und blickte von dort aus hinunter in den Fluss. An der Stelle, wo sie abgestürzt war, war das Erdreich aufgewühlt und tückisch, sodass Adam sich weit vorbeugen musste, um vernünftig sehen zu können. Jenseits der Klippe ging es mehr als zwanzig Schritte in die Tiefe und unten gurgelte und brauste das Wasser über scharfkantige Felsbrocken. Alexandras Leiche konnte er von hier oben nicht erkennen, also ging er zu seinem Pferd zurück, stieg in den Sattel und machte sich daran, einen Weg nach unten zu suchen.

Er verbrachte drei Viertel des Tages mit seiner Suche, balancierte über glitschige Felsen, um nachzusehen, ob die Leiche sich irgendwo dahinter verkeilt hatte, ritt mehr als doppelt so weit stromabwärts, als ihm plausibel erschien. Endlich sah er ein, dass in dem mit Hindernissen übersäten Flussbett Alexandra niemals so weit hätte abgetrieben werden können.

Heiße Wut übermannte ihn. Er riss sein Schwert aus der Scheide und mähte eine Reihe Buchenschösslinge um. Dann rammte er seinen Dolch bis an das Heft in einen Stamm. Das kühlte sein Gemüt so weit ab, dass er sich wieder in die Gewalt bekam. Er brauchte alle seine Kraft, um die Klinge wieder frei zu bekommen, und als er es endlich geschafft hatte, war die Wut kalter Berechnung gewichen.

Ludger wusste nicht, dass Alexandra davongekommen war, also war zumindest ein Teil seines Vorhabens erfolgreich gewesen: seine Rache an Ludger! Allerdings musste er sich eingestehen, dass er genauso wenig Erfolg bei seinem Auftrag als *silentiarius* gehabt hatte wie Thorvald. Alexandra war höchstwahrscheinlich noch am Leben, und damit war das Geheimnis noch immer in Gefahr.

Adam ließ sich an dem Baumstamm hinuntergleiten, bis er mit ausgestreckten Beinen dasaß. Der Dolch in seiner Hand fühlte sich warm an. Er drehte ihn ein paarmal hin und her und dachte darüber nach, was zu tun war.

Plötzlich hatte er einen Gedankenblitz. Was hatte die Nonne erzählt? Sophia war mit Alexandra gemeinsam aus dem Kloster geflohen!

Warum?

Er hatte die Antwort darauf, noch bevor er auf den Füßen stand.

Er steckte den Dolch ein und kehrte zu seinem Pferd zurück.

«Michael von Tours?» Der Mönch, den Adam vor der Kathedrale von Reims angehalten hatte, runzelte nachdenklich die Stirn.

«Er ist ein Gast von Gerbert, dem Domschulleiter», erklärte Adam.

«Ach so! Zuletzt habe ich ihn im Scriptorium gesehen. Wenn Ihr hier warten wollt, schaue ich gerne für Euch nach, ob er noch da ist.» Der Mönch verschwand hinter der imposanten Fassade des Gebäudes, und Adam blieb nichts anderes übrig, als sich in Geduld zu fassen. Es fiel ihm schwer, denn die Jagd, auf der er sich jetzt befand, hatte seinen gesamten Körper mit kribbelnder Erregung erfüllt. Seine Kopfhaut spannte, und in einem fort rannen ihm wohlige Schauer den Rücken hinunter.

Nachdem er begriffen hatte, dass Sophia das Geheimnis ebenfalls kennen musste, hatte er sich gezwungen, ruhig zu bleiben und nachzudenken. Wie immer, wenn er sich in der Anspannung einer Jagd befand, waren ihm die unterschiedlichsten Gedanken und Erinnerungen durch den Kopf geschossen. Er hatte seinem Pferd die Zügel schießen, hatte sich treiben lassen, und dann war ihm etwas eingefallen, das ihn auflachen ließ.

Ludger hatte einen Namen erwähnt.

Den Namen jenes Mannes, den Alexandra heimlich geliebt hatte.

Gerbert.

Adam dachte an sein erstes Zusammentreffen mit Michael von Tours zurück. Hatte Marinos ihm nicht ebenfalls einen Gerbert genannt, der noch dazu in Reims lebte, ganz in der Nähe des Klosters? Das konnte kein Zufall sein!

Ein Lächeln glitt über Adams Züge, als er an den vollen Namen des Mannes dachte, den Namen, den er in Merseburg zum ersten Mal gehört hatte.

Gerbert von Aurillac.

Der Mönch hatte Michael mitten aus dem Studium einer Bibelpassage geholt. Jetzt führte er ihn zu einem Mann auf dem

Domhof, der Michael vage bekannt vorkam. Der Unbekannte dankte dem Mönch mit einem freundlichen Nicken und wartete, bis er sich weit genug entfernt hatte, bevor er sich an Michael wandte.

«Erinnert Ihr Euch an mich?»

Michael runzelte die Stirn und legte den Kopf ein wenig zur Seite. Die Gestalt des Fremden kam ihm irgendwie vertraut vor.

«Ich war bei Marinos, als Ihr ihn in Merseburg besucht habt.»

Der Mann im hinteren Dunkel der Halle!, schoss es Michael durch den Kopf. Deshalb also hatte er ihn schon einmal gesehen, ohne sich an das Gesicht zu erinnern.

Vorsichtig nickte Michael. «Ich erinnere mich.»

«Mein Name ist Adam von Trier. Ich komme im Auftrag von Marinos.»

«Was will er von mir?»

«Er braucht Eure Hilfe in einer kleinen Angelegenheit. Wir sind auf der Suche nach einer Frau. Ihr Name ist Sophia, und sie kommt aus dem Kloster hier in der Nähe. Wir vermuten, dass sie bei Gerbert aufgetaucht sein könnte, und da dachten wir uns, dass Ihr in diesem Fall davon wissen müsstet.»

Michael legte den Kopf in den Nacken. Er tat, als müsse er sich besinnen, aber in Wirklichkeit überschlugen sich seine Gedanken. Was wollte Marinos von Sophia? Marinos war ein *silentiarius* und Adam wohl auch. Sicher hatte ihre Suche nach Sophia mit dem Geheimnis zu tun, das sie schützten. Als er spürte, dass sein Nachdenken allmählich zu lange dauerte, fasste Michael einen raschen Entschluss.

«Nein», sagte er mit Bestimmtheit. «Sie ist nicht bei Gerbert.» Er würde Sophia nicht an die *silentiarii* verraten.

Adam fixierte ihn. «Haltet die Augen offen. Und wenn sie hier auftaucht, schickt ein Schreiben an Marinos. Er hält sich nach wie vor bei Hofe auf.»

Michael leckte sich über die Lippen. «Ihr habt mir keinerlei Befehle zu erteilen, das müsste Euch eigentlich klar sein.»

Adam lächelte warm. «Ihr wisst, was es bedeutet, einen geleisteten Eid zu brechen, nicht wahr?»

Michael wich einen Schritt zurück. «Woher wisst Ihr …» Er biss sich auf die Lippe, aber es war zu spät.

«Marinos hatte Euch in dem Moment durchschaut, als Ihr seine Halle betratet. Er weiß, dass Ihr selbst den Eid auf die Reform geleistet habt. Und er verlangt von Euch den Gehorsam, den Ihr geschworen habt.»

Michael fuhr sich mit der Hand durch die Haare. Seine Finger zitterten jetzt. Er schaffte es nicht, aufzusehen und Adam in die Augen zu blicken. Eigentlich hätte er sich aufrichten müssen, dem Mann ins Gesicht sagen, dass er sich schon vor langer Zeit dazu entschlossen hatte, sein Seelenheil lieber wegen eines gebrochenen Eides zu riskieren als wegen eines begangenen Mordes.

Er konnte es nicht.

Er bekam keinen Ton heraus.

Adam gab ein dumpfes Geräusch von sich. «Ist sie nun hier oder nicht?», fragte er.

«Nein!» Michael glaubte ein Wimmern in seiner Stimme zu hören, und er hasste sich dafür.

«Gut. Denkt daran, falls Euch diese Sophia über den Weg läuft: Sie muss sterben! – Ach, und Michael: Das ist ein *Befehl*! Habe ich mich klar genug ausgedrückt?»

«N-natürlich.»

Adam wandte sich zum Gehen, schien es sich dann aber doch anders zu überlegen. Er wandte den Kopf und fasste Michael noch einmal ins Auge.

«Was mich interessieren würde», murmelte er. «Da Ihr auch ein so gelehrter Mann seid: Hat man Euch das Geheimnis verraten?»

Michael hob das Kinn, konnte Adams Blick jedoch nicht standhalten. «Nein.»

Adam schnalzte mit der Zunge. «Natürlich nicht. Sie erzählen nicht jedem Schwächling davon.»

10. Kapitel

Einige Tage nach dem Abend in der Küche wuchs Sophias Ungeduld ins Unermessliche. Sie war hier an das Haus gefesselt, ausgeliefert, und das war beinahe so schlimm wie ihre Sehnsucht nach Gero. Sie gab Judith zu verstehen, dass sie sich nicht gezwungen sah, sich an ihr Versprechen zu halten, wenn Gerbert ihr nicht bald eine Erklärung geben würde.

Gegen Mittag desselben Tages betrat Michael die Halle. Er fand Sophia in das Studium eines Textes von Augustinus vertieft. Gerbert hatte ihn ihm vor einigen Tagen für Sophia mitgegeben, in der Hoffnung, dass die Beschäftigung mit der lateinischen Schrift sie von ihrer Unrast ablenken würde.

«Na, raucht Euch noch nicht der Kopf?» Michael warf einen Blick auf das Manuskript. Sophia markierte mit dem Finger die Zeile, die sie gerade las, und sah auf. Sie erschrak, denn Michaels Gesicht sah grau und eingefallen aus. «Geht es Euch nicht gut?»

Michael winkte ab. «Es ist nichts.» Er deutete auf die Handschrift. «Habt Ihr verstanden, was er mit seiner Abhandlung über die Gegenwart meint?»

Sophia verzog das Gesicht. «Offen gestanden, nein.»

«Wollen wir Gerbert fragen gehen?»

Sophia starrte ihn an. «Ist Euch das ernst?»

Das Lächeln in Michaels Mundwinkeln erreichte seine Augen nicht. «Er hat mich gebeten, Euch ein wenig auszuführen. Wenn Ihr wollt, zeige ich Euch den Dom.»

Sophia sprang auf. «Ob ich will? Natürlich!»

Sophia wunderte sich ein wenig darüber, dass Michael sie bat, einen Umhang mit Kapuze anzuziehen, obwohl es draußen warm und sonnig war. Aber sie war so froh, endlich aus dem Haus zu dürfen, dass sie keine Fragen stellte, auch nicht, als er sie bat, die Kapuze tief ins Gesicht zu ziehen.

Sie gingen gemeinsam zum Dom, der sich auf einem großen Platz in der Mitte der Stadt befand. Viel war von ihm nicht zu sehen, denn ein schwindelerregend hohes Holzgerüst wand sich an seiner Fassade in die Höhe. Männer und kleine Jungen turnten darauf herum, als hätten sie nicht Dutzende von Fuß Leere unter sich. Lange, graue Stoffbahnen hingen an einigen Stellen von den obersten Holzstegen bis auf die Erde. Sophia hörte das rhythmische Geräusch von metallenen Meißeln auf Stein. Brocken polterten unter mächtigem Stauben zu Boden. Ab und zu beulte einer die Stoffbahnen aus, die zum Schutz der Menschen unten aufgehängt waren.

Zwei Mönche, gekleidet in schwarze Kutten, kamen unter dem Gerüst hervor. Sie duckten sich unter einem schrägen Balken hindurch und eilten an Sophia und Michael vorbei, sodass sie ein Stück von ihrer Unterhaltung aufschnappen konnten.

«… der Pater erwartet mich zur achtzehnten Stunde im Refektorium.»

«Ich bin ja gespannt, ob Ihr …»

Mehr konnte Sophia nicht verstehen, und noch bevor sie sich Gedanken über die seltsame Stundenbezeichnung machen konnte, deutete Michael auf das Kirchenportal. «Wollt Ihr ein Gebet sprechen?»

Sophia nickte. Sie hatte zwar jeden Morgen und Abend ihre Gebete gesprochen, seitdem sie in Gerberts Haus war, aber eine ordentliche Messe fehlte ihr, auch wenn sie im Kloster immer gedacht hatte, sie würde die eintönige Litanei niemals vermissen. Abgesehen davon sah Michael aus, als habe er selbst einige Gebete dringend nötig.

Als sie wieder ins Freie traten, fiel Sophias Blick auf ein zweistöckiges Gebäude, dessen mächtige Fassade gänzlich fensterlos war. Ein gepflasterter Weg führte an der Längsseite des Domes entlang darauf zu. Eine kleine Tür ganz links lag unscheinbar genau im Schatten der Kathedrale.

«Ist Gerbert dadrin?», fragte Sophia.

Michaels Blick wanderte an der Fassade nach oben. «Im Scriptorium? Gut möglich.»

«Ich möchte ihn besuchen.» Und ohne auf Michaels Protest zu achten, marschierte sie quer über den Rasen auf den Eingang des Scriptoriums zu.

Dessen Inneres umfing sie mit kühler, dunkler Stille, und es dauerte eine Weile, bis sich Sophias Augen nach der hellen Sommersonne an das Dämmerlicht gewöhnt hatten. Direkt vor ihr führte eine breite Steintreppe in ein oberes Stockwerk.

«Wenn er hier ist, dann oben.» Michael trat hinter Sophia. Sie setzte den einen Fuß auf die unterste Stufe und spürte, wie ihr Herz zu klopfen begann.

Das Scriptorium war überwältigend. Lange Säulenreihen bildeten ein Labyrinth von Gängen, in denen Dutzende von Stehpulten standen, zu dieser Stunde allesamt unbenutzt. Auf jedem der Pulte befanden sich ein Tintenfass, eine Hand voll frisch geschnittener Federn und eine weiße Kerze in einem metallenen Halter. Auf vielen lag darüber hinaus ein Buch oder eine Schriftrolle. Die Säulen wie der Fußboden waren aus Stein.

Mit wenigen beinahe lautlosen Schritten kam Gerbert aus den Schatten zwischen den Regalen.

Er warf einen finsteren Blick in Michaels Richtung, aber der zuckte die Achseln. «Sie war schneller hier drin, als ich eingreifen konnte.»

«Schon gut. Im Moment sind wir allein.»

Sophia hatte einen Blick in die Runde der Regale geworfen, wo sich zu dicken Folianten gebundene Bücher und Schriftrollen aller Arten stapelten.

«Ihr habt eine Arithmetik von Boethius, oder?», platzte Sophia heraus, bevor sie Gerbert auch nur begrüßt hatte.

Er nickte. «Woher wisst Ihr das?»

«Ich habe sie schon einmal in Händen gehalten.»

«Wie das?»

«Ein Reisender hat einmal im Kloster Rast gemacht, als ich ungefähr acht Jahre alt gewesen bin. Ich hatte gerade mit meinen Studien begonnen. Er sollte eine Abschrift nach Reims bringen. Ich versuchte ihn zu beschwatzen, sie mir zu zeigen, aber er weigerte sich. Alexandra versicherte ihm, dass der Empfänger nichts dagegen haben würde, wenn ich einen Blick hineinwerfe. Aber erst, als sie ihm versprach, eine Nachricht aufzusetzen, die erklären sollte, warum das Siegel erbrochen war, willigte er ein. – Der Empfänger dieses Buches wart Ihr, nicht?»

Gerbert lachte leise. «Stimmt. Jetzt erinnere ich mich. Ja, das war natürlich ich. Alexandra schrieb mir, dass Ihr ein kluges Kind seid.»

Sofort spürte Sophia wieder diesen Stich von Ärger. «Ich bin kein Kind mehr.»

«Natürlich nicht. Entschuldigt. Wie viel habt Ihr von der Arithmetik verstanden, als Ihr sie gelesen habt?»

«Nun, nicht besonders viel.» Sophia verspürte Scham, weil er sie so offensichtlich in die Schranken verwiesen hatte. Ohne dabei laut oder böse zu werden, hatte er sie wissen lassen, dass sie gegen ihn wirklich nur ein dummes Kind war. Seine Reaktion auf ihr Geständnis jedoch war völlig anders, als sie erwartet hatte.

«Kein Wunder. Ich habe Teile davon sehr klugen Männern erklären müssen.»

Sie überlegte kurz, ob sie ihm beichten sollte, dass sie damals noch gar kein Latein beherrscht hatte, doch dann entschied sie sich dagegen. Staunend erinnerte sie sich nun daran, dass sie sich ihm gegenüber noch vor wenigen Nächten unbehaglich gefühlt hatte. Jetzt aber war nichts mehr von dem Missmut zu erkennen, den er an den Tag gelegt hatte, als Alexandra ihn gezwungen hatte, sie aufzunehmen. Sophia betrachtete verstohlen Gerberts Gesicht. Wenn es nicht so unwahrscheinlich gewesen wäre, hätte sie glauben können, er freue sich sogar über ihr Hiersein.

«Möchtet Ihr Euch das Scriptorium ansehen? Die Mönche sind gerade bei der Messe. Wir haben also noch ein bisschen Zeit, um uns in Ruhe umzusehen.»

Er deutete auf die unzähligen Regale. Sophia folgte ihm mit zittrigen Knien, und erst, als sie die Hand auf das erste Schriftstück legte, fiel ihr auf, was Gerbert gesagt hatte. Warum nur, schoss es ihr durch den Kopf, hatte Alexandra ihm über sie geschrieben?

Er führte sie durch einen der Gänge eine Treppe hinauf in den hinteren Teil des Scriptoriums. Dort stand ein weiteres Pult, ein wenig größer als die anderen, und auf diesem Pult war ein Pergament aufgespannt, das erst zu einem Drittel beschrieben war.

«Meine Sonnenaufgangslisten», sagte Gerbert.

Sophia beugte sich darüber. Gerbert hatte die Spalten und Zeilen seiner Tabelle sorgfältig aufgereiht und ausgefüllt. Die Linien hatte er mit einem dünnen Kohlestift gezogen, sodass sie kaum zu erkennen waren, und die Tinte, die er benutzte, war kräftig und dunkel angemischt.

Sophia streckte den rechten Zeigefinger aus, berührte das Pergament jedoch nicht. Der Eintrag in der ersten Zeile beinhaltete ein Datum, bestehend aus Tageszahl und Monat in lateinischen Buchstaben und mit lateinischer Bezeichnung, daneben die bäurische Monatsbezeichnung sowie eine weitere Zahl, deren Bedeutung Sophia nicht sofort verstand.

«Einundzwanzigster März – Lenzinmanoth», las sie leise. «Beginn 3. Viertel, siebte – Was bedeutet das?»

Gerbert trat neben sie, sodass er ebenfalls einen Blick auf das Pergament werfen konnte. «Am 21. März geht die Sonne genau zu Beginn des dritten Viertels der siebten Stunde auf.»

«Die siebte Stunde.» Sophia hob den Kopf und starrte nachdenklich an eine Wand. «Vorhin habe ich zufällig gehört, wie sich zwei Mönche unterhielten. Sie sprachen von der achtzehnten Stunde. Ich dachte immer, es gäbe nur zwölf Tag- und zwölf Nachtstunden.»

Gerbert schob die Zunge zwischen Zähne und Oberlippe. Er schien nachzudenken, doch schließlich meinte er: «Lasst mich Euch erst etwas zeigen, bevor ich Euch das erkläre.» Er deutete mit ausgestrecktem Arm auf die Treppe, über die sie eben gekommen waren, und führte sie wieder hinunter. Sophia blickte sich rasch um, aber Michael folgte ihnen nicht. Er stand ein wenig verloren zwischen den Regalen, fast wie erstarrt.

Unten gingen sie nicht auf den Domhof hinaus, sondern durch eine Tür, die sie ins Innere des Doms, in einen Gang hinter dem Hochaltar führte. Gerbert hielt den Finger an die Lippen, um ihr zu bedeuten, leise zu sein. Sie hörte das leise Murmeln der Gebete der Mönche und bemühte sich, so lautlos wie möglich aufzutreten. Auf der anderen Seite der Kirche erreichten sie durch eine weitere Tür den Kreuzgang. Sie schritten eine seiner Seiten entlang und kamen dann zu einer dritten Tür, die einen erstaunlich niedrigen und schmucklosen Eindruck machte. Gerbert öffnete sie und trat ein. Der Raum dahinter war menschenleer und enthielt außer einem einfachen Lager und einem ungewöhnlich aussehenden Gefäß nichts.

«Das hier», Gerbert wies auf das Gefäß, «ist unsere *clepsydra*.»

«Eine Wasseruhr?»

Gerbert beugte sich ein wenig vor und warf einen kurzen Blick in das Gefäß. Er nickte zufrieden. «Der Erzbischof hat sie eingeführt, weil es zu kompliziert wurde, die Stunden nach dem Stand der Sonne zu berechnen.» Er erzählte ihr von der benediktinischen Regel, die der Erzbischof dem Domkapitel gegeben hatte, und dass die unterschiedlich langen Tages- und Nachtstunden deswegen nun zum Problem geworden waren. «Die *clepsydra* teilt den Tag in vierundzwanzig Stunden ein, die alle genau gleich lang sind. Seht her. Nach dieser Rechnung haben wir jetzt», er wies auf einen der im Inneren des Gefäßes angebrachten Ringe, über dem der Wasserspiegel gerade eben noch stand, «die dreizehnte Stunde.»

Sophia nickte. Das hatte sie verstanden, und nun begriff sie auch die Stundenangabe in Gerberts Tabelle. «Wenn der Beginn der ersten Stunde nicht mehr mit dem Sonnenaufgang gemessen wird», dachte sie laut nach, «dann ändert sich die Zeit des Hellwerdens von Tag zu Tag, nicht?»

«Das stimmt.»

«Aber wozu braucht Ihr dann diese Tabelle? Ihr habt doch diese Wasseruhr, die Euch die Zeit anzeigt.»

Gerbert tippte mit dem Finger auf die Wasseroberfläche und beobachtete, wie perfekte Kreise von innen nach außen liefen. «Die Uhr ist aber nicht verlässlich. Manchmal friert sie ein, und das Wasser läuft dann nicht mehr.»

Sophia ging in die Hocke und besah sich das metallene Gefäß von unten. Es stand auf einem dreibeinigen Gestell, und genau in der Mitte, wo der Boden seine tiefste Stelle hatte, befand sich ein kleines Loch, durch das Wasser in die darunter stehende Schale rann. Der Strahl war fein und das Plätschern des Wassers kaum zu hören. «Wieso friert sie ein?», fragte sie. «Sie steht doch hier drinnen.»

«Zuerst stand sie im Kreuzgang, damit jeder, der vorbeikam, die Möglichkeit hatte, die Stunde abzulesen. Als sie zum ersten Mal komplett eingefroren ist, hat der Erzbischof dann diese Wachstube einrichten lassen. Leider kann es auch hier drinnen so kalt werden, dass das Wasser nicht mehr läuft.»

Sophia richtete sich wieder auf. Sie sah Gerbert ungläubig an. «So kalt, dass das Wasser komplett gefriert?» Im Kloster hatte ihr Waschwasser morgens manchmal eine Haut aus Eis gehabt, aber nie war es so kalt geworden, dass es zu einem massiven Block gefroren war.

Gerbert lächelte fein. «Nein. Es reicht aus, wenn das kleine Loch unten zufriert. Das Gefäß besteht aus Metall, wie Ihr seht, und das Loch ist so fein, dass es schon bei geringer Kälte zugeht.»

Sophia kaute auf ihrer Unterlippe herum und dachte nach. «Dann schreibt Ihr die Tabelle, damit die Uhr nachgestellt werden kann, wenn sie einmal eingefroren ist?»

Gerberts Lächeln wurde breiter. «Genau. Es ist immer ein Mönch dazu eingeteilt, die *clepsydra* zu hüten, aber wenn sie doch einmal falsch geht, kann er sie mit Hilfe meiner Tabelle nachstellen. Er muss nur bis Sonnenaufgang warten. Oder bis Sonnenuntergang, sobald ich Zeit gefunden habe, auch dafür eine Tabelle zu erstellen.»

In Sophias Kopf arbeitete es. «Mit Eurer Methode werden die Mönche immer mindestens eine ihrer Messen verpassen.»

«Bitte?» Erstaunt hob Gerbert eine Augenbraue.

«Na ja, wenn die Uhr zwischen Mitternacht und der Laudes einfriert, kann man die Zeit für die Laudes nicht messen. Wenn sie zwischen Sonnenaufgang und der Terz einfriert, die Terz nicht.»

«Und wenn sie zwischen Sonnenuntergang und Komplet einfriert, die Komplet nicht.»

Sophia nickte.

Jetzt lachte Gerbert. «Das ist wahr. Man müsste die Zeit dann schätzen, ebenso wie die Sext, nicht wahr?»

«Die Sext nicht.»

«So?»

«Die Sext ist genau mittags. Und nach allem, was Ihr mir erklärt habt, sind Mitternacht und Mittag die beiden festen Punkte auf der Zeitachse.»

Eine Weile sagte Gerbert gar nichts, sondern musterte Sophia nur eindringlich. «Welche Studien habt Ihr bisher betrieben?»

Sophia rümpfte irritiert die Nase. «Hauptsächlich Grammatik, warum?»

«Weil Ihr natürlich Recht habt. Faszinierend.»

«Und was unternehmt Ihr gegen das Problem?» Sophia spürte, wie sich in ihr ein Gefühl der Zufriedenheit breit machte. Sie hatte ihn beeindruckt.

«Nichts.»

«Nichts?»

«Ich kann nichts dagegen tun. Die Tabelle hat den Zweck, dass die Mönche die Uhr selbst nachstellen können. Wenn sie in einem der von Euch so scharfsinnig erkannten Zeiträume einfriert, müssen sie mich um Hilfe bitten.»

«Damit Ihr mit Hilfe Eures Astrolabiums die genaue Zeit bestimmt. Könnte man nicht die *horologici* darin unterrichten, selbst mit dem Astrolabium umzugehen?»

«Aus zweierlei Gründen nicht. Erstens wären sie dann wieder vom Wetter abhängig. Wenn es regnet, nützt das Astrolabium gar nichts. Die Wasseruhr dagegen ist unabhängig von Sonne oder Regen. Und zweitens …» Er brach ab.

«Zweitens?»

«Zweitens habe ich nicht vor, diese kleine Kostbarkeit aus den Händen zu geben.» Er klopfte gegen den Beutel an seinem Gürtel.

Sophia lachte auf. Das konnte sie gut verstehen. «Was

habt Ihr neulich damit gemeint, als Ihr zu Michael sagtet, vielleicht findet er seine *clepsydra* zum Jahrezählen oben im Himmel?»

«Das hat ihn mächtig beunruhigt!» Gerbert grinste. «Stellt Euch vor, es gäbe eine Möglichkeit, am Himmel abzulesen, wie lange die Schöpfung her ist. Das würde doch die gesamte Arbeit, die Michael und alle anderen sich mit dieser Kalenderreform gemacht haben, zunichte machen.»

«Glaubt Ihr denn, dass es sie gibt, die Himmels*clepsydra*?»

«Ich glaube nicht. Aber Michael ist trotzdem beunruhigt.»

«Werdet Ihr ihm helfen?»

«Das habe ich schon, indem ich meinen Kontakt zu dem Mauren wieder aufgenommen habe. Und nicht zuletzt, indem ich ihn bei mir wohnen lasse.»

«Warum tut Ihr das?»

«Nun, es reizt mich, Teil eines solch gigantischen Vorhabens zu sein. Abgesehen davon reizt mich natürlich auch die Herausforderung als Gelehrter.»

«Findet Ihr nicht, dass es unrecht ist?»

«Weil es sich um eine Fälschung handelt?»

«Ja.»

«Nein. Konstantin denkt, dass er damit Gottes Willen erfüllt, und das ist doch eine schöne Sichtweise, nicht?»

«Ihr habt Euch mit Michael schon viel darüber unterhalten.»

Jetzt lachte Gerbert. «Ja. Er hat mich fast überzeugt. Interessiert Ihr Euch denn auch dafür?»

«Ich habe keinerlei astronomische Kenntnisse. Ich könnte Eure Fragen gar nicht verstehen.»

«Nun ja. Isidor von Sevilla kennt Ihr immerhin.»

«Ich habe nur ein paar Zeilen gelesen.»

«Wenn Ihr wollt, können wir das ändern.»

Sophias Herzschlag beschleunigte sich. «Ist das Euer Ernst?»

«Natürlich. Es gibt eine ganze Menge Dinge, bei denen Ihr mir helfen könnt, sobald Ihr mehr wisst. Ich besitze zum Beispiel eine arabische Handschrift. Allerdings fürchte ich, wir werden beide darüber wegsterben, bevor wir in der Lage sind, die zu verstehen.» Gerbert lächelte, und Sophia fühlte, wie ein Glücksgefühl sie durchrann und bis in die Haarspitzen zu strömen schien.

Michael stand zwischen den Regalen des Scriptoriums und hielt ein Buch in den Händen, ohne zu lesen. Die Zeilen verschwammen vor seinen Augen zu konturlosen schwarzen Balken, und wenn er mit Mühe einen einzelnen Satz entziffert hatte, blieb ihm der Sinn völlig unverständlich.

Er hörte zu, wie sich Gerbert und Sophia miteinander unterhielten und dann den Saal verließen. Kurz wanderten seine Gedanken zu dem Abend zurück, den er gemeinsam mit den beiden in Gerberts Küche verbracht hatte, und die Erinnerung an die wohlige Wärme, die diese Stunden ihm beschert hatten, war beinahe schmerzhaft.

Endlich gab er sich einen Ruck. Er schloss das Buch, stellte es an seinen Platz zurück und betrat einen der anderen Gänge. Hier lagerten die theologischen Schriften, Augustinus, Hieronymus, verschiedene Bibeln, von denen er jetzt eine in die Hand nahm.

Es war ein mächtiges Werk, eingebunden in zwei dicke Holzdeckel, die nur mit ein paar geschnitzten Schnörkeln verziert waren. Michael wuchtete es auf eines der Stehpulte und begann darin zu blättern. Die Seiten waren eng beschrieben und so voll, dass kaum ein Rand blieb. Das machte das Lesen anstrengend und ermüdend, dennoch zwang er sich, nicht aufzugeben. Mit beiden Händen krallte er sich am Rand des Stehpultes fest.

«Herr? Ist Euch nicht gut?» Ein Novize des Domklosters stand auf einmal neben ihm. Obwohl die Schritte seiner Sohlen auf dem steinernen Fußboden hätten widerhallen müssen, hatte Michael ihn nicht kommen hören.

Er rieb sich über Augen und Stirn. «Doch, doch. Es ist alles in Ordnung.»

Der Novize war ein junger Mann, der Michael trotz seines jugendlichen Alters um mehr als einen Kopf überragte. «Wenn Ihr wünscht, kann ich den Novizenmeister holen. Ich bin sicher, er kann Euch dabei helfen, die Schriften zu interpretieren. Und falls Ihr Absolution benötigt: Er hat die Weihen erhalten ...»

Michael brachte den jungen Mann mit einer harschen Handbewegung zum Verstummen. «Ich danke Euch, aber es ist nicht nötig, dass Ihr den Novizenmeister bei seiner Arbeit unterbrecht.» Er war selbst ausreichend bewandert in den Lehren von Moral und Theologie, um zu wissen, dass der Eid, den er auf die Reform geleistet hatte, in Gottes Augen nichtig war. Die *silentiarii* konnten ihn nicht zwingen, ihren Befehlen Folge zu leisten und einen Mord zu begehen. Nicht, indem sie ihm mit der ewigen Verdammnis wegen eines gebrochenen Eides drohten.

Der Novize machte einen zweiten Anlauf. «Ich bin sicher, er ...»

«Vielen Dank. Aber es ist alles in Ordnung, glaubt mir.»

Mit einem skeptischen Blick deutete der Novize eine Verbeugung an. «Wie Ihr meint.» Dann zog er sich zurück.

Michael blieb noch eine Weile am Pult stehen und ließ seinen rasenden Gedanken freien Lauf. Sie konnten ihm nicht mit der ewigen Verdammnis drohen. Er hatte den Eid geleistet, ohne zu wissen, dass er töten musste, um ihn zu halten. Also war der Eid nichtig.

Aber sie konnten ihn dennoch zwingen zu tun, was sie von ihm verlangten. Indem sie drohten, *ihn* zu töten.

Es fiel Michael unendlich schwer, es sich einzugestehen, aber er war ein Feigling.

Seit Adam unvermittelt vor ihm gestanden hatte, sah er überall finstere Schatten, die ihn belauerten und nur darauf zu warten schienen, dass er den *silentiarii* endlich offen zuwiderhandelte. Es hatte keinen Zweck, sich einzureden, Adam habe die Stadt wahrscheinlich schon lange wieder verlassen. Michael sah ihn in jedem Mann, der ihm unverhofft über den Weg lief, in jeder Bewegung am Rande seines Gesichtsfeldes.

Seit Adam in Reims gewesen war, fand Michael keine Ruhe mehr, und er ahnte, dass das so bleiben würde, bis er tat, was die *silentiarii* von ihm verlangten.

Er stöhnte unterdrückt auf. Die Finger seiner linken Hand, die er noch immer um das Schreibpult gekrallt hatte, knackten.

Die Vorstellung, Sophia töten zu müssen, ließ ihn tief in seinem Innersten erzittern.

Er schlug die Bibel zu, ließ sie jedoch auf dem Pult liegen. Mit schnellen Schritten entfernte er sich aus dem Scriptorium, eilte ziellos quer über den Domhof und blieb auf einmal wie angewurzelt stehen. Einige Bauarbeiter warfen ihm fragende Blicke zu, doch er ignorierte sie.

Die Tür zum Scriptorium hatte sich geöffnet, und Gerbert und Sophia waren herausgetreten. Sophia hatte erneut ihre Kapuze bis weit über die Augen gezogen. Sie bemerkte Michael sofort und schien sich zu freuen, ihn zu sehen, denn sie lächelte ihn strahlend an.

«Ah, Michael!» Auch über Gerberts Gesicht glitt ein Leuchten. «Gut, dass wir Euch noch antreffen. Wäret Ihr wohl so freundlich, Sophia mit nach Hause zu nehmen, damit ihr nichts geschieht?»

Michael richtete seinen Blick Hilfe suchend gen Himmel. «Natürlich. Gerne.»

Er wartete, bis Sophia sich von Gerbert verabschiedet hatte, dann geleitete er sie in die Gasse, die sie in Richtung St. Rémi und zu Gerberts Haus bringen sollte.

Als sie an einen Durchlass kamen, der so eng war, dass er Sophia vorgehen lassen musste, zügelte Michael seine Skrupel. Er griff zum Dolch.

Hinter Sophias Rücken lockerte er ihn in seiner Scheide.

11. Kapitel

Der Tag nach Adams Abreise war für Gero erfüllt von Sorge und Trauer. Er sorgte sich um seinen Vater, dessen merkwürdiges Benehmen über Nacht nicht besser geworden war. Noch immer wirkte Ludger wie betäubt, dumpf und beinahe blödsinnig. Geros Trauer um Sophia jedoch spann sich um alle anderen Empfindungen wie ein schwarzer, unzerreißbarer Faden, der ihn immer fester einschnürte. Jede Bewegung war mühsam und schmerzhaft. Er ertappte sich dabei, dass er mitten im Satz innehielt, weil er glaubte, ihre Stimme gehört zu haben, und stets dauerte es einige quälende Augenblicke, bis er begriff, dass er einer Täuschung aufgesessen war. Er würde nie wieder ihr helles, immer ein wenig spöttisches Lachen zu hören bekommen.

Gero versuchte sich von diesen Gedanken abzulenken, indem er sich in die Arbeit an der Palisade stürzte, aber es half nicht viel. Es führte allerdings dazu, dass er seinen Vater den Vormittag über nur von ferne zu sehen bekam.

Gegen Mittag, als die Frauen zum Essen riefen, konnte er Ludger nicht mehr ausweichen. Er betrat die Halle, in der Brot und Fleisch in großen hölzernen Schüsseln auf einer Tafel an der Wand aufgetischt waren. Die Männer saßen mit ihren Tellern auf einer der herumstehenden Bänke oder einfach in dem auf den Boden gestreuten Stroh. Scherze und derbe Sprüche flogen hin und her, besonders, wenn eine der Frauen aus der Küche kam, um eine leere Schüssel mitzunehmen oder die Bierkrüge neu zu füllen.

Als Gero die Halle betrat, achtete niemand auf ihn. Wie selbstverständlich schwatzten und lachten die Männer weiter. Doch in dem Moment, als Ludger hereinkam, wurde es plötzlich totenstill.

Gero hatte sich auf ein Bankende gesetzt, hielt den Teller auf den Knien und einen Becher mit Bier zwischen den Füßen fest. Als ihm die Stille bewusst wurde, sah er auf.

Ludger wurde von einer der Frauen geführt, und für einen Augenblick glaubte Gero, sein Vater müsse plötzlich erblindet sein. Derartig schwerfällig und willenlos folgte er der Frau, dass Gero zutiefst erschrak.

«Was hat er bloß?», raunte ihm einer der Männer zu. «Er sieht aus, als sei er über Nacht blöde geworden.»

Gero biss die Zähne zusammen. Das Fleisch, das er noch im Mund hatte, schmeckte mit einem Mal wie Stroh, und er musste sich zwingen, es hinunterzuwürgen. Er sah zu, wie die Frau Ludger zu einem Stuhl führte, wie sie ihn darauf niederdrückte, ihm dann einen Teller in die Hand gab und Fleisch darauf legte. Als er nicht reagierte, warf sie Gero einen fragenden Blick zu, und bevor er etwas sagen konnte, machte sie sich daran, Ludger zu füttern.

Bei diesem Anblick fasste Gero sich ein Herz. Er stellte seinen Teller neben dem Bier auf dem Fußboden ab, stand auf und ging zu seinem Vater hinüber. Die Frau sah auf, und als er ihr zunickte, gab sie ihm den Teller und entfernte sich. Gero nahm ihren Platz ein und sah seinem Vater prüfend ins Gesicht.

«Was ist in den zwei Tagen passiert, Vater?», fragte er.

Ludger blinzelte. «Sie ist tot, Gero! Tot!»

Das Wort allein schnürte Geros Brust noch enger ein. «Alexandra? Sprichst du von Alexandra?»

«Alexandra.» Ludger wiederholte den Namen ein paarmal, wobei seine Stimme immer leiser und leiser wurde. Gero zuckte zusammen, als er sich plötzlich aufrichtete und schrie:

«Wir sind alle erbärmliche Sünder!» Ludger riss seine Arme hoch, so wild, dass er Gero den Teller aus der Hand schlug. Mit einem Scheppern fiel das Geschirr auf den Fußboden, rollte ein Stück weiter und verteilte Fleisch und Soße über die Dielen.

Einer der Männer half Gero beklommen, es aufzusammeln.

Gero starrte auf die Lache aus dicklicher, brauner Flüssigkeit zu seinen Füßen. Auf einmal erinnerte sie ihn an Blut. Er schüttelte sich.

«Wo ist dieser Adam hin?», fragte einer der Männer. «Er müsste doch wissen, was passiert ist.»

Als Ludger Adams Namen hörte, sprang er auf die Füße. «Teufel!», zischte er, und seine Stimme klang nicht ein bisschen menschlich dabei.

Gero sah zu ihm auf. «Adam?»

«Teufel!» Ludger ballte die Hände zu Fäusten. Dann knickten seine Knie weg und er fiel rücklings auf den Stuhl zurück.

Gero erhob sich und wischte sich die Hände an der Hose ab. «Hoffen wir, dass Adam bald wieder hier ist», knurrte er.

Am nächsten Abend versank eine flammend rote Sonne über dem Fôret de la Montagne und tauchte Hof und Herrenhaus in düsteres Licht. Alles deutete auf schlechtes Wetter. Gero stand auf dem Wall und spähte über die neue Palisade. Vor ihm graste eine kleine Schafherde auf den flach auslaufenden Hängen, und ihr gelegentliches Blöken hallte in der abendlichen Stille wider.

Gero beschattete die Augen zum Schutz gegen die schräg einfallenden Sonnenstrahlen, doch dann wurde ihm klar, dass er so aussehen musste, als wartete er auf jemanden. Rasch ließ er die Hand sinken. Auf keinen Fall wollte er den Menschen auf dem Hof Anlass zu der Vermutung geben, der Tod der

Frauen habe auch ihn in einen Träumer verwandelt. Sophia. Wie sie ihm fehlte.

Er strich sich die Haare aus dem Gesicht und zwang seine Gedanken lieber in eine andere Richtung. Warum nannte Ludger Adam nun einen Teufel? Abgesehen von seinem eigenen Misstrauen, das er Adam vom ersten Augenblick an entgegengebracht hatte: Gero konnte in Adams Verhalten keinen Fehler erkennen. Im Gegenteil, hatte er nicht bei der Suche geholfen, war er nicht höflich gewesen und zuvorkommend? Zu glatt beinahe.

Gero schlenderte zur Rückseite des Anwesens, zu dem Steilhang, der über der Aisne aufragte. Der Weg von Châlons nach Reims lief dort unten am Ufer entlang. Eine Abzweigung überquerte den kleinen Fluss an einer Furt und führte dann in einem weiten Bogen um den Wald herum durch das Dorf auf das Anwesen zu. Von hier aus hatte Gero einen besseren Blick in die Ferne, und so bemerkte er als Erster die Gruppe von Reitern, die sich aus Richtung Châlons näherte. Gero kniff die Augen zusammen.

Es waren Fremde.

Er folgte dem Trupp mit den Augen auf ihrem Weg am Ufer der Aisne entlang. Sie waren zu viert und trotz der sommerlichen Wärme, die erst jetzt langsam einer angenehmen Kühle wich, eingehüllt in schwere, als Rechteck geschnittene Wollmäntel und wollene Röcke, die ihnen bis auf die Mitte der Oberschenkel reichten. Unter den Mänteln erkannte Gero lederne Harnische, und die Waffen, Schwerter und sächsischen Äxte, die an den breiten Gürteln hingen, reflektierten das Licht der sinkenden Sonne. Die Pferde sahen staubig aus, aber Geros geschulte Augen erkannten, dass es wertvolle Tiere waren. Ihr Schnauben hallte über den Fluss bis zu ihm hinauf.

Gero sah zu, wie die Reiter den Weg verließen, um die Furt zu durchqueren. Damit stand fest, dass sie auf dem Weg zu ihrem Hof waren. Gero wartete, bis die Männer im Schatten des Waldes verschwanden. Eine gute halbe Stunde würde vergehen, bis sie in den Hof einritten.

Er machte sich auf den Weg, um sie zu begrüßen.

Als sie schließlich hereinritten, einer von ihnen, offenbar der Herr, ein wenig vor den drei anderen, stand Gero vor dem Herrenhaus und sah ihnen entgegen.

Er wusste, dass er keine Möglichkeit hatte, den Männern Essen und ein Lager für die Nacht zu verweigern, auch wenn er aus Rücksicht auf seinen Vater lieber keine Gäste gehabt hätte. Das Gesetz verlangte von ihm, jeden Durchreisenden aufzunehmen und nach Kräften zu bewirten.

Der Anführer der Fremden stieg aus dem Sattel. Einer seiner Männer tat es ihm gleich und nahm ihm die Zügel ab.

«Ich hatte einen etwas älteren Hausherrn erwartet», sagte der Fremde. Sein Gesichtsausdruck war offen und herzlich. Aus der Nähe erkannte Gero, dass die Tunika des Mannes staubig und zerschlissen, die bestickten Borten ausgefranst waren. Seine Haare sahen aus, als habe er sie länger nicht mehr geschnitten. Um seinen Hals hing an einer Lederkordel ein goldenes Kreuz.

«Der Herr dieses Hofes ist mein Vater», entgegnete Gero. «Ludger von Verla. Doch er ist gerade nicht abkömmlich, und so müsst Ihr mit mir vorlieb nehmen.»

Der Fremde deutete eine leichte Verbeugung an. «Es ist mir eine Ehre. Mein Name ist Philipp von Baudur. Meine Burg liegt einige Tagesreisen weiter im Norden. Meine Männer und ich sind auf dem Heimweg von einer Pilgerreise, und wir bitten Euch um Quartier für eine Nacht.»

«Ihr seid uns willkommen.» Auch Gero verbeugte sich nun, ein wenig tiefer als der fremde Reiter, und deutete mit dem ausgestreckten Arm auf den Eingang zur Halle. «Ich werde die Frauen anweisen, das Abendmahl etwas früher als sonst zuzubereiten. Ihr seid sicherlich hungrig?»

Philipp antwortete nicht, aber einer seiner Männer nickte so eifrig, dass es keiner Antwort bedurfte.

«Eure Männer können die Pferde zu unseren in den Stall bringen. Meine Leute werden ihnen zeigen, wo sie Futter finden können.»

Hermann brachte die drei Begleiter Philipps und ihre vier Pferde zu den Ställen.

Gero führte den Pilger in die Halle des Haupthauses, und sie setzten sich.

«Ihr sagtet, der Hof gehöre Eurem Vater», meinte Philipp. «Ist er auf Reisen?»

Eine der Frauen kam herein und stellte dem Gast einen verzierten Becher hin. Sie goss ihn voll und ließ den Krug dann auf der Tischplatte stehen. Gero war froh über die Unterbrechung, denn sie gab ihm Gelegenheit, sich eine Antwort zu überlegen.

«Er ist krank. Aber lasst uns von angenehmeren Dingen sprechen. Ihr habt eine fromme Reise hinter Euch.»

Philipp trank den Becher in tiefen Zügen zur Hälfte leer, bevor er sich besann und ihn absetzte. Er seufzte so tief auf, als habe er seit Tagen nichts mehr zu trinken bekommen. «Das tut gut! Ja. Wir waren in Rom.»

«Rom?» Gero griff nach seinem eigenen Becher, der noch vom Mittagsmahl auf dem Tisch stand, und goss sich ein wenig Wein ein.

Philipp grinste schräg. «Eine Wallfahrt als Buße für, sagen wir, eine Sünde, die ich lieber nicht begangen hätte.»

Gero hatte das Gefühl, dass der Mann gerne darüber reden wollte, und nur aus diesem Grund setzte er nach: «Eine Sünde?»

Philipp trank den Rest seines Weines aus und schob Gero den Becher hin. Er wartete, bis er wieder gefüllt war, dann nahm er noch einen tiefen Zug, bevor er begann: «Könnt Ihr Euch noch an die Versammlung von Magdeburg erinnern, vor ein paar Jahren? Wahrscheinlich nicht, Ihr seid zu jung dafür.»

Flüchtig überlegte Gero, was er zu der Zeit wohl getan hatte – wahrscheinlich hatte er mit Sophia seine ersten Lateinstunden durchlitten. Unwillkürlich ballte sich seine Hand zur Faust, aber er wehrte sich dagegen, dass der Schmerz dauernd seinen Blick trübte.

«Heinrich von Bayern hatte die Angehörigen des sächsischen Hochadels in Magdeburg zusammengerufen und Anspruch auf die Königskrone erhoben.»

«Ihr sprecht von dem Thronstreit, nicht wahr?»

«Ja, als Kaiser Otto damals kurz vor Weihnachten starb, hinterließ er nur einen einzigen Sohn, den kleinen Otto. Der war gerade vier Jahre alt. Heinrich war sein nächster lebender männlicher Verwandter, und von Rechts wegen hätte ihm die Vormundschaft über den jungen König zugestanden.» Philipp grinste erneut. «Er war ein ehrgeiziger Mann.»

«Er wollte die Situation natürlich für sich nutzen.»

«Natürlich. Man hat ihm einen interessanten Beinamen gegeben: der Zänker.»

«Und Ihr wart ebenfalls in Magdeburg?»

«Ja. Ihr könnt mir glauben, zunächst war das gar keine große Sache. Heinrich forderte die Königswürde, und die Adligen waren auch nicht abgeneigt, sie ihm zu geben. Aber dann kam jemand auf die kluge Idee nachzufragen, wie es denn mit der Thronfolge aussähe, wenn wir Heinrich zum König machten. Ihr müsst wissen, Heinrich hatte einen Sohn, den jungen Heinrich, der sieben Jahre älter war als der junge Otto. Es bestand Grund zu der Annahme, dass der junge Heinrich Otto vom Thron verdrängen würde, und so entschieden wir, dass wir Heinrich, den Vater meine ich, nur zum König machen würden, wenn Otto damit einverstanden wäre. Ihr könnt Euch nicht vorstellen, was danach geschah.»

Das fiel Gero jedoch nicht schwer. «Heinrich war darüber nicht glücklich.»

Philipp nickte. «Stimmt genau. Ihr habt einen klugen Kopf.» Er unterbrach sich, offenbar hatte er bemerkt, dass seine Worte herablassend gewesen waren. Er lächelte entschuldigend und fuhr fort: «Heinrich war aufs äußerste entrüstet über diese Entscheidung, und damit war für uns natürlich klar, dass er gar nicht daran dachte, nur Ottos Mitkönig zu werden. Er wollte die Krone für sich allein. Es gab einen fürchterlichen Tumult.» Mit einem Seufzen verstummte Philipp.

Gero wusste nicht so recht, wie das alles auf die erwähnte Sünde hinauslaufen sollte, aber er wollte das Gespräch auch nicht darauf bringen. Also schwieg er einfach.

«Es kam zu Handgreiflichkeiten, und dabei, nun, habe ich wohl die Beherrschung verloren. Kurz und gut: Ich zog meinen Dolch und habe im Zorn einen edlen Mann erstochen.»

Gero drehte seinen Becher in den Händen. «Und Ihr seid nicht sofort festgesetzt worden?»

«Ich hatte einige Zeugen, die aussagten, ich sei angegriffen worden und hätte mich nur verteidigt. Gute, hoch gestellte Zeugen! – Jedenfalls kam ich mit heiler Haut davon. Aber der Priester, der mir die Beichte abnahm, gab mir als Buße den Auftrag, nach Rom zu pilgern und vor den Reliquien des Kreuzes zu beten.»

«Und das habt Ihr getan.»

«Ja, ich habe es getan. Ich muss gestehen, die Reise hat ein wenig länger gedauert, als geplant war, aber hier bin ich wieder.»

Ein wenig länger ist gut, dachte Gero. Gero wusste, dass niemals im Voraus zu sagen war, wie lange eine Pilgerfahrt dauern würde. Aber seit dem Thronstreit waren etliche Jahre vergangen.

Die Frauen trugen das Essen auf, und gerade rechtzeitig

kamen auch Philipps drei Begleiter herein. Gero bot jedem einen Sitzplatz an, dann sprach er das Tischgebet.

Eine Weile unterhielten sie sich über politische Dinge. Gero erfuhr, dass nach dem Tod von Kaiserin Theophanu deren Schwiegermutter Adelheid an die Seite des jungen Königs Otto zurückgekehrt war und ihm dabei half, die Regierungsgeschäfte zu leiten. Philipp berichtete, dass Heinrich, der Zänker, sich fast ein Jahrzehnt nach seinem Angriff auf Otto und seine Familie plötzlich gewandelt zu haben schien.

«Er erweist sich als streitbarer Hüter der Grenzen an der Donau», berichtete Philipp. «Er hat sich einem ungarischen Heer entgegengeworfen, das in die Ostmark eingedrungen ist, und dabei hat er dem Reichsgebiet einen Landstrich hinzugewonnen, der wertvoller nicht sein ...» Er unterbrach sich, als draußen vor der Halle das Gepolter von schweren Stiefeln laut wurde.

Gero stellte seinen Weinbecher ab und erhob sich genau in dem Moment, als Ludger in die Halle stolperte. Er blieb mitten in dem großen Raum stehen und ließ seinen Blick über die versammelten Männer schweifen. Gero ging ihm entgegen.

«Vater, das sind unsere Gäste Philipp von Baudur und seine Männer. Sie sind auf der Heimreise von einer Pilgerfahrt nach Rom und haben um ein Nachtlager gebeten. Ich habe es ihnen gewährt.» Gero forschte im Gesicht seines Vaters nach einer Reaktion, aber er fand keine. Ludgers Miene wirkte entrückt, wie blöde, doch immerhin nickte er. Er ging um Gero herum und ließ sich auf seinen Platz am Kopfende der Tafel fallen.

Gero setzte sich ebenfalls wieder. Er beugte sich zu Philipp hinüber. «Ihr müsst verzeihen. Ich sagte ja bereits, er ist krank.»

Philipp nickte, doch Gero konnte ihm ansehen, dass er Ludgers Nichtbeachtung als Beleidigung empfand.

«Vater, Philipp ist in Rom gewesen und hat vor den Reliquien des heiligen Kreuzes gebetet.» Gero vermied es, Ludger direkt anzusehen. Halb erwartete er, wieder keine Reaktion zu bekommen, doch als Philipp lächelnd hinzufügte «Eine Bußfahrt!», ging ein Ruck durch Ludger. Er starrte Philipp an. «Rom?», fragte er mit so schwerer Zunge, als habe er zu viel Wein getrunken. «Buße, sagtet Ihr? Was war es für eine Sünde, die Ihr begangen habt?» Sein Blick lag auf dem goldenen Kreuz um Philipps Hals.

Philipp berichtete zum zweiten Mal, was ihn dazu veranlasst hatte, nach Rom zu pilgern.

Ludger leckte sich über die Lippen. «Mord?»

Gero zuckte zusammen angesichts dieser nun offenkundigen Beleidigung. «Ich bin sicher, Vater, dass Philipp nur sein Leben verteidigt hat. Du solltest nicht dieses Wort …»

Philipp brachte ihn mit einer Geste zum Verstummen. «Lasst gut sein. Euer Vater ist sichtlich nicht bei Kräften.»

Das Gespräch verlief stockend, seit Ludger die Halle betreten hatte, und als er austreten musste, nutzte Gero die Gelegenheit, sich eine Pause zu gönnen. Unschlüssig, ob er jemanden mit einer Entschuldigung zurückschicken oder selbst wieder hineingehen sollte, stand er eine Weile am Eingang des Herrenhauses herum.

Schließlich siegte seine Höflichkeit, und er ging wieder zu den anderen.

Er staunte nicht schlecht, als er sah, wie Philipp und Ludger sich angeregt unterhielten. Fassungslos starrte Gero seinen Vater an, der sich in allen Einzelheiten von Philipps Reise berichten ließ, von der gefahrvollen Überquerung der Alpen, von Rom und seinen unzähligen Kirchen. Und von den heiligen Reliquien, deren kostbarste ein Balken des Kreuzes war, an dem Jesus Christus gestorben war.

«Das hier», Philipp hob das Kreuz an seinem Hals ein wenig an, «ist auch eine Reliquie. Man kann sie in Rom kaufen.»

Ludger griff danach, doch er fasste ins Leere, weil Philipp

den Anhänger rasch wegzog. Beinahe hätte Ludger dabei seinen Becher vom Tisch gefegt. «Himmel!» Er hechtete dem Becher hinterher, schaufelte ihn durch seine Berührung aber erst recht hoch in die Luft, sodass er in weitem Bogen durch den Raum flog und gegen die Wand prallte. Der rote Wein hinterließ auf der hellen Wand einen Fleck. Ludger achtete nicht darauf. «Darf ich?» Vorsichtiger geworden, griff Ludger nach dem Kreuz und berührte es ehrfürchtig.

«Habt Ihr einen Kreuzsplitter darin, ja?»

Philipp lachte auf. «Um Himmels willen, nein! Habt Ihr eine Ahnung, was eine echte Kreuzreliquie kosten würde? Dies hier ist eine Kontaktreliquie.»

«Was ist das?» Jetzt beugte sich auch Gero gespannt vor.

«Man drückt einen Gegenstand wie dieses Kreuz gegen die Reliquie, und dadurch geht ein bisschen der Kraft auf ihn über.» Ludger ließ das Kreuz los, sodass es an der Kette sachte hin- und herbaumelte.

«Und das ist wahr? Es klappt?» Gero verzog skeptisch das Gesicht. Reliquien waren ein wichtiger Besitz jeder Kirche, die etwas auf sich hielt, das wusste er. Und natürlich hatte er schon häufig vor den Reliquien in der Klosterkirche in St. Kyrillos gebetet. Doch jetzt wurde ihm bewusst, dass er noch nie ernsthaft darüber nachgedacht hatte, ob er auch an ihre Wirkung glaubte. Sie waren da, er war es gewohnt, vor ihnen zu beten, mehr aber nicht. Der Stachel des Zweifels kam ihm plötzlich sehr spitz vor, und Philipps Antwort auf seine Frage machte es nicht besser.

Der Mann zuckte die Achseln. «Ich hoffe es.»

Ludger starrte schwankend auf das Kreuz. «Es muss», flüsterte er. Plötzlich standen Tränen in seinen Augen. «Es muss einfach!»

Am nächsten Morgen war der Himmel von dunklen Regenwolken verhangen. Ein kühler Wind zauste die Bäume und fuhr mit leisem Wispern durch das Schilf, mit dem der Pferdestall gedeckt war. Hermann kam Gero entgegen und grüßte ihn knapp, aber freundlich. «Eure Gäste sind schon im Stall und machen ihre Pferde fertig. Ich glaube, Herr Philipp will noch in dieser Stunde aufbrechen.»

«Danke, Hermann.» Gero ließ den Mann stehen und ging in den Stall. Er fand Philipp und seine Männer tatsächlich abreisebereit. Sie tauschten noch einige Höflichkeiten aus – vor allem versprach Philipp Gero, ihn ebenfalls bei sich aufzunehmen, sollte er jemals nach Norden reisen müssen –, dann führten die Männer ihre Pferde nach draußen und schwangen sich in die Sättel.

Gero sah ihnen nicht nach, als sie davonritten, sondern machte sich auf die Suche nach seinem Vater. Er fand ihn im hinteren Teil der Halle, die man durch eine Bretterwand vom Rest abgetrennt hatte. Früher hatte sich hier das Gemach des Hausherren befunden, aber Ludger hatte schon vor Jahren eine kleine Hauskapelle einrichten lassen, für die er eigens ein schlichtes, bronzenes Kreuz und zwei teure, weiße Kerzen gekauft hatte. Zwei aus grobem Holz gezimmerte Bänke standen seitlich neben dem Altar, und auf einer von ihnen kniete Ludger, den Kopf auf die Hände gelegt und offenbar ins Gebet versunken. Die Kerzen brannten und spendeten ein schwaches, flackerndes Licht.

Um seinen Vater nicht in seiner Andacht zu stören, blieb Gero in der Tür stehen und sprach seine Morgengebete. Er war jedoch nicht bei der Sache. Unter seinen zu langen Haaren hervor betrachtete er den breiten Rückens seines Vaters, der von heftigem, aber lautlosem Schluchzen geschüttelt wurde.

Gero wollte sich bereits wieder davonschleichen, denn es war ihm zu peinlich, seinen Vater weinen zu sehen, als ein leises Murmeln Ludgers ihn innehalten ließ. Er stutzte. Was war es, was sein Vater in einem fort stammelte? Er trat einen Schritt näher.

Ludger schien ihn gehört zu haben, denn er verstummte. Er drehte sich jedoch nicht um, und nach einer Weile, die Gero quälend vorkam, setzte das Schluchzen und Gemurmel wieder ein.

Jetzt verstand Gero die Seufzer seines Vaters. Es war ein einziges Wort, das er immer und immer wieder ausstieß.

«Alexandra!»

Eines der Pferde gab einen erschrockenen Kiekser von sich, als Gero mit solchem Schwung in den Stall gehastet kam, dass die Tür krachend gegen die Wand flog. Gero, der sich sonst sorgsam um die Tiere kümmerte, beachtete es gar nicht.

Er durchquerte die enge, düstere Stallgasse und ließ sich im hintersten Winkel des Stalls auf einen Haufen Stroh fallen. Er lehnte sich mit dem Rücken gegen die Wand und legte den Kopf gegen die kalten Steine.

Ein Zittern hatte ihn ergriffen, dessen er nicht Herr werden konnte. Er zog die Beine vor die Brust, umschlang sie mit beiden Armen und versuchte, sich wieder unter Kontrolle zu bekommen.

Ludgers weinerliches Anrufen der toten Äbtissin hatte in Gero den gesamten Schmerz nach oben geschwemmt, den er zu unterdrücken versucht hatte. Wie ein eisiger Knoten saß er nun mitten in seiner Brust und war kaum zu ertragen. Gero sah Sophias schmales Gesicht vor sich, die spitzen, durch den langen Winter ein wenig abgemagerten Züge, aus denen ihm ihr fröhlicher, aber scharfer Blick entgegenschaute. Er sah die langen, dunklen Locken, die sie nie unter Kontrolle bekommen hatte und die ihr beinahe ebenso oft in die Augen fielen wie ihm seine zottigen Strähnen, über die sie sich immer lustig gemacht hatte.

Und dann sah er die vertrauten Züge von langen, scharfen Krallen zerfetzt, die zarte Haut der Kehle aufgerissen von gelben Zähnen … Er schloss die Augen, aber das Bild ließ sich nicht vertreiben. Er krallte die Hände in seine Haare, presste die Handballen auf die Augäpfel, aber es half alles nichts.

«Sehen wir uns morgen?» Das war der letzte Satz gewesen, den er an sie gerichtet hatte.

Er stöhnte auf. Sie hatte es ihm versprochen!

Sie hatte ihr Versprechen nicht gehalten.

«Gero?»

Ludgers Stimme zerriss den Nebel aus Trauer und Verzweiflung.

«Ich bin hier.» Gero konnte sich nicht erheben. Noch nicht.

Ludger betrat den Stall und kam zu ihm nach hinten. Er kniete sich neben ihm ins Stroh. «Alles in Ordnung?»

«Ja.» Wie bei dir, dachte Gero. Er streckte die Beine aus, die angefangen hatten zu kribbeln.

«Ich habe nachgedacht. Und ich habe gebetet.» Übergangslos war in Ludgers Blick wieder dieser seltsame, abwesende Ausdruck getreten, der Gero fürchten ließ, sein Vater würde den Verstand verlieren. «Ich muss nach Rom pilgern, Gero. Gott hat mir diesen Ausweg gezeigt.»

«Ausweg woraus, Vater?» Gero spürte, wie sich das Entsetzen über Ludgers Veränderung seinen Weg durch die Trauer bahnte. Seine Glieder waren schwer, es kam ihm vor, als würde er nie wieder auf eigenen Beinen stehen können.

«Ein Weg, meine Schuld loszuwerden.»

«Was für Schuld?»

Statt einer Antwort sprang Ludger auf die Füße. «Wir müssen nach Rom!», rief er. Er wankte ein wenig, als er den Stall wieder verließ.

«Was für eine Schuld, Vater?», schrie Gero hinter ihm her, aber er hörte es nicht mehr.

12. Kapitel

Alexandra erwachte mit dem Gefühl einer alles umfassenden Übelkeit. Es kam ihr vor, als sei ihr Körper bis zum Bersten mit Wasser gefüllt; und jetzt rann es ihr aus Mund und Nase gleichzeitig.

Sie krümmte sich, rollte auf die Seite und erbrach sich in einem Schwall.

«Gut so!», hörte sie eine tiefe Stimme neben sich sagen, aber sie war zu sehr mit sich selbst beschäftigt, um sich umdrehen zu können. Wieder würgte sie, bis sie das Gefühl hatte, ihr Innerstes müsse nach außen gekehrt worden sein. Hustend blieb sie auf der feuchten Erde liegen, klemmte die Hände zwischen die Knie und wimmerte vor Kälte.

Jemand legte ihr eine Decke über die Schultern, die streng nach Ziegen roch. «Gleich geht es Euch besser», sagte die tiefe Stimme.

Da endlich schaffte es Alexandra, sich umzudrehen, und sah sich einer alten Frau gegenüber, deren Mund durch die fehlenden Vorderzähne wie eingefallen aussah. Ihr faltiges Gesicht verzog sich zu einem breiten Lächeln, das die Augen zwischen schlaffer Haut beinahe verschwinden ließ.

«Wer seid Ihr?» Alexandra stemmte sich hoch und unterdrückte den letzten Würgereiz.

«Germina. Ich habe Euch aus dem Fluss gezogen. Ihr solltet Gott danken, dass er Euern Körper so geschickt zwischen den Felsen verklemmt hat, dass Euer Kopf wieder über Wasser kam.»

Alexandra kämpfte gegen den Nachhall des Gefühls, keine Luft mehr zu bekommen. «Ich danke Gott, und ich danke Euch. Ihr habt mir wohl das Leben gerettet.»

«Ja. Dem scheint so zu sein.» Germina half Alexandra, sich aufzusetzen, und zog die Decke fester um sie. «Euch wird gleich wieder warm werden. Das Wasser war ziemlich kalt, hm?»

«Ja.» Alexandra kam ein Gedanke, der sie aufschrecken ließ. «Wo sind die Männer?»

«Fort. Ihr müsst keine Angst haben. Sie sind kurz nach Eurem Absturz weggeritten.»

«Dann habt Ihr alles beobachtet?»

«Alles.»

«Wo ist Rainald?»

«Ist das der Name Eures Begleiters?»

Alexandra nickte. «Wo ist er?»

Über Germinas Gesicht huschte ein Schatten. «Er liegt noch dort, wo er die ganze Zeit lag.»

«Dann …» Alexandra versagte die Stimme, und sie musste einen zweiten Anlauf nehmen. «Dann ist er tot?»

Germina nickte nur.

Alexandra stemmte sich auf die Füße. «Ich möchte ihn sehen.»

«Glaubt mir, das ist keine gute Idee.»

Aber Alexandra ließ sich nicht beirren. «Wo ist er? Zeigt mir den Weg!»

Sie ging hinter der Alten her, quälte sich einen Abhang hoch, dessen Geröll ihr unter den Füßen wegrutschte, sodass sie sich Hände und Ellenbogen aufriss. Endlich erreichten sie jenes Stück Waldrand, wo Rainald in der Nacht zuvor – zumindest glaubte Alexandra, dass es in der Nacht zuvor gewesen sein musste – den Unterstand gebaut hatte.

Sie sah ihn sofort.

Seine Beine ragten aus einem niedergetrampelten Gebüsch, und jemand hatte eine Decke aus dem gleichen rauen Stoff über ihn geworfen, den sie um die Schultern trug. Nur die Stiefel waren zu sehen und der Umriss eines Pfeilschaftes, der wie ein obszöner Auswuchs dort aufragte, wo sich Rainalds Brust befinden musste.

Alexandra spürte Tränen hinter ihren Lidern aufsteigen. Langsam sank sie in die Knie und wollte schon die Decke fortziehen, um einen Blick in Rainalds Gesicht zu werfen, als Germina ihre Hand festhielt.

«Ihr solltet das lassen», riet sie.

Alexandra schüttelte den Kopf. «Wenn ich nicht mit eigenen Augen sehen kann, dass er es wirklich ist, werde ich bis ans Ende meines Lebens hoffen, dass er noch lebt.»

Die alte Frau schien zu verstehen. Sie schürzte die Lippen, legte den Kopf auf eine Schulter und dachte nach. «Dann dreht Euch um.»

Alexandra schaute sie fragend an.

«Dreht Euch um, ich will ihn ein bisschen herrichten.»

Alexandra gehorchte, und etwas in der Stimme der Alten ließ sie den Impuls niederkämpfen, hinzusehen, bevor Germina fertig war.

«Ihr könnt Euch jetzt umdrehen.»

Alexandra schaute hin. Ihr Blick ruhte lange auf den Zügen des Kriegers, die ihr in wenigen Tagen so vertraut geworden waren. Die Narbe war verblasst in dem bleichen Gesicht, wirkte jedoch immer noch wie ein Fremdkörper auf Rainalds ebenmäßigen Zügen. Seine Wimpern ruhten auf Wangen, die aussahen wie in Marmor gemeißelt. Germina hatte die Decke gerade so weit heruntergezogen, dass sie direkt unter Rainalds Kinn zu liegen kam. Dort war sie sorgfältig zweimal umgeschlagen, sodass sie einen dicken Wulst bildete, der sorgsam verbarg, was sich darunter auch immer befinden mochte.

Alexandra wollte es gar nicht wissen.

Sie hatte Rainald gesehen, und er war tot. Als sie sich langsam bekreuzigte, merkte sie, dass ihre Haut feucht war von Tränen.

Dann wandte sie sich ab.

Germina nahm sie mit zu sich nach Hause. Die alte Frau lebte in einer Art Höhle mitten im Wald, in einem natürlichen Steinbruch, der so versteckt lag, dass er Alexandra vorkam wie ein mythischer Ort. Ein aus wenigen krummen Brettern zusammengezimmerter Verschlag lehnte schief an der Rückseite des Steinbruchs, und Alexandra erschrak, als Germina darauf zuging.

«Hier lebt Ihr?»

Die Alte grinste breit. «Wartet es ab. Nicht alles ist so schlecht, wie es auf den ersten Blick aussieht.» Sie öffnete eine Holztür, die so niedrig war, dass sogar sie sich bücken musste. Die Angeln knarzten bedrohlich, und der gesamte Verschlag geriet ins Wanken, aber er hielt.

Im Inneren befanden sich lediglich zwei graue Ziegen, die Alexandra neugierig anglotzten. Ein Vorhang bedeckte die Hälfte der steinernen Rückwand. Diesen Vorhang schob Germina jetzt zur Seite und schlüpfte durch die Öffnung, die sich dahinter überraschend auftat.

Alexandra folgte ihr.

Und fand sich in einer geräumigen Höhle wieder, in der es nach Kräutern und Essen duftete. Zwei Fackeln steckten in schlichten eisernen Haltern an den Wänden und tauchten alles in ein warmes, anheimelndes Licht: das aus duftendem Farnkraut gebaute Lager mit den zahllosen Fellen und bunten Decken, die Truhe, deren Deckel dunkelgrün bemalt worden war, den dreibeinigen Schemel, die Gerätschaften aus Ton und Bronze, die auf einem grob gezimmerten Regal standen. Über der gemauerten Herdstelle, die sich ganz hinten in der Höhle befand, führte offenbar ein Spalt nach oben und diente als natürlicher Kamin. Ein perfektes Zuhause.

Alexandra staunte. «Ihr habt es gemütlicher als so mancher Herzog.»

Die Alte kicherte erfreut. «Gemütlicher und vor allem sicherer. Es gibt nur wenige Menschen, die diesen Ort jemals betreten durften.»

«Warum habt Ihr mich mit hierher genommen? Ihr kennt mich doch gar nicht.»

«Was sollte ich denn tun? Euch allein durch den Wald irren lassen, bis Euch die Vaganten doch noch erwischen?»

«Es waren keine Vagan…» Alexandra unterbrach sich. Sie fühlte sich noch nicht in der Lage, darüber nachzudenken, was wirklich geschehen war.

Germina nickte nur. «Hier seid Ihr sicher.»

«Und Ihr? Seid Ihr eine Vagantin?»

«Bloß, weil ich hier im Wald lebe?»

«Nun ja …»

Germina kicherte wieder und nahm einen Kessel vom Haken. «Ich bin keine Gesetzlose, wenn es das ist, was Ihr wissen wollt. Ich war verheiratet, aber mein Mann starb, als ich noch jung war. Da hatte ich die Wahl: das Kloster oder zurückzugehen in die *familia* meines Vaters.» Sie zuckte die Schultern. «Beides fand ich inakzeptabel.»

«Also seid Ihr einfach in den Wald gegangen?» Alexandra erschauerte vor dem Mut dieser Frau. Für sie, die reiche Patrizierin, waren die Wälder voller Schrecken, denen sie nichts entgegenzusetzen hatte.

«Nicht sofort. Ich ging fort von hier und reiste einige Jahre allein durch das Land. Aber das ist mühsam und gefährlich für eine Frau. Ich hatte ja keinen männlichen Schutz, und ich war recht ansehnlich, als ich noch Zähne hatte. Manch einer hielt mich für eine leichte Beute.»

«Und was habt Ihr dagegen getan?»

«Wenn einer zudringlich wurde?» Wieder grinste Germina, diesmal sah es finster aus. «So mancher hat es bereut, meine Bekanntschaft gemacht zu haben. Ich frage mich manchmal, ob der eine oder andere nach der Begegnung mit mir noch in der Lage war, Kinder zu zeugen.»

Wider Willen musste Alexandra lachen.

«Zieht Eure nassen Sachen aus und nehmt eine der Decken auf dem Bett! Sie sind trocken», riet die Alte.

Alexandra tat wie geheißen. Sie legte ihr Übergewand und die Tunika auf den Schemel und hüllte sich in eine der aus bunten Flicken bestehenden Decken, die wesentlich weicher waren als die graue, die sie einfach zu Boden gleiten ließ. Sie spürte, wie sie sich in Gegenwart der alten Frau zu entspannen begann. Die Kälte wich aus ihren Gliedern und machte einer schweren, aber keineswegs unangenehmen Müdigkeit Platz. Sie wehrte sich dagegen, denn es gab noch so vieles zu besprechen und zu regeln.

«Was tun wir mit Rainald?» Diese Frage beschäftigte sie am meisten.

«Ich gehe nachher in eines der Dörfer ein Stück weiter unten am Fluss. Die Leute dort kennen mich, ich komme ab und zu und helfe bei der Geburt eines Kindes. Sie werden mit anpacken und Eurem Begleiter ein christliches Begräbnis geben.»

«Ich möchte mitkommen.»

Inzwischen kochte das Wasser in dem Kessel, den Germina auf das Feuer gestellt hatte, und Dampfschwaden legten sich um Alexandra. Sie erinnerten sie an das Wasser, in dem sie fast ertrunken wäre, und sie kämpfte gegen die Beklemmung und die Müdigkeit gleichzeitig an.

Germina nahm den Kessel vom Feuer, schüttete ein wenig Wasser in einen Holzbecher und warf irgendwelche Kräuter hinein. «Nichts da! Ihr müsst Euch ausruhen. Ihr seid noch immer leichenblass.» Ohne dass Alexandra sich dagegen wehren konnte, schob die Alte sie zu dem Lager, drückte sie darauf nieder und legte ihr eigenhändig beide Beine hoch.

Im selben Moment, in dem Alexandras Kopf die Decken und Felle berührte, wurde die Müdigkeit übermächtig.

Sie glaubte zu fallen, zuckte zusammen wie ein kleines Kind, und dann war sie auch schon eingeschlafen.

Als sie erwachte, war es fast völlig finster. Nur der Rest des Feuers im Herd glomm vor sich hin, verbreitete einen schwachen, rötlichen Schein und ließ die Gegenstände in der Höhle aussehen, als lebten sie.

Alexandra starrte eine Weile in die Dunkelheit.

An einem gleichmäßigen Atem erkannte sie, dass Germina da war.

Alexandra richtete sich ein Stück auf. Die Alte lag in eines der Felle gehüllt auf dem Boden vor dem Herd. Ihr Rücken war Alexandra zugewandt, und sie schlief. Mit einem Anflug von schlechtem Gewissen darüber, dass sie der Alten den Schlafplatz geraubt hatte, ließ Alexandra sich wieder zurücksinken. Das Lager aus Farnkraut wackelte sachte, und fast kam es Alexandra vor, als sollte sie wieder in den Schlaf gewiegt werden.

Sie entspannte sich und schlief erneut ein.

Als sie zum zweiten Mal erwachte, fiel heller Sonnenschein durch den Höhleneingang, dessen Vorhang zurückgeschlagen war.

Alexandra setzte sich auf.

«Guten Morgen! Gut geschlafen?» Germina werkelte am Herd herum.

«Sehr gut.» Alexandra streckte sich.

Die alte Frau kam herbei, und da erst fiel Alexandra auf, dass sie nackt war. Rasch griff sie nach der Decke, die von ihrem Leib gerutscht war.

Germinas Blick hatte sie von Kopf bis Fuß abgetastet, bevor sie sich verhüllen konnte. «Habt Ihr Hunger?»

«O ja!»

Germina holte zwei Holzböcke aus dem hinteren Teil der Höhle, stellte sie auf und legte eine fast quadratische Holzplatte darauf. «Es wird ein bisschen eng, aber fürs Erste muss es gehen.»

Während sie einen Becher und einen Teller auf dem provisorischen Tisch abstellte, dachte Alexandra über ihre Worte nach. «Fürs Erste?»

«Ja. Bis wir einen größeren gebaut haben. Und bis wir ein Lager für Euch errichtet haben, müssen wir uns wohl auch mit dem Schlafen vorm Herd abwechseln.»

«Ihr glaubt, dass ich so einfach bei Euch bleibe?»

Germina nahm einen Laib Brot aus der grün bemalten Truhe. «Ich bin mir ziemlich sicher, dass Ihr nicht wisst, wohin Ihr sonst gehen sollt.»

«Wie kommt Ihr darauf?»

«Der Mann, der bei Euch war, als Ihr überfallen wurdet, war ein Krieger. Ich glaube, er war Euer Begleitschutz, nicht wahr? Es hat mich zwar ein bisschen gewundert, wie Ihr um ihn getrauert habt, aber ich bin sicher, dass er nicht Euer Gatte war.»

«Und wenn doch?»

Germina stützte die Hände in die Hüften und sah sich in der Höhle um. «Er war es nicht. Er hat mir erzählt, er sei unverheiratet.»

«Ihr kanntet ihn?»

Germina packte die Griffe der Truhe und zog sie so vor den Tisch, dass sie als Sitzgelegenheit dienen konnte. «Hm.»

«Woher?»

Germina gab keine Antwort, doch Alexandra dämmerte die Wahrheit. «Ihr wart es, die seine Wunde genäht hat!»

«Ja.» Mehr sagte Germina dazu nicht.

Alexandra starrte einen Moment lang vor sich hin. Natürlich hatte die alte Frau den Nagel auf den Kopf getroffen.

Alexandra hatte keine Ahnung, wohin sie sich wenden sollte. In dem Moment, als sie sich das eingestand, begriff sie jedoch, dass es nicht stimmte. Natürlich hatte sie ein Ziel: das Kloster in der Nähe von Siena! Aber sie spürte, wie sich bei diesem Gedanken alles in ihr sträubte. Konnte sie eine so lange und gefährliche Reise allein auf sich nehmen? Zumal das, was sie an deren Ende erwartete, sie wahrscheinlich nur wieder mit den *silentiarii* in Berührung bringen würde? Sie fühlte, wie ihr kalt wurde.

Germina hatte selbst gesagt, dass kaum jemand von ihrer Höhle wusste. Im Grunde war dies also ein perfektes Versteck – nicht zu weit vom Kloster St. Kyrillos entfernt, sodass es sich nicht anfühlte, als habe sie alle Brücken hinter sich abgebrochen, aber abgelegen genug, um sicher zu sein, dass ihre Häscher ihre Spur verloren hatten. Überhaupt: Musste dieser Adam nicht denken, sie sei tot? Schließlich hatte er sie abstürzen sehen!

«Wollt Ihr Euch nicht endlich setzen?» Germinas Frage riss Alexandra aus ihrer Grübelei. Sie nickte und ließ sich an dem improvisierten Tisch nieder.

Als sie zu essen begann, kam es ihr vor, als habe sie damit eine Entscheidung getroffen.

✷

Plötzlich ging alles ganz schnell.

Michael befand sich direkt hinter Sophia, der Dolch schien in seiner Hand zum Leben zu erwachen.

«Hallo, meine Süße!» Die Stimme kam aus den Schatten und klang ungeschliffen und roh. Dem Sprecher wollte offenbar die Zunge nicht mehr recht gehorchen.

Sophia wich einen Schritt zurück und prallte dabei gegen Michael. Er riss gerade noch rechtzeitig den Arm zur Seite und verhinderte damit, dass sie sich an dem Dolch verletzte.

Und dann, als ihm klar wurde, wie absurd diese Reaktion war, da er sich doch eben dazu entschieden hatte, sie zu töten, sah er den Mann, der sie auf so aufdringliche Weise angesprochen hatte.

Er war groß und von Verwahrlosung gezeichnet, wie sie reiche Männer durch zu intensiven Weingenuss an den Tag legten. Offenbar roch er nicht gut, denn als er jetzt dicht an Sophia herantrat, wandte sie den Kopf zur Seite.

«Wie wäre es mit uns beiden, Liebchen?»

«Lasst mich in Ruhe!»

Michael verfolgte fasziniert den kurzen Wortwechsel und staunte über die Festigkeit ihrer Stimme. Sie klang kein bisschen ängstlich. Rasch wich sie zur Seite aus, sodass sie neben Michael zu stehen kam.

«Warum so zimperlich?» Dem Fremden waren die scharfen Konsonanten abhanden gekommen, es klang wie «simperlich». Er griff nach Sophias Arm.

«Das würde ich bleiben lassen!» Halb entsetzt über sich selbst hob Michael den Dolch und hielt ihn dem Fremden unter die Nase. Seine eigene Stimme schrillte ihm in den Ohren.

Der Fremde starrte auf die Waffe, dann erst schien er dahinter Michael zu bemerken. Er brauchte einen Moment, um den Mann, der sich ihm in den Weg stellte, zu fixieren, aber dann ließ er ihn nicht mehr aus den Augen. Sein Oberkörper schwankte leicht vor und zurück. «Ist sie Euer Weib?»

Michael warf einen raschen Blick auf Sophia. «Ja.»

Der Fremde nickte, einmal, zweimal, dann endlich ließ er Sophias Arm los. Wenn Michael jedoch geglaubt hatte, er würde sich geschlagen geben, so hatte er sich getäuscht. Taumelnd machte der Trinker einen Schritt auf ihn zu.

Rasch richtete Michael den Dolch auf seine Brust. «Ihr könnt mir glauben», zischte er, «dass ich weiß, wie man dieses Schätzchen hier benutzt.»

Der Fremde schien zu überlegen. Schließlich, nach einer schier endlosen Weile, lenkte er ein.

«Gut.» Er sah Sophia an. «Bedankt Euch bei Eurem Galan, dass Euch eine heiße Nacht entgangen ist.»

Mit diesen Worten machte er auf dem Absatz kehrt und schwankte in die Dunkelheit.

Michael stieß die Luft durch seine zusammengebissenen Zähne. Plötzlich erschien ihm der Dolch schwer wie tausend Schwerter.

Die Ereignisse hatten Sophia stärker verwirrt, als sie sich eingestehen wollte. Sie wunderte sich über sich selbst, über die Sicherheit, mit der sie dem Fremden die Stirn geboten hatte, aber jetzt, da er fort war, zitterten ihre Knie ganz beträchtlich.

Schweigend ging sie an Michaels Seite den restlichen Weg zurück zu Gerberts Haus. Vor der Tür blieben sie beide stehen, unsicher, wie sie sich verhalten sollten, ob es besser wäre, darüber zu reden oder einfach wortlos über die Sache hinwegzugehen.

«Danke», sagte Sophia schließlich.

Michaels Kopf ruckte hoch, erstaunt sah er sie an. «Wofür?»

«Dass Ihr so rasch reagiert habt.»

«Das habe ich doch gar nicht!»

«Natürlich! Ihr habt den Kerl viel eher gesehen als ich. Schließlich hattet Ihr Euren Dolch in der Hand, bevor er überhaupt aus der Dunkelheit trat.»

Michael schloss die Augen. Er wurde so bleich, dass Sophia fürchtete, er würde gleich ohnmächtig zu Boden sinken. Sie streckte eine Hand aus. Als er die Lider wieder hob, glänzten Tränen hinter ihnen.

«Sophia!», stöhnte er.

«Was habt Ihr?» Sophia fühlte sich unbehaglich, denn sie

verstand nicht, was in ihm vorging. Sachte legte sie die Hand auf seinen Arm.

Er sah ihr in die Augen. Merklich entspannte er sich unter ihrer Berührung, ließ die Arme hängen und die Schultern sinken. «Sophia, in Zukunft werde ich mit meiner ganzen Kraft und meinem eigenen Leben dafür einstehen, dass Euch kein Leid geschieht», sagte er in beinahe feierlichem Ton. Er zögerte und fügte dann hinzu: «Das schwöre ich bei Gott und allen Heiligen!»

Tage vergingen und wurden zu Wochen. Wochen, in denen ihre Entwurzelung durch die Gleichförmigkeit des Alltags ganz langsam erträglich wurde. Wochen, in denen ihre Tagträume von Gero weniger schmerzten. Wochen, in denen Sophia Gerbert kaum zu Gesicht bekam und dafür umso mehr Zeit mit Michael verbrachte. Eines Vormittags befand sie es für an der Zeit, mehr über die Kalenderreform und ihre Durchführung zu erfahren. Sie suchte Michael und fand ihn in dem sonnigen, aber für die Jahreszeit recht kühlen Garten.

«Was mich brennend interessiert», begann sie, «ist, wie diese Reform eigentlich durchgeführt wurde. Warum, das weiß ich ja, aber ich habe Schwierigkeiten damit, mir vorzustellen, wie so etwas funktionieren soll. Ich meine, ein ganzes Reich einfach um fast dreihundert Jahre umzustellen? Und warum überhaupt diese seltsamen Zahlen? 294 Jahre, wo doch die beiden Bibelübersetzungen um 297 Jahre differieren?»

Michael wies auf die Bank an der Rückseite von Gerberts Haus, wartete, bis Sophia sich gesetzt hatte, und ließ sich dann neben ihr nieder, wobei er auf einen ausreichenden Abstand achtete. «Man nutzte für die Reform die Tatsache, dass in Byzanz nach zwei unterschiedlichen Zeitrechnungen gezählt wurde: nach der philippinischen und nach der alexandrinischen. Die beiden liegen genau 294 Jahre auseinander, und eine Verwechslung der beiden bot sich für einen Zeitsprung geradezu an.»

«Warum?»

«Weil die philippinische Ära auch Ära nach Alexanders Tod genannt wird. Zwei ähnlich benannte Kalender, die sich leicht miteinander verwechseln lassen, absichtlich natürlich. Weil der Zeitsprung bis auf drei Jahre mit dem in den Bibeln vorgegebenen zusammenpasst, hielt man das für ein weiteres Zeichen Gottes, dass die Reform seinem Willen entsprach. Und um Gottes Willen zu entsprechen, ist jeder noch so große Aufwand gerechtfertigt, meint Ihr nicht?»

«Schon, aber ...»

«Es war ein riesiges Heer von Kopisten damit beschäftigt, die alten Texte abzuschreiben und dabei umzudatieren. Die Originale wurden dann systematisch vernichtet. Ihr müsst Euch vor Augen halten, dass Kaiser Konstantin einige groß angelegte Enzyklopädien in Auftrag gegeben hat: über Politik, Literatur und auch über das gesamte gelehrte Wissen seiner Zeit. Sie sollten das bleibende Werk seiner Epoche sein, nicht für diese oder die nächste Generation, sondern für die Nachwelt. Die Menschen, die jetzt leben und beteiligt waren, werden sich natürlich immer daran erinnern, dass die Umschreibaktion stattgefunden hat. Aber schon die nächste Generation wird die Information nicht mehr haben, sofern dafür gesorgt wird, dass der Vorgang nicht herumposaunt wird.»

Sophia schob die Zunge zwischen die Zähne. «Viele Schreiber – viele Mitwisser.» Sie dachte an Theophanus Schreiben an Alexandra und die Schergen, die ihr nach dem Leben trachteten. Romanos' Männer, hatte die Kaiserin geschrieben. «Meint Ihr, dass die Schreiber aus dem Weg geräumt wurden?»

Michaels Züge erstarrten. «Dazu waren es zu viele. Schwer vorstellbar.»

«Vielleicht nur einige, diejenigen, die nicht einsehen wollten, dass man nur Gottes Willen befolgte.» Beinahe war sie versucht, Michael von Theophanus Schreiben zu erzählen, aber dann ließ sie es doch bleiben. Irgendwie hatte sie das Gefühl beschlichen, dass Michaels Offenheit Grenzen hatte.

Michael nickte. «Ja. Das könnte sein.»

«Wollt Ihr lieber das Thema wechseln?»

Michael lächelte. «Ihr könnt wohl meine Gedanken lesen?»

«Vielleicht?»

Mitten in die peinliche Stille, die diesen koketten Worten folgte, platzte Gerbert. Er trat aus dem Haus und hielt ein in Wachstuch eingeschlagenes Päckchen hoch. «Seht mal, was eben gekommen ist.»

Sophia reckte den Hals, aber sie konnte nicht lesen, was auf dem Päckchen geschrieben stand. «Aus Barcelona», fügte Gerbert hinzu.

«Von Eurem Mauren?» Mit einem Satz war Michael an Gerberts Seite – und stolperte vor lauter Eifer.

«Hoppla!» Lachend warf Gerbert das Päckchen Sophia zu und fing Michael auf. «Langsam!»

Noch während Michael seine Gliedmaßen sortierte, machte sich Sophia daran, die Sendung aufzuschnüren.

In dem Päckchen befand sich ein Stapel von einmal in der Mitte zusammengefalteten Pergamenten, allesamt in winzig kleiner Schrift beschrieben. Sie stöhnte auf. «Das sieht ja einladend aus.» Dann sah sie genauer hin. «Es ist griechisch.»

Gerbert las das Schreiben, das sein gelehrter Bekannter den Pergamenten beigelegt hatte. «Es handelt sich um einen Kommentar zu einem Text eines gewissen Geminos. Leider enthält er nicht den vollständigen Quellentext, aber der Maure hofft, dass wir darin trotzdem die nötigen Informationen finden.»

«Weiß er es denn nicht?», fragte Michael.

Gerbert beugte sich über das Schriftstück. «Er kann kein Griechisch. Wollt Ihr es zuerst lesen, Michael?»

Michaels Augen leuchteten auf, und auf seinen Wangen erschienen zwei hellrote Flecken. «Nichts lieber als das.»

13. Kapitel

An einem nebligen Sonntag Anfang November besuchte Sophia mit Gerbert zusammen die Messe in der Kathedrale, und auf dem Rückweg nach St. Rémi beschlossen sie, einen kleinen Ausritt zu machen. Sie machten sich auf zu einem Wald nahe der Stadt und plauderten über Belanglosigkeiten. Zuerst ritten sie einen sanften Abhang hinauf und wandten sich auf dem Kamm einer lang gezogenen Hügelkuppe Richtung Westen. Der Nebel war hier im Wald weniger dick, wie zarte Schleier hing er zwischen den Stämmen der Bäume. Die Huftritte der Pferde wurden vom Waldboden und der feuchten Luft gedämpft, und nur ab und zu, wenn ein wenig Bewegung in die Nebelschleier kam, weil ein Luftzug sich erhoben hatte, konnte man das Läuten der Reimser Glocke hören.

«Was wollte eigentlich Richer von Euch?», fragte Sophia. Der Domschüler war am Vortag in Gerberts Haus erschienen und hatte Sophia nach Gerbert gefragt.

Dieser schnaubte. «Er kam im Auftrag eines anderen. Manchmal schicken die Schüler ihn vor, weil sie wissen, dass ich ihn gut leiden kann. Aelfric von Armentière hat sich wieder einmal über meine angebliche Ungeduld beschwert.»

«Seid Ihr denn ungeduldig mit ihm?»

«Möglich.»

«Mögt Ihr ihn nicht? Ist er dumm?»

«Nein. Sonst wäre er nicht so lange an der Schule geblieben. Er hat sogar einen ziemlich hellen Kopf, aber er hat eine Art an sich, die mir auf die Nerven geht.»

«Was für eine Art?»

«Er hat sehr unterschiedlich ausgeprägte Begabungen, ist in Rhetorik und Latein einer meiner besten Schüler. Das trägt er vor sich her wie ein *pallium*, aber sobald wir auf die Mathematik kommen, ist er der schlechteste Schüler von allen.»

«Mathematik ist schwer, das finde ich auch.» Sophia bückte sich unter einem tief hängenden Ast hindurch. Gerbert lenkte sein Pferd außen herum und schloss dann wieder zu ihr auf.

«Ihr habt Euch noch gar nicht damit beschäftigt, Sophia. Das bisschen Spielerei mit dem Astrolabium!»

Sophia ging nicht auf den gutmütigen Spott ein. «Was werft Ihr Aelfric vor?»

«Er macht viele Fehler. Aber das ist es gar nicht, was mich stört. Er will einfach nicht begreifen, dass jeder seine persönlichen Begabungen hat. Er benimmt sich, als sei er der Weiseste unter der Sonne.» Gerbert grinste. «Nach mir natürlich.»

Sophia starrte zwischen den Ohren ihres Tieres hindurch nach vorne auf den Waldboden. Da sie eine Frau war, würde sie niemals Gelegenheit bekommen zu erleben, wie Gerbert mit seinen Quadriviumsschülern umging. Trotzdem war für sie klar, dass er sehr ungeduldig werden konnte, wenn sich jemand begriffsstutzig zeigte. Sie selbst hatte das bislang zum Glück nur selten zu spüren bekommen. Verstohlen blickte sie auf Gerberts Gesicht. Er spielte mit der Zunge an einem seiner Schneidezähne herum, und das gab seinem Gesicht einen eigenartig lebendigen Zug.

Schließlich lachte er leise. «Ich habe schon so manche Stunde büßend auf den Knien verbracht, weil ich hochmütig gewesen bin.»

«Es ist nicht so einfach, aus der Menge herauszuragen, nicht?»

«Nun, es macht vieles leichter, wenn man mit einem scharfen Verstand gesegnet ist. Wenn ich den nicht hätte, wäre ich vielleicht niemals aus Aurillac hinausgekommen.»

«Wollt Ihr mir davon erzählen?»

«Ich wurde im Kloster von Aurillac ausgebildet. Mit sieben Jahren gaben mich meine Eltern in Abt Raymundus' Obhut. Er war ein großer Gelehrter, und ich habe ihn sehr verehrt. Irgendwann allerdings war der Punkt erreicht, an dem er mir nichts mehr beibringen konnte, und so kam es gerade recht, dass ein spanischer Graf auf der Durchreise meine Talente bemerkte und mich mit in die Mark nahm, wo ich das Quadrivium zu Ende studieren konnte. Es war eine schöne Zeit, und ich lernte dort eine ganze Menge.»

«Judith hat mir erzählt, dass Ihr bei den Heiden studiert habt, stimmt das?»

«Manchmal ist es äußerst hilfreich, eine andere Perspektive einzunehmen, wenn sich ein Problem als zu schwierig erweist.»

«Wie meint Ihr das?»

«Nehmt die Mathematik. Die Sarazenen haben eine ganz andere Art, Zahlen zu schreiben, als wir. Sie benutzen für jede Ziffer ein eigenes Zeichen, und je nachdem, wo dieses Zeichen steht, bezeichnet es unterschiedliche Werte.»

«Oje, das klingt kompliziert.»

«Es ist aber ganz einfach. Passt auf.» Gerbert hielt sein Pferd an und schwang sich aus dem Sattel. Er wartete, bis Sophia es ihm gleichgetan hatte, dann band er die Tiere an einem umgestürzten Baumstamm fest und führte Sophia ein Stück zur Seite, wo der Waldboden feinkörnig und eben war.

«Rechnet aus: vierzehn und dreiundzwanzig.»

So weit kam Sophia noch leicht im Kopf. «Siebenunddreißig.» Während sie das Ergebnis errechnete, malte Gerbert mit einem dünnen Ast Zeichen in den weichen Boden.

Er schrieb: XIIII + XXIII = XXXVII.

«So, und jetzt rechnet: dreihundertvierzehn und zweihundertdreiundzwanzig.»

Sophia entrang sich ein Ächzen. «Ihr wisst, dass meine Stärke auch eher in der Grammatik liegt, oder?»

Gerbert lächelte, ohne sich aufzurichten. «Ja. Aber ich will Euch zeigen, wie Ihr das ändern könnt. Seht her.» Er schrieb erneut in den Sandboden.

CCCXIIII + CCXXIII = LXXXVII

«Fünfhundertsiebenunddreißig. Ihr rechnet so: vierzehn und dreiundzwanzig sind siebenunddreißig. Dreihundert und zweihundert sind fünfhundert. Dann zählt Ihr zusammen. Fertig.»

«Gut. Und dann muss ich noch wissen, dass das Zeichen L für fünfhundert steht.»

«Das müsst Ihr. Und vor allem müsst Ihr wissen, was geschieht, wenn die Zahlen, die Ihr zusammenzählen wollt, die Grenze von hundert, vielleicht sogar tausend überschreiten. Fünfhundertsechsundachtzig und dreihundertdreiunddreißig?»

«Keine Ahnung.»

Gerbert rechnete ihr die Addition vor, indem er die Zahlen aufteilte, neu gruppierte, zusammenfasste und am Ende das Ergebnis vorlas: «Neunhundertneunzehn.» Die Reihen der römischen Ziffern wurden immer länger.

Sophia biss sich auf die Lippen. Sie hasste Mathematik!

«Mit dem Abakus geht das natürlich viel einfacher», erklärte Gerbert. «Aber was macht Ihr, wenn Ihr keinen Abakus habt?»

«Ich rechne einfach nicht.»

«Euer Leben hängt davon ab.»

«Dann trete ich demütig vor meinen Schöpfer.»

Gerbert lachte. «Oder Ihr benutzt ein ganz anderes System. Seht her.» Er begann, fremdartige Zeichen unter die römischen Zahlen zu schreiben. Einzelne Linien, geschwungene Bögen wie halbe Blütenblätter, Zeichen, die Kreuzen ähnelten. «Dies sind die Zahlzeichen, wie sie die Sarazenen verwenden. Ich sagte ja schon, dass für jede Ziffer ein Zeichen steht. Dies ist eine Eins, eine Zwei und so weiter, bis Neun. So schreibt man vierzehn.» Er kombinierte die beiden Zeichen für eins und vier. «So geschrieben bedeutet das Zeichen für eins nicht mehr eins, sondern zehn. Zehn und vier: vierzehn.»

Sophia beugte sich vor und nahm ihm den Stock aus der Hand. «Dann ist das hier dreiundzwanzig?» Sie malte eine Zwei und eine Drei in den Sandboden.

«Genau.» Er tippte auf die Eins der Vierzehn und auf die Zwei der Dreiundzwanzig. «Und jetzt kommt das Faszinierende. Rechnet: eins und zwei?»

«Drei.»

«Und vier und drei?» Der Stock tanzte auf den entsprechenden Zahlen.

«Sieben.»

Gerbert malte ein Zeichen für drei und eines für sieben und hatte das Zeichen für siebenunddreißig. Sophia fiel das Kinn herunter. Es war so einfach! Indem man eine simple Regel geschaffen hatte, die den Zeichen einen anderen Wert gab, je nachdem, an welcher Stelle sie standen, konnte man die Zeichen selbst zum Rechnen zu Hilfe nehmen. Sie blickte auf die römischen Zahlen. Wenn sie die römischen Zeichen für vierzehn und dreiundzwanzig kombinierte, kam sie auf XXXIIIIIII und musste sich erst Gedanken darüber machen, dass sie die sieben Striche durch ein V und zwei Striche ersetzen musste. Bei so kleinen Zahlen war das noch eine überschaubare Sache, aber bei den großen, die Gerbert ihr vorgerechnet hatte, waren mehrere Rechenschritte nötig, um zum richtigen Ergebnis zu kommen. Die neuen Zahlzeichen hingegen …

Sie klemmte die Zunge zwischen die Zähne und schrieb: 314 + 223. Dann malte sie darunter:

3 + 2 = 5

1 + 2 = 3

4 + 3 = 7

537. Fünfhundertsiebenunddreißig. Aufgeregt richtete sie sich wieder auf. Ihre Wangen glühten, und Gerbert nickte ihr zufrieden zu. «Etwas komplizierter ist es, wenn Ihr über die Hundertergrenze kommt: 586 + 333. Schreibt auf.»

Sophia schrieb:

5 + 3 = 8

Dann stutzte sie. Gerbert nickte erneut. «Genau das meine ich. Darum müsst Ihr bei großen Zahlen von hinten anfangen.» Er nahm ihr den Stock wieder ab und setzte die Rechnung selbst.

6 + 3 = 9

8 + 3 = 11

5 + 3 = 8

«Wir wissen, dass diese Elf den Wert der nächsten Ziffer um eins erhöht, also müssen wir so rechnen: Die letzte Ziffer ist 9. Von der 11 bleibt nur die 1, und die 8 wird um eines erhöht: Seht Ihr? 919.»

Sophia ließ sich auf den Baumstamm fallen, an dem die Pferde angebunden waren. Eines streckte den Kopf nach ihr aus und schnaubte sie an. Es nestelte mit den Lippen an ihrer Kleidung herum, um zu prüfen, ob sie etwas Fressbares bei sich hatte. Sie schubste es mit dem Arm fort. «Kann man auf diese Weise auch multiplizieren?»

«Natürlich.» Wieder nahm Gerbert den Stock und rechnete ihr eine Multiplikationsaufgabe auf ähnliche Art und Weise vor. Sophia schwirrte der Kopf. Es war viel auf einmal, aber auf diese Art und Weise bekam die Rechnerei plötzlich eine Logik, die sie begreifen, die sie lernen konnte. Sie würde rechnen können! Dann jedoch fiel ihr etwas ein. «Ihr habt mir das Zeichen für vierzehn gezeigt. Elf, zwölf, dreizehn …», murmelte sie nachdenklich vor sich hin, «siebzehn, achtzehn, neunzehn.» Dann malte sie die Zahlen auf. «Aber was ist mit der Zehn? Ihr habt gesagt, dass die Eins ihren Wert verändert, sobald sie an einer anderen Stelle steht. Aber wenn ich eine Zehn schreiben will, kann ich doch die Stelle gar nicht erkennen!»

«Klug beobachtet. Darum setzt man nach der Eins einfach einen Punkt. Dadurch macht man deutlich, dass es sich um eine zweistellige Zahl handelt.» Er malte es auf. «Zehn.»

Sophia nickte nachdenklich. «Lehrt Ihr das Eure Schüler auch so?»

«Nein.» Gerbert ging zu seinem Pferd und nahm ein Stück Brot aus der Tasche. Er hielt es dem Tier hin und strich ihm über den Hals, während es fraß. «Es ist eine heidnische Methode. Der Erzbischof würde mir den Kopf abreißen, wenn ich es täte.»

«Ihr selbst aber rechnet so?»

«Ich rechne mit den arabischen Ziffern und übertrage sie am Ende wieder ins Römische, ja.»

«Judith sagt, manche Leute behaupten, Ihr wärt mit dem Teufel im Bunde. Jemand, der mit einer solchen Geschwindigkeit sogar dividieren kann, muss einfach mit dem Teufel im Bunde stehen. Fändet Ihr es da nicht besser, ihnen den Trick zu verraten?»

Gerbert wischte sich die Hand am Oberschenkel ab. «Die Leute würden niemals verstehen, dass es nichts weiter als ein Trick ist. Die Zahlen sind heidnisch, und das bedeutet für die Menschen, dass sie des Teufels sind. Ich glaube, es ist klüger, sie nicht verbreiten zu wollen.» Er lächelte schief. «Und den Gerüchten begegnen wir am besten dadurch, dass wir doppelt eifrig unsere Gebete sprechen, was meint Ihr?»

«Wahrscheinlich. Aber die Zahlen würden vielen Schülern das Leben erleichtern.» Ein anderer, noch viel aufregenderer

Gedanke kam ihr, und ein Schauer rann ihr den gesamten Rücken hinunter. «Mit dieser Methode könnten viel mehr Menschen Rechnen lernen. Wenn man nicht erst lange Studien betreiben, kein Latein können muss, um überhaupt die Zahlen zu begreifen, dann …»

«Glaubt mir, Sophia, es ist noch gar nicht lange her, dass ich ganz genauso gedacht habe wie Ihr. Ich hatte vor, meinen Schülern beizubringen, wie sie mit den neuen Zahlen rechnen können. Voller Eifer steckte ich, das Erlernte weiterzugeben. Aber das ist vorbei.»

«Warum?»

«Vielleicht habe ich Angst davor, heidnisches Material zu benutzen?»

Sophia schnaubte. «Warum habt Ihr dann Euer Astrolabium nicht fortgeworfen? Oder den Abakus?»

«Ihr habt natürlich Recht.» Gerbert ließ sich neben ihr auf den Baumstamm sinken. «Ich habe schon oft darüber nachgedacht, was mir den Spaß am Lehren verleidet hat. Der Erzbischof behauptet, Bobbio sei der Grund dafür, und inzwischen denke ich, dass er damit nicht ganz falsch liegt.»

«Was ist in Bobbio passiert?» Sophia wusste, dass es ein sehr berühmtes Kloster in Italien war.

«Das ist eine längere Geschichte. Vor einigen Jahren schickte ein Mann aus Magdeburg, Ohtrich, der Leiter der dortigen Domschule, einen seiner Schüler zu mir, um von mir meine Einteilung der Wissenschaften zu erfragen. Kennt Ihr die Schrift, die ich dazu verfasst habe? Nun, jedenfalls hat dieser Schüler meine Theorie völlig falsch wiedergegeben und Ohtrich hielt mich für einen Narren. Als ich mit dem Erzbischof zusammen nach Rom reiste, gab mir der Kaiser die Gelegenheit, die Sache richtig zu stellen. Es gab eine große Disputation in Ravenna, aus der ich wohl als Sieger hervorgegangen bin. Der Kaiser war so angetan von meiner Argumentation, dass er mir die Abtei Bobbio übertrug. Ich war dort eine ganze Weile lang Abt, aber glaubt mir, es war kein Vergnügen. Schließlich musste ich aufgeben und nach Reims zurückkommen.»

«Was war so schwierig?»

«Die Mönche haben sich meiner Führung widersetzt. Ich versuchte, einige Neuerungen einzuführen, sie unter anderem davon zu überzeugen, dass es ein Fehler ist, die eigenen Hintersassen so auszupressen, dass sie irgendwann zugrunde gehen müssen. Jedenfalls habe ich bitter gelernt, dass nicht jeder Mensch begeistert davon ist, wenn jemand kommt und sein althergebrachtes Weltbild umzustoßen versucht.» Er rümpfte die Nase, ob über sich selbst oder die ignoranten Mönche, hätte Sophia nicht sagen können. «Ich begreife es als Strafe für meinen Hochmut. Bobbio hat mich in meinem Ehrgeiz ein bisschen gebremst, doch gleichzeitig habe ich festgestellt, dass es mir die Freude am Lehren verleidet hat.»

«Habt Ihr mit Euren Schülern darüber gesprochen?»

«So, wie ich hier mit Euch spreche? Um Himmels willen, nein!»

Seine Worte machten Sophia klar, in welch herausragender Position sie sich befand. Warum nur war er ausgerechnet ihr gegenüber so zuvorkommend und offen? Sie musterte ihn wieder aus den Augenwinkeln. Er schien auf einmal ganz in sich gekehrt.

14. Kapitel

Zwei Wochen später – Wochen, in denen Sophia schlecht geschlafen und statt über Gero viel über Gerbert nachgedacht hatte – sprach sie Michael auf den griechischen Kommentar an.

«Wie weit seid Ihr eigentlich mit dem Geminos? Habt Ihr schon etwas herausgefunden?»

Michael wirkte blass und erschöpft. «Ja, aber wir wissen noch nicht, ob uns das weiterhilft.»

Sophia war dabei, Federn zurechtzuschneiden. Jetzt legte sie das Messer zur Seite und rieb sich die von der Anstrengung schmerzenden Finger. Gerbert hatte sie gebeten, diese Arbeit selbst zu erledigen, weil der *scriptor* der Bibliothek es ihm nicht sorgsam genug machte. «Bei ihm franst die Spitze immer nach einer halben Seite aus.»

«Er härtet sie nicht lange genug», hatte Sophia geantwortet und sich an die Arbeit gemacht.

Jetzt war sie froh über eine kleine Pause. Sie massierte ihr Handgelenk. «Erzählt.»

«Der Kommentator erwähnt einen griechischen Astronomen, der offenbar unser Problem gelöst und den Jahreszyklus ermittelt hat, in dessen Verlauf sich Mond- und Sonnenjahr wieder aneinander angleichen. Geminos hat in seinem Originaltext von ihm berichtet. Aber viel weiter sind wir noch nicht gekommen, denn Ihr wisst ja, dass der Kommentator den Geminos nur unvollständig wiedergibt.»

«Kennt Ihr seinen Namen?»

«Den des Astronomen? Ja. Meton von Athen.»

«Das ist doch hervorragend! Dann könnt Ihr weitere Nachforschungen anstellen.»

Michael verzog das Gesicht zu einer skeptischen Grimasse. «In Byzanz sind über Jahrzehnte wertvolle astronomische Schriften einfach in Vergessenheit geraten. Manche hat man mit neuen Texten überschrieben, könnt Ihr Euch das vorstellen? Warum sollte ausgerechnet eine so spezielle astronomische Schrift vor der Vernichtung bewahrt worden sein?»

Sophia musterte Michael. Dann lachte sie auf. «Ihr seid ein alter Griesgram!»

«Nun ...»

«Wie wollt Ihr je Erfolge verzeichnen, wenn Ihr so verzagt seid?»

«Ja, aber ...»

Sophia warf die Arme in die Luft. «Ja, aber! Haltet doch einfach die Luft an, bester Griesgram.»

«Sie ist eine ziemlich freche Frauensperson, nicht wahr?» Gerberts Stimme an der Tür ließ beide herumfahren.

«Ich wähnte Euch im Scriptorium.» Sophia sah ihm nicht direkt in die Augen. Seit ihrem gemeinsamen Ausritt war sie ihm gegenüber seltsam befangen, und obwohl ihr der Grund dafür im Grunde klar war, fiel es ihr schwer, damit umzugehen. Es wurde Zeit, dass sie ihn endlich zur Rede stellte! Solange Michael dabei war, war allerdings kein wirklich guter Zeitpunkt dafür.

«Ich muss gleich noch einmal dorthin. Ich wollte nur einen wärmeren Schal holen, und da hörte ich Eure Unterhaltung. Sprecht Ihr über Meton?»

«Ja. Michael ist der Ansicht, dass es gar keinen Sinn hat, nach Metons Text über den Sonne-Mond-Zyklus zu forschen.» Sophia schaute Michael ins Gesicht, doch der wich ihrem Blick aus.

Gerbert sah Michael ebenfalls an. «Ihr wollt aufgeben?

Da schließe ich mich nicht an. Ich werde einige Schreiben aufsetzen. Außer dem Mauren habe ich noch ein paar andere gelehrte Bekannte. Vielleicht ist es am besten, ich schreibe zunächst an einen von ihnen, der in Byzanz lebt.»

«Das ist völlig zwecklos. Seit Jahren suchen die Gelehrten dort schon nach einem solchen Manuskript.»

Gerbert grinste breit. «Ja. Aber Ihr sagtet selbst, dass Eure Landsleute zuvor schlecht mit astronomischen Schriften umgegangen sind.»

Sophia lachte leise in sich hinein. Ihr war klar, dass Gerberts byzantinischer Bekannter genau wie der Maure kein Christ sein konnte.

Michael zuckte die Achseln. Gerberts Optimismus schien ihn nicht zu überzeugen. «Versucht es eben», brummte er.

Gerbert war schon wieder halb aus der Tür. «Darauf könnt Ihr Euch verlassen.»

Erst kurz vor Weihnachten holte Adam von Trier den kaiserlichen Hof ein. Nach Theophanus Tod war man wegen der nötigen Neuorientierungen und Verhandlungen häufig umgezogen. Als Adam im Juli aus Reims abgereist war, hatte es geheißen, man halte sich zur Beerdigung der Kaiserin in Köln auf. Als Adam jedoch dort ankam, war der Hof längst weitergezogen nach Bodfeld und von dort gleich weiter nach Pöhlde, wo Adam nun endlich vor der großen Pfalzanlage stand.

Während er auf die vielen Gebäude und das Menschengewimmel starrte, wanderten seine Gedanken zurück nach Reims, zu seinem Treffen mit Michael und den Tagen, die darauf gefolgt waren. Adam hatte Michael nicht getraut. Sicher, der Schreiberling war ein Feigling, der bei der ersten Drohung in sich zusammengefallen war wie ein angestochener Weinschlauch. Adam hatte die Angst des Mannes förmlich riechen können; Angst, die zu groß gewesen war, als dass er noch glaubhaft hätte lügen können. Und dennoch war eine letzte Ungewissheit in Adam zurückgeblieben, als Michael behauptet hatte, Sophia sei nicht in Reims.

Er war zunächst in der Stadt geblieben und hatte Gerberts Haus beobachtet, aber außer der alten Vettel und einer jungen Dienerin war dort keine Frau ein und aus gegangen. Er hatte mehrere Domherren und auch ein paar Mönche des Domklosters unauffällig ausgehorcht, in der Hoffnung, sie würden ihm etwas über eine vor kurzem angereiste junge Dame erzählen, die bei Gerbert zu Gast war. Doch alle, die Adam befragt hatte, hatten ihm versichert, wenn es eine solche junge Dame gäbe, dann wüssten sie es. Zum Schluss hatte Adam die alte Vettel abgefangen und sie nach Sophia gefragt. Sie hatte ihm nur völlig verständnislos ins Gesicht gestarrt und ihm geschworen, niemals jemanden mit Namen Sophia zu Gesicht bekommen zu haben. Da endlich hatte Adam Michael geglaubt und sich auf den Weg zu Marinos gemacht.

Ein Bediensteter eilte an ihm vorbei. Adam riss sich aus seinen Gedanken und hielt ihn an. «Ich möchte zu Marinos. Er war der Kammerdiener der Kaiserin.»

Der Mann musterte ihn neugierig von oben bis unten. «Nun, das ist er jetzt nicht mehr.»

«Dann gehört er nicht mehr zum Gefolge?»

«Doch. Aber er ist kein Kammerdiener mehr. Er wohnt jetzt nicht mehr im Palast, sondern in dem kleinen Haus an der Mauer, das mit den Schindeln aus Schiefer.»

Als Adam das so beschriebene Haus gefunden hatte, klopfte er an. Er musste eine ganze Weile warten, aber endlich wurde ihm geöffnet. Es war Marinos selbst, der ihn einließ. «Adam! Ich grüße Euch. Kommt herein.» Er führte Adam in eine winzige Halle, in deren Kamin ein kräftiges Feuer brannte, bot ihm einen Sitzplatz an und etwas zu trinken.

«Berichtet», befahl er dann knapp.

In wenigen Worten erzählte Adam Marinos, was geschehen war. Er berichtete von Alexandras Flucht aus dem Kloster, von dem vorgetäuschten Wolfsangriff, von Alexandras Absturz von der Klippe und ihrer Beziehung zu Gerbert. Sophia erwähnte er mit keinem Wort. Es war stets besser, einen Trumpf in der Hinterhand zu behalten.

«Und Ihr vermutet, dass Alexandra den Sturz überlebt hat?», murmelte Marinos.

Adam straffte die Schultern und zwang sich, dem bohrenden Blick des Byzantiners standzuhalten. Es gelang ihm. «Als ich zu Ludgers Hof zurückkam, fand ich ihn heiter und voller Tatendrang vor. Er sprach davon, eine Reise zu machen. Ich bin sicher, dass das nur eines bedeuten kann.»

«Ja?»

«Er weiß, wo Alexandra ist. Ich vermute, dass sie mit ihm Kontakt aufgenommen hat, während ich in Reims war. Das ist übrigens auch ein Grund, warum ich nicht bei Ludger geblieben bin.»

Marinos legte die Fingerkuppen zusammen und tippte die beiden Daumen in schnellem Rhythmus gegeneinander.

«Ludger würde sich niemals auf den Weg zu Alexandra machen, solange ich noch bei ihm wäre», erklärte Adam. «Ich musste ihn verlassen, damit er sich sicher fühlen kann. Nur so wird er uns zu ihr führen.» Adam ging auf, dass Marinos ihn genauso ruhig und unbewegt betrachtete, wie er vor nicht allzu langer Zeit Thorvald betrachtet hatte. Seltsamerweise jedoch beunruhigte ihn das nicht ein bisschen. Er war sich sicher, dass seine Theorie stimmte. «Die Reise, die Ludger plant, soll nach Rom führen.»

Marinos' Augen öffneten sich ein klein wenig weiter. «So, so, Rom.»

«Eine Reise nach Rom erfordert eine Menge Vorbereitung, darum konnte ich es auch riskieren, Ludger aus den

Augen zu lassen. Aber ich habe auf dem Weg hierher viel Zeit verloren. Wir müssen ihm so schnell wie möglich einen Bewacher hinterherschicken. Wenn wir Glück haben, führt er uns zu Alexandra.»

«Glück!» Marinos produzierte ein knurrendes, abfälliges Geräusch hinten in der Kehle, was Adam für einen kurzen Moment in seiner Sicherheit erschütterte.

Du kannst es dir nicht erlauben, mich aus dem Weg zu räumen, wie du es mit Thorvald gemacht hast, dachte er. Zum einen, weil ich auf der Hut sein werde, und zum anderen, weil du mich noch brauchst.

Dennoch geriet in seinem Innersten etwas in Aufruhr und beruhigte sich erst, als Marinos seufzend sagte: «Gut. Ich werde Sigbert und Theodor damit beauftragen, Ludger im Auge zu behalten. Für Euch habe ich eine andere Aufgabe.»

Adam war zu erleichtert, um sich darüber zu ärgern, dass er nicht weiterhin für Ludger zuständig sein sollte. Zwar wäre seine Rache an dem Sachsen gescheitert, sollte Alexandra wirklich noch leben und Ludger davon wissen. Aber es würden sich weitere Gelegenheiten ergeben, sie zu Ende zu führen. Jetzt war es erst einmal notwendig, seine gesamte Aufmerksamkeit den Pflichten als *silentiarius* zu widmen.

Was Sophia viel mehr beschäftigte als Michaels Problem mit dem fehlenden Meton-Manuskript und irgendwelchen Mondzyklen, war ein absurder, hoffnungsvoller Gedanke, der ihr nicht mehr aus dem Kopf gehen wollte. Sie unternahm mehrere Anläufe, Gerbert damit zu konfrontieren, doch er blockte jedes Gespräch mit ihr ab. Er stand dieser Tage wieder unter immensem Druck, denn völlig unerwartet war der Erzbischof von Reims gestorben. Der plötzliche Tod verursachte eine Menge Unruhe in Reims und im gesamten

Reich – Unruhe, die so lange währte, bis Gerbert selbst zum Erzbischof erhoben wurde. Seine neuen Pflichten nahmen ihn nun gänzlich in Anspruch.

Inzwischen ging es auf Weihnachten zu.

In der Nacht vor dem Barbaratag schlief Sophia wieder einmal schlecht. Irgendwann stand sie auf und trat ans Fenster. Die Nachtluft war kalt. Die Straße lag verlassen da, und ein halb voller Mond, der ab und zu hinter den Wolken hervorlugte, tauchte alles in ein hartes Licht. Eine Kirchturmglocke schlug die Mitternachtsstunde, und Sophia versuchte, sich den Mönch vorzustellen, der für das Läuten verantwortlich war. Es gelang ihr nicht; stattdessen stand ihr plötzlich Frida vor Augen, und in ihrem Kopf verwandelte sich der melodische Klang der Glocke in den weniger schönen, aber so unendlich vertrauten des Klostergongs. So wie jetzt sie die Glocke musste Gero leise den Gong von St. Kyrillos hören, wenn er nachts am offenen Fenster stand. Ob er wohl gerade auch nicht schlafen konnte?

Sophia schloss die Augen und kämpfte gegen die Sehnsucht an, die in der letzten Zeit nur noch in unvermittelten Wellen so stark wurde wie jetzt. Wie immer folgte Sophia ihrer Strategie, sich mit etwas anderem abzulenken.

Rasch zog sie sich ihr Übergewand an und lief nach unten, wo Gerbert in Gedanken versunken in der Halle saß und nachdenklich an die Wand starrte. Seit dem Tod des alten Erzbischofs zog er es vor, wieder in seinem eigenen Haus zu schlafen.

Sophia musste erst Mut sammeln, um ihn anzusprechen. Unschlüssig blieb sie auf der untersten Treppenstufe stehen.

«Was ist los? Könnt Ihr nicht schlafen?» Gerbert wandte sich zu ihr um und sah sie aus so müden Augen an, dass sie beinahe einen Rückzieher gemacht hätte.

«Soll ich Euch etwas zu trinken bringen?»

«Ein Becher warme Milch wäre gut.»

«Ich komme sofort wieder.» Sie lief in die Küche, wo die Asche im Herd noch heiß war. Der kleinste der Kessel stand sauber abgewaschen auf der Ummauerung des Herdes, und ein Becher Milch war rasch angewärmt.

Als Sophia damit zurück in die Halle kam, nahm Gerbert ihn entgegen und trank die Milch in kleinen Schlucken. «Also, raus mit der Sprache», sagte er über den Becherrand. «Ihr habt doch etwas auf dem Herzen.»

«Ja. Es ist …»

Er lächelte fein. «Ihr macht ein so ernstes Gesicht, da brauche ich erst noch eine Stärkung.» Er hielt ihr den Becher hin. Sie nahm ihn, ging in die Küche und füllte ihn wieder auf.

Als sie mit dem Gefäß in der Tür zur Halle stehen blieb, gab es kein Zurück mehr. Sophia war noch immer keine diplomatische Einleitung eingefallen, und so platzte sie einfach mit ihrer Frage heraus. «Ist es möglich, dass Ihr mein Vater seid?»

Gerberts Blick überwand die Entfernung zwischen ihnen, dann stand er langsam auf. Er kam auf sie zu, nahm ihr den Becher aus der Hand, machte auf dem Absatz kehrt und ging zu seinem Sessel zurück. Er ließ sich wieder hineinfallen, trank einen Schluck. Jede seiner Bewegungen sah langsam und bedächtig aus.

«Ja», sagte er. Mehr nicht.

TEIL 2

1. Kapitel

Das Gut Gielde lag auf einem kleinen Hügel, befestigt mit einem Ringwall aus Grassodenwänden, Holz und Erde. Früher einmal hatte die Burg eine doppelte Vorburg gehabt, eingefasst durch zwei weitere Wallanlagen, die nun jedoch verfallen waren. Sollten wir jemals in die Lage kommen, sie zu brauchen, dachte Gero im Vorbeireiten grimmig, taugen sie allenfalls dazu, dass die Angreifer sich totlachen.

Ludger hatte in Reims immer häufiger davon gefaselt, zu einer Pilgerreise aufbrechen zu wollen und schließlich sogar mit den Reisevorbereitungen begonnen. Schließlich war Gero mit ihm, Hermann und zwei weiteren Getreuen aus dem Dorf zu diesem zweiten Anwesen der *familia* geritten, um ihn auf andere Gedanken zu bringen. Geflohen waren sie. Gero selbst war vor seinen Erinnerungen an Sophia davongelaufen, die ihn an jeder Wegkehre, die er einmal mit ihr gegangen war, mit jeder Blume, deren Art sie einmal in Händen gehalten hatte, wieder überfielen.

Wenn er doch nur geahnt hätte, dass es keine Flucht gab, dass die Probleme hier in Gielde nicht geringer werden würden! Der Verwalter, den sie vor Jahren eingesetzt hatten, hatte schlecht gewirtschaftet, das Land war heruntergekommen, die Hintersassen waren aufsässig und faul. Obwohl das umliegende Land im Schatten des Harzes fruchtbar war, lastete ein Berg von Schulden auf dem Gut.

Ein wenig hatte Gero ihre Lage heute erleichtern können, denn er befand sich auf dem Heimweg von Verla. Ludger war als einer der Kronvasallen der dortigen Pfalz zu Abgaben verpflichtet. Zu ihrem Glück war der Verwalter ein alter Freund von ihm, und er hatte auf Geros Bitten hin die in diesem Jahr fälligen Kornabgaben halbiert, unter der Bedingung, dass dafür mehr Schafe geliefert wurden. Gero war auf das Angebot erleichtert eingegangen, denn auf den verwilderten Weiden fanden die Mutterschafe reichlich Schutz, und so lammten sie, ohne dass die Menschen sich viel um sie kümmern mussten.

Den Rückweg hatte Gero in zufriedener, beinahe heiterer Stimmung angetreten, doch als er jetzt durch das Tor des Hauptwalls ritt, wurde der Anflug von guter Laune zunichte gemacht.

«Wo warst du?» Ludgers Tonfall schwankte wieder einmal zwischen Jammern und Anklage. Er trat an Geros Pferd, griff nach den Zügeln und erwischte sie so ungeschickt, dass er dem Tier unsanft den Kopf nach unten riss. Es wehrte sich gegen den Schmerz im Maul, indem es scheute.

«Scht!» Gero entzog seinem Vater die Zügel. «Ist gut.»

Hermann kam aus dem Stall, und Gero übergab ihm das Pferd. «Kümmert Euch um ihn.»

Hermann nickte knapp und tat, wie ihm geheißen wurde. Gero konnte Erleichterung in seinen Augen sehen. Hermann war sichtlich froh, die nun folgende Auseinandersetzung nicht mit anhören zu müssen.

«Wo warst du?», fragte Ludger erneut. Offensichtlich hatte er getrunken.

«In der Pfalz.» Gero konnte nichts gegen die Kälte in seiner Stimme tun. Herrgott nochmal!, fluchte er lautlos. Kannst du nicht einmal deine Würde bewahren? Ich könnte deine Unterstützung gut gebrauchen! In diesem Moment, da Ludger sich mit in die Hüften gestützten Händen drohend vor ihm aufbaute und dabei einfach nur lächerlich aussah, war Gero plötzlich unbehaglich zumute. Den ganzen Tag über hatte er in der Pfalz Verhandlungen geführt, Entscheidungen getroffen und Geschäfte abgeschlossen. Im Angesicht seines Vaters jedoch, der, breitschultrig wie eh und je, vor ihm stand und ihn tadelnd ansah, fühlte er sich verdächtig wieder wie ein kleiner Junge. Er seufzte hörbar und hoffte, Ludger würde begreifen, dass er in Ruhe gelassen werden wollte.

Die Hoffnung war natürlich vergebens.

«Wir stehen nicht mehr in Diensten des Kaisers», sagte Ludger mit gepresster Stimme. «Was hast du in der … der Pfalz zu suchen?»

Ohne eine Antwort zu geben, drängte Gero sich an seinem Vater vorbei und gab sich keine Mühe, ein Anrempeln zu vermeiden. Mit ausholenden Schritten ging er zum Haupthaus und versuchte, seinen Vater zu ignorieren. Es gelang ihm nicht zur Gänze. Aus dem Augenwinkel sah er, wie Ludger um sein Gleichgewicht kämpfte und ihm dann folgte.

Eine der Küchenfrauen bemerkte Gero, als er in die große Halle des Haupthauses trat, und kam unaufgefordert mit einem Becher verdünntem Wein auf ihn zu. Er bedankte sich mit einem Nicken und trank ihn in einem Zug leer, bevor er sich auf eine der Bänke fallen ließ und die Beine von sich streckte.

«Soll ich Euch die Stiefel ausziehen?», fragte die Frau, aber Gero schüttelte den Kopf.

«Ihr solltet nicht so hart arbeiten, Herr.»

«Wer soll es denn sonst tun?» Gero lächelte die Frau freundlich an. «Wenn Ihr etwas für mich tun wollt, dann seht nach, ob sich etwas Essbares in der Küche findet. Ich fürchte, ich habe keine Zeit, zum Abendmahl hier zu sein.»

In Wahrheit hatte er keine Lust dazu, denn er wusste, dass das Abendmahl von endlosen, weinerlichen Lamenti seines Vaters begleitet werden würde, aus denen er in den letzten Monaten nicht schlau geworden war und aus denen er auch heute nicht schlau werden würde. Er war einfach zu müde, um sich das nach diesem Tag noch anzutun.

Als die Frau sich entfernte, hatte Ludger es endlich auch in die Halle geschafft. Er ließ sich mit einem Prusten neben Gero auf die Bank fallen und schwieg auf eine unangenehm aufdringliche Art und Weise.

«Und was hast du heute gemacht?», fragte Gero. Außer zu beten, fügte er in Gedanken hinzu.

«Ich war in der Kapelle.»

«Du solltest dich ein bisschen mehr um den Hof kümmern als um dein Seelenheil.» Gero sog Luft ein. Er hatte sich vorgenommen, diese Diskussion nicht wieder anzufangen, aber nun war es zu spät. Ludger lehnte sich leicht schwankend vor und fasste seinen Sohn ins Auge. «Wir sind alle arme Sünder, verdammt bis in alle Ewigkeit.»

«Wenn du so weitermachst …»

«Das Fleisch ist schwach.» Ludger schluchzte auf.

«Vater …»

«Wir müssen die Kapelle vergrößern!»

«Das kommt überhaupt nicht in Frage!» Gero zwang sich, ruhig zu bleiben. «Wir haben kein Geld für solchen Unsinn. Falls du es noch nicht begriffen hast, Vater, wir können das Gut kaum halten!»

«Alles Irdische ist wertlos. Trachtet nach dem Heil eurer Seele.» Ludger schniefte.

«Du trägst Verantwortung für deine Leute, Vater, begreifst du das denn nicht?» Die Frau kam mit einem vollen Teller zurück und stellte ihn auf den Tisch in Geros Nähe. Gero ging hinüber und begann zu essen. Ihm war der Appetit vergangen, aber er wusste, dass er besser bei Kräften blieb.

Die Frau zog sich mit einem zufriedenen Lächeln zurück. Kurz ertappte Gero sich dabei, dass er wünschte, es wäre Sophia. Sie wäre jetzt bei ihm geblieben und hätte ihm geholfen, den Kampf mit seinem Vater auszufechten.

«Sünder sind wir allesamt, die wir wandeln auf Erden.»

Gero schluckte krampfhaft. «Das mag sein, aber …»

«Und wir werden auf ewig verdammt sein, wenn wir …»

«Vater, hör auf!» Gero schrie so laut, dass Ludger erschrocken verstummte. Ein letzter Schniefer, dann blieb er wie erstarrt sitzen – ein kleines Kind, das man zu Unrecht gescholten hatte. Tränen glitzerten zwischen seinen Wimpern.

Gero schloss für einen Moment die Augen. Er kämpfte gegen eine schreckliche Traurigkeit an, die ihn zu überwältigen drohte.

Neben ihm hatte Ludger angefangen, wie ein Kleinkind zu schluchzen.

Gero hielt es nicht mehr aus.

Er hatte kaum drei oder vier Bissen gegessen, aber jetzt sprang er auf die Füße. Hilflos sah er auf seinen Vater nieder, machte auf dem Absatz kehrt und hastete aus der Halle.

Gero lief in den Pferdestall, um dort ein wenig Ruhe zu finden, aber er hatte vergessen, dass Hermann noch dort war und sein Pferd versorgte.

Der Mann sah erstaunt auf, als sein junger Herr hereingestürzt kam und sich auf ein Bündel Stroh in der Ecke warf. «Herr? Ist alles in Ordnung?»

«Alles wie immer, Hermann», presste Gero zwischen den Zähnen hervor. «Wie immer.»

Hermann verstand. «Also ist nichts in Ordnung, nicht wahr?»

Gero zog ein Knie vor die Brust und legte den Ellenbogen darauf. Er nahm einen Strohhalm und begann, ihn zwischen den Fingern zu drehen. «Was hat ihn nur so werden lassen, Hermann?»

Der Mann legte die Bürste weg, mit der er eben noch die Flanke des Pferdes bearbeitet hatte. «Es hat mit Alexandras Tod zu tun.»

«Sie war nicht einmal seine Frau, und er hat schon zuvor Menschen verloren, die er geliebt hat. Warum hat ihm ausgerechnet Alexandras Tod den Verstand geraubt?»

«Als Eure Mutter damals starb, hatte er Euch.»

«Er hat mich auch jetzt noch. Aber er scheint mich gar nicht mehr wahrzunehmen. Für ihn bin ich nicht mehr als ein Gefolgsmann.» Gero lehnte den Kopf gegen die Wand. «Was sollen wir tun, Hermann?»

Der Gefolgsmann antwortete nicht sofort, sodass Gero die Augen wieder öffnete und ihn ansah. Da endlich zuckte er die Achseln. «Ich weiß es nicht, Herr.»

Am nächsten Morgen war Ludger verschwunden. Gero suchte überall nach ihm, fand ihn aber weder im Haus noch in den Ställen oder der Kapelle. Beunruhigt machte er sich an seine Arbeit.

Ludger erschien auch zur Mittagszeit nicht, und gerade als die Frauen damit begannen, den Tisch für das Abendmahl zu decken, und Gero sich entschlossen hatte, jemanden auf die Suche nach ihm zu schicken, tauchte er wieder auf. Er war klitschnass und schmutzig, aber sichtlich zufrieden – und nüchtern. Er grinste Gero freundlich an und ging wortlos an ihm vorbei, um sich für das Mahl umzukleiden.

Gero tat es ihm gleich. In seiner Kammer tauschte er das schmutzige Übergewand gegen ein sauberes und wusch sich Gesicht und Hände. Er hatte zwei Männer aus dem Dorf eingeladen, am Mahl teilzunehmen, also wären sie zu fünft: er, sein Vater, Hermann und die beiden Bauern.

Bis auf Ludger waren alle bereits anwesend, als Gero die Halle betrat. Sie setzten sich und warteten auf den Hausherrn.

Ludger erschien kurz darauf, sauber gekleidet, die schütter werdenden Haare noch nass vom Regen, aber ordentlich nach hinten aus dem Gesicht gekämmt, und anscheinend bester Laune. Er ließ sich auf seinen Platz an der Tafel fallen, sprach die Gebete und lud alle ein, herzhaft zuzulangen.

«Ich werde nach Rom pilgern», eröffnete er das Gespräch, noch bevor jemand einen Bissen im Mund hatte. Hermann hätte fast seinen Wein quer über den Tisch geprustet. Er verschluckte sich und hustete heftig.

«Ich werde …»

«Er hat wohl verstanden, was du gesagt hast, Vater», unterbrach Gero Ludger. Er rieb sich mit zwei Fingern über die Nasenwurzel. Hatte er dem hier nicht entfliehen wollen, indem er aus Reims fortgegangen war? Eine Zeit lang hatte er sich in der trügerischen Hoffnung gesonnt, dass Ludger durch die Reise nach Gielde von seinem Vorhaben, eine Pilgerfahrt zu unternehmen, abgekommen war. Doch offenbar hatte auch diese Hoffnung getrogen. «Das kann dir doch nicht ernst sein!»

«Du hast doch gehört, was Philipp gesagt hat: Ihm wurde die Last seiner Sünde von den Schultern genommen, als er vor den Reliquien des heiligen Kreuzes gebetet hat.»

Gero hatte das Gefühl, als habe er spitze, eiserne Dornen im Magen. «Du kannst nicht einfach nach Rom reisen.»

«Warum nicht? Der Kaiser tut es auch andauernd.»

«Du wirst hier gebraucht! Der Hof …»

«Der Hof ist doch bei dir in besten Händen.»

Gero biss sich vor Frustration auf die Zunge. Wie nur konnte er diesen Irrsinn abwenden? «Wir haben kein Geld für eine Wallfahrt. Und du würdest noch vor Georgenberg von Vaganten überfallen werden!»

Ludger sah ihn beleidigt an. «Ein guter Sohn würde mich begleiten.»

Geros Hand ballte sich zur Faust. «Ich bin doch nicht von allen guten Geistern verlassen! Im Gegensatz zu dir!»

«Gero!» Ludgers Tadel klang scharf. «Das nimmst du sofort zurück!»

Gero warf sein Messer auf den Tisch. Seine Finger zitterten jetzt. «Ich werde mich nicht mit dir streiten, Vater!»

«So ist es gut. Schließlich planen wir eine Wallfahrt!» Ludger schaute Gero triumphierend in die Augen, und da flammte es hinter Geros Lidern zornrot auf. Er stemmte sich an der Tischplatte in die Höhe und beugte sich zu seinem Vater hinüber.

«Mach doch, was du willst!», zischte er.

Zwei Tage lang war die Stimmung auf dem Hof so angespannt, dass Gero jedem aus dem Weg ging. Sogar Hermann war ihm zu viel; die ruhige Besonnenheit, mit der dieser versuchte, Ludger zur Vernunft zu bringen, reizte Gero so sehr, dass er fürchten musste, den Guten ebenfalls zu beleidigen. Stattdessen verbrachte Gero seine Zeit damit, die Bauern aufzusuchen und zu besprechen, wer wann seinen Frondienst auf den Feldern leisten musste. Meist kam er erst kurz vor dem Abendmahl zurück, schlang sein Essen hinunter und verschwand, sobald Ludger die Tafel aufgehoben hatte.

Am dritten Abend folgte ihm Hermann.

«Ihr kränkt Euren Vater, wenn Ihr Euch so benehmt», sagte er vorsichtig.

Gero saß im Obstgarten unter einem Apfelbaum und spielte mit einem abgebrochenen Zweig. Er sah zu Hermann auf, dann rückte er einfach ein Stück zur Seite. Der Getreue ließ sich neben seinem jungen Herrn nieder.

«Er macht es tatsächlich wahr, nicht?»

«Die Pilgerreise? Es sieht so aus. Ein paar der Frauen sind schon mit Vorbereitungen beschäftigt.»

«Er verliert keine Zeit.»

«Nein.»

«Euch ist klar, dass ich ihn nicht alleine gehen lassen kann, oder?» Gero hielt den Zweig in die Höhe und starrte darauf.

«Ja.»

«Würdet Ihr an meiner Stelle hier bleiben und Euch um das Gut kümmern?»

«Wenn Ihr es so wünscht.»

Gero legte den Kopf gegen den Baumstamm. Er wünschte sich, selbst hier bleiben zu können, um den Hof wieder auf Vordermann zu bringen. Diese Reise warf alle seine Pläne durcheinander.

«Habt Ihr Euren Vater in den letzten Tagen einmal beobachtet? Beim Essen, meine ich?» Hermann rutschte unbehaglich hin und her.

«Weshalb sollte ich?»

«Er trinkt nicht mehr, seit er wieder von dieser Reise spricht. Und er wirkt auch nicht mehr so abwesend.»

Gero nickte langsam. «Ich weiß.»

«Vielleicht ist es genau das Richtige, um ihn wieder gesund zu machen?»

«Vielleicht ist es genau das Richtige, um ihn umzubringen.»

«Die Gefahr besteht.»

Gero warf den Zweig fort. «Meint Ihr, dass es eine gute Entscheidung ist?»

Hermann zuckte die Achseln. «Ich weiß es nicht.»

Jetzt wandte Gero ihm das Gesicht zu. «Warum wollte ich genau das nicht hören?», fragte er.

Der Herbst war feucht und kalt, und obwohl Germinas Höhle trocken war, zog Alexandra sich um die Herbstäquinoktie herum eine schlimme Erkältung zu. Sie lag zwei Tage lang mit hohem Fieber darnieder, und in dieser Zeit quälten sie wirre Träume, in denen sie zypressenbestandene Hügel und sonnenverbrannte Ebenen vor sich sah. Sie hörte Stimmen, ferne, wehmütige Klagen, deren Inhalt sie nicht verstehen konnte, deren Klang sie aber nur zu gut kannte. Immer wieder fuhr sie erschrocken hoch, und jedes Mal saß Germina an ihrem Lager, hatte einen feuchten Lappen in der Hand und sah besorgt auf sie herab.

«Was war es, das Euch im Traum so gequält hat?», fragte sie.

Alexandra wandte das Gesicht der Höhlenwand zu. «Die Stimme meiner Kaiserin», murmelte sie. Gleich darauf drehte sie sich wieder zu der Alten um. «Haltet Ihr Gott für allmächtig?»

Germina zuckte die Achseln.

«Wenn er das ist, dann kann er doch dafür sorgen, dass sich die Wege zweier Menschen kreuzen, auch wenn sie sich dagegen zu wehren versuchen, nicht?»

«Ihr kennt doch die Geschichte von Jona und dem Wal», sagte Germina.

«Natürlich. Jona wurde gezwungen. Meint Ihr, Gott will mich durch diese Träume auch zwingen?»

«Ich bin keine Traumdeuterin. Alles, was ich weiß, ist, dass Ihr Euch mit der Entscheidung quält. Euer Schicksal liegt in Gottes Hand, wie auch immer Ihr handelt. Und wenn es sein Wille ist, dass Ihr mit diesem anderen Menschen zusammentrefft, dann wird er dafür sorgen, da bin ich ganz sicher.»

Alexandra sog die Unterlippe zwischen die Zähne. «Irgendwie habe ich das Gefühl, dass ich meine Kaiserin verrate, wenn ich bei Euch bleibe.»

«Dann überlegt Euch, ob Ihr mit dem Verrat leben könnt oder nicht.» Germina legte den Lappen in eine Holzschüssel und stand auf. «Diese Entscheidung kann ich Euch nicht abnehmen.»

Alexandra sah zu ihr auf. «Ich weiß.»

2. Kapitel

Von ferne sah es aus, als klebte das Kloster des heiligen Otmar wie ein Schwalbennest in den schroffen Hängen der Hochalpen. Erst beim Näherkommen war zu erkennen, dass es in einen Geröllhang hineingebaut worden war. Eine übermannshohe Mauer aus dem umliegenden Gestein umgab es, und nur zwei Gebäude ragten über diese Mauer hinaus: die Spitze der kleinen Kirche und ein hohes, fensterloses Ungetüm von einem Turm. An der Rückseite schmiegte sich die Mauer so eng an die Felswand, dass es aussah, als wachse sie direkt aus dem Felsen heraus.

Ein schmaler Fußpfad wand sich durch das Geröllfeld in die Höhe und endete vor dem massiven Tor, das auch am Tage fest verschlossen blieb. Ein kühler Wind wehte von den Bergen herab und ließ die beiden Krieger, die eben eine kleine Kuppe erreicht hatten, vergessen, wie stechend die Sonne in diesen Höhen auf sie niederbrannte. Sie beschatteten die Augen mit der flachen Hand und blickten zu der Klosteranlage hinauf.

«Finster!», brummte Sigbert von Wenkheim. Unter seinem weiten, weißen Mantel, der ihn als Pilger auswies, verbarg sich ein Panzer – keiner der gewöhnlichen, mit Metallplättchen besetzten Lederharnische, sondern eines der neuen Kettenhemden, das aus Hunderten von vierfach miteinander verschlungenen Ringen bestand. Wie es sich für einen Pilger gehörte, schien Sigbert unbewaffnet, aber ein aufmerksamer Beobachter hätte die schmale Schwertscheide entdeckt, die, von dem weiten Mantel halb verdeckt, am Sattel angebracht war.

Theodor nahm den Helm ab und strich sich durch die verschwitzten Haare. «Beeilen wir uns», sagte er. «Ich muss aus dieser verflixten Sonne.» Auf seiner Nase hatte die Haut begonnen, sich zu pellen, und er war krebsrot im Gesicht.

Sigbert nickte. «Beschwer dich nicht. Wer weiß, was wir in Italien noch alles aushalten müssen!»

«Glaubst du wirklich, dass diese Alexandra in Italien ist?» Theodor zerrte am Halsausschnitt seiner Brünne.

Sigbert entblößte zwei Reihen schimmernder Zähne. «Adam meint, sie kann überall sein, überall zwischen Reims und Rom.»

«Ja, ja, das hatten wir schon.»

«Nun hör schon auf! Vielleicht gelingt es uns ja, mehr zu erfahren, wenn wir uns ihnen anschließen, statt sie nur die ganze Zeit zu verfolgen.»

Sie hatten Glück gehabt. Als sie in Reims angekommen waren, um sich an Ludgers Fersen zu heften, hatten sie feststellen müssen, dass er und sein Sohn das Anwesen verlassen hatten. Zwar hatten die Bediensteten ihnen bereitwillig mitgeteilt, dass sie nach Gielde in den Harz aufgebrochen waren, doch auch dort waren sie schon nicht mehr gewesen, als Sigbert und Theodor das Gut erreichten. Diesmal waren sie tatsächlich auf die Reise gegangen, und die beiden *silentiarii* hatten sich beeilen müssen, um sie einzuholen. Erst kurz vor Augsburg war es ihnen gelungen, und seitdem waren sie ihre unauffälligen Schatten gewesen – bis zum Vortag, bis sie St. Gallen erreicht hatten. Dort hatten sie erfahren, dass Ludger und seine Männer auf dem Weg zu einem kleinen Dorf waren, dass es von diesem Dorf aus nur einen Weg über die Pässe gab und dass dieser Weg an dem Kloster vorbeiführte.

«Wenn wir vor ihnen da sind», sinnierte Sigbert, «dann

werden sie erst recht keinen Verdacht schöpfen.» Insgeheim glaubte er nicht daran, dass Ludger und Gero überhaupt argwöhnisch sein könnten. In seinen Augen deutete alles darauf hin, dass sich die beiden wirklich auf einer ganz normalen Pilgerreise befanden. Er seufzte. Marinos hatte ihnen den Auftrag gegeben, Ludger bis zum Ende seiner Reise nicht aus den Augen zu lassen, und das würden sie tun, egal, für wie unsinnig er selbst diesen Befehl auch immer hielt.

Er gab seinem Pferd die Sporen, und gemeinsam begannen sie den tückischen Anstieg über das Geröllfeld.

Der Schlag, mit dem Sigbert am Tor Einlass begehrte, dröhnte über die Hänge und brach sich irgendwo in der Ferne.

Beinahe augenblicklich wurde ein kleines Sichtfenster in Augenhöhe aufgeklappt, und eine dunkel geäderte Nase kam zum Vorschein. «Was wünscht Ihr?»

«Wir sind Pilger auf der Durchreise nach Rom», sagte Sigbert und bemühte sich um ein aufrichtiges Lächeln. «Wir benötigen ein Quartier für die Nacht und etwas zu essen.»

«Wer seid Ihr?»

Sigbert nannte ihre beiden Namen. Auf der Innenseite des Tors wurde ein Riegel mit lautem Quietschen zur Seite geschoben, und dann schwang es nach innen auf. Sie ritten hindurch und fanden sich vor einem kleinwüchsigen Mönch mit blauroter Nase, der sie von oben bis unten kritisch musterte. Er schien zufrieden mit dem, was er sah, denn er nickte und sagte: «Abt Carolus ist zurzeit nicht hier, aber ich werde Euch unseren Prior holen. Wenn Ihr so gütig seid und einen Moment warten wollt.»

Der Prior war ein mittelgroßer Mann von schwer zu bestimmendem Alter. Er sah aus wie dreißig, hätte aber ebenso gut bereits fünfzig Jahre zählen können. Er stellte sich ihnen als Bruder Aidán vor. «Gott mit Euch, Ihr Herren. Was führt Euch in diese Gegend?»

«Wir sind auf dem Weg nach Rom», erklärte Sigbert zum wiederholten Male.

«Reist Ihr zu zweit?»

«Nun, wir wären nicht abgeneigt, uns einer Gruppe anzuschließen, sollte sich die Gelegenheit ergeben.»

Aidán wandte den Blick zum Himmel. «Es kommen häufiger Reisende hier vorbei. Vielleicht solltet Ihr einfach ein paar Tage warten.»

«Was für eine gute Idee!», brummte Theodor.

Sigbert ignorierte ihn. «Wir werden sehen. Wir wollen Eure Gastfreundschaft nicht über Gebühr beanspruchen.»

Aidán neigte den Kopf. «Ich danke Euch. Dort hinten sind die Ställe. Ihr könnt erst Eure Pferde versorgen, und dann steht Euch die Kirche für Eure Gebete offen.»

«Du liebe Güte, sieht das ungemütlich aus!»

Gero zügelte sein Pferd und wies mit der behandschuhten Rechten auf das Kloster. «Wie sie das wohl auf diesem abschüssigen Hang errichten konnten?»

Ludger trieb sein Pferd neben ihn. «Egal. Der Mönch in St. Gallen hat behauptet, es sei die letzte Rastmöglichkeit, bevor es über den ersten Pass geht. Wir sollten uns noch einmal ordentlich ausruhen, von hier an wird es schwierig.»

Besorgt blickte Gero an Ludgers Pferd hinab, das ihm eigenartig vorsichtig aufzutreten schien, und hob dann den Blick. Die eilige Reise von Gielde bis hierher, die sie in kaum mehr als vier Wochen hinter sich gebracht hatten, hatte auch in Ludgers Gesicht ihre Spuren hinterlassen. Seine Nase stach spitzer aus dem Gesicht hervor, und die Wangen, die sonst wohlgenährt und rosig aussahen, wirkten schlaff und eingefallen. Während der ersten Woche ihrer Reise hatte er in einem fort Gebete gemurmelt und immer wieder den gleichen Hymnus gesungen. Schließlich hatte Gero ihm entnervt den Mund verboten, und daraufhin hatte er eine weitere Woche lang wütend geschwiegen. Danach jedoch war es besser geworden. Mit jedem Schritt schien sein unerklärliches, schwachsinniges Verhalten ein Stück weiter hinter ihnen zurückzubleiben, und als sie in der Ferne die ersten Ausläufer der Alpen gesehen hatten, war es Gero vorgekommen, als sei sein Vater wieder ganz der Alte.

Vielleicht hatte Hermann doch Recht gehabt. Vielleicht war dies das Mittel, um Ludger zu heilen.

Gero spannte den Bauch an. Zum wiederholten Male stellte er fest, dass er es genoss, unterwegs zu sein. Das viele Reiten hatte seine Muskeln hart werden lassen, dessen konnte er sich mit jeder Bewegung seiner Glieder versichern. Es war ein angenehmes Gefühl, sich am Abend vor Augen zu halten, was sie am Tag erreicht hatten. Er hatte sich keinerlei Sorgen um den Hof zu machen, und außer für sich selbst trug er keine Verantwortung. Sogar die Trauer um Sophia schien im schwankenden Rhythmus seines Pferdes erträglicher zu werden.

Er seufzte. Allmählich konnte er verstehen, warum Philipp von Baudur jahrelang unterwegs gewesen war.

«Uff», machte Ludger und riss Gero damit aus seinen Gedanken. «Ich brauche ein weiches Lager und etwas zu essen, du nicht auch?»

Etwas zu essen wäre nicht schlecht, dachte Gero. Er sah zu, wie sein Vater beide Hände ins Kreuz stützte. Zum ersten Mal in seinem Leben kam Ludger ihm alt vor, und die Erkenntnis seiner eigenen Vergänglichkeit fiel wie ein leichter dunkler Schleier über Geros gute Laune.

Ein Mönch mit einer roten Nase öffnete auf ihr Klopfen die Pforte, entschuldigte sich dafür, dass weder der Abt noch der Prior zurzeit abkömmlich waren, und zeigte ihnen die Ställe und das Refektorium. Ludger schien sich sehr für Letzteres zu interessieren, und das ließ Geros Stimmung wieder etwas steigen. Wenn sein Vater Appetit entwickelte, dann war er wirklich auf dem Weg der Besserung.

Gero selbst konnte weder für die Ställe noch für irgendein anderes Gebäude auf dem Klostergelände besonders viel Neugierde entwickeln. Mit einer Ausnahme: An der Rückseite der Abtei, gegen die abschüssige Felswand geschmiegt, stand eine Art Turm, wie er ihn nie zuvor gesehen hatte. Er sah aus wie ein Burgfried, seine Abmessungen waren jedoch zu gigantisch für die Hand voll Mönche und Gäste, die hier lebten. Gero ließ den Blick an der fensterlosen Fassade in die Höhe wandern. In diesem Turm konnten sich Hunderte von Menschen verbergen.

Der Mönch schien seinen faszinierten Blick bemerkt zu haben, denn er trat neben Gero. «Das ist unsere Bibliothek», erklärte er hörbar stolz.

Gero nahm den Blick nicht von den massiven Mauern. «Ihr wollt doch nicht behaupten, dieses ganze Ding da sei voller Bücher?» Noch nie im Leben hatte er mehr als vier oder fünf Bücher auf einem Haufen gesehen. Er wusste wohl, dass es in den großen Abteien und Domschulen des Reiches große Bibliotheken gab, in denen das Wissen der Gelehrten bewahrt und vermehrt wurde. Aber dies hier war eine kleine Einsiedelei! Das Dormitorium konnte allerhöchstens einem Dutzend Mönche Unterkunft bieten.

Der Mönch reagierte nicht auf Geros Ausruf, sondern wandte sich wieder Ludger zu.

«Die Non ist gerade vorbei, und die Mönche haben eben gegessen. Aber ich bin sicher, unser Küchenmeister wird noch etwas für Euch finden. Ich gehe sofort und sage ihm Bescheid.»

Gero ärgerte sich über die Unhöflichkeit, mit der der Mann seine Frage ignoriert hatte, und so brachte er mit mürrischer Miene die Pferde in den Stall. Er tastete die Beine des Reittiers seines Vaters äußerst sorgfältig ab und war beruhigt, als er keine heißen Knoten finden konnte. «Bist wahrscheinlich genauso müde wie wir, was?» Er klopfte dem Tier gegen die Flanke, rückte den Futterbeutel gerade und verließ dann den Stall.

Sie aßen jeder zwei Teller einer noch fast heißen, gehaltvollen Suppe und baten dann darum, ihre Quartiere gezeigt zu bekommen.

Das Kloster hatte kein eigenes Gästehaus, aber immerhin hatte man vom Dormitorium der Mönche mit Brettern eine Ecke abgeteilt, sodass sie sich einigermaßen ungestört hätten fühlen können, wenn nicht zwei der Lager bereits besetzt gewesen wären.

Ludger runzelte die Stirn, als er die schmutzigen Pilgermäntel sah, die jemand auf die strohgefüllten Matratzen geworfen hatte. «Habt Ihr noch andere Gäste?», fragte er den Mönch.

«Ja. Zwei hoch gestellte Männer aus Sachsen. Sie kamen gestern hier an und wollten sich ein bisschen ausruhen, bevor sie den Pass überqueren.»

«Pilger, wie ich sehe.»

Der Mönch blickte auf Ludgers ebenfalls nicht mehr völlig weißen Mantel. «Genau wie Ihr, ja.»

«Nun, es wird sich bestimmt eine Gelegenheit ergeben, sie kennen zu lernen.»

Ludger warf seine Satteltasche auf eines der freien Lager und ließ sich mit so viel Schwung darauf fallen, dass eine Staubwolke aufstieg.

Die Gelegenheit ergab sich am nächsten Morgen. Gero war früh aufgestanden, weil ihn das regelmäßige Läuten der Klosterglocke nicht mehr schlafen ließ. Zu Anfang hatte er sie noch gerne gehört, denn es war erst die zweite Glocke, die er in seinem Leben aus solcher Nähe vernahm. Ihr melodischer Klang war etwas ganz anderes als das metallische Gebimmel des Gongs, mit dem die Nonnen von St. Kyrillos zu den Gebeten riefen.

In der Morgendämmerung ging ihm jedoch auch der melodischste Klang schließlich auf die Nerven, und so hatte er sich erhoben und war aus dem Schlafsaal geschlichen. Eine Zeit lang war er rastlos auf dem Gelände herumgewandert und hatte dann, um sich die Zeit zu vertreiben, den Stall betreten. Erschrocken hatte er festgestellt, dass das Pferd seines Vaters jetzt doch ein heißes Bein bekommen hatte.

«Mist!» Was war da zu tun?

«Ist alles in Ordnung?»

Er drehte sich um. Hinter ihm stand ein Mann mit blonden Haaren und blondem Bart. Er trug ein einfaches Gewand, das einen wertvollen Harnisch verdeckte.

Gero trat aus dem Unterstand des Pferdes auf den Gang hinaus und wischte sich die Hände an der Hose ab. «Ich fürchte nein», sagte er auf Sächsisch, der Sprache, in der ihn der Mann angesprochen hatte. «Das Pferd meines Vaters scheint sich gestern ein Bein vertreten zu haben.»

Der Mann schaute an Gero vorbei und nickte. «Es ist ein bisschen geschwollen. Heiß?»

«Ja.»

«Wenn Ihr erlaubt: Ich habe in meinem Gepäck eine gute Salbe. Damit sollte es in wenigen Tagen wieder hergestellt sein.»

Gero senkte den Kopf. «Wir wären Euch überaus dankbar für die Hilfe. Aber können wir das einfach so annehmen?»

Der Mann lächelte so breit, dass es aussah, als habe er zwölf Dutzend Zähne im Mund. «Nun, vielleicht habt Ihr recht schnell die Gelegenheit, Euch erkenntlich zu zeigen. Mein Begleiter und ich sind auf der Reise nach Rom und suchen eine Reisegesellschaft, der wir uns anschließen können.»

Rasch erwog Gero das Für und Wider. Obwohl sie nur zu dritt waren, hatten sie bisher keinerlei Ärger mit Vaganten oder ähnlichen Widrigkeiten gehabt. Aber er hatte keine Ahnung, ob das in Italien so bleiben würde. Zwei zusätzliche Männer mit Schwertern und geschulten Augen wären vielleicht sogar eine gute Ergänzung. «Ich kann das nicht allein entscheiden, aber ich bin sicher, mein Vater wird sich über Eure Begleitung freuen.»

Das Lächeln des Sachsen erlosch. «Mein Name ist Sigbert von Wenkheim.»

«Gero von Verla.» Sie reichten einander die Hände.

Als Gero nach diesem Gespräch den Stall verließ, sah er, wie zwei Mönche das Klostergelände durch das Tor verließen. Sie eilten einem einzelnen Mann entgegen, der über das Geröllfeld näher kam. An der Art und Weise, wie die beiden den Mann begrüßten, und an seinem weißen Gewand über der dunkleren Tunika erkannte Gero, dass es sich bei dem Mann um den Abt des Klosters handeln musste.

Die beiden Mönche führten ihn durch das Tor. Mitten im Innenhof blieb er stehen und tat einen tiefen Seufzer. Nachdem er sich den Rücken gestreckt und einen Blick an der Fassade der Bibliothek hinaufgeworfen hatte, fiel sein Blick auf Gero.

Einer der Mönche flüsterte ihm etwas ins Ohr.

Über das Gesicht des Abtes glitt ein freundliches Lächeln. Er war kleiner als Gero und weitaus beleibter. Sein Haar schien früher einmal rot gewesen zu sein, nun jedoch besaß es einen verblichenen Ockerton, der es wie altes Stroh aussehen ließ.

«Mein junger Freund!» Der Abt trat vor Gero hin und reichte ihm beide Hände. Gero ergriff sie, ein wenig überrascht von der Herzlichkeit des Mannes. Er schielte unauffällig nach einem Ring, den er höflicherweise küssen konnte, aber da hatte der Abt ihm die Hände schon wieder entzogen. «Pilger sind in diesem Kloster stets herzlich willkommen! Mein Name ist Carolus. Den Euren hat man mir bereits genannt. Hattet Ihr eine angenehme Reise? Wie ist es bestellt um Augsburg? Ihr seid doch durch Augsburg gekommen, oder etwa nicht? Die meisten, die aus dem Sachsenreich kommen, reisen neuerdings über Augsburg.»

Gero ließ den Redeschwall des Abtes über sich ergehen. Gerade, als er sich zu fragen begann, wie er sich all die gestellten Fragen nur merken sollte, lachte Carolus hell auf. «Ich rede und rede! Das tut mir Leid. Ich war zwei Wochen lang allein in den Bergen unterwegs, da vermisst man das Sprechen nach einer Weile.»

Er zwinkerte belustigt. «Ganz besonders ich! Nun, gefällt Euch unser kleines Kloster?»

Endlich bekam Gero die Gelegenheit, wenigstens eine seiner Fragen zu beantworten. «Ja. Sehr.»

«Es ist ziemlich ungewöhnlich, das könnt Ihr mir glauben.»

«Ich sehe es.»

Carolus lachte. «Ihr meint den Turm? Da habt Ihr natürlich Recht. Wisst Ihr, was wir dort drinnen aufbewahren?»

«Bücher. So sagte zumindest einer Eurer Brüder.»

«Bücher, das ist wahr. Eine große Menge Bücher. Wollt Ihr sie sehen?»

Auch wenn Gero nicht neugierig auf den Inhalt des Turms gewesen wäre, hätte er diese Frage gar nicht verneinen können, so begeistert und hoffnungsvoll starrte Abt Carolus ihm ins Gesicht. Er musste lachen. «Sehr gerne.»

Und dann ließ er sich von dem Geistlichen unterhaken und ins Innere des Turmes ziehen.

Sie betraten ein Scriptorium von etwa derselben Größe wie der Verschlag, in dem sie die Nacht zugebracht hatten. Gero war fast ein bisschen enttäuscht. Er hatte mehr erwartet – immerhin sah die Bibliothek von außen riesig aus.

Carolus schien seine Gedanken lesen zu können. «Wartet nur ab.» Er führte Gero quer durch den Raum und durch eine zweite Tür, die der Außentür genau gegenüberlag.

Gero stockte der Atem, und der Abt lachte leise auf. «Entspricht das mehr Euren Vorstellungen?»

Gero antwortete nicht. Sie befanden sich in einer Halle von gewaltigen Ausmaßen. Es war weniger die Grundfläche, die den Saal so riesig wirken ließ – die war nur etwa doppelt so groß wie Ludgers Halle in Gielde –, es war die schiere Höhe. Die Decke schwebte so hoch über ihnen, dass Gero in dem herrschenden Halbdunkel nicht erkennen konnte, ob sie aus Holz oder einem gemauerten Gewölbe bestand. In regelmäßigen Abständen waren brennende Fackeln an den Säulen angebracht, die Teile des Saales aus der Finsternis rissen. In ihrem Licht sah Gero, dass an den Wänden rings Galerien angebracht waren, und auf jeder Galerie standen Regale, gefüllt mit Büchern, Schriftrollen und Pergamenten. Die unterste Etage der Bibliothek, auf der sie sich befanden, war ebenfalls mit einem Labyrinth aus Regalen voll gestellt, sodass Gero sich vorkam wie in einem altertümlichen Irrgarten.

«Wenn Sophia das sehen könnte!», entfuhr es ihm. Er schlug sich die Hand vor den Mund, weil der Schmerz der Erinnerung so plötzlich kam.

Carolus' Blick lag neugierig auf seinem Gesicht. «Wer ist denn Sophia?»

Gero wischte sich eine seiner langen Haarsträhnen aus den Augen. «Sie war eine … eine … meine Verlobte. Aber sie ist vor kurzem gestorben. Sie konnte lesen und schreiben, und sie hätte ihre helle Freude an dieser Bibliothek gehabt.»

Carolus' Gesicht schien schmaler zu werden. «Oh, das tut mir Leid.»

Gero nickte. Am liebsten hätte er das Thema gewechselt,

doch der Abt ließ es nicht zu. «Welche Bücher kannte sie denn?»

Das erste und einzige, das Gero einfiel, war Fridas Gartengedicht, und er zuckte die Achseln. «Keine von besonderer Bedeutung, fürchte ich.»

«Jedes Buch ist von Bedeutung. Welche also?»

«Die Gärtnerin des Klosters, in dem sie aufwuchs, hat ein Gedicht über ihren Garten geschrieben. Eine Art Darstellung aller dort vorkommenden Pflanzen. Daraus hat Sophia oft zitiert. Aber ich sagte ja, es ist nichts von Bedeutung. Frida, die Gärtnerin, behauptete immer, froh zu sein, wenn ihre Schrift sie auch nur um eine Generation überdauert.»

«Könnt Ihr lesen?»

«Ein wenig.»

Gero kämpfte noch gegen die Enge in seiner Kehle an, als ein Mönch die Halle betrat und leise nach Carolus rief.

«Wir sind hier!» Der Abt ging dem Mann entgegen, und als er zurückkam, war auf seinem Gesicht echtes Bedauern zu lesen. «Ich würde mich gerne noch länger mit Euch unterhalten», sagte er, «aber ich habe meine Pflichten als Abt viel zu lange vernachlässigt. Die Mönche brauchen mich, und ich fürchte, Ihr müsst mich entschuldigen.»

Gero nickte, und der Abt verschwand. Gerne hätte Gero noch ein wenig in der Stille der Halle verharrt. Mit einem ungeduldigen Räuspern jedoch machte ihm der Mönch deutlich, dass er nicht allein in der Bibliothek bleiben dürfe, und Gero folgte ihm hinaus ins Freie.

Ludgers Pferd brauchte dank Sigberts Salbe nur wenige Tage, um wieder gesund zu werden, und gemeinsam ritten die Männer schließlich weiter.

Die Baumgrenze hatten sie schon vor Erreichen des Klosters hinter sich gelassen, doch jetzt kamen sie in Gebiete, in denen es um diese Jahreszeit kalt, eisglatt und gefährlich war.

Schon am ersten Tag nach Verlassen des Klosters konnten sie die Tiere nur noch am Zügel führen. Sie übernachteten in Höhlen oder unter Felsvorsprüngen, eng aneinander gelehnt und in alle Mäntel gehüllt, die sie in ihrem Reisegepäck mit sich führten.

Sie hatten Glück. Als sie die andere Seite der Alpen erreichten, hatten sie nichts weiter zu beklagen als Ludgers zwei erfrorene Zehen.

Als sie in die italienische Tiefebene kamen, mussten sie feststellen, dass es beinahe unangenehmer war, durch die mückenverseuchten Täler zu reiten, als sich durch Schnee und Eis zu kämpfen. Sie überquerten den Po und rangen eine Weile mit der Entscheidung, wie es weitergehen sollte. Schließlich entschlossen sie sich, über Parma und den Cisa-Pass zu reisen. Sie durchquerten das Regnum Italiae, die Toscana, kamen durch Siena und nutzten die Via Francigena, bis sie endlich am Ziel waren.

Während der ganzen Reise brannte die Sonne mit für sie gänzlich ungewohnter Intensität auf sie nieder und ließ Gero immer wieder vergessen, dass zu Hause bald der Winter begann.

«Meinst du, dass wir Rom heute noch erreichen?» Ludger kniff die Augen so schmal zusammen, dass die gerötete Haut in seinem Gesicht rings um die Lider helle Falten warf.

Gero wischte sich mit einem Zipfel seines Gewandes den Schweiß von der Stirn. «Der Wirt in Viterbo sagte, es sei nur noch eine Tagesreise. Wenn wir uns beeilen, müssten wir es schaffen.»

Sie ritten über einen schmalen Trampelpfad, links neben sich die Ausläufer der Sabiner Berge. Der Boden war mit einem Kraut bedeckt, das einen intensiven, Gero unbekannten Duft ausströmte. Ab und zu kamen sie an einem verfallenen Gebäude oder einem Schäfer mit seiner Herde vorbei. In der Ferne hörten sie wilde Hunde heulen, sonst umgab sie nichts als die summende Stille der Ebene. Ein Greifvogel schwebte über ihnen und drehte schließlich lautlos nach Norden ab.

Sigbert ließ seinem Pferd die Zügel schießen, und es machte von allein die letzten Schritte bis zu einem kleinen Bach, der vor ihnen dahinplätscherte. Das Tier senkte den Kopf und soff in langen Zügen. «Wenn wir den Bach überquert haben, sollten wir ein bisschen schneller reiten. Wenigstens, solange wir können.»

Sie trieben ihre Pferde durch das flache Bachbett und hielten sie dann zu einem schnellen Trab an. Ein ganzes Stück lang änderte sich die Landschaft nicht, bis sich das Gelände endlich zu einem Hügel erhob, den sie erklommen.

«Seht!» Ludger, der voranritt, deutete nach vorne.

Vor ihnen lag, einer Luftspiegelung gleich, die Stadt. Rom! Die Sonne schien auf helle Mauern und ockerfarbene Dächer. Die Überreste eines alten Aquädukts fielen Gero ins Auge. Dann richtete er seinen Blick auf die mächtigen Gebäude, die Rom beherrschten: das große Amphitheater und unzählige Kirchen. Die riesige Mauer, die noch immer in weiten Teilen stand. Seltsam eckige Säulen mit pyramidenförmigen Spitzen. Je näher sie kamen, umso mehr Einzelheiten konnten sie erkennen.

Einige der Kirchen ragten über die anderen Gebäude hinaus, und es sah so aus, als schwankten ihre Türme sachte hin und her. Der Wind wehte den Klang verschiedener Glocken zu ihnen herüber, und in diesem Moment fiel der allerletzte Rest von Widerwillen gegen die Pilgerreise von Gero ab wie ein zu groß gewordenes Gewand.

Rom glich ein wenig einem Fleck auf einem dunklen, edlen Tuch; es saß mitten in der fremdartigen, duftenden Landschaft und schien zu den Rändern hin auszufransen. Die antiken Meilensteine, die ihnen die Entfernung anzeigten, wurden immer zahlreicher, je näher sie den Stadtmauern kamen. Sie sahen aufgegebene antike Villen, erbaut aus weißem

Marmor und kostbar verziert. Viele davon waren Ruinen, an denen sich die Bevölkerung bedient hatte, um ihre eigenen Häuser auszubessern. Sie kamen an riesenhaften Häuserblocks vorbei, aufgeschichtet aus dem staubig aussehenden Gestein der Gegend, mehrgeschossig und auch in ihrem Verfall noch imposant. Sie ritten durch weite Gärten, in denen ihnen die Stadt vorkam wie ein Phantom, so entfernt wie ein Traum. Ziegen weideten zwischen Zypressen und Mandelbäumen, und nur ab und zu schmiegte sich die Hütte eines armen Mannes in die Landschaft. Schließlich kamen sie an eine halb verfallene Mauer, die sich durch ihr Gesichtsfeld zog, als würde sie nie enden. Sie ritten durch einen der gefährlich brüchig aussehenden Bögen und fanden sich in einer Ansammlung von hölzernen Hütten wieder, die sich aneinander lehnten, als müssten sie sich gegenseitig stützen. Der Gestank dieser jüngeren Ansiedlungen war nach dem lieblichen Aroma der wilden *salvia* kaum zu ertragen. Ludger ließ sein Pferd in einen leichten Trab fallen, und so brachten sie die schmalen, unbefestigten Gassen schnell hinter sich und waren froh darüber. Sie ritten einen baumbestandenen Hügel hinauf und wieder hinunter, kamen durch schattige Alleen, bestaunten die weitläufigen Anlagen vornehmer Villen und erreichten endlich den Tiber. Gero war enttäuscht von dem berühmten Fluss, der sich breit und schmutzig durch die Stadt wälzte. In der Hitze ging ein unbeschreiblicher Gestank von ihm aus. Die Brücke, auf der sie ihn überquerten, stammte aus der Zeit der alten Kaiser, aber sie war zur Hälfte eingefallen, und man hatte den fehlenden Teil durch ein einfaches und nicht sehr vertrauenerweckendes Holzgerüst ersetzt. Geros Pferd scheute, als es darüber gehen sollte, aber als er abstieg und es mit gutem Zureden auf den schwankenden Untergrund führte, folgte es ihm.

Sie betraten den inneren Bezirk der Stadt Rom durch die Porta Flaminia und befanden sich nun auf einer breiten Prachtstraße, welche die Stadt von Norden nach Süden durchschnitt. Die Nacht brach schon herein, aber noch immer waren die Menschen um sie herum voller Betriebsamkeit, lachten, handelten und schwatzten, dass Gero glaubte, die Ohren müssten ihm zu sausen anfangen. Die Dunkelheit fiel ungewöhnlich schnell; fast sah es aus, als hüllte sich Rom in ein riesiges, samtenes Tuch. Es war, als würde ein Schleier über Menschen und Gebäude geworfen, der den Verfall verdeckte. Die Luft kühlte ab, aber das machte die Vielzahl der Gerüche noch intensiver. Die Glocken der verschiedenen Kirchen waren weithin hörbar.

3. Kapitel

Ob er sich verlaufen hat?» Ludger lehnte mit dem Rücken an dem Brunnen, an dem sie auf Theodors Rückkehr warten wollten. Er spähte in die Gasse, in welcher der Sachse vor über einer Stunde verschwunden war. Ein kleiner Junge trieb eine Ziegenherde auf den Platz, sah die augenscheinlich edlen Herren auf dem Brunnenrand sitzen und zögerte.

«Komm nur!» Gero erhob sich und winkte den Jungen heran. Der nickte erleichtert, hieb der letzten Ziege einen Stock über den Rücken und sagte etwas Unverständliches. Ludger rückte ein Stück zur Seite, als die Tiere sich um den Brunnen drängten.

«Kannst du mich verstehen?», fragte Gero den Jungen. Der blickte nur stumm zu ihm auf. Er war schmächtig, kaum vier oder fünf Jahre alt und unglaublich schmutzig. Seine dünnen Beinchen steckten in einer Art zerschlissenem Kleid, das ihm gerade bis über die Knie reichte, und seine Füße waren nackt. Gero runzelte die Stirn. «Natürlich nicht», beantwortete er seine eigene Frage.

Der Junge wartete geduldig, bis seine Ziegen genug getrunken hatten, dann machte er eine hastige Verbeugung in Ludgers Richtung und setzte sich wieder in Bewegung.

«Warte!» Ludgers Ruf hielt ihn zurück. Der Sachse löste seine Geldbörse, zog sie auf und fischte eine Münze heraus, die er dem Jungen reichte. «Hier.»

Das Kind machte große Augen und schnappte nach der Münze wie ein hungriger Hund nach einem Stück Fleisch.

Dann machte es auf den Hacken kehrt und rannte davon, die Ziegen in raschen Sprüngen auf den Fersen.

«Das war wohl umsonst!» Sigbert deutete mit dem Kinn hinter dem Kind her. Ein großer, ausgezehrter Mann hatte den Jungen in der nächsten Gasse abgefangen und forderte mit Nachdruck die Herausgabe der Münze. Der Junge weigerte sich, aber es nützte ihm nichts. Er bekam eine Ohrfeige, die ihn nach hinten taumeln ließ. Mit leisem Wimmern rückte er die Münze heraus.

«Das ist doch ...» Gero war bereits auf den Beinen, aber genau in diesem Moment kehrte Theodor zurück. Er hatte die Situation mit einem einzigen Blick erfasst und hielt Gero den Arm quer vor die Brust.

«Eure Entrüstung ehrt Euch», sagte er, «aber es nützt weder dem Jungen noch Eurem Vater, wenn Ihr hier die Gassen mit Eurem Blut tränkt.»

Gero sah ihn an, dann nickte er.

«Ich habe ein kleines Gasthaus gefunden, ganz in der Nähe der Porta Flaminia. Der Wirt scheint ein ehrlicher Mann zu sein, die Preise sind anständig. Er sagt, er habe oft Pilger als Gäste, und er weiß mit Sicherheit, wo die Kreuzreliquien zu finden sind, Ludger.»

Ludger kam auf die Füße und griff nach den Zügeln seines Pferdes. «Schön. Führt uns hin.»

Der Wirt des Gasthauses war ein Sachse, was die Sache wesentlich vereinfachte. Seit der Überwindung der Alpen hatten sie sich auf Fränkisch, das sie über die Jahre in Reims fließend zu sprechen gelernt hatten, und mit Hilfe von Geros eher mittelmäßigem Latein verständlich gemacht. Hier in Rom jedoch schien es einfach zu sein, auf Landsleute zu treffen. Auf dem Weg zu der Herberge begegneten sie Griechen, Sachsen, Franken, ein paar Angelsachsen, einem Iren und sogar einigen Männern in seltsamen, weiten Kleidern.

Sarazenen, erklärte Sigbert Gero, der sich über die Frauengewänder wunderte.

Die Herberge lag in einer Seitengasse, in der von den alten steinernen Gebäuden nichts mehr übrig war. Ähnlich wie in dem Viertel, das sie am Nachmittag gesehen hatten, waren die Häuser hier aus Holz erbaut, teilweise windschief und ein bisschen heruntergekommen. Der scharfe Geruch von verbranntem Holz lag in der Luft, und eine klaffende Lücke in der Häuserfront verriet, dass hier erst vor kurzem ein Brand gewütet hatte. Die Herberge lag am Ende der Gasse im Schatten der Mauer. Eine einzelne Fackel brannte in einem eisernen Halter und machte das Haus einladend. Das Gasthausschild zeigte ein Tier, das sowohl einen Eber als auch einen Hund oder einen Wolf darstellen mochte.

«Hoffentlich ist der Koch besser als der Maler», brummte Ludger.

Theodor ging voran. Er öffnete die Tür zu einer gut besuchten Gaststube. Wohl ein Dutzend Tische standen im Raum, die meisten von ihnen waren besetzt.

«Theodor!» Der Wirt, ein mittelgroßer Mann mit dickem Bauch und kurzen Wurstfingern, kam ihnen entgegen. Ein so durchdringender Geruch nach Bier ging von ihm aus, dass Gero beinahe die Nase gerümpft hätte.

Theodor trat einen Schritt zur Seite. «Das ist Agilulf», stellte er den Wirt vor. «Und das sind Ludger und Gero von Verla. Und Sigbert von Wenkheim.»

«Seid willkommen!» Agilulf führte sie an einen Tisch im hinteren Teil der Halle. «Ich bringe Euch sofort etwas zu essen, oder zieht Ihr es vor, Euch selbst zu versorgen?» Er sah an den Männern hinab und schüttelte eifrig den Kopf. «Natürlich nicht, ich Dummkopf. Setzt Euch einfach, ja?» Er eilte davon und kam gleich darauf mit fünf Bierkrügen wieder. Bevor jemand etwas sagen konnte, war er schon wieder verschwunden.

Gero ließ sich auf einem der Stühle nieder, die ordentlich gegen die Tischplatte gelehnt dagestanden hatten. Er rückte seinen Stuhl so zurecht, dass er den gesamten Raum überblicken konnte. Während Sigbert und Ludger sich über die Stadt zu unterhalten begannen, musterte er die anderen Gäste.

Da waren vier Männer in kostbaren Gewändern aus einem leichten Stoff, wie ihn Gero noch nie zuvor zu Gesicht bekommen hatte. Die Kleidung der Männer hatte einen seltsamen Schimmer und fiel in weichen, leichten Falten. Die Männer waren, im Gegensatz zu allen anderen im Raum, nicht bewaffnet. Als Gero genauer hinsah, fiel ihm auf, dass die Krieger, die am Nebentisch saßen, die vier scharf im Blick behielten. Es mussten mächtige Männer sein, dachte Gero, wenn sie sich eine Leibwache leisten konnten.

Direkt neben der Leibwache saß ein Mann mit seiner Frau. Die beiden hatten die Köpfe zusammengesteckt und unterhielten sich leise. Neben der Frau stand ein Korb auf dem Boden, der mit einem Tuch abgedeckt war. Ab und zu bewegte sich dieser Korb ein wenig, und leises Gackern ertönte.

Agilulf kam mit einem Teller knuspriger Brotscheiben, und während sie die verzehrten, freuten sie sich auf die warme Mahlzeit, die ihnen angekündigt worden war. Gero bemerkte, dass Ludger sein Bier nicht angerührt hatte.

An zwei weiteren Tischen saßen Männer, die offensichtlich Bauern waren. Sie unterhielten sich über die guten Geschäfte, die sie an diesem Tag gemacht hatten, lachten und tranken eine Menge. Gero beobachtete einen Jungen dabei, wie er sich langsam aus der Ecke erhob, in der er bisher zusammengekauert gehockt hatte, und ein Stück auf die Bauern zurückte. Wie zufällig ging er dicht an einem von ihnen vorbei. Er war schon fast bei der Tür, als Gero begriff, was er da eben gesehen hatte: Der Junge hatte den Geldbeutel des Bauern gestohlen und verschwand damit soeben flink wie ein Wiesel nach draußen.

Rasch sprang Gero auf und lief ihm nach. Der Junge wollte das Weite suchen, aber Gero war schneller. Er griff nach seinem Arm und nagelte ihn an der Wirtshausmauer fest.

«Ich glaube, das gehört nicht dir», sagte er leise und entwand der Faust des Kleinen den Geldbeutel.

Der Junge zischte ihm etwas Unverständliches ins Gesicht. Gero wischte sich die Wange an der Schulter ab. «Wenn du einfach verschwindest, passiert dir nichts. Es ist noch niemand aufmerksam geworden.» Er deutete zur Gaststube, wo die Menschen weiterhin ihren Gesprächen frönten.

Der Junge schien ihn zu verstehen. Er nickte eilig, und als Gero ihn losließ, sauste er davon wie ein Blitz.

Gero wog den Geldbeutel in der Hand. Er war schwer.

«An Eurer Stelle würde ich damit nicht wieder da reingehen.»

Gero drehte sich um. In den Schatten zwischen den Häusern stand ein Mann. Als er aus der Finsternis trat, sah Gero, dass es sich um eine der Leibwachen handelte. «Warum nicht?» Er wog den Beutel in der Hand. «Ich wollte ihn seinem rechtmäßigen Besitzer zurückbringen.»

«Wenn Ihr mit dem Beutel in der Hand da reingeht, glauben sie, Ihr wärt der Dieb, da würde ich meine rechte Hand darauf verwetten.»

«Unsinn, ich bringe sie ihm doch zurück!»

Der Fremde lachte leise. Seine Haut war dunkel, offenbar kreiste in seinen Adern griechisches oder maurisches Blut. Er trug einen leichten Brustpanzer unter einem schlichten Übergewand und statt eines Schwertes einen massiven Streitkolben am Gürtel. «Ihr kennt Euch nicht mit den Gepflogenheiten dieser Stadt aus, junger Freund. Rom ist nicht wie Magdeburg oder wo immer Ihr auch her seid. Hier sind die Menschen misstrauisch und tückisch.»

Gero hatte sich schon an dem Mann vorbeidrängen wollen, aber jetzt hielt er inne. «Was schlagt Ihr vor?»

«Gebt mir die Börse, ich werde sie dem Mann zurückgeben.»

Gero öffnete den Mund, um zu protestieren, aber der Fremde hob die Hand. «Wenn Ihr mir nicht traut, könnt Ihr mich ja begleiten. Ich bin Christophoros von Laodicea, der Kastellan des Grafen von Spoleto. Die Männer dort drinnen kennen mich, auf mich wird kein Verdacht fallen.»

Gero wog den schweren Geldbeutel. Kurz war er versucht, das Angebot des Mannes auszuschlagen, aber dann sagte ihm die Vernunft, dass Christophoros vermutlich Recht hatte. Zögernd nickte er, dann legte er die Börse in Christophoros' Hand. «Aber ich komme mit Euch.»

Er folgte dem Mann zurück in die Gaststube, wo Ludger und die anderen ihm fragend entgegensahen. Er machte ihnen ein Zeichen, um zu bedeuten, dass alles in Ordnung war. Christophoros trat zu den Bauern an den Tisch.

«Was war denn das?»

Ludger starrte mit aufgerissenen Augen auf den lachenden Bauern, der ein ums andere Mal an seinen Gürtel fasste und sich vergewisserte, dass sich sein Geld wieder am richtigen Platz befand. Aufgeregt redete er auf seinen Begleiter ein.

Gero ließ sich auf seinen Platz fallen und nahm einen Schluck Bier. «Dieser Mann hat uns wohl vor einem Aufruhr bewahrt.» Er nickte in die Richtung von Christophoros, der ebenfalls an seinen Tisch zurückgekehrt war und mit einem breiten Grinsen zu Gero herübersah, während er seinen Leuten erzählte, was geschehen war.

Der Bauer hob seinen Becher in Geros Richtung und trank ihm zu.

Für einen Rom-Pilger war es Pflicht, sieben Kirchen aufzusuchen, in denen sich heilige Reliquien befanden. Eine von ihnen war Hierusalem. Es hieß, sie trage ihren Namen, weil ihr Boden aus echter heiliger Erde bestand, die jemand von Jerusalem eigens nach Rom geschafft hatte, aber der Hauptgrund für ihre Heiligkeit war ein anderer. In ihr wurden die wertvollsten Reliquien aufbewahrt, die es westlich von Byzanz gab: die Dornenkrone Christi, einige Nägel und der Querbalken des Kreuzes, an dem der Heiland gestorben war.

«Es sieht so aus, als müssten sie bald aufmachen.» Ludger trat als Erster aus der Gasse auf den Platz vor der Kirche und wies auf das gute Dutzend Menschen, das sich dort versammelt hatte und auf Einlass wartete. Gero sah einige Bauern in den typischen Kleidern der italienischen Landbevölkerung, Frauen und Männer gleichermaßen, einige sogar mit ihren Kindern. Er sah einen Adligen, der sich ein wenig abseits hielt und sein Gesicht mit einem federbesetzten Fächer kühlte. Seine Kleidung bestand aus wertvoller, dicht gewebter Wolle und war dem warmen Wetter völlig unangemessen. Direkt vor den Stufen zum Hauptportal hockte ein verkrüppelter Bettler, dessen rechte Schulter in einem bizarren Winkel nach vorne ragte. Er streckte eine Hand aus dem Bündel seiner schmutzigen und zerlumpten Kleider hervor, sobald jemand nahe genug an ihm vorbeiging, um sein jämmerliches «In nomine Christi» zu hören. Sigbert und Theodor hatten an diesem Morgen andere Pläne, sodass Ludger und Gero sich allein auf den Weg zur Kreuzkirche gemacht hatten.

Hierusalems Tore standen, anders als die der unzähligen anderen Kirchen in Rom, nicht dauernd offen. Die Priester der Kirche, gestrenge Männer in langen, weißen Gewändern, läuteten in regelmäßigen Abständen die Kirchenglocken, erst dann öffneten sie wieder das Hauptportal und blieben auf der obersten Treppenstufe stehen. Sie ließen ihre Blicke über die Menge gleiten und winkten huldvoll die nächste Hand voll Pilger herein.

«Du musst hier nicht mit mir warten», sagte Ludger zu

Gero. «Wenn du möchtest, kannst du dich ein bisschen umsehen, aber bleib in der Nähe, damit du die Glocken hörst.»

Geros Blick wanderte die lange Schlange entlang. «Ich komme auch gleich wieder.»

Er spazierte in eine der Gassen und fand sich unvermittelt in einem halb verfallenen Viertel wieder, einem Überrest des alten Roms. Die Häuser strahlten eine Würde aus, die ihn erschaudern ließ, und noch immer erzählten sie von der großen Zeit, die diese Stadt einmal erlebt hatte. Obwohl ihre Tür- und Fensteröffnungen nur noch gähnende Löcher waren, durch die man eingestürzte Decken und Wände sehen konnte, war ihre einstmalige Erhabenheit noch zu ahnen. Eine schattige Allee führte von der Porta Praenestina auf Hierusalem zu, und im Schatten der Bäume lief eine lange Reihe von Marmorplatten neben dem Weg her, Gräbern nicht unähnlich. Gero blieb stehen und versuchte die Inschriften zu lesen, aber die Sonne stand in einem Winkel, der die Buchstaben flach und konturlos aussehen ließ. Es nützte auch nichts, dass er sich hinkniete, außer ein paar Namen konnte er nichts entziffern. Zwei einzelne Bäume fielen Gero auf, zwischen deren Laub sowohl grüne als auch gelbe Früchte hingen. Ihr Duft erinnerte ihn an irgendetwas. Er verspürte eine leise Trauer, die er sich nicht erklären konnte, bis ihm einfiel, woher er den Geruch kannte: Er ähnelte stark dem von *abrotanum* aus Fridas Kräutergarten. Gero setzte sich auf eine zerborstene Säule und gab sich für eine Weile der Erinnerung an Sophia hin.

Er schaute hinauf in den Baum, betrachtete die faustgroßen Früchte mit ihrer unterschiedlichen Farbe. «In der Heimat der Äbtissin gibt es Bäume, die tragen Früchte, die riechen genauso.» Es war Gero, als stünde Sophia plötzlich neben ihm. So deutlich glaubte er ihre Stimme zu hören, dass er sich umdrehte.

Natürlich war da niemand.

Gero zog die Knie vor die Brust und schlang die Arme darum. Ein leichter Wind strich durch die Allee und verstärkte für einen kurzen Augenblick den Geruch der Früchte. Gänsehaut lief über Geros Arme.

«Gero! So ein Zufall.»

Erschrocken sprang Gero auf. Christophoros stand vor ihm, an seiner Seite zwei der Männer, mit denen er am Vortag im Wirtshaus gewesen war. «Was macht Ihr denn hier?»

«Nichts.» Gero versuchte, sein Erschrecken zu verbergen. «Ich habe ein bisschen nachgedacht. Und Ihr?»

«Ich bin mit einem Auftrag meines Herrn unterwegs und komme nur zufällig durch diese Allee. Nun begegnen wir uns schon zum zweiten Mal. Wenn das kein Zeichen Gottes ist.» Er schien nachdenklich zu werden.

«Meint Ihr?» Gero lächelte und ließ sich wieder auf die Säule zurücksinken.

«Euer Verhalten gestern hat mich beeindruckt. Ehrliche Menschen sind selten. Mein Herr, der Graf von Spoleto, besitzt hier in der Nähe ein Anwesen, dessen Inhaber vor kurzem verstorben ist. Ich frage mich, ob Ihr nicht der geeignete Mann dafür wäret.»

«Wir werden nicht lange in Rom bleiben.»

«Schade.»

«Euer Herr, war das der Mann mit dem kostbaren Mantel gestern in der Gaststube?»

Ein leises Lachen flog über Christophoros' Lippen. «Der? Nein. Das war ein reicher Händler aus Athen. Er ist zurzeit bei meinem Herrn zu Gast, und so fiel mir und meinen Männern die Aufgabe zu, ihn zu beschützen.» Gero konnte in Christophoros' Augen erkennen, was er von solchen Aufgaben hielt. «Nun ja. Solltet Ihr es Euch anders überlegen, sagt Bescheid. So schnell werden wir keinen geeigneten Mann finden können.»

Gero versprach es, doch schon als Christophoros und die

anderen um die nächste Straßenecke verschwunden waren, wanderten seine Gedanken zurück in die Vergangenheit, und er vergaß das großzügige Angebot.

Erst das Läuten der Glocken Hierusalems riss ihn aus seinem Grübeln.

Sigbert und Theodor gingen in einer der alten Parkanlagen spazieren, um vor möglichen Lauschern sicher zu sein. Früher mochten die Alleen dort einmal großzügig und licht gewesen sein, aber jetzt waren die Wege mit Unkraut überwuchert, die Zypressen morsch und teilweise umgestürzt. Kein vernünftiger Mensch hielt sich hier lange auf, und so war es der ideale Ort, um zu besprechen, was sie zu besprechen hatten.

«Du glaubst also, sie sind wirklich als Pilger hier?» Theodor verzog das Gesicht, als plagten ihn Zahnschmerzen.

«Langsam bin ich fast sicher, ja.» Sigbert schnaubte.

«Was zum Teufel machen wir jetzt?»

«Ich weiß, dass dir das Wetter hier aufs Gemüt schlägt, aber denk daran: Wir haben einen Auftrag. Wenn Marinos erfährt, dass wir aus Bequemlichkeit einen Fehler gemacht haben, schlitzt er uns eigenhändig die Kehlen auf.»

«Wie soll er es denn je erfahren?»

Sigbert machte sich nicht die Mühe zu antworten. «Wir haben wohl nur noch eine Möglichkeit, es herauszufinden. Ob sie etwas wissen, meine ich.»

Theodor zog seinen Dolch und reinigte sich damit die Zwischenräume seiner Schneidezähne. «Wirst du endlich vernünftig! Lange genug hat es gedauert.»

Sigbert zog die Augenbrauen zusammen. «Ich sprach davon, offen mit ihnen zu reden, Theodor!»

«Reden! Und was, wenn sie uns anlügen?» Theodor betrachtete bedauernd die Spitze seines Dolches und steckte ihn dann wieder fort.

«Das werden wir danach sehen. Ludger wird den ganzen Tag in dieser Kirche verbringen. Vielleicht sollte ich mich zu ihm gesellen und versuchen, ihn auf dem Heimweg zu einem Becher Wein einzuladen.»

Theodors Stirn krauste sich. «Du willst mit ihm zusammen beten? Den ganzen Tag?»

«Das würde es wahrscheinlich einfacher machen, ihn hinterher zum Trinken zu bewegen.»

«Ohne mich! Dann kümmere ich mich lieber um Gero.»

Sigbert zögerte.

«Du kannst machen, was du willst, ich hocke nicht den ganzen Tag lang in dieser muffigen Kirche!», setzte Theodor hinzu.

«Schon gut.» Sigbert bohrte die Stiefelspitze in den Boden. Nach einer Weile hatte er ein kleines Loch in den Staub getreten. Er sah auf. «Es geht ausschließlich ums Reden, ist das klar?»

«Ja!» Theodor verdrehte die Augen. Dann grinste er. «Lass uns zusehen, dass wir ein paar Antworten bekommen.»

Gero kam gerade rechtzeitig. Die Türen der Kirche standen offen, und die kleine Menge drängte sich am Fuße der Stufen zusammen.

«Komm, komm!» Ludger winkte Gero zu sich. Er sah aufgeregt aus, dunkle Flecken hatten sich an seinem Hals gebildet, und eine einzelne Ader pochte sichtbar an seiner Schläfe. Die langen Haare, die er als Zeichen seiner Buße nicht mehr geschnitten hatte, seit sie Gielde verlassen hatten, fielen ihm in die Augen. Mit einer heftigen Bewegung schleuderte er sie nach hinten.

Jetzt entstand Bewegung im dämmerigen Inneren der Kirche, zwei hoch gewachsene Männer in langen, weißen Gewändern traten heraus und blieben am oberen Absatz der Treppe stehen. «Kommt und seht die Wunder, die die Auferstehung unseres Herrn Jesu Christi beweisen!», rief einer der beiden Priester in lateinischer Sprache über die Menge hinweg.

«Was sagt er?» Ein Mann, der wie sie in der Schlange anstand, beugte sich zu Gero vor. Gero übersetzte ihm die Worte des Priesters.

«Wohl kaum!», knurrte der Mann so leise, dass ihn außer Gero niemand verstehen konnte.

«Wie meint Ihr das?»

«Wie können Teile des Kreuzes die Auferstehung beweisen? Am Kreuz ist er gestorben. Auferstanden ist er aus dem Grab, oder nicht?»

Gero grinste, froh darüber, dass er nicht der einzige Skeptiker war. Er warf einen Blick auf seinen Vater, der mit vor Aufregung glitzernden Augen zur Treppe drängte. Wenn es ihm half, wollte Gero sich nicht beklagen. Dann würde er es als ein Wunder annehmen und sich in Demut üben. Er folgte Ludger die Stufen hinauf.

Das Innere der Kirche lag fast im Dunkeln und war so von Weihrauch erfüllt, dass sie ein Husten unterdrücken mussten. Gero ging an einem Absperrgitter entlang, aber gegen seine Erwartungen befand sich dahinter kein Kreuzfragment, sondern lediglich leerer, festgestampfter Lehmboden. «Heilige Erde aus Jerusalem», erklärte einer der Priester. «Ihr zu Ehren erhielt die Kirche ihren Namen.»

Das Kreuzfragment, ein schlichter Balken, war in eine Wand eingelassen und wurde von Dutzenden Kerzen und Fackeln erleuchtet.

Obwohl ihn ein starker Widerwille ergriff und alles sich in ihm verkrampfte, tat es Gero seinem Vater gleich: Er fiel vor der heiligen Reliquie auf die Knie und begann zu beten. Ein wenig ließ sein Missfallen nach, doch es gelang Gero nicht, ein inbrünstiges Gebet anzustimmen. Blindlings betete er die lateinischen Worte herunter. Der Weihrauch kratzte ihm in der Kehle und ließ seine Augen tränen. Er hielt den Kopf gesenkt und beobachtete unter seinen Haaren hervor die anderen Betenden. Ludger kniete direkt neben ihm und murmelte mit geschlossenen Augen vor sich hin. Er schwankte leicht vor und zurück. Auch der skeptische Fremde schien seine Bedenken vergessen zu haben und war genauso in Andacht versunken wie alle anderen.

Gero unterdrückte ein Seufzen und stemmte sich auf die Füße.

Einer der weiß gewandeten Priester kam auf ihn zu. «Seid Ihr schon fertig?», flüsterte er. Seine Stimme klang in der hallenden Stille der Kirche wie ein Zischen.

Gero nickte und ließ ihn stehen. Er ging durch den Mittelgang zum Ausgang, wo ihn ein zweiter Priester neugierig und zugleich missbilligend musterte. Kurz verhielt Gero seinen Schritt, überlegte, ob es sich lohnte, sich zu rechtfertigen, als ihm vor der Tür ein blonder Mann in den Weg trat: Theodor. «Kommt mit», wisperte er Gero zu, «ich muss mit Euch sprechen.»

Nur wenige Schritte von der Kirche entfernt befand sich ein kleiner Venustempel, hinter dem sich ein verwilderter Park erstreckte. Dorthin führte Theodor Gero. Er leitete ihn eine Weile lang schweigend von einem zugewucherten Pfad auf den anderen. Als sie eine größere Allee überquerten, erkannte Gero, dass mehrere Parkanlagen hier miteinander verbunden waren; es war die Allee, in der er selbst kurz zuvor gesessen und gegrübelt hatte.

«Was wollt Ihr mit mir besprechen?» Gero ließ seinen Blick über die Gestalt des Sachsen gleiten.

Theodor blieb mit einem Ruck stehen, suchte die umgestürzten Steine nach einer Sitzgelegenheit ab und lehnte sich, als er keine passende fand, mit verschränkten Armen gegen einen der Bäume. «Habt Ihr die viel beschworene Wirkung des heiligen Holzes spüren können?»

Gero zuckte die Achseln, irritiert über das Thema, das der Sachse anschnitt. Er hatte angenommen, es handele sich um praktische Fragen, die ihre gemeinsame Reise anging. Theodors Tonfall wusste er nicht einzuordnen, und er runzelte die Stirn. «Nein. Hattet Ihr nicht gesagt, Ihr hättet heute Morgen Geschäfte zu erledigen?»

«Wir waren schneller fertig, als wir dachten. Und da wollte ich auch noch ein paar Gebete sprechen.»

«Ihr habt dem Kreuzbalken also auch nichts abgewinnen können?»

Theodor zuckte die Achseln. «Sagen wir, wenig.»

«Was wolltet Ihr denn nun mit mir besprechen?»

«Ich muss Euch eine kleine Beichte ablegen. In Wahrheit war unser Zusammentreffen in den Bergen nicht zufällig.»

Gero kniff die Augen zusammen. «Was soll das heißen?»

Theodor lächelte ihn gewinnend an. «In Wahrheit haben wir Euch gesucht, denn wir hoffen, von Euch die Antwort auf eine dringende Frage zu erhalten. Wir haben den Auftrag, eine Frau zu finden. Ihr Name ist Alexandra.»

Jetzt lachte Gero auf, aber es kam ihm schon selbst unecht vor. Ganz tief in seinem Innersten regte sich Misstrauen, und er konnte sich nicht erklären, was genau es ausgelöst hatte. «Da hättet Ihr Euch die lange Reise sparen können. Alexandra ist tot.»

Über Theodors Gesicht glitt ein Schatten. «Tot?», flüsterte er. «Das kann nicht Euer Ernst sein.» Er musterte Gero eindringlich. Dessen Misstrauen wuchs und steigerte sich zu Unbehagen.

«Doch. Sie starb vor einigen Monaten in der Nähe von

Reims.» Und noch jemand mit ihr, dachte er. Er drängte die Trauer zurück, die in ihm Raum greifen wollte.

Theodors Blick ruhte noch immer auf seinem Gesicht. Endlich nickte er. Er sah erschöpft aus, irgendwie geschlagen. «Das wussten wir nicht.»

Gero musterte ihn nun seinerseits. Das Unbehagen verwandelte sich in einen konkreten Gedanken.

Warum hatten die beiden ihn nicht schon im Kloster nach Alexandra gefragt? Irgendetwas stimmte hier ganz und gar nicht.

Theodors Hand näherte sich ganz langsam seinem Schwertknauf.

Gero erstarrte.

«Da kann man nichts machen.» Theodors Arm baumelte wieder herrenlos neben seiner Hüfte. Bald verabschiedete er sich und ließ Gero allein und verwirrt zurück.

Gero setzte sich auf einen Stein und vergrub das Gesicht in den Händen. Was auch immer der Sachse gewollt hatte, Gero war zu aufgewühlt, um nach Antworten zu suchen. Wieder wanderten seine Gedanken ganz ohne sein Zutun zu Sophia.

Er hatte keine Ahnung, wie lange er dagesessen hatte, als sich plötzlich von hinten eine kalte Klinge an seine Kehle legte.

Er fuhr auf, wurde jedoch von einem starken Arm zurück auf seinen Sitz gepresst. «Sitzen bleiben!»

«Theodor!» Geros Hand tastete vorsichtig nach dem eigenen Schwertknauf. «Was soll das?»

Theodors Stimme war jetzt ganz dicht an seinem Ohr. «Ich habe noch eine Frage an Euch, und Ihr tut gut daran, mich nicht anzulügen.»

Gero schluckte, wollte etwas sagen, aber der Dolch wurde jetzt so fest gegen seinen Kehlkopf gepresst, dass er nur ein tonloses Krächzen herausbrachte.

«Ich will jetzt wissen, ob Ihr das Geheimnis der Kaiserin kennt», bellte Theodor. Er zog den Dolch ein Stück zurück.

«Welches Geheimnis?» Gero hatte keine Ahnung, wovon der Sachse sprach.

«Das Geheimnis der Kaiserin. Kennt Ihr es?»

«Nein.» Jetzt wurde Gero wütend. Die demütigende Situation ließ einen roten Schleier hinter seinen Lidern aufziehen. Unendlich langsam ließ er seine Hand noch ein wenig weiter in Richtung Schwert wandern, während er gleichzeitig fieberhaft nachdachte. Er würde niemals die lange Waffe ziehen können, ohne dass Theodor ihm zuvor seine Klinge in die Kehle gerammt hätte.

Plötzlich erhielt er einen harten Stoß in den Rücken, der ihn nach vorne taumeln ließ. Er fuhr herum, aber da war Theodor schon über ihm. Er krachte gegen ihn und riss ihn mit sich zu Boden. Hart kam Gero mit dem Rücken auf der Erde auf. Die Luft wurde ihm aus den Lungen getrieben, als Theodor versuchte, ihn mit einem Knie auf dem Boden festzunageln. Doch diesmal war er schneller. Er rollte zur Seite, ignorierte das tanzende Flirren vor seinen Augen und gab dem Sachsen einen kräftigen Tritt, sodass er von seiner Brust flog.

Im selben Moment, in dem Theodor sich in dem Efeu neben dem Weg abrollte, kam Gero auf die Füße.

Beinahe gleichzeitig zogen die beiden Männer ihre Schwerter.

4. Kapitel

Gerbert war also ihr Vater. Knapp eine Woche nach ihrem nächtlichen Gespräch mit ihm schlief Sophia noch immer schlecht.

Ja, hatte er auf ihre Frage geantwortet. Mehr nicht.

Einfach nur ja.

Das Wort hatte in ihren Ohren gedröhnt. Die Knie waren ihr weich geworden, sie war zu einem Sessel gewankt und hatte sich an dessen Lehne festgehalten.

«Geht es?»

Sie hatte gar nicht gemerkt, dass Gerbert neben sie getreten war. Nun griff er nach ihrem Ellenbogen, um sie zu stützen. Sie richtete sich auf, entwand sich ihm.

«Kommt, setzt Euch.» Gerbert drückte sie in den Sessel.

Sie lauschte in sich hinein. Warum konnte sie sich nicht freuen? Sie hätte glücklich sein müssen, endlich zu wissen, woher sie kam, und doch war das vorherrschende Gefühl in ihrer Brust Schmerz.

Sie sah Gerbert in die Augen. «Warum habt Ihr es mir verheimlicht?»

Wie lange war sie jetzt in seinem Haus? Seit Monaten. Er hatte es die ganze Zeit gewusst.

Sie sah zu, wie seine Schultern nach unten sackten. Plötzlich wirkte er alt und fast gebrechlich. «Ich weiß es nicht.»

«Warum hat Alexandra es mir verheimlicht? Immer, wenn ich sie nach meinen Eltern gefragt habe, hat sie behauptet, dass niemand von ihnen weiß.» Alexandra. In Sophias Kopf fügten sich unzählige kleine Gesten, Worte und Blicke wie winzige Steinchen zu einem Mosaik und ergaben plötzlich ein Bild.

Warum nur hatte sie es früher nicht sehen können?

Sie räusperte sich, aber dennoch waren ihre ersten Silben ein raues Flüstern: «Alexandra ist meine Mutter, nicht wahr?»

Jetzt setzte sich auch Gerbert. Er fuhr sich mit beiden Händen durch die Haare, sodass sie in unordentlichen Wirbeln abstanden. Diesmal nickte er nur.

Sophia kam es vor, als hätte sie jeglichen Halt verloren. Der Raum drehte sich um sie. Sie war kein elternloses Kind, ganz im Gegenteil. Ihr Vater war der berühmte Domschullehrer Gerbert von Aurillac, ihre Mutter eine angesehene Äbtissin und ehemalige Gefährtin der Kaiserin.

Tränen stiegen ihr in die Augen. «Warum habt Ihr mich verleugnet?»

«Es war der Wunsch Eurer Mutter.» Gerbert richtete sich auf und heftete einen gefassten Blick auf Sophia. «Nach den Gründen müsste Ihr sie selbst fragen.»

«Weil ihr beide sonst Schwierigkeiten bekommen hättet! Sie war Äbtissin, Ihr ein angesehenes Mitglied des Domkapitels. Ihr habt die Weihen erhalten, nicht wahr?»

Sophia beobachtete, wie sich der Schmerz über die Anschuldigung, die sich hinter ihren Worten verbarg, einen Weg auf Gerberts Züge bahnte. Die Falten in seinem Gesicht wurden tiefer. Er musste nicht mehr antworten. Sophia lauschte in sich hinein. Wollte sie wissen, von wem die Initiative ausgegangen war, wer von beiden letztlich die Entscheidung getroffen hatte, sie zu verleugnen? Es änderte nichts an ihrer Situation. Sie spürte, wie ihr Magen zu schmerzen begann. Dennoch hatte sie mit einem Mal das überwältigende Bedürfnis, diese leere Stelle in ihrem Leben wenigstens ein bisschen auszufüllen. «Erzählt mir, wie Ihr sie kennen gelernt habt.»

«Es war in Ingelheim. Die Kaiserin war damals gerade aus Byzanz gekommen und man hatte sie an Ostern mit Otto verheiratet. Im September nahmen die beiden an einer Synode in Ingelheim teil, und ich war ebenfalls dort.»

«Was genau hat meine Mutter für die Kaiserin getan?» Plötzlich war es wieder da: das Geheimnis, das Alexandra aus St. Kyrillos fortgetrieben hatte. Das rätselhafte Schreiben, das sie auf der Flucht gelesen hatte.

«Sie ist eine ihrer engsten Vertrauten gewesen. Sie war gemeinsam mit Theophanu aus Byzanz gekommen. Du hättest sie damals sehen sollen – sie war häufig in Theophanus Nähe, und die Kaiserin liebte sie wie eine Freundin.»

«Warum ist sie nicht bei ihr geblieben?» Sophias Gedanken kamen nicht mehr von dem Schreiben los. Flucht. Gefahr. Ihr war plötzlich schlecht.

«Wir lernten uns ein wenig abseits der offiziellen Veranstaltungen kennen. In Ingelheim gibt es eine kleine Kirche etwas außerhalb der Stadt. Dort habe ich Alexandra zum ersten Mal gesehen. Ich bin ihr nachgegangen, als sie den Ort nach ihren Gebeten wieder verließ. Zwei Zofen und ein Bewacher warteten dort auf sie, und ich wagte nicht, sie einfach anzusprechen. Also ging ich so oft wie möglich in diese Kirche und hoffte, dass ich sie irgendwann wieder dort treffen würde. Ich musste nicht lange warten. Beim nächsten Mal war Alexandra in den Anblick eines bestickten Altartuchs versunken, und das bot mir die Gelegenheit, sie anzusprechen. Wir unterhielten uns eine Weile über sehr allgemeine Dinge, aber ich merkte schnell, dass sie nicht nur schön, sondern auch sehr klug war. In der folgenden Zeit trafen wir uns häufiger, und sie fragte mir viele Löcher in den Bauch.» Gerbert lächelte. «Genau wie Ihr.»

Sophia kaute auf ihrer Lippe herum. «Und dann?»

«Ich musste zurück nach Reims, wo ich gerade erst zu unterrichten begonnen hatte. Es fiel mir schwer zu akzeptieren, dass ich Alexandra niemals wieder sehen sollte, aber dann, kurz vor meiner Abreise, bat mich die Kaiserin zu sich. Sie gab mir den Befehl, Alexandra nach Reims mitzunehmen. Eine Zeit lang lebte Alexandra in meiner *familia*. Mit ihr übrigens auch Ludger und seine Frau. Du müsstest ihn kennen.»

Gero! Ein Stich durchfuhr Sophia. Hätte sie nur früher gewusst, dass sie kein elternloses Findelkind war, sondern sogar hoch gestellte, gelehrte Eltern hatte! Vor lauter Hoffnungen und neuen Perspektiven wurde ihr beinahe schwindelig. Sie verschaffte sich Halt, indem sie sich an ein konkretes Vorhaben klammerte: Sie beschloss, noch an diesem Tag an Gero zu schreiben. «Ja. Ich kenne Ludger. Seine Frau allerdings nicht.»

«Sie starb bei der Geburt seines Sohnes.» Gerbert war anzusehen, dass er mit den Gedanken weit in der Vergangenheit weilte. «Es fällt mir schwer, das einzugestehen, aber Alexandra und ich, wir waren, nun, wir lebten nicht …»

«Nicht, wie ein Mann und seine Schutzbefohlene leben sollten», half Sophia nach. Sie sah zu, wie Gerberts Ohren rot wurden.

«Nun, ja. Auf jeden Fall kam Alexandra eines Tages mit der Neuigkeit zu mir, dass sie schwanger sei. Sie wollte, dass ich sie zur Frau nehme.»

Stille breitete sich aus, und als Gerbert einfach nicht weitersprach, hakte Sophia nach. «Aber das habt Ihr nicht getan?»

«Nein. Ich war Kleriker. Ich hätte das aufgeben können, natürlich. Aber das hätte mich von allem abgeschnitten, was mir wichtig war. Gute Bücher und das wirklich ausschlaggebende Wissen findet man nur in Klöstern und an den Domschulen, Sophia.»

«Das wolltet Ihr nicht missen.»

«Nein. Ich weigerte mich, Alexandra zu heiraten. Sie entschied, ins Kloster zu gehen, denn natürlich konnten wir auf diese Weise nicht weiter zusammenleben. Es gelang uns, die Schwangerschaft geheim zu halten, und auch Eure Geburt ging heimlich vonstatten. Alexandras letzte Bitte war: Ich sollte einige Wochen abwarten und Euch dann auf den Stufen ihres Klosters ablegen. So haben wir es dann gemacht. Ihr dürft Alexandra keine Vorwürfe machen, Sophia. Sie hat Euch nicht fortgegeben, obwohl sie es gekonnt hätte. Sie wollte Euch um sich haben.»

«Nur, dass niemand wissen durfte, dass ich ihre Tochter bin.»

Gerbert nickte langsam und gemessen.

«Wer hat sich in diesen ersten Wochen um mich gekümmert, bevor Ihr mich auf der Kirchentreppe abgelegt habt?» Sophia kannte die Antwort bereits, bevor Gerbert sie aussprach.

«Judith.»

Vor Sophias Augen entstand Judiths Gesicht. Als sie der alten Frau zum ersten Mal begegnet war, hatte die ihre Hand vor den Mund geschlagen und unglaublich erschrocken ausgesehen. Jetzt wusste sie, was Judith damals beinahe ausgeplaudert hätte.

Nach diesen Eröffnungen hatte Sophia sich aus dem Sessel gestemmt. «Ich möchte meine Mutter sehen.»

Gerbert hatte einmal tief durchgeatmet, bevor er gesagt hatte: «Das wird nicht möglich sein.»

«Warum nicht?»

«Sie wollte – ich weiß nicht, wo sie ist, Sophia.» Gerbert war ihrem Blick ausgewichen.

Sophia hatte noch eine Weile dagestanden und in sein eingefallenes Gesicht gestarrt. Dann hatte sie die Halle verlassen.

Die darauf folgende Nacht war die erste einer Reihe gewesen, in denen sie wach gelegen und gegrübelt hatte. Nicht genug, dass sie sich plötzlich mit dem Gedanken auseinander setzen musste, Eltern zu haben. Viel schlimmer war die plötzliche Unsicherheit, was ihre Stellung in der Welt betraf. Sie war immer noch ein Bastard. Sollte sie es wirklich wagen, Gero zu schreiben? Was, wenn er in der Zwischenzeit geheiratet hatte? Würde sie die bittere Enttäuschung verkraften können? Verzagtheit ergriff Sophia, und es dauerte Tage, bis sie ihrer Herr geworden war.

Erst an diesem Morgen fühlte sie sich ein wenig besser.

Sie traf Gerbert in der Halle beim Frühstück an.

«Ich hoffe, Ihr habt gut geschlafen», murmelte Sophia statt einer Begrüßung.

Gerbert schluckte den Bissen, an dem er gerade kaute, hinunter und legte seinen Löffel zur Seite. «Wahrscheinlich genauso gut wie Ihr.»

«Das tut mir Leid.»

Gerbert verzog das Gesicht, als habe er Zahnschmerzen. Bisher hatte Sophia sich geweigert, von der distanzierten Anrede zu einer vertrauteren überzugehen. Sophia wusste, dass er auf den ersten versöhnlichen Schritt von ihr wartete, aber sie fühlte sich nicht bereit dazu. Wenn sie allerdings mit ein wenig Abstand über alles nachdachte und zur Kenntnis nahm, wie er sich mit seinem schlechten Gewissen quälte, war sie jedoch beinahe versucht …

In diesem Moment betrat Michael die Halle. Er grüßte, zögerte kurz angesichts der düsteren Gesichter am Tisch und setzte sich dann trotzdem, um ebenfalls zu essen.

«Ihr habt Euch offensichtlich entschieden zu akzeptieren, was Ihr vor einigen Tagen erfahren habt», sagte Gerbert zu Sophia, sah dabei jedoch Michael an. Bisher wussten weder der Gelehrte noch Judith, dass Gerbert Sophia die Wahrheit gesagt hatte.

Sophia nahm den Krug und schaute hinein. Milch. Sie goss ein wenig davon in ihren Becher und suchte währenddessen in Michaels Gesicht unauffällig nach einem Hinweis darauf, ob er eingeweiht war.

«Ja. Ich wollte in der Zwischenzeit nicht beleidigend sein. Es ist nur ziemlich viel gewesen.»

«Natürlich.» Gerbert nahm den Löffel wieder zur Hand und schaufelte weiter seine Hafergrütze in sich hinein.

Eine Weile frühstückten sie schweigend.

«Warum hat Alexandra Euch nicht gesagt, wohin sie gehen wollte?» Sophia schielte zwischen ihren Haaren hindurch zu Michael hinüber. Dann fasste sie einen Entschluss. «Ich meine, sie war schließlich fast so etwas wie Eure Frau und meine Mutter.»

Gleichzeitig schossen Gerberts und Michaels Köpfe hoch, und Michael machte Anstalten, sich zu erheben. Gerbert legte ihm eine Hand auf den Arm. Sachte, als habe er Angst, ihn kaputtzumachen, legte er dann erneut den Löffel auf den Tisch. Er befeuchtete sich die Oberlippe. «Ich weiß es nicht. Sie musste fort aus dem Kloster. Sie glaubte, jemand trachte ihr nach dem Leben.»

«Ja, ich habe den Brief der Kaiserin gelesen. Deswegen hat Alexandra mich hierher gebracht. Sie versicherte mir, ich sei nicht in Gefahr, aber sie wollte mich nicht alleine im Kloster zurücklassen, weil sie wusste, dass ich dort unglücklich sein würde.»

Gerbert senkte den Kopf. Dann erhob er sich mit einem Ruck. «Ich muss zum Dom, es tut mir Leid. Was wollt Ihr jetzt unternehmen?»

Neben ihm kam Michael auf die Füße. Es sah mitgenommen aus.

«Ich dachte mir, ich schreibe an Gero, Ludgers Sohn. Er ist bestimmt wütend auf mich, weil ich mich nicht ein einziges Mal gemeldet habe, seit ich fort bin.»

Gerbert rieb sich das Kinn. «Gut. Legt mir Euer Schreiben heute Abend in die Halle, ich kann es dann morgen einem Boten mitgeben, der für mich nach Châlons reitet. Er kommt am Kloster vorbei.»

«Gerbert!»

Michaels Ruf hielt Gerbert auf, als er gerade das Haus verlassen wollte.

«Ich habe wenig Zeit, können wir heute Abend sprechen?»

Michael schüttelte den Kopf und legte all sein Flehen in seinen Blick. Ihm war klar, dass es für Gerbert so aussehen musste, als wollte er nur die Neugier befriedigen, die ihn angesichts des soeben Gehörten erfasst hatte. Fieberhaft rang er um passende Worte, doch Gerbert kam ihm zuvor.

Er seufzte leise. «Wie kann ich Euch helfen? Kommt mit, wir unterhalten uns auf dem Weg.»

Sie verließen den Platz vor dem Haus und gingen durch eine der Gassen von St. Rémi. Michael kämpfte mit sich – so verzweifelt, dass er glaubte, er müsse im nächsten Moment vor lauter Anspannung in tausend Stücke zerspringen. Er hatte keine Ahnung, wie er anfangen – keine Ahnung, was er Gerbert erzählen sollte. Ja, er hatte noch nicht einmal eine Ahnung, warum er dem Impuls, Gerbert anzusprechen, überhaupt nachgegeben hatte.

«Ihr seid Sophias Vater», sagte er. Das Bedürfnis weiterzusprechen war übermächtig, aber ihm wollte keine weitere Silbe über die Lippen kommen. Er spürte, wie seine Wangen vor Unbehagen zu brennen begannen.

«Ja.» Gerbert schien nicht vorzuhaben, es ihm leichter zu machen.

«Irgendwie habe ich das schon seit langem geahnt.»

«War es sehr deutlich?»

«In der Art, wie Ihr sie behandelt habt, ja. Und auch Judith hat manchmal Mühe gehabt zu verbergen, dass sie Sophia schon sehr lange kennt.» Michael erinnerte sich nur zu gut an einen Morgen in der Küche, an dem Judith ein verräterischer Satz herausgerutscht war. «Ihr habt schon als Säugling …», hatte sie gebrummt und sich dann rasch unterbrochen. Sophia war zu sehr in Gedanken gewesen, um zu begreifen, was sie da gehört hatte, aber Michael hatte begonnen, sich Fragen zu stellen.

Der Bau der Mauer um St. Rémi war weit vorangeschritten, sodass sie die Siedlung durch eines der neuen Tore verlassen mussten. Der Weg nach Reims lag unter einem schweren, grauen Winterhimmel vor ihnen. Es roch nach Schnee.

Gerbert nahm Michael am Arm und wies auf einen Baumstamm, den Bauern in diesem Sommer gefällt hatten. Er war sämtlicher Zweige und Äste beraubt, nur der massive Stamm war bisher vor dem Feuer verschont geblieben. Nun diente er Wanderern als Sitzgelegenheit. Sie ließen sich darauf nieder.

Michael fasste sich ein Herz: «Warum ist Sophias Mutter auf der Flucht?» Halb befürchtete er, Gerbert könne ärgerlich werden. Ärgerlich über die Unverfrorenheit, mit der er hier Fragen stellte, die ihn absolut nichts angingen. Doch Gerbert saß einfach reglos da. Er antwortete nicht, und es sah aus, als sei er in Gedanken am anderen Ende der Welt.

Da kam Michael zu einem Entschluss. Er würde sich Gerbert wenigstens teilweise anvertrauen. «Soll ich Euch sagen, warum sie fliehen musste?»

Gerbert wandte ihm das Gesicht zu, aber noch immer schien sein Blick in weite Fernen gerichtet. «Warum?»

«Weil es Männer gibt, die sie töten wollen.»

Einige Bauern näherten sich. Sie grüßten zuerst Gerbert, dessen Gewänder ihnen verrieten, dass er ein Mann der Kirche war, dann nickten sie höflich Michael zu. Gerbert wartete, bis sie außer Hörweite waren, bevor er sprach. «Woher wisst Ihr das? Kanntet Ihr Alexandra?»

«Ich weiß gar nichts über sie.»

«Nur, warum sie fliehen musste?»

«Sophia erwähnte einen Brief der Kaiserin. Das war mir Hinweis genug.»

Gerbert wandte sich ihm zu. Er machte Anstalten, ihn am Kragen zu packen, aber dann ließ er die Hände wieder sinken. Müde bedeutete er Michael weiterzusprechen.

«Es gibt eine Gruppe von Männern, die wie ich an der Kalenderreform beteiligt sind, aber auf vollkommen andere Art und Weise.» Während die Worte aus Michael heraussprudelten, jagten die Gedanken durch seinen Kopf. Wie viel konnte er erzählen, ohne Gefahr zu laufen, dass Gerbert ihn davonjagte oder gar dem Büttel übergab? Auf keinen Fall durfte er verraten, dass er eigentlich zu diesen Männern gehörte, von denen er sprach. Er gab seiner Stimme einen verächtlichen Klang. «Sie sorgen dafür, dass Kritiker oder unliebsame Mitwisser zum Schweigen gebracht werden.»

«Unliebsame Mitwisser?»

«Ja. Es gab neben Konstantin noch einen Mann, der mit der Kalenderreform zu tun hatte. Sein Name war Romanos Lakapenos. Er diente seinem Kaiser als einer der Befehlshaber der Flotte, doch das war ihm nicht genug. Einige Jahre nachdem Konstantin zum Kaiser gekrönt worden war, schaffte dieser Romanos es, sich als Mitkaiser auf den Thron zu setzen. Er hat Konstantin zum zweiten Mann in Byzanz gemacht. Das war nicht besonders schwierig, denn der Kaiser war zu dieser Zeit gerade einmal fünfzehn Jahre alt. Ich habe keine Ahnung, in wie vielen Angelegenheiten Romanos seine eigenen Interessen gegen die des Kaisers durchsetzte, aber zumindest bei der Kalenderreform zogen die beiden an einem Strang. Hier unterstützte Romanos Konstantin, allerdings auf eine andere Art und Weise, als Konstantin dies für richtig hielt.»

«Er schuf diese Gruppe von Männern, von denen Ihr mir erzählen wollt?»

«Genau. Sie entstanden auf seinen Befehl hin.»

«Aber warum?»

Michael zuckte die Achseln. Genau das, dachte er, haben sich viele Gelehrte schon gefragt, mein Freund Gregor eingeschlossen. «Manche behaupten, er sei einfach ein grausamer, machtgieriger Despot gewesen, der Freude am Töten hatte. Einer Legende zufolge hatte Romanos abgründige, schwarze Augen, mit denen Gott ihn für seine Boshaftigkeit strafen wollte. Es existieren viele Gerüchte über ihn, unter anderem eines, dass er eine ganze Reihe von unehelichen Söhnen in die Welt gesetzt hat, mit deren Hilfe er seine geheime Truppe aufbaute. Sie führte sein Werk weiter, als es Konstantin endlich gelang, seiner Herr zu werden und ihn in ein Kloster zu schaffen. Seitdem tauchen angeblich immer wieder Männer auf, die neue Krieger anwerben und die auffällig schwarze Augen haben.»

«Aber was ist denn nun die Aufgabe dieser Männer? Und was haben sie mit Alexandra zu tun?» Gerbert runzelte die Stirn.

«Unter anderem haben diese Krieger Männer, die mit dem Umschreiben der Schriften betraut worden waren, aus dem Weg geräumt, wenn sie glaubten, sie könnten das Geheimnis um die Reform verraten.»

«Hat Konstantin dem nicht Einhalt geboten, nachdem Romanos besiegt war? Ihr habt ihn mir als gelehrten, friedfertigen Menschen geschildert.»

Genau das war die Frage der Fragen, dachte Michael. Wie oft hatte er mit Gregor darüber gerätselt, warum Konstantin die *silentiarii* nicht einfach wieder abgeschafft hatte! Sie waren der Lösung dieses Rätsels niemals auch nur einen Schritt näher gekommen.

«Vielleicht konnte er es nicht mehr. Inzwischen gab es Männer in seiner eigenen Palastgarde, die auf der Seite der *silentiarii* standen. Mächtige Männer. Und so hat Konstantin die Sache wohl laufen lassen. Die Mittel waren zwar nicht die seinen, aber im Grunde war das Ganze ja auch in seinem Sinne.»

Gerbert nickte, nur halb überzeugt, aber er beließ es dabei. «Aber was wollen sie nun von Alexandra?»

«Die *silentiarii* scheinen zu glauben, dass sie etwas weiß, das sie nicht wissen dürfte. Etwas, das die Reform bedroht.»

«Ihr klingt, als hättet Ihr unser Gespräch belauscht. Woher wisst Ihr das? Ihr kanntet Alexandra wohl doch!»

«Nein. Ich habe erst heute Morgen von ihr erfahren.» Er zögerte kurz, aber jetzt konnte er nicht mehr zurück. Gerbert würde ihn nicht gehen lassen, wenn er ihm nicht eine Erklärung lieferte, die ihn zufrieden stellte. «Ich weiß es von den *silentiarii* selbst. Sie haben es mir gesagt.»

«Die *silentiarii*», sann Gerbert und stürzte sich zu Michaels Überraschung nicht sofort auf sein Geständnis. «Was für ein passender Name. Warum sollten sie Euch so etwas sagen?» Endlich flackerte Misstrauen in Gerberts Augen auf.

Michael wappnete sich. «Sie wissen, dass ich hier bin – aber keine Angst», sprach er sofort weiter, um Gerbert gar nicht erst die Gelegenheit zu geben, es selbst anzusprechen, «ich bin nicht auf ihren Befehl hier. Die *silentiarii* und wir Gelehrte haben ein feindschaftliches Verhältnis. Sie hassen uns und wir hassen sie, das müsst Ihr mir glauben, Gerbert!»

«Kennt Ihr denn auch Alexandras Geheimnis?»

«Nein! Sie hätten mich längst umgebracht, wenn ich es wüsste.»

Gerbert sagte eine lange Weile gar nichts. «Ich glaube Euch. Wenn es mich auch ein bisschen verwundert, dass Ihr Euch so vehement verteidigt, glaube ich Euch.»

«Ich will mit Euch zusammen nur den Meton-Zyklus finden – und vielleicht dazu beitragen, dass die Reform hier im Westen eingeführt wird. Mit den *silentiarii* habe ich nichts zu tun.»

«Das hätten wir ja dann geklärt. Aber da Ihr die *silentiarii* offenbar gesprochen habt – wissen sie von Sophia?»

«Ja. Sie wollten von mir wissen, ob sie hier aufgetaucht ist.»

«Aber Ihr habt sie nicht verraten.»

«Nein.»

«Ist sie in Gefahr?»

«Ich denke nicht. Ich habe auf sie Acht gegeben. Seit meinem Gespräch mit einem von ihnen ist kein weiterer *silentiarius* hier aufgetaucht. Ich habe sie getäuscht. Sie suchen Sophia wahrscheinlich ganz woanders.»

Über Gerberts Gesicht glitt ein Anflug von Erschöpfung. «Ich muss jetzt gehen. Habt Ihr mir gesagt, was Ihr mir sagen wolltet?»

Nur die Hälfte davon, dachte Michael. Den schlimmen Teil würde er für den Rest seines Lebens für sich behalten müssen. «Ja. Ich danke Euch.»

Gerbert lächelte. «Wofür?»

Dass Ihr mich bei Euch bleiben lasst, war Michael versucht zu sagen, schwieg jedoch. Er presste die Lippen zusammen.

«Da ist noch etwas, nicht?», fragte Gerbert.

Michael schloss kurz die Augen. «Ich – nein.»

«Michael?»

«Ich liebe Eure Tochter, Gerbert.»

Gerbert nickte. «Das dachte ich mir.»

Als Gerbert an diesem Abend spät die Halle betrat, lag das ganze Haus bereits in tiefem Schlaf. Schatten hockten in allen Ecken wie lebendige Tiere, und jedes Mal, wenn er sich bewegte, schienen sie zum Leben zu erwachen und näher zu rücken. Er versuchte, die Müdigkeit zu bezwingen, die ihn gefangen hielt. Es war ein anstrengender Tag gewesen, und zu erfahren, dass möglicherweise Mordschergen hinter Sophia her waren, hatte ihn nicht einfacher gemacht.

Sophias Schreiben lag auf dem Tisch, genau wie er es erbeten hatte. Sie hatte es sorgfältig zu einem kleinen Päckchen gefaltet und mit einem Band verschnürt. Geros Name prangte in ihrer etwas unordentlichen Alltagshandschrift darauf.

Gerbert nahm es in die Hand und starrte blicklos darauf. Er dachte an Alexandras Worte, als sie ihm Sophia gebracht hatte. Es ist sicherer, wenn du nichts weißt.

Schritte ertönten an der Tür – Michael.

Gerbert drehte sich nicht um. «Alexandra befürchtete, dass die *silentiarii* sie töten würden.» Er dachte daran, wie Rainald ihm anvertraut hatte, er plane, ihren Tod vorzutäuschen, um ihre Sicherheit zu erhöhen. Wir können nicht wissen, wer von den Menschen in ihrer unmittelbaren Umgebung vielleicht zu ihren Häschern gehört, hatte er gesagt.

Unschlüssig drehte Gerbert das Schreiben in den Händen. Alle, die Alexandra und Sophia zurückgelassen hatten, sollten glauben, sie wären tot.

Alle.

Auch Gero und sein Vater.

«Würdet Ihr mich bitte allein lassen?», sagte er zu Michael. Wortlos zog sich sein Gast zurück.

Gerbert wartete einen Moment, dann zerriss er das Schreiben in vier große Fetzen, ging in die Küche und warf es in das noch glimmende Herdfeuer. Er sah zu, wie alles zu einem kleinen, unkenntlichen Haufen Asche verbrannte, dann erst ging er in sein Gemach.

Wie erwartet konnte er nicht schlafen.

Gero riss das Schwert hoch, um Theodors Streich zu parieren, wohl zum hundertsten Mal. Direkt über seiner Stirn fing er den tödlichen Hieb ab. Seine Arme schmerzten von der

Anstrengung des Kampfes, und er spürte, wie ihn langsam die Kräfte verließen.

Theodor griff abwechselnd mit dem Schwert und dem Dolch an, den er zu Beginn des Kampfes in die linke Hand genommen hatte. Er war schnell, und schließlich war er zu schnell.

Während Gero den nächsten Schwerthieb parierte, traf der Dolch den gespannten Muskel seines Oberarmes. Greller, lähmender Schmerz strahlte bis hinauf in seinen Nacken. Er taumelte, ließ sein Schwert sinken. Starrte ungläubig an sich hinab. Vor seinen Augen drehten sich feurige Kreise und ließen das Blut, das an seinem Ärmel hinabrann, flimmern. Theodor hob seine Waffe und kam einen Schritt näher.

Er keuchte. «Das Geheimnis der Kaiserin!», presste er zwischen den Zähnen hervor.

Plötzlich ertönte ein schriller Pfiff.

Der Sachse fuhr herum, doch nicht schnell genug. Ein Schatten sprang in Geros Gesichtsfeld, er sah erneut eine Klinge aufblitzen, dann spritzte rotes Blut in hohem Bogen durch die Luft. Es war, als habe Gott die Zeit verlangsamt. Ein hässliches Geräusch ertönte, Theodor sackte auf die Knie. Gero hörte ihn aufschreien, ein dumpfer, schmerzvoller Klagelaut wie von einem Tier. Dann verlor sein Geist den Kampf gegen den Blutverlust.

Tiefe, wohltuende Schwärze senkte sich über ihn.

Als Ludger sich von seinen Gebeten erhob, knackten seine Knie so laut, dass sich einige Leute zu ihm umdrehten. Er musste sich an einer Bank festhalten, denn seine Beine waren eingeschlafen und beinahe völlig taub. Erst als das unangenehme Kribbeln nachließ, wagte es Ludger, ein paar unsichere Schritte zu machen.

«Na, habt Ihr Eure Gebete beendet?» Plötzlich war Sigbert neben ihm und lächelte ihn an.

«Für heute.»

«Ihr seid einer der eifrigsten Pilger, der mir im Leben jemals begegnet ist.»

Sie verließen die Kirche und stiegen Seite an Seite die Treppe hinunter.

«Ich habe es auch nötig, glaubt mir», brummte Ludger.

Sigbert warf ihm einen schrägen Blick zu. «Eine Buße, nehme ich an?»

Ludger nickte nur.

«Da drüben ist ein Wirtshaus. Wollt Ihr Euch nicht mit mir zusammen die Kehle ein bisschen befeuchten nach all der Beterei?» Sigbert wies auf ein Gebäude, dessen untere Fenster mit kleinen Scheiben aus echtem Glas verschlossen waren.

«Gerne. Aber lasst uns ein Wirtshaus suchen, das nicht direkt neben der Kirche steht. Mein Geld ist mir zu schade, als dass ich damit dem Mann hier seine teuren Fenster bezahlen wollte.»

Sigbert lachte. Er legte einen Arm um Ludgers Schultern, und gemeinsam machten sie sich auf die Suche nach einem anderen Gasthaus.

«Ah, das ist wirklich besser als dieser verdünnte Wein!» Ludger stellte den Bierkrug ab, den er in einem Zug geleert hatte, und wischte sich den Schaum vom Kinn. Nachdem sie sich entschlossen hatten, ein anderes Wirtshaus zu suchen, waren sie übereingekommen, dass es Bier war, nach dem es sie gelüstete. Und da ihr eigener Wirt Sachse war, saßen sie nun wieder in dessen Gaststube.

Ein junger Mann brachte unaufgefordert neue Krüge, und Ludger stieß mit Sigbert an. Einige Stunden lang unterhielten sie sich über ihre Reise, über den jungen König

Otto, über Gero und ein junges Mädchen, das Sigbert zur Frau nehmen wollte. Irgendwann schließlich wurde Ludgers Sprache unsicherer.

Sigbert beugte sich ein wenig vor. «Ihr sagtet, Ihr hättet für vieles Buße zu tun. Wollt Ihr darüber sprechen?»

Ludger nahm seinen Bierkrug in beide Hände und starrte hinein. «Hm.»

«Ihr müsst nicht, wenn Ihr nicht wollt. Ich dachte nur …»

«Schon gut.»

«Es muss eine ziemlich schwere Sünde sein, die Ihr tragt.» Sigberts Stimme klang vorsichtig.

«Ich bin schuld am Tod meiner Herrin», murmelte Ludger. Er ließ den Kopf hängen, dann sprach er mehr zu seinem Bier als zu Sigbert. Und das, was er erzählte, bestätigte Sigberts Verdacht, dass sie die lange Reise nach Rom ganz umsonst unternommen hatten.

Ludger hatte seinen Bericht gerade beendet, als die Tür aufflog und ein Mann mit dunkler Haut hereinkam. Sigbert hätte ihn für einen Sarazenen gehalten, wenn er nicht genauso gekleidet gewesen wäre wie er und Ludger. Der Mann sah sich um. Als sein Blick auf Ludger fiel, kam er mit langen Schritten an ihren Tisch.

Sorge umwölkte seine Stirn, und Sigbert begriff rasch, warum. Denn jetzt sprach der Mann Ludger an.

«Euer Sohn», sagte er. «Gero wurde angegriffen und schwer verletzt. Ihr müsst sofort mit mir kommen.»

Als Gero wieder erwachte, schwebte er in einem Nebel, der alle Sinneseindrücke konturlos werden ließ. Er spürte kaum Schmerzen, und für einen Augenblick dachte er, er sei tot. Stimmen drangen an sein Ohr, doch sie kamen aus großer Entfernung, und er verstand den Sinn ihrer Worte nicht.

Dunkelheit umgab ihn, und so blieb ihm nichts anderes übrig, als sich wieder dem Schlaf zu überlassen.

Das zweite Mal, da er wach wurde, schmerzte sein Arm höllisch, und ihm wurde schlagartig bewusst, dass er noch am Leben war. Mühsam stützte er sich auf den gesunden Ellenbogen, und er musste die Zähne zusammenbeißen, um den sengenden Schmerz zu ignorieren, der dabei von den Fingern der linken Hand bis hinauf unter seine Schädeldecke strahlte. Sein Arm war vom Handgelenk bis zur Schulter in einen dicken Verband gewickelt.

«Bleibt lieber liegen!»

Seine Ohren immerhin schienen wieder zu funktionieren, denn er erkannte die Stimme, die hinter seinem Bett erklang. Er wandte den Kopf. Christophoros erhob sich von einem Hocker und trat an sein Lager. «Es war Euer Glück, dass Gott es für richtig hielt, unsere Wege ein drittes Mal zusammenzuführen.»

Gero schluckte. Seine Zunge fühlte sich an wie eine fette, pelzige Ratte. Christophoros gab ihm Wasser aus einem Holzbecher zu trinken, und er musste dabei Geros Kopf stützen.

Völlig erschöpft ließ Gero sich zurück in die Kissen sinken. «Was ist passiert?»

«Euer Gefährte hatte aus irgendeinem Grund Euren Tod beschlossen. Habt Ihr eine Ahnung, warum?»

Gero zerbrach sich den Kopf. «Nicht die geringste.» Bedauern keimte in ihm auf, denn auf der Reise nach Rom hatte er nicht nur Sigbert, sondern auch Theodor zu schätzen gelernt. Langsam kehrte die Erinnerung an die Augenblicke vor dem Überfall zurück.

Das Geheimnis der Kaiserin.

«Ist Theodor tot?»

«Ja. Meine Männer waren ein wenig geschickter mit der

Waffe als er.» Christophoros lächelte schmal, und es sah finster aus.

«Erzählt mir, was geschehen ist.»

«Wir waren auf dem Rückweg, als wir Euch mit dem Sachsen im Park antrafen. Ich war recht überrascht, dass Ihr mit einem Mann kämpftet, den ich für Euren Gefährten hielt.»

«Aber Ihr habt schnell reagiert.»

«Weil er Euch verletzte. Aber Ihr habt ziemlich gut gekämpft.»

«Nicht gut genug. Ohne Eure Hilfe wäre ich jetzt tot.»

«Ihr seid um einige Jahre jünger als Theodor, vergesst das nicht. Und mir schien, er besaß Kriegserfahrung.»

«Möglich.» Gero biss die Zähne zusammen, weil der Schmerz in seinem Arm ihm beinahe die Sinne raubte.

«Eine der Frauen im Haus hat Bilsenkrautsaft. Wenn Ihr wollt, hole ich sie.»

Gero schüttelte den Kopf. «Was ist mit meinem Arm?» Er blickte auf den Verband.

«Die Klinge hat Euch ganz ordentlich zugerichtet. Ihr habt sehr viel Blut verloren, darum seid Ihr so schwach. Aber mein Herr, in dessen Haus Ihr Euch befindet, kennt gute Bader. Einer von ihnen hat Euch wieder zusammengeflickt, und er behauptet, in einigen Monaten wärt Ihr wieder ganz der Alte.»

«In einigen Monaten!» Gero presste die Lippen aufeinander und starrte gegen die hölzerne Decke. Christophoros klopfte ihm auf die gesunde Schulter, dann ging er, um nach der Frau zu rufen.

«Wo ist mein Vater? Weiß er, wo ich bin?»

Als Christophoros wieder zurückkam, kroch bereits die Nacht in den Raum. Die Teppiche auf den Holzdielen verloren ihre Farbe, und die Kerzen in den silbernen Leuchtern waren angezündet worden. Das Bilsenkraut, das Gero sich schließlich doch hatte verabreichen lassen, hatte den Schmerz ein wenig gelindert, aber er kam sich vor wie betrunken. Seine Zunge fühlte sich schwer an.

Der Grieche trat an sein Bett. «Er hat viele Stunden neben Euch gewacht», antwortete er. «Jetzt schläft er. Die Menschen hier kümmern sich um ihn, seid unbesorgt.»

«Was genau ist ‹hier›?»

«Wir befinden uns auf dem Gut, von dem ich Euch bereits erzählt habe. Ihr seid in der Obhut meines Herrn, des Grafen von Spoleto. Wie geht es Euch?»

«Es lässt sich aushalten.»

«Ihr hättet schlimmer davonkommen können.»

«Natürlich.» Gero schloss die Augen. Um ihn drehte sich alles.

Unten auf dem Hof wurden Pferdehufe laut, jemand rief etwas, das Gero nicht verstehen konnte. Christophoros ging ans Fenster und warf einen Blick hinaus. «Ich werde gebraucht. Verzeiht, wenn ich Euch jetzt verlasse.»

«Bitte schickt meinen Vater zu mir, sobald er wach ist, ja? Und, Christophoros – danke.»

«Keine Ursache.» Christophoros war schon an der Tür, als er sich noch einmal umdrehte. «Ihr habt genug Zeit zum Nachdenken, solange Ihr nicht aufstehen könnt. Vielleicht solltet Ihr Euch Gedanken darüber machen, ob Ihr das Angebot meines Herrn nicht doch annehmen wollt.»

5. Kapitel

Marinos stand am Fenster im oberen Stockwerk der Bischofsburg von Halberstadt und starrte nachdenklich hinaus. Von hier aus konnte er den neu gebauten Dom überblicken. Der Vorplatz des eindrucksvollen Gebäudes wimmelte von Menschen, sodass kein Fleckchen des gerade rechtzeitig fertig verlegten Pflasters mehr zu sehen war. Marinos hörte das aufgeregte Stimmengemurmel der Menge bis zu seinem Platz hinauf.

Ganz Halberstadt befand sich in einem Taumel der Freude, denn heute, an diesem 14. Oktober, war einer der bedeutendsten Tage, die die Stadt seit langem erlebt hatte. Der Dom, der anstelle seines vor fast dreißig Jahren eingestürzten Vorgängerbaus jetzt auf der Ostseite des Bischofshügels emporragte, sollte heute geweiht werden. Eigens zu diesem Zweck waren drei Erzbischöfe, sieben Bischöfe aus dem sächsisch-fränkischen Reich und zwei Bischöfe aus dem Regnum Italiae angereist. Der gesamte Königshof Ottos III. befand sich in Halberstadt, mit ihm Ottos Großmutter, Kaiserin Adelheid, und deren Tochter Mathilde von Quedlinburg. Und als Mitglied des Hofstaates auch Marinos Phokainos, den der junge König vor kurzem zu seinem persönlichen Kammerdiener berufen hatte.

Seit vier Stunden befanden die Herrschaften sich jetzt schon im Inneren des Domes, und Marinos kämpfte gegen die Langeweile an, die ihn immer dann zu überwältigen drohte, wenn er gezwungen war, auf seinen König zu warten.

Um sich in den Griff zu bekommen, zählte er in Gedanken die Monate, die Adam jetzt fort war. Es waren fast auf den Tag genau zehn. Natürlich war Marinos klar, dass Adam in dieser Zeit nicht bis nach Byzanz reisen, dort seine Aufgabe erledigen und wieder zurück sein konnte. Dennoch ertappte er sich dabei, dass er in der Menschenmenge nach der Gestalt des Mannes aus Trier suchte.

Jemand klopfte leise an die Tür.

Marinos stieß ein Brummen aus, die Tür wurde geöffnet, und ein Diener streckte seinen Kopf herein. «Besuch für Euch, Herr. Und soeben war ein Bote unten beim Tor. Er lässt Euch ausrichten, dass Sigbert von Wenkheim letzte Woche verstorben ist.»

Marinos fuhr sich mit der Hand über das Kinn. «Danke.»

Adalbert trat ein, gewandet in die schmucklose Kutte eines einfachen Mönchs. Der Diener schloss lautlos die Tür und ließ die beiden Männer zusammen mit Marinos' düsteren Gedanken allein.

«Exzellenz!» Marinos küsste Adalberts Ring und stellte dabei fest, dass dieser nicht mehr nur den einen mit dem blauen Stein trug, sondern noch einen zweiten, in den ein fein gearbeitetes Siegel eingeschnitten war. «Ihr wart lange nicht bei Hofe.»

«Die Umstände erforderten meine Anwesenheit in Rom. Es galt, einige wegweisende Schriften gegen die heidnischen Bräuche mancher Kirchenoberhäupter zu verfassen. Aber nun hat mich der König gebeten, an den Hof zurückzukehren.» Ein Lächeln glitt über Adalberts nichts sagende Züge, das Marinos die Zähne zusammenbeißen ließ. «Ich danke Euch», fuhr der ehemalige Bischof fort, «dass Ihr mich so regelmäßig über den Fortgang unserer Mission auf dem Laufenden gehalten habt. Mir ist durchaus bewusst, welches Risiko Ihr damit eingegangen seid.»

Marinos nickte zur Bestätigung. Er war Risiken eingegangen, um Adalbert über ihre Fortschritte oder das Ausbleiben derselben zu unterrichten, aber es war aus einem bestimmten Grund geschehen. Noch immer hoffte Marinos, dass Adalbert für ihn neue Männer rekrutieren würde. Dass der ehemalige Bischof seine Offenheit als Zeichen der Gefolgschaft auffasste, war ein Dorn in seinem Fleisch, gegen den er jedoch im Moment nichts tun konnte.

«Ihr seid nach wie vor nicht weitergekommen bei Eurer Suche nach Alexandra von Apamea, habe ich Recht?»

Marinos bot Adalbert einen Sitz an, doch der ignorierte ihn. Er trat an das Fenster und sah hinaus. Er schien die Menschenmenge dort unten jedoch kaum zu bemerken. Er kaute auf seiner Unterlippe herum, und seine Augen huschten von einem Punkt zum nächsten, ohne überhaupt etwas wahrzunehmen.

«Wie Ihr gerade mit angehört habt, ist einer meiner Männer am italienischen Fieber gestorben.»

«Dieser Sigbert, ja.»

«Er war es, den ich damit beauftragt hatte, Ludger nach Rom zu folgen. Nach seiner Rückkehr traf er mich in der Pfalz bei Bodfeld.»

«Im Anschluss an Ottos missglückten Feldzug ins Havelland, vermute ich.»

«Ja.» Adalbert war kaum einige Augenblicke in seiner Nähe, schon begannen dessen kühle Erwähnungen sämtlicher missglückter Missionen in seinem Umfeld Marinos' Zorn zu erregen.

«Was hat er zu berichten gehabt?»

Auch darüber hatte Marinos Adalbert in einem Schreiben informiert, aber offensichtlich hatte sich die Reise des Klerikers an den Hof mit der des Boten überschnitten, und Adalbert hatte die Nachricht nicht erhalten. Also erzählte Marinos ihm, was er wissen wollte.

Er berichtete, wie die beiden Sachsen sich an Geros und

Ludgers Fersen geheftet hatten. Wie sie sich ihnen im Kloster in den Alpen angeschlossen hatten. Wie sie gemeinsam in Rom angekommen waren und feststellen mussten, dass es Ludger wirklich nur um seine Buße ging. Dass sie beschlossen hatten, Gero und Ludger zur Rede zu stellen, und dabei herausgefunden hatten, dass Ludger Alexandra wirklich für tot hielt. Dass Theodor danach nicht zu dem vereinbarten Treffpunkt gekommen war und Sigbert entschieden hatte, sich allein auf den Rückweg zu machen, um Marinos davon in Kenntnis zu setzen, dass ihre Fährte im Sande verlaufen war.

«Von Theodor fehlt jede Spur, und ebenso von Alexandra», endete er.

«Das ist nicht gut.» So ruhig klang Adalberts raue Stimme, dass Marinos ihn erstaunt ansah. Der Mönch hatte noch immer den Blick auf die Menschen unten auf der Straße gerichtet, sodass nicht zu erkennen war, was in ihm vorging.

Trotzdem fühlte Marinos sich genötigt, sich zu verteidigen. «Ich habe zu wenig Leute! Byzanz ist in Bedrängnis, und man schickt mir keinen Nachschub.»

«Ihr meint, die *silentiarii* in Byzanz sind in Bedrängnis. Das ist verständlich, denn die Reform scheint beinahe abgeschlossen. Es sieht so aus, als müsstet Ihr Euch selbst um neue Leute kümmern!»

«Ich besitze nicht die Kontakte dafür. Es würde viel zu lange dauern, mich der Loyalität irgendwelcher Männer zu versichern. Ihr hingegen …»

Adalbert hob mit einem Ruck die Hand, aber er brachte Marinos damit nicht zum Schweigen. «Ihr behauptet stets, zu uns zu gehören, aber außer der Absolution …»

«Ich», unterbrach ihn Adalbert, «bin ein Mann der Kirche. Ich dürfte eigentlich gar nichts mit Euren Angelegenheiten zu tun haben, und ich werde nicht meine gerade wieder erstarkende Stellung dadurch aufs Spiel setzen, dass ich mich offen für Eure Belange einsetze.»

«Wie großzügig von Euch, dass Ihr Euch wenigstens in meine Gemächer wagt», knurrte Marinos.

Adalbert schnaubte. «Mir ist durchaus bewusst, dass Ihr meint, mich nicht zu brauchen, Marinos! Aber ich sage Euch, wenn Ihr niemanden habt, der in der Lage ist, Euren gedungenen Mördern die Absolution zu erteilen für ihre – ich räume ein – so notwendigen Schandtaten, dann werdet Ihr über kurz oder lang allein dastehen.»

Er hielt inne. «Mit Ausnahme dieses Adam vielleicht. Der scheint mir von dem gleichen Fanatismus beseelt zu sein wie Ihr.»

«Ach?» Marinos hob eine Augenbraue.

Adalbert lachte auf. «Macht, Marinos! Das ist es doch, was uns beide antreibt. Aber sei's drum. Ich kann Euch nicht mit Männern aushelfen, weil mich das in eine äußerst prekäre Lage bringen würde. Ich fürchte, darum müsst Ihr Euch selbst kümmern. Was tut eigentlich dieser Adam? Wo steckt er?»

«Ich habe ihn mit einem wichtigen Auftrag nach Byzanz geschickt.»

«Wunderbar. Sendet ihm ein Schreiben. Befehlt ihm, so viele Männer wie möglich von dort mitzubringen.» Adalberts Blick bohrte sich in Marinos' Augen. «Und sorgt dafür, dass er so schnell wie möglich wieder herkommt.»

Marinos wollte ihm standhalten, wollte endlich aus ihm herausprügeln, wie er in den Besitz des Geheimnisses gekommen war, warum er die *silentiarii* unterstützte, aber plötzlich begann das Zimmer um ihn herum zu tanzen. Er brauchte all seine Willenskraft, um sich seinen plötzlichen Schwächeanfall nicht anmerken zu lassen. Es war nicht das erste Mal, dass ihm das passierte. In letzter Zeit häuften sich die Tage, an denen er von diesem eigenartigen Schwindel erfasst wurde, an denen seine Ohren sausten und Sterne vor seinen Augen flimmerten.

Er neigte den Kopf und hoffte, dass Adalbert das als Zustimmung begreifen würde. Unauffällig suchte er Halt an der Kante eines Tisches.

Er bemerkte, dass Adalbert lächelte. Die Worte des Mannes schwollen an und ab in seinem Kopf, und nur mit Mühe konnte er ihre Bedeutung verstehen.

«Im Moment ist Alexandras Verbindung zu diesem Gerbert von Aurillac unsere einzige verbliebene Spur. Der junge König hat in letzter Zeit häufig den Wunsch geäußert, wieder einen Lehrer an seiner Seite zu haben, der ihm den alten Bernward von Hildesheim ersetzen kann. Bisher haben wir mit den Mitteln der Jäger gearbeitet, aber das gibt uns die Möglichkeit, mit den Mitteln der Politik erfolgreicher zu sein.»

«Wie meint Ihr das?» Marinos' Kehle schmerzte.

«Ihr erwähntet in einem Eurer Briefe eine äußerst interessante Vermutung von Adam. Er glaubt, Gerbert von Aurillac habe ein ausnehmend inniges Verhältnis zu dieser Alexandra gehabt, nicht wahr?» Adalbert wartete Marinos' Antwort nicht ab. «Als Ihr damals so eigenmächtig Gerbert ins Spiel gebracht habt, war ich recht zornig auf Euch. Aber vielleicht kann uns das jetzt nützlich sein. Vielleicht weiß dieser Gerbert etwas über ihren Aufenthaltsort.»

Er erläuterte Marinos seine Idee, und endlich klärte sich der Kopf des Byzantiners wieder ein wenig. Der Schwindel wurde abgelöst durch den wohligen Schauer einer neu beginnenden Jagd.

Sie würden den jungen Otto davon überzeugen, diesen Gerbert an den Hof zu holen!

«Ich begreife es einfach nicht!» Sophia saß auf einem hellbraunen Zelter, eingemummt in einen pelzbesetzten Umhang und dicke Handschuhe, in denen ihr die Zügel immer wieder aus den Fingern rutschten. Das Pferd jedoch war ein gutmütiges, ruhiges Tier, und es folgte den anderen Pferden ihres kleinen Zuges von selbst. «Warum nur hat man dir das Amt des Erzbischofs entzogen? Du hast es doch gerade erst erhalten.»

Sie waren auf dem Weg von Reims nach Aachen, wo sie hofften, auf den Hof Ottos III. zu treffen. Vor zwei Jahren hatte Sophia St. Kyrillos verlassen. Der Winter war früh hereingebrochen und beherrschte das Land nun schon seit fast zwei Monaten mit klirrendem Frost, aber es lag nur sehr wenig Schnee. Weihnachten näherte sich mit Riesenschritten, und Sophia hatte keine Ahnung, wie sie es in diesem Jahr verbringen würden.

Nachdem sie an Gero geschrieben hatte, hatte sie einige Wochen zuerst hoffnungsvoll und schließlich mit zunehmender Resignation auf Antwort von ihm gewartet. Es war keine gekommen, und Sophia hatte lange gebraucht, um des Durcheinanders ihrer Gefühle Herr zu werden. Die Enttäuschung war schlimm gewesen, aber kein Vergleich zu den selbstquälerischen Gedanken und sogar Träumen, die ihr sagten, dass Gero sie für ihr Fortgehen tatsächlich verachtete. So sehr verachtete, dass er es nicht einmal für nötig hielt, auf ihr Schreiben zu reagieren.

Ihre Studien und auch die Umwälzungen in Gerberts Leben hatten ihr schließlich dabei geholfen, Gero hinter sich zu lassen. Endgültig, wie sie glaubte.

Gerbert war nach seiner Ernennung zum Erzbischof noch viel weniger Zeit für sie geblieben, also hatte sie sich an Michael gehalten. Gemeinsam hatten sie die Bibliothek des Domes durchforstet und nach Hinweisen gesucht, die ihnen bei der Lösung von Michaels Problem helfen konnten. Michael hatte Sophia die Grundlagen der Mathematik, Geometrie und Astronomie beigebracht, und ab und zu, wenn Gerbert eine Stunde erübrigen konnte, hatte er das Seine dazugetan und ihrer beider Wissen vertieft. Zwar war Sophia den beiden Männern noch immer weit unterlegen, aber sie war guten Mutes, dass sie irgendwann ihren Teil zur Lösung beitragen würde.

Gerbert, der auf einem anderen Zelter neben Sophia herritt, brauchte eine Weile, bis ihre Frage in sein Bewusstsein vorgedrungen war. Sophia wartete geduldig. Der Verlust seines Erzbischofstitels war für ihn nicht leicht zu verkraften. «Das ist eine lange und komplizierte Geschichte», murmelte er.

«Versuch es mir in kurzen Worten zu erklären.» Sophia grinste schwach. Das waren genau die Worte, mit denen Gerbert sie dazu aufzufordern pflegte, eine gelehrte Theorie darzulegen, wenn er sehen wollte, ob sie sie begriffen hatte.

Gerbert ging nicht auf den müden Scherz ein. «Also, das kam so: Der Erzbischof von Reims ist ein Vasall König Hugos. Ich habe Hugo gedient und seinen Sohn Robert unterrichtet. Aber ich habe auch alte Verbindungen zum Kaiserhaus, zu Otto II., Theophanu und ihrem Sohn. Durch die Intrige eines Mannes, der es auf mein Amt abgesehen hatte, entzweiten sich Hugo und das Kaiserhaus. Hugo wollte nicht, dass ich an einer Versammlung teilnahm, die ein päpstlicher Legat zur Schlichtung des Streits einberufen hat.»

«Aber du hast es dir nicht verbieten lassen.»

«Ich musste mich entscheiden.» Gerbert ließ seinen Blick zu Michael hinüberwandern, der auf seiner linken Seite bisher schweigend neben ihnen hergeritten war. Sophia erinnerte sich, dass die beiden Männer am Abend vor der Versammlung lange darüber debattiert hatten, wie Gerbert sich verhalten sollte.

«Du bist hingegangen», sagte sie.

Gerbert nickte. «Ja. Und ich stellte mich damit noch deutlicher auf die Seite von Ottos Familie.»

«Michael hat dir dazu geraten.» Sophia blickte an ihrem Vater vorbei auf den byzantinischen Gelehrten.

«Ja.» Die Antwort kam nicht von Gerbert, sondern von Michael. «Weil wir es für klüger hielten, uns auf die Seite des Kaiserhauses zu schlagen.»

«Klüger im Hinblick auf Euer Vorhaben, die Kalenderreform hier in den Westen zu übertragen?»

Wieder nickte Gerbert. «Wer kann ein solches Vorhaben besser in die Tat umsetzen als ein Kaiser?»

«Otto ist noch nicht Kaiser.»

«Aber er wird es werden. Wir wissen, dass er sich für eine Fahrt nach Rom rüstet. Er wird Kaiser werden, glaub mir.»

Sophia nickte. Ihr Vater hatte ein feines Gespür für die hohe Politik. «Und du willst an seiner Seite sein, wenn er es geworden ist?»

«Ja.»

«Auch wenn das bedeutet, dass man dir das Amt des Erzbischofs fortgenommen hat.»

Gerbert zuckte nur die Achseln. «Am Kaiserhof lässt es sich auch gut leben.»

Sophia blies sich eine Haarsträhne aus den Augen. Da ihr jedoch die pelzbesetzte Kapuze bis tief in die Stirn reichte, fielen die Haare sofort wieder an ihre alte Stelle.

Sophia schauderte.

Sie fror, und das lag nicht nur an der Kälte des Winters.

In Roms Umland war das Wetter im Februar milde, und der gelegentliche Regen erschien Gero wie ein Segen, denn das Land konnte jeden Tropfen Wasser gebrauchen.

Gemeinsam mit Christophoros arbeitete er an den Plänen für ein neues Bewässerungssystem, aber heute hatte er keine Zeit, sich darum zu kümmern, denn sein Herr hatte ihn zu sich gerufen.

«Die besten Heiler können mir nicht mehr helfen, Gero.

Ich sterbe.» Alban, Graf von Spoleto, umklammerte Geros Hand, sank in die Kissen zurück und holte mühsam Luft. In seinem Krankenzimmer brannte ein kräftiges Feuer, das die Luft stickig machte. Der übergewichtige, kurzatmige Kranke mit dem roten Gesicht und den blauen Lippen bestand jedoch darauf, dass es sorgsam gehütet wurde, da er sonst vor innerer Kälte zu vergehen glaubte.

Gero entzog dem Mann sanft seine Hand und erhob sich aus seiner knienden Position. Eine der Frauen, die für die Pflege des Grafen zuständig waren, schob ihm einen Hocker hin. Er nickte ihr freundlich zu und setzte sich.

Alban tastete mit bebenden Gliedern über seine Decke, und Gero reichte ihm seine Hand wieder. Die Haut des Grafen war feucht und heiß.

«Wie lange dient Ihr mir jetzt?», fragte der Graf.

«Seit einem Jahr und drei Monaten.»

«Ihr habt mir gut gedient. Das Land hat an Wert gewonnen, seitdem Ihr es verwaltet.»

Gero schlug die Augen nieder. «Ich danke Euch.»

«Was werdet Ihr tun, wenn ich sterbe?»

Über diese Frage hatte Gero noch gar nicht nachgedacht, denn Albans Krankheit war plötzlich ausgebrochen. Er überlegte rasch. Der Tod seines Herren war oftmals eine Katastrophe für einen Vasallen, aber Gero musste sich keine Sorgen machen.

«Ich besitze noch immer die Ländereien in Franken und Sachsen», sagte er. «Vielleicht werde ich dorthin zurückkehren.»

Alban hustete qualvoll. «Ich dachte immer, die Höfe gehörten Eurem Vater.»

«Dem ist auch so.» Ein schmales Lächeln glitt über Geros Gesicht. «Zumindest offiziell.»

«Euer Vater hat wenig Interesse daran?»

«Seit wir hier in Rom sind, geht er völlig in seiner Rolle

als Laienmönch auf.» Als Gero damals das Angebot des Grafen angenommen und das Gut in der Nähe von Rom übernommen hatte, war sein Vater begeistert gewesen. Eine Zeit lang war er in der Stadt geblieben, hatte sämtliche Pilgerkirchen besucht, gebetet und gefastet. Als Gero ihn später zu sich auf den Hof holte, schien Ludger endlich sein Gleichgewicht wiedergefunden zu haben. Er war zu einem tiefgläubigen Menschen geworden, und nur zu gerne hatte er Albans Wunsch entsprochen, auf dem Gut zuerst eine kleine Kapelle und schließlich sogar ein Kloster aufzubauen. Vor ein paar Wochen waren die ersten Mönche eingezogen, deren Hauptaufgabe darin bestand, für das Seelenheil des Grafen zu beten und zu singen.

«Er ist gerne Prior, nicht wahr?», fragte Alban.

«Ja. Er hat anscheinend endlich einen Sinn in seinem Leben gefunden.» Neid durchfuhr Gero wie ein Nadelstich, doch dann gewann die Zufriedenheit über die Gesundheit seines Vaters wieder die Oberhand. Er selbst schien über Sophias Verlust niemals hinwegzukommen.

«Ich habe mit dem Gedanken gespielt, Euch den Hof zu überlassen», sagte Alban in seine Gedanken hinein.

Geros Kopf ruckte hoch.

«Ich habe keinen Erben, und Ihr wärt ein guter Herr für dieses Land.»

Diese Eröffnung kam so überraschend, dass Gero dem Grafen seine Hand wieder entzog und hastig auf die Füße kam. Er trat ans Fenster, und um sich wieder in die Gewalt zu bekommen, legte er die Stirn an eine der kleinen Scheiben.

«Was sagt Ihr?» Alban stemmte seinen massigen Körper in die Höhe, sank jedoch sofort wieder zurück in die Kissen. Er rang so tief nach Luft, dass es klang wie ein Japsen. Mit einem rasselnden Geräusch löste sich irgendetwas in seinen Lungen, und er begann erneut zu husten. «Habe ich Euch beleidigt?», gelang es ihm nach einer Weile zu fragen.

«Nein!» Gero rührte sich nicht. «Nein, natürlich nicht. Euer großzügiges Angebot ehrt mich.»

«Nehmt Ihr es an?»

Durch das dicke Glas der Scheibe sah Gero einen Mann über den Hof gehen. An der Farbe seines Gewandes glaubte Gero Christophoros zu erkennen. Für einen Moment überkamen ihn Zweifel, ob nicht eher dem Griechen dieses Geschenk gebührte, und er konnte nicht anders: Er sprach sie aus.

Alban schloss die Augen. «Ihr seid ein aufrechter Mann, Gero. Jeder andere hätte sofort mit Schaum vor dem Maul zugegriffen. Glaubt mir, Christophoros wird sich glücklich schätzen, in Zukunft Euch statt mir zu dienen.»

Gero war sich da nicht so sicher. Er folgte der vom Glas verzerrten Gestalt, die in einem der gegenüberliegenden Gebäude verschwand. Dann richtete er den Blick auf seine eigene, unscharfe Spiegelung. Seine Gesichtszüge konnte er nicht erkennen, aber das lange, von der südlichen Sonne fast weißblond gebleichte Haar leuchtete ihm entgegen. Er hatte die Ärmel seines Gewandes praktischerweise bis über die Ellenbogen hochgekrempelt. Die Narbe, die Theodors Schwert ihm beigebracht hatte, leuchtete in tiefem Dunkelrot. Bei unbedachten Bewegungen und beim Heben sehr schwerer Lasten spürte Gero noch heute den Schmerz durch seinen Muskel zucken, der sich mit der Klinge in ihn gebohrt hatte. Eine Zeit lang hatte es so ausgesehen, als würde sein Arm taub bleiben.

Ein Gedanke schoss ihm durch den Kopf, den er tagsüber bisher niemals zugelassen hatte. Tagsüber war Licht und Arbeit. Die Nacht war die Zeit der düsteren Fragen und der Grübelei. Warum bloß hatte Theodor ihn töten wollen, damals in dem Park in Rom? Was war mit Sigbert geschehen, der nach diesem Tag nie wieder aufgetaucht war?

Schlagartig traf Gero eine Entscheidung. «Es gäbe einen

guten Grund, Euer Angebot mit Freuden anzunehmen.» Er wandte sich Alban wieder zu.

Der Graf hatte seinen Blick auf Gero geheftet, und ihm war anzusehen, dass er gegen das Versiegen seiner Kräfte ankämpfte.

«Der Mann, der mich damals in Rom überfiel, war so etwas wie ein Freund. Ich habe nie herausgefunden, warum er mich töten wollte.»

«Habt Ihr jemals nachgeforscht?»

«Dazu war keine Gelegenheit.»

«Warum nicht?»

«Ich hätte dafür nach Norden reisen müssen.» Schmerz klang wie ein fernes Echo in Gero auf, Schmerz über den Verrat, den Theodor an ihm begangen hatte. Plötzlich wurde der Wunsch nach Antworten übermächtig. «Er wollte von mir ein Geheimnis wissen. Das Geheimnis der Kaiserin, sagte er. Ich habe keine Ahnung, was er damit meinte.»

«Ich glaube, ich ahne, was Ihr gleich sagen werdet.»

«Wenn ich Euer Geschenk annehme, steigt meine Stellung erheblich. Mein Vater war früher einmal im Gefolge von Kaiserin Theophanu. Ich könnte an den Kaiserhof reisen und versuchen herauszufinden, welchen Grund Theodor für den Anschlag hatte.»

«Das könntet Ihr. Aber Ihr solltet Euch schnell entscheiden, denn sonst habe ich keine Zeit mehr, die Urkunde aufsetzen zu lassen.» Alban leckte sich über die trockenen Lippen. Seine Hände hatten jetzt begonnen zu zittern.

Gero trat zurück an das Lager. «Ich nehme Euer Geschenk an», sagte er und beugte das Haupt vor Alban. «Mit Freuden.»

«Gut.» Alban schloss mit einem Seufzer die Augen. «Lasst mich ein wenig schlafen, und dann holt einen der Mönche, damit wir die Urkunde aufsetzen lassen können.»

Als Gero in die milde, sternklare Nacht hinaustrat, begann auf dem Hof ein Hund zu heulen.

Gero ging quer über den Hof, durch das Tor hinaus und wanderte eine Zeit lang unter dem bereits sinkenden Mond über die duftende Ebene. In seiner unmittelbaren Nähe verstummten die allgegenwärtigen Zikaden, nur um hinter ihm mit noch mehr Ausdauer ihr Lied wieder anzustimmen. Im Osten waren schon die Bäume gegen den heller werdenden Himmel zu sehen. Es kam Gero vor, als habe ein Teil von ihm lange Zeit die Luft angehalten und müsse sich überlegen, wann er weiteratmen sollte. Etwas war vergangen. Ein neuer Abschnitt seines Lebens würde demnächst beginnen.

«Na, traurig?»

Ludgers Stimme ließ ihn herumfahren. Entgegen seiner sonstigen Gewohnheit, sich durch leises Singen oder Gemurmel anzukündigen, war Geros Vater diesmal völlig lautlos hinter ihn getreten.

«Bei Gott, erschreck mich doch nicht so!»

Ludger hob beide Hände zur Abwehr. «Entschuldige.»

Sie schwiegen eine Weile, in Gedanken bei dem sterbenden Grafen.

«Nein», beantwortete Gero schließlich Ludgers Frage.

«Also nicht traurig?» Ludger grinste. «Warum auch. Immerhin bist du bald der neue Herr dieses Hofes. Zum Grafen sollte er dich machen!»

«Ich bin nicht sein Sohn, vergiss das nicht.»

«Aber er hat gar keinen leiblichen Sohn. Außerdem ist Alban ein Vasall von Pandulf Eisenkopf, und du weißt so gut wie ich, dass der direkt dem Kaiserhaus untersteht. Es wäre also nur recht, wenn du als mein Sohn zum Grafen ernannt würdest.»

Gero begriff, dass sein Vater sich noch immer als treuen Gefolgsmann von Kaiserin Theophanu sah. Diese Erkenntnis überraschte ihn ein wenig, aber sie gab ihm eine gute

Gelegenheit, das Thema anzusprechen, das ihn seit Tagen umtrieb.

«Meinst du», sagte er vorsichtig, «ich sollte zum Hof reisen und zusehen, dass ich den Kaiser treffen kann?»

Ludger starrte ihn überrascht an. Er hat nicht damit gerechnet, dass ich auf seine Anspielung anspringe, dachte Gero. Natürlich war sein Grund, Otto aufzusuchen, ein völlig anderer als alte Treue. Für einen Augenblick spielte er mit dem Gedanken, Ludger die Wahrheit zu sagen, aber dann ließ er es doch bleiben.

Ludger gähnte. «Es ist spät. Lass uns morgen früh darüber reden, ja?»

Beim Frühstück, das sie am nächsten Morgen allein und in der gedrückten Stimmung einnahmen, die einem Sterbefall folgte, hätte Gero das Thema am liebsten totgeschwiegen. Er hatte schlecht geschlafen und war mit rasenden Kopfschmerzen aufgewacht. Die Frauen, die rasch begriffen hatten, dass er nun der Herr war, hatten darauf keine Rücksicht genommen. Mit zusammengekniffenen Augen hatte er alle anfallenden Fragen beantwortet, Anweisungen gegeben und sogar einen Streit geschlichtet, der zwischen zwei der Küchenmädchen ausgebrochen war.

Jetzt hatte er denkbar schlechte Laune und überhaupt keine Lust, sich mit dem Gedanken an eine lange Reise auseinander zu setzen.

«Wann reisen wir ab?», fragte Ludger.

Überrascht ließ Gero den Löffel sinken.

Ludger lächelte. «Was starrst du mich so erstaunt an?»

«Ehrlich gesagt», Gero zuckte die Achseln, «habe ich nicht damit gerechnet, dass du überhaupt mitkommen willst.»

Ludger lachte auf. «Du hältst mich noch immer für einen senilen alten Schwachkopf!»

«Für einen frommen alten Schwachkopf», korrigierte Gero

und lächelte zurück, obwohl ihm eigentlich nicht danach zumute war. Schwermütigkeit wie die seines Vaters konnte ohne Vorwarnung zurückkehren, so viel wusste er. Die Reise nach Rom, die langen Gebete vor den heiligen Reliquien und schließlich die Klostergründung auf dem Anwesen hatten aus Ludger wieder jenen tatkräftigen Mann gemacht, der er früher gewesen war. Aber wer konnte Gero versichern, dass sein Vater nicht einen Rückfall erleiden würde, sobald er mit seinem früheren Leben konfrontiert wurde?

«Der Kaiser hält sich gerade in Aachen auf», erklärte Ludger. «Vielleicht wäre es eine gute Gelegenheit, in Gielde nach dem Rechten zu sehen?»

Oder in Reims, dachte Gero. Ludger hatte in ihrem ersten Sommer in Rom Hermann und auch dem Verwalter in Reims Nachrichten geschickt und ihnen die Umstände erklärt. Verbunden damit hatte er weitreichende Vollmachten für die beiden Verwalter ausgestellt. Gero war sich sicher, dass Hermann Gielde unterdessen wie seinen eigenen Besitz geführt hatte. Aber wie es um Reims stand, konnte er nicht einmal raten. Er hätte dort gerne nach dem Rechten gesehen, wagte jedoch nicht, das anzusprechen.

«Dann würdest du mitkommen?», fragte er.

Ludger löffelte den letzten Rest Suppe aus. Dann trank er einen Schluck Bier, stellte den Becher zurück auf den Tisch und rülpste leise. «Natürlich.»

Gero konnte nicht wissen, dass Ludger dank seiner Gebete einen klaren Blick auf die Szene auf der Felsklippe zurück erlangt hatte. Gott hatte ihm gezeigt, dass er Alexandras Absturz nicht hätte verhindern können, und schließlich hatte er sich ihren Tod selbst vergeben.

Aber etwas ganz anderes quälte ihn.

Wenn Alexandra bei dem vorgetäuschten Wolfsangriff nicht ums Leben gekommen war, musste auch Sophia danach noch am Leben gewesen sein. Ein ums andere Mal war er in den vergangenen Monaten versucht gewesen, seinem Sohn davon zu erzählen. Dann wieder war er sich sicher, dass es Adam in der Zwischenzeit gelungen sein musste, Sophia aufzuspüren und ebenfalls zu töten.

Auf keinen Fall wollte er, dass Gero ein zweites Mal um Sophia trauern musste, und so schwieg er eisern.

Mitte Mai machten sie sich schließlich auf den Weg.

Geros zweite Reise über die Alpen war gänzlich anders als die erste. Diesmal reisten sie nicht als arme Pilger, sondern als reiche Grundbesitzer mit einem kleinen Gefolge von fünf Männern, Packpferden und Zelten.

Christophoros hatte sich, wie von Graf Alban prophezeit, in Geros Schutz begeben und war auf dem Anwesen zurückgeblieben, um alles in Ordnung zu halten.

Sie nahmen die gleiche Route, die sie nach Rom geführt hatte, über Viterbo, die Via Francigena hinauf bis nach Siena. Dort legten sie einen längeren Halt ein, um sich die Stadt anzusehen, in ihren Kirchen zu beten und sich auf dem Markt mit frischen Lebensmitteln einzudecken. Es war auf diesem Markt, wo Gero etwas Seltsames passierte.

Er stand mit einem seiner Männer vor dem Laden eines Waffenschmiedes und betrachtete die Auslagen, als der Mann plötzlich sagte: «Was will diese Frau dort von Euch?»

Gero legte ein Schwert zurück an seinen Platz und drehte sich um. Er sah eine Gruppe Mönche vorbeieilen, einige barfüßige Kinder und mehrere Frauen unterschiedlichen Alters, die jedoch allesamt mit ihren eigenen Angelegenheiten beschäftigt waren.

«Welche Frau?»

«Sie ist eben in einer der Gassen verschwunden. Irgendwie sah es aus, als flüchte sie vor Euch. Sie hat Euch eine ganze Weile lang angestarrt, als hätte sie einen Geist gesehen.»

«Sie wird mich verwechselt haben.» Gero wandte sich wieder den Waffen zu.

Der Mann wirkte nicht überzeugt, widersprach aber nicht.

Gero hatte den Zwischenfall bereits vergessen, als sie zu den anderen zurückkehrten und ihren Weg fortsetzten. Sie überquerten den Cisa-Pass, kamen durch Parma, schließlich über den Po und erreichten die ersten Ausläufer der Alpen am letzten Tag des Juli, sechs Wochen nachdem sie aufgebrochen waren.

Eine Weile berieten sie, ob sie die Berge über den gleichen Pass überqueren sollten wie auf dem Hinweg. Dann entschieden sie, dass es nur von Vorteil sein konnte, den Weg zu kennen.

Auf diese Weise erreichten sie das Kloster in den Bergen gut eine Woche später.

«Sie scheinen uns gesehen zu haben.»

Ludger hielt sein Pferd an und starrte auf die fünf Gestalten, die über das Geröllfeld auf sie zukamen.

«Tja», grinste Gero. «Wie anders die Leute doch reagieren, sobald man mit Gefolge reitet. Beim letzten Mal mussten wir am Tor anklopfen. Diesmal kommt uns der Abt persönlich entgegen.»

Es war tatsächlich Abt Carolus, der ihnen mit einer Hand voll Mönchen entgegeneilte, um sie willkommen zu heißen. Gero erkannte sein strahlendes Gesicht und das schüttere Haar mit der seltsamen Farbe schon von weitem.

Carolus war ein wenig atemlos, als er die Reisenden erreichte. «Seid uns willkommen im Kloster von St. Otmar.»

Ludger und Gero sprangen gleichzeitig aus den Sätteln. Ludger trat vor den Abt und nahm dessen ausgestreckte Hände in die seinen. Der Abt verbeugte sich vor ihm und in

Geros Richtung. Im nächsten Moment weiteten sich seine Augen. «Gero! Ich hätte Euch beinahe nicht erkannt!»

Kein Wunder, dachte Gero. Seine Haut war durch den langen Aufenthalt unter südlicher Sonne beinahe so braun gebrannt wie die der meisten Römer. «Seid gegrüßt, Abt Carolus.»

«Es ist uns eine Ehre, Euch zum zweiten Mal zu beherbergen.» Carolus drehte sich um und schritt durch die Lücke, die die Mönche ihm öffneten. Ludger, Gero und die anderen folgten ihm. Die Pferde zogen sie an den Zügeln hinter sich her.

Entgegen seiner früheren Gewohnheit war Carolus heute schweigsam, und Gero überlegte, womit er ein Gespräch in Gang bringen konnte. «Konntet Ihr in den vergangenen Monaten interessante neue Bücher erwerben?», fragte er schließlich.

Carolus musterte ihn kurz von der Seite. Ein schwaches Lächeln glitt über seine Züge. «Ich erinnere mich an unser letztes Gespräch. Damals hätte ich mich gerne länger mit Euch unterhalten.»

«Vielleicht können wir das ja jetzt nachholen.»

«Wir werden sehen. Und um Eure Frage zu beantworten: Seit Kaiserin Theophanus Tod haben wir keine weiteren Schriften erhalten.» Carolus wies voraus. «Könnt Ihr Euch noch an das alte Tor erinnern? Wir haben es vor ein paar Monaten ausgetauscht.»

Es wäre Gero nicht aufgefallen. Das neue Tor war genauso schlicht und massiv wie das alte. «Wie habt Ihr gewusst, dass wir kommen würden?»

«Vom Glockenturm aus kann man den Pass sehen. Prior Aidán hat Euch zufällig entdeckt, als er eine tote Ratte entfernen wollte, die die Glocke blockiert hat.»

«Bedanken wir uns bei der Ratte.» Ludger schnalzte mit der Zunge, weil sein Pferd müde zurückblieb.

Sie erreichten das Tor. Die Mönche, die ihnen als eine Art Nachhut gefolgt waren, marschierten jetzt an ihnen vorbei und öffneten es.

Im Inneren des Klosters war alles noch genauso wie vor anderthalb Jahren. Der Bibliotheksturm überragte die anderen Gebäude in seiner finster anmutenden Größe. Es gab noch immer kein Gästehaus, und so wies ihnen einer der Mönche erneut einen Schlafplatz hinter dem Dormitorium zu.

«Offenbar hat die Kaiserin selbst hier nie übernachtet», brummte Ludger und warf seinen Mantel auf eines der staubigen Lager.

«Wahrscheinlich nicht.» Gero trat an das Fenster der Kammer und stieß die Läden auf. Er blickte hinaus auf die umliegenden Berge. Den klammen Windstoß, der hereinfegte und den Muff vertrieb, spürte er kaum.

Ludgers Worte hatten etwas in ihm wachgerufen, das sich wie eine düstere Ahnung anfühlte.

Am nächsten Morgen wurde Gero von der Klosterglocke geweckt, die die Mönche zur Prim rief.

Seine Männer drehten sich murrend noch einmal um und zogen ihre Mäntel über den Kopf. Ludger jedoch erhob sich, um an der Messe teilzunehmen, und Gero tat es ihm gleich.

Danach verschwand Ludger im hinteren Teil des Klosters, wo sich die Latrinen befanden, und einen Moment lang blieb Gero unschlüssig auf dem Klosterplatz stehen.

«Gero!» Abt Carolus kam aus der Kirche, sah ihn und näherte sich mit raschen Schritten, die auf den Steinen klangen, als liefe er barfuß. «Wenn Ihr wollt: Ich hätte jetzt Zeit, Euch die Bibliothek genauer zu zeigen.»

«Oh, gerne.»

Gero folgte dem Abt, und dabei fiel ihm auf, dass zwei der Mönche ihn mit missbilligend gerunzelter Stirn beobachteten. Carolus führte Gero durch den Vorraum und hinein in die Halle mit den unzähligen Regalen.

«Eure Mönche scheinen nicht ganz einverstanden damit zu sein, dass Ihr mich hier mit hineinnehmt.»

Carolus zuckte die Achseln. «Sie meinen vielleicht, die Schätze hier drinnen müssten vor fremden Augen geschützt werden.»

«Immerhin sind sie wohl mehr wert als meine gesamten Ländereien zusammen.» Gero ließ den Blick an den Wänden in die Höhe wandern. Heute brannten hier nur wenige Fackeln, und so war es noch düsterer, als Gero es in Erinnerung hatte. In den Schatten auf den Galerien nahm er ab und zu eine Bewegung wahr, gerade so, als würden dort Mönche arbeiten – oder sie beobachten.

«Eure Brüder trauen mir nicht.»

Carolus wählte einen der Regalgänge aus und verschwand darin. «Sie trauen niemandem. Das ist ihre Aufgabe. Sie sollen das Wissen schützen, das wir hier lagern.»

Gero folgte ihm. Der Geruch von Staub stieg in seine Nase. Er unterdrückte ein Niesen. «Ihr sagtet, seit dem Tod der Kaiserin hätte Ihr keine neuen Schriften mehr erhalten. Warum denn nicht?»

«Theophanu hat diese Bibliothek gegründet und finanziert.» Carolus bog um eine Ecke, dann um eine zweite, und nach der dritten hatte Gero die Orientierung verloren.

Er unterdrückte sein ungutes Gefühl. «Wenn Ihr mich hier zurücklasst, finde ich nie wieder hinaus.»

«O doch. Das Ganze sieht zwar aus wie ein Irrgarten, aber es ist völlig logisch angelegt. Ihr müsst nur bis zum Ende Eures Ganges gehen und dann an der Wand entlang, und schon findet Ihr die Tür zum Scriptorium.» Carolus stieg eine Treppe hinauf, die sich am Ende ihres Ganges befand, überquerte die Galerie und erklomm noch eine Etage. Vor einem Regal, das im flackernden Licht einer einzelnen Fackel direkt an der Wand stand, blieb er stehen. «Es existieren Abschriften von beinahe allen Dokumenten, die das Kaiserhaus seit König Heinrich ausgestellt hat. Seht her.» Er zog eine Rolle aus dem Regal, die Gero allein aufgrund ihrer Größe ins Auge gestochen war. Der Platz zwischen Regal und Brüstung war eng, aber es gelang dem Abt, das Pergament ein Stück weit zu entrollen.

Gero stockte der Atem.

Er sah purpurrote Verzierungen, goldene Schriftzeichen in Kreisen aus kostbarer Farbe.

«Das ist Kaiserin Theophanus Heiratsurkunde», erklärte Carolus. «Natürlich nicht das Original, sondern eine Abschrift. Wenn Ihr genau hinseht, erkennt Ihr, dass die Ausführung nicht sehr sorgfältig ist.»

Gero beugte sich über das Schriftstück. Der Geruch der Farbe ließ seine Nase erneut kribbeln, und diesmal musste er sie reiben, um nicht zu niesen. Wenn diese Urkunde weniger sorgfältig ausgeführt war als das Original, dann wollte er das Original gerne einmal sehen!

«Die Abschriften lagerten lange Zeit in einem Kloster in der Nähe von Magdeburg, wo Kaiser Otto sie kurz vor seinem Tod hatte hinbringen lassen. Aber das Klima in dieser Gegend war zu feucht und vieles vom Zerfall bedroht. Daraufhin hat Kaiserin Theophanu befohlen, unser Kloster zu erbauen. Die Luft hier ist meistens kalt und immer trocken, und das stoppt den Verfall der Pergamente.»

Gero spürte ein Flattern in der Magengrube. «Das Geheimnis der Kaiserin!», murmelte er zu sich selbst, noch immer im Bann der Urkunde und ihrer Pracht.

Mit einer geübten Bewegung rollte Carolus die Urkunde wieder zusammen. «Was habt Ihr gesagt?»

Gero sah ihn an. «Warum vertraut Ihr mir so, dass Ihr mir diese Schätze zeigt?»

«Vielleicht folge ich einfach meinem Gefühl.» Der Abt

machte nicht den Eindruck, als glaubte er seinen eigenen Worten. «Sagt Ihr es mir.»

«Mein Vater befand sich einmal in den Diensten einer Frau, die eine enge Vertraute von Theophanu war.»

Carolus schob die Urkunde wieder ins Regal zurück, ohne Gero dabei aus den Augen zu lassen.

«Ihr Name war Alexandra. Sie starb vor fast zwei Jahren.»

Carolus wich einen Schritt zurück; seine Hände tasteten über das Regal, als müsse er Halt suchen. «Wie starb sie?»

Als habe er all die Monate auf diese eine Frage gewartet, brach in Gero der Panzer, den er um seine Erinnerung gelegt hatte, und die Worte sprudelten aus ihm hervor. Er erzählte von Alexandras und Sophias Flucht aus dem Kloster, dem Angriff der Wölfe, von der merkwürdigen Geisteskrankheit seines Vaters und der darauf folgenden Pilgerreise nach Rom. «Hier, in Eurem Kloster, trafen wir diese beiden Sachsen, vielleicht erinnert Ihr Euch. Sigbert und Theodor. In Rom hat einer von ihnen versucht, mich zu töten. Er vermutete offenbar, dass ich ein Geheimnis kenne, das mit der Kaiserin zusammenhängen muss. Sagt Euch das etwas?»

«Das Geheimnis der Theophanu!» Carolus' Stimme war nur noch ein Hauch. «So hast du doch deine Pläne mit mir, Herr?» Dann schwieg er so lange Zeit, dass Gero sich schon fragte, ob es nicht höflicher wäre, den Abt mit seinen schwerwiegenden Gedanken allein zu lassen. Da räusperte sich der alte Mann. «Es ist ungefähr zwei Jahre her», begann er zu erzählen, «dass ich ein Schreiben der Kaiserin erhielt. Darin kündigte sie mir einen Boten an. Er sollte mich in ein Geheimnis einweihen, das nach ihrem Tod auf keinen Fall in Vergessenheit geraten dürfe. Sie hatte mich als Sachwalter dieses Wissens auserwählt, weil ich früher einmal ihr Beichtvater gewesen bin. Außerdem schrieb sie mir, dass sie das Geheimnis noch jemandem, einer Frau, anvertrauen würde, um das Risiko des Verlusts zu verkleinern. Der Bote, so kündigte sie an, würde diese Frau zu mir bringen, damit wir gemeinsam entscheiden könnten, wie wir mit dem Geheimnis verfahren wollten.» Carolus verzog das Gesicht. «Drei Wissende, so nannte es die Kaiserin. Ein Krieger, eine edle Frau und ein Mann Gottes. Das klingt beinahe wie ein hübsches Vagantenlied, nicht? Nun, weder der Bote noch die Frau kamen jemals hier an.»

«Und der Name der Frau war …»

«Alexandra, ja. Ihr sagtet, sie floh heimlich aus ihrem Kloster?»

«Ja.»

«Die Kaiserin schrieb mir von einer Gruppe Männer, deren Aufgabe es ist, dafür zu sorgen, dass das Geheimnis bewahrt bleibt. Vielleicht hatten sie Alexandras Fährte aufgenommen, um sie zu töten?»

Gero kam ein Gedanke. «Dieser Bote, kennt Ihr seinen Namen?»

«Nein. Aber Theophanu beschrieb ihn mir.» Die folgenden Worte des Abtes beschworen ein vertrautes Bild vor Geros Augen herauf.

Ein hoch gewachsener, dunkelhaariger Krieger mit einem schwarzen Streitross.

Jener Mann, der am Abend vor Sophias Verschwinden im Kloster gewesen war.

«Wahrscheinlich habt Ihr Recht», sagte Gero. Sein Magen flatterte. «Dieser Bote war an dem Abend, bevor die beiden verschwanden, im Kloster. Vermutlich hat er versucht, sie vor diesen Mördern zu retten.» In dem Moment begriff Gero, dass Theodor wohl zu dieser Gruppe von Mördern gehört haben musste. «Nur: Wieso denken diese Kerle, ich wüsste etwas über Theophanus Geheimnis?»

«Wisst Ihr denn etwas darüber?» Carolus' Gesicht spiegelte den Widerstreit seiner Gefühle wider.

«Nichts. Ihr?»

«Ich auch nicht.» Carolus starrte auf die Regale hinter Geros Schulter.

Der presste die Lippen zusammen. «Könnte es nicht sein, dass die Kaiserin das Geheimnis hier irgendwo niedergeschrieben hat?»

«Warum sollte sie dann diesen ganzen Aufwand betreiben? Alexandra und mir per Boten Bescheid zu geben?»

«Das ist wahr. Wenn hier wirklich eine Niederschrift des Geheimnisses lagert, und niemand weiß wo, dann ist sie so gut wie unauffindbar. Vielleicht brauchte die Kaiserin Euch als Hüter dieser Schrift?»

«Warum hat sie mir dann nicht einfach geschrieben, wo sich diese Schrift befindet?»

«Vielleicht fand sie es zu gefährlich. Nachrichten können abgefangen werden. Sie hat mit Sicherheit nicht ohne Grund versucht, das Wissen auf drei Köpfe zu verteilen.»

Carolus biss auf der Unterlippe herum. «Das scheint ja leider schief gegangen zu sein. Weder dieser Bote noch Alexandra sind jemals hier aufgetaucht.»

«Gibt es einen zweiten Ort, an dem Ihr die beiden treffen solltet, falls sie nicht kämen?» Gero kannte sich ein wenig mit den Gepflogenheiten der Kriegskunst aus. Einer von Ludgers Männern hatte ihm viel von seinen Erlebnissen auf den Kriegszügen des Kaisers Otto erzählt. Im Feld war es üblich, stets zwei Treffpunkte für versprengte Truppen zu vereinbaren, falls einer von beiden nicht erreichbar sein sollte.

Langsam schüttelte Carolus den Kopf, dann jedoch nickte er mit einem Mal heftig. «Doch, ja! Die Kaiserin schrieb mir von einem solchen Treffpunkt.»

«Wo befindet der sich?»

«Im Regnum Italiae. Möglicherweise wartet dieser Bote dort seit Monaten auf mich!» Es war Carolus anzusehen, dass er sich bei diesen Worten schämte. Gero wusste auch, wofür.

Warum, zum Henker, seid Ihr dann noch hier, dachte er

fassungslos. Ihr hättet Euch längst ins Regnum Italiae aufmachen müssen!

Etwas hielt Gero davon ab, seinen Gedanken auszusprechen. Obwohl es ihm in seinem Wesen fremd war, einem Herrn nicht zu gehorchen oder gar eine in großer Not vorgebrachte Bitte einfach zu ignorieren, begriff er dennoch, dass nicht jeder Mensch so fühlte wie er. Er wusste, was es bedeutete, Angst zu haben, und er machte Carolus keinen Vorwurf daraus, dass er die Augen verschlossen hatte, statt den einzigen Weg einzuschlagen, der Theophanus Bitte entsprochen hätte.

Den Weg nach Italien.

«Und nun?», fragte Gero vorsichtig.

Carolus sah ihn an. «Ich werde so schnell wie möglich abreisen.» Er klang resigniert, wie jemand, der sich unwillig in ein grausames Schicksal fügte. «Wollt Ihr mit mir kommen?»

Gero dachte nach. «Eigentlich wollte ich zu Otto an den Hof reisen.»

Carolus unterbrach ihn mit heftigem Nicken. «Eine gute Idee! Der König ist immerhin Theophanus Sohn.»

«Wie meint Ihr das?»

«Vielleicht hat die Kaiserin ihm auch von dem Geheimnis erzählt.»

«Glaubt Ihr?»

«Während ich nach Siena reise, könntet Ihr bei Hof versuchen, das Geheimnis in Erfahrung zu bringen. Theophanu wollte es auf drei Köpfe verteilen. Da Alexandra tot ist, könntet Ihr nun der Dritte sein, was meint Ihr?»

«Ihr vergesst, dass ich mit der Sache gar nichts zu tun habe.»

«Nicht? Warum wollte Theodor Euch dann töten? Und warum spielt Ihr mit dem Gedanken, an den Hof zu gehen? Ihr seid der Sohn eines Getreuen von Theophanu, Gero!»

Gero wollte sich weigern, den Köder, den der Abt ihm hinwarf, zu schlucken. Doch sobald Carolus zu Ende gesprochen hatte, wusste Gero, dass er keine Wahl hatte. Er seufzte auf. In Wahrheit war er viel zu neugierig.

Er brannte darauf zu erfahren, was der Grund für all die letzten Monate war. Vielleicht würde er herausfinden, warum Sophia hatte sterben müssen.

Er legte beide Hände an die Schläfen und nickte langsam. «Schon gut», murmelte er. «Ich tu's.»

6. Kapitel

Das Geschrei der Frau war im gesamten Stift zu hören.

Alexandra stand auf dem Torturm des Anwesens, ließ ihren Blick über die hochsommerlich sonnenverbrannte Landschaft schweifen und versuchte, die Qualen der Frau zu ignorieren. Es gelang ihr nicht. Immer wieder ergab sie sich dem Mitleid, das sie erfasst hatte, seit diese Frau am Tor um Einlass gebettelt hatte, hochschwanger, das Kind bereits im Kommen. Und immer wieder glitten ihre Gedanken zurück in die Vergangenheit, zu jenem Tag, an dem sie sich selbst in dieser Situation befunden hatte, ohne den Schutz eines Mannes, ohne Aussicht auf ein Familienleben, wie sie es sich so sehr ersehnt hatte.

Wieder schrie die Frau auf, diesmal war es ein hohes, schrilles Kreischen, das Alexandra die Hände auf die Ohren pressen ließ. Es klang nicht gut. So schrie nur eine Frau, bei deren Niederkunft es Schwierigkeiten gab.

«Gott straft sie für ihre Sünden!» Die Stimme von Claudia, einer Novizin, klang selbstgerecht und kalt, und sie ließ in Alexandra Zorn aufwallen.

«Seit wann ist es eine Sünde, ein Kind zu bekommen?»

«Sie hat keinen Mann. Sonst müsste sie nicht hier bei uns niederkommen.»

«Sie sagte, ihr Mann sei bei einem Überfall von Vaganten ums Leben gekommen.»

Claudia war kleiner als Alexandra, aber das hielt sie nicht davon ab, auf sie herabzublicken. «In dieser Gegend hat es sich schnell herumgesprochen, dass man hier leicht ein Dach über dem Kopf findet, wenn man nur behauptet, sein Mann sei von Vaganten getötet worden!»

Alexandra hielt dem kalten Blick aus Claudias Augen stand. Sie würde es nicht zulassen, dass dieses junge, selbstgefällige Huhn sie dazu brachte, sich wie eine elende Sünderin zu fühlen! «Dieses Stift hat zur Aufgabe, sich um in Not geratene Frauen zu kümmern», erinnerte sie Claudia. «Es ist nicht nötig zu lügen, um hier aufgenommen zu werden.»

Claudia zeigte ihre kleinen, ebenmäßigen Zähne. «Nein. Ganz umsonst bekommt man neben Essen und einem Lager auch noch Mitleid.»

«Ihr redet, als wäre Mitleid eine Sünde.»

«Vielleicht ist es das ja auch, wenn es sich um Mitleid mit Sündern handelt.»

Alexandra biss die Zähne zusammen. In St. Kyrillos hätte sie dieser zynischen jungen Dame einen Tag mit Exerzitien über Jesus Christus und sein Verständnis von Nächstenliebe aufgetragen. Aber hier war sie keine Äbtissin mehr. Hier war sie nur ein einfaches Mitglied der Gemeinschaft, jemand, der den Novizinnen gar nichts zu sagen hatte.

Die Frau im Wochenbett kreischte erneut. Ihre Stimme schwang sich zu ohrenbetäubenden Höhen hinauf und brach dann abrupt ab. Alexandra zuckte zusammen. Natürlich hatte Claudia Recht: Wahrscheinlich war die Frau niemals verheiratet gewesen, wahrscheinlich hatte es diesen erschlagenen Ehemann nie gegeben. Doch allein seine Erwähnung hatte ausgereicht, um in Alexandra traurige Erinnerungen wachzurufen.

Sie verdrängte sie rasch, denn Claudias herausfordernd vorgerecktes Kinn verlangte nach Antworten.

«Ich werde mit Euch nicht über Barmherzigkeit und Mitleid streiten. Aber vielleicht werde ich Gott darum bitten, dass er Euch zeigt, wie es ist, darauf angewiesen zu sein.» Alexandra sah nicht hin, als Claudia auf dem Absatz kehrtmachte und in wütender Hast die hölzerne Treppe des Torturmes hinunterstürmte. Plötzlich fühlte sie sich klein und verwundbar. Um sich abzulenken, nahm sie das Umland genauer in Augenschein. Siena war hinter den Hügeln kaum zu erkennen. Nur ab und zu spiegelte sich ein Kirchturm oder ein Hausdach in der heißen Luft und zeigte nahenden Wanderern, dass sich vor ihnen eine Ansiedlung befinden musste. Die Sonne stand hoch über dem Land und brannte sämtliches Leben aus den Pflanzen. Das Gras rings um das Stift war nur mehr ein brauner Teppich, aber die Zypressen standen in vollem Laub, und der Weinberg, den die Nonnen mühsam bewässerten, wirkte in der ausgedörrten Landschaft wie ein grünes Juwel.

Plötzlich richtete Alexandra sich zu ihrer vollen Größe auf und beschattete die Augen mit der flachen Hand. Ein einsamer Wanderer kam über die Hügelkuppe, in der flirrenden Luft schwer zu erkennen, weil seine dunkelbraune Kutte sich kaum von der Erde abhob.

Alexandra wartete, bis der Mann nahe genug heran war, dass sie ihn betrachten konnte. Er war nicht mehr der Jüngste, aber seine Haare waren noch nicht grau, sondern hatten eine seltsame, gelbliche Farbe. Er stützte sich auf einen hölzernen Wanderstab und trug nichts weiter bei sich als ein schmales Bündel. Nachdem er den letzten Hügel vor dem Stift hinter sich gebracht hatte, blieb er stehen, zog ein Tuch aus dem Gürtel und wischte sich den Schweiß von der Stirn. Er musterte die aus Sandstein erbauten Mauern.

Als er sich wieder in Bewegung setzte, kletterte Alexandra von ihrem Aussichtsposten herunter, trat durch das offen stehende Tor in die gleißende Ebene hinaus und ging dem Fremden entgegen.

«Gott mit Euch!», grüßte der Mann, und sie erwiderte den Gruß freundlich.

«Sucht Ihr ein Lager in unserem Haus?»

«Ich bin auf dem Weg nach Rom, aber ich fürchte, ich bin vom Weg abgekommen.»

«Ein wenig.» Alexandra lächelte.

«Euer Kloster liegt fern von jeder größeren Straße. Warum versteckt Ihr Euch hier in den Hügeln?» Der Mann hatte ein freundliches Gesicht mit Tausenden von winzigen Fältchen.

«Unser Auftrag besteht nicht in der Pflege der Pilger. Kommt, dann lasse ich Euch etwas zu essen bringen.»

Sie betraten das Stift, und Alexandra führte den Fremden ins Refektorium. Mit einem Ohr lauschte sie auf die Geräusche aus dem Wochenbettzimmer, aber es war nichts Ungewöhnliches zu vernehmen. Das Gekreische war zu einem leisen Stöhnen herabgesunken, was Alexandra Hoffnung schöpfen ließ. Vielleicht würde ja doch alles gut werden. Vielleicht würden Mutter und Kind leben.

Der Fremde hatte die Geräusche offenbar auch gehört und richtig eingeordnet. In seinem Gesicht stand keinerlei Regung zu lesen, als er sagte: «Ihr habt noch anderen Besuch, wie ich höre.»

«Ja. Wie ist Euer Name?»

«Carolus.»

Beinahe hätten Alexandras Knie nachgegeben, doch sie fasste sich mit Mühe wieder. «Setzt Euch. Ich sage in der Küche Bescheid.»

Nachdem sie eine der Nonnen gefunden und sie gebeten hatte, dem neuen Gast ein Mahl zu bereiten, kehrte sie zu Carolus zurück, der inzwischen seine Beine von sich gestreckt hatte und sich die schmerzenden Oberschenkel massierte. «Wer ist der Namenspatron Eures Klosters?», fragte er. Interessiert schaute er Alexandra von unten ins Gesicht. War er jener Mann, auf den sie nun seit so vielen Monaten voller Angst und gleichzeitig voller Ungeduld wartete? Der Name immerhin stimmte.

«Die heilige Anna. Was wollt Ihr in Rom? Seid Ihr ein Pilger?»

Carolus schüttelte den Kopf. «Weil ich allein reise, meint Ihr? Nein. Ich habe eine Mission zu erfüllen. Kennt Ihr die Stadt?»

Sie unterhielten sich eine Weile über Rom und seine Reliquien. So ruhig und gelassen wirkte dieser Carolus, dass Alexandra zu glauben begann, es müsse sich um eine zufällige Namensgleichheit handeln. Die Nonne kam herein und stellte Carolus eine Schüssel Suppe hin. «Ist Martha noch mit den Ziegen draußen, Alexandra?», fragte sie.

Alexandra nickte, und die Nonne zog sich lautlos zurück.

Carolus nahm den Löffel, tauchte ihn ein und blies auf die heiße Flüssigkeit. Ganz plötzlich war jedes bisschen Gelassenheit aus seiner Haltung verschwunden. «Alexandra? Woher stammt Ihr?»

«Früher lebte ich in einem kleinen Kloster in der Nähe von Reims.»

«Und vorher?»

«Ich verstehe nicht …»

Carolus' Löffel schwebte noch immer zwischen Schüssel und Mund. Alexandra sah, dass die Hand, die ihn hielt, zu zittern begonnen hatte. «Kann es sein, dass Ihr einen Getreuen hattet, der Ludger hieß?»

Alexandra spürte, wie das Blut aus ihrem Gesicht wich. «Ludger?» Sie krallte beide Hände in die Tischkante.

Carolus ließ den Löffel sinken. «Ihr seid Alexandra von Apamea, nicht wahr?»

«Alexandra von St. Kyrillos.»

«So? Nun ja.» Er schien zu überlegen, dann jedoch glitt ein breites Lächeln über seine Züge. «Man sagte mir, Ihr wärt tot. Ich hatte gehofft, hier jemand anderen zu finden. Verzeiht mein Erstaunen.»

Alexandra stemmte sich auf die Füße. Plötzlich drängte alles in ihr zur Flucht. Ihr erstes Zusammentreffen mit Rainald schoss ihr durch den Kopf, die Panik, die sie erfasst hatte, als er ihr seine Aufgabe genannt hatte. Wie das Aufflammen eines Blitzes schoben sich Rainalds tote Augen vor Alexandras Erinnerungen und brachten diese Panik zurück.

Carolus missdeutete ihre Reaktion, ihr fahles Gesicht, auf das jetzt kalter Schweiß trat. Er ließ den Löffel in die Schale fallen. «Alexandra, ich bin kein *silen…*»

«Wie habt Ihr mich gefunden?» Langsam wich Alexandra an die Wand zurück. Ihre Hand tastete nach dem kleinen Messer, das sie am Gürtel trug, um damit Kräuter und Blumen zu schneiden. Es war ein Abschiedsgeschenk von Germina gewesen, damals, als sie sich entschlossen hatte, dem vorgezeichneten Weg doch zu folgen und nach Siena zu reisen.

Als die Scham über ihre eigene Feigheit zu groß geworden war, hatte sie mit Gott vereinbart: Wenn du willst, dass ich in alldem eine Rolle spiele, dann wirst du Mittel und Wege finden, den zweiten Mann zu mir zu führen.

Carolus folgte ihrer Bewegung mit den Augen. «Theophanu hat mir von diesem Ort geschrieben. Sie wollte, dass wir uns treffen, Alexandra.»

Alexandra schüttelte den Kopf.

«Ich bin Abt eines kleinen Klosters in den Alpen. Es befindet sich nicht weit von St. Gallen, wo die Kaiserin sich kurz nach ihrer Hochzeit vor vielen Jahren aufhielt. Damals war ich eine Zeit lang ihr Beichtvater, und sie scheint mir vertraut zu haben. Ebenso, wie sie Euch vertraut hat, Alexandra. Sie wusste, dass Ihr eine gute Hüterin ihres Geheimnisses sein würdet.»

Alexandra schluchzte auf. Die langen Monate der Einsamkeit schlugen über ihr zusammen, Monate voller Angst und Unsicherheit. Hier war ein Mann, der die Bürde mit ihr teilte. Plötzlich fühlte sie sich ihm so verbunden, dass sie vor ihm auf die Knie sank und den Kopf in seinem Schoß verbarg.

Sie weinte lange Zeit, während er ihr immer und immer wieder unbeholfen über die Haare strich. Endlich fasste sie sich, richtete sich auf und wischte sich die Tränen vom Gesicht. Sie tastete nach der Bank in ihrem Rücken und ließ sich darauf nieder.

«Theophanu hat mir ein Schreiben geschickt», erzählte Carolus, «in dem sie mir einen Boten ankündigte. Sie schrieb, dass er mich zu Euch führen würde, und sie nannte mir Euren Namen. Dieser Bote war es, den ich zu finden hoffte.»

«Rainald! Er hieß Rainald. Er ist tot.»

«Das behauptete man von Euch auch.»

«Wer hat Euch das gesagt?»

«Ein junger Mann, der Euch bekannt sein dürfte.»

Alexandra runzelte die Stirn.

«Sein Name ist Gero von Verla.»

«Gero!»

«Ja. Er war auf der Durchreise zu Gast in meinem Kloster, und während einer Frühmesse hatte ich plötzlich eine Eingebung. Gott wollte, dass ich mit ihm spreche, und da zeigte ich Gero die Bibliothek. Die Heiratsurkunde der Kaiserin. Und auf einmal erzählte er mir von Euch.»

Plötzlich füllte eine einzige Empfindung Alexandras Brust aus: Sehnsucht nach Ludger, die so stark war, dass es schmerzte. Staunend nahm Alexandra sie wahr, denn bisher war ihr nicht klar gewesen, wie sehr sie den Sachsen mochte. Bisher hatten ihre Gefühle für Gerbert alles Empfinden für andere Männer überlagert.

«Kennt Ihr auch Geros Vater?», fragte sie hastig. Ihre Wangen glühten.

«Sie reisten zusammen. Es schien ihnen beiden gut zu gehen. Sie wirkten wie hohe Herren und kamen aus Rom, wo sie eine Zeit lang gelebt hatten.»

«Rom!» Alexandra fuhr sich mit beiden Händen an die Schläfen. Rom war so nah! Siedend heiß fiel ihr der Tag in Siena ein, als sie in der Gasse gestanden und einen Mann angestarrt hatte, weil sie glaubte, Gero erkannt zu haben. Er war es wirklich gewesen!

«Gero wusste vom Geheimnis der Kaiserin.»

«Wie das?»

«Wir vermuten, dass sich zwei *silentiarii* an seine Fersen geheftet haben. Aber wir wissen nicht, wie sie auf die Idee gekommen sind, Gero könnte das Geheimnis kennen. Jedenfalls hat einer der beiden versucht, ihn zu töten, und dabei stellte sich heraus, dass sie Gero im Besitz des Geheimnisses wähnen.»

«Und? Kennt er es?»

«Nein. Er äußerte die Vermutung, die Kaiserin könne eine Niederschrift des Geheimnisses in meinem Kloster versteckt haben.»

«Und? Habt Ihr nachgesehen?»

«Ihr kennt das Kloster, oder?»

Alexandra schüttelte den Kopf. Sie war nach Theophanus Hochzeit mit dem Hof in St. Gallen gewesen, aber damals hatte das Kloster noch nicht existiert.

«Die Bibliothek ist recht groß», sagte Carolus vorsichtig.

«Theophanu hat die Kaiserurkunden dort unterbringen lassen, nicht wahr?»

«Ja.»

«Welcher Ort wäre also besser geeignet, um eine Niederschrift des Geheimnisses zu bergen?»

«Welcher Ort würde den *silentiarii* als erster einfallen, sollte es eine solche Niederschrift wirklich geben?»

«Da habt Ihr wiederum Recht.» Alexandra dachte nach. Andererseits wäre es Theophanu zuzutrauen, dass sie das Kloster nur hatte bauen lassen, um ein solches Dokument zu verstecken. «Was besagt das Geheimnis?» Zitternd holte sie

Luft. Dies war der Moment, dem sie sich in den Wäldern von Reims schon hätte stellen sollen.

«Ich weiß es nicht. Theophanus Bote sollte es mir verraten.»

«Und er wurde ermordet.» Alexandra schloss kurz die Augen, aber dadurch wurde das Bild des toten Rainald nur noch greller.

«Wie die Kaiserin?»

«Die Kaiserin wurde wahrscheinlich vergiftet. Rainald haben sie erschlagen.» Alexandras Leib bebte bei diesen Worten.

Carolus gab ein brummendes Geräusch von sich, das nach Mitleid klang. «Denkt nicht mehr daran. Am besten wird sein, Ihr erzählt mir jetzt, was dieses Geheimnis eigentlich beinhaltet.» Mit halb zusammengekniffenen Augen starrte er sie an, und Alexandra begriff, dass er glaubte, *sie* wisse Bescheid.

«Ich weiß es auch nicht!» Wie unter einem Hieb zuckte er zusammen. Vornübergebeugt murmelte er einige lautlose Worte, und sie fragte sich, ob es Schreck oder Erleichterung war, die sie in seinen Augen lesen konnte. Schlagartig fühlte sie sich ihm noch stärker verbunden als zuvor. Auch er hatte sich gefürchtet, Theophanus Bürde auf sich zu nehmen!

«Warum nicht?», flüsterte er.

«Rainald starb, bevor er es mir sagen konnte.» Irgendwann, dachte Alexandra, irgendwann würde sie ihm beichten, dass es ihre Schuld war, wenn das Geheimnis verloren gegangen war. Dass sie sich geweigert hatte, es auf sich zu nehmen. Jetzt jedoch war nicht der Zeitpunkt dafür. «Es muss mit der Kalenderreform des Konstantin zu tun haben.»

«Wie kommt Ihr darauf?»

«Sie hat es mir geschrieben.» Alexandra zog Theophanus Schreiben aus dem Beutel an ihrem Gürtel und reichte es dem Abt. Seine Augen überflogen es rasch.

«Die Kalenderreform des Konstantin. Ihr habt in Ingelheim mit Theophanu darüber gesprochen? Was hat sie Euch erzählt?»

«Nichts, das zum Geheimnis taugte. Warum Konstantin glaubte, die Reform durchführen zu müssen. Wie es abgelaufen ist. Und dass versucht werden sollte, die Reform für die nachfolgenden Generationen so gut wie irgend möglich zu verschleiern. Es muss eine Menge Leute geben, die davon profitiert haben. Mein Vater war Quaestor in Byzanz, und er hat mir manchmal davon erzählt, wie viel er damit zu tun hat, den Leuten Urkundenfälschungen nachzuweisen, mit denen sie sich bereichern wollten. Die Reform muss geradezu ideal gewesen sein, um große Schenkungen zu erfinden! Vielleicht ist das der Grund, warum die *silentiarii* existieren.»

Carolus rieb sich mit den Knöcheln der beiden Zeigefinger die Augen, dann schüttelte er den Kopf. «Ihr meint, jemand will verhindern, dass sein Betrug ans Licht kommt? Das erscheint mir nicht überzeugend genug.»

«Warum nicht?»

«Würde man deswegen über Jahrzehnte Menschen töten lassen? Eine Kaiserin? Nennt es eine göttliche Eingebung, oder nennt es meinetwegen den Starrsinn des Alters, aber ich glaube, dass wir es hier mit viel Größerem zu tun haben.»

«Und was sollen wir jetzt tun?» Keiner von uns beiden kennt das Geheimnis, dachte Alexandra. Wir können den letzten Wunsch der Kaiserin nicht erfüllen, selbst wenn wir es wollten.

Sie hob das Kinn und bemerkte, dass Carolus sie beobachtete. In seinen Augen las sie, dass er ihren Konflikt nachvollzog. «Was nun?», flüsterte sie erneut.

Carolus lächelte schwach. «Gero war auf dem Weg zu Ottos Hof, als wir uns trafen. Er hat vor herauszufinden, ob Theophanus Sohn etwas über das Geheimnis weiß. Ich spiele mit dem Gedanken, es ihm gleichzutun.»

«Ich komme mit.» Wenn Gero bei Hofe war, bestand die Möglichkeit, Ludger wiederzusehen. Der Wunsch erwachte in Alexandra mit brennender Kraft.

Carolus schien nachzudenken.

«Versucht nicht, mich davon abzuhalten!» Alexandra richtete sich auf. Mit einem Mal schmerzte ihr Rücken.

«Ich bin mir nicht sicher, ob das ein guter Einfall ist. Wenn die Kaiserin wirklich vergiftet wurde, heißt das, dass die *silentiarii* sich bei Hofe aufhalten. Und wir sollten davon ausgehen, dass sie das noch immer tun.»

Es war ein guter Einwand, und schlagartig schrumpfte Alexandras helle Entschlossenheit zu einem winzigen Funken zusammen. Sie hatte so vieles durchgemacht, nur um diesen Mördern zu entkommen!

Carolus erhob sich, trat neben sie und legte ihr die Hände wie zu einem Segen auf den Scheitel. «Ihr könntet etwas anderes tun, das uns vielleicht ebenso nützlich ist.»

«Und das wäre?»

«Bleibt in meinem Kloster und sucht nach der Niederschrift.»

«Ihr …»

Carolus hob die Hand. «Wir wissen wenig. Versuchen wir einfach, jeder Möglichkeit nachzugehen.»

«Und Ihr macht Euch auf den Weg …»

Carolus nahm die Hände von Alexandras Kopf und rieb sie aneinander. «Zu Otto. Er ist seit kurzem Kaiser.»

✵

Im Sommer jenes Jahres, in dem Gerbert Aufnahme bei Hofe fand, reisten Michael und Sophia für kurze Zeit nach Magdeburg, um dort eine Armillarsphäre abzuholen, die Gerbert bei einem Feinschmied in Auftrag gegeben hatte. Auf dem Rückweg verbrachten sie einige Tage in Fulda, suchten in den dortigen Bibliotheken nach Hinweisen auf Meton von Athen oder nach Abschriften des Geminos, waren jedoch erfolglos.

In der Zwischenzeit wurde Otto in Rom zum Kaiser gesalbt, und Gerbert befand sich an seiner Seite. Erst im Oktober sah Sophia ihren Vater wieder – als sie vor dem kleinen Haus in Mainz ankamen, das der Kaiser Gerbert zur Verfügung gestellt hatte.

Die lange Reise hatte ihren Körper derart erschöpft, dass sie für einen Augenblick keinen klaren Gedanken fassen konnte. Blicklos starrte sie an der Hausfassade nach oben, wo ein einzelnes Fenster offen stand, und stieg vom Pferd.

«Was habt Ihr?» Michael sprang ebenfalls aus dem Sattel und nahm ihr die Zügel ab.

«Es ist ein seltsames Gefühl», meinte Sophia. «Schon wieder ein neues Haus. Ich meine, wann können wir endlich einmal zur Ruhe kommen?»

«Wahrscheinlich gar nicht, solange Euer Vater in Diensten des Kaisers steht. Otto ist viel unterwegs, und als sein Lehrer muss Gerbert ihn überallhin begleiten.»

«Als wir nach Magdeburg losgeritten sind, da war er noch in Aachen. Ich habe nicht damit gerechnet, dass wir dorthin gar nicht mehr zurückkehren.»

«Schätzt Euch glücklich, dass uns das Schreiben Eures Vaters in Fulda erreicht hat, sonst wären wir nach Aachen geritten, nur um festzustellen, dass er gar nicht mehr dort ist.»

Sophia seufzte. Sie fühlte sich bleischwer und müde, und wahrscheinlich war das der Grund für die seltsame, widerborstige Stimmung, in der sie sich befand. Sie warf einen Blick auf den Gegenstand, den Michael gerade von seinem Sattel abknüpfte, und ihre Laune stieg sofort erheblich. Es handelte sich um eine Kugel, ungefähr von der Größe eines Männerkopfes. Mehr war nicht zu erkennen, denn sie steckte in einem festen Beutel aus Leinen, der sie schützen und vor neugierigen Blicken verbergen sollte. Armillarsphären, so hatte Gerbert Michael eingeschärft, als er ihn losschickte, um das Instrument abzuholen, rangierten auf der Liste der von den Kirchenoberhäuptern verpönten Gerätschaften gleich hinter dem Astrolabium. Vielleicht waren sie sogar noch geächteter als die arabischen Zahlzeichen.

Gleich, dachte Sophia, gleich waren sie zu Hause, und dann konnte sie sich von ihren düsteren Gedanken ablenken, indem sie die Sphäre auspackte und sich in ihre Geheimnisse vertiefte. Mit neuer Entschlossenheit klopfte sie gegen die Tür.

Drinnen erklangen Schritte, die sie jederzeit sofort erkannt hätte. Ein Lächeln stahl sich auf ihr Gesicht, noch bevor die Tür geöffnet wurde.

«Sophia!» Gerbert riss die Tür weit auf und breitete die Arme aus. Sophia warf sich an seine Brust. Er roch noch genauso wie immer, ein wenig nach Tinte und stark nach dem Staub der Bibliotheken.

Lachend erwiderte er die Umarmung, mit der Sophia ihn stürmisch begrüßte. «Vorsichtig, Kind, du reißt mich ja um!»

Sophia lachte. «Du kannst allmählich aufhören, mich ‹Kind› zu nennen!» Sie war inzwischen einundzwanzig Jahre alt – die meisten Frauen in ihrem Alter hatten bereits halb erwachsene Kinder.

Gerbert blickte über ihre Schulter hinweg auf Michael, der neben seinem Pferd stehen geblieben war, den Beutel mit der Sphäre in der Hand und ein verlegenes Lächeln auf den Lippen. «Michael?», lachte Gerbert. «Schön, dass Ihr wieder da seid! Kommt herein. Es ist alles noch nicht eingerichtet. Ich selbst wohne erst seit einigen Tagen hier. Judith ist noch in Aachen, aber sie wird hoffentlich bald nachkommen, dann wird es wieder gemütlicher.» Er klopfte sich auf den Bauch. «Und dann gibt es endlich auch wieder etwas Vernünftiges zu essen.» Er führte Sophia und Michael in die Halle, in der sich außer dem üblichen großen Tisch nichts befand. «Hat Euch meine Nachricht also in Fulda noch erreicht?»

Sophia sah zu, wie Michael die Armillarsphäre vorsichtig auf der Tischplatte abstellte. «Ja.»

«Ich wollte vermeiden, dass Ihr einen langen Umweg reitet, konnte aber nicht sicher sein, dass Ihr überhaupt in Fulda Halt macht.»

«Unser Aufenthalt dort hat sogar länger gedauert, als wir geplant hatten», erklärte Michael.

Gerbert hatte den Blick auf die Sphäre geheftet. «Die Klosterbibliothek ist faszinierend, nicht wahr?»

«O ja.» Michaels Miene verdüsterte sich. «Aber wir haben keinen einzigen Hinweis auf Meton finden können. Das ist nun schon der dritte Weg, der sich als Sackgasse erweist.»

Gerbert nickte gedankenverloren, und Sophia konnte ihm seine Ungeduld ansehen. Er trat neben Michael und legte beide Hände auf den Stoff der Sphäre. Dann nahm er sich zusammen. «Warum der dritte?», fragte er. «Soweit ich informiert bin, haben wir bisher doch weder von Euren Männern noch aus Tarsos Nachricht.»

Vor einigen Wochen hatte Gerbert sich an einen alten maurischen Bekannten in Tarsos gewandt und gebeten, dort nachzusehen, ob man Abschriften irgendwelcher Texte von Geminos oder Meton selbst hatte. Aber von dort kam keinerlei Reaktion, und so hatten sie sich am Ende zu einem in ihren Augen gewagten Schritt durchgerungen.

Sie hatten Michaels Freund Gregor in Byzanz über das informiert, was sie herausgefunden hatten, und nun fürchteten sie, dass das ein Fehler gewesen sein könnte.

«Die wird auch nicht kommen», mutmaßte Michael düster. «Ich habe Euch ja schon prophezeit, dass wir mit unserem Schreiben an Gregor riskieren, dass die Gelehrten dort erfahren, wo sie weiterforschen müssen und das Rennen am

Ende vor uns beenden werden. Ich vertraue Gregor zwar, aber was, wenn unsere Informationen in die falschen Hände geraten sind?»

Widerwillig musste Sophia Michael zustimmen. Diese Gefahr bestand natürlich. Und wenn das geschehen war: Warum sollten die Gelehrten, die schließlich ihre Gegner in diesem Wettlauf waren, Michael informieren, falls sie die Lösung für ihr Problem fanden?

Gerbert sah auf die Sphäre hinunter. «Ich kenne Eure Bedenken, aber Ihr denkt zu schlecht von Euren Männern. Wartet es nur ab, man wird sich schon noch melden.»

«Euer Wort in Gottes Ohr!», brummte Michael.

«Eben!» Gerbert griff nach dem Stoff, der die Sphäre bedeckte. Andächtig knüpfte er die Schnur des Beutels auf. «Beschäftigen wir uns lieber mit diesem Schatz hier.» Er zog den Stoff fort.

Beim Anblick der Sphäre beschleunigte sich Sophias Herzschlag, obwohl sie sie mittlerweile bestimmt schon hundertmal angesehen hatte. Es war ein Himmelsglobus, gebaut aus filigranen Messingringen, die eine aus mehreren Kreisen gebildete Kugel formten. Das ganze Gebilde ruhte in einer Aufhängung aus Holz, deren waagerechte Fläche mit Zahlen und Zeichen beschrieben war.

Gerbert streckte die Hand danach aus, berührte sie jedoch nicht. Sophia sah den Schatten, der über sein Gemüt huschte. Als er noch gelehrt hatte, da hatte er einmal eine ähnliche Sphäre selbst gebaut, mit einfachsten Mitteln, aus Weidenstöcken, die er zu Kreisen bog und zusammenband. Sophia wusste, dass er an seine Zeit in Reims denken musste und an die vielen Enttäuschungen, die er seitdem erlebt hatte.

«Ist sie nicht wunderschön?», flüsterte Michael.

Und das war sie tatsächlich.

Nur wenige Tage später traf Judith aus Aachen ein, und sie begann sofort damit, das Haus wohnlich zu gestalten. Sie beauftragte Handwerker mit dem Bau von Möbeln, packte aus, was sie mitgebracht hatte, und richtete sich den Herd her, der hier im Gegensatz zu ihrem Haus in Reims nicht in einem eigenen Raum lag, sondern an der Stirnseite der großen Halle. Und die ganze Zeit über schimpfte sie leise vor sich hin, weil Sophia keine einzige dieser Aufgaben von sich aus in Angriff genommen hatte.

Diese war zu sehr damit beschäftigt gewesen, den Umgang mit der Armillarsphäre zu lernen und gemeinsam mit Michael nach einem Weg zu suchen, wie sie mit Hilfe des Modells den Metonzyklus ausrechnen konnten.

Am zweiten Tag nach Judiths Ankunft klopfte es gegen Mittag an der Tür, und ein Bote brachte Michael ein kleines Päckchen. Als er den Absender las, keuchte er so überrascht auf, dass Sophia hinter ihm am Tisch den Kopf hob.

«Was ist?»

«Nachricht aus Byzanz.»

Sofort war Sophia auf den Beinen. «Lest!»

Er erbrach das große, gelbliche Siegel und streifte das Band ab, mit dem das Schreiben verschnürt war. Dann flogen seine Blicke über die eng geschriebenen Zeilen.

Sein Gesicht blieb ausdruckslos, aber seine Augäpfel bewegten sich hinter den Lidern, als habe er zu viele Gedanken in seinem Kopf.

«Redet schon!», befahl Sophia. «Was steht darin?» Sie griff nach dem Schreiben, aber es war auf Griechisch verfasst, und sie hatte nicht genug Geduld, es zu entziffern, also warf sie es auf den Tisch.

«Es ist von Gregor», erklärte Michael. «Ich hatte Recht: Er konnte nicht verhindern, dass sich die Gelehrten wie die Ratten auf das Wissen stürzten, das wir ihm übermittelt haben. Nur Gregor ...» Er verstummte.

«Was schreibt er?» Sophia hätte Michael am liebsten gepackt und geschüttelt.

«Unser Hinweis auf Meton und seine Arbeiten wurde sorgfältig verfolgt und geprüft. Und es stellte sich heraus, dass es in der kaiserlichen Bibliothek tatsächlich eine Handschrift gegeben hat, die direkt von Meton stammte …» Erneut verstummte Michael.

«Gegeben hat», wiederholte Sophia. An ihren Armen richteten sich vor Aufregung die Härchen auf.

«Ja. Sie ist verschollen.» Michael seufzte abgrundtief.

Sophia fühlte, wie ein gehässiges Lachen in ihr nach oben drängte. Sie legte Michael eine Hand auf die Schulter. «Das ist doch gut.»

«Gut?»

Sie lächelte. «Nun, Ihr möchtet doch derjenige sein, dem die Ehre zuteil wird, das Problem zu lösen. Also freut Euch darüber, dass Eure Leute Euch nicht voraus sind.»

Michael blinzelte, dann wandte er sich ab, ging zum Tisch zurück und starrte auf die Sphäre. «Wenn Ihr meint.»

«Es sei denn, Ihr glaubt, Gregor hat Euch nur geschrieben, um Euch in falscher Sicherheit zu wiegen, und in Wirklichkeit sitzen die Gelehrten schon längst über den Meton-Text gebeugt.»

Michael klopfte auf den obersten Ring der Sphäre. Er erzeugte damit ein metallisch klingendes Geräusch. «Nein. Das hätte er niemals getan.»

Seine Stimme hatte einen so eigenartigen Klang, dass Sophia aufhorchte. «Da ist noch etwas, nicht?»

Michael sog zitternd Luft durch die Zähne. «Gregor», murmelte er, «ihm ist vor einigen Jahren etwas Schlimmes passiert – jemand hat ihn gefoltert, und ich konnte nie herausbekommen, warum. Hier erklärt er es mir endlich …» Die letzten Worte verklangen so leise, dass Sophia es für besser hielt, Michael nicht nach Einzelheiten zu fragen. Ganz offensichtlich handelte es sich hier um eine sehr persönliche Angelegenheit. Sie wollte nicht unhöflich sein und wechselte das Thema.

«Gut. Wir sind zwar keinen Schritt weiter, aber immerhin sind wir auch nicht hinter den anderen zurückgefallen. Wir haben immer noch die Möglichkeit, etwas Brauchbares aus Tarsos zu bekommen. Oder mit Hilfe der Sphäre das Rätsel zu lösen.» Sophia trat neben Michael. «Gebt die Hoffnung nicht auf. Wir werden es schaffen.»

Michael presste sich die Nasenflügel mit Daumen und Zeigefinger zusammen und nickte schließlich. «Ihr habt Recht. Ich danke Euch.»

Ohne dass sie es verhindern konnte, huschte Sophias Blick über Gregors Schreiben, das noch immer vor Michael auf dem Tisch lag. Hastig nahm er es an sich, und so hatte sie nur wenige Worte entziffern können.

Romanos ist Herakleios' Sohn.

Sie hatte keine Ahnung, was das zu bedeuten hatte.

Am Abend entließ der Kaiser Gerbert für einige Stunden nach Hause, und so konnte er sich ein wenig mit Sophia unterhalten. Michael hatte sich früh entschuldigt, was Gerbert überraschte.

«Was ist mit ihm, er sieht so niedergeschlagen aus?», fragte er Sophia und trank einen Schluck von dem Glühwein, den Judith ihnen gebracht hatte. Draußen hatte den ganzen Nachmittag über ein heftiger Sturm getobt und eine fast winterliche Kälte hinterlassen, obwohl es erst Mitte Oktober war. In Judiths Herd prasselte ein kräftiges Feuer, und auch Sophia genoss, ganz entgegen ihrer sonstigen Gewohnheit, die Wärme, die das heiße alkoholische Getränk in ihrem Magen hinterließ.

«Ich weiß nicht so recht. Er ist wahrscheinlich niedergeschlagen, weil wir so wenig Fortschritte machen.»

«Meinst du?»

Sophia zuckte die Achseln. «Glaubst du, da ist noch etwas anderes?»

«Keine Ahnung. Ich sehe zu, dass ich ihn danach frage.»

Der Wein verursachte Sophia einen leichten Schwindel, und so fühlte sie sich nicht in der Lage, ein gelehrtes Gespräch zu führen. «Erzählst du mir, warum du das überhaupt tun willst?», fragte sie stattdessen.

«Was, die Reform absichern?» Gerbert nahm einen langen Schluck aus seinem Becher und stellte ihn dann auf der Armlehne seines Sessels ab. «Du hast mich schon einmal danach gefragt, erinnerst du dich?»

«Ja, als ich zum ersten Mal bei dir im Scriptorium war.»

«Du hieltest die Reform für Unrecht.»

Sophia nickte. «Und ich wollte wissen, was dich daran reizt mitzumachen. Du sagtest, dich lockte die Herausforderung als Gelehrter. Aber das ist keine Erklärung dafür, warum du die Reform hier im Westen einführen willst.»

Gerbert lachte knapp. «Das klingt gerade so, als müsste ich nur mit den Fingern schnipsen, um das zu tun.»

Sophia ignorierte den Einwurf. «Warum willst du das?»

Gerbert fuhr sich mit der Zunge über die Zähne. «Vielleicht, weil ich ebenfalls glaube, damit Gottes Willen zu folgen?»

«Wie Konstantin?»

«Ja.»

Sophia schwieg.

«Die Wahrheit ist», sagte Gerbert, «dass ich mir immer öfter Gedanken darüber mache, ob es wirklich Gottes Wille entspricht, wenn wir das tun. Manchmal kann ich an nichts anderes mehr denken. Meistens schaffe ich es, diese Zweifel einfach zu ignorieren.»

«Du bist fasziniert von der Macht, die die Sache dir verleihen würde.»

«Möglich.»

«Wenn du es fehlerfrei durchführst, wird dein Name niemals damit in Verbindung gebracht werden.»

«Aber ich wüsste, dass ich es getan habe. Und Gott wüsste es auch.»

Sophia schnaubte. «Tut mir Leid, aber ich glaube nicht, dass dir das ausreicht.»

Gerbert drehte den Becher auf der Lehne hin und her. Schließlich hob er ihn an die Lippen und leerte ihn gänzlich. «Die Wahrheit ist, dass ich nicht weiß, ob es recht oder unrecht wäre. Seit dem Tag, als Michael mich um meine Mithilfe in dieser Sache bat, lese ich die Schriften von Augustinus.» Er gab sich einen Ruck. «Aber es ist schon spät. Ich will sehen, ob ich Michael noch wach vorfinde. Du solltest schlafen gehen, sonst machst du morgen außer einer Menge Unsinn nichts Vernünftiges.»

Sophia musste über die Formulierung lachen. «Vielleicht solltest du selbst schlafen gehen, wenn du Unsinn schon für etwas Vernünftiges hältst.»

Michael lag tatsächlich wach auf seinem Lager, das sich, wie das von Sophia in dem Haus in Reims, auf dem Zwischenboden befand.

«Kann ich Euch einen Moment sprechen?» Vorsichtig streckte Gerbert den Kopf über die oberste Stufe der Treppe.

Michael setzte sich auf. «Natürlich. Wie kann ich Euch helfen?»

«Vielleicht sollte ich Euch helfen. Wollt Ihr mir nicht sagen, was Euch so sehr bedrückt?» Gerbert erklomm die letzten Stufen und blieb vor Michael stehen.

Der sah zu ihm auf. Sein Gesicht wirkte grau und eingefallen. Endlich seufzte er und rückte ein Stück zur Seite, sodass Gerbert sich neben ihn setzen konnte.

«Ihr macht Euch doch nicht nur Sorgen um unser wissenschaftliches Problem», sagte Gerbert.

Michael schüttelte den Kopf.

«Also, heraus mit der Sprache! Wenn Ihr über etwas so Weltbewegendes grübelt, dass Ihr nicht einmal mehr schlafen könnt, seid Ihr bald für die Wissenschaft unbrauchbar.»

«Ich werde Euch jetzt einen Mann beschreiben», antwortete Michael, «und Ihr müsst mir sagen, ob Ihr ihn bei Hofe schon einmal gesehen habt. Er ist groß, sehr mager, hat lange, schwarze Haare. Er macht ein wenig den Eindruck einer Katze auf Mäusejagd.»

«Marinos?»

Michael schloss die Augen und ließ den Kopf bis auf die Brust sinken. Dann hob er eine Hand, um sich die Haare aus dem Gesicht zu streichen, und ließ sie gleich darauf wieder wie ein lebloses Ding auf das Bettlaken fallen. «Ja», flüsterte er tonlos.

«Marinos ist nicht schwarzhaarig, sondern schlohweiß. Er ist der Kammerdiener des Kaisers. Woher kennt Ihr ihn? Und was soll das Ganze?»

Michael räusperte sich. Schwieg. Räusperte sich noch einmal, bis Gerbert ganz mulmig zumute wurde.

«Redet endlich!», knurrte er.

Da straffte sich Michael. «Also gut.» Und er erzählte Gerbert, woher er Marinos kannte. Er berichtete ihm von seiner eigenen Vergangenheit als *silentiarius* und von einem Geheimnis, dass die *silentiarii* schützen sollten. Und davon, dass sie vielleicht nach wie vor auf der Suche nach Sophia waren. «Ich hatte befürchtet, dass Marinos noch immer bei Hofe ist. Deswegen war ich auch so nervös, seit der Kaiser sich in der Stadt aufhält. Ich wusste einfach nicht, was ich tun sollte. Sophia ist in Gefahr, Gerbert! Und ich fürchte, es ist alles meine Schuld.»

Während Michaels Geständnis hatte Gerbert sich vorgebeugt, um ihm ins Gesicht schauen zu können. Jetzt ließ er sich nach hinten sinken. Die Wand war kalt, aber Gerbert spürte es kaum.

Er fror aus einem anderen Grund.

Sophia in Gefahr, getötet zu werden?

Der Gedanke war zu ungeheuerlich. Sein Verstand wehrte sich dagegen.

«Marinos ist gar nicht dazu fähig, jemanden zu töten. Er scheint ziemlich krank zu sein, oft zittert er wie Espenlaub.»

Bei diesen Worten stahl sich ein leichter Hoffnungsschimmer in Michaels Augen, erlosch jedoch sofort wieder. «Egal. Er hat Leute.»

«Wie Euch?» Die Worte waren Gerbert herausgerutscht, und er bereute sie sofort. Nur einem Narren konnte die Verliebtheit entgehen, mit der Michael Sophia Tag für Tag ansah.

Michaels Stimme klang brüchig, als er sagte: «Ich war ein paar Tage vor Sophia bei Euch, vergesst das nicht.»

Gerbert schämte sich. Es war nicht seine Absicht gewesen anzudeuten, Michael könne von den *silentiarii* geschickt worden sein. «Verzeiht. Ich schlage um mich, ohne nachzudenken. Natürlich weiß ich, dass Ihr Sophia nichts antun würdet, aber die Frage ist: Ist sie in der Nähe des Hofes wirklich in Gefahr?»

Michael zog die Nase hoch. «Ich weiß es nicht. Vielleicht sollten wir uns trennen. Ihr bleibt hier in Mainz, und Sophia und ich gehen zurück nach Reims.»

Halb erwartete Gerbert, dass Michael ihn gleich um Sophias Hand bitten würde. Eine Weile hatte er sich gewundert, dass es noch nicht geschehen war, bis Judith ihm eine Vermutung mitgeteilt hatte: Michael hatte Angst davor, Sophia könne ihn auslachen!

Langsam schüttelte Gerbert den Kopf. «Ich fürchte, das geht nicht.»

«Warum nicht?»

«Weil der Kaiser mir heute befohlen hat, Euch morgen zu ihm zu bringen.»

7. Kapitel

Der nächste Tag war ein Sonntag. Gerbert nahm gemeinsam mit Sophia, Michael und Judith an der Messe im Dom teil, und während die beiden Frauen sich danach auf den Weg nach Hause machten, gingen die Männer zum kaiserlichen Palast, der sich in der Nähe des bischöflichen Palatiums befand.

Auf dem Weg dorthin war Michael ungewöhnlich schweigsam.

Gerbert sah ihn von der Seite an. «Nervös?»

Hastig nickte Michael. «Ihr glaubt gar nicht, wie sehr!»

«Der Kaiser ist ein umgänglicher junger Mann. Er wird Euch mit Dutzenden mathematischer und philosophischer Fragen löchern. Doch vermutlich ist er nicht der Grund für Eure Nervosität?»

Michael schluckte heftig. Sein schnell pochendes Herz verursachte ihm Übelkeit. Nein, es war nicht die Aussicht darauf, den Kaiser zu treffen, die ihm Angst einflößte. Es war die Möglichkeit, Marinos wiederzusehen. Obwohl Gerbert ihm ein ums andere Mal versichert hatte, dass der gebrechliche Byzantiner für niemanden mehr eine Gefahr darstellte, wusste Michael es doch besser.

«Marinos wird Euch wahrscheinlich nicht einmal wiedererkennen», prophezeite Gerbert.

«Dieser Marinos», gab Michael finster zurück, «ist sogar noch dann tödlich, wenn er mit dem Kopf unter dem Arm herumläuft.»

Danach schwiegen sie bis zum Palast. Gerbert war dort inzwischen wohl bekannt, sodass man sie in die kaiserlichen Gemächer ließ, obwohl Otto noch nicht da war. Gerbert blieb angesichts der zwei wie Statuen herumstehenden Wachen absolut gelassen, wanderte eine Weile in den kostbar ausgestatteten Räumen auf und ab, betrachtete eine Handschrift, die auf einem Stehpult in der Ecke lag, und lächelte Michael hin und wieder aufmunternd zu. Michael selbst bewunderte die mit bunten Stoffen bezogenen Möbel, das wertvolle Holz der Fußbodendielen, die Kerzenleuchter aus Silber und das schwere goldene Kreuz, das auf einem eigens dafür vorgesehenen Tisch in der Ecke stand.

Ein wenig mutiger geworden, ging er hinüber und beugte sich vor, um es genauer in Augenschein zu nehmen. Eine winzige Kammer war in seiner Mitte eingelassen, dort, wo sich die beiden Kreuzbalken trafen. Ein beinahe vollständig durchsichtiger Kristall prangte dort, und hinter diesem Kristall befand sich etwas, das aussah wie Holz. Michael streckte ohne nachzudenken die Hand aus, um das Kreuz hochzuheben, aber eine der Wachen hüstelte warnend, und er zuckte zurück.

«Nehmt es ruhig», ertönte eine Stimme, die ihn herumfahren ließ.

In der doppelflügeligen Tür stand ein junger Mann, dessen Wangen noch kaum einen Bartflaum aufwiesen. Er war schlank und wirkte trotz seiner Jugend erfüllt von einer seltsamen Düsternis. Hinter ihm kam ein Mann, dessen Gesicht Michael noch nie gesehen hatte. Es wirkte so ausgesprochen nichts sagend, dass allein seine bischöflichen Insignien ihn als beachtenswert auswiesen.

Gerbert ging auf Otto zu. «Mein Kaiser.» Er verneigte sich tief, bis Otto ihn an der Schulter berührte und so zum Aufrichten anhielt. Dann richteten sich Gerberts Blicke auf den Mann im bischöflichen Ornat. «Adalbert», sagte er nur.

Otto wandte sich zu Adalbert um. «Ihr kennt Euch bereits?»

«Adalbert ist ein Schüler des Ohtrich von Magdeburg gewesen, mein Kaiser», erklärte Gerbert ihm. Michael sah, dass der junge Kaiser Bescheid wusste über die Disputation von Ravenna und die empfindliche Niederlage, die Gerbert seinem Feind Ohtrich damals beigebracht hatte. Gerbert hatte Michael an einem ruhigen Abend einmal von dieser Episode seines Lebens erzählt.

Otto sah von Adalbert zu Gerbert und wieder zurück. «So? Nun ja, Ohtrich ist tot und Euer Streit liegt lange zurück.»

«Sehr lange, mein Kaiser.» Adalbert ließ Gerbert nicht aus den Augen.

«Ich sehe, Ihr seid wieder in Amt und Würden. Wart Ihr nicht ins Kloster eingetreten, nachdem Ihr Euren Bischofsstuhl aufgegeben hattet?» Gerberts Stimme klang neutral, aber Michael konnte ihm trotzdem anhören, dass er nicht gewillt war, Adalbert unvoreingenommen zu begegnen.

Der Bischof fühlte ähnlich, daran ließen seine nächsten Worte keinen Zweifel. «Der Papst hat es vorgezogen, mich wieder mit meinem alten Amt zu betrauen. Im Gegensatz zu Euch.»

Schnell riss Otto das Gespräch an sich. Er richtete seinen hellen, aufmerksamen Blick auf Michael. «Ihr müsst Michael von Tours sein. Ich danke Euch, dass Ihr gekommen seid. Gerbert hier hat mir schon viel von Euch erzählt.»

Michael trat vor, verbeugte sich, so tief er konnte, und als er sich wieder aufrichtete, ergriff der Kaiser seine Hand mit dieser Geste, die beschützend aussah, aber einen besonderen Symbolwert hatte. Es war die gleiche Geste, mit der ein Mann einen Vasallen unter seinen Schutz nahm. Ein wenig überrumpelt von der Inbesitznahme seiner Person rieb Michael seine Hand, nachdem Otto sie losgelassen hatte. Der Kaiser jedoch lächelte gewinnend und vertrieb damit schlagartig alle seine Bedenken. «Ihr habt Euch mein Kreuz angesehen?»

«Ja.» Michael hustete. «Ein herrliches Stück. Was ist das für eine Reliquie, die sich darin befindet?»

Ein feines Lächeln glitt über Ottos Gesicht und ließ seine schmalen, blassen Lippen aussehen wie gemalt. «Ein Splitter vom Kreuz unseres Herrn Jesu. Er war früher größer, aber ich habe ihn teilen lassen und ein Stück meinem früheren Lehrer geschenkt. Adalbert hier hat mir versichert, dass es seine Wirkung nicht schmälern wird.»

«Die Gefahr besteht nicht, mein Kaiser», behauptete Adalbert. «Die Kraft der Reliquien geht über vieles hinaus, das wir uns mit unserem beschränkten Verstand erklären können.» Er schoss einen Blick in Gerberts Richtung ab, als er das sagte. Es war deutlich zu erkennen, dass er seine Worte auf ihn gemünzt hatte.

«Ihr sprecht von Bernward von Hildesheim, nicht wahr? Er hat Euch verlassen müssen?» Michael fühlte sich bemüßigt, den beiden Kirchenmännern keine Gelegenheit zur Konfrontation zu geben, und Otto griff seine Frage begierig auf.

«Als er Bischof wurde, ja. Aber in Gerbert habe ich wohl einen würdigen Ersatz gefunden.» Otto wies auf eine Gruppe von Stühlen, die um einen niedrigen Tisch aus dunklem, fast schwarzem Holz standen. «Setzen wir uns doch.» Er kam seiner eigenen Aufforderung nach und wartete, bis die anderen ebenfalls saßen. Schließlich begann Gerbert: «Erinnert Ihr Euch noch an unser Gespräch von neulich, mein Kaiser?»

«Ich bin nicht sicher, welches Ihr meint.»

«Wir unterhielten uns über Eure Abstammung.»

Otto nickte. «Ja. Natürlich.» Auch Michael wusste, wovon Gerbert sprach, denn er hatte ihm davon erzählt. Der junge Kaiser quälte sich mit der Frage, ob er überhaupt würdig war, der Kaiser eines so großen Reiches zu sein. Obwohl ihm auf seiner Romfahrt die Herzen zugeflogen waren, und obwohl er die Reichsgeschäfte beherzt und voller Energie in Angriff genommen hatte, fühlte er sich in manchen Stunden doch nur wie ein einfacher Sachse ohne viel Bildung. Bildung, die er, das hatte er Gerbert klar gemacht, hoffte, nun durch ihn zu erlangen.

«Ihr habt viel von der griechischen *subtilitas* durch Eure Mutter erhalten», sagte Gerbert jetzt. «Und Euer Vater war Kaiser, genau wie Euer Großvater, der bereits den Beinamen ‹der Große› erhalten hat. Ich habe darüber nachgedacht, aber ich weiß nicht, was Euch so plagt.» Immer wieder sah Gerbert, während er redete, Adalbert an, aber der machte keinerlei Anstalten, sich zurückzuziehen. Und da Otto ihn offenbar bei diesem Gespräch dabeihaben wollte, blieb Gerbert nichts anderes übrig, als das zu akzeptieren.

«Mein Großvater, mein Vater, sie waren sächsische Wilde wie ich», sagte Otto.

Michael wand sich unbehaglich auf seinem Stuhl, denn es war ihm unangenehm, die Selbstzweifel des jungen Kaisers so unmittelbar mitzuerleben.

Gerbert schnaubte: «Ihr seid noch so jung! Ihr werdet Großes leisten, und die Geschichte wird wohlwollend über Euch urteilen.» In Michaels Ohren klang das, als habe er dieses Gespräch mit dem Kaiser schon mehrfach geführt. Und wenn nicht Gerberts beständige Blicke in Adalberts Richtung gewesen wären, hätte Michael sogar glauben können, dass dies hier nur für ihn in Szene gesetzt wurde. Gerbert hatte Ottos Abstammung aus einem bestimmten Grund angesprochen, da war er sich ganz sicher.

«Vielleicht.» Otto seufzte und sah Michael an. «Aber was ist eine große Leistung für einen Kaiser? Eine gewonnene Schlacht? Letztes Jahr habe ich einen Feldzug gegen die Abodriten und Redarier geführt, und was habe ich damit erreicht? Gar nichts.»

Auch Gerbert sah jetzt Michael an. «Was wäre in Euren Augen ein großes Verdienst für einen Kaiser?»

Otto zuckte die Achseln. «Ich weiß es nicht genau. Vielleicht wünsche ich mir, Gott hätte mich an einen herausragenden Punkt in der Geschichte gestellt.»

«Was meint Ihr damit?»

«Meine Mutter», sagte Otto scheinbar ohne Zusammenhang, und wieder hatte Michael das Gefühl, als würde hier etwas eigens für ihn inszeniert. «Wusstet Ihr, dass sie mir von einer eigenständigen Regel erzählt hat, nach der in Byzanz die Urkunden datiert werden? Sie gilt nur für die wichtigen Kaiserurkunden. Man datiert sie nach der Schöpfung.»

Gerbert lächelte Michael aufmunternd an, und plötzlich begann der zu ahnen, wozu er hier war. «Soweit ich weiß, bereitet das einige Probleme», sagte er. Adalbert schien das Gespräch mit äußerster Aufmerksamkeit zu verfolgen.

«Weil man nicht genau weiß, wie lange die Schöpfung her ist?», fragte Otto.

«Ganz richtig, mein Kaiser.»

«Kennt Ihr die Rechenweise, nach der unsere Gelehrten auf das Schöpfungsdatum kommen?»

«Ein Tag des Herrn ist wie tausend Jahre für die Menschen.» Michael war klar, dass er geprüft wurde. Obwohl er noch immer nicht ganz durchschaute, worum es eigentlich ging, wurde er langsam ruhiger. Von Marinos immerhin war keine Spur zu sehen.

Otto legte den Zeigefinger an die Nase. «Das würde bedeuten, dass wir uns irgendwo im sechsten Jahrtausend seit Beginn der Schöpfung befinden, nicht wahr?»

«Da geschrieben steht, dass Gott Adam am sechsten Tage erschuf, wird das wohl stimmen, ja.»

«Glaubt Ihr, dass es noch einen siebten Tag geben wird? Wird sich die Schöpfung am Ende des sechsten Tages vollenden oder erst am Ende des siebten?»

Michael lachte auf. «Ich glaube nicht, dass ausgerechnet ich der Richtige bin, Euch diese Frage zu beantworten. Ihr habt doch sicherlich eine Menge gelehrter Theologen am Hof.»

«Natürlich. Warum glaubt Ihr, darauf nicht antworten zu können?»

«Sagen wir, es treibt mich mehr dazu, mich mit Dingen zu beschäftigen, die ich mit eigenen Augen sehen und verstehen kann.» Als er diese Worte aussprach, wunderte Michael sich fast ein wenig darüber, wie rasch er sich entspannt hatte. Gerbert hatte ihn auf diese Wirkung des jungen Kaisers vorbereitet, und dennoch überraschte sie ihn. Er lächelte. «Verratet mich nicht, ja?»

Jetzt lachte Otto. Es klang sanft, ein wenig kindlich.

Gerbert hob eine Hand und mischte sich auf diese Weise wieder in das Gespräch ein. «Michael und ich haben schon einige Male darüber diskutiert, ob es möglich ist, am Himmel abzulesen, wie viel Zeit seit Beginn der Schöpfung vergangen ist.»

«Und? Glaubt Ihr, es ist möglich?» Interessiert richtete sich Otto ein wenig auf.

«Eher nicht, würde ich sagen.»

Otto sah enttäuscht aus, fing sich aber schnell wieder. «Schade.»

«Warum schade? Vielleicht ist genau das in Eurem Sinne, mein Kaiser.»

Michael sah Gerbert fragend an. Was nur bezweckte dieser Mann mit diesem seltsamen Gespräch?

Plötzlich wehte ein Luftzug um seine Füße. Gleichzeitig mit Otto drehte er sich um.

Und erstarrte.

Der Mann, der soeben eintrat und die Tür sorgsam wieder hinter sich schloss, war hoch gewachsen, schlohweiß und schwarz gekleidet. Er richtete dunkle Augen zuerst auf den

Kaiser, dann auf Gerbert. Beiden nickte er ehrerbietig zu, bevor er den Blick über Michael streifen ließ. Dann kam er näher, stellte ein Tablett auf einen niedrigen Tisch und begann, Wein in drei bunte Gläser zu gießen.

Michael sah, dass die Hände des Mannes zitterten. Schweiß stand auf seiner Stirn, und das Gesicht sah bleich und wächsern aus. Dennoch hatte sich bei seinem Eintreten schlagartig jeder Muskel in Michaels Körper verkrampft. Es nützte ihm gar nichts, dass Marinos ihn tatsächlich nicht zu erkennen schien; er beruhigte sich erst wieder ein wenig, als der Byzantiner sich zum Gehen wandte.

Adalbert erhob sich. «Braucht Ihr mich noch, mein Kaiser?» Sein Gesicht war inzwischen sehr blass, und beinahe sah es so aus, als bebe er vor Zorn. Otto verneinte, und gemeinsam mit Marinos verließ der Bischof den Raum.

Unauffällig atmete Michael auf und richtete seine Aufmerksamkeit wieder auf Otto, der in der Zwischenzeit weitergesprochen hatte.

«… die Sterne geben also keine Auskunft darüber, wann unser Herr Jesus Christus auf die Welt gekommen ist?»

«Nein.»

Otto seufzte. «Wisst Ihr, es ist eine der Fragen, die mich am meisten umtreibt, wie viele Jahre seit der Geburt unseres Herrn vergangen sind. Wäre es nicht eine schöne Tat für die Ewigkeit, wenn es mir gelänge, dem Reich eine einheitliche Zeitrechnung zu geben? Eine, die sich auf die Geburt unseres Heilands bezieht?»

Michael nickte. Genauso hatte Gerbert ihm den Kaiser beschrieben: als jemanden, dem die Gelehrsamkeit wichtiger war als die Kriegskunst.

«Ich habe gelehrte Männer damit beauftragt, das Geburtsjahr Jesu Christi zu ermitteln», sprach Otto weiter. «Und sie sind auch fündig geworden. Es gibt einen Kalender, der von einem Mann namens Furius Dionysius Philocalus erstellt wurde. Er zählt die Jahre seit der Gründung Roms, aber irgendwann ändert er die Zählweise. Ab einem bestimmten Jahr schreibt er plötzlich christliche Daten und bleibt auch bis zum Schluss dabei. Der Kalender endet mit dem Jahr seiner Erstellung: 354 nach der Geburt Christi. Ich habe die Gelehrten damit beauftragt herauszufinden, wie viele Jahre seit diesem Philocalus vergangen sind. Und sie konnten es mir sagen.»

Gerbert horchte auf. Ein erregtes Glitzern trat in seine Augen, und er warf Michael einen triumphierenden Blick zu.

Michael spürte es ebenfalls: Je länger Otto über diese christliche Form der Zeitrechnung sprach, umso stärker wurde Michaels Gefühl, kurz vor einer wichtigen Erkenntnis zu stehen. Sein Herz klopfte.

«Nach den Berechnungen meiner Männer befinden wir uns im Jahr 708 nach Christi Geburt.»

Als Gerbert und Michael Ottos Gemächer verließen, war Gerbert bester Laune, und Michael überlegte, was in seinem Kopf vorgehen mochte. Als er ihn gerade danach fragen wollte, vertrat ihnen Adalbert den Weg.

Sie blieben stehen.

Gerbert runzelte die Stirn. Seine zufriedene Miene wandelte sich, seine Lippen wurden schmal und die Augen zu Schlitzen.

«Womit können wir Euch noch dienen?», fragte er, und er klang ungeduldig dabei.

Michael wunderte sich, denn er kannte Gerbert als Mann von großer Diplomatie, dem man seine Aversionen gegen Menschen von gleichem oder gar höherem Rang selten anmerkte. Adalbert jedoch schien für Gerbert wie ein rotes Tuch.

Der Bischof neigte das Haupt ein wenig; auch er wirkte gereizt, wie eine Katze, die man gegen den Strich gestreichelt hatte. «Ihr beeinflusst den jungen Kaiser, nicht wahr? Aber ist Euch auch klar, dass Ihr sein Seelenheil gefährdet?»

Michael blinzelte überrascht. Konnte es sein, dass Adalbert etwas von ihrem Vorhaben ahnte, Otto für die Kalenderreform einzuspannen?

«Ich wüsste nicht, womit», gab Gerbert zurück. Er klang jetzt ruhig und gelassen, als sei es völlig eindeutig, worauf dieses Gespräch hinauslaufen sollte. Allein ein einzelner Muskel an seiner Schläfe zuckte.

«Womit?» Adalbert lachte bitter auf. «Ist das Euer Ernst? Mit Euren Ränkespielchen entfernt Ihr Otto von Gott.»

«Inwiefern? Ich kann mich nicht daran erinnern, je Unheiliges mit ihm besprochen zu haben. Ganz abgesehen davon, dass unsere Unterhaltung Euch eigentlich gar nichts angeht, nicht wahr?»

«Er sucht meinen Rat genauso wie den Euren, weil er ahnt, dass Eure gelehrten Meinungen ihn nicht weiterbringen. Er ist auf der Suche, Gerbert. Er hadert mit dem Platz, auf den Gott ihn gestellt hat. Haltet Ihr das nicht für Sünde?»

«Nein.»

«Natürlich nicht! Ein Mann, der sich wie Ihr mit heidnischen Bräuchen und gottlosen Instrumenten befasst, kann nicht anders antworten!»

Jetzt lachte Gerbert. «Das ist doch wohl der wahre Grund für Euren Ärger! Mein Astrolabium.» Er klopfte auf den Beutel an seinem Gürtel.

Adalbert starrte darauf. «Wozu, sagtet Ihr, soll es gut sein?»

Michael spürte die Überheblichkeit des Bischofs, hörte den beleidigenden Unterton der Frage, und er sah neugierig zu Gerbert auf.

Der jedoch antwortete mit großer Ruhe. «Ihr könnt damit die Zeit messen. Anhand von Sonnenstand oder Sternenbahnen.»

Adalbert wedelte mit der Hand. Seine Augen irrten umher, als habe er sie nicht unter Kontrolle. «Pah! Es dient als Abbild des Himmels.»

«Na und?»

«Es ist nichts weiter als eine verzerrte Darstellung der Schöpfung, geboren aus dem unseligen Wunsch, zu wissen statt zu glauben!»

«Was ist falsch daran, die Schöpfung verstehen zu wollen?» Michael hatte nicht mehr an sich halten können und diesen Einwand vorgebracht. Er spürte, dass er auf unsicheren Boden geriet, und wandte sich Hilfe suchend an Gerbert.

Der rettete ihn. «Adalbert. Ist Eure Argumentation nicht die folgende: Die Heilige Schrift sagt, wir sollen uns kein Bildnis machen. Und daher rührt doch Euer Vorbehalt gegen dieses kleine, harmlose Gerät?»

«Harmlos?» Adalbert schnaubte. «Harmlos ist das Lamm, das im Frühjahr über die Wiese tollt. Ja, es steht geschrieben, du sollst dir kein Bildnis machen!»

Michael unterdrückte ein Schmunzeln. Gerbert hatte nicht nur Adalberts letztes sachliches Argument einfach ignoriert. Er hatte die Diskussion zu einem Punkt gesteuert, den er beherrschen konnte. Und durch die gezielte Provokation mit dem harmlosen Astrolabium war Adalbert dieser Themawechsel nicht einmal aufgefallen.

«Ja», nickte Gerbert. «Das Wort bedeutet jedoch nur, dass es verboten ist, ein Bild an die Stelle Gottes zu setzen. Wenn dem nicht so wäre, dann wäre jeder Bischof, der einen Maler damit beauftragt, seine Kirche mit Szenen aus der Bibel zu schmücken, ein Sünder.»

Langsam stieg eine dunkle Röte von Adalberts Hals auf. Michael fragte sich, ob er als Bischof vielleicht mit Eifer seine Kirchen hatte verzieren lassen. Es hätte zu Gerbert gepasst, ein solches Wissen gegen seinen Streitgegner zu verwenden.

Bedächtig nahm Gerbert das Astrolabium aus seiner Hülle

und hielt es in die Luft. Das Licht schimmerte auf dem hellen Metall. «Von dem Astrolabium geht also gar keine Gefahr aus, denn wer wird so dumm sein, es mit der Schöpfung zu verwechseln?»

Adalbert stieß den Zeigefinger auf die Skala auf dem Rand. «Sind dies nicht die Einteilungen dieser neuen Stunden?»

Adalberts Themawechsel war dumm. Übergangslos hörte der Muskel an Gerberts Schläfe auf zu zucken. «Ja. Warum?»

«Weil es sich hiermit genauso verhält wie mit dem gesamten Gerät. Eure geraden Stunden sind nur Konstrukte, durch nichts in Gottes Natur vorgegeben. Die Schöpfung gibt uns alles vor: die Länge des Jahres, der Monate, eines Tages. Die Sonne sagt uns, wie lang eine Stunde ist, nicht Euer merkwürdiges, mathematisches Gefüge.»

«Es ist allgemein bekannt, Adalbert, dass Ihr die Mathematik nicht schätzt, aber gibt Euch das das Recht, alles, was sie hervorbringt, abzulehnen? Die geraden Stunden resultieren ebenso aus den Abläufen an Gottes Himmel wie die ungeraden.»

«Ach ja?»

«Eine gerade Stunde ist genau die Hälfte der Summe einer Tages- und einer Nachtstunde.»

«Mathematische Haarspaltereien! Was kommt danach? Wie wollt Ihr die Schöpfung als Nächstes in ein Gerüst pressen, das Euer beschränkter Geist zu begreifen in der Lage ist?»

«Beschränkt?» Michael presste die Lippen zusammen, aber es war zu spät. Er ärgerte sich über seine Unbeherrschtheit.

Gerbert war klüger als er. Er ignorierte Adalberts Beleidigung und lächelte ihn einfach an.

«Ihr sagt, dass niemand die Schöpfung mit Eurem metallenen Bild von ihr verwechseln kann. Was, wenn Ihr Euch irrt?»

Adalbert stemmte die Hände in die Hüften. Die Farbe seines Gesichtes erinnerte jetzt an reife Brombeeren. «Nehmt es mir nicht übel, Gerbert», knurrte er, «aber Ihr erinnert mich fatal an den ungläubigen Thomas.»

Nachdem er auf dem Absatz kehrtgemacht und Gerbert einfach hatte stehen lassen, hetzte Adalbert durch die Gänge des Palastes. Sein Herz jagte so stark, dass er glaubte, es müsse im nächsten Moment aufhören zu schlagen. Im Mund hatte er einen bitteren Geschmack, und er wusste, dass es der Geschmack der Niederlage war. Gerbert hatte ihn rhetorisch ausgetanzt, ebenso, wie er es damals in Ravenna mit Ohtrich gemacht hatte. Adalbert knirschte mit den Zähnen. Er hätte sich dafür ohrfeigen können, dass er diese Disputation begonnen hatte. Aber er hatte sich einfach nicht zurückhalten können!

«Bei Gott, Ihr seid ja ganz blass um die Nase!» Marinos' spöttische Stimme ließ Adalbert mitten im Lauf anhalten.

Er holte tief Luft. «Spart Euch Euren Hohn!», zischte er böse. «Ihr seid schuld an allem!»

Marinos sah sich um, aber der Gang, in dem sie sich befanden, war leer. Dennoch nahm er den Bischof beim Arm und zog ihn in eine dunkle Ecke. «Was meint Ihr?»

«Ihr habt Gerbert ins Spiel gebracht, als Michael Euch vor zwei Jahren nach dem Namen eines Gelehrten fragte. Aus purer Freude am gefährlichen Spiel!»

Marinos lachte leise. Er sah nicht gut aus, stellte Adalbert fest, aber er war zu erregt, um sich damit zu befassen.

«Ein Spiel? So seht Ihr also unsere Mission?», fragte Marinos.

«Natürlich nicht! Dazu ist das Geheimnis viel zu gefährlich! Ihr hingegen verhaltet Euch so, als sei alles ein Spiel. Warum musstet Ihr ausgerechnet Gerbert …»

«Wenn ich mich recht entsinne», fauchte Marinos, «ist er

einfach der Beste! Wir brauchen den Besten, damit die Reform nicht scheitert. Und wenn ich mich weiter recht entsinne, wart Ihr es, der die Idee hatte, ihn an den Hof zu locken.»

Adalbert musste sich eingestehen, dass Marinos Recht hatte.

«Achtet auf Eure Worte, mein Lieber. Trotzdem.» Unwillkürlich griff Adalbert nach dem Dolch in seinem Gürtel, den er normalerweise zum Essen benutzte. Seine Finger krallten sich um dessen Heft.

Marinos sah es, und er lächelte fein.

Adalbert drückte die Zunge gegen den Gaumen, bis ihm schlecht wurde. Wenn er doch nur nicht das Gefühl gehabt hätte, dass alles aus dem Ruder lief!

«Ist das ein unangenehmer Kerl!» Michael schüttelte sich. Inzwischen befanden sie sich in den Gassen der Stadt, auf dem Weg nach Hause.

«Adalbert? Der plustert sich nur auf.»

«Glaubt Ihr? Er wirkte auf mich sehr angespannt.»

«Er predigt gerne gegen alles, was in seinen Augen heidnisch ist.»

Michael zuckte die Achseln, aber er war nicht davon überzeugt, dass das der einzige Grund für Adalberts Anspannung gewesen war. Er glaubte zu spüren, dass den Mann etwas antrieb – ein Etwas, das seine Augen mit Fanatismus füllte. Und er konnte nur hoffen, dass es nichts mit der Kalenderreform zu tun hatte. Michael wollte es Gerbert gegenüber nicht zugeben, aber Adalbert machte ihm Angst.

Beinahe so sehr wie der Byzantiner.

«Glaubt Ihr wirklich, Marinos hat mich nicht erkannt?»

«Ihr habt es doch selbst gesehen.»

«Da bin ich mir nicht sicher. Er konnte seine Regungen schon immer gut verbergen.»

«Ich würde mir nicht so viele Sorgen machen.»

Michael wunderte sich ein wenig über die scheinbare Gleichgültigkeit, mit der Gerbert plötzlich der Gefahr ins Auge sah, in der nicht zuletzt Sophia sich befand. Er zögerte. «Trotzdem sollten wir sehr vorsichtig sein.»

«Das werden wir, keine Angst.»

«Was habt Ihr vor?»

«So lange, wie wir uns hier bei Hof aufhalten, wird die arme Sophia das Haus eben nicht verlassen dürfen. Sie kennt das ja schon.»

Michael stellte sich das Gesicht vor, mit dem Sophia auf eine solche Eröffnung reagieren würde. «Das macht sie niemals mit!»

«O doch, das wird sie.» Jetzt strahlte Gerbert wieder, ebenso wie vor der Begegnung mit dem Bischof. «Denn wir werden ihr sagen, es sei ihr Anteil daran, dass wir endlich ans Ziel unserer Arbeit gelangen.»

Michael verstand gar nichts mehr.

«Habt Ihr nicht begriffen, was der Kaiser gesagt hat?»

«Ich bin nicht sicher …»

«Wisst Ihr, in welches Jahr die Gelehrten die Geburt unseres Herrn Jesu legen? In Bezug auf die Schöpfungstage, meine ich.»

«Der heilige Hieronymus kommt auf das 5198ste Jahr, wenn ich mich richtig erinnere.»

Gerbert richtete den Blick in die Ferne. Auf seinem Gesicht waren hektische Flecken erschienen, und endlich griff seine Erregung auf Michael über. «5200 Jahre liegen zwischen Schöpfungsbeginn und der Geburt des Herrn. – Und wann wird das Ende der Schöpfung bevorstehen?»

«Darin sind sich die Gelehrten nicht einig. Einige sagen, mit dem Ende des sechsten Schöpfungstages. Oder aber mit dem Ende des siebten. Also tausend Jahre später.»

Gerbert winkte ab. «Wie auch immer!», rief er. «Kommt mit.»

Er begann zu laufen.

Michael folgte ihm nach kurzem Zögern. «Was ist denn?», keuchte er, nachdem er Gerbert eingeholt hatte.

Gerbert bog um eine Hausecke. «Ich habe gerade eines unserer Probleme gelöst!»

Sophia kam ihnen entgegen, als sie das Haus betraten. Natürlich las sie Gerbert die Erregung sofort am Gesicht ab.

«Wie war es?» Sie half Gerbert aus dem Mantel und hängte ihn sorgfältig auf.

Gerberts Gedanken rasten wild durcheinander, überschlugen sich und verdrängten sich gegenseitig, sodass er nicht wusste, womit er anfangen sollte. Seit er damals in Tarsos zum ersten Mal ein Astrolabium hatte in Händen halten dürfen, hatte er sich nicht mehr so euphorisch gefühlt.

Genau wie Michael war er heute mit gemischten Gefühlen zum Kaiser gegangen, denn auch er hatte sich davor gefürchtet, Marinos könne Michael wiedererkennen und sich an Sophia erinnern. Das war jedoch offensichtlich nicht geschehen. Und selbst wenn, es hätte Gerberts Hochstimmung nur dämpfen, nicht aber vernichten können. Sie standen kurz vor der Übernahme der Kalenderreform in den Westen! Er fühlte sich wie berauscht.

Sophias fragendes Gesicht brachte ihn zurück auf den Boden. Rasch überdachte er, wie am besten vorzugehen wäre. Er entschied sich dafür, Sophia zuerst mit der schlechten Nachricht zu konfrontieren. Wenn sie dann später die guten Nachrichten erfuhr, würde sie aus Neugier von selbst einlenken.

«Ein paar Dinge haben sich wunderbar entwickelt», begann er also. «Aber bevor ich dir davon berichte, müssen wir etwas anderes besprechen.»

«Was denn?» Sophia runzelte die Stirn.

Sie war die Einzige, begriff Gerbert, bei der seine rhetorischen Fertigkeiten versagten. «Stell dir vor: Wir sind einen großen Schritt weitergekommen mit unseren Problemen.»

«Schön, aber was willst du mit mir besprechen? Da es etwas Unangenehmes zu werden scheint, sollten wir uns setzen, was meinst du?» Sophia ließ sich am Tisch nieder.

Gerbert tat es ihr gleich, ein verzweifelter Versuch, das Unvermeidliche ein wenig hinauszuzögern. Er legte die Unterarme auf die Tischplatte und verschränkte die Finger ineinander. «Es ist etwas geschehen, das mich zu einer für dich wirklich recht unangenehmen Anweisung zwingt. So Leid es mir tut, Sophia, aber du wirst in den nächsten Wochen dieses Haus nicht verlassen dürfen.»

«Was?» Aus Sophias Augen sprach Unglaube. «Du nimmst mich auf den Arm, nicht wahr?» Doch sie erkannte rasch, dass dem nicht so war. Ein Schatten fiel über ihr Gesicht. «Warum?», flüsterte sie.

«Sagen wir, es ist sicherer.»

Sie lachte spöttisch auf. «Du glaubst doch nicht, dass du meine Bewegungsfreiheit derart beschneiden kannst, ohne mir auch nur den Ansatz einer Erklärung dafür zu geben?»

Sie tat Gerbert zwar Leid, aber die Art, in der sie jetzt mit ihm sprach, weckte seinen Unwillen. Eben noch hatte er an ihren Verstand appellieren, ihr alles erklären wollen, doch jetzt wurde er unwirsch. «Soweit ich mich entsinnen kann», entgegnete er kühl, «bist du immer noch meine Tochter. Du hast dich meinen Vorschriften zu beugen.»

In Sophia brach etwas entzwei, von dem sie bisher gar nicht gewusst hatte, dass sie es in sich trug. Es war das Vertrauen in das Wohlwollen ihres Vaters.

Eisige Wut sprudelte in ihr hoch. Wie konnte er es wagen, sie so zu behandeln? Sie war ihm gleichwertig, zumindest hatte sie das bisher angenommen. Niemals hatte er versucht, über sie zu bestimmen, hatte sie stets mit Argumenten und

Taten überzeugt. Das machte die abrupte Wandlung in seinem Verhalten nur umso schmerzhafter für sie.

Sie unterdrückte ein Schluchzen, und das Bedürfnis, ihn zu verletzen, wurde übermächtig. «Ich glaube, du hast das Recht, mir Vorschriften zu machen, aufgegeben, als du Alexandra schwanger und allein zurückgelassen hast. Was ist diesmal der Grund für deine plötzliche Härte? Treibt dich dein Ehrgeiz auch hierzu, ja?» Sie kam auf die Füße und beugte sich über den Tisch zu ihm hinüber. «Welchen Vorteil versprichst du dir davon, mich mundtot zu machen? Ist es der gleiche, für den du meine Mutter davongejagt hast? Deine verdammte Karriere?» Ihre Wangen flammten.

Gerbert war bleich geworden. Langsam erhob auch er sich.

«Was für einen Vorteil hast du diesmal davon?», schleuderte sie ihm ins Gesicht.

Das war der Tropfen, der das Fass zum Überlaufen brachte.

Mit einem ohrenbetäubenden Klatschen landete seine große Hand in ihrem Gesicht, riss ihren Kopf herum.

Sophia blieb vor Schreck der Mund offen stehen. Sie schnappte nach Luft, konnte nichts sagen. Es war, als habe der Schlag ihr die Stimme zerschmettert.

Sie machte auf dem Absatz kehrt und rannte aus dem Raum.

Sie hatte nicht einmal mehr die Kraft, die Tür hinter sich zuzuschlagen.

Gerbert und Michael starrten ihr nach. Michael räusperte sich. «Meint Ihr nicht, dass Ihr ihr folgen solltet?»

Gerbert lauschte der Wut nach, die in ihm rumorte, nun allerdings abklang und von einem Anflug von Scham überlagert wurde. Er hatte Sophia geschlagen. Hatte er nicht stets die Meinung vertreten, nur tölpelhafte Bauern und Tagelöhner müssten ihre Frauen und Töchter schlagen, weil sie zu dumm waren, sie mit Worten zu steuern? Er knirschte mit den Zähnen. «Die beruhigt sich schon wieder, und dann können wir vernünftig mit ihr reden.»

Michael nickte, sah aber nicht überzeugt aus. Allerdings wagte er es auch nicht, zu widersprechen.

Gerbert unterdrückte sein Bedauern darüber, wie kompliziert der Umgang mit Menschen häufig war. Besser, er konzentrierte sich auf das, was er wirklich beherrschte. «Interessiert es Euch nicht, welche Lösung ich für unser Problem gefunden habe?»

«Vor allem würde mich erst einmal interessieren, welches von beiden Ihr meint.»

Gerbert schürzte die Lippen. «Leider nicht das astronomische. Aber ich habe eine Möglichkeit entdeckt, wie es uns gelingen könnte, die Reform Eures Kaisers unserem Kaiser schmackhaft zu machen.»

Michaels Züge spannten sich. «Wie?»

«Indem wir seine Selbstzweifel für uns nutzen.»

«Aha.»

«Er hält sich für den Nachfahren barbarischer Sachsen, und er würde seine Person für die Historie gern mit etwas verschönern, das durch Kriege nicht zu erringen ist.»

«Ihr meint seine Idee mit dem christlichen Kalender.»

«Alles ergibt plötzlich ein Bild. Seht Ihr es denn nicht? Otto sprach mit uns über die Zeit, die seit dem Beginn der Schöpfung vergangen ist. Überlegt einmal: 5200 Jahre vom Beginn der Schöpfung bis zur Geburt unseres Herrn. Und noch einmal 708 Jahre bis zum heutigen Tag. Was bedeuten würde, dass das Ende des sechsten Welttages in zweiundneunzig Jahren erfolgen muss. Vierundneunzig, wenn wir mit Hieronymus ganz genau rechnen. Was wäre denn, wenn wir unserem guten Kaiser die Genugtuung verschaffen, der Endzeitkaiser zu sein?»

«Endzeitkaiser?» Michael sah verwirrt aus, und Gerbert konnte ihm das nicht übel nehmen. Zu irrwitzig kam ihm ja selbst seine Idee noch vor!

«Es heißt, das siebte Jahrtausend sei das Zeitalter Christi. Und Otto wäre der Mann, der genau am Übergang zu diesem letzten Jahrtausend der Menschheit Kaiser war.»

Michael konnte noch immer nicht folgen. «Aber wie das? Die Reform fügt fast dreihundert Jahre in den Kalender ein. Zweiundneunzig oder auch vierundneunzig sind viel zu wenig.»

Jetzt erschien ein breites Grinsen auf Gerberts Gesicht. «Nur, wenn wir bei der Zahl 5200 bleiben. Wer sagt uns denn, dass die Geburt des Herrn nicht bereits am Anfang des fünften Schöpfungstages stattgefunden hat?»

Michael war noch immer nicht zur Gänze überzeugt. «Zweihundertvierundneunzig Jahre. Dann würde es hinkommen.»

«Die Feinabstimmung, Michael, es läuft alles auf die Feinabstimmung hinaus.»

«Und Ihr meint, mit einer solchen Argumentation ließe sich Otto dazu bewegen, die Reform zu übernehmen?»

Gerbert holte tief Luft. «Ich muss darüber nachdenken. Das Beste wird sein, wir gehen schlafen.»

8. Kapitel

Nachdem Adalbert ihn ohne ein weiteres Wort in der Ecke hatte stehen lassen, machte sich Marinos auf den Weg zurück in seine Kammer. Auf dem Gang warf er im Vorbeigehen einen Blick in einen Spiegel und erschrak einmal mehr darüber, wie sehr ihn das tückische Fieber in den letzten Wochen und Monaten verwüstet hatte. Er sah bleich aus, bleich und elend. Und es gab noch so vieles zu tun!

«Herr?» Ein Diener trat ihm furchtsam in den Weg.

«Was ist?», herrschte er ihn an.

«Herr, geht es Euch nicht gut?»

Marinos riss die Augen auf und musste ein paarmal blinzeln, um den Blick klar zu bekommen. Schwindel fasste nach ihm, und er suchte Halt an der Wand. «Es geht schon. Was willst du von mir?»

«Ihr habt Besuch, Herr. Unten in der Kanzlei.»

Marinos unterdrückte ein Seufzen. Er fragte sich, wie lange er seinen vielfältigen Pflichten noch nachkommen und gleichzeitig Ottos Kammerdiener als auch ein *silentiarius* sein konnte. «Ich habe jetzt keine Zeit. Sag dem Mann, er soll später wiederkommen.»

«Er sagte, Ihr hättet ihn rufen lassen. Es sei dringend, Herr.»

Ungeduldig knirschte Marinos mit den Zähnen. «Und? Wie ist sein Name?»

«Adam von Trier, Herr.»

Adam stand in einer der Schreibstuben, die zur kaiserlichen Kanzlei gehörten. Er hatte der Tür den Rücken zugewandt und studierte ein Pergament, das auf einem der Pulte lag. In seiner Begleitung war ein Hüne von einem Krieger, gewandet in einen ledernen Harnisch und rote Beinkleider.

Ohne sich umzuwenden sagte Adam: «Marinos! Wir haben uns lange nicht gesehen!»

Marinos schob die Tür zu und sah sich um. Außer ihnen war niemand im Raum. «Gut, dass Ihr wieder da seid.» Er hatte voller Verzweiflung auf Adam gewartet, denn der wäre als Einziger in der Lage, ihre Aufgabe zu Ende zu führen. Marinos biss die Zähne zusammen. Er traute Adam nach wie vor nicht, zu unsicher war er sich, ob der Mann aus Trier wirklich alle Sinne beieinander hatte. Doch selbst, wenn das nicht der Fall sein sollte: Marinos hatte niemanden außer Adam!

Und dieser Adalbert saß ihm im Nacken.

Er verfluchte seine elende Krankheit.

Adam drehte sich um. Seine Bewegungen waren geschmeidig, seine Blicke flink. «Ihr habt schon besser ausgesehen», konstatierte er.

Marinos zwang sich, nicht die Augen zu schließen. Der Schwindel war jetzt so stark, dass ihm schlecht davon wurde. «Das italienische Fieber …»

«Ich weiß.» Adam lächelte kalt.

Marinos zwang sich, seinem Blick standzuhalten. «Habt Ihr Männer mitgebracht?»

Adam deutete auf den Krieger. «Ihn. Und sechs andere. Zu mehr Rekrutierungen war keine Zeit, da Ihr es ja für sinnvoll hieltet, mich aus Byzanz abzuberufen.»

Marinos ließ sich auf einen Schemel fallen. «Sieben nur.» Er hatte auf mindestens die dreifache Anzahl gehofft.

«Die Reform ist beinahe abgeschlossen», berichtete Adam. «Der Rückhalt der *silentiarii* bröckelt jeden Tag mehr. Es sind schon einige in den Kerkern des Palastes verschwunden, und es heißt, sogar einer von Romanos' nächsten Männern sei aus dem Weg geräumt worden. Ich hatte Mühe, überhaupt Leute zu finden und sie auf den Eid vorzubereiten.»

Marinos war sich der aufmerksamen Blicke Adams überdeutlich bewusst. Adam hatte begonnen, um ihn herumzugehen. Er musste den Oberkörper drehen, um ihm zu folgen. Die Bewegung verstärkte den Schwindel noch. Er krallte die Hände um den Rand des Schemels. Der Krieger stand mit verschränkten Armen da. «Wo sind Eure anderen Männer?»

«Ich habe sie in einem Gasthaus untergebracht. Was soll jetzt passieren?»

Adam schien einen Befehl von ihm zu erwarten, aber Marinos konnte sich nicht konzentrieren. Er leckte sich über die Lippen, seine Zunge war trocken. Mit wenigen Worten berichtete er von Theodors und Sigberts Scheitern. «Adalbert und ich haben Gerbert und Michael an den Hof gelockt, in der Hoffnung, etwas über Alexandras Aufenthaltsort zu erfahren. Sie halten sich seit einiger Zeit hier in Mainz auf. Vorhin waren sie beide beim Kaiser.»

«Und? Wisst Ihr jetzt mehr?»

«Nein. Ich hatte bisher keine Gelegenheit …» Marinos stockte, schluckte. Sein Magen rebellierte. «Gerbert besitzt ein Haus hier ganz in der Nähe …»

Ein zaghaftes Klopfen an der Tür unterbrach ihn. Derselbe Diener, der Marinos von Adams Ankunft unterrichtet hatte, streckte den Kopf herein und sagte: «Der Kaiser ersucht um Eure Anwesenheit. Er hat Besuch, Ihr sollt ihm aufwarten.»

Marinos schloss die Augen und stemmte sich in die Höhe. Ganz langsam ließ das Schwindelgefühl nach. Es war gut zu wissen, dass er von nun an wieder Männer hatte, die ihm zur Seite standen. Sein Blick wanderte zu Adam, und er verscheuchte das ungute Gefühl, das ihn bei dessen Anblick erfasste. «Wartet hier auf mich», befahl er. «Wir haben viel zu besprechen.»

Dann folgte er dem Diener zu seinem Kaiser.

Sobald Marinos aus dem Raum war, wandte sich Adam an den Krieger. «Ihr habt gehört, dass Gerbert hier in der Stadt ist. Nehmt Eure Männer, sucht ihn auf. Und versichert Euch, dass diese Frau nicht bei ihm ist. Sophia.»

Der Mann nickte. «Und wenn wir sie bei ihm finden?»

Statt einer Antwort tippte Adam gegen den Schwertknauf des Kriegers, sodass die Klinge sachte gegen den Unterschenkel des Mannes pendelte. Im Stillen beglückwünschte er sich zu der Entscheidung, Marinos nichts von Sophia erzählt zu haben. Der Byzantiner verlor zunehmend an Kraft, und es schien nur noch eine Frage der Zeit, bis ein neuer Anführer gebraucht würde. Es würde Adam mit Sicherheit zum Vorteil gereichen, wenn er im entscheidenden Moment seinen Trumpf aus dem Ärmel ziehen konnte: Marinos hatte keine Ahnung von Sophia gehabt. Er würde es sein, der dieses Problem aus der Welt geschafft hätte.

Der Krieger verbeugte sich. Dann machte er auf dem Absatz kehrt und trat schon nach draußen, als Adams Stimme ihn noch einmal zurückhielt. «Denkt daran: Ihr dürft auf keinen Fall Aufsehen erregen!»

Es würde allein seine Entscheidung sein, wann er mit dieser Nachricht herausrücken würde.

✵

Carolus fühlte sich unbehaglich in Ottos Gemächern, und das lag nur zum Teil an seiner Ehrfurcht vor dem jugendlichen Kaiser. Immer wieder kreisten seine Gedanken um Theophanu und ihren plötzlichen Tod; immer wieder sah er in den Ecken heimtückische Mörder lauern.

Die natürlich Hirngespinste waren.

Der Hof setzte sich aus jener Mischung aus Prunk und hektischem, geschäftigem Treiben zusammen, mit der Carolus gerechnet hatte. Er war erst vor wenigen Tagen in Mainz angekommen und hatte sich zunächst nach Gero und Ludger erkundigt. Sie waren noch nicht eingetroffen. Er war nicht überrascht. Es war im Grunde logisch, dachte er, dass Gero es vorgezogen hatte, zunächst seine Anwesen aufzusuchen. Zum Kaiser reiste man nicht einfach mit einem kleinen Bündel auf dem Buckel, es sei denn, man war einfacher Abt eines kleinen Klosters. Carolus' Überlegungen zufolge würde Gero frühestens im neuen Jahr in Mainz eintreffen.

Kurz hatte er mit dem Gedanken gespielt, selbst nach Gielde zu reisen, doch dann hatte seine Ungeduld gesiegt. Halb in der Erwartung, abgewiesen zu werden, hatte er um eine Audienz beim Kaiser ersucht, und es hatte ihn überrascht, wie schnell sie ihm gewährt worden war.

Jetzt saß er hier auf einem prachtvollen Stuhl, dessen Sitzfläche mit dunklem Samt bezogen war, und hatte sich noch nie so unwohl gefühlt.

Endlich öffnete sich die ihm gegenüber liegende Tür, und ein schlanker junger Mann mit weichem, braunem Haar trat auf Carolus zu.

«Vater!» Er hatte eine Stimme, die den Stimmbruch noch nicht lange hinter sich gelassen hatte. «Seit ich von Eurem Kommen erfuhr, habe ich gespannt auf Euch gewartet. Meine Mutter hat mir viel von Euch erzählt, von Euch und Eurem Kloster.»

Carolus sprang auf die Füße und verbeugte sich tief. «Mein Kaiser!»

«Setzt Euch doch wieder.» Otto wies auf Carolus' Stuhl und nahm selbst Platz. «Ich sterbe vor Hunger. Gebt Ihr mir die Ehre und nehmt ein kleines Mahl mit mir ein? Ich habe seit der Frühmesse Urkunden unterzeichnet.»

Carolus nickte ergeben, obwohl ihn der Gedanke, in Gegenwart seines Kaisers zu essen, mit Schrecken erfüllte.

Otto schickte einen jungen Mann nach seinem Kammerdiener und wandte sich dann wieder an Carolus: «Erzählt, was zu erzählen Ihr gekommen seid!»

Carolus zögerte. Aber dann berichtete er mit knappen, atemlosen Worten von Theophanu, Alexandra und den *silentiarii*.

Als er zu Ende kam, runzelte Otto die Stirn. Die Geste ließ ihn noch jünger aussehen. «Ich verstehe nicht ganz, worauf Ihr hinauswollt.»

«Eure Mutter besaß Kenntnis von einem Geheimnis, das bedeutend genug ist, dass dafür Menschen ermordet werden.»

«Meine Mutter war Kaiserin. Sie besaß mit Sicherheit Kenntnis von einer Menge bedeutender Geheimnisse.»

«Ja, aber in diesem Fall handelt es sich nicht um Politik.»

«Sondern?»

«Das weiß ich eben nicht. Ich hatte gehofft, Ihr könntet mir weiterhelfen.»

Die Tür glitt auf, und ein alter, weißhaariger Mann kam herein, der sich daranmachte, einige Platten mit Fleisch und Brot aufzutragen. Otto ignorierte ihn. «Diese Gefährtin meiner Mutter, von der Ihr spracht, diese Alexandra, wo ist sie?»

Carolus' Blick huschte zu dem alten Diener, aber der war so damit beschäftigt, Messer und Teller auf dem Tisch zu arrangieren, dass er gar nicht zuzuhören schien. «Wir hielten es für sicherer, nicht beide herzukommen.»

Otto musterte Carolus intensiv. «Ihr habt Angst, nicht wahr?»

Carolus nickte. Der Diener legte Fleischscheiben auf die Teller.

«Warum? Hat man Euch bedroht?»

«Nicht direkt.»

«Sondern?»

Carolus schloss die Augen, bevor er es wagte, die Antwort auf diese Frage zu geben. «Es steht zu befürchten, Herr, dass Eure Mutter ermordet wurde.»

«Bitte?» Ungläubig lachte Otto auf.

Der Diener hielt kurz inne, fuhr dann jedoch fort, Brot zu schneiden.

Carolus suchte nach den passenden Worten. «Ich weiß, es ist schwer zu glauben …» Er unterbrach sich, weil er bemerkte, dass der Diener darauf wartete, das Wort erteilt zu bekommen. Otto gestattete ihm mit einer Handbewegung zu sprechen.

Marinos' Augen waren von so dunkler Farbe, dass Carolus nicht erkennen konnte, wo die Pupillen aufhörten. Einen Moment lang sah er zu Carolus herüber, und sein Blick schien sich in Carolus' Kopf zu sengen. «Das Mahl ist gerichtet», sagte er. Er hatte eine leise, sehr weiche Stimme.

Carolus stellten sich die Nackenhaare auf.

Otto blickte auf das angerichtete Essen. «Danke, Marinos. Ihr könnt jetzt gehen.»

Marinos verbeugte sich in seine Richtung, ohne jedoch Carolus aus den Augen zu lassen. «Wenn Ihr noch etwas braucht, mein Kaiser, lasst mich rufen.»

Und verschwunden war er.

«Wenn man Euch betrachtet», riss Otto Carolus aus seiner Erstarrung, «könnte man glauben, Ihr haltet Marinos für einen dieser, wie habt Ihr sie genannt, *silentiarii*?»

Carolus nickte, noch immer wie betäubt.

«Das ist blanker Unsinn. Marinos steht seit einer Ewigkeit in kaiserlichen Diensten. Er ist über jeden Zweifel erhaben. Ich nehme an, Ihr werdet Euch jetzt weigern, mir zu verraten, wo diese Alexandra sich gerade aufhält?»

«Ich …»

Otto brachte ihn mit einer knappen Handbewegung zum Schweigen. Er stand auf und wanderte eine Zeit lang mit auf dem Rücken verschränkten Händen hin und her. Die Schöße seines langen, mit kostbaren goldenen und roten Borten besetzten Gewandes zitterten bei jedem seiner lautlosen Schritte. «Was erwartet Ihr von mir?»

Mit dieser Frage hatte Carolus nicht gerechnet. «Ich bin hier, weil ich hoffte, Ihr …» Er verstummte.

Otto blieb am anderen Ende des Gemachs stehen. «Ich – was, Carolus?»

Der Abt befeuchtete seine Lippen. «Nun ja, zunächst einmal hoffte ich, Ihr wüsstet über das Geheimnis Bescheid, dessentwegen die *silentiarii* Alexandra jagen.»

«Wie käme ich dazu?»

«Theophanu war Eure Mutter.»

«Eben. Und Euren Worten zufolge wusste sie, dass jeder, der in den Besitz dieses Geheimnisses gelangt, zur Jagdbeute dieser geheimnisvollen Männer wird. Immer vorausgesetzt, dass sie überhaupt existieren. Ich bin, das sage ich Euch offen, noch nicht davon überzeugt, dass Ihr ein ehrbarer Mann seid. Was, wenn Ihr selbst einen finsteren Plan verfolgt?»

«Ihr könntet Euch Sicherheit verschaffen, indem Ihr Euch über die Reform des Konstantin erkundigt. Es gibt doch mit Sicherheit Männer in Eurer Nähe, die wie Eure Mutter noch Kontakte nach Byzanz haben.»

«Natürlich.» Langsam kam Otto wieder näher.

«Fragt sie nach der Reform. Lasst Euch erklären, wie diese Sache gehandhabt wurde, dann werdet Ihr feststellen, dass ich mir die *silentiarii* nicht ausgedacht habe.»

«Und wenn es so wäre, wie kann ich Euch weiterhelfen? Meine Mutter hätte mir niemals ein Geheimnis verraten, das mich in Lebensgefahr gebracht hätte. Sie liebte mich viel mehr, als gut für mich war.»

Carolus spürte, wie Resignation ihn zu überkommen drohte. Hier würde er nicht weiterkommen, das begriff er. Selbst wenn der Kaiser seinem Rat folgen und sich über die *silentiarii* erkundigen würde, wäre Carolus noch immer keinen Schritt näher am Geheimnis der Kaiserin.

Er unterdrückte ein Seufzen. «Versprecht mir, dass Ihr auf Euch aufpasst.»

Otto sah ihn milde an. «Natürlich. Auch wenn es mir schwer fällt, in dem guten Marinos eine Gefahr zu sehen. Er ist viel zu krank, um überhaupt noch jemandem gefährlich zu werden. Ich fürchte, er hat sich auf meiner Reise nach Rom mit dem Fieber angesteckt. Auch wenn es eigentlich noch zu früh für einen Ausbruch ist ...» Ottos Gedanken richteten sich auf etwas anderes, er verlor das Interesse an Carolus.

Carolus sah zur Tür. Beinahe glaubte er Marinos dahinter stehen zu sehen – durch das geschnitzte und reich verzierte Holz hindurch. Er schauderte.

«Erlaubt, dass ich mich entferne.» Er stand unsicher auf und verbeugte sich vor dem Kaiser.

Otto nickte. «Selbstverständlich. Was habt Ihr jetzt vor?»

«Ich weiß es noch nicht», sagte Carolus.

Er sprach die Wahrheit.

«Was ist denn mit Euch?»

Marinos ignorierte die Frage, die Adam auf ihn abschoss, sobald er seine Kammer wieder betreten hatte. Er ließ sich auf sein Lager fallen und beugte sich vornüber, um des Schwindelgefühls Herr zu werden. Es half nur wenig. Ganz am Rande nahm er wahr, dass der angeheuerte Krieger fort war.

Schließlich richtete er sich wieder auf. Adam stand mit dem Rücken gegen die Wand gelehnt. Er hatte einen Stiefel über den anderen gekreuzt, die Arme vor der Brust verschränkt. Mit einer Mischung aus Mitleid und Spott sah er auf Marinos nieder.

Zorn kochte in Marinos hoch und besiegte endlich die Schwäche. Mit einem Ruck richtete er sich auf.

«Alexandra ist am Leben», sagte er.

«Wo?» Adams Frage kam schnell und kalt, wie die Klinge eines Dolches.

Marinos unterrichtete Adam von Carolus und dessen Gespräch mit dem Kaiser, das er zum Teil mitgehört hatte. «Er weiß es.»

Adam stieß sich von der Wand ab und schob seine Ärmel in einer entschlossenen Geste nach oben. «Ist er noch beim Kaiser?»

«Ja. Was habt Ihr vor?»

«Ich werde mir eine Antwort holen.»

«Mit dem Dolch? Das sieht Euch ähnlich. Ihr seid dümmer, als ich geglaubt habe.» Marinos' Stimme klang jetzt wie ein verächtliches Zischen.

Aus schmalen Augen sah Adam ihn an. «Wie meint Ihr das?», fragte er drohend. Seine Hände hingen schlaff neben seinen Oberschenkeln herunter, aber Marinos wusste, dass der Dolch schneller aus seinem Gürtel fliegen konnte, als ihm lieb war. Betont ruhig begegnete er Adams Blick.

«Überlegt doch einmal! Wenn dieser Carolus weiß, wo Alexandra ist, erfahren wir von ihm vielleicht auch, wer das Geheimnis sonst noch kennt.» Er dachte an Adalbert, erwähnte ihn jedoch nicht. «Wir sollten vorsichtig mit ihm umgehen.»

«Vorsichtig.»

«Ja, vorsichtig. Nehmt Kontakt zu ihm auf. Versucht, sein Vertrauen zu gewinnen, dann erreichen wir mehr, als wenn Ihr ihm jetzt die Klinge an die Kehle setzt.»

Adam rührte sich nicht. Seine Gesicht war ausdruckslos. Marinos fragte sich unbehaglich, ob der Mann ihn überhaupt noch ernst nahm. Er wollte aufstehen, wagte es aber nicht, aus Angst, er könne umfallen.

«Das ist ein Befehl, habt Ihr mich verstanden?»

Jetzt nickte Adam. «Natürlich.»

Er machte auf dem Absatz kehrt, stiefelte aus dem Raum und knallte die Tür hinter sich zu.

Marinos sackte auf seinem Lager zusammen.

Nach Gerberts Ohrfeige war Sophia in ihre Kammer geflüchtet.

Stunden später lag sie noch immer angezogen auf ihrem Bett, starrte in die Dunkelheit der Nacht und kämpfte gegen die Tränen der Wut und der Verzweiflung.

Was nur hatte sie getrieben, ihrem Vater so verletzende Worte an den Kopf zu werfen? Sie hatte es verdient, dass er sie geschlagen hatte. Sophia richtete sich auf.

Er hat kein Recht, mich im Haus einzusperren!, schoss es ihr durch den Kopf. Natürlich war das Unsinn. Er hatte jedes Recht der Welt dazu, denn sie war seine Tochter. Eine Frau, die von ihm abhängig war. Und die Tatsache, dass Sophia seinen Umgang mit ihr als Unrecht empfand, änderte nichts daran, dass er über sie bestimmen konnte.

Es schmerzte nur so unsäglich, dass er es tat!

Sophia verschränkte die Arme hinter dem Kopf und schloss die brennenden Augen. Draußen gingen einige späte Heimkehrer vorbei und unterhielten sich viel zu laut über irgendeine Frau.

Die Stimmen der Männer verklangen in der Stille der Nacht, und schließlich war nichts mehr zu hören als das regelmäßige Schlagen der Glocke einer nahen Kirche. Sophias Gedanken wanderten zurück zu der Zeit, in der sie an Gerberts Stundenlisten gearbeitet hatte. Ob die Listen in Reims noch benutzt wurden? Und in St. Kyrillos, wo der Gong immer noch zu den ungleichen Stunden geschlagen wurde? Wer wohl nach Alexandras Fortgang Äbtissin geworden war? Ob die Nonnen wirklich Johanna gewählt hatten?

Sophias Augen liefen über, und Träne um Träne rollte an ihren Schläfen hinunter ins Haar, wo sie sachte kitzelten.

Sophia schluchzte auf. Mit einem Mal fühlte sie eine Verlassenheit, die viel größer war als jene, mit der sie nach Reims gekommen war. Ihr wurde bewusst, wer es war, den sie mit einem Mal wieder so schmerzlich vermisste.

Gero …

Sie ließ sich zurück in die Kissen fallen.

Und mit dem Gedanken an Gero schlief sie schließlich ein.

Sie träumte von ihm; er stand vor ihr und schaute auf sie herab. Im Traum war sie auf die Größe eines Kindes geschrumpft. Sie streckte die Hände aus, wie ein Kleinkind, das auf den Arm genommen werden wollte, aber er reagierte nicht darauf. «Sophia!», sagte er nur, immer und immer wieder.

Dann veränderte sich seine Stimme, wurde heller, prägnanter. Seine Augen verdunkelten sich, und auf einmal stand Sophia nicht mehr vor ihm, sondern vor Alexandra.

Genau in diesem Moment wachte sie auf.

Sie setzte sich hin und lauschte in die Stille des Hauses. Es war noch immer stockfinster draußen.

Sophia stand auf, warf sich ihr Übergewand über und benetzte sich rasch Gesicht und Haare mit dem Wasser, das in einer Schüssel neben ihrem Lager stand. Dann band sie ihre langen Locken mit einer bunten Kordel zu einem losen Zopf zusammen, schlüpfte in die Schuhe und begann, in ihrer Truhe zu kramen. Sie packte Bürste, Federn und Wachstafel zusammen und wickelte sie in den neuen Reiseumhang, den Gerbert ihr vor wenigen Wochen geschenkt hatte. Er war für den Winter gedacht und im Moment noch zu warm, aber sie nahm ihn trotzdem mit. Ein grimmiges Lächeln glitt über ihre Züge. Sollten Gerbert und Michael sich ruhig den Kopf darüber zerbrechen, wohin sie gegangen war.

Warum sie gegangen war, das würden sie sich denken können.

Als Letztes zog Sophia einen kleinen Beutel voller Münzen und Hacksilber unter ihrer Matratze hervor und knüpfte ihn an ihrem Gürtel fest. Sie schob ihn sorgsam nach hinten auf ihre Hüfte, sodass der Umhang, den sie jetzt überwarf, ihn verdeckte.

Dann machte sie sich auf leisen Sohlen daran, das Haus zu verlassen.

Sie war kaum um die Hausecke verschwunden, als sich zwei hoch gewachsene, kräftige Schatten einem Fenster im unteren Stockwerk näherten.

«Ihr wisst, was das bedeutet, nicht wahr?» Am nächsten Morgen trafen sich Michael und Gerbert noch vor dem Frühstück in der Halle. «Wenn wir die Reform tatsächlich auf diesen Weg bringen, wird eine Feinabstimmung noch viel wichtiger.»

Gerbert rieb sich die Hände, die in der klammen Kälte des Herbstmorgens ganz steif waren. «Das ist mir bewusst. Wir müssen uns eben noch mehr anstrengen. Aber zuerst einmal sollten wir frühstücken, was meint Ihr?»

In diesem Moment kam Judith von draußen herein. Sie hatte, wie es ihre morgendliche Gewohnheit war, frische Milch und Eier besorgt.

«Wart Ihr heute Nacht in meiner Kammer?», fragte sie, nachdem sie ihren Herrn begrüßt hatte.

Gerbert schüttelte den Kopf. «Natürlich nicht!»

«Mir war so, als hätten heute Nacht zwei Kerle an meinem Lager gestanden.» Judith lauschte ihren eigenen Worten nach. Dann schien sie zu begreifen, was sie da eben gesagt hatte.

Michael grinste. Gerbert hielt an sich. Wahrscheinlich hatte Judith anzügliche Träume gehabt. Mit einem Anflug von Gehässigkeit sah er, wie das Blut in die Wangen der alten Frau schoss. Sie machte auf dem Absatz kehrt und stürzte aus der Halle.

Das Frühstück verging in nachdenklichem Schweigen, beide waren sie in Gedanken bei ihrer Reform und deren Durchführbarkeit. Erst als sie schon fertig waren, begannen sie sich zu wundern, wo Sophia blieb.

«Ob sie noch immer schmollt?» Gerbert richtete den Blick zur Wand, als könne er durch sie hindurch in Sophias Kopf schauen.

«Möglich. Vielleicht solltet Ihr jetzt doch zu ihr gehen.»

«Ihr habt wohl Recht.» Gerbert erhob sich und durchquerte die Halle. Als er an Sophias Tür klopfte, erhielt er keine Antwort. «Sophia? Komm, Kind, mach auf! Wir können über alles in Ruhe reden.»

Er erzeugte keinerlei Reaktion. Schließlich stieß er die Tür auf.

Und sah, dass Sophia fort war.

9. Kapitel

Nachdem sie alles durchsucht hatten, musste Gerbert sich eingestehen, dass seine Tochter davongelaufen war. Den Rest des Tages saß er wie gelähmt in der Halle und grübelte.

Er spürte, wie Judith und Michael um ihn herumstreiften und darauf warteten, dass er etwas unternahm. Einmal wagte es Judith, ihn zu fragen, was er nun zu tun gedenke, da schrie er sie so wutentbrannt an, dass sie sich rasch zurückzog. Danach ließen sie ihn in Ruhe.

Mit einem Mal fühlte Gerbert sich alt. Unendlich alt und müde.

Was ihn allerdings nicht davon abhielt, wieder zum Kaiser zu gehen, als der nach ihm rufen ließ.

Als er an diesem Abend aus dem Palast zurückkam und sich schweigend an den großen Tisch in der Halle setzte, trat Michael zu ihm. Wortlos stellte er zwei Becher Branntwein vor ihn, ging um den Tisch herum und ließ sich auf der gegenüberliegenden Seite auf die Bank fallen. Er holte tief Luft. «Was wollt Ihr nun tun?»

Gerbert sah auf seinen Becher, drehte ihn ein paarmal auf der Tischplatte hin und her und kippte seinen Inhalt dann auf einmal hinunter. Er unterdrückte ein Husten.

«Vielleicht solltet Ihr den Kaiser bitten, Euch zu beurlauben.» Michael hob seinen eigenen Becher.

Gerbert schnaubte. Natürlich hatte er diesen Gedanken auch schon gehabt. «Wozu?», fragte er jetzt. Seine Stimme klang von dem scharfen Schnaps ein wenig heiser. «Wir haben keine Ahnung, wo Sophia hingegangen sein könnte. Wo sollten wir sie also suchen?»

Vorsichtig nippte Michael an dem Alkohol. «Ich würde als Erstes auf ihren Freund Gero tippen.»

Gerbert schüttelte den Kopf. «Wir dürfen hier nicht weg!»

«Warum nicht?»

«Wenn wir hier bleiben, kommt sie vielleicht wieder. Wenn wir fortgehen, kann sie uns nicht finden.»

«Ich könnte mich alleine auf den Weg machen und sie suchen», sagte Michael behutsam, aber Gerbert lachte nur bitter auf.

«Der Kaiser wird Euch ebenso wenig gehen lassen wie mich.»

«Habt Ihr ihm denn schon von Sophias Verschwinden erzählt?»

«Nein.» Gerbert lauschte in sich hinein, um seine wahren Gefühle zu erforschen. Was er dort fand, gefiel ihm nicht, und er brauchte einige Augenblicke, bis er es aussprechen konnte. «Die Wahrheit ist, dass ich zum zweiten Mal eine Frau meinen Karriereplänen opfere.» Er spürte Tränen aufsteigen, blinzelte sie aber fort.

«Das ist doch Unsinn! Sophia hat selbst entschieden, Euch zu verlassen. Dass Ihr Otto nicht verlassen wollt, ist in meinen Augen ein Zeichen Eurer Loyalität.»

«Das ist doch nur Selbstbetrug, Michael! Und das weißt du so gut wie ich.» Gerbert fuhr sich mit beiden Händen übers Gesicht.

Michael trank einen weiteren Schluck. Dann griff er die vertrauliche Anrede auf. «Du kannst es so sehen oder anders, Gerbert. Es ändert nichts an der Tatsache, dass du nicht fortkannst. Warum quälst du dich so? Lass mich nach ihr suchen!»

«Vielleicht habe ich das Gefühl, mich ein wenig quälen zu müssen. Als ich damals Alexandra abwies, hatte ich kaum ein schlechtes Gewissen. Ich glaube, Gott hat mir jetzt dies als Prüfung auferlegt, um mich dafür zu strafen.»

«Du bist ein Mann der Kirche gewesen. Du hättest Alexandra nicht heiraten können.»

«Ich hätte meine Karriere aufgeben können, doch.»

«Dann wären wir beide uns nie begegnet.»

Gerbert stützte den Kopf in die Hände. «Das ist wahr.»

«Das führt doch alles zu gar nichts.»

«Lass mich noch ein wenig allein. Ich habe mich gleich wieder in der Gewalt, dann können wir weiterarbeiten.»

Statt darauf zu antworten, nahm Michael die beiden leeren Becher, umrundete den Tisch und blieb kurz neben Gerbert stehen.

«Manchmal bist du mir unheimlich in deiner Sturheit», sagte er leise.

Nachdem Michael den Raum verlassen hatte, sammelte Gerbert einige Augenblicke Kraft, um den Kopf wieder anheben zu können. Sein Blick fiel quer über die Tischplatte auf die Truhe, die er schon damals in Reims besessen hatte, als er noch bei den Domherren im Dormitorium schlafen musste. Ihm fiel ein, dass er vor langer Zeit Sophia einmal versprochen hatte, ihr die Handschrift des Ptolemaios zu zeigen, die er darin aufbewahrte. Sie hatten beide nie daran gedacht, zu vieles war seitdem geschehen.

Einem Impuls folgend stand er auf, trat zu der Truhe und kniete sich vor ihr nieder. Das Schloss war schwer und mit breiten Eisenbändern gesichert. Gerbert musste sich erst ins Gedächtnis rufen, wo er den Schlüssel aufbewahrte, so lange hatte er die Truhe nicht mehr geöffnet. Er erhob sich wieder, ging in seine Kammer und wühlte in seiner Kleidung. Der Schlüssel befand sich an einem geflochtenen Band unten unter dem letzten Untergewand.

Gerbert kehrte zu der Truhe zurück. Seine Hände zitterten ein wenig, als er den Schlüssel ins Schloss steckte und es öffnete.

Die Scharniere quietschten leise. Der Deckel ließ sich nicht weit genug aufklappen, um von selbst offen stehen zu bleiben. Gerbert zog einen Holzstab hervor, der eigens aus diesem Grund in der Truhe lag, und klemmte ihn zwischen Truhenwand und Deckel.

Die Pergamente lagen obenauf, ein dicker Stapel, eingeschlagen in helles Leder und verschnürt mit einem farblosen Band, das zu einer kunstvollen Schleife gebunden war.

Gerbert strich sachte mit dem Mittelfinger über die Lederoberfläche. Dann zog er die Schleife auf und schlug den Umschlag auseinander. Verschlungene, fremdartige Schriftzeichen fielen ihm ins Auge. Das Blatt knisterte leise, beinahe verführerisch.

Gerbert ließ seinen Blick darüber wandern, verstand aber beinahe gar nichts. Er seufzte, blätterte auf gut Glück einige Seiten um und begann von vorne zu lesen.

Die Zeilen verschwammen vor seinen Augen, und in einem Anfall von Wut versetzte er der Truhe einen Tritt.

In der ersten Nacht, die Gero nach Jahren wieder in Gielde verbrachte, schlief er wenig. Er war aufgewühlt und viel zu erschöpft, um sich einfach dem Schlaf zu ergeben. So lag er auf seinem Lager im Zwischengeschoss über der Halle und starrte in die komplizierte Balkenkonstruktion des Spitzdaches hinauf. Die Strohmatten, mit denen das Dach gedeckt war, bildeten ein verzwicktes Muster; kreuzweise übereinander gelegt und mit Stricken verwoben sah ihre Unterseite aus wie der Bauch eines riesigen, geschuppten Fabeltieres. Die Fackel, die Gero in einen eisernen Halter direkt neben seinem Kopf an der Giebelwand gesteckt hatte, schickte blakendes Licht bis unter den First, und so entstand der Eindruck, das Dach hebe und senke sich in dem gleichmäßigen Rhythmus eines gewaltigen Atems.

Gemeinsam mit seinem Vater hatte Gero Weihnachten in Verla verbracht, auch wenn es ihn gedrängt hatte, so schnell wie möglich die letzten Meilen bis zu ihrem eigenen Hof zurückzulegen. Erst, als auch die Dreikönigsmesse würdevoll gefeiert war, hatten sie sich endlich nach Gielde begeben.

Auf dem letzten Teil der Reise hatte Gero sich ein ums andere Mal gefragt, wie wohl der Empfang dort ausfallen würde. Immerhin beanspruchten sie etwas zurück, das nun seit Jahren andere verwalteten. Aber entgegen allen Befürchtungen waren sie von Hermann herzlich willkommen geheißen worden. Er hatte ein Festmahl vorbereiten lassen, und jeder schien sich aufrichtig darüber zu freuen, dass Ludger und Gero wieder da waren.

Hermann berichtete stolz, dass sie im letzten Jahr die Abgaben in voller Höhe hatten ableisten können, und dass sich ihre Schafherde sogar noch vergrößert hatte, weil sie die Tiere eines verstorbenen Mannes aus dem Nachbardorf günstig hatten erwerben können.

Eigentlich hätte Gero zufrieden sein müssen. Dennoch quälte ihn eine Unruhe, die ihn nicht schlafen ließ. Ludger hatte sich nach ihrer Ankunft mehrere Stunden in der Kapelle verschanzt und danach beim Abendessen von nichts anderem gesprochen, als den Altar durch irgendeine Reliquie aufwerten zu wollen. Es war Gero schwer gefallen, ihm zuzuhören, denn vor lauter Erschöpfung waren ihm immer wieder die Augen zugefallen.

Und trotzdem lag er nun hier, grübelte und wartete auf den Schlaf, der sich nicht einstellen wollte.

Am nächsten Morgen war der Himmel so grau und düster, dass Gero sich fast wieder nach Rom zurücksehnte. Dann jedoch fuhr ein scharfer Windstoß von hinten in seine Haare, blies sie nach vorne und zauste sie wie mit zärtlichen Fingern. Ein wohliger Schauer rann ihm den Rücken hinunter, und er erinnerte sich daran, wie häufig er genau dieses Gefühl in Rom vermisst hatte.

Er lachte leise.

Im Grunde war er eben doch ein Sachse, und an die Kälte würde er sich schon wieder gewöhnen. Er ging in die Kapelle, sprach seine Morgengebete und machte sich auf einen Rundgang über das Gehöft. Er begutachtete die Pferde, erst die des Hofes, dann die, mit denen sie am Vortag gekommen waren. Sein eigenes Tier stampfte mit den Vorderhufen, und es klang, als würde ein Schmied seinen Amboss bearbeiten. Gero streckte die Hand aus und kraulte das Tier an den Nüstern.

«Warum hat man ihm Schuhe angezogen?» Hermanns Stimme ertönte hinter Gero; der wandte den Kopf und lächelte, als der Mann neben ihn trat.

«Hufeisen», erklärte er. «So nennt man sie. Sie schützen die Hufe vor Splittern und spitzen Steinen. Wir haben sie in Rom kennen gelernt.»

Hermann betrachtete die eisenbeschlagenen Beine des Pferdes. «Eine merkwürdige Erfindung. Könnte man mit ihrer Hilfe Pferde vor den Pflug spannen?»

Gero zuckte die Achseln. «Möglicherweise. Ich habe es noch nicht ausprobiert.» Auf den schweren, oft nassen Böden, die hier vorherrschten, war es nicht ratsam, Pferde vor den Pflug zu spannen, denn ihre Hufe litten zu sehr unter den schlechten Bodenbedingungen. So begnügten sich die Menschen mit ihren schwerfälligen, störrischen Ochsen, die sich schlecht lenken und noch schlechter auf engem Raum wenden ließen. Pferde als Zugtiere, dachte Gero, würden vieles erleichtern. Es war einen Versuch wert.

Hermann schien das Gleiche zu denken, denn jetzt seufzte

er auf. «Leider gibt es hier niemanden, der diese neuen Dinger schmieden kann.»

«Lebt Fridunant noch?», fragte Gero. Fridunant war der Schmied des nahen Dorfes, ein fähiger und kluger Mann, der auch neuen Techniken gegenüber nicht abgeneigt war. Gero hatte ihm vor Jahren einmal dabei zugesehen, wie er versucht hatte, jene winzigen Eisenringe zu schmieden, aus denen Brünnen gefertigt wurden. Es war einen Versuch wert.

Hermann nickte. «Ja.»

«Ich kann ihm erklären, wie er es machen muss.»

«Das wäre bestimmt eine gute Sache.»

Gero blickte zur Tür, die offen stand, als habe Hermann nur kurz hereinschauen wollen. «Ihr seid aber nicht gekommen, um Euch mit mir über Hufeisen zu unterhalten, nicht wahr?»

Hermann schlug sich die Hand vor den Kopf. «Ich Tölpel! Natürlich nicht. Ich wollte Euch Bescheid sagen, dass Reisende angekommen sind. Mönche. Normalerweise biete ich den Leuten Gastung an, aber jetzt, da Ihr wieder da seid …»

Gero sah ihm ins Gesicht.

Er errötete. «Nun, ich dachte …»

Gero lachte. «Weist ihnen den Boden über dem Pferdestall zu und bittet sie, unsere Tafel zu teilen.»

«Es ist eine Frau dabei.»

«Eine Nonne?»

«Nein. Sie scheint eine Pilgerin zu sein.»

Gero seufzte. «Gut. Dann gebt ihr meine Kammer. Ich werde für die Zeit, in der sie da sind, bei den Schafen schlafen.»

«Sie hat nach Euch gefragt.»

Gero unterdrückte ein zweites Seufzen. «Wahrscheinlich will sie um neue Pferde bitten.»

«Nein, Herr. Sie hat Euren Namen genannt. Sie scheint Euch zu kennen.»

«Sie wird ihn unten im Dorf erfahren haben. Geht jetzt. Lasst die Leute nicht zu lange warten.» Mit einer knappen Geste scheuchte Gero Hermann nach draußen.

«Er wird sich um Euch kümmern, sobald er Zeit für Euch hat.» Der junge Mann, der Sophia und ihre drei frommen Begleiter empfangen hatte, zuckte entschuldigend die Achseln.

Sophia biss sich auf die Lippe. Seit fast drei Monaten war sie nun auf der Suche nach Gero von Verla, und jetzt, da sie ihn gefunden hatte, wollte er sie nicht einmal sehen? Der Mut, der sie die ganze Zeit über aufrechterhalten hatte, der sie die lange Reise und sogar zwei ausgewachsene Stürme hatte überstehen lassen, sank ihr. Beinahe hätte sie sich einer düsteren Verzweiflung hingegeben, als ihr gerade noch rechtzeitig einfiel, dass sie dem Mann ihren Namen nicht genannt hatte. War es nicht verständlich, dass Gero nicht sofort angelaufen kam? Er war Herr dieses Hofes, und mit Sicherheit hatte er genügend Dinge zu tun. Er konnte nicht jeden unbedeutenden Reisenden willkommen heißen. Bei diesem Gedanken schöpfte sie wieder Hoffnung.

Sie nickte ergeben. «Danke.» Das Prickeln in ihrem Magen hatte nicht aufgehört, und die Ungeduld, ihn endlich wiederzusehen, war beinahe unerträglich.

Sophias Kehle war staubtrocken. Bald, dachte sie, bald!

«Sophia?» Jemand fasste sie vorsichtig am Ellenbogen, und sie drehte sich um. Es war einer der Mönche, ein Mann mittleren Alters mit buschigen Augenbrauen und einer großen Zahnlücke zwischen den Schneidezähnen, der auf den Namen Josephus hörte. «Ich wollte Euch nicht erschrecken. Wir gehen jetzt in die Kapelle, um unsere Messe zu lesen. Wenn Ihr wollt, schließt Euch uns an.»

Sophia hatte in den vergangenen Wochen lernen müssen, dass diese Aufforderung keine Wahlmöglichkeit beinhaltete.

Wenn er sie bat, sich zu überlegen, ob sie mitbeten wollte, meinte er: Kommt sofort mit! Sie nickte, aber es fiel ihr schwer, die nötige Begeisterung zu heucheln.

Die Kapelle war nichts weiter als ein kleiner hölzerner Verschlag mit einem Tragaltar und einem schlichten Holzkreuz darauf. Ein Mann kniete in der vorderen der Bänke und kehrte ihnen den Rücken zu.

Es war Ludger.

Das Kribbeln der Vorfreude wurde unerträglich. Sophia ließ den Mönchen den Vortritt, und als die sich in die mittlere Bank gezwängt hatten, kniete sie selbst ganz hinten nieder, faltete die Hände und ließ den Kopf darauf sinken.

Die Gesänge der Mönche, die Ludger kurz aus seiner Einkehr rissen, um ihn dann einstimmen zu lassen, versenkten Sophia in eine Art Trance. Ihr Kopf war völlig leer gefegt, doch die Aufregung blieb.

Irgendwann verstummten die Mönche, erhoben sich und verließen die Kapelle. Ludger stemmte sich ebenfalls in die Höhe und kam an Sophia vorbei. Aus den Augenwinkeln sah sie, dass er neugierig auf sie niederblickte, aber da ihre langen Locken ihr Gesicht verhüllten, erkannte er sie nicht. Er respektierte ihr Gebet und sprach sie nicht an.

Nur kurze Zeit später kam Gero in die Kapelle.

Auch er ließ Sophia in Ruhe, ging an ihr vorbei zur vorderen Bank und setzte sich. Sophia hob den Kopf.

Sie glaubte, seine Gegenwart riechen, schmecken zu können, und zwang sich, den Moment auszukosten, bevor sie ihn ansprach. Ihre Augen wanderten über seine Gestalt; er war noch immer ein wenig schlaksig, aber Schultern und Rücken sahen viel breiter aus als früher. Sein Körper hatte sich in den eines Erwachsenen verwandelt. In den eines Kriegers, dachte sie beim Anblick der deutlich sichtbaren Muskeln und Sehnen an seinen bloßen Unterarmen.

Endlich hielt sie es nicht mehr aus.

«Gero!», sagte sie leise.

Er zuckte zusammen, und die Art, wie er gleich darauf den Kopf sinken ließ, schnitt Sophia ins Herz. Er drehte sich um. Als der Blick aus seinen hellen Augen sie umfasste, wurde er blass.

«Sophia?»

Sie lächelte. «Ja.» Dann stand sie auf. «Um Himmels willen! Du siehst aus, als hättest du einen Geist gesehen.»

Langsam, den Blick unverwandt auf sie gerichtet, kam er auf die Füße. Er griff Halt suchend nach der Lehne der Bank. Dann leckte er sich über die Lippen, senkte den Kopf ein wenig, sodass ihm die blonden Haarsträhnen über die Augen rutschten. «Man könnte sagen, das habe ich.»

Beide traten sie aus den Bänken auf den Gang, der von der Kapellentür zum Altar führte, und unsicher gingen sie aufeinander zu.

Gero hob eine Hand zu Sophias Wange, zögerte jedoch, sie zu berühren. «Bist du es wirklich?»

«Ja.» Sie lachte auf, schwindelig vor lauter Glück. «Ja.»

Da endlich berührte er sie. Sacht strichen seine Finger über ihre Haut auf dem Jochbein, hinunter zum Kieferknochen und wieder hinauf zum Haaransatz. Sie nahm seine Hand und hielt sie fest.

Als hätte es diese Berührung gebraucht, brach der Bann. Gero schlang die Arme um Sophias Schultern, zog sie an sich und presste sie so fest gegen seine Brust, dass ihr die Luft wegblieb.

Sie sog den Geruch seiner Haut ein, seines Haares. Sie wollte lachen, weinen, jubeln, alles gleichzeitig, aber sie blieb stumm. Ihre Augen füllten sich mit Tränen, und sie legte den Kopf gegen seine Brust. Ihre Finger verschränkten sich hinter seinem Rücken ineinander, wie um zu besiegeln, dass sie ihn niemals wieder loslassen konnte.

Er bog den Oberkörper ein wenig zurück, um ihr trotz der Enge ihrer Umarmung ins Gesicht zu sehen.

«Du bist es wirklich!», hauchte er. Auch in seinen Augen schwammen Tränen. «Sie haben mir gesagt, du seist tot!»

Beide sprachen sie erst wieder, als sie sich endlich voneinander gelöst hatten. Sie setzten sich in eine der Bänke, die Hände ineinander verschränkt.

«Tot?», fragte Sophia.

«Ja. Als du damals fortgegangen bist, haben sie ein paar zerfetzte, blutige Kleidungsstücke gefunden. Alles deutete darauf hin, dass du von Wölfen zerrissen worden warst.»

«Das waren keine Wölfe.»

«Ich habe einen Fetzen deines Gewandes gesehen. Die bunte Borte gehörte eindeutig dir.»

Sophia legte beim Nachdenken den Kopf zur Seite. Der kaputte Saum ihres Gewandes!, schoss es ihr durch den Sinn. Alexandra musste ihn an sich genommen haben, sie war die Einzige, die es hätte tun können. «Sie haben meinen Tod vorgetäuscht!» Plötzlich fiel ihr etwas anderes ein. «Dann hast du meine Nachricht niemals erhalten?»

«Welche Nachricht?»

«Ich habe dir geschrieben, aber weil du dich nie gemeldet hast, dachte ich, du seist wütend auf mich. Oder deine Frau würde dir verbieten zu antworten.» Den letzten Satz hatte Sophia hastig hinzugefügt, und jetzt saß sie angespannt da, in Erwartung seiner nächsten Worte.

Er lächelte und umfasste ihr Finger nun auch mit der anderen Hand. «Ich war nie verheiratet.» Er stockte. «Und du?»

«Ich lebe bei meinem Vater.»

Er riss die Augenbrauen in die Höhe und blies sich die Haare aus der Stirn. Sophia strich die Strähnen mit ihrer freien Hand zur Seite, aber sie fielen sofort wieder nach vorne. «Immer noch viel zu lang», murmelte sie.

«Dein Vater?» Gero senkte den Kopf so weit, dass die Haare ihm nicht mehr gegen die Lider stießen. Es gab seinem Gesicht ein spitzbübisches, aber gleichzeitig auch verwirrtes Aussehen.

«Ja. Ich habe ihn gefunden. Er heißt Gerbert von Reims, und er ist ein Gelehrter.»

«Natürlich. Ich wusste doch, dass du diesen Verstand von irgendwem haben musst. Wo ist er? Ist er mit dir hergekommen?»

Ein Schatten flog über Sophias Gemüt. «Nein. Er lebt bei Hofe in Mainz und unterrichtet den Kaiser.»

«Du liebe Güte!», entfuhr es Gero. «Ich hatte tausend Fragen an dich, aber plötzlich fällt mir keine einzige mehr ein.»

Sophia drehte den Oberkörper, sodass sie ihn besser ansehen konnte. Sie legte ihm die Fingerspitzen leicht auf die Lippen.

«Lass uns nicht reden. Ich muss es erst glauben können, dass ich dich wiederhabe.»

10. Kapitel

In dieser Nacht brauste ein Wintersturm mit solcher Gewalt um die Gebäude, dass es sich anhörte, als tobe vor Gielde ein ganzes Heer von bösen Geistern.

Sophia lag auf Geros Lager, atmete seinen Geruch ein und ließ den Tag vor ihrem inneren Auge vorüberziehen.

Sie hatten eine ganze Weile in der Kapelle gesessen und sich aneinander satt gesehen, ohne dabei noch viel zu sprechen. Gerade, als Gero den Mund aufmachte, war der junge Mann hereingekommen und hatte Gero an seine Pflichten als Hausherr erinnert. Er musste gehen, und sie konnte ihm den Widerwillen ansehen, mit dem er sie losließ.

«Wehe, du verschwindest einfach wieder!», sagte er zu ihr.

Sie lächelte. «Bestimmt nicht.»

Den Rest des Tages hatte sie ihn nur von ferne zu sehen bekommen, und jetzt, da die Nacht auf den Gebäuden hockte und alles ringsumher in tiefem Schlaf lag, überlegte sie, was sie tun sollte. Dies hier war seine Kammer, und sie hatte keine Ahnung, wo er schlief.

Schließlich schwang sie die Füße aus dem Bett, hüllte sich in ihren warmen Winterüberwurf, ohne sich die Mühe zu machen, ihr Übergewand anzuziehen, und schlüpfte in ihre Stiefel.

Geros Kammer befand sich im Giebel des Haupthauses. Von einem Zwischenboden unter dem Spitzdach führte eine schmale Holztreppe bis nach unten vor den großen Kamin.

Leise schlich Sophia quer durch die Halle, zog vorsichtig die Tür auf und schlüpfte nach draußen. Der Wind war so eisig, dass ihr der Atem wegblieb. Die Luft wurde ihr in den Hals zurückgerammt und ihr Körper gegen die Tür gepresst, sodass sie sich mit aller Gewalt gegen den Sturm stemmen musste, um vorwärts zu kommen.

«Komm, ich helfe dir.» Plötzlich war Gero neben ihr. Ohne ein weiteres Wort schlang er seinen Umhang um ihre Schultern, zog sie an seine Seite und führte sie quer über den Hof zum Stall. Auch er hatte Mühe, die Tür gegen den Sturm zu öffnen, aber er schaffte es, und gemeinsam schlüpften sie hindurch.

Im Stall war es anheimelnd warm. Das Toben des Windes war durch die Wände nur noch gedämpft zu hören. Ein Pferd schnaubte leise, aber sonst reagierten die Tiere nicht auf ihr Kommen.

Wortlos führte Gero Sophia durch den Mittelgang zu einer Kammer am gegenüberliegenden Ende des Stalls, in der Zaumzeuge und Sättel aufbewahrt wurden. Ein provisorisches Lager aus Stroh, bedeckt mit zwei Fellen und einigen Decken, befand sich an einer der Wände. Zwei Binsenlichter gaben spärliches Licht.

Geros Stiefel standen neben dem Lager, und Sophia sah erst jetzt, dass er barfuß war.

«Hast du noch nicht gemerkt, dass du nicht mehr in Rom bist?», fragte sie mit einem Blick auf seine bloßen Füße.

Gero lachte und rieb sich die kalte Haut.

«Wahrscheinlich bin ich wirklich noch nicht ganz hier.» Er drehte sich zu ihr um, und schlagartig machte sich Beklemmung zwischen ihnen breit.

Sophia trat einen Schritt näher auf ihn zu. Jetzt musste sie zu ihm aufsehen, und sie schlang die Arme um seinen Rücken und legte den Kopf an seine Brust. «Du liebe Zeit, du bist ja eiskalt. Wie lange hast du da draußen gestanden?»

«Lange. Ich habe überlegt, ob ich es wagen soll, zu dir zu kommen.»

«Du hast dich nicht getraut.»

Er legte die Wange auf ihren Scheitel. «Nein. Es ist alles so lange her.»

«Ja, das ist es.» Vorsichtig suchten Sophias Hände ihren Weg unter Geros Wams, und es kam ihr vor, als berühre sie einen Stein, so kalt und hart waren die Muskeln auf seinem Rücken. Gero sog zitternd die Luft ein, aber dann besann er sich. Zaghaft fanden auch seine Finger ihre bloße Haut, am Nacken zuerst.

Sie zuckte zusammen. «Du bist wie ein Eisklotz!»

«Wärm mich eben.» Vorsichtig ließ er die Fingerspitzen unter ihr Untergewand gleiten und ließ sie dort liegen, bis sich seine Hand ein wenig erwärmt hatte.

Sie schob ihn ein Stück von sich fort, indem sie mit den Händen um seine Seiten herumfuhr und sie gegen seinen Bauch presste. Sehr vorsichtig näherte er sein Gesicht dem ihren, und als seine kalten Lippen ihre berührten, da war es wie die Fortsetzung jenes flüchtigen Kusses im Kloster von St. Kyrillos. Es kam Sophia vor, als hätte sie nicht nur ein paar Jahre, sondern viele Jahrzehnte darauf warten müssen.

«Na, bin ich immer noch ein Eisklotz?» Gero stemmte die rechte Hand gegen seine Schläfe und richtete den Oberkörper auf, um auf Sophia hinabzusehen.

Sie lag neben ihm auf dem Rücken, die nackte Hüfte in die weiche Mulde unterhalb seiner Rippen gepresst, sodass ihr Kopf auf einer Höhe mit ihm war.

«Ganz im Gegenteil, scheint mir.» Sophia fühlte sich trunken von Glück und Schläfrigkeit, vollkommen entspannt und erfüllt von einer Wärme, die sie zum ersten Mal in ihrem Leben spürte. Sie schloss die Augen und überließ sich dem Taumel ihrer Gefühle.

Gero gab ihr einen sanften Kuss auf die Schläfe, sodass sie die Augen wieder öffnete.

Sie erblickte die Narbe an seinem Oberarm. «Was ist passiert?»

«Ein dummer Unfall. Ich erzähle dir später mal davon.»

Sie schwiegen eine Weile.

«Worüber denkst du nach?», fragte Gero schließlich.

«Über gar nichts.»

«Komm! Früher hast du immer über irgendetwas nachgedacht.»

Sie zeichnete mit dem Zeigefinger die Konturen seiner Wangen nach. «Stimmt. Aber früher ist lange her.»

Er rollte herum und zog sie an sich, sodass sie auf ihm zu liegen kam. Mit dem Unterarm schützte er ihren bloßen Rücken, mit der Hand ihren Kopf, und Sophia spürte, dass er nicht gewillt war, sie je wieder loszulassen.

In den nächsten Tagen erzählten sie sich gegenseitig, was sie in der Zeit, die sie getrennt gewesen waren, erlebt hatten. Sophia berichtete Gero von Gerbert, ihrem Leben in Reims, ihren Studien und auch von Michael. Sie erklärte ihm, woran sie geforscht hatten, und sie versicherte ihm mehr als einmal, dass sie es nicht vermisste, an Michaels Seite zu arbeiten, seit sie ihn, Gero, wiederhatte.

Gero erzählte Sophia von Alban von Spoleto und wie er zu dem Anwesen in der Nähe von Rom gekommen war. Sein Erlebnis mit Theodor ließ er aus, und zu seiner Erleichterung fragte Sophia nicht mehr nach der Narbe an seinem Arm.

Die Mönche machten sich auf den Rückweg nach Reims, doch zuvor redete Josephus ihr noch einmal streng ins Gewissen. «Euch ist klar, dass es sündhaft wäre, hier zu bleiben, nicht wahr?», fragte er.

Sophia war es egal.

Sie genoss jeden Moment in Geros Gegenwart, machte

sich mit dem Gut vertraut, als gäbe es gar keinen Zweifel daran, dass sie über kurz oder lang dessen Herrin werden würde. Ludgers Leute behandelten sie schon nach kurzer Zeit ehrfurchtsvoll und freundlich, und als sie begriffen, dass Sophia einige Kenntnisse in der Kräuterkunde besaß, stieg sie im Ansehen der Menschen.

«Du wirst vielleicht niemals ihre Herrin werden», sagte Gero eines Morgens Ende Januar zu ihr, als sie auf der Galerie vor der Halle stand und zusah, wie zwei Bauern unten im Hof sich um die Pferde kümmerten.

Sophias Blick wanderte zu dem Weg, der vom Dorf zum Anwesen führte. Ludger näherte sich darauf mit langen, wiegenden Schritten.

«Du meinst seinetwegen?»

«Seit er Alexandra verloren hat, ist er niemals mehr der Alte geworden. Er kümmert sich ausschließlich um sein Seelenheil, und manchmal frage ich mich, warum er den letzten Schritt noch nicht vollzogen hat.»

«In ein Kloster einzutreten?»

«Ja. Ich habe den Verdacht, dass er dieses Gut hier verkaufen wird, um das Geld für eine Stiftung auszugeben.»

«Macht dir das etwas aus?»

«Ich bin mir nicht sicher.»

«Du hättest noch den Hof in Reims. Und den in Rom zumindest kann er dir nicht wegnehmen, weil er dir gehört. Aber er würde dich doch ohnehin nicht völlig mittellos lassen, oder?»

«Nein. Wahrscheinlich nicht. Aber würdest du nach Reims zurückwollen?»

Sophia strich sich über den Nasenrücken. «Warum nicht?»

«Du musstest doch fliehen.»

«Alexandra musste fliehen. Ich wollte nur nicht allein im Kloster bleiben.»

Inzwischen hatte Ludger das Tor erreicht. Er blieb darunter stehen und unterhielt sich mit einem der Bauern, der ihm entgegenkam.

Gero betrachtete ihn. «Hat er dich eigentlich schon auf Alexandra angesprochen?»

«Nein, hat er das vor?»

«Er hat es mir neulich angekündigt, ja. Aber ich weiß nicht, warum er zögert. Er behauptet noch immer, Alexandra sei tot, obwohl du lebst.»

Sophia verfolgte, wie Ludger sich von dem Bauern verabschiedete und den Hof betrat. «Ich habe keine Ahnung, was mit meiner Mutter ist.» Der Gedanke, Alexandra könne tot sein, erfüllte sie mit einer seltsam vagen Trauer, die sich eher wie Wehmut anfühlte.

«Ich muss zu ihm. Lass uns heute Abend mit ihm reden, ja?» Gero gab Sophia einen flüchtigen Kuss auf die Stirn, dann lief er die Stufen hinunter.

Zum ersten Mal seit der Abreise der Mönche waren keine Bauern aus dem Dorf zum Essen geblieben, sodass Gero, Sophia und Ludger an diesem Abend das Mahl zu dritt einnehmen konnten.

Zwei Frauen aus dem Dorf hatten eine kräftige Suppe aus den Innereien eines Wildkaninchens zubereitet, das Hermann am Morgen geschossen hatte, und vom letzten Sonntag war noch ein halber Laib helles Brot übrig, den sie jetzt dazu aßen.

Gero brauchte eine ganze Weile, bis er es wagte, das gefährliche Terrain zu betreten. «Vater», sagte er zögernd und schaute Hilfe suchend zu Sophia. «Vater, es geht um Alexandra.»

Ludgers Kopf ruckte hoch, seine Augen verengten sich. Gero schloss hastig den Mund, aber Sophia konnte sich nicht damit abfinden, einfach zu schweigen.

«Der Wolfsüberfall war …»

«Schweigt!», zischte Ludger. Er sah so gehetzt und verzweifelt aus, dass Sophia ihn sachte an der Schulter berührte, um ihm wenigstens ein bisschen Trost zu spenden. «Alexandra ist nicht …»

Als habe sie ihm einen harten Hieb versetzt, fuhr Ludger auf und starrte sie aus wilden Augen an. Mit der flachen Hand schlug er ihren Arm fort. «Ich sagte: Schweigt!», fauchte er.

«Vater!» Gero hatte sich halb erhoben, aber Sophia bedeutete ihm mit einem Blick, sich wieder hinzusetzen. «Sie ist nicht tot!», sagte sie hastig.

Blitzschnell zuckte Ludgers Hand heran und krallte sich um Sophias Kehle. Er zog sie sehr dicht zu sich heran. Sophia konnte seinen Atem riechen. Aus den Augenwinkeln sah sie, dass Gero aufgesprungen war.

«Sie ist tot!», flüsterte Ludger mit einer Stimme, die aus einem Grab zu kommen schien. «Durch meine Schuld, und darum bin ich verdammt!» Er ließ Sophia fahren und gab ihr einen groben Stoß. Dann sprang er auf.

Mit donnernden Schritten eilte er aus der Halle.

Die Tür flog hinter ihm so heftig ins Schloss, dass eine der Streitäxte, die zur Zierde an der Wand hingen, herunterfiel und sich in das Holz des Fußbodens bohrte.

Sophia rieb sich die schmerzenden Stellen am Hals.

Gero kniete sich vor ihr hin. «Alles in Ordnung?»

Sie nickte halb betäubt. «Was war das denn?»

Statt einer Antwort zog Gero sie in seine Arme und drückte sie an sich. «Manchmal glaube ich, er verliert den Verstand!» Er stand auf. «Ich werde zu ihm gehen und zur Not mit Gewalt aus ihm herauskriegen, was zwischen ihm und Alexandra passiert ist!»

Er fand seinen Vater hinter dem Schafstall.

Ludger lehnte mit verschränkten Armen an der Holzwand

und starrte in den Himmel. Der Sturm vor ein paar Tagen hatte einige Strohschindeln vom Dach des Stalles geweht, und noch immer lagen einzelne Halme wie bleiche Hühnerknochen auf dem Boden herum.

Leise trat Gero zu seinem Vater. Und schwieg.

Ein eisiger Wind fuhr um ihre Körper. Obwohl Gero meinte, seine Gesichtshaut müsse vor Kälte zerplatzen, rührte er sich nicht von der Stelle. Als Ludger nach einer kleinen Ewigkeit noch immer nicht daran dachte, ein Wort von sich zu geben, holte Gero tief Luft.

«Soll das alles jetzt wieder von vorne losgehen?», fragte er leise.

Ludger regte sich nicht. Das spärliche Licht der Sterne reichte nicht aus, um sein Gesicht zu erhellen, und so konnte Gero nicht erkennen, was in ihm vorging.

«Als wir in Rom angekommen sind, hast du doch Vergebung erlangt, meine ich, für was auch immer du getan haben magst. Warum eben dieser Anfall?»

Ludger schluchzte trocken auf. Seine Stimme jedoch klang normal, sachlich und nüchtern.

«Weil ich dich beneide.»

Gero starrte in die Finsternis und hätte eine Menge dafür gegeben, einen Blick in Ludgers Gesicht werfen zu können. «Worum um alles in der Welt?»

«Weil du Sophia wiederhast.»

«Und weil Alexandra nicht mit ihr gekommen ist? Du kannst …»

«Sie ist tot, Gero!»

«Woher willst du das wissen. Du hast doch gehört, dass der Wolfsangriff ein Trick war.»

«Ja.»

«Also?»

«Ich bin schuld an ihrem Tod.» Abwehrend hob Ludger die Hand, als Gero widersprechen wollte. «Doch. Das bin ich. Aber du musst keine Angst haben. Seit Rom ist mir klar, dass ich nicht für ihren Tod zur Rechenschaft gezogen werde, wenn ich einmal sterbe. Dennoch bin ich schuld daran, dass sie nicht mehr lebt.» Und endlich erzählte er einer Menschenseele, was auf der Klippe passiert war. Einschließlich der hasserfüllten Worte, die Adam ihm entgegengeschleudert hatte.

Gero war starr vor Entsetzen. «Warum hasst er dich so?»

«Ich habe ihn damals in Byzanz verraten.»

Gero brauchte eine Weile, um das Gehörte zu verarbeiten. Schließlich kam ihm ein ungeheuerlicher Gedanke. «Dann hast du die ganzen Jahre gewusst, dass der Wolfsangriff vorgetäuscht war?»

Ludger wandte ihm das Gesicht zu, ein heller Fleck in der Dunkelheit. «Ja. Und ich habe es dir niemals erzählt, weil ich mir sicher war, dass Adam in der Zwischenzeit seine Aufgabe erfüllt hätte. Ich habe immer geglaubt, er habe Sophia ebenfalls aufgespürt und getötet. Und ich wollte nicht, dass du zweimal um sie trauern musst.»

«Aber er hat sie nicht gefunden.» Langsam ergaben einige der Mosaiksteinchen für Gero ein Bild, aber noch konnte er nicht erkennen, was es darstellte. Adam war also einer jener Männer gewesen, die Jagd auf Alexandra gemacht und wahrscheinlich auch die Kaiserin getötet hatten.

Das Geheimnis der Kaiserin.

Alles führte immer wieder dorthin zurück.

Hinter ihnen im Inneren des Stalls krachte etwas gegen die Holzwand. Ein Schafbock gab einen wütenden Laut von sich, dann kehrte wieder Ruhe ein.

«Was willst du jetzt tun?», fragte Ludger.

«Erst einmal werde ich Sophia erzählen, dass ihre Mutter wirklich tot ist. Und danach einen Plan ausführen, den ich schon in Rom gefasst habe.»

Sophia wartete in der Halle, und als Gero zu ihr zurückkam, sah sie ihm sofort an, dass er etwas erfahren hatte.

«Was ist?»

«Deine Mutter ist tot, Sophia», sagte er. Und dann erzählte er ihr die Geschichte seines Vaters.

Zu seinem Erstaunen weinte sie nicht. Sie saß eine Zeit lang wie erstarrt da und schaute ins Nichts. Dann nickte sie. «Es ist seltsam. Ich bin traurig, aber nicht so sehr, wie ich es wohl sein müsste.» Sie machte eine Pause, und Gero wartete geduldig, bis sie weitersprach. «Ich hatte niemals Zeit, sie als meine Mutter kennen zu lernen. Irgendwie ist sie für mich noch immer die Äbtissin. Bei Gerbert wäre das etwas anderes ...»

«Willst du dich nicht wieder mit ihm versöhnen?» Es war keine gute Zeit für diese Frage; Gero war klar, dass er Sophias augenblickliche Verwundbarkeit ausnutzte. Doch ihm war eingefallen, dass Gerbert sich beim Kaiser aufhielt. Wenn er selbst nach Mainz reiste, könnte er Sophia mitnehmen ...

«Irgendwann musst du dich mit deinem Vater versöhnen, sonst wirst du es eines Tages bereuen.»

Sophia schob den Unterkiefer vor. «Hm.»

«Wenn du möchtest, komme ich mit nach Mainz.»

Sie kratzte sich an der Stirn. Dann nickte sie.

«Gut.» Gero stand auf. «Im Moment ist es zu nass, um zu reisen. Aber sobald der Frost einsetzt, lasse ich die Männer alles vorbereiten.»

✵

Im kaiserlichen Palast hielt Adam von Trier einen Diener an.

«Marinos Phokainos hat mich herbestellt. Wo kann ich ihn finden?»

Der Diener sah ihm nicht in die Augen. «Seit Weihnachten ist er sehr krank.»

«Das weiß ich!» Adam zwang sich, den Mann nicht rüde zurechtzuweisen, denn Marinos' Gesundheitszustand war im Palast beileibe kein Geheimnis. Kurz nach Weihnachten hatte Marinos einen Zusammenbruch erlitten, von dem er sich noch nicht wieder erholt hatte. Zwar war er im Laufe der nächsten Wochen noch ein- oder zweimal zu seiner Arbeit zurückgekehrt, aber schließlich hatten seine Kräfte selbst für die einfachsten Arbeiten nicht mehr ausgereicht, und Otto hatte ihn beurlaubt.

«Wo ist er nun?», herrschte Adam den Diener an, der erschrocken zurückzuckte. In ihm kribbelte alles vor unterdrückter Anspannung. Eine halbe Ewigkeit, so kam es ihm vor, war er jetzt damit beschäftigt, sich Carolus' Vertrauen zu erschleichen, und in seinen Augen vollzog sich alles viel zu langsam. Das war einer der Gründe, warum er heute hier war. Er wollte Marinos die Erlaubnis abringen, Carolus mit effektiveren Mitteln zu befragen. «Er erwartet mich.»

«In seiner Kammer, dort am Ende des Gangs.» Der Diener wies in einen vom Hauptgang abzweigenden Flur

Adam entließ ihn und wollte gerade die ausgewiesene Kammer betreten, als eine Frau herauskam. In den Händen hielt sie eine Schüssel mit Wasser, über dem Arm ein Knäuel nasser Tücher. Sie wich Adam ehrerbietig aus.

In Marinos' Gemach war es kühl; trotz der frischen Luft schien ein leichter Geruch von Verfall im Raum zu schweben. Jemand hatte das einzige Fenster mit einem Vorhang verdunkelt, sodass Adam nicht viel erkennen konnte.

«Marinos?», fragte er in die Finsternis hinein.

«Ja?» Die Stimme aus dem Dämmerlicht klang dünn und brüchig.

Adam trat an ein Lager, dessen Umrisse sich langsam aus der Finsternis schälten. Er beugte sich über Marinos und fuhr zurück. Der Fäulnisgestank in Marinos' unmittelbarer Nähe war überwältigend. Die früher hageren Züge des Byzantiners waren eingefallen, pergamentartig die Haut. Die dunklen Augen glühten in einem verzehrenden Feuer.

«Adam?» Marinos richtete sich ein wenig auf und stützte sich mit dem Ellenbogen ab.

«Ja, ich bin es.» Adam ging zum Fenster und zog den Vorhang auf. Sonniges Licht strömte herein und tauchte die verfallene Gestalt auf dem Lager in gnadenlose Helligkeit. Jetzt erkannte Adam, dass die Haut des Byzantiners von einem feinen Schweißfilm bedeckt war. Ab und zu schüttelte es ihn, wie in einem Krampf.

Marinos ließ sich wieder zurücksinken. «Ich habe eine Neuigkeit für Euch.»

Adam zog sich einen dreibeinigen Hocker heran und setzte sich. «Eine Neuigkeit?»

«Ich bin … ich war als Ottos Kammerdiener zuständig für die Organisation der kaiserlichen Audienzen. Der Kanzler ist so freundlich und gibt mir noch immer regelmäßig eine Liste mit den Anmeldungen. Sie liegt dort hinten. Ihr solltet einmal einen Blick hineinwerfen.»

Adam tat, wie ihm geheißen. Die Liste war in einer unordentlichen, kaum lesbaren Handschrift geschrieben. Trotzdem sah Adam den Namen sofort. Er keuchte überrascht auf.

Gero von Verla.

Er war für den heutigen Tag zu einer kaiserlichen Audienz angemeldet.

Adam sah von der Liste auf. «Was wollt Ihr tun?»

«Ich …» Ein Krampf erfasste Marinos und schüttelte ihn so sehr, dass seine Zähne aufeinander schlugen. «Mir bleibt wahrscheinlich nicht mehr viel Zeit. Erzählt mir lieber, wie Ihr mit diesem Carolus vorankommt.»

«Langsam.» Adam hätte beinahe geflucht, aber er beherrschte sich. «Wir treffen uns ab und zu. Ich konnte ihn glauben machen, ich bräuchte ihn als Beichtvater. Aber bisher hat sich noch keine Gelegenheit ergeben, das Gespräch auf Alexandra zu bringen. Darum …»

Ein heiseres Husten vom Bett her ließ Adam verstummen. «Ich weiß, dass Ihr es vorzieht, den Menschen ihre Geheimnisse mit Gewalt zu entlocken», krächzte der Byzantiner. «Ihr seid eben kein feingeistiger Mensch. Die Intrige ist Euch fremd, nicht wahr? – Aber noch bin ich der …» Er verstummte, weil eine Gestalt aus dem Nebenraum trat. Es war ein Mann, den Adam erst ein einziges Mal gesehen hatte – vor Jahren in Merseburg.

«Adalbert!»

Adalberts Unscheinbarkeit wurde durch ein unstetes Flackern in seinen Augen aufgehoben.

Adam stand mit einer geschmeidigen Bewegung auf. Adalbert betrachtete Marinos. «Ja. Noch seid Ihr der Befehlshaber.» Er griff nach dem Kissen, auf dem Marinos lag, und zog es unter dem Kranken fort. Dabei hielt er behutsam dessen Kopf. Marinos schaute unverwandt zu ihm auf.

Dann drückte Adalbert das Kissen auf sein Gesicht. Er presste es mit seinem gesamten Gewicht auf Marinos' Mund und Nase und zögerte nur kurz, als der alte Mann sich nicht wehrte. Marinos' Rechte zuckte in die Höhe, fand jedoch die Arme nicht, die das Kissen auf ihn niederdrückten. Kraftlos fiel sie auf das Laken zurück. Adam sah, wie sich der dürre Körper kurz aufbäumte. Die Nägel der rechten Hand kratzten kraftlos über den Stoff des Lakens, dann zitterten die Finger noch einmal und erschlafften.

Zögernd hob Adalbert das Kissen an.

Marinos' Gesicht war starr, die dunklen Augen blind und blicklos gegen die Decke gerichtet. Sanft legte Adalbert das Kissen unter seinen Nacken zurück. Adam starrte ihn an, versuchte, das Geschehene zu begreifen. Adalbert lächelte sanft. «Er war ein schlechter *silentiarius*. Schwach.»

«Ihr … warum seid Ihr …»

Adalbert brachte Adam mit einer knappen Geste zum Schweigen. «Ich bin ein *silentiarius* wie Ihr, auch wenn ich niemals den Eid geleistet habe.»

«Ihr seid der Bischof von Prag!», keuchte Adam.

«Ja.» Adalbert lachte. «Na und?»

Adam schaute auf Marinos' Leiche nieder.

«Kümmert Euch nicht um ihn. Er war ein schwacher Anführer.»

«Nur zuletzt. Er war krank. Und er hatte nicht genug Leute.»

«Ja, das sagte er mir häufig. Habt Ihr sie?»

«Leute?» Adam nickte. Noch immer begriff er nicht, was hier vor sich ging. «Ja. Aber warum seid Ihr auf unserer Seite? Ihr seid doch der Bischof ...»

«... von Prag, das sagtet Ihr bereits.» Adalbert stellte sich vor die Tür und verschränkte die Arme vor der Brust. Die Klinke wurde heruntergedrückt, aber er verhinderte, dass die Tür aufschwingen konnte. «Euer Herr braucht seine Ruhe!», rief er nach draußen, und eilige Schritte entfernten sich wieder.

Adam schluckte.

«Ihr fragt Euch, warum ich auf Eurer Seite bin? Nun, das wollte Marinos auch stets wissen. Es tut nichts zur Sache, aber ich kann es Euch gerne sagen. Wisst Ihr, was passiert, wenn der Inhalt des Geheimnisses allgemein bekannt wird?»

«Es gäbe eine Katastrophe.»

«Ja. Das erzählen sie den *silentiarii*, nicht wahr? Aber wisst Ihr auch, worin diese Katastrophe bestünde?»

«Nein.»

«Stellt Euch ein riesenhaftes, mächtiges Tier vor, mit scharfen Klauen und starken Gliedern, das dazu da ist, die Welt zu schützen. Und dann stellt Euch vor, diesem Tier würde der Kopf abgeschlagen. In seinem Todeskampf würde es die gesamte Welt um sich herum ins Verderben reißen. Dieses Tier,

Adam, ist die Kirche. Die Kirche in Byzanz, aber ebenso die Kirche in Rom. Solange sie existiert, schützt sie die Menschen und ihre gesamte Welt. Ohne sie würde alles ringsumher in absolutem Chaos versinken. Und jetzt fragt Euch, was der Kirche den Kopf abschlagen könnte?»

Die Antwort lag auf der Hand. «Wenn das Geheimnis bekannt würde», sagte Adam.

«Genau. Und das zu verhindern ist meine heiligste Aufgabe, ebenso wie die Eure. Ich nehme an, Ihr habt nichts dagegen, wenn ich Euch die Leitung unserer Mission übertrage, jetzt, da der gute Marinos so plötzlich verschieden ist?»

Adam schluckte. «Nein. Natürlich nicht.»

«Gut.» Adalbert verließ seinen Platz vor der Tür, offenbar ohne sich Sorgen darüber zu machen, dass jederzeit jemand hereinplatzen konnte. Er ging zu der Liste und tippte mit dem Zeigefinger auf Geros Namen. «Die Zeit des Taktierens ist vorbei. Ich nehme an, Ihr erinnert Euch, wo Euer Dolch hängt?»

«Ja.»

Adalbert bleckte die Zähne. «Dann bringt endlich zu Ende, was Marinos angefangen hat. Ich erkläre Euch, wie wir es anstellen.»

11. Kapitel

Nachdem sein Besuch beim Kaiser zu gar nichts geführt hatte, war Carolus hin und her gerissen gewesen. Ein Teil von ihm hatte ihn zurück in sein Kloster getrieben, in die relative Sicherheit der dicken Mauern. Ein anderer hatte gefordert, dass er sich auf den Weg nach Gielde machte, um Gero um Rat zu fragen. Die Zerrissenheit hatte zu einer umfassenden Lähmung geführt, die ihn an Ort und Stelle festhielt. Er verbrachte den Großteil seiner Tage mit innigen Gebeten in der Kapelle eines Kirchenstiftes, bei dem er Aufnahme gefunden hatte. Dabei redete er sich beständig ein, dass er nur in Mainz blieb, weil Gero versprochen hatte, ebenfalls hierher zu kommen. Immerhin hatte er es geschafft, einem Mitarbeiter der kaiserlichen Kanzlei mit einigen Münzen das Versprechen abzuringen, ihm sofort Bescheid zu geben, sobald Gero oder Ludger um eine Audienz nachsuchten. Wären nicht die angenehmen und erbaulichen Gespräche mit diesem Adam von Trier gewesen, Carolus hätte sich vielleicht schon eher dazu durchgerungen, Mainz zu verlassen.

So aber befand er sich Mitte Februar noch immer in der Obhut der Stiftsherren. Er kniete in seiner Zelle und betete, als einer der Kleriker ihm Besuch ankündigte. Die Gemeinschaft besaß kein abgeschottetes Kloster; ihre Kirche stand den Bewohnern eines ganzen Stadtteils in der Nähe des Palastes für die Messen offen. Dementsprechend waren alle Gebäude, die die Stiftsherren bewirtschafteten und bewohnten, um einen Kirchplatz angeordnet, auf dem zweimal die Woche ein Markt stattfand. Heute war Markttag, und obwohl es bereits den ganzen Tag nieselte, herrschte dichtes Gedränge. Der Mönch wies Carolus den Weg durch die Menschen.

Auf den Stufen der Kirche wartete ein etwa zwölfjähriger Junge auf ihn. Er kam aus der kaiserlichen Kanzlei, und die Botschaft, die er überbrachte, war einfach: «Man hat mir aufgetragen, Euch zu sagen, dass Gero von Verla in der Stadt ist. Er logiert mit seinem Vater im Gasthaus vom bärtigen Ekkert.»

Carolus belohnte den Jungen mit einem Kupferstück. «Weißt du, wo dieses Gasthaus ist?»

Der Junge erklärte es ihm.

«Gut. Geh dorthin. Frag nach diesem Gero. Und sag ihm, dass Abt Carolus in Mainz ist. Sag ihm, er soll hierher zu mir kommen, kannst du das?»

Der Junge nickte eifrig, dann flitzte er davon. Carolus sah ihm nach, wie er in der Menge verschwand. Einen Moment lang gestattete er sich, einer Frau zuzuhören, die sich mit einem Bauern um den Preis einer Gans stritt. Als er sich gerade auf den Rückweg ins Wohnhaus machen wollte, kam ihm Adam quer über den Platz entgegen.

Freundlich lächelte Carolus den Mann an. «Seid gegrüßt. Wolltet Ihr zu mir?»

Adam trat an seine Seite und legte ihm den Arm um die Schultern. «Das kann man so sagen, ja.»

Sophia stand am Fenster der Schänke, in der Gero sie und Ludger am Morgen zurückgelassen hatte, als er sich auf den Weg zum Kaiser gemacht hatte. Sie starrte hinaus auf die Gasse, deren gestampfter Boden von dem seit Stunden fallenden kalten Nieselregen aufgeweicht war. Zwei kleine Kinder rannten auf ihren kurzen Beinchen durch den Schlamm und machten sich einen Spaß daraus, sich gegenseitig mit dem dreckigen Wasser der Pfützen zu bespritzen. Eine alte Frau streckte den Kopf aus einem der gegenüberliegenden Fenster und schimpfte mit schriller Stimme hinter ihnen her.

Als die Kinder um eine Ecke verschwunden waren, wandte sich die alte Frau Sophia zu und musterte sie für einen kurzen Moment.

Sophia nickte freundlich und trat dann vom Fenster zurück. Sie seufzte.

Im Kamin der Gaststube brannte ein helles Feuer, aber die hoch lodernden Flammen machten den Luftzug, der durch das offene Fenster hereindrang, nur noch deutlicher spürbar. Sophia fröstelte.

«Es dauert, bis er zum Kaiser vorgelassen wird», sagte Ludger. Er hockte auf einem gemauerten Vorsprung direkt neben dem Kamin, und Sophia fragte sich, wie er die Berührung der heißen Steine aushielt. Seine dem Feuer zugewandte rechte Gesichtshälfte war gerötet, und es sah aus, als tränte auch sein rechtes Auge.

«Ich weiß.» Sophia setzte sich auf einen dicht beim Feuer stehenden Schemel, aber sie hielt es nicht aus, still zu sitzen, und so stand sie wieder auf und begann eine unruhige Wanderung von Wand zu Wand.

«Man könnte meinen, Ihr würdet jeden Moment zur Schlachtbank geführt.» Ludger pulte mit der Zunge zwischen seinen Backenzähnen herum. Zu Mittag hatte es gekochtes Kaninchenfleisch gegeben, und auch Sophia hatte noch immer einige zähe Fasern zwischen den Zähnen hängen.

«So fühle ich mich auch, das könnt Ihr mir glauben.»

«Er ist Euer Vater, vergesst das nicht.»

Erneut seufzte Sophia auf. «Das macht es ja so schlimm.» Gero hatte ihr versprochen, dass er, sobald er von seiner Audienz bei Otto zurück war, mit ihr gemeinsam zu Gerbert gehen würde. Es kam Sophia wirklich vor, als müsste sie ihren letzten Gang antreten. Sie wagte nicht darüber nachzudenken, was ihr Vater ihr an den Kopf werfen würde, wenn sie nun so plötzlich einfach wieder bei ihm auftauchte. Was sollte sie zu ihrer Entschuldigung sagen?

«Er wird Euch schon nicht den Kopf abreißen.»

Natürlich nicht, dachte Sophia. Aber das war es auch nicht, was sie fürchtete. Seinen Zorn würde sie gut aushalten können, denn sie fühlte sich nach wie vor im Recht. Wovor ihr graute, war seine Enttäuschung.

«Warum wollt Ihr ihn überhaupt sehen, wenn Ihr solche Angst davor habt?»

«Mein Vater», erwiderte Sophia, ohne Ludger dabei anzusehen, «hat ein Recht darauf zu wissen, dass es mir gut geht. Er hat sich mit Sicherheit Sorgen um mich gemacht.» Außerdem, fügte sie in Gedanken hinzu, will Gero ihn um die Erlaubnis fragen, mich zur Frau zu nehmen.

Ludger ließ von seinen Zähnen ab und zuckte die Achseln. Ächzend erhob er sich von seinem heißen Sitzplatz und ging zum Fenster. «Uff, hier drin ist es wie in der Backstube.»

Das konnte Sophia nicht finden, aber sie ahnte, dass ihr Frösteln eher von Aufregung und Sorge herrührte als von der frischen Luft, die vom Fenster kam.

Ekkert, der Wirt, steckte den Kopf zur Tür herein. «Da ist Besuch für Euch.» Er stieß die Tür auf und schubste einen Jungen in den Raum. «Sag, was du zu sagen hast. Das ist Geros Vater.»

Der Kleine sah Ludger an, dann Sophia, und an sie richtete er das Wort. «Ein Mann schickt mich. Abt Carolus. Ich soll Euch sagen, er ist hier in Mainz. Im Stiftshaus von St. Stephan. Er bittet Gero von Verla, so schnell wie möglich zu ihm zu kommen.»

Sophia suchte in ihrer Gürteltasche nach einer Münze für den Jungen, aber Ludger kam ihr zuvor. Er drückte dem Kind etwas in die Hand. «Gero ist gerade nicht da. Aber wir richten es ihm aus.»

Ungefähr eine halbe Stunde später ertönten erneut Schritte auf dem Gang vor der Gaststube. Es klang, als trete sich jemand den Schlamm von den Stiefeln.

Eine Stimme sagte etwas, aber die Worte waren nicht zu verstehen.

«Sie sind dort drinnen.» Ekkert hatte ein lautes, dröhnendes Organ.

«Ich danke Euch», sagte der Neuankömmling, während er bereits die Tür öffnete.

Diese Stimme hatte Sophia schon einmal gehört, und als sie sah, wie Ludger sich versteifte, gerade so, als habe auch er sie erkannt, da stellten sich ihre Nackenhaare auf.

Mit zwei völlig lautlosen Schritten kam ein Mann herein, der Sophia vage bekannt vorkam. Sie überlegte, wo sie ihn schon einmal gesehen haben könnte, und dann begriff sie, dass sie ihn nur in wesentlich dickerer, verweichlichter Gestalt kannte. Jetzt jedoch war er schlank, sehnig. Das und das Wissen, dass er ihre Mutter auf dem Gewissen hatte, ließ ihn sofort weitaus bedrohlicher aussehen als damals.

Ludger drehte sich langsam so um, als bereite ihm die Bewegung unsägliche Mühe. Seiner Kehle entrang sich ein entsetztes Kieksen.

Sophia wich einen Schritt zurück.

Der Mann lächelte sie an und zog seinen Dolch aus dem Gürtel. «Ich grüße Euch, Sophia, meine Liebe!», sagte er freundlich.

Sophia kämpfte gegen die Panik an, die nach ihr griff. Sie neigte den Kopf zu einem Gruß. Zum Glück gelang es ihr, ihre Stimme unter Kontrolle zu behalten.

«Adam von Trier», sagte sie.

Adam beachtete sie nicht weiter.

Er ging so dicht an ihr vorbei, dass sie seinen Geruch wahrnahm – er roch nach Leder und nach Schweiß. Sie war wie gelähmt, und so wich sie ihm nicht aus, obwohl sein Ärmel sie beinahe streifte. Sie war lediglich dazu fähig, sich umzudrehen, als er an ihr vorbeiging.

Ihn bloß nicht aus den Augen verlieren.

Ihr Herz schlug so weit oben im Hals, dass sie fürchtete, sich im nächsten Moment übergeben zu müssen. Das namenlose Entsetzen in Ludgers Augen steigerte ihre eigene Angst noch, bis sie sich vorkam wie auf die Folter gespannt.

Direkt vor Ludger blieb Adam stehen. «Hallo, Ludger. Wir haben uns lange nicht gesehen.»

Ludger öffnete den Mund, brachte jedoch keinen Ton heraus.

Sophia ballte die Hände zu Fäusten, krallte ihre Nägel ins Fleisch, sodass der Schmerz ihre Panik ein wenig überlagerte. «Was wollt Ihr hier?», gelang es ihr zu fragen.

Adam erstarrte mitten in der Bewegung, als habe er ein lästiges Geräusch gehört, sich dann jedoch entschlossen, es zu ignorieren. «Kannst du dir vorstellen, Ludger, warum ich hier bin?»

«Nein.» Ludger klang heiser.

Adam lachte leise. «Nicht? Dann sage ich es dir.»

«Alexandra ist tot!»

«Bist du dir da so sicher?»

«Es stimmt!» Endlich hatte Sophia ihre Angst im Griff. Sie machte einen Schritt, aber noch bevor sie den Fuß wieder abgesetzt hatte, wirbelte Adam herum, krallte seine Linke in ihre Kehle und schleuderte sie gegen die Wand. Mit dem Dolch zielte er genau auf eines ihrer Augen.

«Wer hat Euch erlaubt, Euch ständig einzumischen, wenn Männer sich unterhalten?», zischte er.

Sophia sah in seinen Augen den blanken Zorn lodern.

Sie drehte den Kopf ein wenig zur Seite, um der spitzen Klinge auszuweichen, aber sie erreichte damit nur, dass das Metall ihre Wimpern streifte. Rasch hielt sie still.

«Alexandra – ist – nicht – tot!» Adam presste jedes Wort wie unter Schmerzen hervor. Ohne den Dolch auch nur um Haaresbreite zu bewegen, wandte er den Kopf Ludger zu. «Und ich weiß jetzt endlich, wo sie ist.»

Ludger war bis zur Fensterbank zurückgewichen und lehnte sich nun dagegen. Sophia konnte ihm ansehen, dass er den Halt bitter nötig hatte.

Ihre Gedanken rasten. Konnte es wahr sein? War Alexandra wirklich noch am Leben?

Adam entblößte zwei Reihen regelmäßige Zähne. «Weißt du, woher ich es weiß? Von einem kleinen, klapprigen Abt.»

«Carolus!» Sophia konnte nichts dagegen tun, der Name rutschte ihr einfach heraus.

Adam stieß ihren Kopf gegen die Wand, achtete jedoch nicht weiter auf sie.

«Carolus, genau. Der gute Mann hat sich nicht lange gegen meine Überredungskünste wehren können!»

«Was hast du mit ihm gemacht?», fragte Ludger tonlos.

«Sagen wir, er ist drauf und dran, vor seinen Schöpfer zu treten. Aber interessiert es dich nicht, wie ich euch gefunden habe?»

«Doch!» Sophia verdrehte die Augen, bis es schmerzte, um die Dolchspitze zu fixieren.

«Nun, einer meiner Männer ist der Kammerdiener des Kaisers. Als enger Vertrauter von Otto ist er immer darüber informiert, wer zu einer Audienz vorgelassen wird. Er kannte Geros Namen, und als er ihn auf der Liste fand, da benachrichtigte er mich. Der Rest war einfach. Jeder, der vorgelassen werden will, muss angeben, wo in der Stadt er Quartier bezogen hat.» Adam grinste kalt. «Und da bin ich.»

«Was – was hast du jetzt vor?», stammelte Ludger, aber Adam kam nicht dazu, ihm zu antworten.

Draußen wurden Schritte laut, und bevor einer von ihnen sich auch nur rühren konnte, flog die Tür auf.

«Vater, stell dir vor, was der Kaiser mir gesagt hat», rief Gero. «Alexandra ist am Leben!»

Dann erst erfasste er, was in der Gaststube vor sich ging.

Sophia sah, wie das Leben aus seinem Gesicht wich und seine Hand zum Schwertgriff fuhr. Adams Griff um ihre Kehle wurde härter und ließ sie aufstöhnen.

«Tz, tz», sagte Adam spöttisch. «Wollt Ihr wirklich Eure Braut auf dem Gewissen haben?»

Die Schmerzen waren unerträglich.

Etwas schob sich in Carolus' Gesichtsfeld, und erst nach einigen Augenblicken erkannte er, dass es seine eigene Hand war, die nach einem Halt tastete. Blut rann zwischen seinen Fingern hindurch den Arm hinab.

Er taumelte aus der abgelegenen Gasse, in die Adam ihn geführt hatte.

Ein Schrei drang an sein Ohr, halb überdeckt von dem Pochen seines eigenen Pulsschlags.

Er machte einen Schritt vorwärts. Da war jemand vor ihm, wich jedoch zurück. Das Geschrei wurde lauter, schließlich mehrstimmig.

Carolus' Knie gaben nach. Noch einmal raste eine Schmerzwelle durch seinen Körper, ließ seine Zähne aufeinander schlagen. Nur ein einziger Gedanke beherrschte ihn.

Adam wusste jetzt, wo Alexandra war.

Er musste Gero warnen.

Carolus fiel auf die Seite. Sein geschundener Leib krümmte sich.

«Zum Stift von St. Stephan», hauchte er. «Bringt mich zum Stift von ...»

Dann verlor er das Bewusstsein.

Sophias Blick huschte von einem zum anderen.

Adam befand sich in einer schwierigen Lage, denn er hatte

Ludger im Rücken und Gero seitlich vor sich, sodass er nur einen von ihnen im Auge behalten konnte. Sophia spürte den Druck, unter dem er stand; seine Finger an ihrem Hals hatten angefangen zu zucken.

«Werft Euer Schwert auf den Boden!», befahl Adam, und um seinen Worten Nachdruck zu verleihen, stieß er Sophias Kopf erneut gegen die Wand.

Gero stand mit halb vorgestrecktem Arm noch immer dort, wo er aus vollem Lauf angehalten hatte. Langsam, und ohne den Blick von Sophias Gesicht zu wenden, griff er nach seinem Schwert und zog es aus der Scheide.

Sophia schielte zu Ludger, aber der sah nicht so aus, als könne er eine große Hilfe sein. Sie presste die Lippen zusammen.

Gero ließ sein Schwert zu Boden fallen und stieß es mit dem Fuß von sich.

«Gut so.» Ein winziges Stück zog Adam den Dolch zurück.

«Was habt Ihr jetzt vor?» Gero bewegte sich nicht von der Stelle.

«Nun, zuerst einmal werde ich einen alten Schwur erfüllen und Eure hübsche kleine Braut zum Schweigen bringen.» Diesmal konnte Sophia ein Wimmern nicht unterdrücken. Adam lächelte ihr ins Gesicht. «Und dann werden wir uns um den zweiten Teil des Schwurs kümmern, nicht wahr, Ludger? Genau, wie wir es schon damals in Reims vorhatten, als Alexandra uns leider entwischt ist.»

Ludger stieß sich von der Fensterbank ab. Er schwankte. «Diesmal wird er mich zwingen, Alexandra zu töten», hauchte er.

«Warum denn?» Sophia schrie es fast. Sie konnte nichts mehr empfinden, die Todesangst hatte jedes Gefühl in ihr ausgelöscht. Wenn sie schon hier und jetzt sterben musste, dann wollte sie wenigstens wissen, was der Grund dafür war.

«Weil sie das Geheimnis der Kaiserin kennt. Deswegen hat man übrigens auch Sigbert und Theodor hinter Euch her nach Rom geschickt. Man vermutet, dass Ihr Dinge erfahren habt, die Ihr besser nicht wissen solltet.»

«Ich habe keine Ahnung, was das Geheimnis der Kaiserin ist!» Gero ließ den Arm hängen, und Sophia sah, wie er das Handgelenk lockerte. Plante er etwas? Er sah sie ausdruckslos an, und sie mühte sich zu erraten, was er vorhatte.

«Dieses Geheimnis. Was ist es?», fragte sie.

Adam kicherte. «Ihr glaubt doch nicht, dass ich Euch das erzähle!»

«Warum nicht, wenn Ihr mich sowieso tötet?»

Geros Blick lag jetzt schwer auf Sophia, und genau in dem Moment, als Adam, irritiert von ihrer hartnäckigen Nachfrage, den Oberkörper ein wenig zurücklehnte und auch den Dolch ein Stück von ihrem Auge entfernte, schnellte Gero vor.

Sophia riss den Kopf zur Seite. Dann ließ sie sich fallen.

Adams Hand rutschte an ihrer Kehle nach oben. Der Dolch flog heran, aber er verfehlte sein Ziel. Er traf sie dicht unter dem Haaransatz, drang durch Haut und Fleisch. Gleichzeitig war Gero da. Mit einem zornigen Schrei prallte er gegen Adam. Schleuderte ihn von Sophia fort. Sie krachten gegen die Wand neben dem Kamin. Ein Funkenregen stob auf, als die Holzscheite durch die Erschütterung ins Rutschen kamen.

«Gero!» Noch bevor die beiden Männer sich voneinander lösen konnten, war Sophia bei Geros Schwert und hob es auf. Gero kam jedoch nicht dazu, sich umzuwenden, um es aufzufangen. Adam war schneller auf den Beinen als er. Aber statt sich auf seinen Angreifer zu werfen, schnellte er quer durch den Raum auf Ludger zu. Er krachte gegen ihn, und beide fielen durch das Fenster nach draußen.

Gero rappelte sich auf. «Alles in Ordnung?», rief er Sophia zu, während er zum Fenster rannte.

Sie nickte, aber das sah er nicht. Er ließ die geballte Rechte auf die Fensterbank sausen, dann drehte er sich fluchend um.

«Was ist?» Sophia fürchtete die Antwort auf ihre Frage, aber sie fiel anders aus, als sie erwartet hatte.

«Sie sind weg», knurrte Gero.

Die Erleichterung, dem Tod so knapp entronnen zu sein, ließ Sophias Knie weich werden. Sie taumelte und konnte sich gerade noch an einer Tischkante festhalten, um ihren Fall abzufangen. Sie sank auf die Knie.

Gero war sofort neben ihr. «Du bist verletzt.» Er umfasste ihr Kinn und drehte ihren Kopf so, dass er die Wunde ansehen konnte. «Das ist ziemlich tief.» Er presste den Ärmel seines Hemdes gegen den klaffenden Schnitt, und sogleich war der helle Stoff blutrot getränkt.

Sophia schloss die Augen. «Es geht schon.» Sie fühlte, wie sie gänzlich kalt wurde, zuerst in den Fingern und Händen, dann in den Armen und schließlich auch am Hals und im Gesicht. Plötzlich lag ihr Kopf an Geros Schulter, und sie konnte nichts dagegen tun, dass sie zu schluchzen begann.

Gero nahm sie so fest in den Arm, wie er konnte. «Wenn es aufhört zu bluten, geht es dir gleich besser.»

Sophia wusste, dass es nicht der Blutverlust war, der ihr beinahe die Sinne raubte, sondern der überstandene Schreck und die durchlittene Todesangst. «Wir müssen hinter ihnen her», murmelte sie mit schwerer Stimme.

«Du gehst nirgends mehr hin.»

«Du musst …»

«Ich lasse dich jetzt auf keinen Fall allein.»

«Aber dein Vater …»

Gero drückte noch etwas stärker auf die Wunde, und Sophia schrie vor Schmerz auf.

«Mein Vater ist zu tief in diese Sache verstrickt. Adam

hat eine Teufelei mit ihm vor, er wird ihm so schnell nichts tun.»

Sophia hob den Kopf, um ihm ins Gesicht zu sehen. Geros Miene war grau und hart wie Stein.

Alles ging so rasend schnell, dass Ludger erst reagierte, als er mit dem Rücken auf dem schlammigen Boden vor dem Fenster aufprallte. Adam landete auf ihm, aber er rollte sich ab und war so blitzartig wieder auf den Beinen, dass es sich beinahe anfühlte, als könne er fliegen. Grauen packte Ludger, weil ihm der Gedanke durch den Kopf schoss, Adam könne ein Dämon sein. Er fühlte, wie er am Oberarm gepackt und hochgerissen wurde. Ein harter Stoß in den Rücken, dann war er an der Hausecke und in der Gasse, die hier begann.

«Los, weg hier!» Adams Befehl wurde hastig hervorgestoßen, aber die Kraft, mit der er noch immer Ludgers Oberarm umklammerte, machte dem Sachsen klar, dass es zwecklos war, Widerstand zu leisten. Er stolperte halb betäubt vorwärts. Einmal drehte er sich um, aber niemand verfolgte sie. Gero!, schoss es ihm durch den Kopf, und er zermarterte sich das Gehirn darüber, was geschehen war. Was hatte dieser Bastard mit seinem Sohn gemacht?

Es dauerte etwas mehr als eine halbe Stunde, bis Sophia sich so weit erholt hatte, dass sie aufhörte zu zittern und wieder klar zu denken begann.

«Dein Vater hat gesagt, dass Adam ihn zwingen will, Alexandra zu töten», überlegte sie laut, den Kopf noch immer an Geros Schulter gelehnt.

Der nahm vorsichtig den Ärmel von ihrer Wunde. Er musste den Stoff dazu von dem verkrusteten Blut ablösen, und Sophia zog scharf Luft ein.

«Aua! Stimmt es, dass sie noch lebt?» Sie sah zu ihm auf.

«Ja. Der Kaiser hat es mir erzählt. Carolus war bei ihm. Er hat sie gefunden, nachdem ich bei ihm im Kloster war.»

Freude durchflutete Sophia wie ein haarfeiner Sonnenstrahl einen grauen Tag. Rasch richtete sie ihre Gedanken jedoch wieder auf die Gegenwart. «Carolus ist in der Stadt. Vorhin war ein Junge hier und hat ausrichten lassen, dass du zu ihm kommen sollst. Glaubst du, dass Adam ihn getötet hat?»

Gero betrachtete prüfend den frischen Schorf, der nun an einer kleinen Stelle wieder blutete, und pustete darauf.

Sophia setzte sich aufrecht hin. «Glaubst du es?»

«Ich hoffe nicht. Nur er weiß, wo Alexandra ist. Wenn wir meinen Vater finden wollen, müssen wir das zuerst herausfinden.»

Sophia machte Anstalten aufzustehen, aber ein Schwindel erfasste sie, der sie zurück auf die Bank zwang. Sie stöhnte.

«Langsam. Wohin hat Carolus mich bestellt?»

«In den Stift von St. Stephan.»

Gero sprang auf. «Gut.» Unschlüssig blieb er stehen und sah auf Sophia hinunter. Die schloss die Augen, holte tief Luft und stemmte sich dann hoch.

«Gehen wir!»

Adam trieb Ludger vor sich her wie ein Lamm zur Schlachtbank. Jedes bisschen Achtung vor dem ehemaligen Freund hatte sich in ihm in bitteren, kaum erträglichen Verdruss gewandelt, der ihn einzwängte wie eine viel zu kleine Rüstung. Jede Bewegung fiel ihm so schwer, als würde er unter Wasser laufen. Als Adalbert ihm die Führung ihrer Mission übertragen und er sich damit abgefunden hatte, dass es über Marinos noch einen höheren Herrn gab, von dem er nichts geahnt hatte, war Adam von Stolz erfüllt gewesen. Er hatte es an die Spitze geschafft, ohne sein Geheimnis, Sophia, verraten zu müssen. Und das war auch gut so, denn was sie betraf, war er genauso erfolglos gewesen wie Marinos mit Alexandra. Nachdem seine Krieger heimlich in Gerberts Haus eingedrungen waren und Sophia nicht vorgefunden hatten, hatte sich Adam über dieses, sein ureigenes Problem den Kopf zerbrochen. Und als er schließlich begriffen hatte, dass er Sophia auf die Spur gekommen war, indem er Gero und Ludger gefunden hatte, war das wie ein Geschenk gewesen. Umso heftiger hatte es ihn getroffen, dass jeder Funke von Stolz, Machtgefühl und Dominanz in dem Augenblick erloschen war, als er Ludger gegenübergestanden hatte. Von einem Lidschlag zum anderen hatte ihn ein Schleier aus tödlichem Zorn eingehüllt, der ihn nun an nichts anderes mehr denken ließ als an seine Rache.

Ihm war bewusst, dass er seiner Pflicht als *silentiarius* nicht voll nachkam, indem er Sophia lebend zurückließ, aber er konnte nicht anders. Hätte er auch nur einen Moment in seinem Bemühen innegehalten, Ludger zum Mord an Alexandra zu treiben, wäre er auf den Stufen der nächsten Kirche zusammengesunken und genauso kraftlos geworden wie Marinos.

Also schoss er einen finsteren Blick auf einen Mann ab, der missbilligend auf seinen gezückten Dolch blickte, und gab Ludger einen weiteren Stoß in den Rücken.

12. Kapitel

Das Schreiben aus Tarsos wurde kurz nach Sonnenaufgang gebracht, und Michael nahm es in Empfang.

Judith schaute ihm über die Schulter. «Was ist das?»

«Hoffentlich die Lösung für unsere Probleme.» Michaels Stimme zitterte vor Aufregung. Was der Bote gebracht hatte, war mehr als nur eine einzige Seite. Es war ein Päckchen, eingeschlagen in gewachstes Tuch, damit der Inhalt vor Nässe und Schmutz geschützt war.

Es war eindeutig eine Abschrift.

Nachdem Sophia im Oktober verschwunden war, hatte Gerbert einige Zeit lang die Zähne zusammengebissen und wie ein Besessener gearbeitet. Völlig erschöpft hatte er Otto dann um Urlaub gebeten. Allerdings hatte er sich dem Kaiser in der Zwischenzeit so unentbehrlich gemacht, dass Otto ihm die Bitte verwehrt hatte. Also war Michael allein nach Reims gereist, um auf Ludgers Hof nachzufragen, ob Sophia dort eingetroffen war. Schweren Herzens hatte er sich anhören müssen, dass Gero seit Jahren in Rom lebte, und so war er unverrichteter Dinge zurück nach Mainz gereist, um das Gleiche zu tun wie Gerbert: sich in der Arbeit zu vergraben.

Zum ersten Mal seit Oktober verspürte er jetzt einen Anflug von Freude. Er drehte das Päckchen um, fand aber außer dem in lateinischen Buchstaben geschriebenen Wort Tarsos keinen Hinweis auf den Absender. Er sah auf und blickte Judith ins Gesicht. «Wo ist Gerbert?»

«Vorhin war er in der Bibliothek.»

Michael ließ sie einfach stehen.

Er machte auf dem Absatz kehrt und lief in den hinteren Teil der Halle, den sie vor ein paar Wochen vom Rest abgetrennt hatten und seitdem als ihre Bibliothek bezeichneten. Hier bewahrten sie die Abschriften der mathematischen und astronomischen Werke auf, die sie in ihren Besitz hatten bringen können.

Michael fand Gerbert über seine arabische Handschrift gebeugt, die er in der letzten Zeit immer wieder einmal zur Hand genommen hatte.

«Ich muss dich kurz stören», sagte er und legte das Päckchen vorsichtig auf der Tischplatte ab.

«Nicht jetzt!» Gerbert wedelte ihn mit der Hand fort, ohne dabei aufzusehen. Seine Wangen waren gerötet, und sein Haar stand in wirren Büscheln vom Kopf ab. Er machte sich eine rasche Notiz auf einer nur halbherzig gereinigten Pergamentseite und legte die Feder wieder hin. Seine Finger waren schwarz von Tinte, aber das schien er nicht zu bemerken, denn jetzt leckte er den Ringfinger an und blätterte eine Seite seiner Handschrift um.

Murmelnd fuhr er die schnörkeligen, für Michael völlig unlesbaren Zeilen entlang.

«Gerbert!» Michael schob das Päckchen auf ihn zu, damit es in sein Blickfeld geriet. «Wir haben Post aus Tarsos.»

Endlich erregte er Gerberts Aufmerksamkeit. Ein breites Grinsen erschien auf dessen Gesicht und er rieb sich den Nacken. «Mach es auf!»

Das ließ Michael sich nicht zweimal sagen. Eine Notiz fiel ihm entgegen, die auf einem recht dünnen Stapel Blätter aus eigenartigem Material gelegen hatte. Sie war dicht in arabischer Schrift beschrieben.

Michael reichte sie Gerbert. «Hier. Das musst du vorlesen.» Er warf einen Blick auf den Rest der Sendung, konnte aber nicht viel erkennen, denn auch diese Seiten waren arabisch.

Gerbert hielt sich die Nachricht vor die Augen. «Ein Brief von Fatima. Seltsam.»

Fatima, das wusste Michael, war eine der Töchter jenes Mannes, den sie um die Abschrift eines Meton-Textes gebeten hatten. Er beugte sich neugierig vor. Vielleicht würden sie jetzt erfahren, warum sie so lange auf Antwort hatten warten müssen.

«Sie schreibt, dass ihr Vater gestorben ist», übersetzte Gerbert.

Michael stöhnte auf.

«Und dass sie erst jetzt seine gesamten Papiere durchsehen konnten. Dabei fanden sie unsere Bitte um die Abschrift. Fatima schreibt, ihr Vater hätte diese Handschrift dabeiliegen gehabt, zusammen mit einer Notiz für seinen Sekretär, sie uns zu schicken.»

Gerbert ließ das Schreiben sinken.

Michael hielt die Abschrift hoch. «Was ist das für Material?»

Gerbert streckte die Hand danach aus, und Michael gab sie ihm.

«Papyrus», sagte Gerbert.

Michael sah zu, wie er die Seiten der Reihe nach flüchtig überflog. Seine Lippen bewegten sich dabei lautlos in dem Versuch, die fremden Schriftzeichen in verständliche Laute umzuwandeln. Einmal stutzte er, las dann aber weiter.

«Rede endlich!», knurrte Michael, der es bald nicht mehr aushielt, so auf die Folter gespannt zu werden.

«Es ist nur ein Fragment. Fatima kennt den Verfasser nicht, aber sie glaubt, dass ihr Vater der Ansicht war, es müsse uns weiterhelfen, denn an einigen Stellen taucht der Name Meton auf. Sie selbst hat es aber durchgelesen und konnte keinen Hinweis auf den Zyklus finden.»

«Verstehst du genug, um das nachzuprüfen?»

«Wahrscheinlich schon.» Gerbert blätterte einige Seiten um und las dort weiter. Plötzlich fuhr er auf, wie vom Blitz getroffen.

«Da soll mich doch …» Ohne den Blick von den Schriftzeilen zu lassen, sank er zurück auf seinen Sitz. Er las, blätterte, las erneut.

Michael stöhnte auf, und da endlich legte Gerbert die Papyri fort. Seine Hände zitterten ein wenig, als er darauf klopfte.

«Hier steht … Moment. *Da aber auch dieser Kreis … sich als ein größter herausstellt, weil die Sonne auf ihm um den gleichen Betrag nördlich wie südlich des Äquators zu stehen kommt* … Warte.» Er zog das andere Manuskript heran, an dem er bei Michaels Eintreten gearbeitet hatte, und blätterte auch darin herum.

«Ha!» Mit der flachen Hand klopfte er auf die Tischplatte. Auf seinem Gesicht ging die Sonne auf. «… *Da aber auch dieser Kreis … sich als ein größter herausstellt, weil die Sonne auf ihm um den gleichen Betrag nördlich wie südlich des Äquators zu stehen kommt.* Dieser Papyrus enthält einen kurzen Auszug aus dem Ptolemaios-Text, Michael. Ptolemaios schreibt hier über die Bewegungen der Gestirne am Himmel. Weißt du, was das bedeutet?»

Michael war sich nicht ganz sicher, und so schüttelte er zaghaft den Kopf.

«Fatima schreibt, ihr Vater war überzeugt davon, dass uns der Papyrus weiterhelfen kann. Und zwar, weil er begriffen hatte, dass ich die Abschrift des Ptolemaios nie gelesen habe. Sonst hätte ich nämlich nicht nach dem Meton-Text bei ihm angefragt.»

Michael begriff noch immer nicht, worauf Gerbert hinauswollte.

Der lachte jetzt. «Begreif doch! Des Rätsels Lösung war

die ganze Zeit in unserer Nähe, und wir haben es nicht bemerkt, weil es arabisch ist! Dieser Papyrus hier dient nur dem Zweck, uns auf die Lösung zu stoßen!»

Langsam griff die Erkenntnis nach Michael. «Du glaubst, Metons Zyklus steht in deinem Manuskript beschrieben?»

Gerbert fuhr sich mit den Händen durch die ohnehin schon zerzausten Haare. «Ja! Oder zumindest genug Informationen, um ihn selbst auszurechnen.» Er lachte laut.

«Und jetzt?»

«Jetzt werde ich lesen. Ich fürchte, du wirst dich noch ein bisschen gedulden müssen!»

Am nächsten Morgen fand Michael Gerbert immer noch in der Bibliothek, aber diesmal saß er nicht aufrecht über dem Text, sondern er hatte den Kopf auf die Tischplatte gelegt und schnarchte leise.

«Gerbert?» Vorsichtig, um ihn nicht zu erschrecken, näherte sich Michael ihm.

«Er war die ganze Nacht auf.» Judith kam herein, und sie nahm weitaus weniger Rücksicht. Sie stellte eine Schüssel und zwei Becher auf den Tisch, und das Klappern des Geschirrs ließ Gerbert aus seinem Schlummer auffahren.

«Guten Morgen!», grüßte sie und entfernte sich.

Michael starrte ihr nach. «Du solltest ihr wieder einmal die Leviten lesen. Sie wird in letzter Zeit immer aufsässiger, findest du nicht?»

«Sie benimmt sich wie mein Weib, ja. Aber ich glaube, sie ist einfach nur wütend, weil wir beide nichts unternehmen, um Sophia wiederzufinden.» Über Gerberts Gesicht huschte ein Schatten, wurde aber sofort vertrieben von einem hellen, strahlenden Lächeln.

Michael sah es, und er zog den richtigen Schluss. «Du hast etwas herausgefunden, nicht wahr?»

«Genau wie ich gesagt hatte. Die Lösung war die ganze

Zeit hier drin.» Gerbert schlug auf den Text des Ptolemaios und schob mit dem Fuß einen Stuhl zurecht, sodass Michael sich neben ihn setzen konnte. Dann gab er ihm eine Seite, auf der er eine lange und kompliziert aussehende Rechnung durchgeführt hatte.

«Schau her. Ptolemaios gibt uns zwar keinen Hinweis auf die Dauer von Metons Zyklus, aber wir haben tatsächlich genug Zahlen, um ihn selbst auszurechnen. Die Angaben, die wir aus dieser Handschrift erhalten, Michael, sind genauer als alles, was ich bisher zur Verfügung hatte.»

Michael starrte auf Gerberts unordentliche Handschrift. «Ich glaube, das musst du mir erklären.»

«Natürlich. Du könntest es zwar selbst genauso gut, aber ich gestehe, ich bin viel zu ungeduldig, um darauf zu warten. Es ist so: Ptolemaios gibt uns die Dauer eines Monats, also von Vollmond bis Vollmond, mit 29,5306 Tagen an, die eines Jahres mit 365,2467 Tagen. Würde ich ein Jahr aus zwölf dieser Monate berechnen, käme ich auf 354,3672 Tage, also 10,8795 Tage zu wenig. Und jetzt rechne du. Wir setzen das erste Jahr mit 354,3672 Tagen an, das zweite auch. Und so weiter. Nach zwei Jahren haben wir eine Differenz zur Wirklichkeit von 21,759 Tagen, nach drei Jahren 32,6385 Tage. Darin ist wiederum ein ganzer Monat enthalten, also beträgt die Differenz nur 3,1025 Tage. Und so weiter.» Der Reihe nach tippte Gerbert auf die lange Liste seiner Jahres- und Tagesangaben. «Und was siehst du? Wann ist die Differenz fast verschwunden?»

«Nach neunzehn Jahren.» Große Ehrfurcht erfasste Michael.

Gerbert warf die Arme in die Luft. «Ja! Metons Zyklus dauert neunzehn Jahre. Wir haben es geschafft!»

Mitte Februar war St. Otmar völlig von der Außenwelt abgeschnitten. Es hatte seit Tagen geschneit, aber am Vorabend war daraus ein wahrer Schneesturm geworden, der die weiße Pracht zu mannshohen Wehen vor dem Klostertor aufgeschichtet und jeden Gedanken an ein Verlassen der Gebäude unmöglich gemacht hatte.

Mit Mühe hatten die Mönche den Innenhof wenigstens so weit freigeschaufelt, dass man von den Wohngebäuden zur Kirche und zum Scriptorium gelangen konnte.

Seit Carolus Alexandra hier gelassen und dem *librarius* befohlen hatte, sie in jeglicher Hinsicht zu unterstützen, hatte sie ihre Zeit mit dem Studium der unterschiedlichsten Schriften zugebracht. Sie hatte Urkunden gefunden, mit denen Klöster gegründet, Schenkungen durchgeführt oder kostbare Reliquien verliehen worden waren. Sie hatte Heiratsurkunden gesehen, Todesnachrichten oder Sendschreiben, die die Geburt eines Sohnes ankündigten. Es gab Abschriften von ungezählten philosophischen und theologischen Abhandlungen, Bibelkommentare, teilweise auf Griechisch, teilweise auf Latein. Es gab Stundenbücher, über deren Hiersein Alexandra sich ein wenig wunderte, denn in diesem Scriptorium waren sie schlichtweg nutzlos. Und dann lagerten hier Hunderte, vielleicht Tausende von Listen. Listen geistlicher und adliger Domänen, Inventare von Kirchen und Klöstern und vieles mehr.

Jeden Abend, wenn sie auf ihr Lager sank, schwirrte ihr der Kopf, und dennoch schienen die Regale, die sie noch nicht durchforstet hatte, nicht weniger zu werden.

Am Tag nach dem Schneesturm entschied sie sich für ein anderes Vorgehen. Sie betrat die Bibliothek nach dem Frühstück, blieb im Eingangsbereich stehen und sah sich um. Dann ließ sie sich treiben. Sie ging auf gut Glück in einen der Gänge, zog hier eine Schriftrolle aus dem Regal, dort ein gebundenes Buch. Einmal fiel ihr ein Kommentar zu Augustinus in die Hände, deren Verfasser sie aus Byzanz kannte. Ein leises Lächeln glitt über ihre Züge, als sie darin blätterte. Dann widmete sie sich einem anderen Gang. Er befand sich auf der zweiten Galerie und war voll gestopft mit allen möglichen gelehrten Schriften. Alexandra zog eine nach der anderen heraus, bis sie schließlich auf eine von ihnen aufmerksam wurde.

Ein Siegel, das an einer rotweißen Kordel von dem obersten Regalbrett herunterhing, kam ihr bekannt vor. Sie stellte sich auf die Zehenspitzen, erreichte die Kordel mit Mühe und zog vorsichtig daran. Das Paket, das daran hing, war schwerer, als sie gedacht hatte. Es fiel Alexandra entgegen, und sie fing es geistesgegenwärtig mit beiden Händen auf. Eine Staubwolke ging auf sie nieder und brachte sie zum Niesen.

Vorsichtig umschloss sie das Paket mit beiden Armen, presste es an ihre Brust und ging zu einem der Stehpulte, die am Ende eines jeden Ganges standen. Sie legte das Paket darauf ab und besah sich das Siegel näher. Sie hatte sich nicht getäuscht. Es war das von Theophanu.

Und es war unversehrt. Die Schnur wies außer direkt unterhalb des Siegels keinerlei Knoten auf.

Dieses Schriftstück hatte seit seiner Niederschrift durch die Kaiserin niemand mehr gelesen.

Obwohl Alexandra sich sagte, dass in dem kräftigen, gewachsten Leder alles Mögliche sein konnte, wurde sie doch von einem starken Gefühl der Erregung ergriffen. Deshalb zögerte sie nur kurz. Sie warf einen prüfenden Blick über die Brüstung in die Tiefe, zerschnitt die Schnur und schlug das Leder auseinander.

Vor ihr lag ein Stapel Pergamente, die ungewöhnlich gelblich aussahen. Alexandra nahm eines davon hoch und staunte, wie dünn sie waren. Die Schrift, ein unglaublich kleines, zierlich wirkendes Griechisch, schien bis auf die Rückseite durch. Rasch blätterte Alexandra durch den Stapel und stellte fest, dass es mehr als hundert Seiten waren. Einige von ihnen trugen Skizzen irgendwelcher Geräte. Alexandra erkannte eine Sonne, von der offenbar Strahlen ausgingen und auf die Spitze eines in die Erde gesteckten Stabes fielen. Der Schatten war mit Zahlen beschriftet, deren Sinn sie nicht verstand.

Beim Anblick der mathematischen Formeln neben dieser Zeichnung huschte ein Lächeln über Alexandras Gesicht. Hieran hätte Gerbert seine helle Freude gehabt.

Sie legte das Manuskript zur Seite und wandte sich dem anderen Gegenstand zu, der sich in der Hülle befunden hatte. Es war ein dickes Bündel doppelt handtellergroßer Wachstafeln derselben Sorte, wie sie sie selbst in St. Kyrillos verwandt hatte, um sich Notizen zu machen. Sie wurden von zwei Lederstreifen wie ein Buch zusammengehalten. Das Wachs in ihnen war alt und brüchig, sodass die Schrift, die sich auf der Oberfläche von einer von ihnen befand, nur noch schwer zu lesen war. Dennoch erkannte Alexandra sofort Theophanus Handschrift. Und sie sah auch, dass die Notizen in großer Hast geschrieben worden waren. Die Schrift der Kaiserin, die sonst wohlgestaltet und verschnörkelt gewesen war, sah hier aus wie hingeworfen, eckig und unsauber.

Es waren nur wenige Worte.

Dies ist jenes Buch, das Kaiserin Theophanu dem Willen Gottes folgend aus den Bibliotheken von Byzanz stahl und mit in den Westen brachte.

Alexandra sah auf das Deckblatt des Pergamentstapels. In einer anderen Handschrift als im Inneren und im Gegensatz dazu nicht auf Griechisch, sondern auf Latein standen dort nur wenige Worte.

Elementa mathematica et astronomica.

Und darüber prangte ein Name.

Meton von Athen.

Plötzlich war sich Alexandra ganz sicher, dieses Werk schon einmal gesehen zu haben.

13. Kapitel

Als Sophia und Gero im Kirchenstift von St. Stephan nach Carolus fragten, wurden sie sofort zu ihm geführt.

Er lag in einer kaum zwei mal zwei Schritt messenden Zelle auf einem Bett, über das jemand ein weißes Tuch als Laken gelegt hatte. Das Erste, was Sophia wahrnahm, als sie sich hinter Gero durch die Tür duckte, waren die Unmengen von Blut, die dieses Laken getränkt hatten. Gnädig hatte jemand ein wärmendes Fell über den Leib des Abtes gebreitet, das die Verletzungen verbarg.

«Er wollte Euch unbedingt noch einmal sehen», flüsterte der Mönch, der Sophia und Gero hereingeführt hatte. «Man hat ihn in der Nordstadt gefunden und hierher gebracht. Jemand hat ihm einen Dolch in den Leib gerammt, und es ist ein Wunder, dass er noch lebt. Er scheint Euch etwas sehr Wichtiges sagen zu müssen.» Er beugte sich über Carolus und legte ihm eine Hand auf die Stirn. «Vater? Euer Besuch ist hier.»

Statt sich zu regen, atmete Carolus einfach einmal hörbar ein und aus.

Der Mönch richtete sich auf. «Ich lasse Euch jetzt allein. Wenn Ihr mich braucht, ruft einfach. Ich bleibe in der Nähe.»

«Danke.» Gero wartete, bis der Mann fort war, dann kniete er sich neben Carolus nieder und suchte unter dem Fell nach dessen Hand. Sophia sah, wie er sich versteifte, als er sie gefunden hatte.

«Er ist ganz kalt», flüsterte er. «Vater? Könnt Ihr mich hören. Ich bin es. Gero.»

Als habe der Name ihm ein wenig Kraft zurückgegeben, öffnete Carolus langsam die Augen. Er drehte den Kopf zu Gero und stieß einen langen, schmerzhaften Seufzer aus. Womöglich wurde sein Gesicht noch eine Nuance bleicher, als es ohnehin schon gewesen war.

Sophia biss sich auf den Knöchel ihrer rechten Hand. Sie kannte diesen Mann nicht, aber sie spürte, dass Gero ihn sehr mochte. Leise trat sie hinter ihn und legte ihm die Hand auf die Schulter.

«Gero …» Carolus' Stimme war nur ein Hauch.

«Ich bin hier, Vater.»

«Ihr müsst Alexandra …» Er keuchte. Dann, nach endlosen Augenblicken, die Sophia vorkamen wie mit Nadeln gespickt, sprach er weiter. «… vor ihm retten.»

«Wo ist sie, Vater?»

Wieder keuchte er. «St. Otmar.»

«In Eurem Kloster?» Gero sah zu Sophia auf. Sie nickte ihm zu, um ihm zu zeigen, dass sie ihm beistand.

«Ja. Sie sucht … nach dem Geheimnis. Ihr müsst ihr helfen, Gero.» Ein Ruck fuhr durch Carolus' Körper, er bäumte sich auf und stieß ein lang gezogenes Stöhnen aus, das Sophia Tränen in die Augen trieb. «Helft ihr, das Geheimnis zu hüten. Ich kann … es jetzt nicht mehr. Und, Gero?»

Gero beugte sich dicht über den sterbenden Mann. «Ja?»

«Ihr müsst …» Den Rest konnte Sophia nicht mehr verstehen.

«Das werde ich, Vater.»

Dann war Carolus fast übergangslos tot. Sophia konnte keinen letzten Atemzug wahrnehmen, kein Zucken oder Zusammensinken. Dennoch wusste sie, dass Carolus' Seele seinen Körper verlassen hatte: Mit einem Mal sah er aus wie eine Puppe.

Gero erhob sich und drückte ihm die Augen zu.

Sophia nahm ihre Hand von seiner Schulter und schlug sie sich vor den Mund. Dann folgte sie Gero aus der Zelle.

«Was machen wir jetzt?»

Sophia holte so tief Luft, wie sie konnte. Der Mönch hatte sie wieder auf die Straße geführt, und hier standen sie nun. Der Tag neigte sich dem Abend zu, und die ersten Bauern begannen ihre Marktstände fortzuräumen. Noch war reges Leben auf dem Platz, und es kam Sophia falsch vor. Niemand nahm Notiz davon, dass hier soeben ein Mensch gestorben war. Irgendwie stimmte diese Erkenntnis sie trauriger als das Erleben des Todes selbst.

Gero stand aufrecht neben dem Hauseingang, in tiefes Nachdenken versunken, das seine Züge leblos aussehen ließ. Er hatte die Rechte am Schwertgriff liegen, die Linke an der Scheide darunter. Es sah aus, als wolle er sogleich die Waffe ziehen und damit um sich schlagen.

«Meinst du», setzte Sophia hinzu, «Adam und Ludger sind schon unterwegs zum Kloster?»

«Bestimmt. Adam ist ein Getriebener. Er kann es kaum abwarten, Alexandra sterben zu sehen.»

Sophia unterdrückte ein Schaudern bei dem Gedanken daran, was dieser *silentiarius* Carolus angetan hatte. «Er ist ein Tier», murmelte sie.

«Das ist er.» Gero gab sich einen Ruck. «Ich werde meinen Männern Bescheid sagen. Ich reite ihnen nach. Sofort.»

«Ich komme mit.»

Gero fasste Sophia ins Auge. «Was ist mit deinem Vater?»

Er hat nicht sofort Nein gesagt, dachte Sophia. «Er hat jetzt so lange gewartet, da muss er eben noch ein paar Wochen länger warten.»

«Was ist, wenn wir nicht wiederkommen?»

Angst griff nach Sophia. «Glaubst du, dass es so gefährlich wird?»

«Adam ist ein Dämon, das hast du eben selbst gesagt.»

«Ich möchte trotzdem mitkommen.»

«Was machst du, wenn ich das nicht möchte?»

Jetzt senkte sie den Kopf und unterdrückte ein Lächeln. «Alexandra ist meine Mutter.»

Gero ließ sein Schwert los und wischte sich mit dem Handrücken über den Mund. «Du solltest trotzdem wenigstens für eine halbe Stunde zu deinem Vater gehen. Ich muss die Männer erst zusammenrufen. Bis wir aufbruchbereit sind, hast du Zeit, deine Angelegenheiten zu regeln.»

Sophia legte ihm die Hand auf den Unterarm. «Kann ich dir vertrauen?» Sie sah ihm ernst ins Gesicht. «Wirst du nicht einfach losreiten und mich hier lassen?»

Statt etwas darauf zu sagen, hob er die Hand, legte sie unter ihr Kinn und gab ihr einen sanften Kuss auf den Mund. «Reicht das als Antwort?»

Sie lächelte. «Ich würde dir folgen. Ich habe dich auch in Gielde gefunden, vergiss das nicht!»

Er lächelte ebenfalls. «Sieh zu, dass du in einer Stunde fertig bist. Wir warten am Südtor auf dich.»

Sophia klopfte mit all ihrer Kraft gegen Gerberts Tür, sodass ihre Schläge bis in den hintersten Winkel des Hauses dröhnten.

«Ich komme ja schon!» Judiths Stimme klang missmutig. Ein Riegel wurde zur Seite geschoben, dann öffnete sich die Tür einen Spalt. «Was wollt …» Sie verstummte, und der Unterkiefer fiel ihr herunter. «Sophia!»

«Wo ist mein Vater?» Sophia schob die Tür auf, sodass sie hindurchschlüpfen konnte. «Ich habe nicht viel Zeit, wo ist er?»

«Wo wart Ihr denn so lange?»

«Judith!» Sophia zwang sich, Judith einen Moment anzusehen. Ihr Atem jagte, und ein wenig erschrak sie über die tiefen Linien, die sich um die Mundwinkel und Augen der alten Frau gegraben hatten. «Bitte, sag es mir!»

«Beim Kaiser. Er …»

«Und Michael?»

«Auch. Sie haben …»

Statt weiter zuzuhören, lief Sophia in die Halle und sah sich rasch um. Sie eilte in den abgeteilten hinteren Teil, kramte in dem Pergamentstapel, der auf der Tischkante lag, und suchte eines heraus, das nicht zu groß und vor allem unbeschriftet war. Zum Abschaben des alten Textes hatte sie jetzt wirklich keine Zeit. Sie fand ein Fass mit fertiger Tinte, und ein zufriedenes Lächeln glitt über ihre Züge. Die Federn waren allesamt gebraucht und ziemlich ausgefranst, aber sie mussten genügen. Sophia griff sich eine, tauchte sie in die Tinte und schrieb ein paar hastige Zeilen.

Während sie das tat, trat Judith hinter sie. Sie warf die Feder auf den Tisch, faltete das Schreiben einmal und drückte es Judith in die Hand. Hastig umarmte sie sie und bedauerte, dass keine Zeit blieb, alles zu erklären.

«Es tut mir Leid. Grüß meinen Vater von mir und gib ihm dies. Darin steht alles erklärt. Und jetzt lass mich wieder hinaus, ja?»

Adam trieb seine Männer und Ludger voran, als sei der Leibhaftige hinter ihnen her. Gero ließ Sophia und die anderen große Teile der Tagesetappen in schnellem Trab zurücklegen, teilweise sogar im Galopp, und dennoch mussten sie beinahe jeden Tag feststellen, dass der Vorsprung der anderen wuchs.

«Das gibt es doch gar nicht!», knurrte Gero, als sie aus einem weiteren Dorf ritten, in dem sie nach Adams Männern gefragt hatten. «Seit zwei Tagen sind sie jetzt schon von hier fort. Wie macht dieser Kerl das?»

«Das geht nur mit immer neuen Pferden», gab einer seiner Gefolgsmänner zur Antwort. «Sonst hätten sie ihre Tiere schon zuschanden geritten.»

Sophia versuchte sich vorzustellen, wie Adam sich neue Pferde beschaffte. Dabei wanderten ihre Gedanken zu Carolus zurück, und sie sah ihn wieder auf seinem Lager, bleich, vom Blutverlust geschwächt und doch willens zu kämpfen, bis er gesagt hatte, was er zu sagen hatte.

Plötzlich fiel ihr etwas ein.

«Sag», wandte sie sich an Gero. «Was hat der Abt dir eigentlich zum Schluss zugeflüstert? Ich konnte ihn nicht mehr verstehen.»

Geros Miene verdüsterte sich. «Er bat mich, dafür zu sorgen, dass er nicht umsonst gestorben ist. Und er bat mich noch darum, seinen Namen nicht in Vergessenheit geraten zu lassen. Seltsam, nicht?»

«Seinen Namen nicht in Vergessenheit geraten zu lassen.» Sophia sog ihre Unterlippe zwischen die Zähne. «Hast du eine Ahnung, was er damit meinte?»

«Nicht die geringste.»

Sie sprachen nicht weiter darüber, hetzten stattdessen ihre Pferde weiter. Aber Sophia dachte noch lange über Carolus' letzten Wunsch nach.

Sie folgten dem Lauf des Rheins bis Speyer und übernachteten im alten Kloster von Schwarzach. Dann überquerten sie einen Fluss mit dem seltsamen Namen Murg. Die Flanken der Berge, in deren Schatten sie nun dahinritten, waren mit dichtem, düster aussehendem Wald bewachsen. Tiefe Täler zogen sich durch sie hindurch, aus denen Bäche und Flüsse in Richtung Westen hin in den Rhein flossen.

Am Abend nach ihrer Abreise aus Schwarzach erreichten sie eine kleine, aber stark befestigte Burg. Ihr Herr hatte sie auf einer Fläche erbauen lassen, die man offensichtlich unter Mühe dem Wald abgetrotzt hatte. Eine mannshohe Palisade umgab das gesamte Anwesen ungefähr auf halber Höhe des Hügels, und in ihrer Mitte stand, noch einmal von einem massiven Holzzaun umgeben, ein wehrhaft aussehender Burgfried. Die Gebäude des Anwesens waren innerhalb der Palisade verstreut. Als Gero um Einlass bat und diesen von einem alten, zahnlosen Mann gewährt bekam, sah Sophia Scheunen und Ställe und ein Herrenhaus, das alle anderen Gebäude mit Ausnahme des Burgfrieds um die Hälfte überragte. Sie wunderte sich, wie wenig Speicher es hier gab – diese Menschen lebten eindeutig nicht von der Landwirtschaft. Der alte Mann führte Gero und Sophia ins Herrenhaus, das, genau wie Ludgers Hof in Reims, nur über eine Treppe und eine Tür im ersten Stockwerk betreten werden konnte. Von diesem erhöhten Standpunkt aus hatte Sophia einen guten Blick über die Palisade hinweg ins Umland. Sie sah ein gutes Dutzend Männer, die sich an einem Fluss ganz in der Nähe damit beschäftigten, Baumstämme in Richtung Tal zu flößen.

Der Alte bemerkte Sophias Blick.

«Der Wald ist unsere Haupteinnahmequelle», erklärte er. «Der Herr dieses Hofes verkauft Holz bis nach Speyer. Für den Kirchenbau.» Das erfüllte ihn ganz offensichtlich mit Stolz. Mit der flachen Hand stieß er die Tür auf und bat Gero und Sophia in die große Halle. Eine Frau, die ebenso alt zu sein schien wie er, im Gegensatz zu ihm aber noch alle Schneidezähne besaß, war gerade damit beschäftigt, das alte Stroh vom Fußboden zusammenzufegen. Eine dichte Staubwolke lag in der Luft. Sophia unterdrückte ein Niesen.

«Lass das», befahl der Alte der Frau. «Hol lieber den Herrn, wir haben Besuch.»

Die Frau hielt inne und schoss einen Blick auf Gero ab, aus dem Sophia brennendes Misstrauen lesen konnte. Dann stellte sie den Besen in eine Ecke, nahm den Eimer, der an der Wand gestanden hatte, sprengte einige Hände voll Wasser in die Luft und schlug so den größten Teil des Staubes nieder. Das Stroh bekam dadurch einen muffigen, feuchten Geruch, der beinahe noch unangenehmer war als der Staub. Gemächlich stellte die Alte den Eimer zurück. Erst dann eilte sie nach draußen und kam gleich darauf mit einem Mann zurück, der kaum älter zu sein schien als Gero. Er war schlank, aber nicht besonders groß, und seine Kleidung war gleichzeitig kostbar und schlicht. Er trug einen Arm in einer Schlinge, und auf seinem Gesicht leuchtete ein blauer Fleck, der sich von der Wange bis zum Ohr zog.

«Seid willkommen!», begrüßte er Gero. Mit einem einzigen Blick hatte er ihn von oben bis unten abgetastet, und jetzt glitt ein freundliches Lächeln über sein Gesicht. Er reichte Gero die linke Hand. «Mein Name ist Markus. Die Leute nennen mich den Flößer. Verzeiht, dass ich Euch nicht angemessen begrüßen kann, aber ich hatte einen kleinen Unfall unten beim Holz.»

Gero griff nach der Linken. «Gero von Verla. Ich danke Euch. Sorgt Euch nicht, ich weiß, wie es sich anfühlt.» Er tippte auf seinen Oberarm mit der Narbe. «Eine Kampfverletzung zwar, aber ich konnte meine Hand auch lange nicht benutzen. Ihr helft Euren Männern bei der Arbeit?»

«Manchmal. Im letzten Jahr traf uns eine Seuche, und leider fehlen uns ein paar Leute. Die Aufträge dulden keinen Aufschub, also muss ich selbst mit anfassen.»

Die alte Frau kam wieder herein und machte sich an einem der beiden langen Tische zu schaffen, die die Halle dominierten. Sie begann, die Platte abzuwischen, und warf dabei immer wieder lange, wütende Blicke in Geros Richtung.

«Eure Leute trauen uns nicht», sagte Gero, nachdem er Sophia als seine Frau vorgestellt hatte. Er deutete mit dem Kinn unauffällig auf die Alte.

Markus' Gesicht verdüsterte sich. «Wir hatten vor kurzem Gäste, die sich nicht wie solche verhalten haben.»

Sophia sah ihn an. «Wie das?»

Wenn Markus erstaunt darüber war, dass sie vor Gero das Wort ergriff, so ließ er es sich nicht anmerken. «Sie kamen und baten um ein Nachtlager, wie Ihr auch. Wir haben es ihnen gewährt, aber am nächsten Morgen fanden wir ihre Lager leer. Und unsere Pferde waren fort. Dafür ließen sie uns ihre eigenen zurück, die sie halb zuschanden geritten hatten. Ich weiß nicht, ob wir ihre Beine jemals wieder heilen können.»

Gero kniff die Augen zusammen. «Wie sahen diese Leute aus?»

Markus beschrieb ihm zwei der Männer, und Sophia sah Adam und Ludger vor ihrem inneren Auge. «Es war seltsam», endete der Flößer, halb in Gedanken versunken. «Der größere von beiden wirkte wie ein Idiot. Beim Abendessen sprach ich ihn an, aber er glotzte nur. Er sagte die ganze Zeit kein einziges Wort, als hätte er seine Zunge verschluckt.»

Sophia sah, wie sich Geros Halsmuskeln verkrampften. Sanft legte sie ihm eine Hand auf den Unterarm, und er blickte sie ausdruckslos an.

«Wir sind auf der Suche nach diesen Männern», erklärte sie. «Wisst Ihr, wohin sie geritten sind?»

Markus zuckte die Achseln. «Von hier aus gibt es nur zwei Möglichkeiten, entweder weiter in Richtung Süden durch das Tal oder aber durch die Berge nach Osten. Wohin wollten Eure Leute?»

«Es sind nicht unsere Leute», brummte Gero. «Sie sind auf dem Weg nach St. Gallen.»

«Dann könnten sie beide Wege genommen haben. Tut mir Leid.»

Sophia musterte Gero so unauffällig wie möglich. Es war ihm heute deutlich anzusehen, dass er sich auf einer Jagd befand.

Obwohl es Gero nach diesen Nachrichten zum schnellen Weiterreiten drängte, willigte er ein, ein kräftigendes Mahl in Markus' Halle einzunehmen. Zum Kochen blieb keine Zeit, und so begnügten sie sich mit kaltem Braten, dunklem Brot und stark verdünntem, hellem Wein, der Sophia den Rest des Tages unangenehm im Magen herumgurgelte.

«Und Ihr habt wirklich keine Ahnung, welchen Weg sie genommen haben?», fragte Gero bei ihrem Aufbruch noch einmal. Markus hatte ihm diese Frage schon zweimal verneint.

Jetzt schüttelte er wieder den Kopf. «Im Flusstal entlang lässt es sich leichter reiten, aber der Weg macht eine weite Schleife nach Osten. Durch die Berge ist es kürzer, aber gefährlicher. Beides habe ich auch diesem Adam erklärt. Ich kann nicht sagen, auf welche Weise man schneller ist.»

«Er ist durch die Berge.» Sophia war sich ganz sicher. «Er hat sicher den kürzeren Weg genommen, was meinst du?»

Gero überlegte. «Möglich. Was waren es für Pferde, die er Euch gestohlen hat?»

«Drei Stuten und einen Hengst, alles kleine Bergtiere. Ich habe mich gewundert, dass sie ausgerechnet meinen Hengst zurückgelassen haben. Er ist der größte und kräftigste von allen.»

«Ein Streitross?»

Markus grinste. «Ja. Eigentlich brauche ich keines. Ich bin keinem Herrn zu Kriegsdiensten verpflichtet, aber ich habe das Vieh in Speyer auf dem Markt gesehen und konnte nicht widerstehen. Er ist ein Prachtkerl.»

Gero straffte die Schultern und sah Sophia an. «Du hast Recht», sagte er. «Sie sind durch die Berge.»

Also ritten sie ebenfalls durch die Berge. Die Wege waren schlecht und wurden von Tag zu Tag schlechter. Es ging in endlosen Windungen bergauf, unter jahrhundertealten Bäumen hindurch, deren Laub alle Geräusche zu einem matten

Flüstern dämpfte und deren Äste so dicht waren, dass das spärliche Licht der Wintersonne kaum bis auf den Boden drang. Zweimal kamen sie an Gehöften vorbei, deren Bewohner in Markus' Diensten standen, dann jedoch hatten sie jegliche Anzeichen menschlicher Behausung hinter sich gelassen.

Als sie die höchste Stelle des Gebirges überwunden hatten und der Weg sich in ebenso endlosen Schleifen wieder in Richtung Tal wand, bemerkte Sophia, wie Geros Miene von Tag zu Tag verschlossener wirkte. Als sie ihn danach fragte, gestand er ihr, dass sie Adams Spur verloren hatten.

«Sie war hier!»

Gerbert wusste sofort, von wem Judith sprach, als sie ihm an diesem Abend aufgeregt entgegenkam.

«Wann?»

«Heute Nachmittag. Ich wollte Euch benachrichtigen, aber ich konnte Euch nicht finden. Und zum Kaiser haben sie mich nicht vorgelassen. Also bin ich wieder hierher nach Hause gekommen und habe auf Euch gewartet.»

Gerbert sah an Judiths erhitzter, mehlbestäubter Gestalt hinab. Sie war gerade dabei, Brot zu backen, das konnte er riechen. Trotz seiner Ungeduld gestattete er sich ein schmales Lächeln. Judith backte immer dann Brot, wenn sie aufgeregt oder unzufrieden war. «Wo ist sie?»

«Ich fürchte, nicht mehr in der Stadt.»

«Was?» Gerbert konnte nicht entscheiden, ob er Unglaube oder Wut empfinden sollte.

«Sie hat etwas für Euch dagelassen.» Hastig rannte Judith in den hinteren Teil der Halle. Während sie das Schreiben holte, streifte Gerbert sich die Schuhe von den Füßen und stellte sie vor das Kaminfeuer. Draußen regnete es noch immer in Strömen, und seine Füße waren völlig durchnässt.

Sophias Nachricht bestand aus nur wenigen Zeilen, und sie war so hastig hingekritzelt, dass Gerbert sie beinahe nicht entziffern konnte. Während er sie leise vor sich hin murmelnd las, rieb er die kalten Zehen aneinander.

«Ich war hier, konnte nicht bleiben. Wir sind auf dem Weg zu Alexandra. Sie ist in einem Kloster in den Alpen, das St. Otmar heißt, ganz in der Nähe von St. Gallen. Gero und ich müssen zu ihr. Es bleibt keine Zeit, auf dich zu warten. Sei nicht böse, sobald ich kann, komme ich zurück nach Hause. Aber zuerst brauche ich Antworten.» Gerbert machte eine Pause, denn an dieser Stelle kam ein Absatz. Ein Stück unter dem Rest standen fünf Worte. Er las sie nicht laut.

Verzeih mir. Ich liebe dich.

Gerbert ließ das Schreiben sinken. «Sie hat es nicht einmal unterschrieben.» Er spürte, wie es in seinem Kopf zu rotieren begann. Was war es, das sie zu so immenser Eile antrieb, dass sie nicht hatte warten können, bis er nach Hause gekommen war? Was hatte sie in den Monaten gemacht, in denen sie fort gewesen war? Zumindest die zweite Frage war einfach zu beantworten. Sie hatte Gero gesucht und ihrem Schreiben nach auch gefunden. Gerbert wanderte nachdenklich in der Halle herum, bis ein Hocker in seinem Weg stand. Ohne darüber nachzudenken, ließ er sich darauf sinken. Ein Teil von ihm hoffte, dass Sophia wirklich einen triftigen Grund für ihre Eile hatte. Denn das würde bedeuten, dass sie nicht nach einer Ausflucht gesucht hatte, dass sie nicht hergekommen war, dann den Mut verloren hatte und geflüchtet war. Das, wurde Gerbert klar, das hätte er niemals verwunden. Schlimm genug, dass sie einmal vor ihm davongelaufen war. Ein zweites Mal hätte er nicht ertragen können.

Aber da war noch etwas anderes. Der Ton, in dem Sophia geschrieben hatte, verursachte Gerbert ein ungutes Gefühl.

«Gerbert?» Michael betrat die Halle und sah besorgt auf ihn nieder.

Gerbert rieb sich die Augen mit den Handrücken. Dann reichte er das Schreiben Michael.

«Ich glaube, Sophia ist in Gefahr», sagte er.

Michael nahm Sophias Schreiben entgegen, und im ersten Moment hüpfte sein Herz vor Erleichterung darüber, dass sie sich gemeldet hatte. Seine Freude erlosch jedoch beim Lesen sofort, denn ihm wurde schlagartig klar, was ihre Zeilen zu bedeuten hatten. Er sah auf und blickte in die Sorge in Gerberts Augen.

«Warum glaubst du das?», fragte er vorsichtig.

«Sonst wäre sie nicht so eilig wieder abgereist. Hier geht irgendetwas vor sich, Michael.»

Michael schaute auf die Zeilen. Gerbert spürte, dass etwas nicht in Ordnung war, aber er hatte die Schlüsse noch nicht gezogen, die Michael nun zog: Diese Antwort, die Sophia von Alexandra wollte, konnte nur eine Antwort auf die Frage sein, warum sie damals so überhastet aus dem Kloster hatten fliehen müssen. Michael begriff, dass sich Sophia, wenn sie wirklich auf dem Weg zu Alexandra war, auf dem besten Wege befand, den *silentiarii* in die Arme zu laufen. Er presste Ober- und Unterkiefer zusammen, und ein wenig Haut geriet dabei zwischen seine Zähne. Der Schmerz war fein, aber durchdringend. Wenn Sophia Alexandra wirklich fand, waren alle Bemühungen, sie zu schützen, vergeblich gewesen!

Michael setzte sich auf die Bank und legte das Schreiben so vorsichtig auf den Tisch, als sei es aus dünnem Glas. Sachte strich er es glatt. Er spürte deutlich den Impuls, aufzuspringen und sich sofort auf den Weg zu ihr zu machen. Jetzt, da er wusste, wo er sie finden konnte, wurde das Bedürfnis, sie zurück in seine Obhut zu holen, übermächtig. Dann jedoch fiel sein Blick auf Sophias Schrift, und ein einziges Wort hielt ihn davon ab, dieser Empfindung länger nachzugehen, als ein Lidschlag währte.

Gero.

Sie hatte ihn gesucht.

Und sie hatte ihn gefunden.

Michael fuhr sich mit der Zunge über die Stelle, wo er sich gebissen hatte. Der Schmerz wurde ein bisschen greller, tat beinahe gut. Sophia hatte ihn nie geliebt, das hatte er stets geahnt. Mehr als einmal war er dicht davor gewesen, sie um ihre Hand zu bitten, aber eine innere Stimme hatte ihn stets davon abgehalten.

Er wehrte sich gegen den Schmerz, der sich in seiner Brust ausbreitete. Er hatte hier zu tun. Sie waren jetzt mit ihrer Arbeit so weit gekommen, er konnte nicht einfach fort. Ohnehin würde der Kaiser ihn nicht gehen lassen. Er sah auf, suchte Gerberts Blick, aber der war in seine eigenen Gedanken versunken.

«Wir können ihr nicht helfen, oder?»

Sein Herz setzte einen Schlag aus, als Gerbert genau das sagte, was er noch eben gedacht hatte.

«Wir können hier nicht weg.» Eine steile Furche hatte sich in Gerberts Stirn gegraben und zeigte Michael, wie sehr auch er mit sich rang. Plötzlich schüttelte Gerbert energisch den Kopf und sprang auf die Füße. «Unsinn! Natürlich können wir ihr helfen!»

«Aber wie?»

«Indem wir nach St. Gallen reisen. Indem wir herausfinden, worum es eigentlich geht. Ich habe mich viel zu lange geduckt. Jetzt weiß ich endlich, wo Sophia ist, und der Teufel soll mich holen, wenn ich ihr nicht wenigstens zu helfen versuche.»

Seine Worte fanden in Michael einen Widerhall. Ja, das war es, was auch er wollte. Aber die Vernunft meldete sich und übertönte den Wunsch. «Was ist mit dem Kaiser? Wir haben keine Erlaubnis, den Hof zu verlassen.»

«Dann muss ich es eben ohne Erlaubnis tun.»

Michael schluckte.

Gerbert nahm Sophias Nachricht und faltete sie zweimal in der Mitte. «Einmal in meinem Leben habe ich das Wohl einer Frau, die ich liebte, hinter meine eigenen Karriereinteressen gestellt.» Er schwieg, rang mit sich, das war deutlich zu sehen. Langsam legte er das Schreiben wieder hin. Dann ging er in die Bibliothek und blieb vor der Abschrift des Ptolemaios-Textes stehen. Mit einer beinahe zärtlichen Geste strich er über dessen Oberfläche. «Das kann ich nicht noch einmal tun.»

Irgendwie hatte Michael gewusst, dass Gerbert sich so entscheiden würde. Bittere Freude und ein fast körperliches Erschrecken packten ihn gleichzeitig.

Mit einem Ruck drehte sich Gerbert zu ihm um. «Es tut mir Leid. Einen Menschen muss ich wohl immer enttäuschen, egal, was ich im Leben auch tue.»

«Wie meinst du das?»

«Immerhin geht es um dein Lebenswerk. Wenn ich mich unerlaubt aus dem Dienst des Kaisers entferne, werden wir kaum noch die Gelegenheit bekommen, deinen Auftrag auszuführen.»

Der Aufruhr der Gefühle ließ Michaels Magen rebellieren. Natürlich hatte Gerbert Recht. Wenn sie Sophia nachreisten, dann bedeutete das, dass sie wahrscheinlich niemals mehr die Reform in den Westen tragen konnten. «Wir haben noch unsere astronomischen Ergebnisse», murmelte er. Aber es war durchaus möglich, dass sie sich auch davon abschnitten, wenn sie Otto gegen sich aufbrachten. In einem Anflug von Fatalismus zuckte Michael die Achseln, gab den Kampf gegen sich selbst auf und wappnete sich gegen den bittersüßen Schmerz, der auf ihn wartete. «Was soll's! Es geht immerhin um Sophia.»

Gerbert nickte langsam. «Eben.»

14. Kapitel

Sophia legte die Hand über die Augen und starrte gegen die tief stehende Sonne in Richtung Westen. «Bist du sicher, dass wir hier richtig sind?»

Gero hielt sein Pferd neben ihr an. Der Pfad, auf dem sie sich befanden, war schmal, sodass sie gerade noch Seite an Seite stehen bleiben konnten. Sophia schielte an Gero vorbei in den Abgrund, der dort an die dreißig Schritt senkrecht abfiel. Einmal mehr bewunderte sie Gero für die Sicherheit, mit der er sich bewegte. Die Nähe zur Tiefe schien ihm nicht das Geringste auszumachen.

«Ich war hier schon zweimal, vergiss das nicht.»

«Natürlich nicht. Es sieht nur so unwirtlich aus. Ganz anders als diese Berge bei Markus' Hof.»

Gero ließ seinen Blick über die schroffen Felsen und die schneebedeckten Gipfel der Alpen streifen. «Das ist es auch.»

Das Wetter war ihnen wohlgesinnt gewesen. Seit ihrem Aufbruch aus Mainz hatten sie erst strengen Frost und gegen Anfang März sogar sonnige Frühlingstage gehabt, die ihnen das Vorankommen erleichtert hatten. So hatten sie St. Gallen in unglaublichen einundzwanzig Tagen erreicht.

«Ich kann es immer noch nicht fassen, wie schnell wir gewesen sind», sagte Sophia. Gero hatte ihr versichert, dass sie noch vor Einbruch der Dunkelheit St. Otmar erreichen würden. Wenn sie sich das unwegsame, einsame Gelände ringsumher allerdings so ansah, konnte sie sich gegen den

Verdacht, dass sie sich verirrt hatten, jedoch kaum zur Wehr setzen. Sie wandte sich um und schaute zu Geros Männern zurück, die in einiger Entfernung hinter ihnen ritten.

«Wieso? Der Bote, der auf Ottos Krönungsfeierlichkeiten aufgetaucht ist, um die Todesnachricht seines Vaters zu überbringen, hat nur achtzehn Tage gebraucht, und das …»

«… von Rom bis Aachen. Ich kenne die Geschichte!» Sophia lachte Gero an. «Glaubst du das?»

Gero zuckte die Achseln. «Von Mainz nach St. Gallen in einundzwanzig Tagen finde ich schon nicht schlecht.»

«Stimmt. Wann sehen wir denn nun das Kloster?»

«Du bist ein ungeduldiges Weibsbild, weißt du das?» Gero beugte sich vor und griff in die Zügel von Sophias Pferd. Dann zog er daran, sodass es ganz nahe an das seine herantreten musste. Er beugte sich zu Sophia hinüber, bis seine Wange dicht an der ihren lag, und deutete mit ausgestrecktem Arm über eine Bergkuppe. «Da siehst du es schon.»

Sophia kniff die Augen zusammen. Zuerst sah sie nichts, aber bald glaubte sie, einen hohen Turm zu erkennen, der sich kaum vom Hintergrund der Berge abhob.

Gero grinste breit. «Zufrieden?»

Sie nickte und knuffte ihn. «Ja. Weißt du, was du bist?»

«Gemein?»

«Genau!»

Lachend ritten sie weiter.

Das Klostertor war verschlossen, aber auf ihr Klopfen hin öffnete ihnen ein kleiner Mönch, der kaum älter zu sein schien als Sophia.

Gero stellte sich, seine Männer und Sophia vor. «Wir sind auf der Suche nach Alexandra von Reims.»

«Ihr meint Alexandra von St. Kyrillos? Die ist in der Bibliothek. Wenn Ihr wollt, hole ich sie.» Der Mönch wollte sich schon abwenden, als Gero ihn zurückhielt. «Wer ist zurzeit der Vorsteher dieses Klosters?», fragte er. «Ich habe Nachrichten von Abt Carolus.»

Sophia zog die Schultern hoch bei dem Gedanken daran, was es für Nachrichten waren, die sie zu überbringen hatten.

«Bruder Aidán», antwortete der junge Mönch. «Wünscht Ihr, auch ihn zu sprechen?»

«Nachher.»

«Natürlich.» Der Mönch verneigte sich leicht und verschwand, ohne das Klostertor wieder zu schließen.

«Sophia?»

Beim Klang der Stimme zuckte Sophia zusammen.

In der Tür des monströsen Turmes, der das gesamte Kloster beherrschte, stand eine Frau, deren Gestalt ihr viel kleiner und zierlicher vorkam, als sie sie in Erinnerung hatte.

«Mutter?» Zögernd tat Sophia einen Schritt nach vorne. Alexandra brach den Bann, indem sie beide Arme ausbreitete. Es war eine Geste von solcher Herzlichkeit, dass Sophia ein scharfer Schmerz durch die Brust fuhr. Früher hätte die Äbtissin sie niemals auf eine solche Weise willkommen geheißen. Sophia machte noch einen Schritt, und dann flog sie Alexandra in die Arme.

«Sophia!» Alexandra lachte und weinte gleichzeitig. «Der Herr sei gepriesen, dass ich dich wiedersehen darf!» Sie presste Sophia an sich, als müsste sie sich an ihr aufrecht halten.

Sophia fühlte, wie unter Alexandras warmer Haut eine Ader gegen ihren Hals pochte. Sie lachte auf, und dann weinte auch sie. Sie vergrub den Kopf in Alexandras Haaren, roch deren Duft und fühlte sich ganz schwindelig vor Glück.

«Du riechst immer noch nach Rosmarin!», stellte sie fest.

Alexandra schob sie ein Stück von sich. «Und du bist eine erwachsene Frau geworden.»

«Das war ich auch schon, als du fortgegangen bist.»

Alexandra schüttelte den Kopf. «Nein. Damals warst du ein Mädchen in dem Körper einer Frau. Aber jetzt sehe ich die Frau aus deinen Augen blicken. Seit wann weißt du, dass ich deine Mutter bin?»

Sophia glaubte, vor lauter unausgesprochenen Worten zerbersten zu müssen. Sie wollte Alexandra alles erzählen, jeden einzelnen Tag, den sie erlebt hatte, seit ihre Mutter sie damals in Reims zurückgelassen hatte, jeden Gedanken, jedes Gespräch mit Gerbert. Und sie brachte doch keine Silbe davon heraus. Hastig wischte sie sich die Tränen von den Wangen. «Schon lange.»

«Wie hast du es herausgefunden?», fragte Alexandra, und ein Schatten flog über ihre Züge.

«Ich habe herausgefunden, dass Gerbert mein Vater ist, der Rest war einfach.» Sophia lächelte schwach.

Endlich ließ Alexandra sie los. Als sei ihr mit einem Mal eine düstere Erinnerung wie eine Katze ins Genick gesprungen, versteifte sie sich. Ihr Blick wurde weit.

«Seid gegrüßt, Gero von Verla!» Der Mann, der dies sprach, trat aus der Bibliothek, trat mit lautlosem Schritt hinter Alexandra und griff nach ihrem Arm.

Alexandra war bleich geworden.

Gero stieß einen Fluch aus.

«Ihr seid schnell gewesen», sagte Adam von Trier.

Endlich hatte er sie alle zusammen!

Adam konnte vor Triumph kaum aus den Augen schauen. Er roch Alexandras Nähe, und der Duft ihrer Haare ließ ein begehrliches Kribbeln durch seine Lenden strömen. Er sah Sophias erschrockenes Gesicht, die finsteren Mienen von Gero und Ludger, und er war sich sicher, dass Gott auf seiner Seite war, genau, wie Adalbert es ihm versichert hatte.

Gott selbst wollte nicht, dass das Geheimnis diesen Tag überdauerte!

Adam stieß ein leises Lachen aus.

Jetzt würde er alles auf einmal bekommen. Die Erfüllung seines Schwurs. Und seine Rache.

Er war wahrhaftig gesegnet. Adalbert hatte Recht gehabt.

«Ihr seid ein Narr, Gero von Verla!», kicherte er.

«Warum?» Gero klang gepresst, als müsse er sich mit Gewalt daran hindern, Adam an die Kehle zu gehen. Fast wünschte Adam sich, er würde es versuchen, denn dann könnte seine süße Sophia zuschauen, wie seine Männer kurzen Prozess mit ihm machten.

«Hat Adalbert Euch gesagt, wohin ich mit Ludger unterwegs war, ja? Er prophezeite, Ihr würdet mir mit Eurem gesamten Gefolge hinterherreisen. Ich wollte ihm nicht glauben, dass Ihr mir Sophia auf dem Silbertablett präsentieren würdet. Ich versuchte, ihn dazu zu bewegen, Sophia selbst zu töten, aber er ist ja ein Mann der Kirche! Ich konnte ihn lediglich dazu bringen, Euch in meine Hände zu treiben.»

Adam sah die Irritation in Geros Blick. «Wovon sprecht Ihr?»

Sophia beantwortete Geros Frage. Sie hatte schneller begriffen als alle anderen. «Dieser Adalbert! Mein Vater hat mir von ihm erzählt. Er ist ein alter Widersacher von ihm. Offenbar arbeitet er mit den *silentiarii* zusammen. Er sollte offenbar zu uns kommen und uns verraten, wo Adam sich aufhält.» Sie richtete den Blick auf den *silentiarius*, und es war keine Angst in ihm zu sehen. Adam biss vor Wut darüber die Zähne zusammen. «Aber Euer Plan ist nicht aufgegangen, Adam. Wir erfuhren nicht von Adalbert, wo Ihr seid. Wir trafen ihn nicht einmal. Carolus berichtete uns, dass Ihr in dieses Kloster unterwegs wart.»

«Carolus?» Fast durchflutete Adam so etwas wie Hochachtung vor dem Abt. «Dann hat er noch so lange gelebt? Meinen Glückwunsch.» Er spürte, wie Alexandra unter seinem Griff zu taumeln begann.

«Mutter!», rief Sophia. «Alles in Ordnung?»

Fast hätte Adam angesichts dieser dämlichen Frage laut aufgelacht.

Alexandra griff sich mit der freien Hand an die Kehle und kämpfte sichtbar um ihr Gleichgewicht.

Als sie aus der Bibliothek getreten ist, war Adam schon bei ihr, dachte Sophia erschrocken. Vor ihrem inneren Auge sah sie, wie Adam Alexandra aus der Bibliothek und ihnen entgegen geschickt hatte. Sie malte sich aus, wie er ihre Mutter angelächelt hatte, auf diese kalte, berechnende Art. Und sie wusste, mit welchen Gefühlen Alexandra seinem Befehl nachgekommen war. Es zerriss Sophia fast das Herz. Sie suchte Alexandras Blick.

Die hob das Kinn. Und atmete so gequält ein, dass ihr gesamter Körper erbebte.

Nach Adam traten nun weitere *silentiarii* aus der Bibliothek. Einer nach dem anderen stellte sich hinter ihrem Anführer auf und legte die Hände an den Schwertknauf. Der letzte, ein Hüne im Lederharnisch mit roten Beinkleidern, stieß Ludger vor sich her.

Adam bleckte die Zähne. «Nun, da wir alle hier sind, was haltet ihr davon …»

«Warum zieht Ihr es so in die Länge?», entfuhr es Sophia. «Warum macht Ihr nicht ein Ende und erfüllt endlich Euren Auftrag?»

Gero legte ihr die Linke auf den Arm, um sie zum Schweigen zu bringen, doch aus dem Augenwinkel sah sie, dass sich seine Schwerthand um die Waffe gekrampft hatte.

«Weil es ihm nicht um seinen Auftrag geht», sagte Ludger ruhig. Entgegen allen Erwartungen stand er aufrecht und mit erhobenem Kinn da.

Mit einer gemessenen Bewegung zog Adam den Dolch aus seinem Gürtel. Sophia sah, wie Alexandra stocksteif wurde, aber Adam richtete die Klinge nicht gegen sie. Mit einem einzigen Schritt war er bei Sophia. Und dann legte sich das kalte Metall genau in die Vertiefung zwischen ihren Schlüsselbeinen.

Hinter ihr zog Gero Luft durch die Zähne.

«So», sagte Adam kühl. «Da wir jetzt geklärt haben, wer hier das Sagen hat ...», er schoss einen Blick in Geros Richtung ab und wartete demonstrativ, bis der den Schwertknauf losgelassen hatte, «... fangen wir noch einmal von vorne an. Alexandra, wo ist die Niederschrift von Theophanus Geheimnis?»

«Wohe...?» Ein kurzer Ruck mit dem Dolch brachte Sophia zum Verstummen.

Adam lächelte ihr ins Gesicht. «Woher ich von der Niederschrift weiß? Nun, sagen wir, ein gewisser Abt fand es äußerst dringend, mir alles zu erzählen, was er wusste.» Dann wandte er sich an Ludger. «Du hast doch sicher nichts dagegen, wenn ich die Gelegenheit nutze und erst meinen Auftrag erledige, bevor ich mich um dich kümmere?»

«Hört auf!» Alexandra stürzte vor.

«Halt!» Adams Stimme war laut wie ein Peitschenknall, und sie hallte von den Wänden des Klosters wider. Gleichzeitig zuckte sein Dolch hoch.

«Nein!»

Greller Schmerz fraß sich in Sophias rechte Wange. Sie griff sich ins Gesicht und sah, dass ihre Finger rot waren vor Blut. Da erst begriff sie, dass es Gero gewesen war, der geschrien hatte. Sein Schwert war jetzt halb aus der Scheide gezogen, aber er hatte mitten in der Bewegung innegehalten. Zwei von Adams Kriegern waren herbeigesprungen. Ihre Klingen wiesen auf Geros Brust, und mit einem raschen Griff entwaffnete ihn einer von ihnen.

«Gero!» Sophia spürte, wie ihre Stimme zitterte. Schlagartig fühlte sie keinen Schmerz mehr. Ihr wurde kalt, und voller Schrecken dachte sie an das erste Mal, als Adam sie mit dem Dolch verletzt hatte. Sie biss die Zähne zusammen und hoffte, dass sie die Fassung bewahren würde.

«Es ist gut, Sophia», sagte Gero. «Es ist nur eine ganz kleine Wunde. Bleib ruhig, ja?»

Adam lachte auf. «Ich muss sagen, er ist ein ziemlich zäher Bursche gewesen, euer Carolus. Ich musste ihn ein wenig mehr anritzen, als ich es eigentlich geplant hatte.»

In Sophias Ohren rauschte das Blut. Sie dachte daran, dass Carolus bis zum Hals zugedeckt gewesen war, als sie ihn besucht hatten. Kurz schloss sie die Augen, aber da sie plötzlich grauenvolle Bilder von entstellten Leibern sah, riss sie sie rasch wieder auf.

«Also», zischte Adam. «Rede endlich, du Miststück! Wo ist die Niederschrift?»

«Es existiert keine Niederschrift!», rief Alexandra. «Carolus vermutete nur, dass es hier eine geben könnte. Ich habe nichts gefunden. Nur ein Buch.»

«Ein Buch?» Adam nahm den Dolch fort und sah Alexandra an. Sophias Knie wurden weich. Sie wich einen Schritt zurück, sodass Gero ihr eine Hand auf die Schulter legen konnte.

Die Krieger ließen ihn gewähren.

«Zeig es mir!» Adam stieß Alexandra vor sich her in die Bibliothek.

Es war eine merkwürdige Prozession, die jetzt die Bibliothek betrat. Alexandra ging voran, dicht gefolgt von Adam, dessen Dolch nun auf ihren Nacken wies. Danach kamen Sophia und Gero und schließlich drei von Adams Männern. Die anderen blieben draußen, und Sophia konnte gerade noch sehen, wie sie begannen, Geros Leute zu entwaffnen, bevor ein *silentiarius* die Tür ins Schloss warf und von innen verriegelte. Der Nachhall war kaum verklungen, da dröhnten Faustschläge durch den Eingangsraum der Bibliothek.

Ludgers Stimme ertönte von draußen. «Adam, du Hurensohn! Du kannst uns vielleicht alle töten, aber du wirst mich nicht von meinem Sohn trennen. Mach auf, und zwar sofort!»

Der *silentiarius* sah Adam fragend an. Der überlegte kurz, dann veränderte sich der lauernde Ausdruck in seinen Augen. Sophia hätte nicht zu sagen vermocht, was es nun war, das aus ihm leuchtete, aber es gefiel ihr noch weniger als die Heimtücke, die sie zuvor gesehen hatte.

Adam nickte knapp.

Der *silentiarius* schob den Riegel wieder zur Seite, nickte Ludgers Bewacher zu und ließ Ludger eintreten. Der Sachse schoss mit hochrotem Kopf einen Blick auf Adam ab, aus dem heller Zorn loderte. Die Augenbrauen hatte er so fest zusammengekniffen, dass seine Lider halb geschlossen wirkten. Er stellte sich neben seinen Sohn; seine Schwertscheide war genauso leer wie die Geros.

Gero sah seinen Vater an. Seine Lippen bewegten sich lautlos, aber Sophia wusste, was er sagen wollte.

Warum hast du das getan?

Ludger blickte ihn stumm an. Nichts war mehr übrig von dem panischen, halb gelähmten Mann, der er im Gasthaus in Mainz gewesen war. Ludger wirkte jetzt gefasst und so stolz, dass Sophia zum ersten Mal seit langem wieder erkennen konnte, woher Gero seine Rechtschaffenheit hatte.

Adam ließ seinen Blick für einen Moment auf Ludgers Gesicht ruhen, und Sophia sah, wie hinten in seinen Augen ein Glitzern entstand. Er wartete, bis die Tür zum zweiten Mal verriegelt worden war. Dann gab er Alexandra einen Stoß in den Rücken.

«Los jetzt!»

Alexandra führte sie durch ein Labyrinth von Regalen auf der unteren Ebene, dann zwei Treppen hinauf bis zur zweiten Galerie. Hier musste sie sich kurz orientieren, hatte aber rasch den Gang gefunden, den sie suchte. Sie verschwand darin.

Adam gab seinen Männern einen Wink, auf die anderen aufzupassen, dann folgte er ihr.

Sophia verkrampfte sich. Von ihrem Standpunkt aus konnte sie Adam und Alexandra in dem engen Gang nicht sehen. Es dauerte nur wenige Augenblicke, dann waren beide wieder da.

Adam trug ein in Leder eingeschlagenes Bündel mit einer rotweißen Kordel und einem Siegel. Mit bedächtigen Schritten, als halte er einen großen Schatz in Händen, ging er zu einem Stehpult an der Stirnseite des Ganges und legte das Bündel darauf ab.

Sophia bemerkte, dass Alexandra sich verstohlen eine Hand an ihrem Gewand abwischte. Sie sah genauer hin, und mit einem Mal kochte heiße Wut in ihr hoch. Ihre Mutter blutete im Genick. Genau wie bei Sophia handelte es sich nur um einen winzigen Schnitt, aber er reichte aus, um Sophia Adams Rohheit und Blutdurst überdeutlich vor Augen treten zu lassen.

Adam wickelte das Bündel aus. Die Wachstafeln legte er achtlos beiseite, bevor er einen Blick auf die erste Seite des Buches warf.

Er blätterte einmal um und runzelte die Stirn.

«Er kann kein Griechisch lesen!», zischte Alexandra Sophia zu. «Es ist alles auf Griechisch geschrieben.»

Obwohl sie kaum hörbar geflüstert hatte, drehte sich Adam jetzt zu ihr um. «Lest vor!», befahl er.

Alexandra schüttelte den Kopf. «Ihr könnt mich von mir aus umbringen, aber ich werde nicht für Euch lesen!» Sie heftete den Blick mit solcher Festigkeit auf sein Gesicht, dass Adam rasch begriff, diesen Machtkampf würde er verlieren.

Also wandte er sich an Sophia: «Dann Ihr. Ihr könnt doch auch Griechisch?»

Sophia nickte unwillkürlich. Als Adam mit dem Kinn auf das Buch deutete, wagte sie keinen Widerspruch. Sie presste die Lippen zusammen und trat vor.

Die oberste Seite des Buches war wieder zugefallen, sodass Sophia nun das Deckblatt vor sich hatte. Sie las, was dort in lateinischen Buchstaben geschrieben stand, und ihr Herz machte einen Sprung. Vorsichtig schlug sie die erste Seite um und überflog einmal die ersten Absätze in griechischer Sprache.

Es war eindeutig ein astronomischer Text.

Alle Hoffnung, die sie bei dem Namen auf dem Deckblatt ergriffen hatte, wurde zur Gewissheit. Schlagartig war Sophia so aufgeregt, dass sie beinahe Adams Gegenwart vergessen hätte.

Sie räusperte sich. «Das kann ich hier nicht so schnell übersetzen», sagte sie. «Dazu brauche ich Zeit.»

Einen Augenblick lang kämpften in Adams Augen Wahnsinn und Verstand um die Vorherrschaft. «Gut. Nehmt den Kram.» Adam trat zur Seite, wartete, bis Sophia Buch und Wachstafeln locker in das Bündel eingeschlagen und hochgenommen hatte, und gab seinen Männern dann einen Wink. «Sperrt sie in eine der Mönchszellen und bewacht sie gut. Sie alle bekommen so lange kein Essen, bis ich erfahren habe, was ich wissen will.»

Und so wurden sie alle gemeinsam in eine winzige Mönchszelle gesperrt, die der Einrichtung nach zu urteilen dem Abt gehört hatte.

Das Geräusch, mit dem die *silentiarii* die Zellentür hinter ihnen zuschlugen, klang nicht wie in einem Verlies. Die Tür bestand aus relativ dünnem Holz, und Sophia war sich sicher, dass Gero und Ludger gemeinsam keine Schwierigkeiten gehabt hätten, sie aufzubrechen. Aber sie alle waren sich ebenso sicher, dass draußen Wachen postiert waren, also machte niemand Anstalten zu einem Ausbruchsversuch. Stattdessen versammelten sie sich alle um das Lager, auf das Sophia jetzt das Bündel legte.

«Was ist es?» Gero beugte sich neugierig vor.

«Auf dem Deckblatt steht der Name Meton», sagte Sophia.

«Und auf einer der Wachstafeln steht, dass dies ein Buch ist, das die Kaiserin aus Byzanz mitgebracht hat», erklärte Alexandra und wies auf das Tafelbündel, das Sophia zur Seite geschoben hatte.

Vorsichtig blätterte Sophia um und legte den Finger auf die erste Zeile. Kribbelnde Erregung erfasste sie und fühlte sich an wie die Hochstimmung eines fast Verdursteten, der endlich den rettenden Schluck Wasser bekommt. «Es ist von einem Mann namens Euktemon verfasst worden. Aber es scheint sich tatsächlich um Aufzeichnungen über die astronomischen Arbeiten Metons zu handeln. Es ist ein Wunder!»

«Ich verstehe gar nichts!», beschwerte sich Gero. «Wovon redest du eigentlich?»

Sophia erklärte es ihm. «Seit langem suchen mein Vater und ich nach einer Handschrift dieses Gelehrten. Wir glauben, dass dieser Text hier ein großes Rätsel lösen kann, das uns seit vielen Monaten beschäftigt.»

«Aber er verrät uns nichts über das Geheimnis der Kaiserin, oder?»

Sophia schüttelte den Kopf. «Nein. Dieser Text ist Hunderte von Jahren alt. Wenn nicht irgendwo etwas in anderer Handschrift dazwischen geschrieben ist, dann hilft er uns dabei nicht weiter.»

«Ich habe es einmal ganz durchgesehen», sagte Alexandra. «Da ist nur eine einzige Handschrift.»

Gero lehnte sich an die Wand und verschränkte die Arme vor der Brust. «Dann ist es nicht das, was Adam sucht.»

«Nein.»

Sophia grub einen Schneidezahn in ihre Oberlippe und

dachte nach. «Ich bin mir nicht sicher, ob es wirklich das Geheimnis ist, nach dem er so giert.»

Ihr Blick wanderte zu Ludger, der sich an der Wand hatte nach unten rutschen lassen und jetzt mit angewinkelten Knien auf dem Boden saß.

«Wie meinst du das?», fragte Gero.

«Er verhält sich so widersprüchlich. Er wollte uns alle in der Bibliothek haben, um nach der Niederschrift zu suchen. Ludger hat er gar nicht beachtet, aber als er an die Tür geklopft hat, trat ein seltsamer Ausdruck in Adams Augen. Hast du das gesehen?»

Gero nickte nachdenklich. «Ja. Als habe er sich plötzlich an etwas erinnert. Und als freue er sich auf irgendetwas.»

Sophia schauderte bei der Erinnerung an Adams Gesichtsausdruck. «Er sah aus wie ein Raubtier kurz vor dem Angriff. Er ist hier, um das Geheimnis zu schützen, aber das ist nicht sein Hauptanliegen, da bin ich mir ganz sicher.» Sie rieb sich die Wange und blieb an dem frischen Schorf hängen. Ein feiner Schmerz erinnerte sie an Adams Dolch, und sie legte die Hand an ihr Gesicht, wie um die Haut dort warm zu halten.

«Zumindest seine Aufgabe als *silentiarius* hat er beinahe erledigt», sagte Gero. «Carolus ist tot. Wir alle, die wir hier sind, sind die Einzigen, die von der Existenz des Geheimnisses wissen, wenn wir auch nicht dessen Inhalt kennen.»

Alexandra nickte. «Er braucht uns nur allesamt zu töten, dann ist sein Auftrag erfüllt.»

Sophia wiegte den Kopf. «Für mich sieht es aus, als wolle er ein wenig mit uns spielen. Ich glaube, er hat vor, die Bibliothek abzubrennen, dann hat sich die Sache mit der Abschrift von selbst erledigt. Aber mit uns hat er etwas anderes vor, nicht wahr, Ludger?»

Endlich sah Ludger zu Sophia auf. «Ja.»

«Vater?» Gero stieß sich von der Wand ab, trat neben Ludger und blickte auf ihn herab.

«Du vermutest es doch auch, Gero, nicht wahr?», fragte Sophia. «Seit Adam in Mainz bei uns in dem Gasthaus war, denkst du das Gleiche wie ich. Adam will Euch, Ludger. Was verbindet Euch mit ihm?»

Ludger hielt den Kopf wieder gesenkt. «Ich habe ihn damals in Byzanz verraten. Er hält mich für schuld daran, dass er ein *silentiarius* geworden ist und dass er seine ...» Er unterbrach sich, fuhr sich mit der Hand über das Gesicht und sprach dann weiter: «... und darum hasst er mich. Er will, dass ich so leide, wie er es die ganzen Jahre getan hat.» Ludger schnaubte. «Er und leiden, pah! Er genießt es, Menschen zu quälen! Sophia hat ganz Recht, er ist wahnsinnig!»

«Darum hat er damals auf der Klippe verlangt, dass Ihr mich fallen lasst?», murmelte Alexandra. Sie kam jetzt auf Ludgers andere Seite, aber im Gegensatz zu Gero kniete sie sich nieder.

Ludger nickte. Seine Unterlippe hatte angefangen zu zittern. «Eine Zeit lang konnte er mir einreden, ich hätte Euren Tod gewollt. Dass ich verdammt sei deswegen. Aber auf meiner Pilgerfahrt nach Rom hat Gott mir gezeigt, dass das Unsinn ist. Als ich vor den heiligen Reliquien gebetet habe, da habe ich begriffen, dass ich Euch nicht hätte halten können. Es tut mir Leid.»

In Alexandras Züge stahl sich ein weicher Zug, wie Sophia ihn noch nie bei ihrer Mutter gesehen hatte. «Armer Ludger!», flüsterte sie und zog den hoch gewachsenen, kräftigen Sachsen an sich. Er zögerte, aber dann schlang er die Arme um sie, und sie blieben aneinander gekauert auf dem kalten Fußboden sitzen.

Sophia betrachtete sie eine Weile. «Und was machen wir jetzt?», fragte sie.

Für Gerbert war der letzte Teil der Reise der schlimmste. Wie er sich auch im Sattel hin und her schob, immer tat ihm eine Stelle seines Körpers weh, mal der Rücken, dann das Gesäß oder die Innenseite der Oberschenkel. Er glaubte, in den letzten Wochen jeden Schmerz, den Gott für die Menschen erfunden hatte, kennen gelernt zu haben. Er war wund, seine Muskeln fühlten sich an wie knotige Seile und brannten wie Feuer. An den Händen hatte er Blasen vom Leder der Zügel und auf der Nase einen Sonnenbrand von der ungewohnten Höhensonne in den Alpen.

Als das Kloster von St. Otmar endlich in seinem Blickfeld auftauchte, pries er seinen Herrn aus ganzer Seele.

Das Tor zum Innenhof der Anlage stand offen, und drinnen herrschte eine eigenartige Stimmung, die Gerbert schlagartig alarmierte.

Mit gerunzelter Stirn sah er sich um, entdeckte aber außer einer Gruppe von Männern, die ganz offensichtlich Krieger waren und sich über irgendeine lang zurückliegende Schlacht unterhielten, niemanden.

Er hielt sein Pferd an und stieg aus dem Sattel. Dabei war er sich der Blicke der Männer bewusst und zwang sich, einige unsichere Schritte zu tun, obwohl er fürchtete, sie könnten ihm die Qualen ansehen, die er erlitt. Er fühlte sich, als gehe er auf runden Kieselsteinen, und er konnte das Grinsen der Krieger beinahe hören.

Mit einem unterdrückten Stöhnen presste er sich die Hände in den Rücken.

«Wir sind zu alt für so etwas!», brummte Michael, besah sich die Männer und stieg dann ebenfalls ab.

Ein Mönch kam ihnen entgegengeeilt. Sein Blick huschte ängstlich durch den Hof, und Gerbert fragte sich, ob er wohl die Männer fürchtete, die jetzt ihr Gespräch unterbrochen hatten. Mit fast atemloser Stimme hieß er Gerbert und Michael willkommen.

Gerbert stierte ihn an und versuchte, nicht allzu finster dabei auszusehen. Er erwiderte den Gruß, bat mit der üblichen Formel um Gastfreundschaft, aber dann konnte er nicht mehr an sich halten. «Was ist los?», fragte er. «Sind wir hier nicht willkommen?»

«O doch! Mehr, als Ihr Euch träumen lasst!»

Die Stimme ließ Michael herumfahren. Auch Gerbert sah sich unvermittelt einem Mann gegenüber, dessen Gesicht er noch nie gesehen hatte. Kalte Augen starrten ihm aus hageren Zügen entgegen, und ihm gefiel gar nicht, was er in ihren Tiefen flackern sah.

«Adam?» Michael quetschte die beiden Silben hervor, als habe er mit einem Mal kein Quäntchen Luft mehr in den Lungen.

Der Mann kam einen Schritt näher. «Seid mir gegrüßt, Michael von Tours. Hättet Ihr gedacht, dass wir uns hier wiedersehen würden?»

«Wer seid Ihr?», fragte Gerbert. Das Unbehagen, das er angesichts dieses Fremden plötzlich empfand, missfiel ihm, und es gelang ihm, es in Zorn umzuwandeln.

«Das ist der *silentiarius*, der mich in Reims nach Sophia gefragt hat», krächzte Michael.

Adam nickte. «Genau. Und stellt Euch vor, ich habe sie gefunden.»

«Lebt sie?» Michael trat vor. Er hatte noch immer die Zügel seines Pferdes in der Hand, aber jetzt ließ er sie einfach los.

Einen schier unendlichen, qualvollen Moment lang reagierte Adam nicht auf Michaels Frage. Ein haarfeines, grausames Lächeln umspielte seine Mundwinkel. «Oh, keine Sorge», meinte er dann. «Noch lebt sie.»

«Ihr seid nicht an diesen Eid gebunden!» Michael hob beschwörend die Hände. «Ein Eid, der Euch zum Töten zwingt, ist in Gottes Augen nichtig, Adam!»

«Das mag Euch überzeugen, denn Ihr seid ein Gelehrter. Aber ich bin nur ein Soldat, für mich ist ein Eid ein Eid.»

Gerbert musste Adam dies zugestehen. Die gesamte Gesellschaft, alles, was den Menschen wenigstens ein bisschen Halt und Sicherheit in dieser Welt gab, basierte auf dem System von Eid und Gegeneid. Ein Bauer schwor seinem Herrn Treue und verpfändete ihm damit seine Arbeitskraft. Dafür schwor der Herr dem Bauern, ihn zu schützen und für ihn zu sorgen. Der Herr wiederum war auf dieselbe Art und Weise an einen höheren Herrn gebunden und dieser an einen noch höheren. Dieses System funktionierte bis hinauf zu Königen und sogar bis hin zu Kaiser und Papst. Und es funktionierte nur, weil allen der Eid heilig war. Michael würde Adam niemals davon überzeugen können, dass er sich aus seiner Verpflichtung als *silentiarius* befreien konnte.

«Abgesehen davon», fuhr Adam fort, «geht es mir vielleicht gar nicht mehr um diesen Eid. Reformen, Kaiser, Dynastien, alles nichtig! Was ich will, ist meine Rache, sonst nichts.» Er warf einen verschwörerischen Blick über die Schulter. «Das dürfen natürlich meine Männer nicht erfahren.»

Michael stand in sich zusammengesunken da, als habe ihn schlagartig jeder Funken Hoffnung und Lebensmut verlassen. Es weckte Unbehagen in Gerbert. Er streckte ungeduldig eine Hand nach Adam aus. «Wo ist Sophia?»

Bevor der *silentiarius* antworten konnte, näherte sich ein Krieger. «Die Frauen wollen Euch sprechen. Vielleicht haben sie endlich etwas entdeckt.»

«Bringt sie alle zusammen in die Bibliothek. Sagt ihnen, wir haben Besuch bekommen.» Adam wandte sich wieder an die Neuankömmlinge. «Das wurde auch langsam Zeit. Ich habe schon angefangen, mir Sorgen um sie zu machen.»

Sein Kinn bekam einen harten Zug. «Kommt mit!», befahl er Gerbert und Michael.

Sophia, Gero und Alexandra einigten sich darauf, dass es keinen Sinn ergab, in der Zelle hocken zu bleiben, bis sie allesamt verhungert waren. Seit sieben Tagen waren sie jetzt hier. Bei allen machte sich Entkräftung bemerkbar. Adam würde die Zeit kaum genutzt haben, mit sich selbst darüber ins Reine zu kommen, welches seiner beiden Ziele er nun tatsächlich verfolgen wollte. Sie entschieden vorzugeben, sie hätten etwas entdeckt, und riefen nach einer Wache.

Als Sophia in die Bibliothek geführt wurde und sich Adam wieder gegenübersah, da war sie sich plötzlich nicht mehr so sicher, ob das eine gute Idee gewesen war. Sie spürte Gero dicht hinter sich und fasste nach hinten, um ihn zu berühren. Er ergriff ihre Finger und hielt sie fest. Im Gegensatz zu der ihren war seine Haut warm und trocken.

Adam stellte sich dicht vor Sophia und legte ihr einen Finger unter das Kinn. «Na», lächelte er. «Hat Euer kluges Köpfchen Euch endlich gesagt, dass es besser ist, mit mir zusammenzuarbeiten?»

Gero drängte sich an Sophia vorbei und stellte sich Adam in den Weg. Im Licht der Fackeln sahen seine Züge ausgemergelt und spitz aus. «Lasst sie in Ruhe!», knurrte er. «Sie kann nichts für Euren Wahnsinn. Sagt mir lieber, ob Ihr Manns genug seid, Euch einem fairen Zweikampf zu stellen!»

Sophia zog ihn am Arm. «Gero, nein!»

Alexandra griff ein. «Das Buch enthält keinerlei Hinweise auf das Geheimnis.»

Halb hatte Sophia erwartet, dass Adam bei dieser Eröffnung anfangen würde zu toben, aber er blieb ganz ruhig. Er sah Alexandra an, dann Sophia. Und wieder erschien dieser wahnsinnige Ausdruck in seinen Augen, der so schwer zu deuten war. «Mutter und Tochter», murmelte er scheinbar ohne Zusammenhang. «Ihr seid wirklich ein hübsches Paar! Fehlt eigentlich nur noch der Vater, nicht?» Er gab einem seiner Männer einen Wink, und der zerrte jemanden aus den Schatten zwischen den Regalen.

«Gerbert!»

«Vater!»

Alexandra und Sophia hatten gleichzeitig aufgeschrien. Der Krieger stieß Gerbert in das Rund der anderen. Ein weiterer Krieger erschien, die Finger um Michaels Oberarm geklammert.

«Michael!» Sophia wurde vor Schreck ganz kalt. «Was macht Ihr hier?»

«Wir haben deine Nachricht gefunden.» Gerbert kam auf sie zu, und sie konnte nicht anders, sie umarmte ihn, als seien sie zu zweit. «Ich … wir … das Buch …» Sie wusste nicht, was sie zuerst sagen sollte, doch Adam ließ sie ohnehin nicht aussprechen. Er gab einen zischenden Laut von sich und brachte sie damit zum Schweigen.

Sophia trat einen Schritt zurück, sodass sie jetzt zwischen Gero und Gerbert stand.

«Was meint Ihr damit, das Buch enthält keinerlei Hinweise auf das Geheimnis?», fauchte Adam Alexandra an.

Die hob das lose zusammengelegte Bündel in die Höhe, das dieses Mal sie vor die Brust gepresst aus der Zelle und in die Bibliothek getragen hatte. «Es ist bloß eine Niederschrift der Theorien eines gewissen Meton von Athen.»

So kühl trug Alexandra dies vor, dass Adam vor Wut blass wurde. Gerbert jedoch riss die Augen so weit auf, dass es Sophia beim Hinsehen schmerzte, und Michael fiel der Unterkiefer herunter.

«Die Kaiserin hat es damals aus Byzanz mitgebracht!», erklärte sie rasch. «Sie muss einen Hinweis von Gott erhalten haben, es zu tun, das schreibt sie zumindest in ihrem Begleitschreiben. Darum konnten Eure Leute es nicht finden, Michael. Ich …»

Adams schallende Ohrfeige unterbrach sie mitten im Satz.

Die Schnittwunde, durch die lange Zeit des Hungerns nur schlecht verheilt, platzte wieder auf, doch Sophia bemerkte es kaum. Vielmehr sah sie mit schreckgeweiteten Augen, wie der *silentiarius* Alexandra aus der Drehung heraus das Bündel aus der Hand schlug. Es segelte in hohem Bogen durch die Luft, prallte gegen eines der Regale und krachte dann mit einem Geräusch zu Boden, das Sophia das Blut in den Adern stocken ließ. Alexandra kämpfte mühsam um ihr Gleichgewicht.

«Ihr Narr!» Gerbert warf sich nach vorne, aber Adams Schulter stoppte ihn. Wie zwei Ringer prallten die beiden Männer gegeneinander. Adam war besser in Form, und er musste nur wenig Kraft aufwenden, um Gerbert auf Armeslänge von sich zu schieben.

«Passt auf, was Ihr sagt!», fauchte er.

Sophia nutzte die Gelegenheit, eilte zu dem Bündel und hob es auf. Vorsichtig drehte sie es um. Etliche Seiten waren verknickt, einige hatten sogar Risse. Sophia glättete sie, so gut sie konnte, und dabei fiel ihr das Wachstafelbüchlein herunter, das sich zwischen den Falten des Bündels verfangen hatte. Es gab einen dumpfen Aufprall, und einige Wachssplitter bröckelten heraus.

Gerbert und Adam standen sich Auge in Auge gegenüber. Sophia erkannte, dass ihr Vater sich über die Gefahr, in der er schwebte, gar nicht im Klaren war. Er war es gewohnt, mit den Mitteln der Politik zu kämpfen. Den Wahnsinn, der jetzt hell aus Adams Augen leuchtete, schien er gar nicht zu bemerken. Als Adams Hand nach dem Dolch an seinem Gürtel tastete, hielt Sophia den Atem an. Sie wollte schreien, wollte Gerbert warnen, doch sie brachte keinen Ton heraus.

Adams Hand zuckte vor. Ein Glitzern flog durch die Luft auf Gerberts Hals zu – und prallte gegen Ludgers erhobene Hand. Es gab einen klatschenden Laut, als Ludgers Finger sich um das Handgelenk des *silentiarius* schlossen. Die Luft zwischen den beiden Männern schien zu knistern, so spannungsgeladen war sie.

«Du hast jetzt genug Unschuldige getötet.» Ludgers Stimme klang ganz ruhig. Auch in seiner Haltung zeigte sich keine Angst mehr. Sophia hörte Gero Luft durch die Zähne ziehen. Ihr war überdeutlich bewusst, dass Ludger unbewaffnet war.

Mit einer morbiden Faszination sah sie zu, wie Adam seine Hand Ludgers Griff entwand. Der Sachse ließ ihn gewähren, denn jetzt legte sich die Schwertspitze eines der anderen *silentiarii* zwischen seine Schulterblätter. Adam lächelte fein. «So mutig auf einmal?» Er hob die Klinge und zielte damit genau auf Ludgers Kehlkopf. Ohne den Blick von seinem Gesicht zu wenden, befahl er: «Bringt Alexandra her!»

Zwei seiner Männer gehorchten und schoben Alexandra direkt hinter ihn. «Und nun, mein lieber Ludger, wirst du vollenden, was du angefangen hast.» Er zog den Dolch zurück und drehte ihn blitzartig in der Hand, sodass er ihn nun an der Klinge hielt. Und dann reichte er ihn Ludger.

Der starrte finster darauf nieder. Zwar zuckte er leicht zusammen, als sich die Schwertspitze tiefer in seinen Rücken bohrte, aber in seinem Gesicht zeigte sich keinerlei Regung.

Dafür war die Miene des *silentiarius*, der das Schwert führte, umso beredter. Sophia sah, wie es in ihr zuckte, und sie konnte die Gedanken des Mannes förmlich hören, als er sich fragte, ob das, was hier geschah, wirklich der Wahrung des Geheimnisses diente.

Gero schien die Gedanken des *silentiarius* ebenfalls lesen zu können. «Er ist nicht mehr daran interessiert, den Eid zu erfüllen», sagte er mit leiser, eindringlicher Stimme. «Er will nur seinen Rachedurst stillen, könnt Ihr das nicht sehen? Er …» Weiter kam er nicht. Ein Schwertknauf, geführt von einem anderen Krieger, krachte mit einem hässlichen Geräusch in sein Genick. Die Beine knickten unter ihm weg, und er brach in die Knie.

«Gero!» Sophia ließ Metons Buch fallen und flog zu ihm.

Er schwankte, aber er fiel nicht. Sie half ihm wieder auf die Beine, und er musste sich gegen sie lehnen. Sein Atem ging stoßweise, und Blut färbte den Kragen seines Gewandes dunkel. Vorsichtig tastete er nach der Wunde, besah sich seine blutigen Finger und lächelte dann verzerrt auf Sophia nieder.

Adam stieß Ludger den Dolchgriff entgegen. «Los doch!»

Ludger rührte sich nicht. Inzwischen hatte die Schwertspitze seine Haut angeritzt, und auch sein Gewand färbte sich rot. Dennoch sah er Adam mit offenem, ruhigem Blick an. «Du wirst mich töten müssen. Ich werde nicht noch einmal Hand an Alexandra legen.»

Um Adams Augen erschienen angestrengte Falten. Sein Blick irrte zu Alexandra, die die Szene mit bleichem Gesicht beobachtete. Dann fasste er Gero ins Auge.

Der richtete sich auf und ließ Sophias Arm los.

Adam gab dem *silentiarius*, der Gero niedergeschlagen hatte, einen Wink. Der stieß Gero vorwärts, sodass er direkt vor Adam taumelte, und presste auch ihm die Spitze seiner Waffe ins Kreuz. «Dein Vater ist bereit zu sterben. Ich frage mich, wie es damit bei dir aussieht.» Adam sah Alexandra an. Dann griff er nach Geros Hand, zog sie zu sich heran und legte den Dolch hinein. Mit zwei Schritten, die beinahe zu schnell für Sophias Auffassungsvermögen waren, stand er plötzlich hinter ihr. Es war unheimlich. Er bewegte sich völlig lautlos, wie ein Schatten. Sie schluckte und versuchte, sich nicht der Panik zu ergeben, die nach ihr griff, als Adams Hand sich jetzt von hinten um ihren Hals legte. Ein Schauer rann ihr das Rückgrat hinab, und sie schloss die Augen. Sie war nicht in der Lage, auch nur ein Glied zu rühren.

Adam gab ein ungeduldiges Zischen von sich. Sophia riss die Augen wieder auf und sah, wie der *silentiarius*, der Gero in Schach hielt, Adam seinen eigenen Dolch überreichte. Im nächsten Moment lag erneut eine Klinge an ihrer Kehle. Sie keuchte auf.

«So», sagte Adam, und jetzt klang seine Stimme nicht mehr ein bisschen menschlich. «Und nun, lieber Gero, wirst du die Arbeit deines Vaters erledigen müssen. Das ist ja nichts Neues für dich, nicht?» Er wies in Alexandras Richtung.

Gero blickte auf die Klinge in seiner Hand nieder. Dann sah er Alexandra an und schließlich Sophia.

Adam drückte seinen Dolch fester gegen Sophias Halsschlagader, doch Sophia fühlte seltsamerweise keinerlei Schmerz. Allein das Kitzeln, das sich langsam von der Klinge bis zu ihrem Schlüsselbein ausbreitete, zeigte ihr, dass sie blutete. «Du wirst jetzt diesen Dolch nehmen und sie töten!», befahl Adam. «Andernfalls stirbt deine kleine Braut.»

Gero presste die Kiefer so fest zusammen, dass seitlich an seiner Schläfe die Muskeln hervortraten. Seine Augen waren weit und dunkel, der Ring um seine helle Iris schien jegliches Leuchten verschluckt zu haben.

«Bei Gott und allen Heiligen!» Michaels Stimme überschlug sich. «Das Geheimnis der Kaiserin!»

Sophia spürte, wie Adam sich hinter ihr versteifte. Für einen Moment entfernte sich die Klinge ein wenig von ihrem Hals und gab ihr Luft zum Atmen. Sie versuchte, nicht aufzuschluchzen. Die Szenerie verschwamm vor ihren Augen.

Michael stand nun im Zentrum der Aufmerksamkeit. Er hatte den Blick ungläubig auf eine der Wachstafeln zu seinen Füßen gerichtet.

«Das Geheimnis der Kaiserin», flüsterte er. «Ich glaube, ich habe es gefunden!»

Seine Worte schwangen in der Luft und brachen den Bann, den Adams Brutalität über sie alle gelegt hatte.

Adam gab Sophia einen Stoß. «Los, aufheben!»

Erleichtert bückte Sophia sich. Ein paar weitere Splitter rieselten aus den Wachstafeln zu Boden. Mit dem Fingernagel kratzte Sophia den Rest der Wachsschicht fort. Auf dem Holz darunter erschienen Schriftzeichen, blass, kaum lesbar, aber eindeutig griechisch.

Sophia las. Dann schloss sie die Augen. Ihre Hände zitterten so sehr, dass sie beinahe das Tafelbündel fallen ließ. Jemand nahm es ihr ab. Sie schlug die Lider wieder auf. Es war Michael. Er las die Schrift, seine Augen verengten sich.

«Bei Gott!», entfuhr es ihm. «Es stimmt tatsächlich! Wir haben das Geheimnis der Kaiserin gefunden!»

15. Kapitel

Gerbert vermochte nicht zu sagen, welches der sich überschlagenden Ereignisse ihn am meisten erschreckt und verwirrt hatte. Er mühte sich, seine Selbstbeherrschung nicht zu verlieren, mit der er schon vor Kaisern und sogar Päpsten bestanden hatte. Sophia in Adams Gewalt zu sehen war beinahe mehr, als er ertragen konnte, und er hatte sich noch nie in seinem Leben dringlicher gewünscht, ein Krieger zu sein, als in diesem Moment. Als Michael jedoch mit dieser Mischung aus Faszination und Bestürzung auf die Wachstafel starrte, wich alles hinter seiner Neugier zurück. Er streckte die Hand aus.

Adam kam ihm zuvor. Er riss Michael die Wachstafel aus der Hand, starrte darauf und gab ein knurrendes Geräusch von sich. «Griechisch.» Er knallte die Tafel Gerbert vor die Brust. «Hier. Lest vor.»

Es war nur ein kurzer Text, und er begann mit der Formel: *Niedergeschrieben von Theophanu, Kaiserin des Reiches. Dies ist es, was ich der Nachwelt zu berichten habe …*

Gerbert las ihn und übersetzte gleich darauf. Ihm war, als habe die Welt ringsum angefangen, in einem unendlich langsamen, quälenden Rhythmus zu atmen. Die Bücher und Schriftrollen, die Gesichter der anderen zogen sich pulsierend um ihn zusammen und entfernten sich wieder in die Unendlichkeit.

«Im Jahre vier der Herrschaft von Herakleios überfielen die Perser Jerusalem und verschleppten das Heilige Kreuz nach Kte-

siphon. In einem lang währenden Feldzug verfolgte Herakleios die Spur des Kreuzes und brachte es zwölf Jahre später in die Heilige Stadt zurück. Um einen erneuten Verlust der heiligsten aller Reliquien zu verhindern, entschieden sich die Weisesten unter den Mächtigen dazu, das Kreuz zu zerlegen. So kamen Teile von ihm auch nach Rom. Dies ist die überlieferte Version.

Ich aber, Theophanu, Kaiserin des Reiches, weiß, dass Herakleios das Kreuz brennen sah. Dies ist das wahre Geheimnis, das die silentiarii *zu schützen haben, und der Grund für Konstantins Reform.»*

Gerbert sah auf. Er blickte in Gesichter, die jedes Gefühl widerzuspiegeln schienen, dessen Menschen fähig waren. Entsetztes Begreifen bei Sophia und Michael. Unbehagliches Nachdenken bei Gero. Wütendes Unverständnis bei Adam und schlichte Irritation bei Ludger. Alle Krieger, die sich im Raum befanden, hatten ihre Waffen sinken lassen, und sämtliche Klingen wiesen zu Boden. Für einen Augenblick ließ das Geheimnis der Kaiserin sie alle vergessen, dass sie Todfeinde waren.

«Was hat das zu bedeuten?», knurrte Adam.

Michael entfuhr ein völlig unpassendes Auflachen. Rasch schlug er die Hand vor den Mund, aber er wich nicht aus, als Adam ihn jetzt fixierte. Ruhig nahm er die Hand weg und sagte giftig: «Das ist das Geheimnis, das zu hüten Ihr Euch herabgelassen habt und dessen Inhalt Euch verschwiegen wurde, weil Ihr nichts anderes seid als ein mörderischer Handlanger!»

Alle erwarteten, Adam nun auffahren zu sehen, aber der *silentiarius* winkte nur matt ab. Es schien, als sei ihm jeglicher Wille zur Konfrontation abhanden gekommen. «Ja, ja. Aber was bedeutet es?»

«Ihr wisst, was es bedeutet!», rief Michael. «Ihr kennt das Geheimnis.»

«Ich weiß, dass das Kreuz nicht …»

Gerbert unterbrach Adam. Er hatte im Kopf ein paar Jahreszahlen durchgespielt. «Herakleios war Kaiser in Byzanz. Wenn mich nicht alles täuscht und ich mich mit dem Umrechnen der Daten nicht vertan habe, dann ist seine Thronbesteigung jetzt fast neunzig Jahre her. Als er vier Jahre an der Macht war, überfielen die Perser Jerusalem, das steht hier ja auch. Die heiligen Kreuzreliqien wurden gestohlen und verschleppt. Herakleios brauchte zwölf Jahre, um sie wiederzubeschaffen. Zumindest ist das die offizielle Version der Geschichte.»

«Aber die stimmt nicht!», entfuhr es Sophia. Gerbert sah sie an, und sie erwiderte seinen Blick aus großen Augen. Er konnte förmlich spüren, wie es hinter ihrer Stirn arbeitete.

«Nein, sie stimmt offenbar nicht. Nach Theophanus Aussage kam Herakleios nach Ktesiphon und sah das Kreuz brennen ...»

«Das heißt ...»

Gerbert sprach einfach weiter. «Danach brachte er ein Kreuz zurück nach Jerusalem und stellte es auf Golgatha wieder auf. Man hielt Rat und entschied sich dafür, das Kreuz aufzuteilen, damit in Zukunft die Gefahr nicht so groß war, es gänzlich zu verlieren. Seine Teile kamen nach Rom und nach Byzanz. Und seit dieser Zeit pilgern die Menschen in eine der beiden Städte, um vor den Reliquien zu beten.»

Gero warf einen stirnrunzelnden Blick in Richtung seines Vaters. Langsam zeichnete sich auf seinem Gesicht Verstehen ab, und dann, schlagartig, wich das Verstehen der Besorgnis. Ludger jedoch schien nicht zu begreifen. Er hing in sprachlosem Schweigen an Gerberts Lippen.

«Nach Herakleios bestieg ein anderer Mann den byzantinischen Thron. Konstantin.»

«Der Purpurgeborene», warf Michael ein und wollte fortfahren, aber Gerbert ließ ihn nicht zu Wort kommen.

«Konstantin war ein gelehrter und religiöser Mann. Er

beschäftigte sich mit dem Widerspruch, den Gelehrte in den zwei überlieferten Bibelübersetzungen gefunden hatten, dass nämlich die Zeit, die seit dem Anfang der Welt vergangen ist, sich in beiden um knapp dreihundert Jahre unterscheidet. Konstantin glaubte sich ausersehen, diesen Widerspruch aufzulösen, wusste jedoch nicht, wie er das anstellen sollte.»

«Jetzt fabulierst du aber, oder?», unterbrach ihn Sophia.

Gerbert runzelte die Stirn. «Ich male es mir aus, wie es gewesen sein könnte. Also: Konstantin hegte den Wunsch, den theologischen Widerspruch aufzulösen. Seine Gelehrten kamen auf die Idee, zwei gebräuchliche Kalender dazu zu benutzen, einen bestimmten Zeitabschnitt in die Geschichte einzufügen. Aber eine solche Fälschung schien ihm dann doch etwas zu gewagt, um bloß einen theologischen Widerspruch aus der Welt zu schaffen, der ja noch dazu einfach durch eine fehlerhafte Übersetzung entstanden sein konnte. Dann aber erfuhr er etwas, das ihn dazu bewog, es doch genau so zu machen, wie seine Gelehrten vorgeschlagen hatten.»

Inzwischen hatte sich Adam wieder auf Sophias Gegenwart besonnen. Er warf Gero einen finsteren Blick zu, griff nach Sophias Arm und zog sie erneut in die Reichweite seines Dolches. Seine Männer hoben ebenfalls die Schwerter wieder. Der Augenblick der Gefahrlosigkeit war vorüber.

Gerbert blinzelte, sprach aber mit unveränderter Stimme weiter. «Konstantin erfuhr, dass das Kreuz, das Herakleios angeblich von den Persern wiedererobert hatte und das vor Jahren geteilt worden war, gar nicht das echte Kreuz war. In Wirklichkeit hatten die Perser nämlich das echte Kreuz in Brand gesteckt. Das Kreuz, das Herakleios im Triumph zurückbrachte, war eine Fälschung. Als Konstantin das erfuhr, entschloss er sich, die von ihm erwogene Fälschung, ich nenne sie jetzt lieber Kalenderreform, durchzuführen. Auf diese Weise sollte die Zerstörung des echten Kreuzes verschleiert werden. Und mit den Zeitangaben auf den Dokumenten, die alle umdatiert wurden, ließ Konstantin alle Hinweise auf die Fälschung des Kreuzes verschwinden.»

Michael kicherte, in Gerberts Ohren klang es, als drohe auch er den Verstand zu verlieren. «Die Geschichte geht noch weiter. Konstantin wurde von einem Heerführer namens Romanos beinahe vom Thron gestoßen. Romanos regierte eine Zeit lang als Mitkaiser und war auf diese Weise an der Reform beteiligt. Er schuf eine Gruppe, die *silentiarii*, die helfen sollten, das Geheimnis zu verschleiern. Und weil er ein Mann des Schwertes war, wählte er für sie den Weg der Waffen.»

«Romanos», sann Alexandra. «In Byzanz galt er als brutaler ...»

Sie kam nicht dazu, den Satz zu Ende zu sprechen, denn ein Gedanke schoss Sophia durch den Kopf. «Romanos ist Herakleios' Sohn!», entfuhr es ihr. Das Schreiben Gregors war ihr wieder eingefallen.

Michael nickte. «Jahrelang habe ich mich gefragt, warum Romanos die *silentiarii* wirklich schuf. Die Antwort, er wolle damit nur durch die Fälschung erlangte Besitzungen schützen, schien mir nie ausreichend. Ich ahnte, dass es um mehr gehen musste, und jetzt weiß ich auch, worum. Romanos wollte seine Abstammung von Herakleios verschleiern. Der alte Kaiser sollte, wie der Kreuzbrand, möglichst schnell in Vergessenheit geraten. Es sollte für die Nachwelt keine Verbindung ersichtlich sein zwischen Romanos und Herakleios, weil sonst offenbar geworden wäre, dass er ein Bastard war. Die Grausamkeit, die man Romanos nachsagte, kam ihm dabei zu Hilfe.

Mein Freund Gregor war nun zufällig auf die Verbindung zwischen Herakleios und Romanos gestoßen, und offenbar erschien den Hintermännern das als Gefährdung ihres gesamten Planes. Marinos richtete ihn übel zu, ohne dass Gregor sich verriet. Kurze Zeit später wurde Marinos in den Westen versetzt, und darum blieb Gregor wohl am Leben.»

«Aber warum dieser ganze Aufwand?», fragte Gero. «Jetzt wissen wir, dass Romanos ein machtgieriger und brutaler Bastard war, aber ...»

Bevor er zu Ende gesprochen hatte, trat eine Gestalt aus den Schatten zwischen zwei Regalen.

«Adalbert!», riefen Adam und Michael gleichzeitig aus. Sie sahen sich erschrocken an, in ihrem Entsetzen über das Auftauchen des Bischofs schlagartig vereint.

Adalbert trat vor. «Seid alle gegrüßt. Kein Grund, überrascht zu sein, Adam von Trier! Euch hätte klar sein müssen, dass ich mir den letzten Akt dieses Dramas nicht entgehen lassen würde.» Er sah zu Gero und Sophia. «Ich konnte euch leider nicht mehr über Adams Aufenthaltsort informieren. Ihr wart schon abgereist.»

Sophia starrte den Mann wütend an. «Ihr habt Euch hereingeschlichen und hier versteckt», flüsterte sie.

«Ja. Es war amüsant, eure Gespräche zu belauschen, das muss ich schon sagen. Aber jetzt erspart mir euer Stochern im Dunkeln und lasst mich erklären, worum es wirklich geht. – Die Reform wurde durchgeführt, um zu verschleiern, dass das echte Kreuz, das Kreuz, an dem Jesus Christus gestorben ist, von den Persern vernichtet wurde. Es mag euch übertrieben erscheinen oder nicht, dass dafür ein solcher Aufwand getrieben wurde. Aber bitte stellt euch vor, was passieren würde, wenn die Menschen auf einen Schlag der Grundlage ihres Glaubens beraubt würden. Die heiligen Reliquien bilden den Grundstein der Kirche, sie legitimieren sie. Otto bezieht seine Berechtigung aus ihnen, ebenso wie die byzantinischen Kaiser. Würden sie plötzlich als wertlos gelten, würde das gesamte Herrschaftssystem in sich zusammenfallen. Was würden denn die ungezählten Treueschwüre noch gelten, mit denen die Krone ihre Vasallen an sich bindet, und die Vasallen wiederum ihre eigenen Vasallen und so weiter? Die gesamte von Gott gewollte Ordnung würde zu Staub zerfallen.»

«Und Ihr glaubt, die Bewahrung dieser von Gott gewollten Ordnung ist mit Folter und sogar Mord zu leisten?» Gerbert konnte es nicht fassen. «Ihr seid ein Mann der …»

Er kam nicht dazu, den Satz zu Ende zu sprechen, denn ein gequältes, lang gezogenes Brüllen hallte durch das Gewölbe der Bibliothek.

Und dann ging alles rasend schnell.

«Vater, nein!»

«Ludger!»

Gero und Alexandra riefen gleichzeitig nach ihm, aber sie konnten Ludger nicht mehr stoppen. Mit einem zweiten Schrei, der nicht weniger qualvoll klang als der erste, stürzte er sich auf Adam. Mit zu Klauen gekrümmten Fingern ging er auf den *silentiarius* los. Gero sprang seinem Vater in den Weg. Doch auch Adam bewegte sich schneller, als Sophias Augen ihm folgen konnten. Gero geriet zwischen ihn und Ludger. Mit dem Unterarm rammte er Ludger gegen eines der Regale und hielt ihn auf diese Weise davon ab, Adam anzugreifen. Auf seiner rechten Schulter klaffte ein blutiger Schnitt, wo Adams Dolch ihn getroffen hatte, aber er achtete gar nicht darauf.

Einen endlosen Augenblick lang starrten Vater und Sohn einander an, dann nickte Gero mühsam und ließ Ludger los. Schwer atmend und mit hängenden Schultern stand er da.

«Eine Fälschung!», flüsterte Ludger heiser. Er lehnte noch immer an dem Regal, und schräg über ihm drohten einige der Bücher von ihren Brettern zu kippen. Niemand kümmerte sich darum. «Die Reliquien nur eine Fälschung!» Ludger senkte den Kopf wie ein Stier, der rot gesehen hatte.

Gero streckte die Rechte nach ihm aus. «Vater! Es ist …»

Ludger sah ihn an. Jegliches Leben war aus seinen Augen gewichen. «Geh mir aus dem Weg!»

Gero schüttelte den Kopf.

«Geh mir aus dem Weg!» Ludger hob eine Hand, um ihn zur Seite zu schieben. Gero hielt ihm stand.

Sophia sah, wie sich die Blicke der beiden ineinander bohrten, wie Gero den Kopf senkte. Die Wunde in seinem Nacken blutete stark, und zusammen mit dem Blut aus der Schulterwunde reichte der Fleck auf seinem Gewand ihm inzwischen fast bis zum Gürtel. Er trat einen Schritt zur Seite und machte seinem Vater Platz.

Mit ruckartigen Schritten ging Ludger auf Adam zu. Blieb vor ihm stehen. Hob beide Hände. Die *silentiarii* machten Anstalten einzugreifen, aber Adams Blick bannte sie mitten in der Bewegung. Lächelnd wartete er, bis Ludger ihm beide Hände um den Hals gelegt hatte. Und stieß ihm dann den Dolch bis zum Heft in den Leib.

«Nein!» Gero erstarrte.

Fassungslos musste er mit ansehen, wie sein Vater auf die Knie sank, wie seine Hände von Adams Hals glitten und sich auf die pulsierende Wunde in seinem Bauch pressten. Der Geruch seines Blutes erfüllte den Raum.

Adam hob den Dolch hoch über den Kopf, bereit zum letzten Stoß in Ludgers Nacken, doch in diesem Moment überwand Gero seine Starre. Er warf sich auf Adam. Dessen Klinge verfehlte Ludgers Genick um wenige Fingerbreit und zeichnete einen hellen Bogen in die Luft.

Und dann prallten die beiden Männer zusammen auf dem Boden auf. Ein dumpfer Schrei ertönte. Adam kam unter Gero zu liegen, entwand sich und rollte über ihn. Gero nutzte seinen Schwung, um selbst wieder nach oben zu gelangen. Mehrmals wirbelten die beiden umeinander.

Schließlich blieben sie still liegen, Adam auf Gero.

Sophia hielt den Atem an. Tränen rannen über ihre Wangen, als keiner der beiden sich mehr bewegte. Jemand tastete nach ihrer Hand, ergriff sie.

«Sieh doch!» Es war Alexandras Stimme, sehr dicht an ihrem Ohr.

Geros Körper bewegte sich, stieß Adam von sich und rollte stöhnend auf die Seite. Mühsam kam er auf Hände und Füße.

«Gero!» Sophia war bei ihm, bevor er sich noch halb aufgerichtet hatte.

Er richtete sich auf. Schwer atmend sah er auf Adam hinab, der nun benommen auf dem Boden kniete, den Dolch vor sich.

Sophia schluchzte auf, und er legte einen Arm um ihre Schultern. «Es ist alles gut.» Seine Stimme klang gepresst.

In diesem Moment raffte sich Adam auf.

Alexandra kreischte.

Sophia sah nur aus dem Augenwinkel, wie Ludger vorantaumelte. Die Fackel, die er in der Hand hielt, zeichnete eine flammende Spur in die Luft. Adam war auf den Füßen, der Dolch lag blutverschmiert in seinen offenen Händen. Ludger holte mit der Fackel aus. Sie berührte eines der Regale und setzte Bücher und Pergamentrollen in Brand.

Und dann traf sie Adam mit voller Wucht seitlich am Kopf. Augenblicklich standen seine Haare in Flammen.

Er hatte keinen Versuch gemacht, sich zu schützen.

Ludger krachte, von seinem eigenen Schwung getragen, gegen ihn. Beide prallten gegen das Pult mit der Meton-Schrift und schoben es bis gegen die Brüstung der Galerie. Davor gingen sie zu Boden und rührten sich nicht mehr.

Adalbert reagierte blitzschnell. Er nahm dem leblosen Ludger die Fackel aus der Hand, drehte sich um und hielt sie an das Manuskript von Meton. Sofort begannen die Seiten zu brennen.

«Nein!» Gerbert wollte sich auf den Bischof stürzen, doch

der hielt ihn mit der Fackel auf Abstand. Mit dem Ellenbogen der freien Hand schubste er das Manuskript über die Brüstung in die Tiefe, wo es aufflackernd zwischen den Regalen verschwand. Die Flammen griffen gierig nach den dort gelagerten, staubtrockenen Pergamentrollen. Mit einem Fauchen fingen sie Feuer. Eine Hitzewelle schlug Sophia entgegen und ließ ihre Haare flattern.

«Raus hier!» Gero packte sie und riss sie mit sich. Sie stolperte durch Rauch und Hitze. Flammen griffen nach ihr, sengten ihre Kleidung an, ihre Haare. Ihre Lungen, ihre Augen begannen zu brennen. Sie hustete. Noch einmal erhielt sie einen energischen Stoß, dann befand sie sich im Freien.

Die Luft war kühl und schmerzhaft.

Sophia fiel auf die Knie und fühlte, wie Gero es ihr gleichtat.

Sie hatten jedoch keine Zeit, sich auszuruhen.

16. Kapitel

Zusammen mit den Mönchen und Adams Kriegern versuchten sie zu retten, was zu retten war. Sophia reichte Eimer um Eimer voll Wasser aus dem Klosterbrunnen weiter, bis ihre Schultern ebenso in Flammen standen wie die Kostbarkeiten im Inneren der Mauern.

«Wo ist Adalbert?» Michael, der neben Sophia stand und ihr den nächsten Eimer abnahm, blickte sich suchend um.

Sophia deutete mit dem Kinn auf die Gestalt des Bischofs, der ein wenig abseits stand und dem Brand schweigend zusah. «Viel wichtiger», entgegnete sie. «Wo sind Ludger und Adam?»

«Noch dadrin!» Geros Stimme war völlig ausdruckslos. Sophia starrte entsetzt auf die prasselnden Flammen, und genau in diesem Moment brach das Dach der Bibliothek mit einem hässlichen, lebendig klingenden Aufstöhnen in sich zusammen.

«Gebt es auf!» Gerbert ließ als Erster den Eimer sinken. «Es hat keinen Zweck.» Mit weit aufgerissenen Augen sah er den Funken nach, die durch die Luft wirbelten. Sophia trat neben ihn, so dicht, dass ihre Schultern sich berührten. Sie sah Tränen in seinen Augen.

Mit einem Ruck fuhr er herum und stürmte auf Adalbert los. «Du gottloser, verbrecherischer …» Statt seine Beleidigung zu beenden, holte er aus, um Adalbert die Faust mitten ins Gesicht zu dreschen. Gero fing seinen Arm mit der Rechten ab. Er sah erschöpft aus vom Schmerz, aber seine hellen

Augen leuchteten aus dem rußgeschwärzten Gesicht. «Lasst es. Begebt Euch nicht auf seine Ebene», sagte er ruhig.

Gerbert besann sich. Er musterte Adalbert, als sei er ein widerliches Insekt. «Und Ihr wollt ein Mann der Kirche sein!» Er spuckte die Worte förmlich aus.

Adalbert hob trotzig das Kinn. «Mehr als Ihr. Soeben habe ich Eure Kirche gerettet!»

«Ach ja? Adam ist tot. Wollt Ihr jetzt sein Werk vollenden und den Männern den Befehl geben, uns alle zu töten? Ihr seid ein Bischof, Herrgott!»

«Vielleicht erledigt Ihr es gleich selbst?» Michael trat vor und griff nach Adalberts Hand. Er zwang seine Finger auf und legte ihm das Heft eines Dolches hinein. «Los doch! Die Zeit ist gekommen, in der Ihr Euch nicht mehr hinter Euren Schergen verstecken könnt.»

Adalbert sah auf die Klinge herab. «Begreift doch!», keuchte er. «Wenn das Geheimnis jemals Verbreitung erfährt, dann wird die heilige Kirche in sich zusammenstürzen wie ein Kartenhaus. Sollte bekannt werden, dass es sich bei dem Kreuz, vor dem tagtäglich Tausende von Menschen beten, um eine Fälschung handelt – wie lange würde es dann noch dauern, bis jemand in Frage stellt, ob die Kirche den Menschen überhaupt Trost zu bieten hat? Und schlimmer noch: Wie lange wird es dauern, bis die Menschen vielleicht sogar Jesus Christus selbst als Erfindung betrachten werden? Das Kaiserhaus ist bedroht durch dieses Wissen, die gesamte christliche Kirche, der Glaube von ungezählten Menschen. Krieg und Chaos wären die Folge.»

Gerbert lachte auf. «Und das sagt ausgerechnet Ihr? Erinnert Euch an Eure Worte über mein Astrolabium! Der wahre Glaube braucht keine Beweise für die Existenz Gottes.»

Adalbert vergrub das Gesicht in den Händen.

Gerbert wandte sich nun an den Hünen in den roten Beinkleidern, der nach Adams Tod die Führung über die anderen *silentiarii* übernommen hatte. Er stand, wie seine Kameraden, noch immer mit den Eimern in der Hand unschlüssig herum. Der Geruch von verkohlendem Holz hing in der Luft.

«Euer Eid, den Ihr für die Reform geleistet habt», sagte Gerbert. «Wie lautet er?»

Der *silentiarius* zitierte die wenigen Sätze.

«Für das Wohl der Reform», sann Gerbert. «Euch ist klar, dass Ihr eine einmalige Chance habt, zum Wohl der Reform zu handeln, nicht wahr?»

Der Mann sah ihn fragend an. Gerbert spürte deutlich seinen Wunsch nach Führung. Er wies auf Michael. «Das ist einer der größten Gelehrten, die Byzanz zurzeit besitzt. Wenn Ihr und Eure Männer uns beide unsere Arbeit machen lasst, können wir dafür sorgen, dass das Geheimnis für alle Zeit in Vergessenheit geraten wird.»

Der Krieger rührte sich nicht.

Gerbert wandte sich wieder an den Bischof. In dessen Augen glomm das Wissen darum auf, dass er auf ganzer Linie verloren hatte.

«Ihr behauptet, ein Gerät wie mein Astrolabium sei gottlos. Ihr wollt die Kirche retten. Das kann ich gut verstehen. Aber Eure Mittel sind gottloser als alle mechanischen Instrumente, die die Menschheit jemals erfinden wird.» Er sah den Krieger an, in dessen Miene sich abzeichnete, dass er Gerberts Partei ergriffen hatte. Fast tat Adalbert Sophia Leid, denn nun versetzte Gerbert ihm den Gnadenstoß. «Mich würde allerdings doch interessieren, wie Ihr an das Geheimnis gekommen seid, das Euch zu einem Mörder werden ließ.»

«Ich war mit Theophanu hier, als sie die Niederschrift verfasste. Sie hatte keine Ahnung, dass ich sie dabei beobachtete. Später gelang es mir, mich in die Bibliothek zu schleichen und zu lesen, was sie geschrieben hatte. Mir wurde die Tragweite ihres Geheimnisses sofort klar. Ich verbarg die Nachricht wieder unter Wachs, weil ich mir unsicher war, ob

Theophanu sie nicht noch einmal durchlesen würde. Hätte ich sie doch bloß gleich vernichtet! Ich reiste der Kaiserin nach, als sie das Kloster verließ. Doch als ich sie einholte, ließ mich ihr Kammerdiener nicht zu ihr. Es war ein Mann namens Marinos …»

«Und er rekrutierte Euch gleich als *silentiarius*.»

«Nein! Ich war nie ein *silentiarius*. Ich musste keinen Eid schwören, um mich der Wahrung des Geheimnisses zu verschreiben.» Adalbert dachte nach. «Letztendlich rekrutierte ich Marinos. Zunehmend war ich derjenige, der die Fäden in der Hand hielt.»

«Immer noch hochmütig!» Gerbert seufzte. «Aber egal. Eure *silentiarii*, wenigstens die Hand voll, die von ihnen übrig ist», er wies auf die Krieger, «werden Michael und mich unterstützen, wenn wir die Reform hier absichern. Das wird und kann nur in Eurem Sinne sein, und deshalb werdet Ihr uns jetzt allesamt gehen lassen.»

Adalbert sah, dass er die Loyalität des Hünen verloren hatte. Er sackte in sich zusammen.

«Geht zurück in Euer Bistum oder was auch immer», riet Gerbert. «Vielleicht solltet Ihr Euren religiösen Eifer dafür einsetzen, die wahren Heiden zu missionieren, statt jene zu verfolgen, die wie Ihr nur das Wohl der Kirche im Sinn haben.»

Der Hüne trat vor. «Seid Ihr sicher», fragte er Gerbert respektvoll, «dass Ihr diesen Mann wirklich am Leben lassen wollt?»

«Sorgt Euch nicht, er erhält seine gerechte Strafe. Ohne Macht zu sein ist für ihn schlimmer als der Tod.»

Gero hielt die Hand auf und wollte Adalbert den Dolch abnehmen, aber der ließ ihn einfach zu Boden fallen.

Dann wandte er sich um und verschwand durch die Tür ins Innere der Kirche.

Einige Tage später, Adalbert hatte das Kloster in der Nacht heimlich verlassen, fand Gerbert Alexandra vor den Trümmern. Zögernd trat er von hinten an sie heran, hob eine Hand, um sie zu berühren, und wagte es doch nicht. Bis zu diesem Moment hatte er noch nicht den Mut gehabt, mit ihr zu reden.

Sie rührte sich nicht, doch er konnte hören, dass sie leise weinte.

«Du hast Ludger geliebt», sagte er zaghaft.

Sie schüttelte den Kopf. «Ja», murmelte sie dann. «Zum Schluss habe ich es eingesehen.» Sie seufzte, und es klang so abgrundtief traurig, dass es Gerbert das Herz zerriss. Er fuhr sich mit den Fingernägeln in die Haare.

Eine Weile standen sie schweigend da, dann drehte Alexandra sich zu Gerbert um. «Und nun?»

«Die Männer haben mir erzählt, dass Marinos gestorben ist. Von Adam existiert nur noch ein Haufen Asche. Und Adalbert musst du nicht mehr fürchten. Er ist ein gebrochener Mann.»

«Ich meinte eigentlich, was du jetzt vorhast.»

«Ich habe mit Sophia manches Mal darüber gesprochen, ob es rechtens ist, diese Reform zu unterstützen. In Wahrheit war ich mir niemals ganz sicher. Ich habe Gott hundertmal um Weisung angefleht, doch er hat geschwiegen. Aber gestern habe ich ein flammendes Zeichen erhalten.»

«Du glaubst, es ist sein Wille, dass du die Reform fortführst?»

«Glaubst du das denn nicht?»

«Soll ich dir etwas sagen? Die Kaiserin glaubte es.»

«Wie kommst du darauf?»

«Als ich Metons Manuskript zum ersten Mal in Händen hielt, im Februar, da wurde mir klar, dass ich es schon einmal gesehen hatte. Und zwar in Theophanus Gemach.» Gerbert öffnete den Mund, um etwas zu sagen, aber sie sprach einfach weiter: «Ich kann mich daran erinnern, dass wir uns über Augustinus unterhielten. Theophanu wollte in einem ihrer Bücher etwas nachschlagen, und dabei fiel ihr das Meton-Manuskript in die Hände. Sie legte es so rasch fort, dass ich neugierig wurde und sie fragte, was es sei. Zuerst wich sie mir aus, aber dann erzählte sie es mir doch. Genauer gesagt, sie erzählte mir, woher sie es hatte, nicht, was es war. Sie hatte es gestohlen.»

«Das hat sie dir gesagt?»

«Ja. Sie sagte, es stamme aus der kaiserlichen Bibliothek in Byzanz. Sie habe es mitgenommen, weil sie einer Eingebung gefolgt sei. Hinterher habe sie immer wieder darüber nachdenken müssen.» Alexandra strich sich nachdenklich mit dem Knöchel des rechten Zeigefingers am Unterkiefer entlang. «Sie wusste damals nicht wozu, aber sie war fest davon überzeugt, dass Gott ihr befohlen hatte, es zu stehlen und mit in den Westen zu nehmen.»

«Metons Manuskript!»

«Ja. Und als sie ein paar Monate vor ihrem Tod in den Besitz des Geheimnisses kam, verspürte sie den Drang, dafür zu sorgen, dass die Kreuzesfälschung nicht ganz und für immer in Vergessenheit geriet. Die Tatsache schien ihr zu wichtig. Sie begann, Vorkehrungen dafür zu treffen. Carolus, die Niederschrift hier im Kloster. Kurz vor ihrem Tod schrieb sie mir einen Brief, in dem sie mich vor den *silentiarii* warnte. Und darin stand, dass sie endlich begriffen habe, was Gott wirklich von ihr wollte. Als ich den Brief las, verstand ich nicht, was sie meinte. Sie sprach von Dingen, die sie getan und danach inbrünstig bereut habe und die trotzdem Gottes Plan entsprachen. Ich bin überzeugt davon, dass sie ihren Diebstahl des Manuskriptes meinte. *Dass* Gott ihn gewollt hatte, hatte sie ja schon viel früher begriffen, aber *warum* er es gewollt hatte, dass er damit einem größeren Plan folgte, verstand sie erst kurz vor ihrem Tod.»

«Und du meinst, in diesen größeren Plan gehört auch, dass Michael und ich dafür sorgen, die Reform wasserdicht zu machen?» Gerbert sah Alexandra skeptisch an. «Wenn das stimmt, wäre es unlogisch, dass Gott mir das Ptolemaios-Buch in die Hände gespielt hat. So brauchte ich den Meton-Text doch gar nicht, den er zuvor Alexandra hat stehlen lassen.»

Alexandra ließ von ihrem Unterkiefer ab und lächelte schief. «Wie können wir jemals Gottes Pläne begreifen?» Eine Weile schwiegen sie beide, tief in Gedanken versunken. «Was überlegst du?», fragte sie schließlich.

Gerbert sah sie an. «Es fällt mir schwer zu glauben, dass wir alle nur Figuren sein sollen, die Gott hin und her schiebt wie auf einem Spielbrett.»

«Das musst du ja nicht. Aber ich merke doch, dass du darauf brennst, mit der Arbeit anzufangen! Du kannst gar nicht anders, du musst diese Fälschung durchführen! Mich würde allerdings wirklich interessieren, wie *du* es dir zurechtgelegt hast.»

Sein eigener Trotz klang Gerbert laut in den Ohren, als er sagte: «Ich bin Otto verpflichtet; mit allem, was ich habe, mit allem, was ich bin, habe ich mich in seinen Dienst gestellt. Würde das Geheimnis bekannt werden, wäre das Fundament seiner Herrschaft erschüttert. Darüber hinaus bin auch ich ein Mann der Kirche. Du hast Adalbert gehört. Er hat mit jedem Wort Recht. Wenn die Kirche untergeht, dann geht die Welt, so wie wir sie kennen, ebenfalls unter.»

Alexandra legte den Kopf zur Seite. «Damit hast du Recht. Das Geheimnis würde Tausende von Menschen in die gleiche Verzweiflung reißen wie Ludger.»

«Ja. Die christlichen Herrscher würden die Perser zur Verantwortung ziehen wollen. Es gäbe ein Morden, wie es die Welt noch niemals gesehen hat. Weitere Bibliotheken würden brennen. Wertvolles Wissen, das unsere Gelehrten für wertlos erachteten und das die Sarazenen bewahrt haben, würde zerstört werden.» Gerbert hielt inne, denn ein feines, trauriges Lächeln glitt über Alexandras Gesicht. «Was ist?»

«Nichts.» Sie strich sich eine Haarsträhne aus den Augen. «Ich frage mich nur gerade, was du wirklich schützen willst, die Menschen oder das Wissen.»

Gerbert schluckte. Dann lauschte er in sich hinein. Die Wahrheit war, er wusste es nicht. Er sah Alexandra an, und sein Herz reagierte mit einem nadelfeinen Stich. Ratlos schüttelte er den Kopf.

Sie lachte bitter auf. «Weißt du was? Ich glaube, dass Gott dich so geschaffen hat, wie du bist, weil du tatsächlich diese Aufgabe zu erfüllen hast. – Widersprich mir nicht schon wieder! Lass mir meine Überzeugungen, dann lasse ich dir die deinen. Weißt du, was mich wirklich ängstigt?»

«Was?»

Sie wies auf einen *silentiarius*, der gerade an ihnen vorüberging. «Dass durch dich und Michael diese Männer weiterhin gebraucht werden.»

«Nun, zunächst sind sie besiegt, zumindest hier im Westen. Und ich verspreche dir, dass ich all meine Macht einsetzen werde, um zu verhindern, dass jemand sie erneut ins Leben ruft.»

«Was hast du jetzt vor?»

«Ich werde sehen, ob Otto mir meine Flucht verzeiht. Jetzt brauchen wir seine Hilfe nötiger als jemals zuvor. Was ist mit dir?»

«Ich habe mit dem Gedanken gespielt, nach St. Kyrillos zurückzukehren. Aber wenn ich es mir recht überlege: Vielleicht gehe ich mit dir nach Mainz.»

Gerbert war, als würde die Last, die er auf seinen Schultern spürte, ein kleines bisschen leichter. «Es wird eine Menge Arbeit auf uns zukommen.»

Die Tür zu einem der Gebäude öffnete sich, und Sophia

kam heraus. Sie schritt langsam quer über den Klosterhof, den Kopf erhoben und den Blick in eine Ferne gerichtet, die nur sie allein sehen konnte. Dann ging sie durch die kleine Pforte, die zum Friedhof der Mönche führte. Unschlüssig sah Gerbert Alexandra an. Sie reichte ihm die Hand und zog ihn mit sich.

Sophia fand Gero vor einem Grab, dessen Inschrift so verwittert aussah, dass sie nicht mehr zu lesen war. Er trug den rechten Arm in einer Schlinge, und noch immer waren seine Haarspitzen im Nacken mit trockenem Blut verkrustet.

«Ein passendes Bild, nicht wahr?» Geros Stimme klang tief und rau. Der eingeatmete Rauch und auch die Trauer um seinen Vater hatten darin ihre Spuren hinterlassen. Sachte legte Sophia ihm den Arm um die Hüfte.

Es war ein passendes Bild. Ein Grab ohne Namen. Gero hatte nichts von seinem Vater übrig behalten, das er beerdigen konnte.

Ein kalter Wind hatte sich erhoben und wehte den Geruch von Asche zu ihnen herüber. «Meinst du, er wird seinen Frieden finden?», fragte Gero.

Sophia schluckte. «Ja. Da bin ich ganz sicher.»

Gero wandte ihr den Kopf zu. Der dunkle Ring um seine Iris schien sich ausgedehnt zu haben, und der Schmerz in seinen Augen war kaum zu ertragen. Schließlich glitt ein trauriges Lächeln über seine Züge. «Du warst schon immer eine schlechte Lügnerin.»

Gerbert und Alexandra betraten den Friedhof. Während ihr Vater in einiger Entfernung stehen blieb, kam Alexandra auf sie zu. Sie schloss ihre Tochter in die Arme, und über die Schulter ihrer Mutter sah Sophia Gerbert an.

«Warum bist du eigentlich gekommen?» Auch ihre Stimme klang tonlos von Rauch und Trauer.

«Ich habe deine Nachricht gefunden.»

Sophia nickte, als sei das Erklärung genug. «Für einen kurzen Moment waren wir der Lösung ganz nah, aber jetzt sind wir wieder da, wo wir angefangen haben. Metons Buch ist verbrannt. Es ist alles verbrannt.»

Gerbert schüttelte den Kopf. «Wir brauchen das Manuskript nicht mehr. Wir haben alles, was wir wissen müssen.»

«Was! Aber woher?»

«Aus dem Manuskript, das ich seit Jahren in meiner Truhe hatte. Wir wollten es uns immer zusammen ansehen, erinnerst du dich? Es stammt von einem Mann namens Ptolemaios und gab uns genug Zahlen an die Hand, dass wir Metons Zyklus selbst ausrechnen konnten. Es sind übrigens neunzehn Jahre, falls es dich interessiert.»

«Wir hatten es die ganze Zeit in den Händen!» Ganz tief in sich verspürte Sophia das Kribbeln einer neu aufflammenden Erregung.

Gerbert lächelte schwach. «Sieht so aus.»

«Wie bist du darauf gekommen, darin nachzusehen? Was für Zahlen nennt er? Wie genau hast du gerechnet?»

Gerbert warf Alexandra einen Blick zu. Der Wind trug eine feine Aschefahne hoch in die Luft, wo sie zerfaserte. Sophia macht sich aus Alexandras Umarmung los. Ihre Augen funkelten, als sie auf Gero zutrat, seine Hand nahm und zu ihm aufsah.

«Später», lächelte Gerbert. «Später erkläre ich dir alles. Wir haben noch so viel Zeit!»

EPILOG

1031 nach Christi Geburt, Rom

«Herrin?» Der junge Mönch, den Sophia hatte rufen lassen, streckte vorsichtig den Kopf zur Tür herein. «Herrin, seid Ihr wach?»

Sophia schlug die Augen auf. Eine bleierne Müdigkeit hielt sie in ihren Klauen und ließ sich auch nicht durch den feinen Sonnenstrahl vertreiben, der durch den Vorhangspalt auf den Fußboden fiel. Es wurde wärmer. Das war gut, dann würden ihre Finger ihr heute vielleicht besser gehorchen als gestern bei der Kälte. Doch gleich darauf begriff sie, dass das keine Rolle mehr spielte.

Sie hatte den Mönch rufen lassen, um ihre letzte Beichte abzulegen.

«Ja», murmelte sie. «Kommt herein.»

Der junge Mönch, der den Namen Christophoros trug, war ein Enkel des Kastellans von Alban von Spoleto, der nach Albans Tod vor vielen Jahren Gero die Treue geschworen hatte. Obwohl er die Weihen erst vor knapp zwei Jahren erhalten hatte, war Christophoros seit wenigen Monaten Abt des kleinen Klosters, dessen Gründung Ludger von Verla damals vorangetrieben hatte. Und trotz seiner Jugend, trotz einer gewissen Geschäftigkeit, die er an den Tag legte, war er ein kluger und guter Seelsorger. Aus diesem Grund hatte Sophia ihn rufen lassen.

«Würdet Ihr bitte die Vorhänge öffnen?», bat sie jetzt.

«Natürlich.» Mit weitem Schwung schob Christophoros

die Vorhänge zur Seite, und helles Sonnenlicht flutete über das Bett.

In den Ausschnitt des Himmels, den Sophia von ihrem Lager aus sehen konnte, ragten wie Finger ein paar Zypressenbäume, und auch ein Schwalbenpärchen huschte durch das Blickfeld.

Sophia richtete sich ein wenig auf und schüttelte ihre schneeweißen Locken.

«Ihr habt mich rufen lassen, Herrin?» Der Mönch zog sich einen Schemel heran und setzte sich neben das Bett.

«Ihr wisst warum, nicht wahr?» Sophia hob das Gesicht ins Licht. Die Wärme der Sonne tat gut, und sie spürte, wie ihre Kräfte ein wenig zurückkehrten.

«Ja», sagte Christophoros nur.

Sophia suchte in seinem Blick nach einer Regung, aber zu ihrer Überraschung fand sie heute nur ruhige Demut.

«Welches Datum haben wir?», fragte sie.

«Den vierzehnten Mai, Herrin.»

Ein Lächeln glitt über Sophias Züge. Der vierzehnte Mai war Geros Geburtstag gewesen. Sie streckte sich. Sie hatte gut geschlafen, tief und fest. «Wisst Ihr eigentlich, wann ich geboren bin?»

«Nein, Herrin.»

«Nennt mich nicht immer Herrin. Ich habe Euch rufen lassen, damit Ihr mir die letzte Beichte abnehmt. Findet Ihr nicht, dass es da etwas unpassend ist?» Sophia wartete keine Erwiderung ab. «Nach unserer Zeitrechnung wurde ich vor ungefähr 300 Jahren geboren.»

«Wie meint Ihr das, H…, wie meint Ihr das, mein Kind?»

Sophia lachte. «Wie ich es gesagt habe.» Und dann begann sie zu erzählen. Sie erzählte dem Mönch ihre gesamte Geschichte, angefangen bei ihrer Flucht aus St. Kyrillos bis hin zu dem Brand im Kloster in den Alpen. Es gelang ihr, ohne über die Kalenderreform und das Geheimnis der Kaiserin mehr zu sagen, als dass sie existiert hatten. «Wir brauchten einige Tage, um uns zu erholen», endete sie. «Danach verließen wir das Kloster. Alexandra und Gerbert kehrten an den Kaiserhof zurück und beendeten mit Michael zusammen das Studium von Ptolemaios' Text.»

«Und Ihr?»

Ein wehmütiges Lächeln glitt über Sophias Züge. «Ich ging mit Gero. Wir verbrachten eine Zeit hier in Rom, heirateten, aber dann wollte er zurück nach Sachsen. Er übergab dieses Gut Eurem Großvater. Christophoros. Und wir zogen nach Gielde. Aber letztendlich trieb es ihn zurück nach Reims. Wir hatten einige schöne Jahre miteinander.»

«Nur einige?»

«Er starb bei einem Unfall.» Ein Echo des Schmerzes war noch spürbar, der sie damals fast um den Verstand gebracht hatte. Bis sie sich einen Ruck gegeben hatte und zu ihrem Vater zurückgekehrt war.

«Habt Ihr noch einmal geheiratet?»

«Nein.» Michael hätte sie mit Freuden zur Frau genommen, aber er hatte nie erfahren, ob Aurelia die Weise noch am Leben war. Und selbst wenn er es gekonnt hätte, Sophia hätte es nicht übers Herz gebracht. Stattdessen hatte sie sich in die Arbeit an der Kalenderreform gestürzt, und Michael war immerhin der Trost zuteil geworden, Tag für Tag an ihrer Seite zu arbeiten. Jahrzehntelang waren sie Freunde gewesen, und jahrzehntelang hatte er stumm ihre Trauer um Gero ausgehalten. Am Ende hatte sie ihn sehr gern gehabt. Er war als sehr alter Mann gestorben.

Einiges später schließlich war sie hierher nach Rom zurückgekehrt, auf das Gut, das Christophoros inzwischen an seinen Sohn weitergegeben hatte. Hier hatte sie Aufnahme gefunden – und beinahe so etwas wie Frieden für ihre letzten Tage.

«Ihr seid alt», murmelte Christophoros. «Das wusste

ich. Viel älter als jede andere Frau, die ich kennen gelernt habe …»

Sophia lachte. Er hatte Recht. Ihre Langlebigkeit lag wahrscheinlich daran, dass sie niemals Kinder bekommen hatte.

Der Mönch zuckte die Achseln. «Trotzdem könnt Ihr unmöglich dreihundert Jahre alt sein!»

Sophia lehnte sich ein wenig vor, und Christophoros stopfte ihr ein Kissen im Rücken zurecht. «Das bin ich auch nicht. Es sieht nur so aus, weil in der Zwischenzeit etliche Jahre in den Kalender eingefügt worden sind.»

Christophoros blinzelte. «Wie bitte?»

Und jetzt berichtete Sophia ihm den Rest der Geschichte.

Er staunte. «Dann habt Ihr mitgeholfen, dass das alles durchgeführt werden konnte?»

«Mitgeholfen, ja. Es war eine ziemlich aufwendige Sache. Interessiert Euch, wie wir es gemacht haben?»

Begierig nickte er.

«Nachdem Gero tot war, kehrte ich zu meinem Vater zurück, wie ich schon sagte. Er hatte den Kaiser dazu gebracht, ihm seine Flucht vom Hof zu verzeihen. Ich glaube, das war gar nicht so schwer, denn der Kaiser war begierig darauf, zu lernen.» Sophia lächelte wehmütig. «Und ich habe niemals jemanden kennen gelernt, der ein besserer Lehrer war als Gerbert von Aurillac.»

«Stimmt es, dass Euer Vater am Ende sogar Papst geworden ist?»

«Ja. Aber später. Lasst mich der Reihe nach weitererzählen, ja? Also: Gerbert begab sich wieder in Ottos Dienste, und er konnte ihn schließlich davon überzeugen, dass es in seinem Sinne ist, die Kalenderreform aus Byzanz in den Westen zu übernehmen. Anfangs nahmen wir an, dass Konstantin die Reform erwogen hat, um das theologische Problem der unterschiedlichen Bibelübersetzungen aus der Welt zu schaffen, und erst mit dem Geheimnis des gefälschten Kreuzes einen wirklichen Grund für ihre Durchführung bekam. In Wahrheit war es Romanos, der ihm als Antrieb für das Ganze diente. Durch ihn erfuhr Konstantin erst von der Kreuzfälschung, und es gelang Romanos, ihn davon zu überzeugen, dass die Kalenderfälschung notwendig war. Erst danach kam er auf die Idee mit den Bibeln. Die ganze Geschichte mit dem Fingerzeig Gottes ist nichts als fromme Legende. Konstantin war nicht ganz der friedfertige Kaiser, als den wir ihn gern gesehen hätten. Wie auch immer, als St. Otmar abbrannte, war die Reform im östlichen Reich ja bereits durchgeführt. Nur die Feinabstimmung fehlte noch, für die Michael ursprünglich zu meinem Vater gekommen war. In den Westen übernahm man die Reform dann aus genau dem Grund, aus dem Konstantin sie durchgeführt hatte.»

«Wegen der Kreuzesfälschung.»

«Ja. Um das zu vertuschen. Aber Gerbert gab Kaiser Otto daneben noch einen anderen, für ihn vielleicht sogar wichtigeren Grund. Otto war ein schwärmerischer junger Mann, der sehr kritisch mit sich selbst umging. Er hielt sich zeit seines Lebens für einen Nachfahren ungebildeter Wilder aus der sächsischen Tiefebene. Gerbert gab ihm eine Möglichkeit, seine Regierungszeit als etwas Besonderes zu sehen. Indem er ihn zu einem Jahrtausendkaiser machte.»

«Wie das?»

«Otto wollte eine einheitliche Zeitrechnung nach der Geburt unseren Herrn einführen, und er hat dazu auch einige Berechnungen durchgeführt. Zu Beginn von Ottos Regierungszeit als Kaiser befand man sich gerade am Anfang des achten Jahrhunderts. Es passte perfekt. Knapp dreihundert Jahre dazugefügt, und schon war Otto der Kaiser der Jahrtausendwende! Das hat ihm gefallen, und später hat sich mein Vater manchmal gefragt, ob das nicht der Hauptgrund dafür war, dass er eingewilligt hat, den Betrug – denn als solchen sah er das Ganze eigentlich – mitzumachen.»

«Und er hat dabei viel helfen müssen, nicht?»

«Es war eine streng durchgeplante Aktion. Von Vorteil für uns war, dass die meisten der kaiserlichen Urkunden ohnehin zerstört worden waren, weil ja die Bibliothek in St. Otmar abgebrannt war. Diesen Trick hat man übrigens an einigen anderen Orten ebenfalls angewandt, was meinem Vater das Herz bluten ließ. Um das Ganze durchführen zu können, war es natürlich außerdem nötig, die kirchlichen Akten unter Kontrolle zu bekommen.»

«Und aus diesem Grund hat der Kaiser Euren Vater zum Papst gemacht!», rief Christophoros.

Sophia lächelte. «Nicht nur. Es gab noch andere Gründe, aber das war einer von ihnen. Ja.»

«Und wie viele Jahre wurden nun genau eingefügt?»

Sophia erklärte Christophoros ihr Problem mit Metons Sonne-Mond-Zyklus und freute sich, als er es auf Anhieb begriff. «Später fanden wir sogar noch eine vollständige Ausgabe von Geminos' Text. Daraus erfuhren wir, dass Meton von Athen zwei Zyklen beschreibt, einen von neunzehn Jahren und einen von 76. Der von 76 Jahren ist der genauere, aber er passte uns nicht so gut, weil wir uns an einige geschichtliche Daten halten wollten, um alles so gut wie möglich zu verschleiern. 285 lässt sich durch 19 teilen, und 285 Jahre waren ein guter Zeitraum für die Einfügung. Wir konzentrierten uns also auf den Zyklus von 19 Jahren und glätteten die kleinen Widersprüche, indem wir bei den entsprechenden Fälschungen ungenau waren.» Sophia hielt inne, um Luft zu holen. Sie entschied, dass es zu weit führen würde, Christophoros von allen rechnerischen Problemen zu berichten, mit denen sie zu kämpfen gehabt hatten. Einen Augenblick lang breitete sich Schweigen aus.

Christophoros unterbrach es schließlich. «Und warum nun genau 285 Jahre?»

«Ach ja, weil wir einen prägnanten Zeitpunkt suchten, an

den wir die falsche Zeit anhängen konnten. Wir entschieden uns für das Jahr, in dem Herakleios das falsche Kreuz von den Persern zurückgebracht hat. Nach unserer heutigen Rechnung war das übrigens das Jahr 626 nach Christi Geburt.

Die ganze Sache wurde durch eine Reihe genau geplanter Fälschungen untermauert. Unter anderem hat man gelehrten Männern wie zum Beispiel Dionysius Exiguus, der als Kanonist wirklich Großartiges geleistet hat, Schriften und Briefe angedichtet, die unseren Schwindel verschleierten.»

«Wie angedichtet?»

«Begabte Schreiber befassten sich intensiv mit Dionysius' *canones*, seinen Sammlungen kirchenrechtlicher Schriften. Sie lernten, Dionysius' Handschrift zu kopieren, sowie seinen außergewöhnlich guten Schreibstil. Und dann schufen sie Schriften, Briefe und Ostertafeln, in denen angeblich schon er sich mit einer Datierung ab Christi Geburt befasst hat.»

Christophoros schüttelte den Kopf. «Und die falschen Jahre? Wie hat man sie aufgefüllt?»

«Unter anderem mit der Erfindung weiterer Gelehrter, die wiederum das Dionysius untergeschobene Gedankengut der christlichen Zeitrechnung weitergetragen haben. Einen haben wir Beda Venerabilis genannt, zum Beispiel. Aber es gab noch eine Menge andere kluge Ideen.» Sophia schloss die Augen. Otto hatte die Überlegung aufgeworfen, ob man nicht einen großen Kaiser in den gefälschten Jahren ansiedeln sollte, einen, auf den er selbst sich in seiner Regentschaft beziehen konnte, um von seiner barbarischen Herkunft abzulenken. Zusammen mit Gerbert und Michael hatte er nach einem passenden Namen für einen solchen Kaiser gesucht. Da hatte Sophia einen Einfall gehabt.

«Carolus magnus.» Es war ihr einfach so herausgerutscht. Sie war auch nur durch Zufall anwesend gewesen.

Otto hatte sie erstaunt angesehen. «Karl?», hatte er gesagt. «Warum nicht? Der große Karl, das klingt nicht schlecht.»

Gerbert und Michael hatten stillschweigend in sich hineingelächelt. Auf diese Weise hatte Sophia jenen letzten Wunsch des Abtes von St. Otmar erfüllt, den der im Sterben Gero ins Ohr geflüstert hatte.

Sophia verschränkte die Arme hinter dem Kopf. Dieses Wissen, entschied sie, würde sie lieber mit ins Grab nehmen. «Natürlich ist das alles noch lange nicht abgeschlossen», erklärte sie. «Nachfolgende Männer werden noch lange Zeit Ereignisse erfinden, die gar nicht stattgefunden haben, Synoden vielleicht oder Kriege. Chroniken werden von Königen berichten, die es niemals gab. Und es werden Kalender erfunden werden, deren Widersprüche und Fehler unsere Arbeit zusätzlich verschleiern werden. Vielleicht wird auch das ein oder andere Werk ganz einfach in einen neuen, größeren Zusammenhang eingeordnet werden und so eine neue Bedeutung erhalten.» Wie Fridas Gartengedicht, ergänzte sie in Gedanken, und ein Lächeln glitt über ihre Züge. Es würde nicht in Vergessenheit geraten, denn dafür hatte Sophia gesorgt.

«Leider», beendete sie ihre Beichte, «haben weder der Kaiser noch mein Vater lang genug gelebt, um den Abschluss der Aktion mitzubekommen. Ich glaube, dass sie sich bei Marinos mit dem italienischen Fieber angesteckt hatten. Otto starb zuerst, er wurde kaum zweiundzwanzig Jahre alt. Mein Vater hielt ihn im Arm, als er von uns ging, und ein Jahr später starb auch er. Allerdings nicht, ohne zuvor noch einige wichtige Abhandlungen geschrieben zu haben. Über die Zahlen, die er in Spanien kennen gelernt hatte, zum Beispiel, oder über das Astrolabium und den Abakus. Meine Mutter lebte danach noch einige Jahre. Sie kehrte in das Kloster von St. Kyrillos zurück, und wahrscheinlich starb sie am Ende an gebrochenem Herzen.»

«Und Ihr», setzte der Mönch hinzu, «Ihr habt ihr Werk fortgeführt.»

«Zusammen mit Michael. Ja. Wir gingen für einige Zeit

nach Byzanz und halfen dort bei der Nachjustierung, indem wir unsere Erkenntnisse über Metons Zyklus mit den Gelehrten vor Ort teilten.»

«Und Adalbert? Was geschah mit ihm?»

«Er begann tatsächlich, die Heiden im Osten zu missionieren. Er wurde dabei umgebracht und vom Volk schnell als Märtyrer verehrt.» Ein schiefes Grinsen flog über Sophias Gesicht. «Otto bestand darauf, dass Gerbert ihn heilig sprach, kaum dass er Papst geworden war. *Das* ist meinem Vater wirklich sauer aufgestoßen, das könnt Ihr mir glauben!»

Eine große Ruhe überkam Sophia. Jetzt, da sie sich alles von der Seele geredet hatte, fühlte sie sich leicht und befreit. Sie nahm die Hände hinter dem Kopf hervor, rutschte in eine liegende Position und flocht die Finger ineinander. Sie sah Christophoros an. «Euch ist klar, dass Ihr dieses Geheimnis ebenso mit in Euer Grab nehmen müsst wie ich, nicht wahr?»

«Was Ihr mir unter der Beichte erzählt, wird niemals die Ohren eines anderen Menschen erreichen», versprach der Mönch. «Euer Geheimnis ist bei mir sicher.»

«Nicht mein Geheimnis», korrigierte Sophia. «Das der Kaiserin.»

Zufrieden ließ sie die Lider zusinken. Sie glaubte, die zarte Berührung von Lippen an ihrer Schläfe zu spüren, und als sie die Augen wieder öffnete, stand Gero neben ihr und lächelte auf sie herab.

NACHWORT DER AUTORIN

Gerbert von Aurillac gilt als einer der größten naturwissenschaftlich-mathematischen Gelehrten seiner Zeit. Er spielte bei der Einführung der indisch-arabischen Ziffern in Westeuropa eine entscheidende Rolle und war der Erste, der diese Ziffern gemeinsam mit dem Astrolabium in Europa verbreitet hat. Wenige Jahre vor seinem Tod bestieg er als Papst Silvester II. den römischen Stuhl.

Kaiserin Theophanu ist eine der faszinierendsten Frauenfiguren des frühen Mittelalters. Sie kam als junge Frau aus Byzanz nach Westeuropa, um mit Otto II. verheiratet zu werden. Nach dessen Tod führte sie eine Zeit lang erfolgreich die Reichsgeschäfte für ihren Sohn Otto III. Sie starb mit knapp über dreißig Jahren recht plötzlich.

Otto III. wurde bereits als Kleinkind zum Mitkönig seines Vaters Otto II. gewählt und gleich nach dessen plötzlichem Tod in Aachen gekrönt. Manche Historiker sehen in ihm den gelehrten, aber etwas weltfremden Herrscher, der sich lieber mit dem Studieren beschäftigte als mit dem Regieren. Otto III. starb im Alter von nur zweiundzwanzig Jahren, vermutlich an Malaria.

Adalbert Vojtěch war ein Schüler von Gerberts großem Gegenspieler *Ohtrich von Magdeburg*, den dieser in der berühmten Disputation von Ravenna in Grund und Boden argumentiert hatte. Adalbert wurde Bischof von Prag, entschied dann jedoch, sich lieber in ein römisches Kloster zurückzuziehen. Allerdings wurde er auf Betreiben des Metropoliten von Mainz erneut als Bischof eingesetzt, verbrachte aber die letzten Jahre seines Lebens mit der Mission in den Gebieten der Slawen und Prussen, wo er den Märtyrertod starb. Von seinem Wirken als Bischof ist unter anderem überliefert, dass er vergeblich gegen heidnische Bräuche und Sitten seiner Diözesanen ankämpfte. Er wurde bereits 999 von Papst Silvester II. heilig gesprochen.

Konstantin VII. Porphyrogennetos (= der Purpurgeborene) war byzantinischer Kaiser, der die Zeit, während deren er unter Romanos Lakapenos von der Herrschaft ausgeschlossen war, zu reger kulturpolitischer, literarischer und künstlerischer Tätigkeit nutzte.

Hohe Funktionen in der byzantinischen Flotte verschafften *Romanos Lakapenos* Einfluss bei Hofe, und er verdrängte den legitimen Kaiser Konstantin zeitweilig vom Thron. Es gelang Konstantin allerdings, seiner Herr zu werden und schließlich die Herrschaft zurückzuerlangen.

Herakleios war zu Beginn der fiktiven dreihundert Jahre Kaiser in Byzanz, seine Außenpolitik gekennzeichnet von der Auseinandersetzung mit verschiedenen persischen Stämmen. Als Höhepunkt seiner Vita gilt die Rückgewinnung des Heiligen Kreuzes von den Persern und dessen Rückführung nach Jerusalem.

Weitere historische Figuren, die im Roman erwähnt werden, sind am Ende des Glossars kurz beschrieben.

Aus dramaturgischen Gründen habe ich einige historische Ereignisse dichter zusammengelegt, als sie tatsächlich stattgefunden haben. Dies betrifft hauptsächlich den Abstand zwischen Theophanus Tod und Ottos Kaiserkrönung sowie den Tod von Gerberts Vorgänger als Erzbischof von Mainz und seine Berufung an den Kaiserhof.

Das Gespräch zwischen Otto und Gerbert, in dem Otto sich über seine mangelnde Bildung beklagt, ist erfunden.

Wohl aber gibt es Briefe, in denen er Gerbert diese Sorge mitteilt.

Auch konnte ich keinen Hinweis darauf finden, dass Gerbert wirklich bereits im Besitz des Almagest war, also der astronomischen Schriften von Ptolemaios. Aber da er im arabischen Spanien studiert hat, könnte er dort Bekanntschaft mit der Schrift gemacht und sich auch ein arabisches Exemplar beschafft haben, das er mit nach Reims nahm. Diese Annahme ist rein fiktiv und historisch nicht untermauert.

Fridas Gartengedicht ist Kennern der Materie als Gartengedicht des Walahfrid Strabo bekannt. Dieser kleine Kniff hat mir wirklich Spaß bereitet!

Und das Kloster St. Otmar ist erfunden. Es hat nie existiert.

Ein «Fehler» des Romans ist mir vollkommen bewusst: Ich habe das computistisch-astronomische Problem Gerberts und Michaels sehr rigoros auf den lunisolaren Zyklus von 19 Jahren reduziert, um die Leserinnen und Leser nicht mit seitenlangen astronomischen Erklärungen und Fachbegriffen zu langweilen. Einen kleinen Rückgriff auf Metons Abhandlung tue ich dort, wo Sophia Christophoros über den Zyklus von 76 Jahren berichtet; hier scheint das eigentliche Problem durch, das Meton behandelt hat, das ich jedoch in diesem Roman ausgespart habe, nämlich das der Verteilung der Schaltmonate. Einen anderen Teil von Metons Arbeit – die Berechnung der Sonnenwendtermine – beschreibe ich in meinem nächsten Buch, das von einer Astrolabienbauerin handelt. Alle Leserinnen und Leser von «Jägerin der Zeit», die sich mit astronomischen Feinheiten auskennen, mögen mir diese drastische Vereinfachung verzeihen, und ebenfalls die Tatsache, dass ich Gerbert zwar die Kenntnis des Almagests angedichtet, ihm aber die arabischen Planetentafeln des Al-Kwarizmi vorenthalten habe. Wenn er das eine gekannt hat, hätte er eigentlich auch das andere kennen müssen.

Sämtliche Fehler gehen natürlich allein auf mein Konto. Die Freiheit, mit der ich die Quellen ausgelegt habe, darf als Antwort auf die Frage dienen, wie die Autorin zur Theorie der erfundenen Jahrhunderte steht: Ich wollte eine Geschichte erzählen, kein Plädoyer halten für irgendeine These!

Söhlde, im Oktober 2004

DANKSAGUNG

Ich danke

Martin Brunold, für viele interessante Gespräche über Astrolabien, für die kritische Lektüre des gesamten Manuskripts in der heißen Phase, für seine fundierte Kritik an der These der erfundenen Jahrhunderte und dafür, dass ich seine Theorie über Gerberts Reise nach Tarsos und den Kater Silandro einfach so verwenden durfte. Beides stammt übrigens aus seinem Buch «Der Messing-Himmel. Eine Anleitung zum Astrolabium», das mir in vielerlei Hinsicht gute Dienste geleistet hat.

Prof. Wolfgang Christian Schneider, für die geduldigen Antworten auf meine vielen dummen Fragen zu historischen Themen und dafür, dass er darüber hinweggesehen hat, dass man zu jenen Zeiten eigentlich im Oktober nicht mehr über die Alpen reisen konnte.

Meiner ganzen Familie, die meine schriftstellerischen Launen mit großer Geduld ertragen hat, besonders meinem Mann *Stefan*, dafür, dass er nach ungezählten langen Arbeitstagen klaglos auch noch die Wohnung aufgeräumt hat, wenn ich mal wieder aus Reims oder Rom den Weg noch nicht nach Hause gefunden hatte.

Petra Engwicht, weil sie daran geglaubt hat, dass ich eine richtige Schriftstellerin bin, als ich selbst noch gar nicht daran dachte. Dies ist für dich!

Titus Müller für sämtliche Hilfen in diversen schriftstellerischen Krisen und besonders für das «Ich hab's gewusst!», als das Manuskript verkauft war.

Meinem Agenten *Michael Gaeb* für seine Unterstützung und die Geschwindigkeit, mit der er es geschafft hat, mir den Glauben an Agenturen wiederzugeben.

Allen fleißigen Menschen beim Kindler Verlag, die dafür gesorgt haben, dass dieses Buch erscheinen konnte, für die gute Zusammenarbeit, besonders natürlich meiner Lektorin *Silke Schlawin*, der einige Figuren in diesem Buch ihr Leben, aber auch einige ihren literarischen Tod verdanken.

Zwei namentlich nicht zu nennenden Menschen, die im Juni 2004 für dieses Buch eine «tragende Rolle» spielten.

Und zuletzt all jenen, die in dieser Aufzählung nicht genannt werden können, die mich jedoch inspiriert und auf meinem Weg begleitet haben.

Söhlde, im Oktober 2004

LITERATUR ZUM THEMA

Nach Erscheinen der «Jägerin der Zeit» im März 2005 bin ich häufiger nach einer Literaturliste zum Thema der «erfundenen Jahrhunderte» gefragt worden.
Hier ist sie nun. Sie erhebt keinerlei Anspruch auf Vollständigkeit, sondern kann nur einen ersten Einblick geben.

Fachwissenschaftliche Bücher zur Kalenderberechnung

Arno Borst, Computus. Zeit und Zahl in der Geschichte Europas. Klaus Wagenbach Verlag, 1990.

Hermann Grotefend, Taschenbuch der Zeitrechnung des deutschen Mittelalters und der Neuzeit. 13. Auflage. Hahnsche Buchhandlung, 1991.

Markwart Herzog (Hrsg.), Der Streit um die Zeit. Zeitmessung – Kalenderreform – Gegenzeit – Endzeit. Irseer Dialoge. Kohlhammer, 2002.

Thomas Vogtherr, Zeitrechnung. Von den Sumerern bis zur Swatch. C.H. Beck, 2001.

Bücher zum Thema der «erfundenen Jahrhunderte»

Heribert Illig, Das erfundene Mittelalter. Die größte Zeitfälschung der Geschichte. Econ Verlag, 1996.

Heribert Illig, Wer hat an der Uhr gedreht? Wie 300 Jahre Mittelalter erfunden wurden. Econ Ullstein List Verlag, 2000.

Heribert Illig, Kalender und Astronomie, Marginalien zu antiker und mittelalterlicher Chronologie. Zeitsprünge, 5. Jg., Heft 3–4. Mantis Verlag, S. 46 ff.

Christoph Marx, Datieren vor der Gregorianischen Kalenderreform. Zeitsprünge, 5. Jg. Heft 3–4. Mantis Verlag, S. 38 ff.

In dem Heribert Illig herausgegebenen interdisziplinären Bulletin «Zeitensprünge» gibt es noch eine Reihe anderer Artikel zum Thema. Aus Platzgründen habe ich nur zwei in diese Liste aufgenommen. Nähere Infos finden sich auf der Website des Mantis-Verlages unter http://www.lelarge.de.

Gegenthesen zum Thema der «erfundenen Jahrhunderte»

Johannes Fried, Wissenschaft und Phantasie. Das Beispiel der Geschichte, in: Historische Zeitschrift 263, 1996, S. 291 ff.

Franz Krojer, Die Präzision der Präzession. Illigs mittelalterliche Phantomzeit aus astronomischer Sicht. Differenz Verlag, 2003.

Rudolf Schieffer, Ein Mittelalter ohne Karl den Großen, oder: Die Antworten sind jetzt einfach. Geschichte in Wissenschaft und Unterricht. Erhard Friedrich Verlag, 10/1997, S. 611–617.

Söhlde, im August 2005

GLOSSAR

Abakus – ein Rechenbrett; im Mittelalter war hauptsächlich der Kolumnenabakus gebräuchlich, ein Brett mit senkrechten Spalten, die den Stellenwert der auf sie gelegten Steine angaben, und das hauptsächlich zum Multiplizieren und Dividieren benutzt wurde

Abodriten – westslawischer Volksstamm im Gebiet des heutigen Mecklenburg; zur Zeit des Romans noch nicht christianisiert

abrotanum – lat. Bezeichnung für die Eberraute; ihr Geruch erinnert an Zitrone; sie wurde im Mittelalter gegen Rheumatismus verwendet, diente aber genauso als Weihrauch-Ersatz in den Kirchen

Armillarsphäre – astronomisches Gerät mit Ringen aus Holz oder Metall, die die verschiedenen Kreise der Himmelskugel mit der Erde im Zentrum darstellen; zur Zeit von Gerbert wurde es als didaktisches Hilfsmittel benutzt, erst später als Messinstrument

artes liberales – auch *septem artes liberales* oder oft nur *artes* genannt; die sog. sieben «Freien Künste» beinhalteten und ordneten den im Mittelalter zur höheren Bildung gehörenden Lehrstoff; sie teilen sich in der Regel auf in: Grammatik, Rhetorik, Dialektik, die zusammen das Trivium bildeten, und in Arithmetik, Geometrie, Musik und Astronomie, das Quadrivium, wobei Astronomie als die Königsdisziplin galt

Astrolabium – astronomisches Instrument, wahrscheinlich eine griechische Erfindung, die im Mittelalter bei Arabern und Persern sehr beliebt war. Wichtigster Bestandteil des A. ist eine flache, drehbare Scheibe, die die Ekliptik mit den wichtigsten Fixsternen darstellt. Mit dem A. lassen sich vielfältige astronomische Aufgaben lösen, unter anderem die Errechnung von Tages- oder Nachtzeit anhand von Sonnenstand oder Sternpositionen

Brünne – vom keltischen Wort «bruin» = Leib abgeleitete Bezeichnung für ein Ringelpanzerhemd, das die wichtigste Körperschutzwaffe im Früh- und Hochmittelalter war

Clepsydra – Wasseruhr; seit der Antike bekanntes Gerät, das ursprünglich dazu diente, zugeteilte Redezeit zu messen oder die Einteilung von Nachtwachen zu organisieren; im mittelalterlichen Kloster nutzte man es neben Kerzen, Gebeten und dem Hahnenschrei dazu, die nächtlichen Stundengebete nicht zu versäumen

confratres – jene Schüler einer Domschule, die zu Mönchen ausgebildet wurden; im Gegensatz dazu «hospites»

Dormitorium – gemeinsamer Schlafsaal in mittelalterlichen Klöstern und Stiften, zumeist im Ostflügel des Klosters über Kapitelsaal und Auditorium/Refektorium gelegen und mit dem Kreuzgang verbunden

Episcopus – lat. Wort für «Bischof»

familia – bezeichnet nicht die Familie im heutigen Sinne, sondern umschreibt die Gruppe der Menschen, die zu einem Haushalt gehören und vom Oberhaupt abhängig sind

horologicus – dient hier als Bezeichnung für den Mönch, der für die Wartung der Clepsydra zuständig ist

hospites – Bezeichnung für die Schüler einer Domschule, die für ihren Unterricht bezahlen; s. auch «confratres»

Laudes – Morgengebet, meist abgehalten bei Sonnenaufgang; s. auch «Stundengebet»

librarius – «Bücherschreiber», hier: Mönch, der zuständig ist für die Verwaltung der Bibliothek

marrubium – lat. Bezeichnung für Andorn; im Mittelalter traditionell gegen die verschiedensten Krankheiten benutztes Heilkraut, heute hauptsächlich bei Erkrankungen des Magen-Leber-Galle-Traktes verwendet

Non – Gebet der 9. Tagesstunde; s. auch «Stundengebet»

Palatium – in der römischen Kaiserzeit der kaiserliche Wohnsitz;

hier Bezeichnung für den Bischofspalast samt der umliegenden Verwaltungsgebäude

pallium – ringförmige Wollstola, von der mit Kreuzen geschmückte Stoffstreifen nach vorn und hinten herabhängen; Insignie des Papstes und der Erzbischöfe, die jedoch auch an Bischöfe verliehen wurde

Prim – anderes Wort für «Laudes»; s. auch «Stundengebet»

Quadrivium – siehe «artes liberales»

Quaestor – Beamter der byzantinischen Kaiserkanzlei; vor ihm fanden Testamentseröffnungen statt, wurden Erbauseinandersetzungen geschlichtet; zuständig außerdem für Streitigkeiten zwischen Grundbesitzern und die Aufklärung von Urkundenfälschungen

Redarier – slawischer Teilstamm, der südlich der Peene siedelte und dessen Name wahrscheinlich auf das Heiligtum Riedegost (Rhetra) zurückgeht

Refektorium – lat. für «Wiederherstellung»; Speisesaal der Mönche oder Nonnen in einem Kloster

Regnum Italiae – «Königreich Italien»; es umfasste unter anderem das heutige Piemont, die Lombardei, einen Großteil der Toskana und fast die gesamte Region der Abruzzen und war seit Otto I. eng mit der römisch-deutschen Kaiserkrone verbunden

salvia – lat. Bezeichnung für Salbei, der im Mittelalter unter anderem zum Zähneputzen benutzt wurde

scriptor – Schreiber, der unter anderem für die Reinschrift offizieller, bischöflicher oder päpstlicher Urkunden zuständig war

Scriptorium – eigentlich Bezeichnung für eine organisierte «Schreibschule», deren Aufgabe es war, Handschriften anzufertigen und zu vervielfältigen; bezeichnet jedoch auch die Räumlichkeit, in der sich die Schreiber bei dieser Tätigkeit aufhielten

Sext – Gebet der 6. Tagesstunde; s. auch «Stundengebet»

Stundengebet – die für die Angehörigen eines Klosters verpflichtenden Gebete, die zu bestimmten Tages- und Nachtzeiten stattfanden; s. auch «Laudes» oder «Prim», «Terz», «Sext»,

«Non» und «Vesper», wobei sich die Stundenangabe bei diesen auf die Einteilung des Tages in ungerade Stunden stützt

subtilitas – von Otto III. in einem Brief an Gerbert benutzte er Ausdruck, der sinngemäß die griechische Feingeistigkeit bezeichnet, die für ihn im Gegensatz steht zu seiner sächsischen Rustikalität

Terz – Gebet der 3. Tagesstunde; s. auch «Stundengebet»

Trivium – siehe «artes liberales»

Vagant – gewöhnliche Person mit unsicherem sozialem Status; wird hier als Synonym für «Räuber» oder «Ausgestoßener» gebraucht

Vesper – Abendgebet, meist abgehalten bei Sonnenuntergang; s. auch «Stundengebet»

Augustinus – geb. 354 n. Chr., gest. 430 n. Chr.; ein aus Nordafrika stammender Bischof; er gilt als die entscheidende Figur der spätantiken christlichen Philosophie. Unter anderem versuchte er, die Impulse der neuplatonischen Philosophie in christliche Begriffe und Denkfiguren zu übersetzen. Sein berühmtestes Werk sind die sog. «Bekenntnisse», die *Confessiones*, mit denen er nicht nur einen Einblick in das christliche Gedankengut seiner Zeit gibt, sondern auch einen der wohl ersten Texte mit eindeutig autobiographischen Zügen verfasst.

Bernward von Hildesheim – geb. ca. 960 n. Chr., gest. 1022 n. Chr; war Bischof von Hildesheim, nachdem er Otto III. in dessen Kindheit als Lehrer und Mentor gedient hatte. Bei seinem Abschied schenkte Otto ihm einen Splitter der Kreuzreliquie.

Dionysius Exiguus – Mönch, der als gelehrter Kanonist galt und um 550 n. Chr. lebte; sein wichtigstes Werk sind zweifellos die *canones*, in denen er wertvolles altes Quellenmaterial zusammentrug und ihm eine klare, benutzerfreundliche Ordnung gab.

Furios Dionysius Philocalus – berühmter Kalligraph aus der Mitte des 4. Jahrhunderts; wahrscheinlich Verfasser des römischen Staatskalenders von 354 n. Chr., auf den Otto sich in diesem Roman bezieht.

Geminos – über ihn gibt es wenig Biographisches; er hat die Arbeiten des Hipparchos und Aristarch weitergeführt und unter anderem den Umfang der Erde errechnet; sein wichtigstes Werk ist «Elementa astronomiae», eine Einführung in die Astronomie.

Heinrich der Zänker – geb. 951, gest. 995, versuchte nach Ottos II. Tod die Herrschaft im Reich an sich zu bringen, indem er auf die Ausübung seiner Vormundschaft über den noch jungen Otto pochte. Sein spöttischer Beiname ist erst in der Neuzeit belegt.

Hieronymus – geb. 347/348 n. Chr., gest. 419/420 n. Chr.; war Priester, Theologe und Kirchenlehrer, der durch sein immenses Werk hebräisches und griechisches Wissen in den lateinischen Westen übermittelte. Durch seine Arbeit wurde er zum Wegbereiter der Chronologie des Mittelalters.

Meton von Athen – antiker Astronom, der eine Art wissenschaftliche Methode anwendete, um die Sommersonnenwende festzustellen; sein Sonne-Mond-Zyklus von 19 Jahren wird bei mehreren antiken Schriftstellern erwähnt, unter anderem bei Aristophanes.

Ptolemaios – bedeutender Gelehrter aus Alexandria, der um 100 n. Chr. gelebt hat; seine Werke beeinflussten im Mittelalter die Wissenschaften, wurden allerdings nach gängiger Meinung erst im 12. Jahrhundert über die islamische Welt unter dem Titel «Almagest» in Europa bekannt; weite Teile des Almagests enthalten lehrbuchartig die Darstellung der damals bekannten Astronomie.